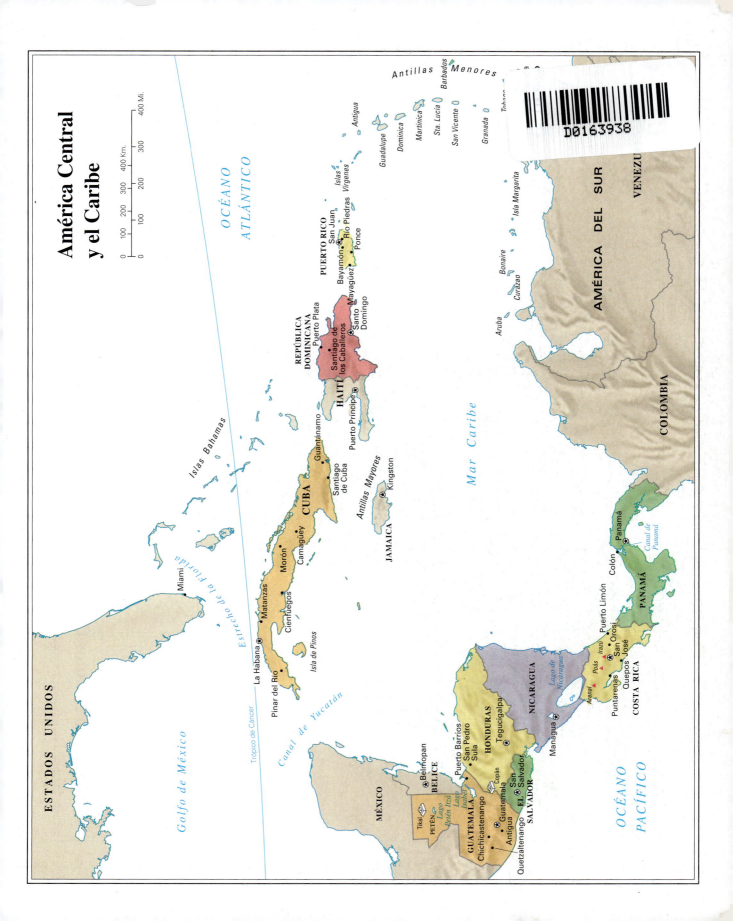

América Central y el Caribe

D0163938

ESTADOS UNIDOS

Miami

Golfo de México

Tropico de Cáncer

Canal de Yucatán

Estrecho de la Florida

Islas Bahamas

OCÉANO ATLÁNTICO

400 Mi.
300
200
100
0
400 Km.
300
200
100
0

CUBA

La Habana
Pinar del Río
Isla de Pinos
Matanzas
Cienfuegos
Morón
Camagüey
Santiago de Cuba
Guantánamo

JAMAICA
Kingston

Antillas Mayores

HAITÍ
Puerto Príncipe

REPÚBLICA DOMINICANA
Santiago de los Caballeros
Puerto Plata
Santo Domingo

PUERTO RICO
San Juan
Bayamón
Mayagüez
Río Piedras
Ponce

Islas Vírgenes

Antillas Menores
Antigua
Guadalupe
Dominica
Martinica
Sta. Lucía
Barbados
San Vicente
Granada
Tabago

Mar Caribe

VENEZU

AMÉRICA DEL SUR

Isla Margarita
Bonaire
Curazao
Aruba

COLOMBIA

MÉXICO

Belmopan
BELICE

Tikal
PETÉN
Lago Petén Itzá
Lago Izabal
Puerto Barrios
San Pedro Sula
Copán
HONDURAS
Tegucigalpa

GUATEMALA
Guatemala
Quetzaltenango
Antigua
Chichicastenango

EL SALVADOR
San Salvador

NICARAGUA
Managua
Lago de Nicaragua

COSTA RICA
Arenal
Poás
Irazú
San José
Orosi
Puntarenas
Quepos
Puerto Limón
Colón

PANAMÁ
Panamá
Canal de Panamá

OCÉANO PACÍFICO

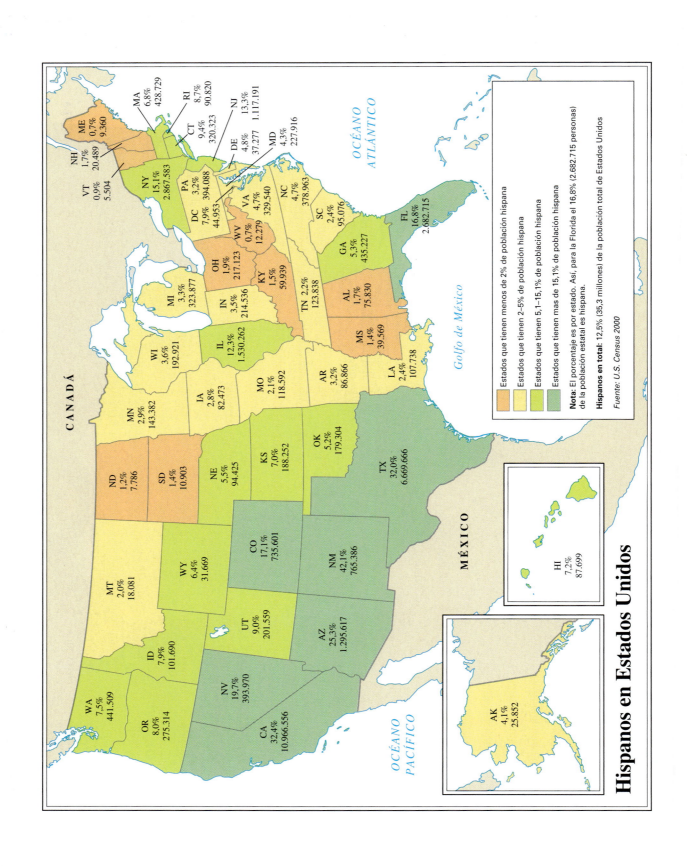

Hispanos en Estados Unidos

OCÉANO ATLÁNTICO

OCÉANO PACÍFICO

Golfo de México

CANADÁ

MÉXICO

Estados que tienen menos de 2% de población hispana

Estados que tienen 2–5% de población hispana

Estados que tienen 5,1–15,1% de población hispana

Estados que tienen más de 15,1% de población hispana

Nota: El porcentaje es por estado. Así, para la Florida el 16,8% (2.682.715 personas) de la población estatal es hispana.

Hispanos en total: 12,5% (35,3 millones) de la población total de Estados Unidos

Fuente: U.S. Census 2000

ME 0,7% 9.360
NH 1,7% 20.489
VT 0,9% 5.504
MA 6,8% 428.729
RI 8,7% 90.820
CT 9,4% 320.323
NJ 13,3% 1.117.191
DE 4,8% 37.277
MD 4,3% 227.916
NY 15,1% 2.867.583
PA 3,2% 394.088
DC 7,9% 44.953
VA 4,7% 329.540
WV 0,7% 12.279
NC 4,7% 378.963
SC 2,4% 95.076
FL 16,8% 2.682.715
GA 5,3% 435.227
OH 1,9% 217.123
KY 1,5% 59.939
IN 3,5% 214.536
TN 2,2% 123.838
AL 1,7% 75.830
MI 3,3% 323.877
MS 1,4% 39.569
WI 3,6% 192.921
IL 12,3% 1.530.262
IA 2,8% 82.473
MO 2,1% 118.592
AR 3,2% 86.866
LA 2,4% 107.738
MN 2,9% 143.382
ND 1,2% 7.786
SD 1,4% 10.903
NE 5,5% 94.425
KS 7,0% 188.252
OK 5,2% 179.304
TX 32,0% 6.669.666
MT 2,0% 18.081
WY 6,4% 31.669
CO 17,1% 735.601
NM 42,1% 765.386
ID 7,9% 101.690
UT 9,0% 201.559
AZ 25,3% 1.295.617
WA 7,5% 441.509
OR 8,0% 275.314
NV 19,7% 393.970
CA 32,4% 10.966.556
HI 7,2% 87.699
AK 4,1% 25.852

Pueblos

Pueblos
Intermediate Spanish in Cultural Contexts

→ **Sheri Spaine Long**
University of Alabama at Birmingham

→ **Ana Martínez-Lage**
Middlebury College

→ **Lourdes Sánchez-López**
University of Alabama at Birmingham

→ **Llorenç Comajoan Colomé**
Middlebury College

Houghton Mifflin Company
Boston   New York

Publisher: Rolando Hernández
Project Editor: Kristin Swanson
Editorial Assistant: Erin Beasley
Art and Design Manager: Gary Crespo
Senior Photo Editor: Jennifer Meyer Dare
Composition Buyer: Chuck Dutton
Senior Manufacturing Buyer: Karen B. Fawcett
Executive Marketing Director: Eileen Bernadette Moran
Marketing Assistant: Lorreen Ruth Pelletier

Cover image: Gunther Gerzso, *Dos personajes.* Oil on canvas board,
1956, Santa Barbara Museum of Art, gift of Charles A. Storke.

Printed in the U.S.A.

Library of Congress Control Number: 2002109507

Instructor's Annotated Edition
  ISBN-10: 0-618-15048-X
  ISBN-13: 978-0-618-15048-9

For orders, use student text ISBNs
  ISBN-10: 0-618-15047-1
  ISBN-13: 978-0-618-15047-2

1 2 3 4 5 6 7 8 9—DOW—10 09 08 07 06

CONTENIDO BREVE

SCOPE AND SEQUENCE

Unidad 3 Independencia y revolución, p. 181

Unidad 4 Transiciones políticas y económicas, p. 273

Welcome to your intermediate year of Spanish and *Pueblos*. The word **pueblos** refers to places, settlements, civilizations, and nations, but also people—groups of them who speak Spanish. We want to introduce you to these people and show you how they interrelate and relate to your world. *Pueblos* focuses on how the world's Spanish-speaking cultures and civilizations came into being and developed throughout time. Its systematic focus on the creation of the Spanish-speaking world, links past, present, and future events in Spain, the Caribbean, Mexico, Central America, South America, the Philippines, and Equatorial Guinea (Africa).

People and places chronicle the rise and development of civilizations, reveal the nature of human experience, display its organizational patterns, and show its religious, economic, and political beliefs. You will discuss these places in the present, past, and future. You will draw from your own experiences with places and people because everyone lives in a type of settlement (apartment complex, neighborhood, campus, city, dormitory, megalopolis, suburb, town). Your life experiences with places and spaces prepare you to compare, contrast, and explore your own identity while studying the vast and diverse Spanish-speaking culture in its global context.

Pueblos is a complete one-volume, content-based, intermediate program for university-level Spanish students—in other words, for you. It creates a historic cultural context in which you use Spanish to explore authentic sources and investigate new content as you improve your literacy skills and linguistic abilities in Spanish. While studying with *Pueblos*, here are a few things to keep in mind.

- Grammar is introduced within the context of authentic (or real life) readings.
- The best way to learn Spanish is by communicating in Spanish.
- Use the target language to learn subject matter and improve your language proficiency and linguistic accuracy as you study it.

Within each chapter, past, present, and future history is interconnected to reflect the organic nature of events in the development of civilization. The sequence of units, however, offers a diachronic (or linear) exploration of Spanish-speaking places and their cultures that seeks to inform American students about epochs that pre-date, parallel, and engage the history of the United States of America.

Pueblos offers you a complete cultural and historic context while you study intermediate Spanish. We hope that your learning with *Pueblos* will take you well beyond the book to expand your knowledge of (and interest in) literature, film, music, science fiction, anthropology, geography, and/or places—discover and uncover them. But most importantly, we hope you discover the people; get to know the Spanish-speaking people, either virtually or face to face, because, of course, there may be **pueblos** far away or they may be right in your midst. **¡Adelante pues!**

—*The Authors*

➡ **Pueblos** is a complete one-volume, content-based intermediate program composed of four units of three chapters each that presents culture within the historical and political forces that have shaped and continue to shape the Spanish-speaking world. Each unit begins with a one-page unit opener.

Unidad 1

Orígenes y encuentros

Detalle del mural de Diego Rivera, *La historia de México*

UNIT OPENER

Each unit opener features a selection of fine art from the Spanish-speaking world. The art sets the theme and context for the three chapters that make up the unit.

Unidad 2

Conquista y colonización

Dragó, Alejandro Xul Solar

CHAPTER OPENER

Each chapter opener sets the context for the chapter content by providing the following features.

⬇ MAP

Every chapter opens with one or two maps, sometimes contemporary, sometimes historical, that show its geographical focus.

⬇ CHAPTER OBJECTIVES

Each chapter opener includes a list of chapter objectives that concisely list the chapter's goals, cultural and historical topics, grammar points, and readings.

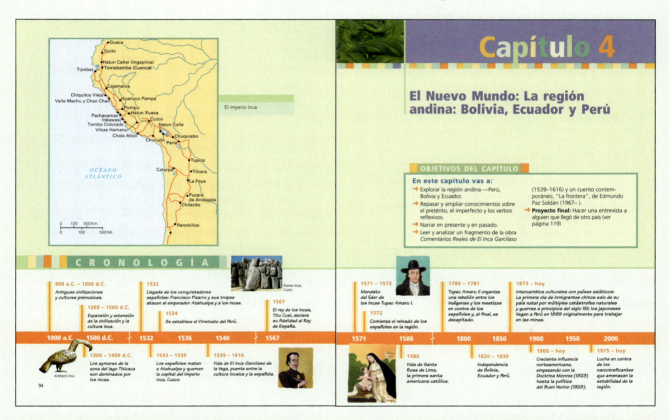

⬆ TIMELINES

Chapter-opener timelines show the major historical events that took place in the featured country or countries during the time period covered in the chapter. This chronology helps provide a background for the cultural and historical information presented throughout the chapter.

→ EXPLORACIÓN DEL TEMA / VOCABULARIO ESENCIAL

The chapters are divided into two **Exploración del tema** sections, each with its own vocabulary and grammar presentations. The **Vocabulario esencial** provide words that prepare for reading and discussing that section's authentic materials and content related to that topic.

> ### EXPLORACIÓN DEL TEMA 1
>
> #### Vocabulario esencial 1
>
> **Sustantivos**
> la amenaza *threat*
> el arma (*f.*) *weapon*
> las cenizas *ashes*
> las espinas *thorns*
> la flecha *arrow*
> la guarida *den; hideout*
> el hilo *thread; wire*
> la lanza *spear*
> la lentitud *slowness*
> el poema épico *epic poem*
> el relámpago *lightning*
> la resistencia
> la sublevación *uprising*
> el tesoro
> la virtud *virtue*
>
> **Verbos**
> acechar *to spy, to lie in wait*
> adquirir *to acquire*
>
> arañar *to scratch*
> cazar *to hunt*
> colonizar
> comprometerse *to become involved, to commit oneself*
> derrotar *to defeat*
> dirigir *to steer; to direct; to lead, to manage*
> ejecutar *to execute*
> entretener *to distract*
> fundar *to establish, to found*
> lograr *to achieve*
> olfatear *to smell, to sniff*
>
> **Adjetivos**
> comprometido(a) *committed*
> repentino(a) *sudden*

> **Actividad 1.** ***Anticipación.*** Como preparación para comprender mejor el texto que vas a escuchar, trabaja con otro(a) estudiante para contestar estas preguntas.
>
> 1. ¿Qué saben sobre Chile y Argentina? Usen estas categorías para los dos países para clasificar las palabras a continuación: **Geografía/Historia, Arte/Literatura, Tradiciones.** Palabras para clasificar: Cono Sur, Jorge Luis Borges, Malvinas, Neruda, tango, dictadura, golpe de estado, Pinochet, Videla, Andes, Santiago, cueca, gauchos, Patagonia.
> 2. ¿Pueden nombrar otros países que forman parte del Cono Sur?
> 3. ¿Conocen a dos de los escritores más conocidos del Cono Sur: Jorge Luis Borges y Pablo Neruda? ¿Han leído algo de ellos en español o en traducción en otra clase?
> 4. ¿Qué es el tango? Comenten lo que sepan del tango argentino.
>
> #### Presentación
> Ahora escucha la información introductoria sobre el Cono Sur.
>
> #### Comprensión
>
> **Actividad 2.** ***¿Verdadero o falso?*** Después de escuchar la presentación, indica si las afirmaciones siguientes son verdaderas (V) o falsas (F).
>
> 1. Se considera a Pablo Neruda el poeta argentino por excelencia.
> 2. El joven guerrero mapuche Lautaro luchó contra los invasores españoles.
> 3. En Argentina hay afición al tango.
> 4. Chile y Argentina son países vecinos al mismo tiempo que rivales.
> 5. Alonso de Ercilla escribió un poema épico.

← PRESENTACIÓN

Pueblos provides a thorough context for learning each chapter's content. The maps and timeline on the chapter opener set the background, and the PowerPoint presentation provides in-depth historical information about the countries and historical events covered in the chapter.

↓ ICONS

Pueblos uses a number of icons to identify different types of activities.

 indicates activities to be done with another student.

 indicates activities to be done in small groups.

 indicates activities that suggest Internet use.

 indicates activities that tie directly to the end-of-chapter final project.

You will also see the following icons that indicate when to use the Student CD-ROM and Online Study Center material.

 indicates where the chapter's PowerPoint presentation should be played.

 Begin the Pueblos Student CD-ROM activities. indicates that you have completed all the chapter material that is practiced on the Student CD-ROM.

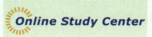 To check your progress as you complete each vocabulary and grammar topic, do the exercises in the *Pueblos* Online Study Center: **http://college. hmco.com/languages/ spanish/students**

indicates that you can go to the Online Study Center for further practice of chapter vocabulary and grammar.

¿QUÉ SABES?

Before you begin a reading, the **¿Qué sabes?** activities help you to recognize what you already know about the topic and what you still need to learn.

TEXTO

Readings are presented with translations of difficult words to facilitate comprehension.

Lautaro

Pablo Neruda

quartz	La Sangre toca un corredor de cuarzo°.
drop	La Piedra crece donde cae la gota°.
	Así nace Lautaro de la tierra.
	Lautaro era una flecha delgada.
	Elástico y azul fue nuestro padre.
	Fue su primera edad sólo silencio.
	Su adolescencia fue dominio.
	Su juventud fue un viento dirigido.
	Se preparó como una larga lanza.

Lectura del texto: "Lautaro"

Anticipación

Actividad 8. *Contexto histórico-geográfico.*

Los araucanos o mapuches, habitantes nativos de la costa oeste de Chile, son conocidos por la fuerte resistencia que opusieron a los españoles durante la conquista. Al llegar los españoles y colonizar su tierra, muchos grupos nativos fueron desplazados de forma similar a lo que les ocurrió a los nativos en EEUU. Por lo general, hoy en día, los araucanos viven en las montañas chilenas o en el sur de Argentina y, en su mayor parte, son agricultores. La población araucana actual es de unos 400.000 habitantes. La mitad aproximadamente habla *mapudungun* o mapuche, la lengua indígena de los araucanos.

El poema de Pablo Neruda, "Lautaro", está dedicado al héroe mapuche que derrotó a los españoles y está inspirado en una obra literaria titulada *La Araucana. La Araucana* se considera como la *Eneida (Aeneid)* de Chile. Según Pablo Neruda, su autor Alonso de Ercilla y Zúñiga inventó Chile.

Teniendo en cuenta esta información, trata de explicar la idea de Pablo Neruda según la cual Alonso de Ercilla y Zúñiga *inventó* Chile. Con otro(a) estudiante, contesta las siguientes preguntas.

1. ¿Qué quiere decir "inventar" un país? ¿Cómo se puede aplicar tal "invención" al caso de Chile?
2. Piensa ahora en los EEUU. ¿Quién o quiénes inventaron este país?

Actividad 9. *Un vistazo al texto.* Lee los nueve primeros versos del poema sobre Lautaro y relaciona la información de la columna A con los

COMPRENSIÓN Y CONVERSACIÓN

Follow-up **Comprensión** activities check understanding of the reading, while **Conversación** activities facilitate discussion and expansion of its topic.

¡Qué sabes?

Actividad 6. *Héroes y heroínas.* Trabajen en grupos de tres o cuatro para hacer la siguiente actividad.

1. Para ti, ¿qué quieren decir las palabras **héroe/heroína**? ¿Podrías nombrar tres héroes históricos o populares?
2. Colócalos en la tabla que aparece a continuación.

Nombre del héroe o de la heroína	Época	País de origen	Es valorado(a) por…
1.			
2.			
3.			

Actividad 7. *Mis héroes y heroínas.* Piensa en dos o tres héroes o heroínas personales. Nómbralos y explica por qué los admiras. Por ejemplo, "Mi madre siempre ha sido mi heroína porque me apoya en todo lo que hago mientras…" Presenta tu información a la clase. Luego, escucha a tus compañeros y haz una lista de seis características comunes a todos los héroes de los que han hablado tus compañeros.

CONTEXTO HISTÓRICO-GEOGRÁFICO

The **Contexto histórico-geográfico** provides specific background information about the reading's historical and cultural context.

Comprensión

Actividad 11. *Detalles de la lectura.* Contesta las siguientes preguntas sobre el poema que acabas de leer.

1. ¿Cómo describe el poema al joven Lautaro?
2. Parece que su formación y educación le exigieron pasar por situaciones difíciles. Busca en el poema tres ejemplos de estas dificultades.
3. La relación de Lautaro con la naturaleza es muy estrecha (*close*). Haz una lista de cinco elementos de la naturaleza que se mencionan en el poema.

Actividad 12. *Explicaciones.* Vuelve a leer el poema y contesta estas preguntas.

1. ¿Qué imágenes utiliza el autor para representar la fortaleza (*strength*) de Lautaro? Elige tres de estas imágenes y explica su significado.
2. Hacia el final del poema leemos que Lautaro "comió en cada cocina de un pueblo". ¿Qué significa esto en cuanto a la relación de Lautaro con su gente?
3. Explica con tus propias palabras lo que quiere decir el último verso del poema: "Sólo entonces fue digno de su pueblo".

Conversación

Actividad 13. *Analogías.* Las analogías son asociaciones entre dos conceptos que tienen algún elemento en común. En el poema "Lautaro" hay un buen ejemplo: Lautaro era una flecha delgada. Trabaja con otro(a) estudiante y haz lo siguiente.

1. ¿Qué significa esta analogía? Comparen sus respuestas.
2. Individualmente, imaginen una asociación original, o analogía, para su propio nombre. Compartan sus analogías.

(*Tu nombre*) es (*asociación original*).

→ REPASO

Each of the chapter's two grammar presentations begin with a review of the basic aspects of the grammar point presented.

Repaso

In your previous years of Spanish language study, you have learned that

1. Spanish, like English, has two sets of articles:

- definite articles (**el, la, los, las**)
- indefinite articles (**un, una, unos, unas**)

"**La** sangre toca **un** corredor de cuarzo."
"**La** piedra crece donde cae **la** gota."
"Su juventud fue **un** viento dirigido."

2. Spanish articles always agree in gender and number with the noun they modify: **la sangre, un viento.**

3. When the preposition **a** precedes the definite article **el**, the two words contract into one: **al**. When the preposition **de** precedes the definite article **el**, the two words contract into one: **del**.

Los artículos definidos (el, la, los, las)

Definite articles accompany nouns that are specific and known. They are used in Spanish in many cases when the English language does not use them.

1. The definite article is *always* used in the following cases.

   a. with abstract nouns and concepts and nouns in a general sense

La poesía de Neruda es muy conocida.	*Neruda's poetry is well known.*
Las acciones de Lautaro fueron heroicas.	*Lautaro's actions were heroic.*
¿Es **la paz** un sueño imposible?	*Is peace an impossible dream?*

   b. with group or class nouns

Los héroes existen en todas las culturas.	*Heroes exist in all cultures.*
Los chilenos valoran sus tradiciones literarias.	*Chileans value their literary traditions.*
El maíz o choclo es una parte importante de la dieta chilena.	*Corn is an important part of the Chilean diet.*

   c. with titles such as **profesor(a), doctor(a), general, capitán, gobernador(a), rey/reina,** etc.

Lautaro luchó contra **el capitán** español Pedro de Valdivia.	*Lautaro fought against Spanish Capitain Pedro de Valdivia.*
El gobernador O'Higgins abolió en Chile el sistema de encomiendas en 1791.	*Governor O'Higgins abolished the encomienda system in 1791.*

   > Remember that in direct speech the article is not used: "**Capitán, ¿está usted ocupado?**" Rule: Use the article when talking <u>about</u> someone, not <u>to</u> them.

   d. with parts of the body and pieces of clothing

"Acostumbró **los pies** en las cascadas".	*He got his feet used to the rapids.*
"Educó **la cabeza** en las espinas".	*He disciplined his head in the thorns.*
"Envolvió **el corazón** en pieles negras".	*He wrapped his heart with black skin.*

← ESTUDIO DEL LENGUAJE

The grammar explanations expand upon the **Repaso** material in a clear, concise presentation that often includes examples drawn from the corresponding reading.

APLICACIÓN

The practice of each grammar point moves from structured practice through more open-ended communication and is tied to the content of the corresponding reading.

Actividad 16. *La conquista: Valdivia.* Completa las siguientes frases con el artículo indefinido si es necesario. Si no es necesario, marca el espacio con una X.

El capitán Pedro de Valdivia fue (1.) _____ soldado ambicioso. Decidió conquistar el territorio explorado por Almagro. Salió de Cuzco con pocos hombres; en el camino se le unieron (2.) _____ otros. Cuando llegó al centro del Señorío de Atacama tenía (3.) _____ ciento cincuenta soldados. En 1541 llegaron a (4.) _____ hermoso valle del río Mapocho y fundaron (5.) _____ ciudad. Tras (6.) _____ violento ataque liderado por Michimalongo, los conquistadores lo perdieron todo. Valdivia no se desanimó. [...] avera de 1549 se encaminó al territorio habitado [...] on con gran energía y, comandados por [...] *ef*), Lautaro, prepararon (8.) _____ [...] muerto el capitán Valdivia. Aquello fue el [...] rga guerra entre los españoles y los araucanos.

Actividad 18. *Lautaro instruye a su gente.* Lee la siguiente información sobre Lautaro. Como dice el texto, Lautaro tuvo que "concienciar a su pueblo"; es decir, tuvo que enseñarles cómo luchar para derrotar al enemigo. Trabaja con otro(a) estudiante para imaginar e inventar un discurso de Lautaro a sus soldados en el que les explica qué van a hacer para "derrotar al español". Utilicen su imaginación y presten atención al uso de los artículos. Luego, compartan su discurso con el resto de la clase.

PROYECTO FINAL

This task-based activity brings together the chapter themes, cultural information, vocabulary, and grammar. Information and activities leading up to this task are marked with throughout the chapter. Completing these marked sections and activities serves as preparation for this final group project.

Proyecto final: Describir la invención de la tradición

Recapitulación: En este capítulo, hemos leído dos obras en que tradición, invención y creación se relacionan. Pablo Neruda retomó la obra *La Araucana* de Alonso de Ercilla y escribió el poema "Lautaro". Según Neruda, Alonso de *Ercilla inventó* Chile. En el cuento "Tango" de Luisa Valenzuela vemos cómo una tradición argentina no queda relegada al folclore sino que forma parte del vivir de cada día. Como proyecto final, tu grupo va a reflexionar sobre el cambio en las tradiciones mediante el análisis y modificación de una tradición.

Paso 1: Repasen las secciones marcadas con [icon] en el capítulo. Luego, hagan una lista de tres tradiciones que se celebran en su universidad y tres que se celebran en su lugar de residencia o país.

Paso 2: Escojan una de las tradiciones e introduzcan una modificación en la celebración para "reinventarla". Pueden justificar la modificación mediante hechos históricos, movimiento de grupos, fenómenos atmosféricos, relación de la especie humana con el medio, etc.

Paso 3: A menudo, las tradiciones van acompañadas de rituales que incluyen música, poesía o canciones (por ejemplo, los villancicos de Navidad, las canciones de los equipos de fútbol de las universidades). Escriban una estrofa para la tradición modificada.

Paso 4: Imaginen que son antropólogos del año 2300 y que tienen que explicar la evolución de la celebración que escogieron. Escriban un párrafo detallando cómo se celebraba la tradición que escogieron en el Paso 2 y cómo se modificó con el paso del tiempo.

Paso 5: Presenten la "nueva" tradición a la clase. Pueden escenificar la evolución de la celebración mostrando cómo ha cambiado. Canten o reciten los versos del Paso 3.

Paso 6: Completen la siguiente información sobre la presentación que les interesó más.

1. Nombre de la tradición:	
2. Celebración de la tradición:	a. Cómo se celebraba:
	b. Cómo se modificó:
	c. Posible significado de la modificación:
3. Me interesó más porque...(tres razones):	a.
	b.
	c.

Vocabulario del capítulo

Preparación

los araucanos *indigenous group that occupied what today is Chile*
el cacique *chief*
el Cono Sur *Southern Cone*
la derrota *defeat*
engañar *to deceive*
el guerrero *warrior*
el héroe *hero*
la heroína *heroine*
las Malvinas = las Islas Malvinas *Falkland Islands*
el orgullo *pride*
la pampa *plains*

cazar *to hunt*
colonizar *to colonize, to settle*
comprometerse *to become involved, to commit oneself*
derrotar *to defeat*
dirigir *to steer, to direct; to lead, to manage*
ejecutar *to execute*
entretener *to distract*
fundar *to establish, to found*
lograr *to achieve*
olfatear *to smell, to sniff*

Adjetivos
comprometido(a) *committed*
repentino(a) *sudden*

Vocabulario esencial
Lautaro

Sustantivos
la amenaza *threat*
el arma (*f.*) *weapon*
las cenizas *ashes*
las espinas *thorns*
la flecha *arrow*
la guarida *den; hideout*
el hilo *thread; wire*
la lanza *spear*
la lentitud *slowness*
el poema épico *epic poem*
el relámpago *lightning*
la resistencia *resistance*
la sublevación *uprising*
el tesoro *treasure*
la virtud *virtue*

Verbos
acechar *to spy, to lie in wait*
adquirir *to acquire*
arañar *to scratch*

Vocabulario esencial
Tango

Sustantivos
la caja registradora *cash register*
el colectivo *bus*
el cabeceo *nodding*
el departamento *apartment*
el esfuerzo *effort*
el galán *gentleman, refined man*
el mostrador *counter*
el movimiento *movement*
las pantorrillas *calves*
la pareja *pair, couple*
el paso *step*
la pista *dance floor*
la plata *silver* (also slang term for *money*)
el rechazo *rejection*
el taco (alto) *(high) heel shoe*
la vuelta *turn*

Verbos
acariciar *to caress*
acordarse de *to remember*

VOCABULARIO DEL CAPÍTULO

The end-of-chapter vocabulary list combines new words from the **Presentación, Vocabulario esencial** and **Estudio del lenguaje** presentations into one list for easy reference.

ACKNOWLEDGMENTS

Pueblos is the result of many big and small ideas inspired by our students, who influence us much more than they could ever imagine. *Pueblos* also required painstaking planning between our publisher and us. Many interactions with our colleagues—through dialog, research, and feedback—have been a source of constant motivation to produce a text that does what professors want it to do. During the process, we solicited frequent feedback from colleagues, and we would like to thank the many reviewers who helped us during the various developmental and writing stages of *Pueblos:*

Brent Carbajal – Western Washington University
Darrell J. Dernoshek – University of South Carolina, Columbia
Tracy Ferrell – Rocky Mountain College
Cristina Fracescon – University of North Carolina
Kevin Gaugler – Marist College
Ronda L. Hall – Oklahoma Baptist University
Linda Hertzler-Crum – Southwestern Oklahoma State University
Luisa J. Howell – University of Nebraska, Omaha
Steven D. Kirby – Eastern Michigan University
Hilary Landwehr – Northern Kentucky University
Jeff Longwell – New Mexico State University
Augustin Otero – The College of New Jersey
Anne I. Pomerantz – University of Pennsylvania
Dwayne Rhodes – University of Wyoming
Raquel Romeu – LeMoyne College
Teresa Smotherman – University of Georgia
M. Estrella Sotomayor – University of Wisconsin, Milwaukee
Jorge Suazo – Georgia Southern University
Enrique Torner – Minnesota State University, Mankato

Within Houghton Mifflin, we were fortunate to benefit from the vision and guidance of Roland Hernández, Glenn Wilson, Eileen Bernadette Moran, and Laurel Miller, whose support, collaboration and encouragement greatly enhanced the development and production of this program. We would like to express our heartfelt gratitude to our project manager and developmental editor Kris Swanson whose professionalism, experience, and humor sustained us throughout the editorial process.

In addition, we would like to thank the many people who helped us take *Pueblos* from manuscript through finished book: our expert copyeditor, Steve Patterson; our proofreaders Cecilia Molinari and Maria-Elena Angulo; and our designer Janet Theuer.

Special thanks to our ongoing manuscript reviewer Enrique Torner, and to three former UAB undergraduates who helped in the development of *Pueblos:* Breanne Seay, Ignacio Cobacho, and Victoria Garrett.

Dedications

To Dotty, Cliff, Candelas, and Jaime who introduced me to my first Spanish-speaking *pueblos* and to John, Morgan, and John R. who encourage me to continue exploring them. —SSL

I dedicate this book to my whole family and to all my friends; without them nothing is possible and nothing makes sense. —AML

Le dedico este trabajo a mis padres, siempre mis modelos en el trabajo, en todo. Mi sincera gratitud a David y a toda mi gran familia por su constante ánimo y apoyo. —LSL

To my parents, Antoni and Rosa, and my entire family for their constant support, love, and dedication. —LCC

Unidad

Orígenes y encuentros

Detalle del mural de Diego Rivera, *La historia de México*

Mesoamérica antigua

MÉXICO

LOS MAYAS DE
LAS TIERRAS ALTAS
DEL CENTRO

LOS MAYAS DE
LAS TIERRAS ALTAS
DEL NORTE

Uxmal

Chichén Itzá

LA
PENÍNSULA
DE YUCATÁN

LOS MAYAS DE
LAS TIERRAS BAJAS
DEL SUR

Palenque

BELICE

El Istmo de Tehuantepec

GUATEMALA

HONDURAS

0   100   200 Km.
0   100   200 Mi.

Mapa de Mesoamérica

CRONOLOGÍA

3000 – 1000 a.C.

Civilizaciones tempranas, vida basada en la caza, la pesca y la agricultura.

Cabeza olmeca

1000 – 300 a.C.

Presencia y extensión de los olmecas en la costa del Pacífico.

400 a.C.

Primeros pueblos mayas.

| 3000 a.C. | 1500 a.C. | 1000 a.C. | 500 a.C. |

a.C. means **antes de Cristo** and d.C. means **después de Cristo.** Some people prefer to use another set of abbreviations that do not refer to Christ to indicate time. They use **a.E.C.** and **d.E.C.** which mean **antes de la Era Común** and **después de la Era Común.**

La América precolombina: Las civilizaciones mesoamericanas de ayer y la gente de hoy

OBJETIVOS DEL CAPÍTULO

En este capítulo vas a:

→ Explorar algunos aspectos de las culturas mesoamericanas.

→ Repasar y ampliar conocimientos de gramática sobre el género y número de los sustantivos y sobre los verbos **ser** y **estar**.

→ Leer y analizar un texto precolombino, un fragmento del *Popul Vuh,* y un cuento del escritor mexicano Carlos Fuentes titulado "Chac Mool".

→ **Proyecto final:** Describir, analizar y presentar un objeto relacionado con la cultura (ver página 27)

Pirámide del Sol

Cortés y Moctezuma

100 – 150 d.C.

Época de construcción de pirámides. Construcción de la Pirámide del Sol, planificación de la ciudad de Teotihuacán, uso del calendario.

700 d.C.

Cumbre de la civilización maya.

925 d.C.

Caída de la civilización maya y llegada de los toltecas a Yucatán, que se mezclan con los mayas.

1200 d.C.

Llegan los aztecas al Valle de México, dominación de los aztecas.

| **0** | **500 d.C.** | **1000 d.C.** | **1500 d.C.** | **2000 d.C.** |

500 d.C.

Cumbre de la influencia de Teotihuacán.

Ruinas mayas, Palenque

1500 d.C.

Conquista española, caída de Tenochtitlán y derrota de los aztecas.

Preparación

Vocabulario

Antes de escuchar la presentación, lee estas palabras necesarias para comprender el texto.

la cumbre	*pinnacle*	**desarrollar**	*to develop*
los derechos	*rights*	**mestizo(a)**	*of mixed race*

Actividad 1. ***Anticipación.*** En grupos de tres personas, contesten las siguientes preguntas.

1. ¿Qué grupos indígenas habitaron en lo que hoy es México y Centroamérica?
2. ¿Qué estructuras y artefactos dejaron los indígenas en estas zonas?
3. ¿Qué más sabes de esas culturas antiguas?

Presentación

Escucha la información introductoria para este capítulo sobre la América precolombina y las civilizaciones de ayer y hoy.

Comprensión

Actividad 2. ***Verdadero o falso.*** Después de escuchar la presentación, indica si las afirmaciones siguientes son verdaderas (V) o falsas (F).

1. El antiguo imperio maya ocupaba desde el sur de México hasta el sur de Centroamérica.
2. Los aztecas dominaron la zona central de México.
3. Los mayas crearon grandes centros urbanos como Chichén Itzá y Palenque.
4. De la mezcla entre indígenas y españoles nacieron los mestizos.
5. Rigoberta Menchú es defensora de los derechos indígenas.
6. La gente indígena vive hoy en día igual que el resto de los habitantes de México y Guatemala.

EXPLORACIÓN DEL TEMA 1

Vocabulario esencial 1

Sustantivos

el acueducto
los antepasados *ancestors*
los aztecas
la clase social
la conquista
el conquistador
el derecho *right*
los descendientes
los hechos históricos *historical events*
la herencia = el legado *inheritance, legacy*
el imperio *empire*
la marginación = la discriminación
los mayas
Mesoamérica *Mexico, Central America*
los mestizos *people of mixed indigenous and Causcasian heritage*
la mezcla *mix*
los olmecas

la pirámide
la reforma
la sangre *blood*

Verbos

asegurar *to secure*
construir *to build*
igualar *to level*
legislar *to legislate*
luchar *to fight*
sufrir *to suffer*

Adjetivos

azteca
indio(a) *indigenous person*
maya
mestizo(a) *mixed indigenous and Causcasian heritage*
olmeca
precolombino(a) *pre-Columbian*

Actividad 3. *Series de palabras.* Indica la palabra que no pertenezca (*belongs*) a la serie y explica por qué no pertenece.

1. mayas	aztecas	olmecas	españoles
2. pirámides	jardines	reformas	acueductos
3. familia	antepasados	descendientes	clase social
4. imperio	marginación	conquista	conquistador
5. Mesoamérica	Latinoamérica	América precolombina	España

Actividad 4. *Completar.* Completa los espacios en blanco con una palabra de la siguiente lista.

derechos	conquista	llegada	sangre
herencias	reformas	discriminación	india

Una de las (1.) _____ actuales de la (2.) _____ española, es la existencia de mestizos, personas de sangre (3.) _____ y europea. Esta mezcla comenzó a producirse desde la (4.) _____ de los españoles en 1521. A pesar de la mezcla, los indígenas de pura (5.) _____ y la gente mestiza siempre han sido marginados y han sufrido (6.) _____. A mediados del siglo XX, durante la presidencia de Lázaro Cárdenas, hubo en México una serie de (7.) _____ progresistas importantes que legislaron los (8.) _____ de la gente indígena mexicana.

Actividad 5.   ***Entrevista.*** Elabora preguntas con las siguientes palabras y házselas a tu compañero(a). Todas las preguntas deben empezar por **cuál** o **cuáles.** Las palabras no están en orden. Sigue el modelo. Luego, comparte con el resto de la clase las respuestas que obtengas de tu compañero/a.

Modelo: estudio / importancia / pasado / sociedad
¿Cuál es la importancia del estudio del pasado para nuestra sociedad?

1. estudio / importancia / pasado / sociedad
2. civilizaciones precolombinas / América / actual / influencia
3. familia / antepasados / origen étnico
4. hecho histórico / determinante / cultura / historia
5. sociedad / generaciones futuras / legado

¿Qué sabes?

Actividad 6.   ***Definiciones.*** Por lo general, el estudio de la historia de las Américas se divide en tres grandes bloques.

- la época precolombina (la prehispánica)
- la época colonial
- la época postcolonial

Trabaja con otro(a) estudiante y explica en tus propias palabras lo que quiere decir cada término. Dividan la cronología de las páginas 2–3 de acuerdo con estos tres períodos. Tomen notas para compartir la información con el resto de la clase.

Actividad 7.   ***La civilización maya.*** Los mayas son una de las civilizaciones precolombinas. En grupos, hagan lo siguiente.

1. Contesten las preguntas: ¿Qué sabes de los mayas? ¿Quiénes eran? ¿Quiénes son sus descendientes hoy en día? ¿Dónde vivieron antiguamente? ¿Dónde viven sus descendientes?
2. Teniendo en cuenta las respuestas, completen en grupos la rueda de palabras que aparece a continuación.
3. Al terminar compartan su información con la clase.

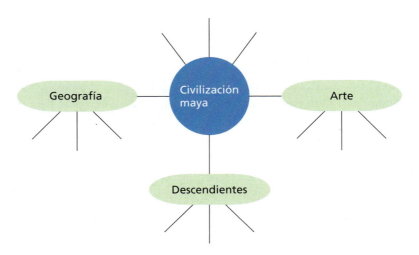

Lectura del texto: El *Popol Vuh*

Anticipación

Actividad 8. *Contexto histórico-geográfico.*

Hacia 1550, después de la conquista española, un noble maya quiché, conocedor de la tradición escrita y las tradiciones orales de su pueblo, decidió escribir la historia de la creación del mundo según los mayas. Esta historia, escrita en forma de poema, se conoce como El *Popol Vuh*. Uno de los ejemplares originales está hoy en los EEUU en la biblioteca Newberry de Chicago. Ha quedado como testimonio del pueblo maya y de su civilización. El poema trata de temas filosóficos, éticos y espirituales. Vamos a leer del *Popol Vuh* la sección sobre la creación del universo.

Con otro(a) estudiante, contesta las siguientes preguntas.

1. ¿En qué época fue escrito el *Popul Vuh*?
2. Según lo que acabas de leer, ¿cuáles son los temas principales del libro?

Actividad 9. *Un vistazo al texto.* Observa con atención el fragmento que vas a leer. Verás que algunas palabras importantes están escritas con mayúscula. Identifícalas en el texto. Después haz una lista y divide las palabras que hayas encontrado en las siguientes categorías.

a. Conceptos abstractos:
   Modelo: Paz
b. Objetos:
   Modelo: Corazón
c. Seres:
   Modelo: Creador

Guarda tu lista para compararla con la lista de otro(a) estudiante después de leer el fragmento.

Actividad 10. *Estudio de palabras.* Las siguientes palabras aparecen en la lectura. Lee las palabras de la columna de la izquierda y asocia cada una con una palabra o expresión de la columna de la derecha. Utiliza el diccionario, si es necesario.

1. bejucos   a. superficie
2. cangrejo   b. crustáceo
3. faz   c. ciervo
4. hoyo   d. relámpago
5. morada   e. dividir
6. rayo   f. término topográfico, depresión
7. repartir   g. residencia
8. venado   h. plantas tropicales

Texto

Lee la selección del *Popol Vuh*.

El *Popul Vuh*

Este es el principio de las antiguas historias del Quiché donde se referirá, declarará y manifestará lo claro° y escondido del Creador y Formador, que es Madre y Padre de todo.

that which is open

Esto lo trasladamos° en el tiempo de la Cristiandad porque, aunque tenemos libro antiguo y original de estas cosas, ya no se entiende.

we translate

Habiéndose echado° las líneas y paralelas del cielo y de la tierra, se dio fin perfecto a todo, dividiéndolo en paralelos y climas. Todo puesto en orden quedó cuadrado repartido en cuatro partes como si con una cuerda° se hubiera todo medido, formando cuatro esquinas° y cuatro lados.

Having established

rope; corners

Todo esto se perfeccionó y acabó por el Creador y Formador de todo, que es Madre y Padre de la Vida y de la creación, y que comunica la respiración y el movimiento, y el que nos concede la Paz. El es Claridad de sus hijos y tiene cuidado y mantiene toda la hermosura que hay en el cielo y en la tierra, en las lagunas y en el mar.

Antes de la Creación no había hombres, ni animales, pájaros, pescados, cangrejos, árboles, piedras, hoyos, barrancos°, paja° ni bejucos y no se manifestaba la faz de la tierra; el mar estaba suspenso y en el cielo no había cosa alguna que hiciera ruido. No había cosa en orden, cosa que tuviese ser°, si no es el mar y el agua que estaba en calma y así todo estaba en silencio y obscuridad como noche.

gorge; straw

was alive

Solamente estaba el Señor y Creador, K'ucumatz, Madre y Padre de todo lo que hay en el agua, llamado también Corazón del Cielo porque está en él y en él reside. Vino su palabra acompañada de los Señores Tepew y K'ucumatz y, confiriendo, consultando y teniendo consejo entre sí en medio de aquella obscuridad, se crearon todas las criaturas.

Se manifestó la creación de los árboles y de la vida y de todo lo demás que se creó por el Corazón del Cielo, llamado Jurakán.

La primera manifestación de Jurakán se llamaba Caculjá Jurakán, El Rayo de Una Pierna. La segunda manifestación se llamaba Chipí Caculjá, El Más Pequeño de los Rayos. Y la tercera manifestación se llamaba Raxá Caculjá, Rayo Muy Hermoso.

Y así son tres el Corazón del Cielo.

> **Quiché** is the name of an indigenous group in Guatemala. It is also the name of the language spoken by the group. There are approximately one million speakers of **quiché** today.

Primero fue creada la tierra, los montes y los llanos°; dividiéronse los caminos del agua y salieron muchos arroyos° por entre los cerros° y, en algunas y señaladas partes, se detuvieron y rebalsaron° las aguas y de este modo aparecieron las altas montañas.

Después de esto dispusieron crear a los animales, guardas de los montes: al venado, al pájaro, al puma, al jaguar, a la culebra°, a la víbora y al cantil°.

Y les fueron repartidas sus casas y habitaciones.

"Tú, venado", dijeron, "habitarás y dormirás en las barrancas y en los caminos del agua, andarás entre la paja y las yerbas, y en el monte te multiplicarás; andarás y te pararás en cuatro pies."

Y a los pájaros les fue dicho:

"Vosotros, pájaros, estaréis y habitaréis sobre los árboles y bejucos, allí haréis casa y habitación y allí os multiplicaréis; os sacudiréis° y espulgaréis° sobre las ramas de los árboles."

Y, tomando cada uno su habitación y morada conforme les había repartido el Creador, habitaron Ulew, la Tierra.

plains

creeks; hills
formed a pool

snake; large snake

you will shake your-
selves; you will get rid
of fleas

Comprensión

Actividad 11.   ***Detalles de la lectura.*** Vuelve a mirar el trabajo que hiciste en la Actividad 9. Trabaja con otro(a) estudiante y comparen sus listas. ¿Tienen las mismas palabras? ¿Están de acuerdo en todas las palabras asignadas a las tres categorías? Si no están de acuerdo, expliquen por qué.

Actividad 12.   ***Explicaciones.*** Vuelve a repasar la lectura y completa el siguiente cuadro en la página 10 sobre cómo era el mundo antes y después de la creación. Después compáralo con el de otro(a) estudiante.

Antes de la creación	Después de la creación

Actividad 13.   *Leer y pensar.* Contesta las siguientes preguntas de acuerdo con la información de la lectura. Si es necesario, vuelve al texto para buscar las respuestas.

1. ¿Cuál fue el motivo para redactar el *Popol Vuh* en español?
2. Lee de nuevo el tercer párrafo. ¿Cuáles son por lo menos cinco términos que se refieren a la simetría en el universo?
3. Lee de nuevo el cuarto párrafo. ¿Quién es la fuerza central en el universo maya? ¿Cuáles son varias maneras de referirse a ella?
4. La descripción de la creación nos da bastante información sobre cómo era la región en la que vivieron los mayas. ¿Cómo era? ¿Qué animales habitaban la tierra?
5. ¿A qué se refiere el texto cuando dice: "tomando cada uno su habitación y morada conforme les había repartido el Creador"? ¿Qué significa exactamente "habitación y morada"?

Conversación

Actividad 14.   *Interpretar.* La simetría del universo que se menciona en el *Popol Vuh* existe también en otras religiones y culturas del mundo. En tu opinión, ¿qué es lo que implica la simetría a nivel filosófico y práctico? Comparte tu respuesta con otro(a) estudiante.

Actividad 15.   *Símbolos religiosos.* A continuación tienes una serie de símbolos religiosos. Investiga lo que significa cada uno de ellos. Comparte con otro(a) estudiante el resultado de tu investigación.

Actividad 16.   *Los orígenes.* Además de estudiar el origen del universo también es interesante pensar sobre el origen y formación de las organizaciones con las que trabajamos a lo largo del día. Piensa en una organización e investiga cómo se formó. Algunos ejemplos de organizaciones son:

- tu universidad
- tu equipo de deportes
- tu estado
- tu grupo social universitario (fraternidad, club social, etc.)

Presenta en clase el resultado de tu investigación.

Estudio del lenguaje 1:
El género de los sustantivos y la concordancia

It is very likely that one of the first things you learned about Spanish nouns is that they all have a grammatical gender. As you remember, one of the most important consequences of this is that all the words that modify a noun (articles and adjectives) have to agree in gender and number with the noun.

Repaso

Let's begin by reviewing some basic facts about the gender of nouns.

1. All Spanish nouns have a grammatical gender. All words are either masculine or feminine. Look at the following examples from the reading.

Palabras masculinas	Palabras femeninas
el principio	las historias
el creador	la madre
el padre	la cristiandad
el tiempo	las cosas
el libro	las líneas
el cielo	la tierra

2. While the word's ending can give us some indication of whether the noun is masculine or feminine **(-o = masculine, -a = feminine)**, gender does not always follow a set of logical rules that you can apply to all nouns. There are nouns that end in **-a** that are masculine **(problema)**, there are nouns that end in **-o** that are feminine **(mano)**, and then there are nouns with other endings that can be either masculine or feminine. For this reason, in many cases it is necessary to memorize the gender of each noun.

3. All noun modifiers (articles and adjectives) have to agree in number and gender with the noun they modify. Look at the following examples from the reading.

Palabras masculinas	Palabras femeninas
el libro antiguo	las antiguas historias

El género gramatical

To help you learn the gender of Spanish nouns, here are the basic rules.

1. Most nouns ending in **-a, -d, -ie, -ión, -is, -umbre,** and **-z** are feminine.

-a:	-d:	-ie:	-ión:	-is:	-umbre:	-z:
historia	cristiandad	serie	creación	tesis	lumbre	faz
cosa	claridad		respiración	crisis	cumbre	paz
línea	obscuridad		manifestación		muchedumbre	nariz
tierra	juventud		revisión			cruz
esquina	virtud		pasión			luz
	salud					

Exceptions:

- el día, el césped, el arroz, el lápiz, el maíz, el pez, el análisis
- una serie de palabras que terminan en **-ma, -pa** y **-ta:** el programa, el drama, el idioma, el fantasma, el panorama, el poema, el problema, el sistema, el tema, el clima, el mapa, el planeta, el cometa.

2. Most nouns ending in **-o, -l, -n, -r,** and **-s** are masculine.

-o:	-l:	-n:	-r:	-s:
principio	animal	fin	mar	lunes
tiempo	árbol	corazón	ser	martes
libro				revés

In some countries, **radio** is masculine: **el radio.**

Exceptions: la mano, la foto (*this is the short form of* fotografía, *a feminine noun*), la moto (*also the short form of a feminine noun*, la motocicleta), la radio, la cárcel, la piel, la miel.

3. Nouns ending in **-e** can be either masculine or feminine. You need to learn them individually.

Masculinas	Femeninas
el padre	la madre
el monte	la parte
el pie	la noche
el puente	la clase
el borde	la muerte
el parque	la fuente

4. Feminine nouns with masculine singular article: the case of **el agua/las aguas.** Feminine nouns that begin with a stressed **a-** or **ha-** take the masculine form of **el, un, algún, ningún.** All other modifiers are feminine.

el agua las aguas
un arma unas armas
el hada las hadas
un águila unas águilas

Look at the following sentences.

El agua está fría. **El** aula está cerrada. **El** águila es hermosa.

BUT

Las aguas están frías. **Estas** aulas están cerradas. Hay **unas** águilas muy hermosas aquí.

5. Nouns that refer to humans and animals have a masculine and a feminine form. Many words in this category end in **-o** and have a feminine form that ends in **-a (tío/tía, primo/prima, abuelo/abuela, sobrino/sobrina, hermano/hermana, gato/gata, perro/perra, camarero/camarera).** However, this is not the case for all nouns that refer to pairs of humans and animals.

Very different forms		Closely related forms	
el caballo	la yegua	el padre	la madre
el toro	la vaca	el rey	la reina
el yerno (*son-in-law*)	la nuera (*daughter-in-law*)	el actor	la actriz
		el gallo	la gallina

6. Nouns that refer to humans and also end in **-r** for the masculine, add an **-a** for the feminine.

Masculinas	Femeninas
el Creador	la Creadora
el doctor	la doctora
el senador	la senadora

7. One word, two genders, one meaning: There are words referring to human beings that while remaining the same they take masculine or feminine modifiers depending on whether they apply to a male or to a female.

el guía simpático la guía simpática
el joven trabajador la joven trabajadora
el turista informado la turista informada

Most words in this category end in **-a**, mostly **-ista (el/la atleta, el/la astronauta, el/la ciclista, el/la socialista).**

8. One word, two genders, two meanings: There are other pairs of words where, while they look the same, one is femenine and means one thing and the other is masculine and means something different. Here are two examples.

la capital (*ciudad*)   el capital (*dinero*)

la frente (*parte de la cara*)   el frente (*lugar donde luchan los soldados*)

Other examples include: **la cura/el cura; la orden/el orden.**

9. Gender of acronyms: Acronyms take the gender of the first word.

SIDA: el Síndrone de Inmunodeficiencia Adquirida → El Sida

OTAN: la Organización de Tratado del Atlántico Norte → La Otan

PRI: el Partido Revolucionario Institucional → El Pri

TLC: el Tratado de Libre Comercio → El Te-ele-ce

PAN: el Partido de Acción Nacional → El Pan

10. The names of rivers, oceans, languages and most mountains are masculine and are accompanied by the masculine article when they take one: **el Amazonas, el Pacífico, el español, el chino, el quechua, el nahuatl, el quiché, los Andes, los Pirineos.**

Plural of nouns

To form the plural form of a noun:

- add **-s** to those nouns that end in a vowel: **la historia/las historias; la tierra/las tierras; el tiempo/los tiempos.**
- add **-es** to those nouns that end in a consonant: **el animal/los animales; el creador/los creadores; el fin/los fines.** For nouns that end in a **-z** there is a change in spelling when **-es** is added. The **z** becomes **c: luz → luces; lápiz → lápices.**
- Nouns that end with a stressed **-í**, such as **rubí, israelí**, form the plural adding **-es: rubíes, israelíes.** However, it is very common to hear native speakers say: **rubís, israelís.**
- Most common nouns that end in an **-s** in the singular remain the same in the plural: **la crisis/las crisis; el lunes/los lunes.**

Gender of adjectives

Since adjectives have to agree in gender and number with the noun they modify, they need to have different forms.

1. Adjectives that have a different form for the masculine and the feminine:

- Adjectives with a masculine form that ends with an **-o** have a feminine form that ends with an **-a.**

libro **antiguo**   historia **antigua**

- Adjectives of nationality with a masculine form that ends in a consonant (**-l, -n, -s, -r**) have a feminine form that ends with that same consonant plus an **-a.** This rule applies to all adjectives of nationality and to a few adjectives ending in **-n** and **-r**, such as **holgazán/holgazana** (*lazy*), **mandón/mandona** (*bossy*), **protector/protectora, trabajador/trabajadora** (*hard-working*), and **luchador/luchadora** (*fighting*).

un soldado **español**   una escritora **española**

un poema **alemán**   una canción **alemana**

un hombre **trabajador**   una mujer **trabajadora**

Online Study Center

To check your progress as you complete each vocabulary and grammar topic, do the exercises in the *Pueblos Online Study Center:* http://college. hmco.com/languages/ spanish/students

2. Adjectives that have the same form for both genders:

- Adjectives that end in an **-a** or an **-e**. (This rule applies also to adjectives of nationality.)

un estudiante **estadounidense**	una estudiante **estadounidense**
un hombre **valiente**	una mujer **valiente**
un libro **maya**	una historia **maya**
un pueblo **azteca**	una aldea **azteca**

- adjectives that end in a consonant that are not adjectives of nationality (except for those included in #1)

un libro **original**	una historia **original**
un hombre **joven**	una mujer **joven**
un padre **capaz**	una madre **capaz**

> Adjectives form the plural the same way as nouns. If the adjective ends in a vowel, an **-s** is added to form the plural (**antigua/antiguas**); if the adjective ends in a consonant, **-es** is added to form the plural (**original/originales**). If the adjective ends in a **-z**, this changes to **-c** when adding **-es** (**capaz/capaces**).

Position of adjectives

Most adjectives do not have a fixed position and can be placed either before or after the noun. Usually the preference in Spanish, unlike English, is for the adjective to follow the noun. Here are some general rules that you can follow.

1. Descriptive adjectives (shape, color, size, classification, etc.) and past participles usually follow the noun.

   los indios **quichés** de Guatemala

   dibujos de los códices **mayas**

   "aunque tenemos libro **antiguo** y **original** de estas cosas"

   "se dio fin **perfecto** a todo"

> Following the rules of accentuation, there are some adjectives that have a written accent in the singular form and lose it in the plural: **cortés/corteses; inglés/ ingleses.** Other adjectives do not have an accent in the singular but do have one in the plural form: **joven/jóvenes.** Finally there are other adjectives that have a written accent in the masculine but not in the feminine form: **francés/francesa; inglés/ inglesa; dormilón/dormilona** (sleepy head).

2. Descriptive adjectives can be placed in front of the noun when they indicate a quality that the speaker considers inherent of the noun, that is, a known quality.

   "Este es el principio de las **antiguas** historias"

   "y de este modo aparecieron las **altas** montañas"

3. Some adjectives take a shortened form when they precede the noun.

   - **Grande** becomes **gran** when it is placed before either a masculine or feminine noun: **un gran hombre/una gran mujer, un gran pueblo/una gran ciudad.**
   - **Bueno, malo, primero** (and **tercero**), and **santo** before a masculine noun become **buen, mal, primer (tercer),** and **san: un buen día, un mal sueño, el primer/tercer libro, San José.**

Aplicación

Actividad 17.   *Identificar.* Indica el género de las palabras de la página 16, dando el artículo definido que le corresponde.

Modelo: padre   *el padre*

1. _____ historia	7. _____ esquina	13. _____ madre	18. _____ paz
2. _____ principio	8. _____ clima	14. _____ ser	19. _____ monte
3. _____ mujer	9. _____ noche	15. _____ agua	20. _____ creador
4. _____ cielo	10. _____ árbol	16. _____ obscuri-	21. _____ tierra
5. _____ línea	11. _____ faz	dad	22. _____ animal
6. _____ lado	12. _____ mar	17. _____ creación	

Actividad 18.   ***Descripciones.*** En parejas, elijan cinco palabras de la lista anterior y busquen dos adjetivos que las describan. Escriban frases completas con las palabras y los adjetivos.

Modelo: padre
Tengo un padre cariñoso y comprensivo.

Actividad 19.   ***Completar.*** Fíjate en el siguiente texto. Identifica el género de cada nombre que aparece subrayado (*underlined*) en el texto y después completa los espacios con las terminaciones adecuadas de artículos y adjetivos.

L__ exploraciones de l__ asentamientos may__ comenzaron a principios del siglo XIX. L__ investigadores consiguieron a mediados del siglo XX descifrar un__ pequeñ__ parte del sistema de escritura may__. Estos descubrimientos ayudaron a entender un poco mejor l__ religión de l__ mayas, basad__ en un panteón de dioses de l__ naturaleza, entre ellos __ sol, __ luna, __ lluvia, __ maíz. L__ sacerdotes eran responsables de un__ elaborad__ ciclo de rituales y ceremonias. __l desarrollo de l__ matemáticas y l__ astronomía en l__ civilización may___ tiene un__ íntim__ conexión con l__ religión de este pueblo.

Actividad 20.   ***¿Cuál es el plural?*** Para cada una de las siguientes palabras o grupos de palabras, da la forma plural. Presta atención especial a los cambios ortográficos y a la aparición o desaparición de acentos.

1. una manifestación	5. un examen fácil	8. un hada madrina
2. la paz	6. un creador capaz	9. un joven indígena
3. un escritor español	7. un arma potente	10. una mujer original
4. un hombre dormilón		

Actividad 21.   ***Concordancia.*** Lee un artículo de un periódico en español (puedes ir a la biblioteca o seleccionar un artículo de un periódico disponible en Internet). Anota diez ejemplos de concordancia entre nombre y adjetivo(s). Después fíjate en el orden de colocación. ¿Dónde aparecen los adjetivos, delante o detrás del nombre? Si encuentras algún ejemplo de adjetivo delante del nombre, ¿puedes explicar por qué?

EXPLORACIÓN DEL TEMA 2

Vocabulario esencial 2

Sustantivos

el amuleto
el ático
el comercio
la creencia *belief*
la cruz *cross*
lo desconocido *the unknown*
el dios *god*
la luna *moon*
el más allá *the afterlife*
el milagro *miracle*
la ofrenda *offering*
la persona
el poder *power*
el ser sobrenatural *supernatural being*
el sótano *basement*
la tienda *store*
el (la) vendedor(a) *seller*

Verbos

adorar *to adore, to worship*
arrodillarse *to kneel down*
ayudar *to help*
crear *to create*
dar suerte *to give/bring good luck*
estar de pie *to stand*
orar = rezar *to pray*
sentarse *to sit down*
tener suerte *to be lucky*

Adjetivos

afortunado(a) ≠ desafortunado(a)
contento(a)
cuadrado(a) *squared*
incauto(a) *unwary*
redondo(a) *round*

Actividad 22. **Series de palabras.** Indica la palabra que no pertenezca (*belongs*) a la serie y explica por qué no pertenece.

1. crear   formar   creer   elaborar
2. dios   ser sobrenatural   mas allá   vendedor
3. sentarse   estar de pie   arrodillarse   peinarse
4. redondo   cuadrado   grande   rectangular
5. sótano   ático   terraza   tienda
6. incauto   impaciente   nervioso   contento
7. rezar   orar   doblar   adorar

Actividad 23. **Símbolos.** Piensa en tres símbolos y explica lo que significan. A continuación explica a tu compañero(a) los símbolos sin mencionar el símbolo para que él o ella lo adivine. Algunos ejemplos de símbolos son:

1. una cruz
2. una cruz roja
3. una media luna
4. la Constitución de los Estados Unidos
5. la mascota de tu universidad

Actividad 24. **Palabras relacionadas.** ¿Cómo se relacionan las siguientes diez palabras de la página 18? Trabaja con otro(a) estudiante y entre los dos escojan cinco palabras de la lista. Después, intégrenlas en una frase o párrafo breve. Compartan sus frases o párrafos con la clase.

1. milagro
2. creencia
3. ofrenda
4. ser sobrenatural
5. mundo del más allá
6. vendedor
7. luna
8. amuleto
9. lo desconocido
10. poder

¡Qué sabes?

Actividad 25. ***Poderes especiales.*** En grupos contesten las siguientes preguntas.

1. ¿Crees que hay personas con poderes especiales? ¿Has conocido alguna vez a alguien o algo que tenga poderes especiales? Si no crees en estas cosas, ¿por qué? Explica tu respuesta.
2. ¿Crees en milagros? Si tú no crees en ellos, ¿por qué piensas que hay gente que sí cree? En las religiones que conoces, ¿hay objetos como, por ejemplo, estatuas o símbolos que tienen poderes especiales? ¿Cuál es la función de esos objetos y símbolos?

Actividad 26. ***Personajes mágicos.*** Piensen en su niñez. Hagan una lista de personajes mágicos (por ejemplo, Papá Noel) que han sido importantes para cada estudiante del grupo. Después contesten esta pregunta: ¿Qué función tienen estos personajes mágicos en la vida de los niños?

Lectura del texto: "Chac Mool"

Anticipación

Actividad 27. ***Contexto histórico-geográfico.***

1. Observa la foto de Chac Mool. ¿De qué parece estar hecha la estatua? ¿Cómo es la expresión de su cara? ¿Qué puedes decir de su ropa? Describe la postura de Chac Mool.
2. Los mayas creían en un dios llamado Chac que era el dios de la lluvia. Más tarde los toltecas adoraron a Chac Mool, dios que se asocia con el sacrificio humano. En tu opinión, ¿cómo se puede conectar la lluvia con los sacrificios?

Los arqueólogos creen que las figuras de Chac Mool datan de la época de la dominación de los toltecas (925 d.C.–1000 d.C.). Esta estatua de Chac Mool está en El Templo de los Guerreros, Chichén Itzá, Yucatán. Aunque es difícil verlo en la foto, Chac Mool lleva un plato sobre la barriga apoyado en las manos. Los historiadores creen que estos platos eran para recibir los corazones de los sacrificados como ofrenda al dios.

Actividad 28. **Un vistazo al texto.** El cuento titulado "Chac Mool" del escritor mexicano Carlos Fuentes es un buen ejemplo de literatura fantástica; es decir, literatura donde la fantasía y la realidad se mezclan. Fuentes juega con sus lectores al mostrarles un Chac Mool de piedra que parece cobrar vida (come alive). ¿Qué ejemplos de literatura fantástica conoces? ¿Te interesa este tipo de literatura? Explica tu respuesta.

Actividad 29. **Estudio de palabras.** Las siguientes palabras aparecen en la lectura. Lee las palabras de la columna de la izquierda y asocia cada una de ellas con una palabra o frase de la columna de la derecha. Utiliza un diccionario si te hace falta.

1. afición
2. amanecer
3. cacharros
4. descomponerse
5. fogoso
6. inundar
7. macizo
8. marchante
9. musgo
10. negar (niegue)
11. penumbra
12. raspar
13. tubería
14. vello

a. formado por una masa sólida
b. ardiente, apasionado
c. rechazar algo, no reconocer una realidad
d. salir el sol
e. el sistema por el que circula el agua en una casa
f. limpiar una superficie con un instrumento afilado
g. planta, como una alfombra verde que cubre las rocas
h. medio oscuro, con poca luz
i. llenar con exceso de agua
j. interés por un tema o un objeto
k. cosas de poco valor
l. conjunto de pelos
ll. romperse, no funcionar
m. persona cuya profesión consiste en comprar y vender cosas

Texto

Lee la selección de "Chac Mool".

Carlos Fuentes (1928–) writes short stories, novels, plays, essays, and articles. He often writes about Mexico and its complexity in relation to its identity and history.

Chac Mool

Carlos Fuentes

[...]

"Pepe, aparte de su pasión por el derecho mercantil°, gusta de teorizar. Me vio salir de Catedral, y juntos nos encaminamos a Palacio. El es descreído, pero no le basta°: en media cuadra tuvo que fabricar una teoría. Que si no fuera mexicano, no adoraría a Cristo, y... —No, mira, parece evidente. Llegan los españoles y te proponen que adores a un Dios, muerto hecho un coágulo°, con el costado° herido, clavado en una cruz. Sacrificado. Ofrendado. ¿Qué cosa más natural que aceptar un sentimiento tan cercano a todo tu ceremonial, a toda tu vida?... Figúrate, en cambio, que México hubiera sido conquistado por budistas o mahometanos. No es concebible que nuestros indios veneraran° a un individuo que murió de indigestión. Pero un Dios al que no le basta que se

Huitzilopochtli was the god of the Sun to whom the Aztecs offered human hearts as a sacrifice in exchange for rain, good crops, and good luck in combat.

commercial law
isn't enough

dead made into a clot
side

would worship

sacrifiquen por él, sino que incluso va a que le arranquen° el corazón, ¡caramba, jaque mate a Huitzilopochtli!° El cristianismo, en su sentido cálido, sangriento, de sacrificio y liturgia, se vuelve° una prolongación natural y novedosa de la religión indígena. Los aspectos de caridad, amor y la otra mejilla°, en cambio, son rechazados°. Y todo en México es eso: hay que matar a los hombres para poder creer en ellos."

rip out
check-mate to
Huitzilopochtli; *becomes*
cheek
rejected

"Pepe sabía mi afición, desde joven, por ciertas formas del arte indígena mexicano. Yo colecciono estatuillas, ídolos, cacharros°. Mis fines de semana los paso en Tlaxcala, o en Teotihuacán. Acaso por esto le guste relacionar todas las teorías que elabora para mi consumo con estos temas. Por cierto° que busco una réplica razonable del Chac Mool desde hace tiempo, y hoy Pepe me informa de un lugar en La Lagunilla donde venden uno de piedra, y parece que barato. Voy a ir el domingo."

knickknacks (items of
little value)
By the way

"Hoy, domingo, aproveché para° ir a La Lagunilla. Encontré el Chac Mool en la tienducha que me señaló Pepe. Es una pieza preciosa, de tamaño° natural, y aunque el marchante asegura su originalidad, lo dudo. La piedra es corriente, pero ello no aminora° la elegancia de la postura o lo macizo del bloque. El desleal vendedor le ha embarrado° salsa de tomate en la barriga° para convencer a los turistas de la autenticidad sangrienta de la escultura."

I took advantage
size

detract
covered with; belly

"El traslado a la casa me costó más que la adquisición. Pero ya está aquí, por el momento en el sótano mientras reorganizo mi cuarto de trofeos a fin de darle cabida°. Estas figuras necesitan sol, vertical y fogoso; ése fue su elemento y condición. Pierde mucho en la oscuridad del sótano, como simple bulto agónico, y su mueca° parece reprocharme que le niegue la luz. El comerciante tenía un foco° exactamente vertical a la escultura, que recortaba todas las aristas°, y le daba una expresión más amable a mi Chac Mool. Habrá que seguir su ejemplo."

to make room

grimace
lamp; edges

"Amanecí con la tubería descompuesta. Incauto, dejé correr el agua de la cocina, y se desbordó, corrió por el suelo y llegó hasta el sótano, sin que me percatara°. El Chac Mool resiste la humedad, pero mis maletas sufrieron; y todo esto, en día de labores, me ha obligado a llegar tarde a la oficina."

without my noticing

"Vinieron, por fin, a arreglar la tubería. Las maletas torcidas. Y el Chac Mool, con lama° en la base."

"Desperté a la una: había escuchado un quejido° terrible. Pensé en ladrones. Pura imaginación."

slime, ooze
moan

"Los lamentos nocturnos han seguido. No sé a qué atribuirlo, pero estoy nervioso. Para colmo de males°, la tubería volvió a descomponerse y las lluvias se han colado°, inundando el sótano."

the worst that could
happen; have seeped in

"El plomero no viene, estoy desesperado. Del Departamento del Distrito Federal, más vale no hablar. Es la primera vez que el agua de las lluvias no obedece a las coladeras° y viene a dar a mi sótano. Los quejidos han cesado: vaya una cosa por otra."

sewer

"Secaron el sótano, y el Chac Mool está cubierto de lama. Le da un aspecto grotesco, porque toda la masa de la escultura parece padecer de una erisipela° verde, salvo los ojos, que han permanecido de piedra. Voy a aprovechar el domingo para raspar el musgo. Pepe me ha recomendado cambiarme a un apartamento, y en el último piso, para evitar estas tragedias acuáticas. Pero no

to suffer a skin
infection

puedo dejar este caserón, ciertamente muy grande para mí solo, un poco lúgubre en su arquitectura porfiriana, pero que es la única herencia y recuerdo de mis padres. No sé qué me daría ver una fuente de sodas con sinfonola° en el sótano y una casa de decoración en la planta baja."

"Fui a raspar la lama del Chac Mool con una espátula. El musgo parecía ya parte de la piedra; fue labor de más de una hora, y sólo a las seis de la tarde pude terminar. No era posible distinguir en la penumbra, y al dar fin al trabajo, con la mano seguí los contornos de la piedra. Cada vez que repasaba el bloque parecía reblandecerse°. No quise creerlo: era ya casi una pasta. Este mercader de La Lagunilla me ha timado°. Su escultura precolombina es puro yeso°, y la humedad acabará por arruinarla. Le he puesto encima unos trapos°, y mañana la pasaré a la pieza de arriba, antes de que sufra un deterioro total."

"Los trapos están en el suelo. Increíble. Volví a palpar° al Chac Mool. Se ha endurecido, pero no vuelve a la piedra. No quiero escribirlo: hay en el torso algo de la textura de la carne, lo aprieto° como goma, siento que algo corre por esa figura recostada… Volví a bajar en la noche. No cabe duda el Chac Mool tiene vello en los brazos."

"Esto nunca me había sucedido°. Tergiversé° los asuntos en la oficina: giré° una orden de pago que no estaba autorizada, y el director tuvo que llamarme la atención. Quizá me mostré hasta descortés con los compañeros. Tendré que ver a un médico, saber si es imaginación, o delirio, o qué, y deshacerme de ese maldito Chac Mool."

music box

The **"arquitectura porfiriana"** refers to the architectural style that was popular during the regime of the dictator Porfirio Díaz (1877–1911).

to soften up; cheat; plaster rags

to touch

I push

had never happened to me; I messed up; I wired

Comprensión

Actividad 30.   ***Detalles de la lectura.*** Después de leer el texto dos veces, contesta las siguientes preguntas. En clase, trabajando en grupos de tres, comparte tus respuesta con otros estudiantes.

1. ¿De qué religiones se habla en esta lectura? Identifica palabras o expresiones asociadas con las religiones mencionadas. Haz una lista. ¿Cuál fue el tema principal de la teoría fabricada por Pepe?
2. Haz una descripción del Chac Mool según lo que se dice en el texto.
3. ¿Qué pensó Filiberto, el narrador del cuento, sobre el vendedor? ¿Por qué? ¿Cómo lo sabes?
4. ¿Por qué era atractivo que Chac Mool tuviera una mancha roja en la barriga?
5. ¿En qué parte de su casa coloca Filiberto a Chac Mool? ¿Por qué?
6. ¿Qué ocurre con la tubería?
7. Por la noche, ¿qué es lo que escucha Filiberto? ¿Cómo le afecta esto?
8. ¿Cómo cambió el Chac Mool después de la inundación?
9. ¿Qué es lo que hace Filiberto para limpiar la estatua? ¿De qué es el Chac Mool?
10. Al final del fragmento, ¿a quién quiere ver Filiberto y por qué?

Actividad 31.   ***Explicaciones.*** Trabaja con otro(a) estudiante y usa las siguientes palabras para hacer un resumen del cuento del Chac Mool.

1. caminar	5. Chac Mool	9. quejido
2. teoría	6. barriga	10. raspar
3. afición	7. sótano	11. textura
4. encontrar	8. agua	12. médico

Conversación

Actividad 32.   ***Debate.*** En grupos de tres, contesten las siguientes preguntas. ¿Cómo interpretarías la frase "hay que matar a los hombres para poder creer en ellos"? En la historia estadounidense se ha dicho algo semejante en relación al asesinato de Martin Luther King, Jr. y de John F. Kennedy entre otros. ¿Estás de acuerdo con esta frase? Defiende tu opinión.

Actividad 33.   ***¿Locura o no?*** ¿Se está volviendo loco Filiberto o puedes explicar lo que ocurre con el Chac Mool de otra forma? En grupos de cinco, dos estudiantes deben defender la idea de que Filiberto se está volviendo loco y otros dos explicarán lo que le pasa a Filiberto de otra manera. El quinto estudiante debe escuchar y decidir quién tiene razón.

Actividad 34.   ***Entrevista.*** Este fragmento del cuento de Carlos Fuentes comienza cuando Filiberto está a punto de comprar una estatua del Chac Mool. Poco a poco el Chac Mool llega a dominar la vida de Filiberto. Parece que el Chac Mool pasa de ser una estatua de piedra a convertirse en un ser vivo. Hazle a otro(a) estudiante las siguientes preguntas.

- ¿Qué efecto tuvo Chac Mool en el trabajo de Filiberto?
- ¿Tienes tú alguna superstición que afecte tu vida diaria?
- ¿Crees en los amuletos? ¿Sí? ¿No? Justifica tu respuesta.

Estudio del lenguaje 2: *Ser y estar*

Repaso

As you know from your previous years of Spanish studies, the verbs **ser** and **estar** are both the equivalent of the English verb *to be.* The following are general statements about **ser** and **estar** that summarize the main uses of the two verbs.

- **Ser** is used to express inherent characteristics that define a person, a place, or a thing.
- **Estar** is used to express the physical condition or emotional state of a person, place, or thing and also to indicate location.

Usos de *ser*

Use **ser:**

1. with nouns and pronouns to identify the subject.

    "Y todo en México **es eso:** hay que matar a los hombres para poder creer en ellos".

    "Es una pieza preciosa".

2. to express qualities that identify a person, such as nationality, profession, or political or religious affiliation.

    Filiberto **es coleccionista** de arte indígena mexicano.

    El Chac Mool **es maya.**

3. to express qualities that define or characterize, such as color, shape, and size of objects and places, as well as physical appearance and personality of people.

    Pepe **"es descreído".**

    "La piedra **es corriente".**

4. to tell time of the day and to indicate dates, days of the weeks, months, and seasons.

    El día en que Filiberto compró la estatua de Chac Mool **era domingo.**

    Cuando Filiberto despertó a causa de los ruidos, **era la una.**

5. with impersonal expressions.

    "No **es concebible** que nuestros indios veneraran a un individuo que murió de indigestión".

    • Otras expresiones impersonales son: **es importante, es posible, es necesario, es fácil, es difícil, es interesante, es curioso, es fascinante,** etc.

6. with the past participle of a verb to form the passive voice.

    El *Popol Vuh* **fue escrito** por un noble maya quiché.

Usos de *ser + preposición*

1. **Ser de** is used to indicate:

    • possession: La estatua **es de** Filiberto.
    • origin: Filiberto **es de** la capital.
    • material something is made of: La estatua que compra Filiberto **es de** piedra.

2. **Ser en** is used to indicate where an event takes place.

    La misa **es en** la catedral.

3. **Ser a** is used to indicate the time an event takes place.

    La misa **es a** las 12:00.

4. **Ser para** is used in the following ways.

    • When followed by a time expression it indicates a deadline.

¿**Para cuándo es** el trabajo sobre Carlos Fuentes?
Es para mañana.

- When followed by a pronoun or a noun, **ser** indicates for whom or for what something is intended.

Las teorías que elabora Pepe **son para** el consumo de Filiberto.

Usos de *estar*

1. **Estar** is used to express location of places, people, and objects. In this use, **estar** is followed by one of the following.

    - adverb of place: **aquí, lejos, cerca, allí**

      "Pero [la estatua] ya **está aquí**".

    - the prepositions **a, bajo, en, entre, sobre, debajo de, encima de, al lado de, delante de, detrás de, en frente de** + *place*

      "Los trapos **están en el suelo**".

    - the proposition **a** + *distance from a place*

      El Palacio **está a poca distancia** de la catedral.
      Tlaxcala **está a unos 150 kilómetros** de la Ciudad de México.

2. **Estar** followed by an adjective is used to express physical condition or emotional state.

    "…pero **estoy nervioso**".
    "El plomero no viene, **estoy desesperado**".

3. **Estar** followed by a past participle indicates a condition that is the result of a previous action.

    "Secaron el sótano, y el Chac Mool **está cubierto** de lama".

4. **Estar** followed by the present participle (**-ndo** form) of the verb indicates an action that is in progress.

    Filiberto **está pensando** en ir a ver a un médico.

Expresiones con *estar*

Some idiomatic expressions always take **estar.**

Estoy de acuerdo con Filiberto.	*I agree with Filiberto.*
Filiberto **está seguro** (de) que Chac Mool vuelve a vivir.	*Filiberto is sure that Chac Mool comes back to life.*
El plomero **está de buen (mal) humor** al ver el agua.	*The plumber is in a good (bad) mood on seeing the water.*
Está de moda coleccionar estatuas precolombinas.	*It is in style (fashionable) to collect pre-Columbian statues.*
Chac Mool no **está de pie**.	*Chac Mool is not standing.*

Usos de *ser* y *estar* + *adjetivo*

As you know from the previous presentation on the uses of **ser,** there are certain adjectives that can only be used with **ser,** such as those that express nationality, profession, or political or religious affiliation: **Filiberto es mexicano.**

Other adjectives are used only with **estar,** such as those that express a physical or emotional state or condition: **Filiberto está preocupado.** However, there are many adjectives that can be used with either **ser** or **estar.** Look at following examples and pay attention to the way in which each sentence is translated.

SER	**ESTAR**
Filiberto es **alegre.**	Su amigo está **alegre.**
Filiberto is a happy person.	*His friend looks happy.*
Las naranjas son **buenas.**	Estas naranjas están **buenas.**
Oranges are good for you.	*These oranges taste good.*
Filiberto es muy **amable.**	Su amigo está muy **amable.**
Filiberto is always nice.	*His friend is acting really nice.*
El agua del océano Atlántico es **fría.**	El agua está muy **fría.**
The water in the Atlantic is cold.	*The water feels very cold (e.g., today, right now).*
La estatua de Chac Mool es **vieja.**	La antropóloga está **vieja.**
The statue of Chac Mool is old (in years).	*The anthropologist looks old (for her age).*
Filberto no es **nervioso.**	Filberto está un poco **nervioso.**
Filberto is not a nervous person.	*Filberto feels a bit nervous.*

When an adjective is used with the verb **ser,** the adjective defines or identifies the object or person. With **estar,** however, the adjective indicates how the object or person is perceived. In that case the verb **estar** is then conveyed in English with sensory verbs such as *to look like, to feel, to appear,* or *to taste.*

In some cases an adjective can have two meanings, and the speaker indicates which of the two meanings he/she wants to express by using either **ser** or **estar.** Look at the following adjectives and notice their respective meanings.

	With **ser**	With **estar**
aburrido	*boring*	*bored*
bueno	*good*	*in good health*
despierto	*alert*	*awake*
divertido	*amusing*	*amused*
listo	*intelligent, clever*	*ready*
malo	*bad*	*sick*
verde	*green*	*unripe*
vivo	*alert, smart*	*alive*

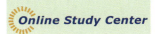

Online Study Center

To check your progress as you complete each vocabulary and grammar topic, do the exercises in the *Pueblos* Online Study Center: **http://college .hmco.com/languages/ spanish/students**

Begin the *Pueblos* Student CD-ROM activities.

Aplicación

Actividad 35.   *¿Qué son?* Conecta los elementos de las dos columnas. Escribe frases completas usando el verbo **ser.** Luego, usando la información que has aprendido en esta sección de gramática, explica con tus propias palabras por qué se usa **ser** en cada una de estas frases.

1. Carlos Fuentes
2. Chac Mool
3. el domingo
4. la lama
5. Pepe
6. el sótano
7. yo
8. Teotihuacán y Tlaxcala
9. mi madre y yo

a. escultura precolombina
b. pieza preciosa
c. escritor mexicano
d. amigo de Filiberto
e. habitación de la casa
f. especie de barro
g. turistas en Chichén Itzá
h. día de la semana
i. ciudades mexicanas
j. sustancia
k. nombre de persona
l. estudiante de español

Actividad 36.   *¿Cómo estás?* Cuando Filiberto oye ruidos extraños por la noche, el texto dice que "está nervioso". Completa las siguientes frases para indicar cómo te sientes tú y cómo se sienten otras personas en las situaciones siguientes. No repitas ningún adjetivo.

1. Después de hacer mucho deporte mis amigos y yo...
2. Antes de ver a una persona a la que quieres de forma especial...
3. El día antes de comenzar las clases los estudiantes...
4. Después de leer el cuento de Chac Mool mi compañero(a) de clase...
5. Antes de un examen importante mis compañeros... pero yo...
6. Después de comprar algo que llevabas tiempo buscando...
7. Cuando alguien importante en tu vida tiene problemas...
8. Cuando recibo una nota que no me merezco...

Actividad 37.   *Ser o estar.* Completa con **ser** or **estar** el siguiente pasaje sobre Filiberto. Presta atención a los tiempos de los verbos.

El pobre Filiberto (1.) _____ mal ahora pero antes (2.) _____ una buena persona y le gustaba mucho ayudar a los demás. El mes pasado, por ejemplo, ayudó a la marchante "Loli", una chica que (3.) _____ ciega, a organizar sus productos porque no podía hacerlo sin vista. Aquel día la marchante (4.) _____ aburrida porque no había muchos clientes y Filiberto le echó una mano.

   Últimamente Filiberto ha cambiado mucho y ahora casi siempre (5.) _____ de mal humor. Tiene muchos dolores de cabeza y se queja mucho de su deterioro físico. Por eso (6.) _____ aburrido hablar con él porque siempre habla del mismo tema. Filiberto (7.) _____ viejo aunque no tiene tantos años. El pobre Filiberto dice que no puede (8.) _____ de pie mucho sin tener dolores fuertes. Sé que soy mala amiga, pero (9.) _____ difícil escuchar siempre tantas quejas.

Actividad 38.   ***Adivina.*** En clase, trabajando en grupos de tres estudiantes, hagan lo siguiente. En diez minutos cada grupo va a elaborar una descripción de una de las siguientes personas u objetos relacionados con el cuento. Deben usar los verbos **ser** y **estar** en la descripción. Al terminar, cada grupo va a leer su descripción a la clase y los demás estudiantes tienen que adivinar qué o a quién están describiendo.

- pirámide
- Filiberto
- la tienda de La Lagunilla
- el sótano de la casa de Filiberto
- Pepe
- Carlos Fuentes
- la Ciudad de México
- Chac Mool

Actividad 39.   ***Una entrevista a Chac Mool.*** Trabaja con otro(a) estudiante de clase y entrevista a Chac Mool. El (La) entrevistador(a) debe preparar al menos diez preguntas. Entre otras cosas quiere saber lo siguiente.

1. el origen de Chac Mool
2. la nacionalidad
3. el lugar de residencia
4. su estado de ánimo
5. su personalidad

Después, en parejas, preparen por escrito un resumen de la entrevista.

Proyecto final: Describir, analizar y presentar un objeto relacionado con la cultura

Recapitulación: En este capítulo, en el contexto de las civilizaciones mesoamericanas de ayer y hoy, hemos discutido la creación de un universo (el de los mayas según el *Popol Vuh*) y la importancia de los objetos representativos en la cultura y la religión (por ejemplo, Chac Mool). Como tarea final, tu grupo va a escoger un objeto representativo de su cultura y lo va a presentar a la clase.

Paso 1: Repasen las secciones marcadas con 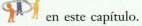 en este capítulo.

Paso 2: Escojan un objeto que sea representativo de la cultura de su entorno (su campus, ciudad, pueblo, país, familia). Algunos ejemplos son: una estatua en su ciudad, el escudo y lema de su universidad (*seal and motto*), el origen de un apellido, algún objeto en el museo de su universidad. Hagan una foto del objeto o dibújenlo.

Paso 3: Escriban una descripción detallada de su objeto. Estructuren su descripción en las siguientes secciones.

  a. Descripción física: material, forma, tamaño y ubicación (*location*)
  b. Origen del objeto: historia breve

c. Función del objeto: simbolismo del objeto

d. Relación entre el objeto y las personas

Paso 4: Comparen su objeto con el Chac Mool teniendo en cuenta las categorías del paso anterior. Utilicen el esquema siguiente para presentar los aspectos comunes y diferentes.

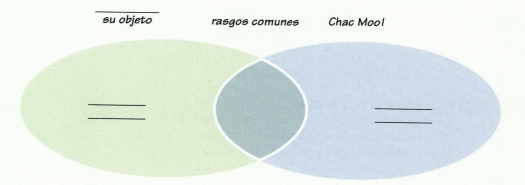

su objeto   _rasgos comunes_   _Chac Mool_

Paso 5: Preparen un póster con la información obtenida. Presenten sus proyectos al resto de la clase y completen la siguiente información.

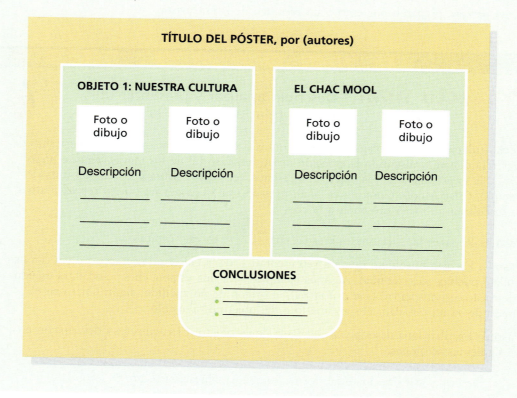

TÍTULO DEL PÓSTER, por (autores)

OBJETO 1: NUESTRA CULTURA

Foto o dibujo   Foto o dibujo

Descripción   Descripción

EL CHAC MOOL

Foto o dibujo   Foto o dibujo

Descripción   Descripción

CONCLUSIONES

Nombren tres objetos de las presentaciones.

1.

2.

3.

Escojan un objeto de una de las presentaciones y hagan una lista de dos semejanzas que tiene ese objeto con el Chac Mool.

1.

2.

Ahora usen el mismo objeto y nombren dos diferencias con el Chac Mool.

1.

2.

¿Cuál es el objeto que les interesó más y por qué?

Vocabulario del capítulo

Preparación

la cumbre *pinnacle*
los derechos *rights*
desarrollar *to develop*
mestizo(a) *of mixed indigenous and Caucasian heritage*

Vocabulario esencial
Popol Vuh

Sustantivos

el acueducto *aqueduct*
los antepasados *ancestors*
los aztecas *Aztecs*
la clase social *social class*
la conquista *the Conquest*
el conquistador *conqueror*
el derecho *right*
los descendientes *descendant*s
los hechos históricos *historical events*
la herencia *inheritance, legacy*
el imperio *empire*
la marginación *marginalization, discrimination*
los mayas *Mayas*
Mesoamérica *Mexico and Central America*
los mestizos *people of mixed indigenous and Caucasian heritage*
la mezcla *mix*
los olmecas *Olmecs*
la pirámide *pyramid*
la reforma *reform*
la sangre *blood*

Verbos

asegurar *to secure*
construir *to build*
igualar *to level*
legislar *to legislate*

luchar *to fight*
sufrir *to suffer*

Adjetivos

azteca *Aztec*
indio(a) *indigenous*
maya *Maya*
mestizo(a) *of mixed indigenous and Caucasian heritage*
olmeca *Olmec*
precolombino(a) *pre-Columbian*

Vocabulario esencial
Chac Mool

Sustantivos

el amuleto *amulet*
el ático *attic*
el comercio *business*
la creencia *belief*
la cruz *cross*
lo desconocido *the unknown*
el dios *god*
la luna *moon*
el más allá *afterlife*
el milagro *miracle*
la ofrenda *offering*
la persona *person*
el poder *power*
el ser sobrenatural *supernatural being*
el sótano *basement*
la tienda *store*
el (la) vendedor(a) *seller*

Verbos

adorar *to adore, to worship*
arrodillarse *to kneel down*
ayudar *to help*

crear *to create*
dar suerte *to give/bring good luck*
estar de pie *to stand*
orar *to pray*
sentarse *to sit down*
tener suerte *to be lucky*

Adjetivos
afortunado(a) *fortunate*
contento(a) *happy*
cuadrado(a) *squared*
incauto(a) *unwary*
redondo(a) *round*

Expresiones con *ser*

es concebible *it's conceivable*
es curioso *it's curious*
es difícil *it's difficult; it's unlikely*
es fácil *it's easy*
es fascinante *it's fascinating*
es importante *it's important*
es interesante *it's interesting*
es necesario *it's necessary*
es posible *it's possible*

Expresiones con *estar*

estar de acuerdo *to agree*
estar de buen/mal humor *to be in a good/bad mood*
estar de moda *to be in style, to be fashionable*
estar de pie *to stand*
estar seguro *to be sure*

Adjetivos que cambian de significado con *ser* y *estar*

aburrido(a) *boring; bored*
bueno(a) *good; in good health*
despierto(a) *alert; awake*
divertido(a) *amusing; amused*
listo(a) *intelligent, clever; ready*
malo(a) *bad; in bad health, sick*
verde *green; unripe*
vivo(a) *alert, smart; alive*

In the list above, the first meaning shown is for use with **ser** and the second for use with **estar**.

La Península Ibérica ayer (arriba) y hoy (abajo)

CRONOLOGÍA

750 a.C.

Llegada de los celtas a la península: se mezclan con los iberos; de la mezcla de ambos resultan los celtíberos.

280 a.C.

Llegada de los romanos a la Península Ibérica; se establecen en el territorio que llaman "Hispania".

589 d.C.

El catolicismo se declara religión oficial del reino visigodo.

694 d.C.

Esclavización de los judíos y confiscación de sus bienes.

800 a.C. **600 a.C.** **400 a.C.** **200 a.C.** **400 d.C.** **600 d.C.** **800 d.C.**

El acueducto de Segovia se construyó durante la dominación romana.

151 – 20 a.C.

Fundación de la ciudad de Córdoba. Construcción del acueducto de Segovia.

470 d.C.

Los visigodos, pueblo de origen germano, se establecen en la Península Ibérica.

780 d.C.

Invasión árabe de la península. Se establece la región de Al-Andalus.

Capítulo 2

La Península Ibérica: Lugar de encuentro ayer y hoy

OBJETIVOS DEL CAPÍTULO

En este capítulo vas a:

→ Explorar el tema de la convivencia de razas en la Península Ibérica en dos momentos muy diferentes de su historia.

→ Repasar y ampliar conocimientos sobre las preposiciones y el presente de indicativo.

→ Leer y analizar un breve ensayo sobre historia, titulado "Alba de las ciudades" y un artículo periodístico, "El racismo de las mil caras", del escritor Joaquín Estefanía.

→ **Proyecto final:** Comparar rutinas en celebraciones culturales (ver página 58)

Nave de Colón

1000 a.C.

Formación de los reinos cristianos de Castilla-León, Aragón, Navarra y Portugal. Comienzo de la Reconquista. Córdoba es una de las ciudades más desarrolladas del mundo.

1469

Matrimonio de Fernando de Aragón e Isabel de Castilla (los Reyes Católicos). Con ellos comienza un proceso de unificación de los distintos reinos que durará siglos.

1500 – 1681

Siglos de Oro, época de gran esplendor cultural en España.

| 1000 d.C. | 1200 | 1400 | 1600 | 1800 |

Azulejos mozárabes, Casa de Pilatos, Sevilla

1300 – 1492

Avance progresivo de los reinos cristianos que culmina con la conquista de Granada (1492).

1588

Derrota de la Armada Invencible española frente a los ingleses. Comienza la caída del imperio español.

1492

Cristóbal Colón llega al Nuevo Mundo.

Preparación

Vocabulario

Antes de escuchar la presentación, lee estas palabras necesarias para comprender el texto.

The terms **árabe, moro,** and **musulmán** are used synonymously in the context of Spanish history.

Al-Andalus *Muslim region of Spain during Moorish occupation*

celta *Celt, Celtic*

la convivencia *coexistence*

la decadencia *decadence*

demográfico(a) *demographic*

íbero(a) *Iberian*

judío(a) *Jewish*

la mezquita *mosque*

los musulmanes *Muslims*

el puente *bridge*

romano(a) *Roman*

visigodo(a) *Visigoth*

Actividad 1. ***Anticipación.*** Trabaja con otro(a) estudiante y entre los dos contesten las siguientes preguntas.

1. En la página 32 miren el mapa de la Península Ibérica. ¿Dónde está con relación a Asia, África, América y Europa?
2. ¿Qué pueblos habitaron lo que hoy es España?
3. Expliquen la siguiente frase: "España es un lugar de encuentro".

Presentación

Escucha la información introductoria para este capítulo sobre la Península Ibérica.

Comprensión

Actividad 2. ***¿Verdadero o falso?*** Después de escuchar la presentación, indica si las afirmaciones siguientes son verdaderas (V) o falsas (F).

1. Los españoles de hoy tienen una herencia étnica rica y diversa.
2. El Siglo de Oro fue una época de mucho desarrollo cultural que coincidió con el período de la dominación musulmana.
3. Los musulmanes trajeron grandes avances en matemáticas y astronomía a la península.
4. España perdió Cuba y Puerto Rico durante la Guerra Civil española.
5. Francisco Franco fue dictador durante los Siglos de Oro.
6. Los inmigrantes actuales en España son de las Islas Filipinas.

Vocabulario esencial 1

Sustantivos

el (la) agricultor(a) *farmer*
la aldea *town*
el (la) árabe *Arabic, Muslim*
el (la) artesano(a) *crafts person*
la costumbre *customs, habits*
el cruce *crossroads*
el encuentro *encounter*
el mercader *merchant*
el mercado *market*
la mezcla *mixture*
el (la) pensador(a) *thinker*
el pueblo *town; people*
la tradición
el zoco *market*

Verbos

abastecer = proveer = proporcionar
  to supply
combinar *to combine*
establecerse *to get established*
intercambiar *to exchange*
mezclar *to mix*
pasar tiempo *to spend time*
permanecer *to remain*

Adjetivos

árabe
judío(a)
moro(a)
musulmán/musulmana
romano(a)

Actividad 3. **Series de palabras**. ¿Qué tienen en común estas series de palabras?

1. aldea	pueblo	ciudad	metrópolis
2. cruce	encuentro	mezcla	convivencia
3. mercaderes	vendedores	agricultores	artesanos
4. pensadores	intelectuales	escritores	filósofos
5. mercado	zoco	plaza	patio
6. quedarse	permanecer	vivir	establecerse
7. abastecer	proveer	dar	proporcionar

Actividad 4. **Completar**. De las dos palabras entre paréntesis selecciona la palabra apropiada para completar el párrafo. Los verbos deben estar conjugados en tiempos del pasado.

En el año 1000 una de las principales _____ (1. pensadores / ciudades) del mundo era Córdoba. Fue capital provincial bajo los romanos y más tarde, en el año 715 _____ (2. convertirse / tener) en ciudad _____ (3. musulmana / científica). En el año 1000, la vida en Córdoba _____ (4. ser / haber) avanzada y refinada para una ciudad de esa época. La ciudad tenía agua corriente (*running water*) y alcantarillado (*sewers*), hospitales, calles alumbradas (*lighted*), jardines y fuentes. _____ (5. Haber / Ser) 80.000 pequeños _____ (6. comercios / capitales), 1.600 mezquitas, 900 baños públicos y setenta bibliotecas. Había artesanos de todos tipos. Fue un centro cultural donde sabios y _____ (7. pensadores / artesanos) de Europa y del Oriente Medio

_____ (8. intercambiar / convertir) ideas filosóficas y _____
(9. comerciales / científicas). En el año 1000, Córdoba tenía uno de los palacios más lujosos del mundo (Medina Azahara) y una población de 100.000 habitantes, lo cual para la época era un número muy elevado de habitantes.

Actividad 5. *Culturas y pueblos.* Trabaja con otro(a) estudiante. Entre los dos den dos ejemplos de aspectos culturales que ha traído a EEUU cada pueblo de la lista a continuación. Al terminar comparen sus ejemplos con los de otra pareja y después compartan la información con la clase.

Modelo: Los irlandeses trajeron a Estados Unidos la tradición de Halloween.

1. los hispanos
2. los afroamericanos
3. los judíos
4. los árabes
5. los italianos
6. los japoneses

¿Qué sabes?

Actividad 6. *Geografía.* A lo largo de la historia, ¿por qué crees que la Península Ibérica ha tenido tantas invasiones de diferentes pueblos? Para preparar tu respuesta, mira los mapas de la página 32 y analiza bien la situación geográfica. Puedes trabajar con otro(a) estudiante. Al terminar, comparte tus respuestas con el resto de la clase.

Actividad 7. *La España musulmana.* En grupos, contesten estas preguntas: ¿Qué saben de la cultura islámica antigua? ¿Cuáles fueron sus contribuciones más importantes a la civilización? Para empezar la conversación, indiquen si las siguientes afirmaciones son verdaderas (V) o falsas (F). Después traten de ampliar esta información con otros datos.

1. Los musulmanes tenían grandes conocimientos de arquitectura. Nos han dejado edificios de renombre como La Alhambra en España.
2. Los árabes son famosos por sus avances en las matemáticas (sobre todo la geometría), la astronomía y la medicina.
3. Los árabes construyeron catedrales por todo el mundo.
4. Los árabes desarrollaron el arte de la caligrafía y el de tejer (*weaving*) alfombras finas.

Detalle de un azulejo en La Alhambra

Lectura del texto: El alba de las ciudades

Anticipación

Actividad 8.   ***Contexto histórico-geográfico.*** Teniendo en cuenta la información que has aprendido en la Actividad 4 y lo que has aprendido en la cronología, trabaja con otro(a) estudiante y entre los dos contesten las siguientes preguntas.

1. ¿Cuáles son tres indicadores concretos del alto nivel de desarrollo de la ciudad de Córdoba en el siglo XI?
2. ¿Con qué ciudad de la actualidad podría compararse la Córdoba del siglo XI? Explica tu respuesta.

Actividad 9.   ***Un vistazo al texto.*** Trabaja con otro(a) estudiante y entre los dos contesten las siguientes preguntas.

1. Analicen el título enfocándose en la palabra **alba** (*dawn*). ¿Qué creen que puede significar **alba** simbólicamente? Expliquen con sus palabras el posible significado del título.
2. En el primer párrafo se mencionan "las antiguas rutas de comercio". Considerando la tecnología de la época (siglo XI) y teniendo en cuenta que los musulmanes cruzaron el Mediterráneo para llegar a la Península Ibérica, ¿puedes imaginar cuáles eran esas antiguas rutas de comercio?
3. Echa un vistazo al final de la lectura "El alba de las ciudades" y localiza la lista de productos agrícolas más importantes de esa época en la península. Hoy en día, ¿comes y usas estos productos?

Actividad 10.   ***Estudio de palabras.*** Trabaja con otro(a) estudiante. Las siguientes palabras aparecen en el texto que van a leer. Escriban la letra M al lado de las palabras asociadas con movimiento y la letra A al lado de las palabras asociadas con la agricultura. ¿Qué indica esto sobre el contenido de la lectura?

1. _____ el abastecimiento (*provisions*)
2. _____ el algodón (*cotton*)
3. _____ cargados (*loaded with, carrying cargo*)
4. _____ las cosechas (*harvests*)
5. _____ enfilar (*to head towards*)
6. _____ fabricar (*to make*)
7. _____ los granados (*pomegranates*)
8. _____ la noria (*waterwheel*)
9. _____ los tenderos (*shopkeepers*)
10. _____ el zoco (*market*)

Texto

El texto que vas a leer es una selección tomada del libro *Historia de España* escrito por un grupo de autores formado por José Luis Martín, Carlos Martínez Shaw y Javier Tussell. Al final del fragmento se incluyen dos textos de autores árabes de la época seleccionados por los historiadores para ilustrar lo que están diciendo.

El alba de las ciudades

José Luis Martín, Carlos Martínez y Javier Tussell

to recover the inclination

had abandoned

La incorporación de la península al Imperio musulmán le permite recobrar la vocación° mediterránea que los godos habían distraído° y volver a las antiguas rutas de comercio; las ciudades y los negocios despiertan con el ímpetu del Islam. Los mercaderes enfilan hacia Francia y viajan por el Mediterráneo cargados de joyas, textiles y cerámicas que una industria renovada no para de° fabricar. La experiencia administrativa árabe en Oriente

continues to

overwhelmed
decline; networks
establishing corporations; lead
fills with noise

Medio resuelve ahora muchas de las dificultades que habían agobiado° a las ciudades hispanas desde el declive° de Roma. Abriendo mercados y redes° comerciales o instaurando gremios° de artesanos, el gobierno y los municipios abanderan° el progreso económico y el renacimiento urbano.

El zoco, junto a la mezquita, llena de algarabía° el corazón de las ciudades árabes, por más que, hacia el norte del país, éstas se revistan de un aire militar, rural o burocrático, Córdoba (100.000 habitantes), Sevilla, Algeciras, Málaga (20.000), Almería (27.000), Granada (26.000), Valencia, Mérida, Toledo (37.000), Zaragoza (17.000)… componen la nómina° de las ciudades más ricas. Todas han sido elegidas por los artesanos, tenderos y labradores° potentados como lugar de residencia, dado el gusto andalusí° por los aires urbanos, en contraste con sus homólogos° cristianos, amigos del terruño° y la aldea.

list
farmers
Andalusian
equivalent; homeland

No puede explicarse, sin embargo, este florecer ciudadano sin la prosperidad de la agricultura o la cabaña° y la puesta a punto° de un complejo sistema de abastecimiento que apuntalan° la demanda de las poblaciones, cada día más densas y exigentes°. De Roma había heredado el campesino hispano los elementos primordiales de explotación del campo, pero las técnicas árabes mejorarían notablemente su productividad. Las innovaciones en el regadío° andaluz y levantino° repercutieron° en el aumento y la calidad de las cosechas y en la recuperación de algunos suelos despreciados° hasta entonces.

cattle; establishment
support
demanding

irrigated land
from the East; had an impact; wasted land

whose branches
pigeons
worries

> ¡Dios mío! La noria desborda de agua dulce en un jardín cuyos ramos° están cubiertos de frutos ya maduros. Las palomas° le cuentan sus cuitas°, y ella les responde, repitiendo notas musicales…
> Sad Al-Jair De Valencia, *La noria*

weight

Entre las producciones de mayor calado° de la agricultura peninsular habrían de contarse los granados, el arroz, la caña de azúcar, el algodón y los naranjos:

¿Son ascuas° que muestran sobre las ramas sus vivos colores,
o mejillas° que se asoman° entre las verdes cortinas de los
palanquines°?
¿Son ramas que se balancean, o talles° delicados por cuyo amor estoy
sufriendo lo que sufro?
Veo que el naranjo nos muestra sus frutos, que parecen lágrimas
coloreadas de rojo por los tormentos del amor…

Ben Sara De Santarem, El naranjo

coals
cheeks; appear
covered platform on
which important people
were carried around;
waist

Comprensión

Actividad 11. ***Detalles de la lectura.*** Después de leer el texto, contesta estas preguntas.

1. ¿Qué impacto tiene en el Mediterráneo el ímpetu del Islam?
2. ¿Qué llevaban los mercaderes para vender?
3. ¿Qué tipo de experiencia tenían los árabes? ¿Cómo ayudó esto a desarrollar la economía de la Península Ibérica?
4. Mira la lista de ciudades que se mencionan en el segundo párrafo. Búscalas en un mapa de la España actual. ¿Qué sabes de cada una de esas ciudades?
5. ¿Cómo desarrolló el campesino hispano de aquella época sus técnicas de producción agrícola?

Actividad 12. ***Explicaciones.*** Vuelve a leer los fragmentos de poesía del final de la lectura. Después, contesta las siguientes preguntas.

1. ¿Qué es una noria? Según Sad Al-Jair de Valencia, ¿qué tipo de agua lleva la noria?
2. Describe con tus propias palabras el naranjo de Ben Sara de Santarem. ¿Cómo está personificado el naranjo? Es decir, ¿qué cualidades humanas le atribuye el poeta?
3. Sad Al-Jair de Valencia y Ben Sara de Santarem son dos musulmanes del siglo X que valoraron el sentido poético de la naturaleza. ¿Cómo lo sabemos?

Conversación

Actividad 13. ***"El alba".*** Trabaja con otro(a) estudiante. Entre los dos vuelvan a pensar en el título y la palabra **alba.** ¿Qué quiere decir en relación al texto? ¿Qué es lo que nace? Den ejemplos. Comparen después sus respuestas con las del resto de la clase.

Actividad 14. ***Significado de un término.*** Trabaja con otro(a) estudiante. Entre los dos contesten las siguientes preguntas. El término **hispano** viene de cuando los romanos habitaron la península y la denominaron *Hispania*. Hoy en día, si uno dice que es hispano, ¿qué quiere decir? ¿Cómo ha cambiado el significado de esta palabra? ¿Cómo crees que se ha producido ese cambio? Comparen sus respuestas con las del resto de la clase.

Actividad 15.   **Monedas.** Trabajen en grupos de tres estudiantes para contestar las siguientes preguntas. La acuñación (*minting*) de moneda de plata (*dirhems*) por los árabes en Andalucía ocurrió en el año 813 d.C. La presencia de la moneda árabe en la península fue parte de su dominación.

1. Hoy en día, ¿qué moneda se usa en España? ¿Qué otros países la usan?
2. ¿Cuáles son las implicaciones geopolíticas de tener una unidad monetaria común? Compartan sus respuestas con el resto de la clase.

Estudio del lenguaje 1: Las preposiciones

During your introductory year of Spanish language study, you probably learned some basic facts about prepositions and their uses. In this chapter we will take a look at all prepositions. We will study in depth the prepositions **a, de, en** and **con.** In Chapter 11, we will present the uses of **por** and **para.**

Repaso

Most introductory Spanish textbooks teach students about the following prepositions.

1. **The personal a** refers to the use of the preposition **a** in front of direct objects that are human or personalized animals.

Vieron **a** los árabes desembarcar en la costa.	*They saw the Arabs disembark on the coast.*

2. **De,** often used with the verb **ser,** expresses possession and origin.

La tecnología **de** los árabes era superior.	*The Arabs' technology was superior.*
Los árabes que llegaron a la península **eran del** norte de África.	*The Arabs who arrived on the peninsula came from the north of Africa.*

3. **En** expresses location with the verb **estar.**

Andalucía **está en** el sur de la Península Ibérica.	*Andalusia is in the south of the Iberian Peninsula.*

Las preposiciones en español:
Usos de **a, de, en** y **con**

Here is a list of Spanish prepositions.

a *to, at, in, for, upon, by*	**hacia** *toward*
antes *before*	**hasta** *until, up to*
bajo *under*	**para** *for, to, on, by*
con *with*	**por** *for, by, in, through, around, along*
contra *against*	**según** *according to*
de *of, from, to, about*	**sin** *without*
desde *from, since*	**sobre** *on, about, over*
en *in, into, at, on*	**tras** *after*
entre *between, among*	

Uses of **a**

1. The preposition **a** is used in front of the direct object when this is a definite person or a personified animal, as you saw in the **Repaso** section.

    Conocí **a** un mercader en el zoco.   *I met a merchant at the market.*

    The so-called personal **a** is not used in the following cases.

    • with the verb **tener:**

    La ciudad de Córdoba tenía   *Cordoba had 100,000 people.*
      100.000 habitantes.

    However, when **tener** means *to hold* a personal **a** is used.

    Tengo **al** niño en brazos.   *I am holding the child in my arms.*

    • with indefinite persons:

    Los proprietarios buscan   *The owners are looking for workers to*
      trabajadores para cultivar la tierra.   *cultivate the land.*

2. **A** is always used with the indirect object.

    Los árabes les enseñaron nuevas   *The Arabs taught the Christians new*
      técnicas de cultivo **a** los cristianos.   *techniques to cultivate the land.*

3. The preposition **a** is used with many expressions that indicate the manner in which an action is performed: **a oscuras** (*in the dark*), **a propósito** (*on purpose*), **a la fuerza** (*by force*).

4. **A** is used with expressions of time. The preposition **a** is used not only when telling time (**Llegaron *a* las dos**) but also with an expression that indicates a certain amount of time later.

    En el año 711 llegaron los árabes.   *The Arabs arrived in the year 711.*
    A los cien años acuñaron las   *One hundred years later they minted*
      primeras monedas en Al-Andalus.   *the first coins in Al-Andalus.*

5. To indicate how far something is from somewhere else, use the expression **a** + *distance* + **de.**

A pocos kilómetros **del** centro de
Granada está la Alhambra.

*The Alhambra is located a few
kilometers from downtown Granada.*

6. **A** is also used with certain adjectives.

parecido a, semejante a (*similar to*)
anterior a (*prior to*), **posterior a** (*later, after*)
inferior a (*inferior to*), **superior a** (*superior to*)
cercano a (*close to*), **lejano a** (*far from*), **próximo a** (*next to*)
fiel/infiel a (*faithful/unfaithful to*), **leal/desleal a** (*loyal/disloyal to*)

7. **A** is used after certain verbs.

- verbs that express motion and beginning of an action: **ir(se) a, llegar a,
venir a, volver a, dirigirse a** (*to go to*), **encaminarse a** (*to set out for*), **bajar
a, subir a, empezar a, ponerse a**

Los árabes **llegaron a** la península
en el año 711.

*The Arabs arrived on the peninsula in
the year 711.*

- verbs that express the process of acquiring and providing knowledge:
aprender a, enseñar a, acostumbrarse a, dedicarse a

Los cristianos **aprendieron a**
cultivar mejor la tierra.

*The Christians learned to cultivate
the land.*

Uses of **de**

1. **De** expresses possession and origin.

El zoco es el corazón **de** las
ciudades árabes.

The market is the heart of Arab cities.

2. **De** identifies someone or something. It is equivalent to *with, in*.

La mujer **de** la túnica blanca
es musulmana.

*The woman in the white tunic
is Muslim.*

3. **De** + *a noun* is used as the equivalent of an adjective and to express the
material something is made of.

sistema **de** abastecimiento
la noria **de** madera

4. **De** after certain verbs expresses cause: **cansarse de** (*to get tired of*),
asombrarse de (*to be amazed by*), **protestar de, quejarse de** (*to complain
about*), **reírse de** (*to make fun of, laugh at*), **alegrarse de** (*to be happy about*),
preocuparse de (*to worry about*), **acusar de** (*to acuse of*).

5. **De** is also used with other verbs: **acordarse de** (*to remember*), **olvidarse de** (*to
forget about*), **constar de** (*to consist of*), **disfrutar de** (*to enjoy*), **llenar de** (*to fill
with*), **dejar de** (*to stop* + *-ing*), **parar de** (*to stop* + *-ing*), **depender de** (*to
depend on*), **despedirse de** (*to say good-bye to*), **vestirse de** (*to get dressed in*).

"El zoco **llena de** algarabía (*hullabaloo*) el corazón de las ciudades."

Uses of **con**

1. **Con** expresses the idea of company.

   Los musulmanes viven **con** los cristianos en muchos lugares de la península.   *Muslims live with Christians in many parts of the peninsula.*

2. **Con** indicates instrument.

   Trabajan el campo **con** unos aparatos especiales.   *They work the land with special tools.*

3. **Con** expresses manner: **con cuidado** (*carefully*), **con prisa** (*in a hurry*), **con ganas de** (*with the desire to, gladly*), **con miedo** (*with fear*), **con decisión** (*decisively*).

   Los árabes llegaron **con ganas de** conquistar.
   Los habitantes de la península los miraban **con miedo.**

4. **Con** is used with verbs that require an object in order to express company, or that have two or more subjects that are related: **casarse con** (*to marry*), **romper con** (*to break up with*), **terminar con** (*to end up with*), **colaborar con** (*to cooperate with*), **competir con** (*to compete with*), **consultar con** (*to consult with*), **negociar con** (*to deal with*), **pactar con** (*to agree*), **soñar con** (*to dream about*).

5. **Con** is used with some verbs to express instrument or cause: **pintar con** (*to paint with*), **regar con** (*to water with*), **escribir con, disfrutar con** (*to have fun with*), **reírse con** (*to laugh with*), **enfadarse con** (*to get mad at*), **despertar con** (*to be awakened by*).

   Los árabes **regaban** la tierra **con** un sistema de riego muy avanzado.   *The Arabs watered the land with a very advanced watering system.*

Uses of **en**

1. **En** expresses location in time or space.

   Córdoba está **en** Andalucía.
   En el año 711 llegaron los árabes a la península.

2. **En** indicates manner or means: **en tren, en barco, en avión, en silencio** (*silently*), **en broma** (*jokingly*), **en serio** (*seriously*), **en árabe.**

   Los invasores llegaron **en** barco.
   Los musulmanes escribían **en** árabe.

3. **En** is used with some verbs to express movement inwards or participation: **entrar en, intervenir en, meterse en** (*to get into*), **concentrarse en, participar en.**

   Los árabes **participaron en** el desarrollo del comercio.   *The Arabs participated in the development of business.*

4. **En** with some verbs expresses an end result: **convertirse en** (*to become*), **transformarse en** (*to be transformed into*).

   Las llanuras del Guadalquivir **se transforman en** grandes arrozales (*rice fields*).

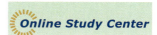

Online Study Center

To check your progress as you complete each vocabulary and grammar topic, do the exercises in the *Pueblos* Online Study Center: **http://college .hmco.com/languages/ spanish/students**

Aplicación

Actividad 16.   ***¿A, en o ninguna?*** Mira las siguientes frases y decide si debes usar la preposición **a,** la preposición **en** o ninguna. Presta atención a la combinación **a + el = al.**

1. Los árabes al llegar _____ la península no conocían _____ las costumbres de los cristianos.
2. Los cristianos defendieron _____ sus ciudades de los ataques de los árabes.
3. _____ los árabes les gustaba la vida urbana pero los cristianos preferían vivir _____ aldeas.
4. _____ su conquista de la península los árabes se dirigieron _____ el norte.
5. ¿Qué les enseñaron los árabes _____ los cristianos? Entre otras cosas, les enseñaron _____ cultivar el campo con nuevas técnicas.
6. ¿_____ qué año tuvo lugar la invasión árabe?
7. Muchos cristianos participaron _____ la reconquista de la península.
8. ¿Cómo llegaron los invasores _____ las costas de Andalucía? _____ embarcaciones.
9. Córdoba se convirtió _____ una de las ciudades más desarrolladas del mundo árabe.
10. Los musulmanes tenían _____ técnicas innovadoras para cultivar los campos.

Actividad 17.   ***¿Con o de?*** Completa las siguientes frases con la preposición adecuada.

1. En muchos núcleos de población los árabes convivieron _____ los cristianos pacíficamente.
2. Los cristianos aprendieron a trabajar el campo _____ aparatos nuevos.
3. Los cristianos se asombraban _____ algunas costumbres árabes.
4. Algunos árabes se olvidaron _____ su lengua y sus costumbres.
5. En muchas ciudades los habitantes cristianos negociaron _____ los árabes.
6. El hombre _____ la túnica es musulmán.
7. No conozco al hombre _____ las babuchas (*slippers*).
8. Los cristianos observaban _____ miedo a los invasores.
9. Los árabes instalaron nuevos sistemas _____ riego.
10. Algunos cristianos acusaron a sus vecinos _____ infieles.

Actividad 18.   ***Las lágrimas de Boabdil.*** El siguiente texto presenta una leyenda sobre el último rey de Granada, Boabdil. Completa el texto con las preposiciones necesarias (**a, de, con, en**). Presta atención al uso de las contracciones **al** y **del**.

El último rey (1.) _____ el reino árabe de Granada, Boabdil, fue víctima (2.) _____ un triste destino. Tras perder su reino, perdió (3.) _____ Las Alpujarras (4.) _____ otros seres queridos. Luego se fue (5.) _____ el norte de África.

Las últimas lágrimas (6.) _____ el Rey cayeron (*fell*) sobre una tumba, (7.) _____ un pequeño pueblo llamado Mondújar. En esa tierra Boabdil dejó los restos (8.) _____ su esposa Morayma, que permaneció o se mantuvo siempre fiel (9.) _____ su lado y que sufrió (10.) _____ silencio, tanto como él.

Morayma está enterrada (*buried*) allí, (11.) _____ algún lugar donde están las ruinas del importante castillo de Mondújar, (12.) _____ pocos kilómetros (13.) _____ la Alhambra. Sigue (14.) _____ ese lugar desconocido en el que también parecen estar los restos (15.) _____ los reyes nazaritas que gobernaron el Reino de Granada, entre ellos el de su suegro Muley Hacén.

> **Las Alpujarras** is a mountainous area in Granada (a province in Andalusia) that was named by the Moors. When they retreated from Granada in 1492, they hid in this hilly area.

Actividad 19.   ***Una conversación en el zoco de Sevilla.*** Imagina una conversación entre dos mercaderes árabes que se acaban de conocer (*just met*) en el zoco de Sevilla. Con otro(a) estudiante escribe el diálogo prestando especial atención al uso de las preposiciones.

Posibles preguntas: *ask where each is from, when they arrived in Seville, how they got there, who they have traveled with, what they have to trade, what they have noticed about the city of Seville.*

Actividad 20.   ***Gramática en el texto.*** Vuelve a leer el texto de las páginas 38–39 (El alba de las ciudades) e identifica usos de preposiciones en las siguientes categorías.

a. dos usos diferentes de la preposición **a**
b. dos usos diferentes de la preposición **de**
c. dos usos diferentes de la preposición **con**

Después, trabaja con otro(a) estudiante y entre los dos expliquen las razones por las que se usa cada preposición.

EXPLORACIÓN DEL TEMA 2

Vocabulario esencial 2

Sustantivos

la defensa
el desempleo
la discriminación
el (la) emigrante
la empleada de hogar *house maid*
el empleo
el (la) inmigrante
la ley *law*
la mano de obra *labor*
la población
el prejuicio
el racismo
la raíz *root*
el rechazo *rejection*
el trabajo doméstico

Verbos

defender (ie)
desplazarse *to move; to migrate*

despreciar *to look down on*
discriminar
empobrecer *to impoverish, make poor*
enriquecer *to enrich*
humillar *to humiliate*
proteger *to protect*
repetir (i)
reprimir *to repress*
sacar adelante *to get ahead*
trasladarse = mudarse *to move*
 (*change residence*)

Adjetivos

extraño(a) *foreign, strange*
familiar
maltratado(a) *badly treated*
peyorativo(a) *derogative*
pobre *poor*
poderoso(a) *powerful*
racista

Actividad 21. **Sinónimos y antónimos.** En el vocabulario que acabas de estudiar hay algunas palabras que son sinónimas entre sí y otras que son antónimas (*opposites*). Para cada una de las palabras de la lista, escribe un sinónimo o un antónimo.

1. emigrante (antónimo)
2. trasladarse (sinónimo)
3. defender (sinónimo)
4. empleo (antónimo)

5. enriquecer (antónimo)
6. despreciar (sinónimo)
7. poderoso (antónimo)
8. familiar (antónimo)

Actividad 22. **Sustantivos, verbos y adjetivos.** Como sabes, es posible crear palabras a partir de otras. Completa las siguientes series con la palabra o palabras que faltan. Usa un diccionario si es necesario.

Sustantivo	Verbo	Adjetivo
1. defensa	defender	
2. rechazo		
3.	discriminar	
4.	trasladar	
5. población		
6.	despreciar	
7.		maltratado(a)

Actividad 23. **_Preguntas._** Utiliza las palabras que aparecen a continuación para formular preguntas. Después utiliza tus preguntas para conversar con tu compañero(a).

Modelo: inmigrantes / discriminar
¿Por qué discrimina la gente a los inmigrantes?

1. defender / derechos / inmigrantes
2. inmigrantes / enriquecer / población
3. conservar / costumbres / país
4. actividades / contra / racismo
5. métodos / eliminar / prejuicios
6. motivos / despreciar / tradiciones

¿Qué sabes?

Actividad 24. **_Movimientos de población._** En grupos de tres respondan a las siguientes preguntas. Al terminar, compartan la información con el resto de la clase.

1. ¿Qué saben sobre la inmigración en EEUU a lo largo de la historia?
2. ¿Cuáles son algunas de las razones que hacen que las personas emigren?
3. Miren el siguiente cuadro sobre la inmigración en diferentes continentes.

Teniendo en cuenta estos datos aproximados, basados en información del año 2003, respondan las siguientes preguntas.

Región	Número de inmigrantes	Población total	% de la población total
Europa	56 millones	760 millones	7,7%
EEUU y Canadá	41 millones	313 millones	13%
Latinoamérica y el Caribe	6 millones	519 millones	1,1%
Asia	50 millones	3.400 millones	1,4%
África	14 millones	730 millones	2,1%

a. ¿Qué continentes están experimentando cambios demográficos migratorios?
b. ¿De dónde son los inmigrantes actuales? ¿Adónde van y por qué?

Actividad 25. **_Grupos migratorios._** Trabaja con otro(a) estudiante para completar la siguiente actividad.

1. ¿Qué grupos de población han tenido que desplazarse a lo largo de la historia? Hagan una lista de por lo menos tres grupos.
2. Expliquen las razones del desplazamiento de estos grupos. Sigan el modelo.

Modelo: Grupo: los judíos
Razones de los desplazamientos: por motivos religiosos

Al terminar comparen su lista y sus explicaciones con las de otros grupos de la clase.

Lectura del texto: El racismo de las mil caras

Anticipación

Actividad 26. *Contexto histórico-geográfico.* Lee los siguientes datos sobre la inmigración en España. Con otro(a) estudiante contesta las preguntas siguientes. Después compartan sus respuestas con las del resto de la clase.

1. ¿Qué piensas sobre el porcentaje total de inmigrantes en España?
2. ¿Por qué crees que los españoles aceptan de modo diferente a los latinoamericanos que a los negros y marroquíes?

> Año 2000: 2% de la población
> Año 2004: 6,26% de la población
> En España en el año 2004 hay: 333.770 marroquíes, 174.289 ecuatorianos, 107.459 colombianos y 57.593 peruanos. Según una encuesta del año 2002, los latinoamericanos son, por razones de cultura y de idioma común, los más aceptados, y los marroquíes y los negros de origen africano son los menos aceptados.

Actividad 27. *Un vistazo al texto.* Trabaja con otro(a) estudiante y respondan las siguientes preguntas.

1. Analicen el título "El racismo de las mil caras" y comenten las varias formas posibles de racismo. ¿De quién son las mil caras? ¿Qué quiere decir esta idea?
2. ¿Cuál es el sueño típico de los inmigrantes? ¿Suele (*Does it tend to*) cumplirse?
3. ¿Qué problemas suelen tener los inmigrantes en los países a los que van?

Actividad 28. *Estudio de palabras.* Estudia las siguientes palabras. Todas ellas aparecen en el texto que vas a leer. Escribe la letra **P** al lado de las palabras asociadas con el prejuicio y la letra **V** al lado de las palabras asociadas con la violencia. ¿Qué información te da este vocabulario sobre el contenido de la lectura?

1. _____ despreciados
2. _____ persiguieron
3. _____ linchar
4. _____ miedo
5. _____ humillación

6. _____ superexplotación
7. _____ estallar (*to break out*)
8. _____ sociedades cerradas
9. _____ explosiones
10. _____ xenofobia

Texto

El texto que vas a leer es un fragmento de un artículo titulado "El racismo de las mil caras". Se trata de un artículo de opinión de Joaquín Estefanía, publicado en *El País* (periódico español) el 10 de febrero del año 2000.

El racismo de las mil caras

Joaquín Estefanía

Jean Paul Sartre (1905–1980) was a French philosopher and writer, one of the founders of existentialism. This philosophy is primarily interested in the nature of human existence.

Ahora que Sartre vuelve, recordemos alguna de sus lecciones. "Todos somos judíos respecto a alguien", decía el filósofo del existencialismo. Es decir, todos somos susceptibles de ser maltratados, ninguneados°, despreciados, reprimidos por quien tiene más poder. Y siempre, siempre hay uno más poderoso. Almería y El Ejido° fueron en el pasado zonas de emigración. Quizá los padres de quienes aporrearon° puertas y ventanas de comercios y chabolas°, persiguieron magrebíes o golpearon° e intentaron linchar al subdelegado del Gobierno sintieron hace años el miedo en el espinazo° en una localidad alemana a la que llegaron buscando trabajo; o tal vez fueron sujetos de una humillación de las que debilitan el orgullo° en Suiza o Francia. La historia se repite con distintos protagonistas.

ignored
Almería: *a region in southern Spain with intense immigration;* **El Ejido:** *a town in that region; beat on; slums; hit; spine; pride*

Quienes conocen El Ejido lo describen como un poblado del Oeste americano en el que se han descubierto pepitas° de oro. Las pepitas son los invernaderos°. Ha pasado de desierto a vergel° en una generación. Hay en él agricultores enriquecidos° en poco tiempo cuyo bienestar° económico ha dependido de una mano de obra barata y abundante que proporcionan los inmigrantes; el alto nivel de vida° de los primeros se funda, en buena parte, en las condiciones de trabajo de los últimos. Juan Goytisolo° y Sami Naïr° (esta vez los intelectuales —de nuevo Sartre y el compromiso— lo habían denunciado mucho antes) han calificado El Ejido como "El dorado del trabajo clandestino, de la superexplotación".

seeds
greenhouses; garden
enriched; welfare

life style
Spanish writer; social-ist member of the European Parliament

Ya habían estallado antes algunos conflictos, aunque se los consideró racismo de baja intensidad. Poco después, las cosas volvían a su cauce°. Como en el Maresme, como en Madrid hace ocho años cuando fue asesinada una inmigrante dominicana llamada Lucrecia.

riverbed

[…]

España tiene un porcentaje de inmigrantes inferior al de los países de nuestro entorno°, pero hay microclimas, como el de El Ejido, en los que esto es al revés. Va a seguir aumentando el número de los que llegan mientras existan diferentes sistemas políticos —sociedades abiertas y sociedades cerradas— y un desarrollo° desigual. Estos días se comienza a detectar, sobre todo en Francia pero pronto llegarán los rescoldos° a nuestro país, un flujo importante de inmigrantes chinos que vienen a buscar fortuna.

environment

development
ashes

[…]

¿A partir de qué número de inmigrantes se generan las explosiones sociales, el odio al otro, al diferente? Repitamos una vez más algunas de las ideas que no gustan escuchar los bienpensantes°: los seres humanos somos racistas en el sentido más amplio del término; la misoginia, la misantropía, la antipatía hacia el otro son manifestaciones cotidianas° de ello. Para evitar la naturalidad del racismo, los ciudadanos debemos muscular° toda nuestra racionalidad. No se trata sólo de homogeneizar° las condiciones de entrada de inmigrantes en Europa, aplicando la legislación de los países más generosos (los que estuvieron orgullosos, eran otros tiempos, de convertirse en tierra de asilo), sino de asegurar al mismo tiempo unas mínimas condiciones de vida (derechos sociales, derechos políticos, vivienda, educación, Estado de bienestar).

well-thinkers, optimists

daily
strengthen
homogenize

[...]

traffic lights

Además de las condiciones de vida es imprescindible establecer semáforos°, reglas de funcionamiento entre los anfitriones y los que llegan cuyo respeto *avoid; sprouts* evite° las explosiones de violencia y los brotes° de xenofobia: los inmigrantes *welcome* deben respetar las leyes de los Estados que les acogen°, incluso si son diferentes *it's not necessary that* de las suyas; no es preciso que las amen°, pero no pueden infringirlas. Los *they love them* inmigrantes también deben cumplir las leyes no escritas de quienes los reciben, pues no sólo llegan a un Estado, sino sobre todo a una sociedad: la urbanidad, la higiene, las costumbres... La voluntad de aprender el idioma también forma parte de estas leyes no escritas. Por su parte, los anfitriones tienen que respetar la cultura, los aspectos diferenciales de los inmigrantes. Éstos han de contribuir al *to diminish it; to* bienestar de la sociedad en que habitan, no minarlo° o boicotearlo°. En *boycott it* definitiva, los inmigrantes tienen que asumir la civilización de los anfitriones, pero no su cultura; y éstos el derecho a la diferencia de los primeros.

El racismo ha adoptado en la historia mil caras y muchos pretextos. En nuestra época adquiere la faz de las migraciones. Hubo un tiempo°, *there was a time* desgraciadamente todavía no ido° del todo, en que el racismo era sinónimo de *not completely gone* antisemitismo. Desde el *affaire* Dreyfus hace un siglo, el antisemitismo tuvo distintas representaciones justificadoras: los judíos son condenables° porque *condemnable* asesinaron a Jesucristo (posición de los cristianos); los judíos son condenables porque inventaron a Jesucristo (posición racionalista); los judíos son condenables porque son una raza impura que impide la regeneración de Europa (los nazis); los judíos son condenables porque son banqueros y ricos y explotan a los pobres (posición de los estalinistas), etcétera. Las representaciones del racismo *carry with* relacionado con la emigración conllevan° un discurso manipulador que incorpora *foreign* la psicosis de invasión masiva de foráneos° (lo que no es cierto), el impacto sobre *native* el empleo autóctono° y la productividad, o el volumen de inmigración clandestina.

The Dreyfus Affair refers to an episode in French history at the end of the XIX Century. Dreyfus, a Jew, was a French military officer who was convicted of treason and espionage. He was later rehabilitated but the affaire itself became an expression of anti-Semitism in France.

[...]

La socióloga húngara Agnes Heller ha hecho una analogía muy aceptable entre la inmigración y la aparición de invitados en nuestro hogar: la emigración es un derecho humano, mientras que la inmigración no lo es; si alguien quiere abandonar nuestra casa, no debemos retenerle° por la fuerza, pero si alguien *detain him; home* expresa su deseo de quedarse en nuestra casa, los miembros del hogar° han de *traits* decidir si le permiten o no hacerlo. Existen ciertas costumbres o normas éticas que determinan, o al menos influyen, en la aplicación de los reglamentos domésticos. Dice Heller: "Insistir en la aceptación de las normas domésticas significa pedir a los grupos de inmigrantes que renuncien a algunos rasgos° abstractos de su diferencia, pero en cierto modo significa también que sus diferencias concretas no se ven afectadas. Sería engañarse° hipócritamente creer *to be self-deceptive* que esto ocurre sin sufrimiento ni dolor. Es obligación del anfitrión aliviar ese sufrimiento y compensar el dolor: la mayor compensación es un nivel aumentado de respeto. Los contenidos de las obligaciones del anfitrión y el extranjero son de carácter diferente, pero las obligaciones son recíprocas, y tienen que hacerse tan simétricas en esa reciprocidad como sea humanamente posible". El anfitrión está siempre en posición de poder; él es el que concede o se niega a conceder refugio; él es el que establece las normas domésticas y por ello sus obligaciones *failed* son superiores. Esto es lo que ha fallado° en El Ejido.

Comprensión

Actividad 29.   ***Detalles de la lectura.*** Después de leer el texto, contesta las siguientes preguntas.

1. Localiza Almería y El Ejido en el mapa de España. ¿Por qué crees que dice el texto que fueron zonas de emigración en el pasado?
2. En el primer párrafo se mencionan varios lugares geográficos. Haz una lista de estos lugares. ¿Qué es lo que tienen en común?
3. ¿Por qué El Ejido se describe como un pueblo del mítico Oeste americano (de los EEUU)?
4. En un lugar como El Ejido, ¿qué tipo de trabajo realizan los inmigrantes?
5. En el tercer párrafo, ¿qué incidente fatal ocurrió a causa de las tensiones racistas? ¿Cómo se llamaba la víctima?
6. De acuerdo con lo que se dice en el cuarto párrafo, ¿cómo se compara la inmigración actual en España con la de los otros países?
7. ¿Cuáles son, según Agnes Heller, dos obligaciones de los inmigrantes?
8. ¿Cuál es una de las obligaciones de los anfitriones?

Actividad 30.   ***Explicaciones.*** Vuelve a repasar el texto y después, contesta estas preguntas.

1. Explica en tus propias palabras el significado de la cita de Sartre "Todos somos judíos respecto a alguien".
2. En el penúltimo párrafo el autor dice "El racismo ha adoptado en la historia mil caras y muchos pretextos". ¿Cuáles son algunos ejemplos concretos de estas caras?
3. En tus propias palabras, ¿qué es lo que explica Heller? Si estás con unos amigos hispanos y te dicen "Estás en tu casa", ¿qué quiere decir realmente esta expresión? ¿Cómo podrías asociar esta frase hecha con lo que dice Heller al final de la lectura?

Conversación

Actividad 31.   ***Civilización y culturas.*** En el quinto párrafo, leemos lo siguiente: "... los inmigrantes tienen que asumir la civilización de los anfitriones, pero no su cultura; y éstos el derecho a la diferencia de los primeros". Trabaja con otro(a) estudiante y entre los dos, contesten lo siguiente.

1. ¿Qué diferencia hay entre civilización y cultura?
2. ¿Están de acuerdo con la afirmación del texto? Expliquen por qué sí o por qué no.
3. ¿Qué implicaciones tiene esta idea?

Actividad 32.   ***Sueños.*** Trabaja con otro(a) estudiante para hacer lo siguiente.

1. Repasen sus respuestas a la pregunta 2 de la Actividad 27.
2. Comparen sus respuestas con la información que nos da la lectura sobre el sueño de los inmigrantes.
3. ¿Concuerda esto con lo que opinaban antes de leer la selección?

Al terminar, compartan sus respuestas con el resto de la clase.

Actividad 33. *Respeto.* El texto destaca la idea de que los anfitriones deben respetar a los inmigrantes, y viceversa. Con otro(a) estudiante haz lo siguiente.

1. Elabora una lista de cinco cosas que puede hacer la sociedad anfitriona para respetar a los inmigrantes.
2. Elabora una lista de cinco cosas que pueden hacer los inmigrantes para respetar a los anfitriones.
3. Compartan sus listas con el resto de la clase. Entre todos, seleccionen las tres mejores ideas de cada lista.

Estudio del lenguaje 2:
Presente de indicativo

Repaso

As you have already learned, there are many verbs in Spanish that do not have a regular conjugation in the present tense. There are different types of irregular conjugations; let's review.

- You probably remember that there are some verbs that change the stem vowel when conjugated in the present. There are three categories of stem-changing verbs: **e > ie (pensar ⟶ pienso)**, **o > ue (volver ⟶ vuelvo)**, and **e > i (pedir ⟶ pido)**.

"Ahora que Sartre **vuelve, recordemos** alguna de sus lecciones".

"La historia se **repite** con distintos protagonistas".

- You probably also learned some verbs with a different (irregular) **yo** form: **poner ⟶ pongo, decir ⟶ digo, conocer ⟶ conozco,** etc.

El presente de indicativo

1. Verbs with an irregular first-person

a. The verbs **hacer, poner, traer, salir,** and **caerse** are irregular because their **yo** form has a different ending: it adds a **-g** in front of the **-o.** All the other forms have regular endings. Notice that **traigo** and **caigo** have an extra irregularity: they add an **i** to the verb stem before the **-go.**

hacer *(to do; to make)*	poner *(to put)*	salir *(to go out; to leave)*	traer *(to bring)*	caerse *(to fall)*
ha**go**	pon**go**	sal**go**	trai**go**	me cai**go**
haces	pones	sales	traes	te caes
hace	pone	sale	trae	se cae
hacemos	ponemos	salimos	traemos	nos caemos
hacéis	ponéis	salís	traéis	os caéis
hacen	ponen	salen	traen	se caen

Expressions with these irregular verbs include:

hacer ejercicio (*to exercise*)

hacer preguntas/una pregunta (*to ask questions/a question*)

hacer un viaje (*to go on a trip*)

hacer las maletas (*to pack*)

poner la mesa (*to set the table*)

poner la televisión/la radio (*to turn on the TV/radio*)

salir de (*to leave a place*)

salir con (*to go out with*)

Keep in mind that the irregularities presented here apply to all verbs derived from these verbs: **rehacer** (*to remake*), **reponer** (*to replace*), **reponerse** (*to recover*), **recaer** (*to relapse*), **contraer** (*to contract*), **contraponer** (*to put in contrast*).

b. Other verbs with an irregular **yo** form are **saber, caber,** and **conocer.**

saber (*to know*)	**caber** (*to fit*)	**conocer** (*to know*)
sé	**quepo**	**conozco**
sabes	cabes	conoces
sabe	cabe	conoce
sabemos	cabemos	conocemos
sabéis	cabéis	conocéis
saben	caben	conocen

All verbs that end in a *vowel* + **-cer, -cir** follow the same patern of **conocer: agradecer** (*to thank*), **aparecer** (*to appear*), **reconocer** (*to recognize*), **parecer(se)** (*to seem; to look like*), **crecer** (*to grow*), **ofrecer** (*to offer*), **conducir** (*to drive*), **producir** (*to produce*), **traducir** (*to translate*), **introducir** (*to introduce*), **reducir** (*to reduce*), **establecer** (*to establish*).

2. Stem-changing verbs. This group is subdivided into three categories according to the change in the stem: **e > ie; o > ue; e > i.**

a. **e > ie** verbs like **querer.** In this category there are verbs from all three groups (**-ar, -er,** and **-ir**). The stem vowel **e** of these verbs changes to **ie** in all forms of the present except two: **nosotros** and **vosotros.**

> Tener and venir are e > ie verbs that also have an irregular **yo** form (ending in -go): tengo, tienes, tiene…; vengo, vienes, viene…

querer	
quiero	queremos
quieres	queréis
quiere	quieren

Algunos españoles **quieren** mejorar las condiciones de vida de los inmigrantes.

b. **o > ue** verbs like **poder.** In this category there are also verbs from all three groups (**-ar, -er,** and **-ir**). The stem vowel **o** of these verbs changes to **ue** in all forms of the present except two: **nosotros** and **vosotros.**

poder	
puedo	podemos
puedes	podéis
puede	**pue**den

"...pero no **pueden** infringirlas".

c. **e > i** verbs like **repetir.** Again, the stem vowel changes in all forms of the present except the **nosotros** and **vosotros** forms. However, in this category there are only verbs from the **-ir** group.

repetir	
repito	repetimos
repites	repetís
repito	repiten

"La historia se **repite** con distintos protagonistas".

These are some commonly used stem-changing verbs.

e > ie
adquirir (*to acquire*)
cerrar (*to close*)
despertar(se) (*to wake up*)
empezar (*to begin*)
encender (*to turn on*)
entender (*to understand*)
herir (*to wound*)
pensar (*to think*)
perder (*to lose; to waste*)
preferir (*to prefer*)
querer (*to want*)
sugerir (*to suggest*)
venir (*to come*)

o > ue
almorzar (*to eat lunch*)
contar (*to count; to tell a story*)
costar (*to cost*)
doler (*to hurt*)
dormir (*to sleep*)
jugar (*to play*)
mostrar (*to show*)
poder (*to be able to*)
resolver (*to solve*)
soñar (*to dream*)
volver (*to return*)

e > i
decir (*to say*)
pedir (*to ask*)
repetir (*to repeat*)
seguir (*to follow; to continue; to keep going*)
servir (*to serve*)
vestir (*to dress*)

Adquirir follows the pattern i > ie: adquiero, adquieres, adquiere, adquirimos, adquirís, adquieren.

Jugar follows the same pattern as *o > ue* stem-changing verbs. It is the only u > ue verb.

Decir has an extra irregularity in that the first person is a *-go* form: **digo, dices, dice, decimos, decís, dicen.**

Verbs conjugated like **volver** include **devolver** (*to return something*) and **revolver** (*to stir*).

Verbs conjugated like **seguir** include **conseguir** (*to obtain/get*) and **perseguir** (*to pursue*).

3. Other common irregular present tense verbs: **ser, estar, dar, ir, oír,** and **ver.**

ser	estar	dar	ir	oír	ver
soy	estoy	doy	voy	oigo	veo
eres	estás	das	vas	oyes	ves
es	está	da	va	oye	ve
somos	estamos	damos	vamos	oímos	vemos
sois	estáis	dais	vais	oís	veis
son	están	dan	van	oyen	ven

Usos de algunos de los verbos

When using some of the verbs listed in the previous section you need to keep in mind the following.

- **Querer** and **preferir** are followed directly by an infinitive.

    Queremos eliminar el racismo.
    Prefiero ayudar a los necesitados.

- When **pensar** means to *plan/to intend to do something*, it is followed directly by an infinitive.

    Piensan colaborar con los inmigrantes.

- **Soñar con** means to *dream of/about*.

    Sueño con que se solucione el problema del racismo en este país.

- **Volver a** + *infinitive* means to *do something again*.

    Volvieron a atacar a una inmigrante dominicana.

- **Pensar en** means to *think about*. **Pensar de/sobre** also mean to *think about* in the sense of 'what is your opinion about something'.

    Estoy **pensando en** las personas que sufren.
    ¿Qué **piensas de/sobre** la situación de los inmigrantes en España?

Online Study Center

To check your progress as you complete each vocabulary and grammar topic, do the exercises in the *Pueblos* Online Study Center: **http://college .hmco.com/languages/ spanish/students**

Begin the *Pueblos* Student CD-ROM activities.

Aplicación

Actividad 34.   *Completar.* Utiliza el verbo entre paréntesis en el presente de indicativo para completar las frases siguientes.

1. La situación de los inmigrantes en España _____ (empezar) a ser preocupante.
2. Muchas personas no _____ (entender) por qué hay racismo.
3. Muchas personas son racistas pero _____ (pensar) que no lo son.
4. Mis amigos y yo _____ (querer) ayudar a los inmigrantes con problemas.
5. Algunos _____ (decir) que los inmigrantes _____ (preferir) vivir separados del resto de la población.

6. Los inmigrantes _____ (soñar) con un futuro mejor.

7. El viaje de los inmigrantes desde su país de origen a España _____ (costar) mucho dinero.

8. Muchas veces ir a otro país no _____ (resolver) los problemas de estas personas.

9. Cuando los inmigrantes nos _____ (contar) sus historias personales, _____ (entender/nosotros) las dificultades que _____ (tener/ellos).

10. Muchas veces unas familias _____ (seguir) los pasos de otras.

11. A menudo los inmigrantes _____ (pedir) ayuda y no la reciben.

12. ¿Qué _____ (perseguir) el gobierno español con una ley de extranjería tan radical?

Actividad 35. *Racismo presente y pasado.* Lee el siguiente texto. Es un fragmento de un artículo de opinión relacionado con el tema del racismo en España. Completa los espacios en blanco con los verbos entre paréntesis. Si no sabes si el verbo es regular o irregular, consulta el diccionario.

"[...] ¿Cómo un país mezcla de fenicios, íberos, griegos, moros y judíos, como reza el estereotipo, podía ser racista? Por supuesto, el racismo y la xenofobia no se _____ (1. medir) sólo en las palabras, sino en los actos, y unos y otros nos _____ (2. mostrar) que somos racistas".

"[...] El grado de civilización de un país _____ (3. mostrarse) siempre en la manera como trata a los más débiles, los niños, las mujeres, los pobres. También a los emigrantes, como bien _____ (4. saber) los españoles mayores de 50 años".

"El domingo de adviento de 1511, el fraile dominico Antonio Montesinos, indignado contra los abusos de los conquistadores, clamaba en defensa de los indios: —¿Éstos no _____ (5. Ser/ellos/) hombres? ¿No _____ (6. Tener/ellos/) ánimos (*souls*) racionales? ¿No _____ (7. estar/vosotros) obligados a amarlos como a vosotros mismos? ¿Esto no _____ (8. entender/vosotros)? ¿Esto no _____ (9. sentir/vosotros)? Un siglo más tarde, Shakespeare copiaría sus palabras en el más emotivo alegato (declaración) a favor de la igualdad que se ha escrito tras el sermón de la Montaña de Jesús de Nazaret: —¿No _____ (10. tener) ojos un judío? ¿No tiene manos, órganos, proporciones, sentidos, pasiones, emociones? ¿No toma el mismo alimento, le _____ (11. herir) las mismas armas, le atacan las mismas enfermedades, se cura (*heals*) por los mismos métodos? ¿No le _____ (12. calentar) el mismo estío (verano) que a un cristiano? ¿No le enfría el mismo invierno? Palabras que, cuando se nos llena el alma de xenofobias, debiéramos meditar, pues no sólo afectan a judíos, indios, gitanos, marroquíes, argelinos o ecuatorianos; también a catalanes, vascos, andaluces o españoles todos".

"¿Éstos no son hombres?" Emilio Lamo de Espinosa, *El País*, 26-02-2001.

Actividad 36. ***¿Lo haces tú?*** Utiliza los elementos que aparecen a continuación para escribir frases completas en primera persona. Al crear las frases, ponlas en la forma afirmativa o negativa según corresponda a tu situación. En algunos casos debes usar las preposiciones correctas para unir los diferentes elementos.

Modelo: oír / las noticias / la inmigración
Normalmente oigo las noticias sobre la inmigración.

1. hacer preguntas / la situación de los inmigrantes
2. tener interés / temas de discriminación y racismo
3. traer / información a clase
4. saber poco / el tema del racismo
5. conocer / personas racistas
6. reconocer / actitudes racistas
7. ofrecer / soluciones

Actividad 37. ***Preguntas.*** Utiliza la información del ejercicio anterior para hacerle preguntas a otro(a) estudiante. Después comparte con el resto de la clase el resultado de la entrevista.

Modelo: ¿Haces preguntas sobre la situación de los inmigrantes?

Actividad 38. ***Entrevista.*** Trabaja con otro(a) estudiante para hacer la siguiente actividad. Un(a) estudiante va a hacer el papel de periodista y otro(a) el papel de inmigrante en España. Para la entrevista utilicen, entre otros, los siguientes verbos.

soñar con
pedir
sentir
conocer
querer
seguir
pensar en
pensar sobre
doler
poder

Proyecto final: Comparar las rutinas

Recapitulación: En esta lección hemos hablado sobre la convivencia de culturas en la España antigua (cristianos, árabes y judíos) y el problema de la xenofobia en la España actual debido a problemas relacionados con la inmigración. Como proyecto tu grupo de compañeros va a comparar cómo se celebran algunas fiestas relacionadas con distintos grupos culturales.

Paso 1: Repasen las secciones marcadas con 🏃 en el capítulo.

Paso 2: Identifiquen una celebración (puede relacionarse con un grupo cultural específico o no). Algunos ejemplos son:

- celebraciones de tipo religioso: Navidad, Ramadán, Yom Kipur, Kwanzaa, etc.
- celebraciones no religiosas: Día del Trabajo, Día de la Mujer, Día de la Naturaleza, Halloween, San Valentín, etc.
- festividades nacionales: 4 de julio (Estados Unidos), 16 de diciembre (Suráfrica), 6 de agosto (Bolivia), 23 de diciembre (Japón), 16 de septiembre (México), etc.

Paso 3: En grupos, escriban cómo se celebra la festividad que han escogido. Sigan el siguiente esquema.

a. ¿Cuál es la celebración?

b. ¿Cuál es el origen de la celebración? ¿Se puede relacionar la celebración con un grupo inmigrante a su país?

c. ¿Cómo se celebra? Describan la rutina de las personas que participan en la celebración. Piensen en los siguientes elementos.

- comida
- música
- rito religioso
- interacción social

Utilicen formas del presente de indicativo de **nosotros** o **ellos.** Cuidado con las preposiciones.

d. ¿Qué aporta esta celebración a la sociedad? ¿Es una celebración integrada en la sociedad en general o sólo la celebra en un grupo específico?

Ejemplos de relaciones entre las celebraciones y distintos grupos culturales:	
1.	
2.	
3.	
Rutina de la celebración de _____ :	
1.	2.
3.	4.
5.	6.

Paso 4: Escriban una composición breve sobre la celebración que hayan escogido (pueden seguir el esquema del paso anterior). Traigan su composición a clase y formen grupos de tres (tú más dos estudiantes de grupos distintos). Comparte oralmente tu composición con tus compañeros.

Paso 5: Escucha con atención las composiciones de tus compañeros y completa la siguiente ficha (*card*) sobre una celebración que no sea la de tu grupo.

Vocabulario del capítulo

Preparación

Al-Andalus *Muslim regions of Spain during Moorish occupation*
celta *Celt, Celtic*
la convivencia *coexistence*
la decadencia *decadence*
demográfico(a) *demographic*
íbero(a) *Iberian*
judío(a) *Jewish*
la mezquita *mosque*
musulmán/musulmana *Muslim*
el puente *bridge*
romano(a) *Roman*
visigodo(a) *Visigoth*

Vocabulario esencial
El alba de las ciudades

Nombres

el (la) agricultor(a) *farmer*
la aldea *town*
el (la) árabe *Arab, Muslim*
el (la) artesano(a) *crafts person*
la convivencia *coexistence*
la costumbre *custom, habit*
el cruce *crossroads*
el encuentro *encounter*
el (la) judío(a) *Jew*
el mercader *merchant*
el mercado *market*
la mezcla *mixture*
el (la) pensador(a) *thinker*
el pueblo *town, people*
la tradición *tradition*
el zoco *market*

Verbos

abastecer/proveer/proporcionar *to supply*
combinar *to combine*

establecerse *to get established*
intercambiar *to exchange*
mezclar *to mix*
pasar (tiempo) *to spend (time)*
permanecer *to remain*

Adjetivos

árabe *Arab, Arabic*
judío(a) *Jewish*
moro(a) *Moorish*
musulmán/musulmana *Muslim*
romano(a) *Roman*

Vocabulario esencial
El racismo de las mil caras

Nombres

la defensa *defense*
el desempleo *unemployment*
la discriminación *discrimination*
el (la) emigrante *emigrant*
la empleada de hogar *house maid*
el empleo *employment*
el (la) inmigrante *immigrant*
la ley *law*
la mano de obra *labor*
la población *population*
el prejuicio *prejudice*
el racismo *racism*
la raíz *root*
el rechazo *rejection*
el trabajo doméstico *housework*

Verbos

defender (ie) *to defend*
desplazarse *to move; to migrate*
despreciar *to look down on*
discriminar *to discriminate*
empobrecer *to impoverish, make poor*

enriquecer *to enrich*
humillar *to humiliate*
proteger *to protect*
repetir (i) *to repeat*
reprimir *to repress*
sacar adelante *to get ahead*
trasladarse/mudarse *to move (change residence)*

Adjetivos
extraño(a) *foreign, strange*
familiar *familiar*
maltratado(a) *badly treated*
peyorativo(a) *derogative*
pobre *poor*
poderoso(a) *powerful*
racista *racist*

Preposiciones
a *to, at, in, for, upon, by*
ante *before*
bajo *under*
con *with*
contra *against*
de *of, from, to, about*
desde *from, since*
en *in, into, at, on*
entre *between, among*
hacia *toward*
hasta *until, up to*
para *for, to, on, by*
por *for, by, in, through, around, along*
sin *without*
sobre *on, about, over*
tras *after*

Verbos irregulares (-go)
caerse *to fall*
contraer *to contract*
contraponer *to put in contrast*
hacer *to do; to make*
poner *to put*
recaer *to relapse*
rehacer *to remake*

reponer *to replace*
reponerse *to recover*
salir *to go out; to leave*
traer *to bring*

Expresiones con estos verbos irregulares
hacer ejercicio *to exercise*
hacer las maletas *to pack*
hacer preguntas/una pregunta *to ask questions/a question*
hacer un viaje *to go on a trip*
poner la mesa *to set the table*
poner (la televisión/la radio) *to turn on (the television/the radio)*
salir con *to go out with*
salir de *to leave (a place)*

Otros verbos irregulares
agradecer *to thank*
aparecer *to appear*
caber *to fit*
conducir *to drive*
conocer *to know, to be familiar/acquainted with*
crecer *to grow*
establecer *to establish*
introducir *to introduce*
ofrecer *to offer*
parecer(se) *to seem, to look like*
producir *to produce*
reconocer *to recognize*
reducir *to reduce*
saber *to know*
traducir *to translate*

Verbos que cambian e > ie
cerrar *to close*
despertar(se) *to wake up*
empezar *to begin*
encender *to turn on*
entender *to understand*
herir *to hurt*
pensar *to think*
perder *to lose; to waste*
preferir *to prefer*

querer *to want*
sugerir *to suggest*
venir *to come*

Verbos que cambian o > ue

almorzar *to eat lunch*
contar *to count; to tell (a story)*
costar *to cost*
devolver *to return*
doler *to hurt*
dormir *to sleep*
mostrar *to show*
poder *to be able to*
resolver *to solve*

revolver *to stir*
soñar *to dream*
volver *to return*

Verbos que cambian e > i

conseguir *to obtain*
decir *to say*
pedir *to ask*
perseguir *to pursue*
repetir *to repeat*
seguir *to follow; to continue; to keep going*
servir *to serve*
vestir *to dress*

México hoy en día

C R O N O L O G Í A

2000 a.C.

Civilizaciones indígenas (tribus olmecas) en el Valle de México.

Águila y serpiente, emblema nacional de México

1376

Los aztecas establecen una monarquía con su primer rey Acamapichtli.

1502

Moctezuma II empieza su reinado.

c. 900 – 1200

El imperio tolteca controla el Valle de México.

| 2000 a.C. | 1000 d.C. | 1300 | 1400 | 1500 |

c. 250–900 d.C.

Florecen las grandes civilizaciones indígenas (mayas, zapotecas).

1300 – 1375

Los aztecas se establecen en México y fundan la ciudad de Tenochtitlán, hoy Ciudad de México.

1440 – 1469

Moctezuma I gobierna a los aztecas.

Capítulo 3

Tenochtitlán: Encuentro entre Moctezuma, Hernán Cortés y la Malinche

OBJETIVOS DEL CAPÍTULO

En este capítulo vas a:

➜ Explorar algunos aspectos del encuentro entre los aztecas y los españoles.

➜ Repasar y ampliar conocimientos sobre los tiempos del pasado.

➜ Leer y analizar dos textos sobre el encuentro entre pueblos y culturas. El primero es un fragmento de *La visión* de los vencidos (un texto colonial) y el segundo es un texto contemporáneo, una canción titulada "Maldición de Malinche", escrita por Gabino Palomares.

➜ **Proyecto final:** Presentar una experiencia de encuentro (ver página 89)

1517

Un cometa presagia el fin del imperio azteca.

Hernán Cortés, conquistador español, llega a lo que hoy es México en busca de oro.

Cortés en Veracruz: conoce a Malinche, indígena mexicana que le sirve como intérprete de las lenguas náhuatl y maya.

1524

Muere Moctezuma II.

1518

1520

1524

Cortés con la Malinche

1519

Cortés llega a Tenochtitlán.

1520

El 1° de julio se conoce como La Noche Triste, día en que los aztecas entregan Tenochtitlán a Cortés.

Huitzilopochtli, dios azteca de la guerra

Preparación

Vocabulario

Antes de escuchar la presentación, lee estas palabras necesarias para comprender el texto.

el enfrentamiento   *confrontation*

engendrar   *to engender, to produce*

épico(a)   *epic*

esperar (algo) de (alguien)
   to expect something from someone

el mestizaje   *crossbreeding*

la polémica   *polemic, controversy*

pronosticar   *to predict*

el regreso   *return*

venerado(a)   *worshipped, venerated*

la viruela   *smallpox*

> An epic deed is something extraordinary; the literary genre that narrates epic actions is called **epopeya**.

Actividad 1.   ***Anticipación.*** En grupos de tres personas, contesten las siguientes preguntas.

1.   ¿Qué saben sobre la cultura azteca?
2.   ¿Qué saben sobre la conquista española de México?

Presentación

Ahora escucha la información introductoria para este capítulo sobre México ayer y hoy.

Comprensión

Actividad 2.   ***¿Verdadero o falso?*** Después de escuchar la presentación, indica si las afirmaciones siguientes son verdaderas (V) o falsas (F).

1.   Los aztecas perdieron su civilización y llegaron a ser dominados por los españoles.
2.   Quetzalcóatl fue el consejero (*adviser*) de Moctezuma.
3.   Doña Marina y Malinche eran las dos amantes de Cortés.
4.   El nacimiento del primer hijo mestizo simbolizó la creación de una raza nueva.
5.   Cortés es considerado como un héroe para los mexicanos modernos.
6.   Hoy en día Malinche es venerada por muchos y considerada una traidora por otros.

EXPLORACIÓN DEL TEMA 1

Vocabulario esencial 1

Sustantivos

la aceptación *acceptance*
el aplauso
el bautismo *baptism*
la caída *fall*
el choque *shock, jolt*
la conquista
el (la) conquistador(a)
el crucifijo *cross*
el entusiasmo
la guerra *war*
el imperio
la población *town; population*
el recibimiento *welcoming*
la sierra = cadena de montañas

Verbos

cabalgar = montar a caballo *to ride
    horseback*
conquistar *to conquer*
dejar *to allow; to leave*

descubrir *to discover*
encontrarse (o > ue) con *to meet with*
engañar *to deceive, trick*
entregar *to deliver; to give; to surrender*
gobernar (e > ie) *to govern; to control*
interpretar
mandar *to command; to lead*
morir (o > ue) *to die*
nacer *to be born*
navegar *to sail*
vencer *to defeat*

Adjetivos

agradecido(a) *grateful*
imperial
sorprendido(a)

Otras expresiones

de rodillas *on one's knees*
en nombre de *in the name of*

Actividad 3. **Series lógicas.** Lee las siguientes series de palabras y marca la
palabra que no pertenece a la serie.

1. conquistar	descubrir	engañar	colonizar
2. luchar	interpretar	vencer	ganar
3. navegar	nacer	morir	crecer
4. mandar	gobernar	nacer	controlar
5. dejar	irse	salir	establecer
6. encontrarse con	conocer	descubrir	pasear

Actividad 4. **Asociaciones.** Siguiendo el modelo, completa los
diagramas siguientes con todas las palabras del vocabulario
que asocies con los conceptos incluidos en los círculos.

Actividad 5. *Vocabulario en contexto.* Completa cada frase usando una de las palabras del vocabulario que aparecen entre paréntesis.

1. Los aztecas (cabalgar, conquistar, entregar)…
2. Hernán Cortés mostró un (crucifijo, bautismo, aplauso)…
3. La Malinche (gobernar, interpretar, navegar)…
4. En la noche triste los españoles (nacer, vencer, entregar)…
5. Los aztecas les dieron a los españoles un (crucifijo, recibimiento, bautismo)…
6. El (imperio, choque, encuentro) entre Cortés y Moctezuma fue…

¿Qué sabes?

Actividad 6. *Personajes de la conquista.* En grupos, contesten las siguientes preguntas. Vayan a la web para buscar más información, si es necesario.

1. ¿Quién fue Hernán Cortés? ¿Qué exploró? ¿Qué es lo que buscaba?
2. ¿Quién fue Moctezuma? ¿Qué asociaciones hacemos con él?

Actividad 7. *Alimentos.* Al llegar a la tierra de los aztecas, los españoles adoptaron su dieta. Con otro(a) estudiante, de los productos que aparecen a continuación, marquen los que crean que existían y se usaban en la época azteca. Comparen su selección con la de otra pareja.

1- chocolate

2- maíz

3- naranja

4- tomate

5- tortilla

6- arroz

Lectura del texto: La visión de los vencidos

Anticipación

Actividad 8. *Contexto histórico-geográfico.*

En 1518, Hernán Cortés salió de Cuba y navegó hasta Veracruz donde empezó el complicado proceso de la conquista de México, el cual culminó con la caída de Tenochtitlán, la gran ciudad imperial azteca.

La visión de los vencidos es una colección de textos que narra en forma de crónica la conquista de México por los españoles. Esta crónica ofrece la imagen que los indígenas se hicieron de Cortés, de los españoles, de la conquista y de la destrucción final de México-Tenochtitlán. Un aspecto interesante del texto es que aporta la perspectiva indígena del momento histórico dentro de la narración.

A continuación está el índice de *La visión de los vencidos*. Lee los títulos de los capítulos que sirven como crónica breve de la época.

Note the alternate spelling of "Moctezuma" used in this source.

Ahora, con otro(a) estudiante repasen el índice. Van a notar que hay muchos nombres indígenas. En general son nombres de dioses, gobernadores o lugares. Sin ser expertos en todas estas referencias, traten de reconstruir los puntos principales de la conquista. Háganlo oralmente.

Actividad 9.   ***Un vistazo al texto.*** Mira el texto que vas a leer y con otro(a) estudiante responde las siguientes preguntas.

1. Analicen el título: *La visión de los vencidos.* ¿Cuál es, de acuerdo con el título, el punto de vista de la narración? Explica cómo puede ser diferente del de los vencedores.
2. Miren los subtítulos de la lectura. Después de leerlos, escriban tres posibles temas de la lectura.
3. Identifiquen dentro de la lectura los nombres de personas y de lugares que aparecen en náhuatl (el idioma indígena de los aztecas). Clasifíquenlos usando la siguiente tabla. ¿Qué información les dan estos nombres para entender mejor la lectura?

Personas	Lugares

4. Miren el último párrafo del fragmento de *La visión de los vencidos.* ¿Cuál es el tema de esta parte?

Actividad 10.   ***Estudio de palabras.*** Lee la lista de palabras que aparece a continuación. Escoge tres palabras y escribe una descripción de cada una sin utilizar la palabra. Seguidamente, en grupos, cada estudiante va a describir oralmente sus tres palabras y los demás tienen que adivinar qué palabra corresponde a cada descripción.

pareceres (*opinions, beliefs*)   reconocimiento (*recognition*)
saludar (*to greet, say hello*)   fronteras (*borders*)
majestad (*majesty; power; elegance*)   agradecido (*thankful*)
rogar (*to beg*)   vasallaje (*vassalage, subjection, serfdom*)
regalos (*gifts*)   llorando (*crying*)

Texto

Lee el siguiente fragmento tomado de la crónica *La visión de los vencidos.*

La visión de los vencidos
La marcha hacia el rumbo de Tetzcoco

(Antigua versión castellana de un texto indígena)

In this text, **volviesen, fuesen,** and **enseñasen** are conjugated in the imperfect subjunctive.

Alegres los españoles de ver desde lo alto de la sierra tantas poblaciones, hubo algunos pareceres de que se volviesen° a Tlaxcallan hasta que fuesen más en número de los que eran. Pero el Cortés los animó y así comenzaron a marchar la vuelta de Tetzcoco y se quedaron aquella noche en la serranía°. Y otro día fueron caminando, y a poco más de una legua° llegaron Ixtlilxúchitl[1] y sus hermanos con mucho acompañamiento de gente, de la cual receló° al principio Cortés, pero al fin por señas° y por intérpretes supo que venían de paz con que se holgó° mucho. Y ellos llegaron a los cristianos y como les enseñasen al capitán, Ixtlilxúchitl se fue a él con un gozo° increíble y le saludó conforme a su usanza, y Cortés con la suya, y luego que lo vio quedó admirado de ver a un hombre tan blanco y con barbas°, y que en su brío representaba mucha majestad, y el Cortés de verle a él y a sus hermanos, especialmente a Tecocoltzin que no había español más blanco que él.

returned

espacio de terreno cruzado por montañas y sierras; a league is a measurement that is equivalent to about 4.8 kilometers; desconfió; *signs;* se alegró; alegría; *beard*

Y al fin, por lengua de Marina y de Aguilar, le rogaron (los de Tetzcoco) que fuese por Tetzcoco para regalarle° y servirle. Cortés agradecido admitió la merced°, y que para allá dejaba el tratar la causa de su venida.

give him treats regalo o favor que se hace a una persona

Llegada a la ciudad

Y allí, a pedimento° de Ixtlilxúchitl, comieron Cortés y los suyos de los regalos que de Tetzcoco les trajeron, y caminaron luego a su ciudad y les salió a recibir toda la gente de ella con grande aplauso.

request

Hincábanse de rodillas° los indios y adorábanlos por hijos del Sol, su dios, y decían que había llegado el tiempo en que su caro emperador Nezahualpitzintli muchas veces había dicho. De esta suerte entraron y los aposentaron° en el imperial palacio, y allí se recogieron, en cuyo negocio los dejaremos por tratar de las cosas de México, que por momentos entraban correos° y avisos al rey Motecuhzoma, el cual se holgó mucho del recibimiento que sus sobrinos hicieron al Cortés y más de que Cohuanacotzin y Ixtlilxúchitl se hubiesen hablado, porque entendía nacería de aquí el retirar Ixtlilxúchitl la gente de guarnición° que tenía en las fronteras; pero de otra suerte lo tenía ordenado Dios.

got down on their knees

se alojaron

messengers

tropa que proteje un lugar

Agradecido Cortés al amor y gran merced que de Ixtlilxúchitl y hermanos suyos había recibido, quiso en pago°, por lengua del intérprete Aguilar, declararles la ley de Dios, y así habiendo juntado° a los hermanos y a algunos señores les propuso el caso, diciéndoles como, supuesto que les habían dicho cómo el emperador de los cristianos los había enviado de tan lejos a tratarles de la ley de Cristo la cual les hacían saber qué era.

as payment; having gotten together

Declaróles el misterio de la creación del hombre y su caída, el misterio de la Trinidad y el de la Encarnación para reparar al hombre, y el de la Pasión y

In Old Spanish, reflexive, direct object, and indirect object pronouns were located at the end of the conjugated verb; thus **hincábanse, adorábanlos.** In modern Spanish these forms are **se hincaban, los adoraban.**

[1]Este Ixtlilxúchitl, como se indica en la nota 7 de la *Introducción General* a este libro, era hermano de Coanacochtzin, señor de Tetzcoco e hijo de Nezahualpilli.

levantando en alto
the same
dando fin a sus
palabras; *feeling pain
or sympathy for another*

El emperador Carlos refers to Carlos V (1500–1558), King of Spain and head of the Spanish Empire.

Resurrección, sacó un crucifijo y enarbolándole° se hincaron los cristianos de rodillas, a lo cual el Ixtlilxúchitl y los demás hicieron lo propio°, y declarándoles luego el misterio del bautismo y rematando su plática° les dijo que el emperador Carlos condolido° de ellos que se perdían, les envió a solo esto, y así se lo pedía en su nombre, y les suplicaba que en reconocimiento le reconociesen vasallaje; que así era voluntad del Papa con cuyo poder venían, y pidiéndoles la respuesta, respondióle Ixtlilxúchitl llorando y en nombre de sus hermanos que él había entendido muy bien aquellos misterios y daba gracias a Dios que le hubiese alumbrado, que él quería ser cristiano y reconocer su emperador.

Comprensión

Actividad 11.   ***Detalles de la lectura.*** Después de leer el texto, contesta estas preguntas.

1. ¿Qué vieron los españoles desde lo alto de la sierra?
2. ¿Por qué querían volver a Tlaxcallan algunos españoles?
3. ¿Dónde pasaron la noche los españoles?
4. ¿Qué dejó asombrado a Ixtlilxúchitl?
5. ¿Cómo supo Cortés que los indígenas querían que él fuera a Tetzcoco?
6. ¿Cómo trataron los indígenas a Cortés y a su acompañamiento? ¿Por qué?
7. ¿Quién era el rey de los aztecas en este período?
8. Cortés les explicó a los indígenas que el emperador de los cristianos le había mandado a México por una razón. ¿Cuál era la razón?

Actividad 12.   ***Explicaciones.*** Vuelve a leer el último párrafo. Después contesta estas preguntas.

1. ¿Qué quiere decir la siguiente frase: "el emperador Carlos **condolido** de ellos que se perdían"?
2. ¿Cómo justifica Cortés lo que hace?
3. Desde la perspectiva actual, ¿qué opinas de lo que hizo Cortés?

Conversación

Actividad 13.   ***Cortés y Moctezuma.*** Todos en la clase van a hacer un papel: conquistador, soldados, Moctezuma y sus ministros, según los reparta su profesor(a). Cada persona tiene diez minutos para preparar su papel individualmente. Luego, los representantes de los dos grupos (los españoles y los aztecas) se juntan y hablan de su situación. Los soldados van a tratar de persuadir a Cortés para hacer lo que creen que es lo mejor para ellos y viceversa. Moctezuma va a tratar de persuadir a sus ministros de su punto de vista y viceversa. Algunos ejemplos de estas situaciones serán representados delante de la clase.

Instrucciones para hacer el papel: La lectura tiene que ver con la llegada de Hernán Cortés y los españoles a tierra azteca. Moctezuma, el emperador azteca, decide recibir a los españoles en paz, pero los españoles no lo saben. Pensando en esto, imagínate que eres:

- **un(a) conquistador(a).** Tienes la responsabilidad de buscar vasallos para tu rey; estás dirigiendo tus tropas en tierra desconocida y estás rodeado(a) por un gran número de indígenas armados. ¿Qué papel vas a jugar? ¿Qué decisiones tomas y por qué? ¿Cómo te sientes?

- **un(a) soldado(a) español(a).** Te alistaste para conocer nuevas tierras y por la posibilidad de hacerte rico(a). Te encuentras en un país extraño rodeado(a) por un montón de gente indígena armada. Tu jefe no parece saber exactamente qué hacer. ¿En qué estás pensando ahora? ¿Qué puedes hacer para cambiar o mejorar la situación? ¿Cómo te sientes?

- **el emperador azteca Moctezuma.** Un pequeño grupo de hombres extraños ha invadido tu territorio. Has juntado a tus jefes y ministros y ellos están indecisos sobre cómo recibir a los forasteros. El famoso emperador Nezahualpitzintli había predicho la llegada de hombres blancos, hijos del Sol, tu Dios. Pero también has tenido malos presagios de tus sacerdotes. ¿Cómo vas a recibir a los forasteros? ¿Cómo justificas tus acciones con tus ministros? ¿Cómo te sientes?

- **uno(a) de los ministros del emperador azteca.** Unos hombres físicamente raros marchan rumbo a la capital azteca y parece que no vienen en son de paz. Hay que pensar en una defensa para no perderlo todo. El número de forasteros es pequeño, pero Moctezuma parece ser incapaz de atacarlos. ¿Qué quieres hacer? ¿Cómo te sientes? ¿Cuáles son tus consejos para el emperador?

Actividad 14.   *Encuentro.* Cuando los españoles llegaron a México no hablaban la lengua de los aztecas. Imagina que eres un(a) estudiante universitario(a) que va a trabajar como voluntario(a) por seis semanas en un pueblo pequeño de un país cuya lengua no conoces. Completa la siguiente tabla y compárala con la de tu compañero(a). ¿Qué has hecho para prepararte? ¿Cómo crees que te vas a sentir al llegar? ¿Cómo te vas a comunicar con los habitantes del pueblo? ¿Cómo crees que van a cambiar las cosas después de un mes de estar allí?

Preparativos	Sentimientos al llegar	Formas de comunicación

Actividad 15.   ***Situaciones desconocidas, momentos difíciles.***
Piensa en una situación en la que has estado
nervioso(a) porque no sabías qué podía ocurrir.
Por ejemplo, antes de llegar a la universidad, ¿cómo te
sentías? Completa la siguiente tabla con tus expectativas antes y
con la realidad después.

Situación	Expectativas	Realidad

Ahora, habla con tu compañero(a) para contestar las siguientes preguntas.

1. ¿Quién tenía más expectativas falsas?
2. ¿En qué situación se crearon más expectativas?
3. ¿Las expectativas se cumplieron?
    _____ Sí, porque…
    _____ No, porque…
4. Formarse expectativas es
    _____ positivo porque…
    _____ negativo porque…

Estudio del lenguaje 1: El pretérito

As you know, the preterite is one of several past tenses used in Spanish. In
this section, we are going to review the forms and explain the main uses of
this tense.

Repaso

These are probably some of the facts you remember about the preterite tense.

- The preterite is used to narrate events in the past.
- Most **-ar, -er,** and **-ir** verbs have regular (predictable) preterite forms.
- There are many irregular verbs in the preterite.

Usos del pretérito

The preterite is used to express an action or a state that is viewed as completed in
the past; that is, the preterite emphasizes the idea of completion.

"... Cortés los **animó** y así
comenzaron a marchar la vuelta
de Tetzcoco y se **quedaron** aquella
noche en la serranía".

… Cortés encouraged them and thus they
started to walk toward Tetzcoco and stayed
in the mountains that night.

"Y allí, a pedimento de Ixtlilxúchitl,   *And there, upon request by Ixtlilxúchitl,*
  comieron Cortés y los suyos..."   *Cortés and his people ate ...*
"... y les **salió** a recibir toda la gente..." *... and everybody came out to see them ...*

El pretérito de los verbos regulares

To form the preterite of regular verbs, drop the **-ar, -er,** or **-ir** from the infinitive and add the following endings.

More information on the uses of the preterite and its contrast with the imperfect is presented in Chapter 4.

cantar		comer		vivir	
-é	**canté**	-í	**comí**	-í	**viví**
-aste	**cantaste**	-iste	**comiste**	-iste	**viviste**
-ó	**cantó**	-ió	**comió**	-ió	**vivió**
-amos	**cantamos**	-imos	**comimos**	-imos	**vivimos**
-asteis	**cantasteis**	-isteis	**comisteis**	-isteis	**vivisteis**
-aron	**cantaron**	-ieron	**comieron**	-ieron	**vivieron**

1. Notice that the **yo** and the **él/ella/Ud.** forms of regular **-ar, -er,** and **-ir** verbs have a written accent.
2. The preterite endings for both **-er** and **-ir** verbs are identical.
3. The **nosotros** form of **-ar** and regular **-ir** verbs is the same in the present indicative and the preterite. Context will determine which tense is being used.

Por lo general **viajamos** a México en   Pero el año pasado **viajamos** a
  vacaciones. (*present indicative*)   Guatemala. (*preterite*)

El pretérito de los verbos irregulares

1. In the preterite, the verbs **ir** and **ser** have exactly the same forms. They are conjugated as follows.

ir / ser			
yo	**fui**	nosotros(as)	**fuimos**
tú	**fuiste**	vosotros(as)	**fuisteis**
Ud./él/ella	**fue**	Uds./ellos/ellas	**fueron**

"Y otro día **fueron** caminando."

2. Preterite of verbs with spelling changes: A group of **-ar** verbs undergo a spelling change when conjugated in the preterite. This change applies only to the first-person singular (**yo**); the other forms are all regular.

- Verbs that end in **-car (buscar, explicar, sacar):** The **c** of the infinitive changes to **qu** in front of the **-é** of the **yo** form.

  buscar: bus**qu**é, buscaste, buscó, buscamos, buscasteis, buscaron

- Verbs that end in **-gar (llegar, rogar, jugar):** The **g** of the infinitive becomes **-gu** in front of the the **-é** of the **yo** form.

  llegar: lle**gu**é, llegaste, llegó, llegamos, llegasteis, llegaron

- Verbs that end in **-zar (empezar, comenzar, abrazar** [*to hug*]): The **z** of the infinitive becomes **-c** in front of the **-é** of the **yo** form.

  empezar: empe**c**é, empezaste, empezó, empezamos, empezasteis, empezaron

> The verb **buscar** (*to look for*) is never followed by the preposition **por. ¿Qué buscas? Busco comida.** It is followed by the personal **a** if the direct object is a specific human being: **Busqué a Juan pero no lo encontré.**

3. Preterite of stem-changing verbs: Of the stem-changing present indicative verbs that you learned in Chapter 1, only those that end in **-ir** are also stem-changing verbs in the preterite.

- Verbs that change **e > ie** in the present indicative (**sugerir**) change **e > i** in the third-person singular and plural forms of the preterite. All other forms maintain the **e** of the infinitive.

  sugerir: sugerí, sugeriste, sug**i**rió, sugerimos, sugeristeis, sug**i**rieron

> Stem changes of these verbs are often indicated in parentheses as follows: (*e > ie, i*), (*e > i, i*), (*o > ue, u*).

Other verbs like **sugerir (ie, i): divertir** (*to entertain*); **divertirse** (*to have fun, have a good time*); **preferir** (*to prefer*); **sentir** (*to feel*)

- Verbs that change **e > i** in the present indicative (**pedir**) change **e > i** in the third-person singular and plural forms of the preterite. All other forms maintain the **e** of the infinitive.

  pedir: pedí, pediste, p**i**dió, pedimos, pedisteis, p**i**dieron

Other verbs like **pedir (i, i): conseguir** (*to obtain*); **conseguir** + *infinitive* (*to succeed in doing something*); **despedirse** (*to say good-bye*); **reírse** (*to laugh*); **repetir** (*to repeat*); **seguir** + *present participle* (*to continue doing something*); **servir** (*to serve*); **sonreír** (*to smile*), **vestir(se)** (*to dress, to get dressed*)

- Verbs that change **o > ue** in the present indicative (**dormir**) change **o > u** in the third-person singular and plural forms of the preterite. All other forms maintain the **o** of the infinitive.

  dormir: dormí, dormiste, d**u**rmió, dormimos, dormisteis, d**u**rmieron

Another verb like **dormir (ue, u)** is **morir** (*to die*).

4. Preterite of verbs with irregular "u" and "i" stems: A group of verbs change the stem vowel into an **i** or a **u.** There is no specific rule to find out which verbs behave like this. You simply need to memorize them individually.

a. Preterites with a **u** stem: **estar, andar, tener, saber, poder, poner**

estar (estuv-)		andar (anduv-)		tener (tuv-)	
estuve	estuvimos	anduve	anduvimos	tuve	tuvimos
estuviste	estuvisteis	anduviste	anduvisteis	tuviste	tuvisteis
estuvo	estuvieron	anduvo	anduvieron	tuvo	tuvieron

saber (sup-)		poder (pud-)		poner (pus-)	
supe	supimos	pude	pudimos	puse	pusimos
supiste	supisteis	pudiste	pudisteis	pusiste	pusisteis
supo	supieron	pudo	pudieron	puso	pusieron

Note that verbs derived from any of these verbs behave like the originals: **mantener** (*to maintain*), **retener** (*to retain*), **reponer(se)** (*to repair; to recover*), **proponer** (*to propose*), **oponer** (*to oppose*).

"Al fin y por señas **supo** que venían de paz".

"... y a algunos señores les **propuso** el caso".

- The preterite of the impersonal form of **haber, hay** (*there is, there are*), is **hubo** (*there was, there were*).

  "**Hubo** algunos pareceres de que se volviesen".

- The preterite endings that correspond to this category of verbs have no accents: **–e, –iste, –o, –imos, –isteis, –ieron.** The stress pattern in these verbs is different from the one you learned for the regular preterites. Here, in all **yo** and **Ud./él/ella** forms the stress falls on the stem vowel and not the ending: **est*u*ve/est*u*vo, and*u*ve/and*u*vo, t*u*ve/t*u*vo**, and so on.

  b. Preterites with an **i** stem: **querer, venir, hacer**

querer (quis-)		venir (vin-)		hacer (hic-)	
quise	quisimos	vine	vinimos	hice	hicimos
quisiste	quisisteis	viniste	vinisteis	hiciste	hicisteis
quiso	quisieron	vino	vinieron	hizo	hicieron

"...**quiso** en pago, por lengua del intérprete Aguilar, declararles la ley de Dios".

"... y los demás **hicieron** lo propio".

The endings and stress pattern of **i** stem verbs are the same as those for the **u** stem verbs above. Again, in the **yo** and **Ud./él/ella** forms the stress remains on the stem vowel (*quise/quiso, vine/vino, hice/hizo*) and there is no accent mark. Note also the requisite spelling change **c > z** in the third-person singular form **hizo.**

5. Verbs with a **y: leer, oír, creer.** These verbs replace the **i** of the third-persons singular and plural endings **-ió** and **-ieron** with a **y** (**-yó, -yeron**). The rest of the forms are regular but add an accent to the **i** of the **tú, nosotros,** and **vosotros** endings.

leer		oír		creer	
leí	leímos	oí	oímos	creí	creímos
leíste	leísteis	oíste	oísteis	creíste	creísteis
leyó	leyeron	oyó	oyeron	creyó	creyeron

Other verbs that follow this pattern are **caer(se)** (*to fall*), **huir** (*to escape*), and all verbs that end in **-uir: construir** (*to build*), **destruir** (*to destroy*), **contribuir** (*to contribute*), etc.

6. Verbs with a **j** stem: **conducir, traer, decir.** These verbs take the same preterite endings as **i** and **u** stem verbs, though the third-person plural ending **-ieron** drops the **i** (**-eron**). Notice that none of these forms carries an accent.

☀ Online Study Center

To check your progress as you complete each vocabulary and grammar topic, do the exercises in the *Pueblos* Online Study Center: **http://college .hmco.com/languages/ spanish/students**

conducir (conduj-)		traer (traj-)		decir (dij-)	
conduje	condujimos	traje	trajimos	dije	dijimos
condujiste	condujisteis	trajiste	trajisteis	dijiste	dijisteis
condujo	condujeron	trajo	trajeron	dijo	dijeron

Other verbs like these are **traducir** (*to translate*), **producir** (*to produce*), **reducir** (*to reduce*), all other verbs ending in **-ucir,** and verbs derived from those above (**contraer, predecir,** etc.).

Aplicación

Actividad 16. *Identificar.* Lee de nuevo el texto de *La visión de los vencidos.* Identifica quince verbos en pretérito y clasifícalos en la siguiente tabla.

Regular	Irregular	Infinitivo

Actividad 17. ***Completar.*** Completa el siguiente texto con los verbos en el pretérito. Presta atención a los acentos.

Hernán Cortés _____ (1. estudiar) en Salamanca donde _____ (2. aprender) latín y derecho. Sólo _____ (3. estar) dos años en sus aulas. Con apenas veinte años _____ (4. ir) a la isla La Española para ocupar el puesto de escribano (*scribe*) de la villa de Azúa. Su relación con el gobernador Diego Velázquez de Cuéllar se _____ (5. estrechar = *to strengthen*) mucho y así Cortés participó como secretario en la expedición a Cuba de 1511, donde le _____ (6. nombrar/ellos) alcalde de Santiago de Baracoa.

En 1518 Cortés _____ (7. viajar) a la península de Yucatán para reconocer el terreno. Le _____ (8. prohibir/ellos) la fundación de colonias permanentes. El 10 de febrero de 1519 _____ (9. salir) de Santiago rumbo a México. Tras diez días en el mar _____ (10. llegar/ellos) a la isla de Cozumel desde donde se _____ (11. dirigir/ellos) hacia Tabasco, donde _____ (12. tener/ellos) el primer enfrentamiento (*clash*) con los indígenas. Cortés y sus hombres, unos 700, _____ (13. seguir) con su expedición, dirigiéndose hacia San Juan de Ulúa para fundar, a pesar de (*in spite of*) la prohibición de Velázquez, la ciudad de la Villarrica de la Vera Cruz.

En la ciudad recién fundada, Cortés _____ (14. recibir) noticias de que había un gran imperio, el azteca, donde las riquezas eran abundantes.

Actividad 18. ***Yo, Cortés.*** Imagina que eres Hernán Cortés. Utiliza la información siguiente para escribir frases completas. Al hacer este ejercicio recuerda que debes utilizar correctamente las preposiciones que aprendiste en el capítulo anterior.

Modelo: ver, Marina
Vi a Marina.

1. llegar, México, 1519
2. recoger, Aguilar, y, continuar el viaje, Tabasco
3. los indígenas, ofrecer, regalos, españoles
4. fundar, un pueblo, la costa
5. hacer una expedición, el interior, muchos soldados
6. cuando, ver, Tlaxcala, pensar en, Granada

7. decidir avanzar, a través de Cholula
8. Marina, decirme, que los aztecas preparaban una traición
9. haber, una gran matanza (*massacre*)
10. los cholultecas, pedir, clemencia

Actividad 19. *Una crónica.* El fragmento de *La visión de los vencidos* que has leído es una crónica que narra algunos sucesos que ocurrieron durante la conquista de México. Además de un género literario, una crónica es, según el diccionario, "un artículo periodístico sobre temas de actualidad". En este ejercicio vas a escribir una crónica sobre un tema de interés para ti.

1. Elige un tema o acontecimiento (*event*) sobre el que vas a escribir. Piensa en algún suceso o acontecimiento de actualidad que sea de interés para tus compañeros. Piensa en lo siguiente: ¿Qué está pasando en estos momentos en el campus? ¿Cuál fue la última noticia de interés para nosotros? Toma notas sobre el desarrollo del tema teniendo en cuenta las cinco preguntas básicas para este tipo de escrito: ¿Qué pasó? ¿Quién participó? ¿Cuándo, dónde y cómo ocurrió?
2. Organiza tus notas en una narración coherente y organizada. Presenta los hechos que ocurren en tu historia de una forma cronológica.
3. Vuelve a leer tu crónica, prestando atención a la gramática. Revisa los tiempos del pretérito y asegúrate de que has empleado las formas correctamente.

Actividad 20. *Revisión.* Trabaja en clase con otro(a) estudiante. Cada estudiante va a trabajar como editor(a) de su compañero(a). Para ello, hagan lo siguiente.

1. Intercambia tu crónica con otro(a) estudiante.
2. Lee la crónica de tu compañero(a) con atención y hazle recomendaciones con respecto a la gramática y al contenido.

   a. Indica qué es lo que te gusta de la crónica de tu compañero(a). Explica por qué.

   b. Indica qué aspectos necesitan más elaboración, es decir, más detalle y dale a tu compañero(a) algunas sugerencias concretas.

   c. Subraya todos los pretéritos que encuentres. Comprueba que tu compañero(a) ha utilizado la forma correcta.

   d. Marca los casos en los que haya problemas con los verbos en pretérito.
3. Revisa tu texto teniendo en cuenta las recomendaciones de tu compañero(a). Prepara la versión final para entregar.

EXPLORACIÓN DEL TEMA 2

Vocabulario esencial 2

Sustantivos
la agresividad
el demonio *devil*
el desprecio *disdain*
el (la) esclavo(a) *slave*
los europeos
la grandeza *greatness, magnitude*
la hipocresía
la identidad
el (la) indígena
el (la) intérprete
la maldición *curse*
el (la) monarca
la profecía
el robo
la violencia

Verbos
cubrir *to cover*
maldecir *to curse*
profetizar
robar *to steal*
tener confianza en = confiar en *to trust*
traducir *to translate*

Adjetivos
conocido(a) *known*
cubierto(a) *covered*
hipócrita
humilde *humble*
ignorado(a) *unknown*
masculino(a) ≠ femenino(a)
orgulloso(a) *proud*
soberbio(a) *arrogant*

Actividad 21. **Sustantivos y verbos.** En el vocabulario que acabas de estudiar hay una lista de sustantivos y algunos verbos de la misma familia. Mira el cuadro que tiene unos sustantivos de la lista y complétalo con los verbos relacionados. Si no conoces el verbo, búscalo en un diccionario.

Sustantivo	Verbo
Modelo: maldición	*maldecir*
1. intérprete	
2. profecía	
3. esclavo	
4. desprecio	
5. demonio	
6. identidad	
7. robo	

Actividad 22. **Sustantivos y adjetivos.** ¿Qué sustantivos relacionas con los siguientes adjetivos?

Adjetivo	Sustantivo
Modelo: hipócrita	*hipocresía*
1. conocido(a)	
2. ignorado(a)	
3. orgulloso(a)	
4. humilde	
5. soberbio(a)	
6. masculino(a)	
7. femenino(a)	

Actividad 23.   ***Asociaciones.*** ¿Con quiénes asocias los siguientes conceptos, con los europeos o con los indígenas? Completa la siguiente tabla poniendo una marca donde tú creas que corresponde. Después, pregúntale a otro(a) estudiante con cuál de los dos grupos asocia él o ella estas características. Tu compañero(a) debe justificar su respuesta.

	Con los europeos	Con los indígenas	¿Por qué?
agresividad	_____	_____	_____
grandeza	_____	_____	_____
hipocresía	_____	_____	_____
mezcla	_____	_____	_____
violencia	_____	_____	_____

¿Qué sabes?

Actividad 24.   ***Intérpretes.*** En grupos, contesten las siguientes preguntas. Luego compartan sus respuestas con el resto de la clase.

1. ¿Quién fue la Malinche, conocida también como Marina?
2. ¿Qué papel jugaron los intérpretes durante el encuentro de la cultura azteca y la española?

Actividad 25.   ***Consecuencias de la conquista.*** Trabaja con otro(a) estudiante y entre los dos hagan una lista de al menos cinco consecuencias de la conquista española de México. Compartan la información con la clase. ¿Cuáles son las dos consecuencias más nombradas?

Lectura del texto: La Maldición de Malinche

Anticipación

Actividad 26.   *Contexto histórico-geográfico.*

Hoy en día la Malinche representa en cierto modo el conflicto que supone para los mexicanos vivir con dos identidades. Los mexicanos por una parte valoran su herencia indígena pero, por otra, la Malinche también simboliza para ellos la traición.

José Clemente Orozco pintó el mural *Cortés y la Malinche* (1923–1926). Con la representación de la unión de los dos, tenemos una imagen visual del mestizaje en el Nuevo Mundo.

Observa la pintura de la página 82 con atención y contesta estas preguntas.

1. ¿Quién está a los pies de Malinche y Cortés? ¿Qué representa?
2. ¿Cómo es la cara de la Malinche?
3. ¿Cómo son las figuras de Orozco?
4. ¿En qué te hace pensar este cuadro?

Actividad 27.   *Un vistazo al texto.* Mira la canción que aparece en las páginas 82–83. Con otro(a) estudiante respondan las siguientes preguntas.

1. Lean en voz alta estas dos palabras del título: **maldición, Malinche** ¿Qué palabra se encuentra dentro de ellas? ¿Cómo ayuda esto a establecer el tono de la canción?
2. Hay varias palabras que se asocian con la maldad en la canción. Hagan una lista de por lo menos cinco.

Actividad 28.   *Estudio de palabras.* Lee las palabras de la columna de la izquierda y asocia cada una con una palabra o expresión de la columna de la derecha. Utiliza el diccionario, si te hace falta.

1. barbado	a. océano
2. la bestia	b. estar en contra
3. el brillo	c. arrogante
4. brindar	d. individuo de otro país
5. el espejo	e. con barba
6. el extranjero	f. animal
7. humillar	g. objeto en que se reflejan las cosas
8. el maleficio	h. hechizo
9. el mar	i. resplandor
10. oponer	j. levantar la copa
11. soberbio	k. despreciar
12. la vergüenza	l. sentimiento de inseguridad

Cortés y la Malinche *(1923–1926) es
un mural de José Clemente Orozco.*

Texto

"La maldición de Malinche" es una canción escrita por Gabino Palomares, cantante y compositor mexicano, y cantada por Amparo Ochoa, cantante mexicana. Lee ahora la letra (*lyrics*) de la canción.

La maldición de Malinche

Gabino Palomares

with feathers

Del mar, los vieron llegar
mis hermanos emplumados°
eran los hombres barbados
de la profecía esperada.

Se oyó la voz del monarca
de que el Dios había llegado
y les abrimos la puerta
for fear   por temor° a lo ignorado.

riding on   Iban montados en° bestias
como demonios del mal
iban con fuego en las manos
y cubiertos de metal.

Sólo el valor de unos cuantos
les opuso resistencia
y al mirar correr la sangre
¡se llenaron de vergüenza!

Porque, los dioses ni comen
ni gozan° con lo robado
y cuando nos dimos cuenta°
ya todo estaba acabado.

enjoy
notice, realize

Y en ese error entregamos°
la grandeza del pasado
y en ese error nos quedamos
¡trescientos años esclavos!

we gave up, handed over

Se nos quedó el maleficio
de brindar al extranjero
nuestra fe, nuestra cultura,
nuestro pan, nuestro dinero.
Y hoy les seguimos cambiando
oro, por cuentas de vidrio°
y damos nuestra riqueza
por sus espejos con brillo.

glass beads

Hoy, en pleno siglo veinte°
nos siguen llegando rubios
y les abrimos la casa
y los llamamos amigos.

in the middle of the twentieth century

Pero, si llega cansado
un indio de andar la sierra
lo humillamos y lo vemos
como extraño por su tierra.

Tú, hipócrita que te muestras
humilde ante el extranjero
pero te vuelves soberbio
con tus hermanos del pueblo.

¡Oh, maldición de Malinche!
enfermedad del presente
¿cuándo dejarás mi tierra?
¿cuándo harás libre a mi gente?

El Sueño de la Malinche del pintor *Antonio Ruiz.*

Comprensión

Actividad 29.   ***Ideas centrales.*** Las frases siguientes resumen la idea central de algunas de las estrofas (*stanza*) de la canción. Para cada frase, di cuál es la estrofa que le corresponde. Después comparte tus respuestas con otro(a) estudiante.

Modelo: Los indígenas les dieron un buen recibimiento a los españoles. *estrofa 2*

1. Los españoles iban a caballo y tenían armas.
2. Los mexicanos no respetan a los indígenas.
3. Los indígenas les dieron todo a los españoles.
4. Llegaron los conquistadores españoles. Llevaban barba.
5. En la actualidad los mexicanos siguen recibiendo bien a las personas de fuera.

Actividad 30.   ***Detalles de la lectura.*** Vuelve a leer el texto y contesta las siguientes preguntas. Después compara tus respuestas con las de otro(a) estudiante.

1. En la segunda estrofa, ¿qué es lo que aconsejó el monarca?
2. ¿Por qué creyeron los indígenas que los españoles eran dioses?
3. En la cuarta estrofa, ¿de quién era la resistencia?
4. ¿Cuál fue el error de los aztecas?
5. ¿Qué cosas recibieron los indígenas de los españoles?
6. ¿Fueron los aztecas generosos con los españoles? ¿Cómo lo sabes?

Actividad 31.   ***Explicaciones.*** Repasa la segunda parte de la canción, desde la novena estrofa ("Hoy, en pleno siglo veinte…"). Trabaja con tu compañero(a) y entre los dos contesten estas preguntas.

1. Explica el significado de la estrofa que empieza: "Pero, si llega cansado".
2. ¿Por qué al final consideran los indígenas a Malinche una maldición?
3. ¿Qué quiere decir "enfermedad del presente"?

Conversación

Actividad 32.   ***El lenguaje metafórico.*** El lenguaje de la canción es literario y contiene varias metáforas, figuras retóricas que se usan para dar a las palabras un significado distinto del original. En la canción, no se nombra directamente a los españoles con la palabra **españoles** y sólo una vez directamente a los indígenas con la palabra **indio**. Sin embargo, la canción habla constantemente de los dos grupos. Teniendo esto en cuenta, trabaja con otro(a) estudiante para hacer lo siguiente.

1. Identifiquen tantas metáforas como puedan que se refieren a los indígenas y a los españoles. Completen la tabla.

Metáforas	Españoles	Indígenas
hombres barbados	X	

2. Después de analizar las metáforas, entre los dos contesten esta pregunta: ¿Crees que la canción da una visión equilibrada de los dos grupos? Justifiquen su respuesta.

Actividad 33. *La herencia histórica.* Esta canción habla del poder de la herencia histórica sobre un pueblo. En la canción se sugiere que la "maldición de Malinche" continúa estando presente en México hoy en día. Trabaja con tu compañero(a) y contesta estas preguntas.

1. ¿En qué consiste la maldición de Malinche para los mexicanos modernos?
2. ¿Pueden pensar en ejemplos de "maldiciones" en el contexto de la historia de EEUU?
3. Los siguientes ejemplos, ¿son "maldiciones" que siguen entre nosotros? Justifiquen su respuesta.

- la esclavitud
- el colonialismo
- el racismo
- la homofobia

Estudio del lenguaje 2:
El imperfecto de los verbos regulares e irregulares

As you already know, the imperfect is another way to view the past in Spanish. Unlike the preterite, the imperfect is used mainly for background information such as description in the past. Let's review the forms and explain the main uses of this tense.

Repaso

This is what you most likely remember about the imperfect tense.

- The imperfect is used to describe and to talk about habitual actions in the past.
- The imperfect forms are easy to learn because there are very few irregular verbs in the imperfect (only three). However, in general, the use of the imperfect is more difficult than the preterite.

Formas del imperfecto

1. To form the imperfect of regular verbs, add the following endings to the verb stem (in parentheses).

hablar (habl-)	comer (com-)	vivir (viv-)
hablaba	comía	vivía
hablabas	comías	vivías
hablaba	comía	vivía
hablábamos	comíamos	vivíamos
hablabais	comíais	vivíais
hablaban	comían	vivían

2. There are only three verbs that have irregular imperfects: **ver**, **ser** and **ir.**

ver	ser	ir
veía	era	iba
veías	eras	ibas
veía	era	iba
veíamos	éramos	íbamos
veíais	erais	ibais
veían	eran	iban

Usos del imperfecto

1. The imperfect can have three equivalents in English.

Hablaba con ellos.
{ *She talked to them.*
She used to talk to them.
She was talking to them.

2. These are the main uses of the imperfect.

a. The imperfect tense is used to talk about habitual actions in the past, that is, it expresses actions or events that happened over and over again in the past. The following expressions convey the idea of habituality and often accompany the imperfect tense.

a menudo   *often*   **muchas veces**   *often*
a veces   *sometimes*   **normalmente**   *normally*

**cada (día/viernes/sábado/
tarde/mañana/noche/
semana/mes/etc.)** *every (day/
Friday/Saturday/afternoon/
morning/night/week/month/etc.)*

con frecuencia/frecuentemente
frequently

de vez en cuando *sometimes*

por lo general *generally*

siempre *always*

todos los (días/lunes/martes/etc.)
every (day/Monday/Tuesday/etc.)

**una vez al día (a la semana/al
mes/al año/etc.)** *once a day
(week/month/year/etc.)*

b. The imperfect describes attributes of people and things.

- physical appearance

  "**Eran** los hombres barbados…"
  "**Iban** montados en bestias…"

- mental states, feelings, and states of health

  Él **quería** ser cristiano.
  Sentían miedo, **estaban** asustados.

- age

  Cortés **tenía** veinte años cuando fue a Cuba.

- time

  Eran las diez cuando llegaron.

- existence with **había** (the imperfect tense of the verb **haber**)

  "No **había** español más blanco que él".

- actions happening at the time about which you are speaking

  "**Hincábanse** de rodillas los indios y **adorábanlos** por hijos del Sol, su
  dios, y **decían** que había llegado el tiempo".

c. The imperfect provides background or context for a story that takes place
in the past.

  Era de noche y **hacía** frío. **Soplaba** el viento y las ramas de los árboles **se
  movían** con violencia.

Aplicación

Actividad 34. **¿Cómo eran?** Un(a) compañero(a) quiere saber cómo
eran estos personajes históricos. Haz una descripción en
el pasado de las siguientes personas utilizando la
información que aparece a continuación.

1. La Malinche

   ser una mujer azteca
   hablar y entender varias lenguas
   tener habilidad para negociar
   ser valiente
   acompañar siempre a Hernán Cortés

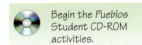

Online Study Center

To check your progress as you
complete each vocabulary and
grammar topic, do the
exercises in the *Pueblos* Online
Study Center: **http://college
.hmco.com/languages/
spanish/students**

Begin the *Pueblos*
Student CD-ROM
activities.

2. Jerónimo Aguilar

ser cura

tener veintidós años al llegar al Nuevo Mundo

saber hablar la lengua de los mayas

conocer las costumbres mayas

vivir con los mayas cuando llegó Cortés

Actividad 35.   ***La indecisión de Moctezuma.*** El siguiente texto describe cómo se sentían o cómo pensaban varios personajes durante la conquista de México. Fíjate que todos los verbos expresan estados mentales o sentimientos. Completa las frases poniendo el verbo entre paréntesis en el imperfecto.

Cuando Cortés llegó a Veracruz, Moctezuma _____ (1. sentirse) indeciso. No _____ (2. saber) qué hacer. Tras una reunión con sus consejeros, algunos _____ (3. querer) presentar resistencia a Cortés, otros _____ (4. preferir) acoger a los invasores con regalos. Moctezuma _____ (5. esperar) alejar a Cortés de sus tierras con valiosos regalos. Pero Cortés _____ (6. insistir) en ver al Emperador.

Actividad 36.   ***La vida de los aztecas.*** ¿Cómo era la vida de los aztecas antes de la llegada de Cortés? Escribe frases descriptivas relativas a cada uno de los siguientes aspectos.

Antes de la llegada de Cortés, los aztecas...

1. religión: sacrificar vidas humanas, profetizar
2. arquitectura: construir pirámides, diseñar
3. naturaleza: cultivar, plantar
4. astronomía: predecir, observar

Actividad 37.   ***Tu infancia.*** Escoge uno de los siguientes aspectos.

1. música   4. mi ciudad
2. moda   5. mi familia
3. televisión   6. mis estudios

Compara cómo era ese aspecto de tu vida en tu infancia y cómo es ahora. Por ejemplo, piensa en lo siguiente: ¿Qué programas de televisión y qué música te gustaban antes? ¿Cuáles te gustan ahora? ¿Qué ropa llevabas antes? ¿Y ahora? ¿Cómo eran tu ciudad, tu familia y tus estudios antes? ¿Y ahora? Anota al menos cinco diferencias. La siguiente estructura te puede ser útil:

En mi infancia…, en cambio en la actualidad…

Al terminar, habla con tu compañero(a). ¿Qué ha cambiado más, tu vida o la suya?

Actividad 38. ***Recuerdos de personajes históricos.*** ¿Cómo era Tenochtitlán cuando llegaron los españoles? Trata de imaginar cómo era la ciudad azteca.

- Describe la ciudad: tamaño, aspecto.
- Indica qué edificios había y descríbelos.
- ¿Quiénes eran los habitantes de la ciudad?
- ¿Cómo vivían? ¿Qué actividades hacían normalmente?

Empieza tu descripción diciendo: "Antes de la llegada de los españoles Tenochtitlán era una ciudad…" Si es necesario, busca información en Internet o en la biblioteca. Escribe un párrafo de diez o doce frases.

Proyecto final: Presentar una experiencia de encuentro

Recapitulación: En este capítulo, hemos hablado de la visión de los vencidos en el encuentro histórico entre la cultura española y las culturas indígenas. También hemos analizado una canción contemporánea que todavía muestra la influencia de este contacto. Como tarea final, tu grupo va a analizar y presentar una experiencia de encuentro.

Paso 1: Repasen las secciones marcadas con en este capítulo.

Paso 2: Varios momentos de nuestra vida se pueden describir como momentos de encuentro. Por ejemplo:

- el momento en que ustedes llegaron a la universidad
- el momento en que ustedes y su familia se mudaron de una ciudad a otra (o de un país a otro)
- el momento en que ustedes empezaron a estudiar español (u otra materia)

Escojan uno de estos momentos y hagan una lluvia de ideas usando el siguiente esquema. En cada cuadro pueden incluir ideas relacionadas con los siguientes aspectos.

1. ¿Cómo te sentías?
2. ¿Qué pensabas sobre ese encuentro?
3. ¿Cómo eras tú? ¿Cómo eran los demás?

Antes del encuentro   Después del encuentro

ENCUENTRO

Paso 3: Recuerden que el encuentro entre los españoles y los aztecas se puede ejemplificar con el contacto entre individuos concretos, como Moctezuma y Cortés. Piensen en el encuentro que han escogido en el paso anterior y explíquenlo a partir de la experiencia de dos personas concretas. Consideren las siguientes categorías.

1. **Fondo** (*background*). ¿De dónde venía la persona? ¿Cómo era la persona antes del encuentro? Fíjense en el uso del imperfecto.

2. **Encuentro.** ¿En qué contexto se dio el encuentro? ¿Qué pasó? Fíjense en el uso del pretérito.

3. **Consecuencias.** ¿Cuáles fueron las consecuencias del encuentro? ¿Hay un vencedor y un vencido?

Paso 4: Hagan una presentación a la clase sobre el encuentro que han decidido explicar. Recuerden que en este capítulo hemos visto un mural de Orozco y hemos leído el texto de una canción que ilustran el encuentro. Para su presentación traigan una canción, hagan un dibujo o traigan algún objeto relacionado con el encuentro que presenten.

Paso 5: Después de escuchar las presentaciones, completa el siguiente cuadro.

Nombra tres encuentros presentados en la clase.
1.
2.
3.
Nombra dos canciones, ilustraciones u objetos relacionados con los encuentros mencionados arriba.
1.
2.
¿Cuál es el encuentro que te ha interesado más y por qué?

Vocabulario del capítulo

Preparación

el enfrentamiento *confrontation*
engendrar *to engender; to produce*
épico(a) *epic*
esperar (algo) de (alguien) *to expect something from someone*
el mestizaje *crossbreeding*
la polémica *polemic, problem*
pronosticar *to predict*
el regreso *return*
venerado(a) *worshipped, venerated*
la viruela *smallpox*

Vocabulario esencial
La visión de los vencidos

Sustantivos

la aceptación *acceptance*
el aplauso *applause*
el bautismo *baptism*
la caída *fall*
el choque *clash*
la conquista *conquer, conquest*
el (la) conquistador(a) *conqueror*
el crucifijo *cross*
el entusiasmo *enthusiasm*
la guerra *war*
el imperio *empire*
la población *town; population*
el recibimiento *welcoming*
la sierra *mountains, mountain chain*

Verbos

cabalgar *to ride horseback*
conquistar *to conquer*
dejar *to allow; to leave*
descubrir *to discover*
encontrarse (o > ue) con *to meet with*

engañar *to deceive, trick*
entregar *to deliver; to give; to surrender*
gobernar (e > ie) *to govern; to control*
interpretar *to interpret*
mandar *to command; to lead*
morir (o > ue) *to die*
nacer *to be born*
navegar *to sail*
vencer *to defeat*

Adjetivos

agradecido(a) *grateful*
imperial *imperial*
sorprendido(a) *surprised*

Otras expresiones

de rodillas *on one's knees*
en nombre de *in the name of*

Vocabulario esencial
La maldición de Malinche

Sustantivos

la agresividad *aggressiveness*
el demonio *devil*
el desprecio *disdain*
el (la) esclavo(a) *slave*
los europeos *Europeans*
la grandeza *greatness, magnitude*
la hipocresía *hypocrisy*
la identidad *identity*
el (la) indígena *indigenous person*
el (la) intérprete *interpreter*
la maldición *curse*
el (la) monarca *monarch*
la profecía *prophecy*
el robo *theft*
la violencia *violence*

Verbos

cubrir *to cover*
maldecir *to curse*
profetizar *to prophesy*
robar *to steal*
tener confianza en *to trust*
traducir *to translate*

Adjetivos

conocido(a) *known*
cubierto(a) *covered*
femenino(a) *feminine*
hipócrita *hypocrite*
humilde *humble*
ignorado(a) *unknown*
masculino(a) *masculine*
orgulloso(a) *proud*
soberbio(a) *arrogant*

Verbos con irregularidades en el pretérito

caer(se) *to fall*
conseguir (e > i, i) *to obtain*
conseguir (+ *infinitive*) *to succeed in (doing something)*

construir *to build*
despedirse (e > i, i) *to say good-bye*
divertir (e > ie, i) *to entertain*
divertirse (e > ie, i) *to have fun, have a good time*
huir *to escape, flee*
mantener *to maintain*
morir (o > ue, u) *to die*
oponer *to oppose*
preferir (e > ie, i) *to prefer*
producir *to produce*
proponer *to propose*
reducir *to reduce*
reírse (e > i, i) *to laugh*
repetir (e > i, i) *to repeat*
reponer(se) *to repair; to recover*
retener *to retain*
seguir (e > i, i) (+ *present participle*) *to continue (doing something)*
sentir (e > ie, i) *to feel*
servir (e > i, i) *to serve*
sonreír (e > i, i) *to smile*
traducir *to translate*
vestirse (e > i, i) *to dress, to get dressed*

Unidad

Conquista y colonización

Dragó, Alejandro Xul Solar

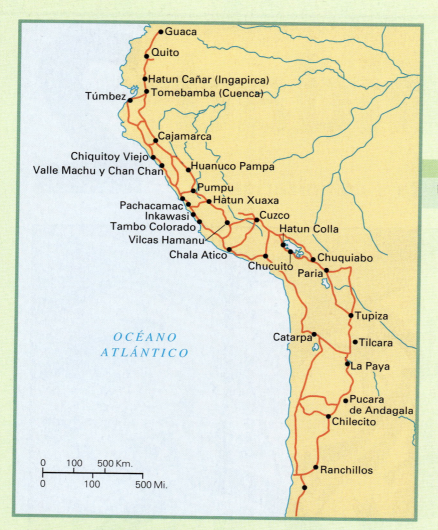

El imperio inca

OCÉANO ATLÁNTICO

- Guaca
- Quito
- Hatun Cañar (Ingapirca)
- Tomebamba (Cuenca)
- Túmbez
- Cajamarca
- Chiquitoy Viejo
- Huanuco Pampa
- Valle Machu y Chan Chan
- Pumpu
- Hatun Xuaxa
- Pachacamac
- Inkawasi
- Cuzco
- Tambo Colorado
- Hatun Colla
- Vilcas Hamanu
- Chala Atico
- Chucuito
- Chuquiabo
- Paria
- Tupiza
- Catarpa
- Tilcara
- La Paya
- Pucara de Andagala
- Chilecito
- Ranchillos

0 100 500 Km.
0 100 500 Mi.

CRONOLOGÍA

Ruinas incas, Cuzco

900 a.C. – 1000 d.C.

Antiguas civilizaciones y culturas preincaicas.

1200 – 1500 d.C.

Expansión y extensión de la civilización y la cultura inca.

1532

Llegada de los conquistadores españoles: Francisco Pizarro y sus tropas atacan al emperador Atahualpa y a los incas.

1534

Se establece el Virreinato del Perú.

1567

El rey de los incas, Titu Cusi, declara su fidelidad al Rey de España.

1000 a.C. 1500 d.C. 1532 1536 1540 1567

Artefacto inca

1300 – 1400 d.C.

Los aymaras de la zona del lago Titicaca son dominados por los incas.

1533 – 1535

Los españoles matan a Atahualpa y queman la capital del imperio inca, Cuzco.

1539 – 1616

Vida de El Inca Garcilaso de la Vega, puente entre la cultura incaica y la española.

Capítulo 4

El Nuevo Mundo: La región andina: Bolivia, Ecuador y Perú

OBJETIVOS DEL CAPÍTULO

En este capítulo vas a:

→ Explorar la región andina —Perú, Bolivia y Ecuador.

→ Repasar y ampliar conocimientos sobre el pretérito, el imperfecto y los verbos reflexivos.

→ Narrar en presente y en pasado.

→ Leer y analizar un fragmento de la obra *Comentarios Reales de El Inca Garcilaso* (1539–1616) y un cuento contemporáneo, "La frontera", de Edmundo Paz Soldán (1967–).

→ **Proyecto final:** Hacer una entrevista a alguien que llegó de otro país (ver página 119)

1571 – 1572

Mandato del líder de los incas Tupac Amaru I.

1572

Comienza el reinado de los españoles en la región.

1780 – 1781

Tupac Amaru II organiza una rebelión entre los indígenas y los mestizos en contra de los españoles y, al final, es decapitado.

1873 – hoy

Intercambios culturales con países asiáticos: La primera ola de inmigrantes chinos sale de su país natal por múltiples catástrofes naturales y guerras a principios del siglo XIX; los japoneses llegan a Perú en 1899 originalmente para trabajar en las minas.

1571	1586	1800	1850	1900	1950	2000

1586

Vida de Santa Rosa de Lima, la primera santa americana católica.

1820 – 1830

Independencia de Bolivia, Ecuador y Perú.

1900 – hoy

Creciente influencia norteamericana, empezando con la Doctrina Monroe (1823) hasta la política del Buen Vecino (1928).

1975 – hoy

Lucha en contra de los narcotraficantes que amenazan la estabilidad de la región.

Preparación

Vocabulario

Antes de escuchar la presentación, lee estas palabras necesarias para comprender el texto.

andino(a) *Andean*

el ayllus = clan inca

la cordillera montañosa *mountain range*

la encomienda *land grants (decreed by the Spanish King during colonization)*

incaico(a) *Incan*

Inti = el dios del sol

el virreinato *viceroyalty, jurisdiction*

Actividad 1. **Anticipación.** Como preparación para comprender mejor lo que vas a escuchar, trabaja con otro(a) estudiante para completar las siguientes actividades.

1. Clasifiquen los siguientes nombres usando dos categorías: **geografía** y **personajes históricos**. **Nombres:** Bolivia, Tupac Amaru, Ecuador, Atahualpa, Francisco Pizarro, Los Andes, El Inca Garcilaso de la Vega, Simón Bolívar, Perú.
2. Escojan un nombre geográfico y un personaje histórico y busquen información básica en Internet sobre ellos.
3. Hagan una breve presentación en clase con la información que encontraron.

Presentación

Ahora escucha la información introductoria sobre la región andina.

Comprensión

Actividad 2. **¿Verdadero o falso?** Después de escuchar la presentación, indica si las afirmaciones siguientes son verdaderas (V) o falsas (F).

1. Perú, Bolivia y Ecuador pertenecen a una zona montañosa.
2. En Bolivia, Ecuador y Perú la cultura indígena desapareció con la dominación española.
3. El Inca Garcilaso es el primer escritor peruano importante en español.
4. Los movimientos de independencia en Perú, Ecuador y Bolivia se asocian con el libertador Simón Bolívar.
5. El desarrollo actual de la región quiere eliminar la herencia indígena.

EXPLORACIÓN DEL TEMA 1

Vocabulario esencial 1

Sustantivos

la agricultura
la bestia *beast*
el (la) campesino(a) *farmer*
la civilización
el cultivo *crop*
el (la) descendiente
la divinidad
el ganado *cattle*
el imperio
la invasión
el mandato = la orden
la plática = la charla
el reinado *reign*
la tecnología
la veneración *veneration, worship*

Verbos

adorar
apiadarse de *to pity, to take pity on*
apoderarse de *to take over* (*a country or government*)
carecer de *to lack*
cultivar *to grow*
decapitar *to decapitate*
desembarcar *to land* (*a boat*)
ejecutar *to execute*
evangelizar
gozar de *to enjoy*
habitar
invadir
regir (i, i) *to control, to rule*
ser natural de = ser de
venerar *to worship*

Adjetivos

avanzado(a) *advanced, developed*
politeísta *polytheistic, worships many gods*

Otras expresiones

en cueros *in hides*
rendir (i, i) culto (a algo o a alguien) *to venerate, to worship* (*someone or something*)

Actividad 3. ***Familias de palabras.*** Forma parejas de nombres y verbos a partir de la palabra proporcionada a continuación. Sigue el modelo.

Modelo: habitar–*habitación*

1. venerar
2. adoración
3. invadir
4. ejecución
5. decapitar
6. evangelización

Actividad 4. ***Un poco de lógica.*** Lee las series de palabras a continuación. Después, indica según la lógica, cuál de estos conceptos o hechos debe ocurrir primero y cuál después.

1. las divinidades / la veneración
2. los antepasados / los descendientes
3. la civilización / los cultivos / la agricultura / los nómadas / las bestias domesticadas
4. la guerra / la invasión / el imperio / la paz

Actividad 5.   ***Vocabulario en contexto.*** Trabaja con otro(a) estudiante para hacer lo siguiente.

1.   Primero, conjuga el verbo entre paréntesis e inventa una frase que ayude a entender su significado.

   a. Los pobres (carecer) de…
   b. Los politeístas (venerar)…
   c. Los que ganan (apoderarse) de…
   d. Los invasores (habitar)…
   e. Los indígenas (rendir) culto a…

2.   Luego, teniendo en cuenta la presentación del capítulo, relaciona las palabras de la columna A con las de la columna B.

A	**B**	
Religión:	venerar	divinidad
Dominación:	apoderarse de	agricultura
Actualidad:	rendir culto a	invasión
	cultivar	globalización
	imperio	evangelizar

3.   Después, escoge uno de los temas de la columna A y su vocabulario de la columna B para escribir un breve resumen de la información que has aprendido.

¡Qué sabes?

Actividad 6.   ***Buscar.*** Escoge si quieres ser el (la) estudiante A o B. Utiliza tus conocimientos o busca en Internet información necesaria para identificar los cuatro aspectos mencionados a continuación. Toma notas porque después vas a usar esta información para hacer la Actividad 7.

Estudiante A
   • Machu Picchu _____
   • Mario Vargas Llosa _____

Estudiante B
   • el lago Titicaca _____
   • el aymara, el quechua _____

Actividad 7.   ***Identificar.*** Comparte tus notas de la Actividad 6 con otro(a) estudiante. Si eres A, trabaja con un estudiante que sea B. Utiliza la información que te dé tu compañero(a) para relacionar los siguientes nombres con las fotos que aparecen en la página 99.

1.   Machu Picchu
2.   el aymara, el quechua
3.   Mario Vargas Llosa
4.   el lago Titicaca

Lectura del texto: El origen de los Incas Reyes del Perú

Anticipación

Actividad 8. *Contexto histórico-geográfico.*

En este capítulo vas a leer un texto del siglo XVII escrito por El Inca Garcilaso. La importancia de este personaje reside en que estableció un puente de unión entre la cultura indígena inca y la española.

Para saber más sobre su biografía, haz lo siguiente.

1. Lee el siguiente párrafo.
2. Lee las palabras de la lista.
3. Completa los espacios en blanco con las palabras de la lista.

El Inca Garcilaso de la Vega Cuzco, soldado y cronista

Nació en Perú en 1539 y murió en España en 1616.

capitán	quechua	tierras	utilizar
Inquisición	mezcla	antepasados	nombre
princesa	muerte	atendidas	literaria

El Inca Garcilaso, hijo del capitán español Sebastián Garci Lasso de la Vega Vargas y de la (1.) _____ incaica Isabel Chipu Ocllo, recibió el (2.) _____ de Gómez Suárez de Figueroa. Fue educado por su madre y sus familiares y aprendió de ellos el idioma (3.) _____. Al mismo tiempo adquirió la cultura española junto con otros mestizos. Esta (4.) _____ cultural, que se estaba desarrollando también en la sociedad, la economía y en la vida cotidiana, definirá la producción literaria del Inca Garcilaso. Separado de su madre, inició una estrecha relación con su padre. A la (5.) _____ de éste (su padre) se trasladó a España, pasando una larga estancia en Sevilla y Madrid. En la Corte solicitó al Consejo de Indias el reconocimiento de los servicios prestados por su padre y la restitución de las (6.) _____ que eran propiedad de su madre. Dichas peticiones no fueron (7.) _____ por el Consejo y Garcilaso siguió los pasos de su padre, ingresando en el ejército, donde alcanzó el grado de (8.) _____. Fue destinado a la villa cordobesa de Montilla donde empezó a (9.) _____ el nombre de El Inca Garcilaso de la Vega. En plena madurez recibió órdenes menores e inició su brillante carrera (10.) _____. Curiosamente entre sus (11.) _____ encontramos importantes literatos: Jorge Manrique, el Marqués de Santillana o Garcilaso de la Vega. Su primera obra es la traducción de *Los Diálogos de Amor* de León Hebreo, libro que fue prohibido por la (12.) _____.

Actividad 9.   ***Un vistazo al texto.*** Trabaja con otro(a) estudiante. Mira el texto que vas a leer y entre los dos respondan las siguientes preguntas.

1. Lean el título de la lectura "El origen de los Reyes Incas de Perú". ¿Cuál es el tema de este texto?
2. ¿Qué información le pide El Inca Garcilaso a su tío? Miren el segundo párrafo y lean las preguntas que aparecen en él.
3. Miren el último párrafo ("Nuestro Padre el Sol…") ¿De quién descienden los Reyes Incas?
4. Teniendo en cuenta esta información, elaboren una hipótesis sobre el contenido de esta lectura. Empiecen su hipótesis de la siguiente forma: *"En este texto El Inca Garcilaso escribe sobre…"*

Actividad 10.   ***Estudio de palabras.*** Al leer el texto del Inca Garcilaso vas a notar que hay expresiones y palabras que no conoces y que seguramente no podrás encontrar en el diccionario. Esto se debe a que el texto, escrito y publicado en el siglo XVII, contiene muchas estructuras y formas típicas del español antiguo. No dejes, sin embargo, que esas formas antiguas te distraigan demasiado a la hora de leer el texto.

Trabaja con otro(a) estudiante para hacer esto:

1. Miren los ejemplos de español antiguo tomados del texto "El origen de los Incas Reyes del Perú", publicado en 1609, y léanlos con atención.
2. Después decidan qué expresión moderna de la segunda columna corresponde a la del español antiguo.
3. Al final, encuentren estas palabras en la lectura para comprenderlas en su contexto.

El español antiguo
1. me holgaba de las oír (párrafo 1)
2. unos cuantos miles de años ha que Dios… (párrafo 2)
3. esta su conversación (párrafo 1)

El español moderno
a. pero
b. donde quiera
c. me alegraba de oírlas, me gustaba oírlas

4. por do quisiesen (párrafo 5)
5. doquiera (párrafo 5)
6. empero (párrafo 2)

d. hace unos cuantos miles de años que Dios…
e. esta conversación suya
f. por donde quisieran

Texto

El texto que vas a leer, titulado "El origen de los Incas Reyes del Perú", pertenece al capítulo XV del libro de El Inca Garcilaso *Los Comentarios Reales,* publicado en 1609. En esta obra, El Inca Garcilaso narra la historia del imperio inca hasta la llegada de los españoles.

Libro I, Capítulo XV
El origen de los Incas Reyes del Perú

El Inca Garcilaso

[…]

En estas pláticas yo, como muchacho, entraba y salía muchas veces donde ellos estaban, y me holgaba de las oír, como huelgan los tales° de oír fábulas. Pasando pues días, meses y años, siendo ya yo de diez y seis o diez y siete años, acaeció° que, estando mis parientes un día en esta su conversación hablando de sus Reyes y antiguallas°, al más anciano de ellos, que era el que daba cuenta° de ellas, le dije:

    "Inca, tío, pues° no hay escritura entre vosotros, que es lo que guarda la memoria de las cosas pasadas, ¿qué noticia tenéis del origen y principio de nuestros Reyes? Porque allá los españoles y las otras naciones, sus comarcanas°, como tienen historias divinas y humanas, saben por ellas cuándo empezaron a reinar sus Reyes y los ajenos° y al trocarse° unos imperios en otros, hasta saber cuántos mil años ha que Dios crió el cielo y la tierra, que todo esto y mucho más saben por sus libros. Empero vosotros, que carecéis° de ellos, ¿qué memoria tenéis de vuestras antiguallas?, ¿quién fue el primero de nuestros Incas?,

as such (kids) enjoy

ocurrió

past history; knew

because

nearby

of another place; cambiarse

lack

familia

exploits, deeds

chink or crack in the earth; wild animals

to plant crops; flesh, naked bodies; to cultivate; natural crevasses in the hills

leaves and bark; walked around naked; deer; mountain beasts

annoy

respect; thought of themselves; legal

stone him to death

took pity; felt sorry; inform them

grain fields

to pound into the ground a golden stick; una vara = a measurement equal to 0.84 meters; thickness; sink itself; strike; settlement; kingdom

¿cómo se llamó?, ¿qué origen tuvo su linaje°?, ¿de qué manera empezó a reinar?, ¿con qué gente y armas conquistó este grande Imperio?, ¿qué origen tuvieron nuestras hazañas°?" El Inca, como holgándose de haber oído las preguntas, por el gusto que recibía de dar cuenta de ellas, se volvió a mí (que ya otras muchas veces le había oído, mas ninguna con la atención que entonces) y me dijo:

"Sobrino, yo te las diré de muy buena gana; a ti te conviene oírlas y guardarlas en el corazón (es frase de ellos por decir en la memoria). Sabrás que en los siglos antiguos toda esta región de tierra que ves eran unos grandes montes y breñales°, y las gentes en aquellos tiempos vivían como fieras° y animales brutos, sin religión ni policía, sin pueblo ni casa, sin cultivar ni sembrar° la tierra, sin vestir ni cubrir sus carnes°, porque no sabían labrar° algodón ni lana para hacer de vestir; vivían de dos en dos y de tres en tres, como acertaban a juntarse en las cuevas y resquicios de peñas° y cavernas de la tierra. Comían, como bestias, yerbas del campo y raíces de árboles y la fruta inculta que ellos daban de suyo y carne humana. Cubrían sus carnes con hojas y cortezas° de árboles y pieles de animales; otros andaban en cueros°. En suma, vivían como venados° y salvajinas°, y aun en las mujeres se habían como los brutos, porque no supieron tenerlas propias y conocidas.

Adviértase, porque no enfade° el repetir tantas veces estas palabras: «Nuestro Padre el Sol», que era lenguaje de los Incas y manera de veneración y acatamiento° decirlas siempre que nombraban al Sol, porque se preciaban° descender de él, y al que no era Inca no le era lícito° tomarlas en la boca, que fuera blasfemia y lo apedrearan°." Dijo el Inca:

"Nuestro Padre el Sol, viendo los hombres tales como te he dicho, se apiadó° y hubo lástima° de ellos y envió del cielo a la tierra un hijo y una hija de los suyos para que los doctrinasen° en el conocimiento de Nuestro Padre el Sol, para que lo adorasen y tuviesen por su Dios y para que les diesen preceptos y leyes en que viviesen como hombres en razón y urbanidad, para que habitasen en casas y pueblos poblados, supiesen labrar las tierras, cultivar las plantas y mieses°, criar los ganados y gozar de ellos y de los frutos de la tierra como hombres racionales y no como bestias. Con esta orden y mandato puso Nuestro Padre el Sol estos dos hijos suyos en la laguna Titicaca, que está ochenta leguas de aquí, y les dijo que fuesen por do quisiesen y, doquiera que parasen a comer o a dormir, procurasen hincar en el suelo una barrilla de oro° de media vara° en largo y dos dedos en grueso° que les dio para señal y muestra, que, donde aquella barra se les hundiese° con solo un golpe° que con ella diesen en tierra, allí quería el Sol Nuestro Padre que parasen e hiciesen su asiento° y corte°.

Comprensión

Actividad 11. **Detalles de la lectura.** Fíjate en las preguntas que El Inca Garcilaso le hace a su tío en el párrafo 2. ¿Cuáles le contesta El Inca en el fragmento que has leído?

	Sí	No
1. ¿Cuál es el origen de los reyes incas?	____	____
2. ¿Cómo conquistó el Inca su imperio?	____	____
3. ¿Cuál es el origen de las hazañas incas?	____	____
4. ¿Qué recuerdo tienen los incas de su pasado?	____	____
5. ¿Quién fue el primer inca?	____	____

Actividad 12. **Explicaciones.** En la lectura El Inca Garcilaso dice lo siguiente "Nuestro *padre* el Sol" (párrafo 4). Explica la creación del hombre según la cual el Sol es el padre de los seres humanos. Utiliza el siguiente vocabulario.

enviar a la tierra un hijo y una hija
adorar al Sol
habitar
cultivar
ganado
bestias
hundir
laguna

Conversación

Actividad 13. **La conversación entre El Inca y su tío.** Igual que El Inca Garcilaso le pregunta a su tío por sus orígenes, es posible que tú te hayas preguntado también por tus orígenes. Trabaja con otro(a) estudiante para hacer lo siguiente:

1. Cada uno debe hacer una lista de preguntas útiles para investigar los orígenes de su familia. Escriban al menos seis preguntas cada uno.
2. Comparte tu lista con tu compañero(a) y añade una pregunta más.

Actividad 14. **Entrevista.** Usa tus preguntas de la Actividad 13 para entrevistar a alguien de tu familia y anota sus respuestas en español. Prepara una breve presentación para la clase. Después de escuchar las presentaciones de tus compañeros, anota las diferencias y semejanzas entre tu familia y la familia de tus compañeros.

1. algo en común entre tu familia y la de otro(a) estudiante
2. algo diferente entre tu familia y la de otro(a) estudiante

Estudio del lenguaje 1:
Préterito e imperfecto

Repaso

"En estas pláticas yo, como muchacho, **entraba** y **salía** muchas veces donde ellos **estaban** […] Pasando pues días, meses y años, siendo ya yo de diez y seis o diez y siete años, **acaeció** que […] al más anciano de ellos […] le **dije**…"

The above quotation from the chapter's first reading contains verbs in both the imperfect and the preterite. As you learned in Chapter 3, these two tenses are used to express actions that occurred in the past, though each tense is used in different contexts.

Narración en el pasado: Pretérito e imperfecto

1. The main difference between preterite and imperfect forms has to do with the *aspect* of the action—whether the action is completed or is instead ongoing. This aspectual difference takes place in the past.

    While the preterite expresses a past action *completed* in a specific period of time, the imperfect conveys a past action as it is *happening*. The imperfect shows that the action is in progress, without paying any attention to when it started or ended.

    When we tell a story in the past, we both narrate and describe. That is, we recount actions and we state the circumstances in which those actions took place. In Spanish, these two functions are each expressed by a different verb form. The preterite is used to narrate and advance the plot, and the imperfect is used to describe the time and place of the action and the people who participated in those events as well as their feelings.

2. In summary, these are the main uses of preterite and imperfect when used together.

Preterite	Imperfect
Use the preterite to narrate: • completed actions or a series of completed actions "El inca […] **se volvió** a mí […] y me **dijo**…" (*The Inca turned to me and said . . .*) "El Inca Garcilaso **habló** repetidas veces con sus parientes". (*The Inca Garcilaso spoke numerous times with his relatives.*)	Use the imperfect to describe: • ongoing actions and descriptions of people, places, and things "Esta región de tierra que ves **eran** unos grandes bosques". (*This portion of land that you see was a big forest.*) "Las gentes en aquellos tiempos **vivían** como fieras." (*In those days, people lived like wild animals.*)

- actions completed over a period of time
  Los españoles **tardaron** cuarenta años en establecer su poder en la región andina. (*It took the Spaniards forty years to establish their power in the Andean region.*)
- sudden changes in emotions and mental states
  "Nuestro Padre el Sol, viendo los hombres tales como te he dicho, **se apiadó** y **hubo** lástima de ellos". (*Our Father the Sun, upon seeing men and women as I have said, took pity and felt sorry for them.*)

- habitual, customary actions and actions repeated over an indefinite period of time
  "**Entraba** y **salía** muchas veces". (*I would go in and out many times.*)
- descriptions of emotions, mental states, and conditions
  "Porque no **sabían** labrar algodón ni lana para hacer de vestir". (*Because they did not know how to cultivate cotton or wool to make clothes.*)
- in indirect speech as the equivalent of the present
  Dice que **hace** frío → Dijo que **hacía** frío. (*He says that it is cold.* → *He said that it was cold.*)

Aplicación

Actividad 15.   ***Atahualpa.*** Lee el siguiente texto sobre el Inca Atahualpa. Cuando lo hayas leído, haz lo siguiente.

1. Subraya los doce verbos en el pasado.
2. Después completa el cuadro de abajo y el de la página 106, poniendo los verbos que subrayaste en la columna para el pretérito o para el imperfecto.
3. Para cada verbo, indica si expresa una acción completa o no y di si el verbo sirve para narrar o para describir.

Atahualpa

Existen diferentes versiones sobre el lugar en el que nació el último Inca. Hay quien piensa que fue en Quito. Otros dicen que vino al mundo en Cuzco. Su madre, que se llamaba Tocto Coca, descendía de la familia de Pachacútec. Atahualpa tenía un hermano llamado Huáscar.

Atahualpa, contra los deseos de su hermano que no quería compartir el poder, se trasladó como gobernante al norte del imperio. Después de un tiempo, ambos hermanos se enfrentaron y Atahualpa derrotó a Huáscar. Gobernó solamente un año, de 1532 a 1533, año en que murió ejecutado por orden del conquistador Pizarro.

pretérito		tipo de acción	función del verbo
Modelo:	nació	*completa*	*narra un hecho*

imperfecto	tipo de acción	función del verbo

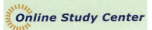
Actividad 16. *Atahualpa y Pizarro.* Lee el siguiente texto una vez y decide en cada caso si el verbo que falta sirve para "narrar" o para "describir". Después vuelve a leerlo y completa los espacios en blanco con el pretérito o el imperfecto según corresponda.

En su tercer viaje a la América del Sur Pizarro _____ (1. desembarcar) cerca de la localidad de Túmbez (1532), que _____ (2. formar) parte del Tahuantinsuyo (imperio) inca. En Túmbez, Pizarro no _____ (3. encontrar) las facilidades que había tenido Cortés en México; pero sí _____ (4. hallar = *to find*) un camino que _____ (5. conducir) hacia la sierra. Los españoles siguieron avanzando hasta enterarse de (*find out about*) la cercana presencia del Sapa Inca Atahualpa en los baños de Cajamarca. Un total de 168 hombres _____ (6. penetrar) en el poblado de Cajamarca en noviembre de 1532, donde se produciría el primer encuentro entre Atahualpa y Pizarro.

A la sazón (En esos días), Atahualpa _____ (7. encontrarse) en esta región descansando de las duras campañas que había sostenido (*had endured*) contra su hermanastro Huáscar por la sucesión al máximo cargo del Tahuantinsuyo. Victorioso, Atahualpa era agasajado (*entertained*) por el señor de Chincha, pero sus generales _____ (8. estar) en distintas regiones del imperio imponiendo el nuevo orden. La presencia de una avanzada de (*avanguard*) españoles, al mando de Hernando de Soto, lo _____ (9. sorprender) en estas circunstancias y _____ (10. acceder) a concurrir (ir) a una entrevista con Pizarro en la plaza de Cajamarca.

La entrevista _____ (11. ser) un ardid (artificio, trampa) tramado (*planned*) por Pizarro para apresar (*to imprison*) al Inca. En efecto, cuando Atahualpa _____ (12. llegar) a la plaza al frente de su ejército desarmado y con la intención de negociar con Pizarro de acuerdo con la lógica bélica (*of war*) inca, fue atacado por sorpresa por la hueste (*army*) oculta en los alrededores. Así se _____ (13. producir) el denominado desbande de Cajamarca que _____ (14. culminar) en la prisión del Inca y su posterior ejecución.

Actividad 17. *Matanza en Cajamarca: Acción y descripción.* En la página 107 tienes un texto en el que sólo hay narración de hechos, es decir, sólo hay acción. Léelo con atención.

El sábado 16 de noviembre Atahualpa llegó a Cajamarca para entrevistarse con los españoles. (1.) Se presentó allí en su litera (cama) de oro, acompañado de unos 10.000 indios. (2.) En la plaza le salió al encuentro el fraile (*priest*) dominico Vicente de Valverde, quien le leyó un fragmento del Evangelio. (3.) Atahualpa (4.) no comprendió el significado y reaccionó con violencia. El fraile (4.) se asustó y se fue rápidamente. En ese momento comenzó el ataque. Salieron los soldados españoles, atacaron a los indios, que no tuvieron más opción que huir (*to flee*), pero la fuga (*escape*) fue imposible y hubo una gran matanza. Pizarro aprovechó el caos para rodear (*surround*) a Atahualpa y tomarlo prisionero. (5.)

Ahora, vuelve a escribir el texto insertando los aspectos descriptivos en el lugar en que aparecen los números entre paréntesis. Utiliza tu imaginación y creatividad para añadir detalles teniendo en cuenta estas preguntas.

1. ¿Cómo era la ciudad de Cajamarca?
2. ¿Qué tiempo hacía?
3. ¿Cómo era la plaza? ¿Quiénes estaban allí en la plaza?
4. ¿Cómo eran Atahualpa y el fraile?
5. ¿Qué aspecto tenía el lugar después del ataque? ¿Cómo se sentían los soldados incas y los españoles?

Actividad 18. *Un día histórico.* Como puedes deducir, el 16 de noviembre de 1532 es un día de gran importancia en la historia de Perú. Piensa en un día de la historia de EEUU que sea esencial. Primero elige el día, y después completa la siguiente tabla. Vas a utilizar esta información en la Actividad 19.

Narración: ¿Qué pasó?	Descripción: ¿Dónde estabas? ¿Cómo era ese lugar? ¿Cómo te sentías tú? …

Actividad 19. *Redacción.* Utiliza la información de la tabla de la Actividad 18 para escribir dos o tres párrafos en los que narres lo que ocurrió ese día usando el pretérito y el imperfecto en sus formas correctas. Escribe por lo menos unas quince frases.

EXPLORACIÓN DEL TEMA 2

Vocabulario esencial 2

Sustantivos

el ajuste *adjustment, price fix*
la brecha *breach, gap*
el casco *protective helmet*
la coca
la confrontación
el desajuste *break down, fall out*
el estrato social *social class, stratum*
la finca *farm, ranch*
la frontera *frontier, border*
la globalización
la huelga *strike*
la mina
el mineral
el (la) minero(a)
la pancarta *poster*
el pavor *dread, terror*
el promedio *median, average*
la recesión
el rostro *face*

el sindicato *union*
el valor *value*
la vestimenta *outfit, clothing*

Verbos

estar de acuerdo *to agree*
hallarse *to find oneself*
sobrevivir *to survive*
sostener *to support, maintain*
valer *to value*

Otras expresiones

a través *through*
de cerca *from close by*
dejar a alguien en la calle *to fire
  someone*
hace años que *years ago*
nivel de vida *lifestyle*
súbitamente *suddenly*

In Peru, Colombia, and Bolivia, the leaves of the *Erthroxylon coca* plant are chewed for a variety of medicinal purposes. Because of this, coca leaves are sold in the street markets. Coca is also the raw material for cocaine.

Actividad 20. *Sinónimos.* Lee las siguientes series de palabras. Después, busca en el Vocabulario esencial una palabra sinónima para cada serie.

1. acuerdo, arreglo
2. costar, importar, servir
3. inesperadamente, repentinamente
4. aparecer(se), localizar, encontrar(se)
5. horror, espanto, miedo
6. media, mitad, punto medio
7. asociación, coalición
8. existir, resistir
9. inactividad laboral, dejar de trabajar como señal de protesta
10. faz, cara

Actividad 21. *Opinión.* Trabaja con otro(a) estudiante y pídele su opinión sobre los temas de la página 109. Indica si estás de acuerdo con tu compañero(a) o no. Presta atención a las palabras nuevas. Luego comparte tus opiniones con el resto de la clase: *Mi compañero(a) y yo pensamos que…, yo creo que…, mi compañero(a) cree que…,* etc.

	Estoy de acuerdo.	No estoy de acuerdo.
1. La *globalización* puede ser negativa para ciertos países.	____	____
2. A veces hay que *dejar en la calle* a trabajadores para lograr un *ajuste* económico.	____	____
3. En la actualidad en Estados Unidos la *brecha* entre ricos y pobres aumenta.	____	____
4. Para *sobrevivir* una *recesión* económica hay que trabajar y consumir más.	____	____
5. El *nivel de vida* de los pobres en Estados Unidos mejora cada año.	____	____

Actividad 22. ***Justificar una opinión.*** Escoge dos de las afirmaciones de la Actividad 21. Justifica tu opinión con dos ejemplos de evidencia. Puedes usar esta estructura: *Creo que… porque… y además…* Comparte con tus compañeros tus explicaciones. ¿Están de acuerdo o no?

¿Qué sabes?

Actividad 23. ***Los aymara.*** Los aymara son un pueblo indígena que todavía tiene una fuerte presencia en Bolivia. Observen la siguiente información del censo de Bolivia del año 2001. En grupos de tres o cuatro personas, consideren y comenten los siguientes aspectos. ¿Qué diferencias y semejanzas hay entre las áreas urbanas y las rurales?

I. Lengua materna
Población de 4 años o más de edad e idioma en que aprendió a hablar.

Área urbana		Área rural	
Quechua	10%	Quechua	39%
Español	80%	Español	35%
Aymara	9%	Aymara	22%
Otros	1%	Otros	4%

Evo Morales, indígena aymara, elegido presidente de Bolivia en el año 2005, es el primer indígena en ocupar este puesto en el país.

II. Identificación étnica
Autoidentificación con pueblos indígenas de la población de 15 años o más.

Área urbana		Área rural	
Ninguno	47%	Quechua	43%
Quechua	24%	Aymara	29%
Aymara	23%	Ninguno	22%
Otros (guaraní, chiquitano, mojeño)	6%	Otros (guaraní, chiquitano, mojeño)	6%

III. Ocupación

Población ocupada de 10 años o más por actividad económica, comparación entre 1992 y 2001

Ocupación	1992	2001
Agricultura y ganadería	40%	29%
Comercio	8%	16%
Industria manufacturera	9%	11%
Construcción	5%	6%
Educación	4%	5%
Explotación de minas	1%	2%

Actividad 24.   *La cultura minera.* En la época colonial, Potosí (Bolivia) fue una ciudad adinerada y con mucha actividad a causa de sus minas de plata. Hoy en día, sin embargo, cualquiera que sea el país, la situación laboral de los mineros es bastante precaria. Con otro(a) estudiante contesten estas preguntas. Después, entre los dos presenten sus conclusiones a la clase.

1. ¿Cuáles crees que son los problemas principales de los mineros? Piensa al menos en dos.
2. ¿Cuáles pueden ser dos posibles cambios para mejorar la situación de los mineros?

Lectura del texto: La frontera

Anticipación

Actividad 25.   *Contexto histórico-geográfico.*

En este capítulo vas a leer "La frontera", un cuento escrito por Edmundo Paz Soldán, escritor boliviano que vive en Estados Unidos. Paz Soldán nació en Cochabamba (Bolivia) en 1967. Actualmente es profesor de universidad en Estados Unidos y a la vez desarrolla su actividad como escritor. Ha publicado cuentos y novelas, entre ellos *Río fugitivo*, *Sueños digitales*, *Las máscaras de la nada*, *Desapariciones*, *Amores imperfectos* y *El delirio de Turing*.

A continuación hay una entrevista entre Edmundo Paz Soldán y Sheri Spaine Long, una de las autoras de *Pueblos*, que tuvo lugar en 2002. Lee la entrevista y después contesta las preguntas.

ENTREVISTA

SSL: ¿Qué necesita saber de Bolivia el universitario norteamericano para entender bien "La frontera"?

EPS: Bolivia es un país cuya economía, desde la revolución de Paz Estenssoro de 1952 dependió del control estatal (*del estado*) de las minas hasta 1985, año en que el ajuste neoliberal del mismo Paz Estenssoro (cuatro veces presidente) las cerró, dejando a muchos mineros en la calle. El minero es uno de los grandes, heroicos representantes del trabajador boliviano; este personaje central en la historia y en el imaginario nacional fue, en el eufemismo de la época, "relocalizado" (despedido y obligado a buscar trabajo en otra parte); muchos lo encontraron en las plantaciones de coca en la zona tropical del Chaparé (*near Cochabamba, Chapare river valley, central Bolivia*).

SSL: ¿Cuáles son los temas sociopolíticos más importantes en Bolivia actualmente?

EPS: Una recesión que dura cuatro años. El pedido de extradición (*order of extradition*) del ex presidente Banzer por parte de un juez (*judge*) argentino. Los choques entre el gobierno y los campesinos productores de coca, debido a la agresiva política gubernamental de erradicación de la hoja de coca, apoyada por el gobierno de los Estados Unidos, y que no toma en cuenta que la hoja de coca es un símbolo cultural muy importante del hombre andino.

SSL: ¿Cuál es el efecto de la globalización en Bolivia? ¿Podría comentar la historia de dictaduras y la historia de las minas en Bolivia con relación a su cuento?

EPS: La globalización ha profundizado los desajustes estructurales existentes en la sociedad boliviana. Se ha ahondado (*has deepened*) la brecha entre una minoría que dispone de recursos, y una gran mayoría desposeída. En el cuento, procuraba (*I tried*) captar, de manera metafórica, el gran cambio que significó en el país la implantación del modelo neoliberal en 1985. Los que cruzan la frontera entre el viejo país y el país moderno y neoliberal son aquellos como el periodista, que deben ignorar la crueldad del modelo económico. Las minas, que sostuvieron la economía del país en buena parte del siglo, han quedado abandonadas, y el minero es una especie de fantasma (*ghost*), un muerto en vida condenado a sobrevivir con un promedio de cincuenta dólares al mes.

> El neoliberalismo es una política surgida a finales del siglo XX que retoma algunas de las características del liberalismo. Da énfasis a la libertad individual (en contraposición al papel del gobierno), al libre comercio (en contraposición a las tarifas impuestas por los gobiernos) y al crecimiento económico global. A veces se usa de manera despectiva para referirse al capitalismo extremo.

1. Según Paz Soldán, ¿qué es lo primero que el estudiante universitario necesita saber para entender su cuento "La frontera"? Resume la respuesta del escritor usando tus propias palabras. Utiliza esta estructura: *Desde 1952 hasta 1985... A partir de 1985...*

2. ¿Qué significa "relocalizado"? ¿Por qué dice Paz Soldán que es un eufemismo?

3. ¿Qué es, según el autor, lo que quería expresar en el cuento "La frontera"?

Actividad 26. *Un vistazo al texto.* Mira el texto que vas a leer y con otro(a) estudiante contesta las siguientes preguntas.

1. Analicen el título del cuento: "La frontera". ¿Qué quiere decir esta palabra? ¿Conocen una región fronteriza (en la frontera) personalmente? ¿Dónde está? ¿Cómo es?

2. Completen el diagrama de la página 112 teniendo en cuenta todas las definiciones posibles de frontera.

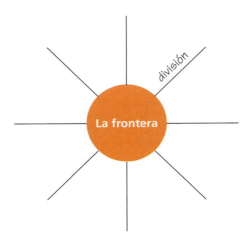

3. Ahora, observen el texto de "La frontera". Hay párrafos y frases aisladas. Al aislar ciertas frases y rodearlas (*surround them*) con espacio en blanco, el autor parece querer enfatizar frases clave. También hay huecos (*gaps*) en el texto en los que el lector tiene que imaginar lo que pasa. ¿Por qué creen ustedes que estructuró el autor el texto de esta manera?

4. Al observar el cuento, identifiquen una frase que parezca ser importante. Comparen la frase que escogieron con la de otra pareja.

Actividad 27.   ***Estudio de palabras.*** A continuación hay una serie de palabras tomadas del texto. En grupos de tres, lean con atención las palabras de ambas listas. Luego localicen en la columna de la derecha la definición más apropiada para las palabras de la izquierda.

1. vestimenta
2. boquiabierto
3. cierre
4. contraerse
5. pestañear
6. posar
7. huesos
8. reemprender
9. casco
10. tartamudear
11. terroso
12. polvo

a repetición de sílabas o sonidos
b. con la boca abierta
c. ropa
d. cubierto de tierra
e. de lo que se compone el esqueleto
f. objeto que se pone en la cabeza para protegerla; lo llevan los mineros
g. empezar de nuevo
h. colocar, poner
i. abrir y cerrar los ojos
j. lo contrario de apertura
k. poner tenso
l. en lo que nos convertirmos al morir

Texto

Lee el cuento titulado "La frontera" por Edmundo Paz Soldán.

La frontera

Edmundo Paz Soldán

A la entrada de la mina La Frontera, que creía abandonada, se hallan dos hombres. Tienen el rostro terroso, apariencia de mineros en la vestimenta desastrada°, y pancartas en alto condenando° el cierre de las minas decretado por Paz Estenssoro. La escena me parece curiosa; detengo el jeep, me bajo y me acerco° a ellos. Hace años que no venía por este camino abandonado, hace años que no visitaba la finca de Sergio. Bien puede esperar unos minutos, me digo, y perdonar al periodista que siempre hay en mí.

untidy; disapproving

I get closer; approach

De cerca, confirmo que son mineros. Los rayos del sol refulgen° en todas partes menos en sus cascos, tan viejos y oxidados que carecen de fuerzas para reflejar cualquier cosa. Los mineros no mueven un músculo cuando me acerco a ellos, no pestañean, miran a través de mí. Sus pies de abarcas destrozadas° se hallan encima de huesos blanquinegros°. Miro el suelo, y descubro que yo también estoy posando mis pies sobre huesos: de todos los tamaños y formas, algunos sólidos y otros muy frágiles, pulverizándose° al roce° de mis zapatos. En mi corazón se instala algo parecido al pavor.

shine

destroyed shoes
grayish

becoming dust; at the touch

Las minas fueron cerradas hace más de siete años.

Muchos mineros entraron en huelga, pero al final terminaron aceptando lo inevitable y marcharon hacia su forzosa relocalización, a las ciudades o a cosechar° coca al Chapare.

to harvest

¿Podía ser, me pregunto, que la noticia del fin de la huelga no hubiera llegado hasta ahora a los mineros de esta mina? La región de Sergio progresó con la inauguración del camino asfaltado°, y aquí quedaron, abandonados, esta mina y el camino viejo.

paved

Les pregunto qué están protestando.

Silencio.

Después de un par de minutos insisto esta vez tartamudeando, acaso dirigiendo la pregunta más a mí mismo que a ellos. Y entonces veo un leve movimiento en la boca de uno de ellos. Un par de músculos faciales se estiran°, quiere decirme algo.

stretch

Pero el esfuerzo es demasiado. Boquiabierto°, veo el quebrarse° de la reseca° piel de las mejillas° y el pesado caer de la pancarta: luego, súbitamente, el rostro se contrae sobre sí mismo y la carne se torna polvo y se derrumba° y del minero no queda más que un montón de huesos blancos y secos.

Stunned; breaking; dry; cheeks

falls down

Pienso que es hora de no hacer más preguntas, de reemprender° mi camino, de aparentar°, una vez más, no haber visto nada.

to get back to; to pretend

Comprensión

Actividad 28. *Detalles de la lectura.* Después de leer el texto, contesta estas preguntas.

1. ¿Qué motiva que el narrador se acerque a los mineros?
2. Algo le causa pavor. ¿Qué es?
3. El narrador cree que los mineros quieren decirle algo. ¿Qué le hace pensar eso?
4. ¿Qué ve el narrador al final del cuento?
5. ¿Qué emociones experimenta el narrador a lo largo del cuento? ¿Y el lector?

Actividad 29. *Explicaciones.* Contesta las preguntas a continuación y apoya tus respuestas con ejemplos del texto.

1. Explica por qué, en tu opinión, el narrador nos da una descripción tan detallada del aspecto físico y de la vestimenta (ropa) de los mineros.
2. Al principio y al final del cuento se menciona la palabra **huesos.** Explica su significado dentro del cuento y todas sus posibles connotaciones.
3. ¿Por qué tiene que aparentar el narrador no haber visto nada?
4. Explica el efecto que tiene en ti como lector(a) el uso de palabras como **huesos blanquinegros, pulverizar, polvo, seco, blanco.**

Conversación

Actividad 30. *Conexiones.* Trabajando con otro(a) estudiante, entre los dos, relacionen los elementos de la columna A con los de la columna B. Después, para cada elemento de la columna A añadan (*add*) dos ideas más.

A	B	
1. los mineros	entrar en huelga	visita
2. el narrador	huesos	preguntar
	protestar	rostro terroso
	jeep	tornarse polvo
	pavor	

Actividad 31. *Puntos de vista.* En grupos de tres, utilicen las relaciones del ejercicio anterior para contar la historia de "La frontera" desde el punto de vista de los mineros. Al terminar, compartan su cuento con el resto de la clase. ¿Qué semejanzas y diferencias hay entre las distintas versiones presentadas en clase?

Modelo: Las semejanzas son…/Las diferencias son…

Actividad 32. ***Fronteras.*** Teniendo en cuenta lo hecho en la Actividad 26, así como la información de la Actividad 30, trabaja con otro(a) estudiante para hacer lo siguiente.

1. Reevalúen el significado del título "La frontera". ¿Cómo cambia después de haber leído y analizado el cuento?
2. ¿Qué ejemplos de "fronteras" hay dentro del cuento?

Estudio del lenguaje 2:
Verbos reflexivos y no reflexivos

Repaso

You have studied reflexive verbs in Spanish before. While you may not remember all the details, here is a list of what you are likely to recall about this type of verb.

1. Reflexive verbs are conjugated with reflexive pronouns.

me lavo	**nos** lavamos
te lavas	**os** laváis
se lava	**se** lavan

2. Reflexive pronouns are placed in front of the conjugated verb and immediately after and attached to the infinitive, the present participle **(-ndo),** and affirmative commands.

"A la entrada de la mina [...] **se hallan** dos hombres".	*There are two men at the entrance to the mine.*
"... [huesos] **pulverizándose** al roce de mis zapatos".	*... [bones] becoming dust as my shoes touch them.*
—Por favor, **siéntese**, Edmundo, le dijo Sheri al escritor.	*"Please, sit down, Edmundo," said Sheri to the writer.*

3. Many verbs that refer to daily routine are reflexive: **levantarse, despertarse (ie), ducharse, lavarse, afeitarse,** etc.

Verbos reflexivos y no reflexivos

Spanish verbs can be divided into four main categories as far as the use of reflexive pronouns is concerned.

1. **Verbs that are always used reflexively.** These verbs are also known as "pronominal verbs" and include the following.

arrepentirse de (ie, i) *to regret*	quejarse de *to complain about*
atreverse a *to dare to*	suicidarse *to commit suicide*

2. **Verbs that can be used with or without reflexive pronouns without affecting meaning.** The basic meaning of these verbs remains the same whether they are used reflexively or not. What changes is *to whom* the action refers.

acercar *to get/move closer*	acercarse *to move oneself closer*
decir (i) *to tell*	decirse (i) *to tell oneself*
derrumbar *to fall (an object)*	derrumbarse *to fall down (a person)*
despertar a (ie) *to awaken someone*	despertarse (ie) *to wake up*
lavar *to wash (something or someone)*	lavarse *to wash oneself*
peinar a *to comb someone's hair*	peinarse *to comb one's own hair*
preguntar *to ask*	preguntarse *to ask oneself, to wonder*
secar *to dry*	secarse *to dry (oneself) off*

Look at some examples from the reading.

> *"Detengo el jeep [...], **me acerco** a ellos".*
> *"Bien puede esperar unos minutos, **me digo**".*
> *"La carne [...] **se derrumba**".*

3. **Verbs that change meaning depending upon whether or not they are used reflexively.** Note how the meaning of the following verbs changes when they are used reflexively.

bajar *to lower, to go down*	bajarse *to get off, get out of (a bus, car, etc.)*
dormir (ue, u) *to sleep*	dormirse (ue, u) *to fall asleep*
hallar *to find*	hallarse *to find oneself*
levantar *to lift; to rise*	levantarse *to get up*
poner *to put; to turn on*	ponerse *to put on (clothes)*
probar (ue) *to taste*	probarse (ue) *to try on (clothes)*
quedar *to remain, to be left over*	quedarse *to stay*

Look at the examples from the reading.

> *"A la entrada de la mina [...] **se hallan** dos hombres".*
> *"Detengo el jeep, **me bajo**..."*

4. **Verbs that express physical and emotional changes.** Not all reflexive verbs mean *to do something to oneself.* There are some reflexive verbs that express emotions and others that express physical or emotional changes which convey the idea of *to get* or *to become.* The following verbs belong to this category.

alegrarse de *to get happy*	enamorarse de *to fall in love with*
asustarse de/por *to get scared, frightened*	enfadarse con/por *to get angry at*
calentarse (ie) *to get warm*	enfermarse *to get sick, become ill*
casarse con *to get married to*	enfriarse *to get cold*
curarse *to heal, to get cured*	enojarse con/por *to get angry at*
divertirse (ie, i) *to have fun*	entristecerse por *to get sad*
divorciarse de *to get divorced from*	ponerse + *adjective to become + adjective*

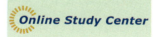

Online Study Center

To check your progress as you complete each vocabulary and grammar topic, do the exercises in the *Pueblos* Online Study Center: http://college .hmco.com/languages/ spanish/students

In the reading we find the following examples.

"... *[huesos] de todos los tamaños y formas, algunos sólidos y otros muy frágiles,* **pulverizándose** *(becoming dust)*".

"...*y la carne* **se torna** *(becomes) polvo*".

Begin the Pueblos **Student** CD-ROM activities.

Aplicación

Actividad 33.   ***Verbos pronominales.*** Lee las siguientes frases y conjuga el verbo entre paréntesis de la forma adecuada.

1. ¿De qué _____ (quejarse/imperfecto) los mineros?
2. ¿Por qué no _____ (atreverse/pretérito) el narrador a decir lo que había visto?
3. ¿Crees que los mineros _____ (suicidarse/pretérito)?
4. Normalmente yo no _____ (atreverse/presente) a decir lo que pienso.
5. ¿Crees que el presidente de Bolivia _____ (arrepentirse/pretérito) de lo que les hizo a los mineros?
6. Oye, ¿tú _____ (arrepentir/presente) cuando haces algo mal?
7. Mis compañeros y yo _____ (quejarse/imperfecto) cuando nos daban mucha tarea.
8. ¿Vosotros _____ (atreverse/presente) a protestar cuando algo no os parece justo?

Actividad 34.   ***¿Reflexivo o no?*** Completa las frases con el equivalente del verbo entre paréntesis en el tiempo y forma adecuados.

1. El periodista intentó _despertar_ (*wake up*) a los mineros pero ellos no _se despertaron_ (*woke up*).
2. Como no _se despertaban_ (*[they] wouldn't wake up*), el periodista insistió y _les preguntó_ (*asked them*) por qué estaban protestando. Nada, no obtuvo respuesta. ¿Qué estaría pasando? _se preguntó_ (*asked himself*).
3. Como no veía bien las caras de los hombres _se acercó_ (*he moved closer*) un poco más.
4. Creo que es mejor que no haga más preguntas, _se dijo_ (*he told himself*).
5. Al llegar al pueblo más cercano, el periodista paró el jeep y llamó a Sergio por teléfono. Estaba dormido y el ruido del teléfono _(le) lo despertó_ (*woke him up*). Mientras hablaba, _se lavó_ (*he washed*) la cara para comprender mejor lo que le contaba su amigo.

Actividad 35.   ***¿Qué hacen?*** Describe las imágenes de la página 118 y di qué hacen las personas indicadas con los números. Recuerda que en algunos casos hacen falta verbos reflexivos y en otros no.

Actividad 36. **¿Y tú?** Trabaja con otra(a) estudiante. Cada uno debe utilizar los siguientes verbos para preparar seis preguntas. Después, háganse las preguntas y compartan la información con el resto de la clase.

alegrarse de	divertirse	asustarse de/por
entristecerse por	enamorarse de	enfermarse
enojarse con	ponerse + *adjetivo*	

Actividad 37. **El periodista y Sergio.** Trabaja con otro(a) estudiante para hacer lo siguiente.

1. Traten de imaginar lo que pasó una vez que el periodista llegó a casa de su amigo Sergio.
2. Narren la escena en la que los dos amigos se encuentran y el periodista le cuenta a Sergio lo que ha visto. La escena debe tener narración, descripción y un diálogo entre los amigos.
3. Incorporen en la escena los siguientes verbos.

acercarse/acercar	preguntarse/preguntar	alegrarse
quejarse	bajarse	despertar
arrepentirse	ponerse + *adjetivo*	dormirse
enojarse	poner/ponerse	
decirse/decir		

Proyecto final: Hacer una entrevista a alguien que llegó de otro país

Recapitulación: En este capítulo, hemos tratado la creación de la civilización inca, tal y como nos la relata El Inca Garcilaso, y hemos leído un cuento de Edmundo Paz Soldán en que se ilustra el estado en que se encuentran unos mineros en Bolivia. En los dos casos, igual que en el capítulo anterior, se establece una relación de encuentro entre distintas culturas o estratos sociales. En los dos casos, también hemos visto la importancia del diálogo. Primero, Garcilaso dialoga con su tío, el Inca, y en la segunda parte una de las autoras de este libro dialoga con el autor de "La frontera". Como tarea final, tu grupo va a realizar una entrevista a una persona de su comunidad sobre el tema de su llegada a la comunidad o país.

Paso 1: Repasen las secciones marcadas con 🧑‍🤝‍🧑 en el capítulo.

Paso 2: Piensen en algunas de las personas de su comunidad que hayan venido de otro país (un profesor, un amigo suyo, un amigo de sus familiares, etc.). Pónganse en contacto con esta persona para preguntarle si le podrían hacer una entrevista.

Paso 3: Cuando hayan decidido a quién van a entrevistar, preparen una serie de preguntas. Empiecen con preguntas sencillas sobre los siguientes aspectos.

- nombre
- lugar de origen
- edad de llegada al país
- recorrido antes de llegar al país
- situación actual en el país
- aspiraciones de futuro

Paso 4: En este capítulo han leído el cuento "La frontera". Piensen en maneras de relacionar este cuento con su entrevista. Una posibilidad es preguntarle a su entrevistado(a) por su experiencia al cruzar la frontera entre su país y la del país en que se encuentra ahora. Pueden usar las siguientes preguntas como punto de partida, pero hay que crear más preguntas.

1. ¿Cómo se sintió al cruzar la frontera de su país?

2. ¿Cómo se sintió al llegar a su país actual?

Paso 5: Hagan la entrevista. Es recomendable hacer la entrevista con un magnetófono o una cámara de vídeo para no tener que estar escribiendo todo lo que dice el (la) entrevistado(a). En caso de que no puedan hacer esto, repártanse el trabajo en el grupo: una persona hace las preguntas, otra persona anota las respuestas, etc.

Paso 6: Después de la entrevista, escriban un ensayo. Pueden seguir esta estructura.

a. *Introducción*. Presenten a la persona a quien entrevistaron. Expliquen el contexto donde lo entrevistaron (¿qué día? ¿dónde? ¿cómo estaba él/ella? ¿cómo se sentían ustedes? etc.).

b. *Cuerpo*. Miren las notas que tomaron durante la entrevista y busquen dos o tres temas que surgieron. Desarrollen cada tema en un párrafo con detalles específicos tomados de la entrevista. No anoten directamente las preguntas y las respuestas. Fíjense en las formas del pretérito y el imperfecto y de los verbos reflexivos.

c. *Conclusión*. ¿Qué aprendieron de esta experiencia? ¿Les salió todo como habían planeado o surgió algo inesperado?

Vocabulario del capítulo

Preparación

andino(a) *Andean*

el ayllus *clan*

la cordillera montañosa *mountain range*

la encomienda *land grants (decreed by the Spanish King during colonization)*

incaico(a) *Incan*

Inti *Incan sun god*

el virreinato *viceroyalty, jurisdiction*

Vocabulario esencial
El origen de los Incas Reyes del Perú

Sustantivos

la agricultura *agriculture*

la bestia *beast*

el (la) campesino(a) *farmer*

la civilización *civilization*

el cultivo *crop*

el (la) descendiente *offspring, descedent*

la divinidad *divinity*

el ganado *cattle*

el imperio *empire*

la invasión *invasion*

el mandato = la orden *order*

la plática = la charla *talk, chat*

el reinado *reign*

la tecnología *technology*

la veneración *veneration, worship*

Verbos

adorar *to adore*

apiadarse de *to pity, take pity on*

apoderarse de *to take over (a country or government)*

carecer de *to lack*

cultivar *to grow*

decapitar *to decapitate*

desembarcar *to land (a boat)*

ejecutar *to execute*

evangelizar *to evangelize, preach*

gozar de *to enjoy*

habitar *to inhabit*

invadir *to invade*

regir (i, i) *to control; to rule*

ser natural de = ser de *to be from*

venerar *to worship*

Adjetivos

avanzado(a) *advanced, developed*

politeísta *polytheistic, worshipping many gods*

Otras expresiones

en cueros *in hides*

rendir (i, i) culto (a algo o a alguien) *to venerate, to worship (something or someone)*

Vocabulario esencial
La frontera

Sustantivos

el ajuste *adjustment, price fix*

la brecha *breach, gap*

el casco *protective helmet*

la coca *coca*

la confrontación *confrontation*

el desajuste *break down, fall out*

el estrato social *social class, stratum*

la finca *farm, ranch*

la frontera *frontier, border*

la globalización *globalization*

la huelga *strike*

la mina *mine*

el mineral *mineral*

el (la) minero(a) *miner*

la pancarta *poster, placard*

el pavor *dread, terror*

el promedio *median, average*

la recesión *recession*
el rostro *face*
el sindicato *union*
el valor *value*
la vestimenta *outfit, clothing*

Verbos

estar de acuerdo *to agree*
hallarse *to find oneself*
sobrevivir *to survive*
sostener *to support, maintain*
valer *to value*

Otras expresiones

a través *through*
de cerca *from close by*
dejar a alguien en la calle *to fire someone*
hace años que *years ago*
nivel de vida *lifestyle*
súbitamente *suddenly*

Verbos reflexivos

acercar *to get/move closer*
acercarse *to move oneself closer*
alegrarse de *to get happy*
arrepentirse de (ie, i) *to regret*
asustarse de/por *to get scared, frightened*
atreverse a *to dare to*
bajar *to lower, to go down*
bajarse *to get off, get out of (a bus, car, etc.)*
calentarse (ie) *to get warm*
casarse con *to get married to*
curarse *to heal, to get cured*
decir (i) *to tell*
decirse (i) *to tell oneself*

derrumbar *to fall* (an object)
derrumbarse *to fall down (a person)*
despertar a (ie) *to awaken someone*
despertarse (ie) *to wake up*
divertirse (ie, i) *to have fun*
divorciarse de *to get divorced from*
dormir (ue, u) *to sleep*
dormirse (ue, u) *to fall asleep*
enamorarse de *to fall in love with*
enfadarse con/por *to get angry at*
enfermarse *to get sick*
enfriarse *to get cold*
enojarse con/por *to get angry at*
entristecerse por *to get sad*
hallar *to find*
hallarse *to find oneself*
lavar *to wash (something or someone)*
lavarse *to wash oneself*
levantar *to lift; to rise*
levantarse *to get up*
peinar a *to comb someone's hair*
peinarse *to comb one's own hair*
poner *to put; to turn on*
ponerse *to put on (clothes)*
ponerse (+ *adjective*) *to become (+ adjective)*
preguntar *to ask*
preguntarse *to ask oneself, to wonder*
probar (ue) *to taste*
probarse (ue) *to try on (clothes)*
quedar *to remain, to be left over*
quedarse *to stay*
quejarse de *to complain about*
secar *to dry*
secarse *to dry (oneself) off*
suicidarse *to commit suicide*

Mapa del Cono Sur

CRONOLOGÍA

Guerrero araucano

Buenos Aires

Fernando de Magallanes

Época precolombina

Varios grupos indígenas habitan las tierras del Cono Sur, entre ellos los mapuches o araucanos.

1536 – 1537

Diego de Almagro dirige la primera expedición a Chile.

1541

Pedro de Valdivia funda la ciudad de Santiago de Chile.

1580

Los españoles fundan la ciudad de Buenos Aires.

| 1520 | 1540 | 1560 | 1580 | 1600 |

1520

Fernando de Magallanes atraviesa el estrecho de Magallanes al sur del continente americano.

1569 – 1589

Alonso de Ercilla y Zúñiga escribe La Araucana, poema épico sobre el período de resistencia araucana.

122

Capítulo 5

El Nuevo Mundo:
El Cono Sur: Chile y Argentina

OBJETIVOS DEL CAPÍTULO

En este capítulo vas a:

➔ Explorar el Cono Sur: Chile y Argentina.

➔ Repasar y ampliar conocimientos sobre los artículos definidos e indefinidos, los pronombres de complemento directo e indirecto y los verbos como **gustar**.

➔ Leer y analizar dos textos literarios, un poema de Pablo Neruda (1904–1973) titulado "Lautaro", y un cuento de Luisa Valenzuela (1938–) titulado "Tango".

➔ **Proyecto final:** Describir la invención de la tradición (ver página 149)

1776

España establece el Virreinato de La Plata con Buenos Aires como capital.

Bandera de Chile

1817

Chile se independiza de España.

1930 – 1980

Período de varias dictaduras militares y de otros gobiernos elegidos democráticamente.

1982

Argentina pierde la guerra contra Inglaterra sobre el control de las Islas Malvinas.

| 1750 | 1800 | 1850 | 1900 | 1950 | 2000 |

Bandera de Argentina

1830 – 1925

Período de desarrollo constitucional en Argentina y Chile.

1816

Argentina declara su independencia de España.

1980 – hoy

Período de reformas democráticas y económicas.

Preparación

Vocabulario

Antes de escuchar la presentación, lee estas palabras para comprender el texto.

Cultura. The terms **araucano** and **mapuche** are frequently used as synonyms. Sometimes, however, a difference is made between the two: **araucano** is used as the general term and **mapuche** is used to refer to a specific subgroup.

los araucanos *indigenous group that occupied what today is Chile*
el cacique *chief*
el Cono Sur *Southern Cone*
la derrota *defeat*
engañar *to deceive*

el guerrero *warrior*
el héroe, la heroína *hero, heroine*
las Malvinas = las Islas Malvinas *the Falkland Islands*
el orgullo *pride*
la pampa *plains*

Actividad 1. **Anticipación.** Como preparación para comprender mejor el texto que vas a escuchar, trabaja con otro(a) estudiante para contestar estas preguntas.

1. ¿Qué saben sobre Chile y Argentina? Usen estas categorías para los dos países para clasificar las palabras a continuación: **Geografía/Historia, Arte/Literatura, Tradiciones.** Palabras para clasificar: Cono Sur, Jorge Luis Borges, Malvinas, Neruda, tango, dictadura, golpe de estado, Pinochet, Videla, Andes, Santiago, cueca, gauchos, Patagonia.
2. ¿Pueden nombrar otros países que forman parte del Cono Sur?
3. ¿Conocen a dos de los escritores más conocidos del Cono Sur: Jorge Luis Borges y Pablo Neruda? ¿Han leído algo de ellos en español o en traducción en otra clase?
4. ¿Qué es el tango? Comenten lo que sepan del tango argentino.

Presentación

Ahora escucha la información introductoria sobre el Cono Sur.

Comprensión

Actividad 2. **¿Verdadero o falso?** Después de escuchar la presentación, indica si las afirmaciones siguientes son verdaderas (V) o falsas (F).

1. Se considera a Pablo Neruda el poeta argentino por excelencia.
2. El joven guerrero mapuche Lautaro luchó contra los invasores españoles.
3. En Argentina hay afición al tango.
4. Chile y Argentina son países vecinos al mismo tiempo que rivales.
5. Alonso de Ercilla escribió un poema épico.

Vocabulario esencial 1

Sustantivos

la amenaza *threat*
el arma (*f.*) *weapon*
las cenizas *ashes*
las espinas *thorns*
la flecha *arrow*
la guarida *den; hideout*
el hilo *thread; wire*
la lanza *spear*
la lentitud *slowness*
el poema épico *epic poem*
el relámpago *lightning*
la resistencia
la sublevación *uprising*
el tesoro
la virtud *virtue*

Verbos

acechar *to spy, to lie in wait*
adquirir *to acquire*

arañar *to scratch*
cazar *to hunt*
colonizar
comprometerse *to become involved,*
    to commit oneself
derrotar *to defeat*
dirigir *to steer; to direct; to lead,*
    to manage
ejecutar *to execute*
entretener *to distract*
fundar *to establish, to found*
lograr *to achieve*
olfatear *to smell, to sniff*

Adjetivos

comprometido(a) *committed*
repentino(a) *sudden*

Actividad 3. **Sinónimos.** Mira las series de sinónimos que aparecen a continuación. Cada serie expresa diferentes significados que tienen algunas de las palabras del Vocabulario esencial. Selecciona la palabra adecuada del Vocabulario esencial para completar cada serie.

1. peligro, intimidación
2. narración, relato, historia
3. levantamiento, insurrección, rebelión
4. esperar, vigilar
5. vencer, obtener, ganar
6. coordinar, manejar, guiar

Actividad 4. **Antónimos.** Busca en la columna B el antónimo correspondiente a cada una de las palabras de la columna A.

A	B
1. lentitud	a. perder
2. virtud	b. acariciar
3. arañar	c. rapidez
4. colonizar	d. esperado
5. lograr	e. dar
6. adquirir	f. abandonar
7. entretener	g. defecto
8. repentino	h. aburrir

Actividad 5.   ***Frases, dichos y proverbios.*** Utiliza las siguientes palabras para rellenar los espacios en blanco. Presta anteción ya que en la lista hay más palabras de las necesarias.

arañar	lentitud	colonizar	cenizas
guarida	flecha	perder	arma
repentino	virtud		

1. A quien más sabe es a quien más le duele _____ el tiempo.
2. El amor nace del deseo _____ de hacer eterno lo pasajero.
3. Estas palabras sólo sirven para _____ la superficie.
4. La primera _____ es frenar la lengua.
5. Es más rápido que una _____.
6. "Quien va despacio va lejos y va sano." Este dicho ejemplifica la _____.
7. ¿Es posible _____ Marte?
8. Al final todos nos convertimos en _____.

¿Qué sabes?

Actividad 6.   ***Héroes y heroínas.*** Trabajen en grupos de tres o cuatro para hacer la siguiente actividad.

1. Para ti, ¿qué quieren decir las palabras **héroe/heroína?** ¿Podrías nombrar tres héroes históricos o populares?
2. Colócalos en la tabla que aparece a continuación.

Nombre del héroe o de la heroína	Época	País de origen	Es valorado(a) por...
1.			
2.			
3.			

Actividad 7.   ***Mis héroes y heroínas.*** Piensa en dos o tres héroes o heroínas personales. Nómbralos y explica por qué los admiras. Por ejemplo, "Mi madre siempre ha sido mi heroína porque me apoya en todo lo que hago mientras…" Presenta tu información a la clase. Luego, escucha a tus compañeros y haz una lista de seis características comunes a todos los héroes de los que han hablado tus compañeros.

Lectura del texto: "Lautaro"

Anticipación

Actividad 8.   *Contexto histórico-geográfico.*

Los araucanos o mapuches, habitantes nativos de la costa oeste de Chile, son conocidos por la fuerte resistencia que opusieron a los españoles durante la conquista. Al llegar los españoles y colonizar su tierra, muchos grupos nativos fueron desplazados de forma similar a lo que les ocurrió a los nativos en EEUU. Por lo general, hoy en día, los araucanos viven en las montañas chilenas o en el sur de Argentina y, en su mayor parte, son agricultores. La población araucana actual es de unos 400.000 habitantes. La mitad aproximadamente habla *mapudungun* o mapuche, la lengua indígena de los araucanos.

El poema de Pablo Neruda, "Lautaro", está dedicado al héroe mapuche que derrotó a los españoles y está inspirado en una obra literaria titulada *La Araucana. La Araucana* se considera como la *Eneida* (*Aeneid*) de Chile. Según Pablo Neruda, su autor Alonso de Ercilla y Zúñiga inventó Chile.

Teniendo en cuenta esta información, trata de explicar la idea de Pablo Neruda según la cual Alonso de Ercilla y Zúñiga *inventó* Chile. Con otro(a) estudiante, contesta las siguientes preguntas.

1. ¿Qué quiere decir "inventar" un país? ¿Cómo se puede aplicar tal "invención" al caso de Chile?
2. Piensa ahora en los EEUU. ¿Quién o quiénes inventaron este país?

Actividad 9.   *Un vistazo al texto.* Lee los nueve primeros versos del poema sobre Lautaro y relaciona la información de la columna A con los conceptos de la columna B.

A	B
1. su primera edad	a. dominio
2. su adolescencia	b. silencio
3. su juventud	c. viento

Actividad 10.   *Estudio de palabras.* Los siguientes verbos se usan en el poema "Lautaro". Búscalos en el texto y después ordénalos según aparecen en el poema. Si no conoces su significado, búscalo en el diccionario.

_____ acechar	_____ descifrar	_____ envolver
_____ acostumbrar	_____ dormir	_____ igualar
_____ arañar	_____ educar	_____ quemarse
_____ arrebatar	_____ ejecutar	

Texto

Lee el poema titulado "Lautaro" que pertenece a *Canto general*, obra poética de Pablo Neruda publicada en 1950.

Lautaro

Pablo Neruda

quartz	La Sangre toca un corredor de cuarzo°.
drop	La Piedra crece donde cae la gota°.
	Así nace Lautaro de la tierra.
	Lautaro era una flecha delgada.
	Elástico y azul fue nuestro padre.
	Fue su primera edad sólo silencio.
	Su adolescencia fue dominio.
	Su juventud fue un viento dirigido.
	Se preparó como una larga lanza.
waterfalls	Acostumbró los pies en las cascadas°.
thorns	Educó la cabeza en las espinas°.
kind of llama	Ejecutó las pruebas del guanaco°.
dens, burrows	Vivió en las madrigueras° de la nieve.
eagles	Acechó la comida de las águilas°.
large crag, rock	Arañó los secretos del peñasco°.
	Entretuvo los pétalos del fuego.
suckled, breastfed	Se amamantó° de primavera fría.
	Se quemó en las gargantas infernales.
hunter; birds	Fue cazador° entre las aves° crueles.
dyed, stained	Se tiñeron° sus manos de victorias.
	Leyó las agresiones de la noche.
falling sulfur	Sostuvo los derrumbes del azufre°.
	Se hizo velocidad, luz repentina.
	Tomó las lentitudes del Otoño.
dens, hideouts	Trabajó en las guaridas° invisibles.
snow drift	Durmió en las sábanas del ventisquero°.
	Igualó la conducta de las flechas.
rugged	Bebió la sangre agreste° en los caminos.
He took away; waves	Arrebató° el tesoro de las olas°.
	Se hizo amenaza como un dios sombrío.
	Comió en cada cocina de un pueblo.
	Aprendió el alfabeto del relámpago.

(handwritten note: learn by doing)

Olfateó las cenizas esparcidas°.   *scattered*
Envolvió el corazón en pieles° negras.   *skins, furs*

Descifró el espiral hilo del humo°.   *spiraling thread of*
Se construyó de fibras taciturnas°.   *smoke; silent*
Se aceitó como el alma° de la oliva.   *soul*
Se hizo cristal de transparencia dura.
Estudió para viento huracanado.
Se combatió hasta apagar la sangre.

Sólo entonces fue digno de su pueblo.

Comprensión

Actividad 11. **Detalles de la lectura.** Contesta las siguientes preguntas sobre el poema que acabas de leer.

1. ¿Cómo describe el poema al joven Lautaro?
2. Parece que su formación y educación le exigieron pasar por situaciones difíciles. Busca en el poema tres ejemplos de estas dificultades.
3. La relación de Lautaro con la naturaleza es muy estrecha (*close*). Haz una lista de cinco elementos de la naturaleza que se mencionan en el poema.

Actividad 12. **Explicaciones.** Vuelve a leer el poema y contesta estas preguntas.

1. ¿Qué imágenes utiliza el autor para representar la fortaleza (*strength*) de Lautaro? Elige tres de estas imágenes y explica su significado.
2. Hacia el final del poema leemos que Lautaro "comió en cada cocina de un pueblo". ¿Qué significa esto en cuanto a la relación de Lautaro con su gente?
3. Explica con tus propias palabras lo que quiere decir el último verso del poema: "Sólo entonces fue digno de su pueblo".

Conversación

Actividad 13. **Analogías.** Las analogías son asociaciones entre dos conceptos que tienen algún elemento en común. En el poema "Lautaro" hay un buen ejemplo: <u>Lautaro</u> era <u>una flecha delgada</u>. Trabaja con otro(a) estudiante y haz lo siguiente.

1. ¿Qué significa esta analogía? Comparen sus respuestas.
2. Individualmente, imaginen una asociación original, o analogía, para su propio nombre. Compartan sus analogías.

(*Tu nombre*) es (*asociación original*).

3. Después, entre los dos, imaginen tres analogías más que describan a tres de sus compañeros de clase.

Nuestro(a) compañero(a) (*nombre*) es (*asociación original*).

4. Compartan sus analogías con el resto de la clase y comprueben si sus compañeros están de acuerdo o no con las asociaciones que han hecho.

Actividad 14.   ***Lautaro y Malinche.*** En el Capítulo 3 aprendiste información sobre la Malinche, otra figura legendaria. Trabaja con otro(a) estudiante y juntos(as) hagan una lista de las semejanzas y diferencias entre Lautaro y la Malinche. Tengan en cuenta las siguientes categorías.

	Lautaro	**la Malinche**
Características físicas		
Linaje		
Relación con los españoles		
Significado histórico		

Estudio del lenguaje 1:
Uso de los artículos definidos e indefinidos

Repaso

In your previous years of Spanish language study, you have learned that

1. Spanish, like English, has two sets of articles:

- definite articles (**el, la, los, las**)
- indefinite articles (**un, una, unos, unas**)

"**La** sangre toca **un** corredor de cuarzo."
"**La** piedra crece donde cae **la** gota."
"Su juventud fue **un** viento dirigido."

2. Spanish articles always agree in gender and number with the noun they modify: **la sangre, un viento.**

3. When the preposition **a** precedes the definite article **el**, the two words contract into one: **al.** When the preposition **de** precedes the definite article **el**, the two words contract into one: **del.**

Los artículos definidos (el, la, los, las)

Definite articles accompany nouns that are specific and known. They are used in Spanish in many cases when the English language does not use them.

1. The definite article is *always* used in the following cases.

    a. with abstract nouns and concepts and nouns in a general sense

La poesía de Neruda es muy conocida.	*Neruda's poetry is well known.*
Las acciones de Lautaro fueron heroicas.	*Lautaro's actions were heroic.*
¿Es **la paz** un sueño imposible?	*Is peace an impossible dream?*

    b. with group or class nouns

Los héroes existen en todas las culturas.	*Heroes exist in all cultures.*
Los chilenos valoran sus tradiciones literarias.	*Chileans value their literary traditions.*
El maíz o choclo es una parte importante de la dieta chilena.	*Corn is an important part of the Chilean diet.*

    c. with titles such as **profesor(a), doctor(a), general, capitán, gobernador(a), rey/reina,** etc.

Lautaro luchó contra **el capitán** español Pedro de Valdivia.	*Lautaro fought against Spanish Capitain Pedro de Valdivia.*
El gobernador O'Higgins abolió en Chile el sistema de encomiendas en 1791.	*Governor O'Higgins abolished the encomienda system in 1791.*

    > Remember that in direct speech the article is not used: **"Capitán, ¿está usted ocupado?"** Rule: Use the article when talking <u>about</u> someone, not <u>to</u> them.

    d. with parts of the body and pieces of clothing

"Acostumbró **los pies** en las cascadas".	*He got his feet used to the rapids.*
"Educó **la cabeza** en las espinas".	*He disciplined his head in the thorns.*
"Envolvió **el corazón** en pieles negras".	*He wrapped his heart with black skin.*

    e. with the names of countries when they are modified

El Chile colonial estaba administrado por un organismo creado en Sevilla llamado el Consejo de Indias.	*Colonial Chile was administered by an organization created in Seville called the* Consejo de Indias.
La conquista de América del Sur se llevó a cabo durante **la España de Carlos V.**	*The conquest of South America was carried out in Carlos the Fifth's Spain.*

    f. with names of subjects, sciences, and languages. The article is necessary when these are used as the subject of a sentence or when they follow a preposition other than **de** or **en.** In addition, the article is not used after the verbs **hablar, estudiar,** and **aprender.**

El mapuche es una de las lengua indígenas habladas en Chile.	*Mapuche is one the indigenous languages spoken in Chile.*
No hay muchas personas que hablen **mapuche.**	*Not many people speak Mapuche.*

g. with dates, days of the week, seasons, hours, and meals

El 18 de septiembre los chilenos celebran el día de la Independencia.	*On September 18th Chilean people celebrate Independence Day.*
El 15 de abril de 1818 José de San Martín derrotó al ejército español.	*On April 15, 1818 José de San Martín defeated the Spanish army.*
El invierno en Chile empieza en junio.	*Winter in Chile begins in June.*

You need to keep in mind the following exceptions.

- The definite article is not used with days of the week after the verb **ser.**

  Hoy **es lunes.**

- The definite article is not used with years; however, when the year is abbreviated the article is necessary.

  Lautaro murió **en 1557.**
  Pablo Neruda murió **en el 73.**

- After the prepositions **en** and **de,** the definite article is generally not used with seasons.

  En primavera hace buen tiempo.
  Los meses **de invierno** son diferentes en el hemisferio sur.

- With the expression **de… a** and hours, the article is often omitted.

  Estuvieron aquí **de cinco a seis** de la tarde.

2. The definite article is not used in the following cases.

- after **haber**

Hay héroes en todas las culturas y sociedades.	*There are heroes in all cultures and societies.*

- with names of countries

Chile tiene hoy un sistema democrático.	*Today Chile has a democratic system.*
Argentina está al este de **Chile.**	*Argentina is to the east of Chile.*

Los artículos indefinidos (un, una, unos, unas)

Because indefinite articles are used less frequently in Spanish than in English, as a point of contrast we will concentrate on the cases in which they are not used.

The definite article is generally not used with names, but with certain geographical names (countries, cities, mountains) it is optional: **(la) Argentina, (el) Brasil, (la) China, (el) Japón,** etc. The article is always used with the following countries and cities: **El Salvador, La República Domicana, La Habana, La Paz.** With **Estados Unidos,** the article is optional. When the article is used, **los Estados Unidos** is a plural noun and the verb must be plural, and when the article is not used, **Estados Unidos** is a singular noun and the verb must be singular: **Los Estados Unidos tienen una economía muy fuerte,** but **Estados Unidos tiene dos partidos políticos.**

1. Indefinite articles are not used
    a. with nouns after the verb **ser** that refer to professions, nationalities, affiliations, etc.

Lautaro **es mapuche.**	*Lautaro is Mapuche.*
Neruda **fue poeta.**	*Neruda was a poet.*

However, if the noun that identifies the profession, affiliation, nationality, etc., is modified by an adjective, then the indefinite article is necessary.

Lautaro es **un** mapuche **famoso.**	*Lautaro is a famous Mapuche.*
Neruda fue **un gran** poeta.	*Neruda was a great poet.*

Notice: **Soy estudiante.** vs. **Soy un(a) estudiante excelente.**

    b. with the following modifiers that always have the indefinite article in English but never in Spanish

another **otro(a)**	a thousand **mil**
a certain **cierto(a)**	a half **medio(a)**
a hundred **ciento/cien**	what a + *adjective* + *noun!* **¡qué** + *adjective* + *noun!*

    c. after verbs like **tener, llevar,** and **usar** followed by unmodified nouns

Mi hermano no **tiene** carro ni moto.	*My brother doesn't have a car or a motorcycle.*
Pero mi prima tiene **un carro casi nuevo.**	*But my cousin has a car that's like new.*

2. In front of plural nouns, **unos** and **unas** generally mean *some, about,* or *a few.*

Unos cien soldados participaron en la batalla contra Lautaro.	*About one hundred soldiers participated in the battle against Lautaro.*
La guerra entre los españoles y los araucanos fue terrible durante **unos años.**	*The war between the Spaniards and the Mapuche was terrible for some years.*

With nouns that are only used in the plural, **unos** and **unas** mean *a pair of.*

El niño no tenía ni **unos pantalones.**	*The child did not even have a pair of pants.*
Necesitaban **unas tijeras** para cortar el papel.	*They needed a pair of scissors to cut the piece of paper.*
Lautaro tenía **unas piernas** muy fuertes.	*Lautaro had a pair of strong legs.*

With numbers, **unos** and **unas** mean *approximately.*

Esperaron **unos tres** días.	*They waited approximately three days.*

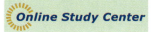

Online Study Center

To check your progress as you complete each vocabulary and grammar topic, do the exercises in the *Pueblos* Online Study Center: **http://college. hmco.com/languages/ spanish/students**

Aplicación

Actividad 15.   ***Descubrimiento y conquista de Chile: Almagro.*** Completa las frases de la página 134 con el artículo definido si es necesario. Si no es necesario marca el espacio con una X. No te olvides de usar las contracciones **al** y **del** según correspondan.

En (1.) _____ 1536 Diego de Almagro emprendió (*started*) una expedición desde Perú. Atravesó (*crossed*) (2.) _____ cordillera de los Andes y llegó (3.) _____ valle de Copiapó. Estableció su campamento a orillas (*shores*) (4.) _____ río Aconcagua. Desde allí organizó expediciones. En estas expediciones conocieron a (5.) _____ mapuches que eran un pueblo orgulloso y agresivo. Por este motivo, y desanimados porque no había (6.) _____ riquezas, volvieron a Perú y dijeron que (7.) _____ tierra del sur no tenía (8.) _____ oro.

Actividad 16.   ***La conquista: Valdivia.*** Completa las siguientes frases con el artículo indefinido si es necesario. Si no es necesario, marca el espacio con una X.

El capitán Pedro de Valdivia fue (1.) _____ soldado ambicioso. Decidió conquistar el territorio explorado por Almagro. Salió de Cuzco con pocos hombres; en el camino se le unieron (2.) _____ otros. Cuando llegó al centro del Señorío de Atacama tenía (3.) _____ ciento cincuenta soldados. En 1541 llegaron a (4.) _____ hermoso valle del río Mapocho y fundaron (5.) _____ ciudad. Tras (6.) _____ violento ataque liderado por Michimalongo, los conquistadores lo perdieron todo. Valdivia no se desanimó. Pidió ayuda a Perú y en la primavera de 1549 se encaminó al territorio habitado por los araucanos. Estos resistieron con gran energía y, comandados por (7.) _____ joven toqui (*chief*), Lautaro, prepararon (8.) _____ emboscada (*ambush*) donde cayó muerto el capitán Valdivia. Aquello fue el comienzo de (9.) _____ larga guerra entre los españoles y los araucanos.

Actividad 17.   ***Corrección.*** El siguiente texto tiene ocho errores que tienes que identificar y corregir. Además, para cada error, explica qué es lo que está mal.

Mapuches tienen una religión propia. Creen que existe un Ser Supremo y creen también que hay las entidades y los poderes espirituales que influyen en sus actividades. Ngenechen es dios de los mapuches. Este dios no es omnisciente ni omnipotente. En la religión mapuche existen unos otros dioses. Los dioses mapuches tienen las esposas y los hijos. Gnenechen se considera como el primer antepasado varón de los mapuches y Ngenechen Kusha es su esposa. Los dos dieron lugar al pueblo mapuche y son seres más antiguos del universo.

Actividad 18.   ***Lautaro instruye a su gente.*** Lee la siguiente
información sobre Lautaro. Como dice el texto, Lautaro
tuvo que "concienciar a su pueblo"; es decir, tuvo que
enseñarles cómo luchar para derrotar al enemigo. Trabaja con
otro(a) estudiante para imaginar e inventar un discurso de
Lautaro a sus soldados en el que les explica qué van a hacer
para "derrotar al español". Utilicen su imaginación y presten
atención al uso de los artículos. Luego, compartan su discurso
con el resto de la clase.

Datos biográficos de Lautaro: Este gran guerrero nació hacia 1535 cerca
de Tirúa, en el sur de Chile. Su nombre original era Lev Traru que en
mapudungun —lengua mapuche— significa el Halcón Veloz. Al llegar los
españoles, Lautaro sirvió durante seis años como criado de Pedro de
Valdivia. Con él, aprendió mucho sobre los españoles: sus costumbres, sus
ideas así como sus debilidades y flaquezas. Después de esos años, huyó y
decidió volver con su pueblo y concienciar a su gente. Según Lautaro,
para derrotar al español era necesario usar, no tanto la fuerza, sino la
inteligencia y la organización. Esto significaba que los mapuches tenían
que inventar una estrategia donde nunca había existido, practicar nuevas
tácticas, inventar armas y organizar a sus soldados de forma diferente.

Actividad 19.   ***Un resumen*** (**A summary**). Escribe un párrafo de diez a
quince frases en el que resumas la información que has
aprendido en este capítulo sobre Chile. Presta atención
al uso de los artículos y subráyalos. Luego, en clase, en
grupos de tres o cuatro, hagan lo siguiente.

- Comparen sus resúmenes y entre todos elaboren un resumen que incluya la
  información aportada por cada miembro del grupo.
- Comenten el uso de los artículos en el resumen final.

EXPLORACIÓN DEL TEMA 2

Vocabulario esencial 2

Sustantivos

la caja registradora *cash register*
el colectivo = el autobús
el cabeceo *nodding*
el departamento = el apartamento
el esfuerzo *effort*
el galán = el hombre elegante
el mostrador *counter*
el movimiento
las pantorrillas *calves*
la pareja *pair; couple*
el paso *step*
la pista *dance floor*
la plata *silver* (also slang term for *money*)
el rechazo *rejection*
el taco (alto) (*high*) *heel shoe*
la vuelta *turn*

Verbos

acariciar *to caress*
acordarse de *to remember*
apretar *to squeeze*

arriesgar *to risk*
consolarse *to take comfort, be consoled*
fichar *to check out someone, to look*
invitar
lucir *to show off*
reír *to laugh*
separar ≠ unir
sonreír *to smile*
tejer *to knit*
tocar el turno *to be one's turn*

Otras expresiones

con franqueza *frankly*
estar acompañado(a) *to be accompanied*
estar mal visto(a) *to be frowned upon*
(no) se estila *that is (not) in fashion*
permitirse el lujo *to allow oneself the luxury*
quedar para vestir santos *to become an old maid*
salir airoso(a) *to do well, to be successful*
tender la mano *to offer one's hand*
valer la pena *to be worthy*

Actividad 20.   ***Un tango inesperado.*** Lee la historia de Sofía, una mujer que vive en Buenos Aires y a quien le gusta salir a bailar tango. Completa el párrafo con la forma adecuada de las palabras y expresiones siguientes.

paso	rechazo	permitirse el lujo
mostrador	arriesgar	tender la mano
galán	apretar	salir airoso(a)
cabeceo	estar mal visto	valer la pena

El fin de semana pasado fui a bailar tango a un salón de baile del centro de Buenos Aires. Cuando ya llevaba un rato sentada al lado del (1.) _____ del bar viendo cómo los demás bailaban, un (2.) _____ me miró y me hizo un leve (3.) _____ desde el otro lado de la sala. Como (4.) _____ aceptar en seguida, primero sólo le sonreí y él, ante mi (5.) _____, volvió a insistir. Entonces yo le (6.) _____ y él me llevó al centro de la pista. Para mi asombro, empezó a bailar con un (7.) _____ que yo no sabía. ¡Qué horror! Como no podía hacer otra cosa, me tuve que (8.) _____ y comencé a bailar. Él me (9.) _____ fuertemente y al final yo (10.) _____. ¡Menos mal!

Actividad 21. *Frases.* Utiliza las palabras y expresiones siguientes para construir frases completas.

1. galán / movimiento / paso / pista / sonreír
2. pareja / colectivo / departamento / plata / acordarse
3. caja registradora / plata / mostrador / tocar el turno
4. pareja / sonreír / separar / mostrador
5. estar mal visto / reír / pista / pantorrillas

Actividad 22. *Definiciones.* Busca una palabra o expresión de la lista del Vocabulario esencial 2 que corresponda a las siguientes definiciones.

1. fijarse o prestar atención
2. enseñar algo con orgullo
3. dos personas, animales o cosas que están unidas por algún motivo
4. es positivo o bueno hacer algo
5. una parte de la pierna

¿Qué sabes?

Actividad 23. *El tango.* El tango es un baile que tiene muchos aficionados por todo el mundo. En grupos de tres o cuatro busquen en la web la información necesaria para hablar en clase de lo siguiente.

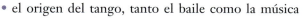

- el origen del tango, tanto el baile como la música
- los lugares en los que se baila
- el mensaje de los tangos, los temas que aparecen en ellos

Actividad 24. *Argentina hoy.* Al pensar en la Argentina de los últimos cincuenta años, surgen ciertos temas: los derechos humanos, la inflación, la dictadura militar, la guerra de las Malvinas, la deuda externa. Consulta uno de los periódicos argentinos en la web (*La Nación, Clarín, La Razón*). Lee los titulares y haz un resumen sobre las noticias de actualidad en ese país del Cono Sur.

Lectura del texto: "Tango"

Anticipación

Actividad 25. *Contexto histórico-geográfico.* Lee ahora la información de la página 138 sobre el cuento y después contesta las siguientes preguntas. ¿Por qué crees que la protagonista cambia de nombre? ¿En qué circunstancias cambiarías tú de nombre?

La antología de cuentos en la que se publicó "Tango" se ambienta en el Buenos Aires de los años 1970–1980. En esos años subió al poder Juan Perón por segunda vez. Tras su muerte se sucedieron una serie de regímenes militares que no respetaron los derechos humanos, ni ayudaron a resolver los problemas económicos del país.

La protagonista del cuento tiene dos nombres, a veces se llama Sandra y otras veces se llama Sonia. La protagonista Sandra/Sonia parece tener dos vidas o una doble identidad. Sandra se llama Sonia al entrar en el salón donde se baila el tango.

El cuento titulado "Tango", de Luisa Valenzuela (1938–), nos muestra cómo el arte imita la vida en forma de baile. La autora nació en Buenos Aires, ciudad en donde comenzó a trabajar como periodista desde muy joven. En su obra, esta autora retrata muchas viñetas urbanas utilizando un registro personal y una notable capacidad para el humor y lo grotesco. Ha publicado doce libros, y su obra ha sido traducida al inglés y a otros idiomas.

El cuento trata de una mujer argentina contemporánea y su experiencia con el tango. A primera vista el baile parece ser un escape de la vida diaria, pero al final vemos que la vida y el arte comparten muchos aspectos. Asimismo el cuento revela las dificultades económicas con las que se han enfrentado los argentinos en las últimas décadas.

Actividad 26. ***Un vistazo al texto.*** Aquí tienes las primeras frases de los primeros párrafos de la lectura. Subraya la palabra o palabras clave de cada frase. Después con otro(a) estudiante, indica:

1. dónde ocurre la acción;
2. cuándo va la protagonista a ese lugar;
3. dos cosas que sabes de la protagonista.

Párrafo 1: En este salón te tenés que sentar cerca del mostrador, a la izquierda, no lejos de la caja registradora.

Párrafo 2: Yo ando sola y el resto de la semana no me importa pero los sábados me gusta estar acompañada y que me aprieten fuerte.

Párrafo 3: Sé que en algún lugar de la ciudad, cualquiera sea la hora, habrá un salón donde se esté bailando en la penumbra.

Párrafo 4: El sábado por la noche una busca cualquier cosa menos trabajo.

Párrafo 5: Ahora sé cuándo me toca a mí bailar con uno de ellos.

Actividad 27. *Estudio de palabras.* Echa un vistazo a la lectura "Tango" y apunta todas las palabras que encuentres relacionadas con la acción de bailar. Después, trabaja con otro(a) estudiante para hacer lo siguiente.

1. Completa la tabla organizando las palabras encontradas en las categorías correspondientes.
2. Compara tu tabla con la de otra pareja. ¿Tienen las mismas palabras? Si no tienen las mismas, presten atención a las diferencias que hay y lleguen a un acuerdo.

Movimientos	Lugares	Ropa	Tradiciones

Texto

Lee el cuento titulado "Tango", que forma parte de la antología *Simetrías*, publicada en 1993.

In "Tango" there are examples of **vos**, a verb form that is used only in certain parts of Central and South America. **Vos** is used instead of tú. **El voseo** is common in Argentina, Uruguay, and much of Central America.
For example: present indicative: tú hablas, **vos hablás**; present subjunctive: que tú hables, **que vos hablés**; affirmative commands: habla, **hablá**.

Tango

Luisa Valenzuela

Me dijeron:

En este salón te <u>tenés</u> que sentar cerca del mostrador, a la izquierda, no lejos de la caja registradora; tomate un vinito, no pidás algo más fuerte porque no se estila en las mujeres, no <u>tomés</u> cerveza porque la cerveza da ganas de hacer pis° y el pis no es una cosa de damas, se sabe del muchacho de este barrio que abandonó a su novia al verla salir del baño: yo creí que ella era puro espíritu, un hada°, parece que alegó° el muchacho. La novia quedó para vestir santos, frase que en este barrio todavía tiene connotaciones de soledad y soltería°, algo muy mal visto. En la mujer, se entiende. Me dijeron.

Yo ando sola y el resto de la semana no me importa pero los sábados me gusta estar acompañada y que me aprieten fuerte. Por eso bailo el tango. Aprendí con gran dedicación y esfuerzo, con zapatos de taco alto y pollera ajustada°, de tajo. Ahora hasta ando con los clásicos elásticos° en la cartera, el equivalente a llevar siempre contigo la raqueta si fuera tenista, pero menos molesto. Llevo los elásticos en la cartera y a veces en la cola° de un banco o frente a la ventanilla cuando me hacen esperar por algún trámite° los acaricio, al descuido, sin pensarlo, y quizá, no sé, me consuelo con la idea de que en ese

makes you feel like peeing

fairy; claimed
remaining single

tight skirt; garters (suspenders for holding up stockings); in line

transaction

mismo momento podría estar bailando el tango en vez de esperar que un empleaducho desconsiderado se digne atenderme°.

Sé que en algún lugar de la ciudad, cualquiera sea la hora, habrá un salón donde se esté bailando en la penumbra°. Allí no puede saberse si es de noche o de día, a nadie le importa si es de noche o de día, y los elásticos sirven para sostener alrededor del empeine° los zapatos de calle, estirados° como están de tanto trajinar° en busca de trabajo.

El sábado por la noche una busca cualquier cosa menos trabajo. Y sentada a una mesa cerca del mostrador, como me recomendaron, espero. En este salón el sitio clave es el mostrador, me insistieron, así pueden ficharte los hombres que pasan hacia el baño. Ellos sí pueden permitirse el lujo. Empujan° la puerta vaivén° con toda carga a cuestas°, una ráfaga amoniacal nos golpea°, y vuelven a salir aligerados° dispuestos a retomar la danza.

Ahora sé cuándo me toca a mí bailar con uno de ellos. Y con cuál. Detecto ese muy leve movimiento de cabeza que me indica que soy la elegida, reconozco la invitación y cuando quiero aceptarla sonrío quietamente. Es decir que acepto y no me muevo; él vendrá hacia mí, me tenderá la mano, nos pararemos° enfrentados al borde de la pista y dejaremos que se tense el hilo°, que el bandoneón° crezca hasta que ya estemos a punto de estallar° y entonces, en algún insospechado acorde, él me pondrá el brazo alrededor de la cintura y zarparemos°.

Con las velas infladas bogamos a pleno viento° si es *milonga*, al tango lo escoramos°. Y los pies no se nos enredan° porque él es sabio en señalarme las maniobras tecleteando° mi espalda. Hay algún corte nuevo, figuras que desconozco y a veces hasta salgo airosa. Dejo volar un pie, me escoro a estribor°, no separo las piernas más de lo estrictamente necesario, él pone los pies con elegancia y yo lo sigo. A veces me detengo, cuando con el dedo medio él me hace una leve presión en la columna. Pongo la mujer en punto muerto°, me decía el maestro y una debía quedar congelada° en medio del paso para que él pudiera hacer sus firuletes°.

Lo aprendí de veras, lo mamé a fondo° como quien dice. Todo un ponerse, por parte de los hombres, que alude a otra cosa. Eso es el tango. Y es tan bello que se acaba aceptando.

Me llamo Sandra pero en estos lugares me gusta que me digan Sonia, como para perdurar° más allá de la vigilia. Pocos son sin embargo° los que acá preguntan o dan nombres, pocos hablan. Algunos eso sí se sonríen para sus adentros, escuchando esa música interior a la que están bailando y que no siempre está hecha de nostalgia. Nosotras también reímos, sonreímos. Yo río cuando me sacan a bailar seguido° (y permanecemos callados° y a veces sonrientes en medio de la pista esperando la próxima entrega°), río porque esta música de tango rezuma° del piso y se nos cuela° por la planta de los pies y nos vibra y nos arrastra°.

Lo amo. Al tango. Y por ende a quien, transmitiéndome con los dedos las claves del movimiento, me baila.

No me importa caminar las treintipico de cuadras° de vuelta hasta mi casa. Algunos sábados hasta me gasto en la *milonga* la plata del colectivo y no me importa. Algunos sábados un sonido de trompetas digamos celestiales traspasa los bandoneones y yo me elevo. Vuelo. Algunos sábados estoy en mis zapatos sin

some jerk employee who sees fit to wait on me

in the shadows

near the instep; stretched out; schlepping around

They push
swinging; ready to pee; a burst of ammonia hits us; relieved

we'll stop
the thread will tighten; musical instrument typical of tango bars; explode; we'll cast off; With full wind we will sail; list;
get tangled up; strumming; to heel starboard

in neutral
frozen
his filigrees
I took it all in

last; however

continuously; silent; delivery
oozes; penetrates the soles of our feet
drags

thirty-some blocks

necesidad de elásticos, por puro derecho propio. Vale la pena. El resto de la semana transcurre banalmente y escucho los idiotas piropos callejeros°, esas frases directas tan mezquinas° si se las compara con la lateralidad del tango.

— Entonces yo, en el aquí y ahora, casi pegada al mostrador para dominar la escena, me fijo un poco detenidamente en algún galán maduro y le sonrío. Son los que mejor bailan. A ver cuál se decide. El cabeceo me llega de aquel que está a la izquierda, un poco escondido detrás de la columna. Un tan delicado cabeceo que es como si estuviera apenas, levemente, poniéndole la oreja al propio hombro, escuchándolo. Me gusta. El hombre me gusta. Le sonrío con franqueza y sólo entonces él se pone de pie y se acerca. No se puede pedir un exceso de arrojo°. Ninguno aquí presente arriesgaría el rechazo cara a cara, ninguno está dispuesto a volver a su asiento despechado°, bajo la mirada burlona° de los otros. Éste sabe que me tiene y se me va arrimando°, al tranco°, y ya no me gusta tanto de cerca, con sus años y con esa displicencia°.

La ética imperante no me permite hacerme la desentendida°. Me pongo de pie, él me conduce a un ángulo de la pista un poco retirado y ahí ¡me habla! Y no como aquel, tiempo atrás, que sólo habló para disculparse° de no volver a dirigirme la palabra, porque yo acá vengo a bailar y no a dar charla, me dijo, y fue la última vez que abrió la boca. No. Éste me hace un comentario general, es conmovedor. Me dice, vio doña, cómo está la crisis, y yo digo que sí, que vi, la pucha que vi aunque no lo digo con estas palabras, me hago la fina, la Sonia: Sí señor, qué espanto, digo, pero él no me deja elaborar la idea porque ya me está agarrando fuerte para salir a bailar al siguiente compás°. Éste no me va a dejar ahogar° me consuelo, entregada°, enmudecida.

Resulta un tango de pura concentración, del entendimiento cósmico. Puedo hacer los ganchos como le vi hacer a la del vestido de crochet, la gordita que disfruta tanto, la que revolea° tan bien sus bien torneadas pantorrillas que una olvida todo el resto de su opulenta anatomía. Bailo pensando en la gorda, en su vestido de crochet verde —color esperanza, dicen—, en su satisfacción al bailar, réplica o quizá reflejo de la satisfacción que habrá sentido al tejer; un vestido vasto para su vasto cuerpo y la felicidad de soñar con el momento en que ha de lucirlo, bailando. Yo no tejo, ni bailo tan bien como la gorda, aunque en este momento sí porque se dio el milagro.

Y cuando la pieza acaba y mi compañero me vuelve a comentar cómo está la crisis, yo lo escucho con unción°, no contesto, le dejo espacio para añadir.

—¿Y vio el precio al que se fue el telo°? Yo soy viudo con mis dos hijos. Antes podía pagarle a una dama el restaurante, y llevarla al hotel. Ahora sólo puedo preguntarle a la dama si posee departamento, y en zona céntrica. Porque a mí para un pollito y una botella de vino me alcanza.

Me acuerdo de esos pies que volaron —los míos—, de esas filigranas. Pienso en la gorda tan feliz con su hombre feliz, hasta se me despierta una sincera vocación para el tejido.

—Departamento no tengo —explico— pero tengo pieza en una pensión muy bien ubicada°, limpia. Y tengo platos, cubiertos, y dos copas verdes de cristal, de esas bien altas.

—¿Verdes? Son para vino blanco.

—Blanco, sí.

—Lo siento, pero yo al vino blanco no se lo toco°.

Y sin hacer una vuelta más, nos separamos.

street flirtations
mean

bravery
spiteful
mocking; get closer;
hurry; air of indifference; innocent

apologize

rhythm
choke; fully devoted

turns around

devotion
hotel rooms

located

I never touch white wine

Comprensión

Actividad 28.   ***Detalles de la lectura.*** Después de leer el texto, contesta las siguientes preguntas.

1. ¿Qué consejos menciona Sandra/Sonia en el primer párrafo para las mujeres decentes en este tipo de bar?
2. ¿Qué es lo que prefiere hacer la protagonista los sábados?
3. ¿Cómo debe ser la ropa para la mujer que baila el tango? Descríbela en detalle.
4. ¿Cómo contrasta lo que hace ella los sábados con lo que hace durante la semana laboral?
5. Según Sandra/Sonia, ¿cuál es el sitio clave en el salón para conocer a los hombres que quieren bailar?
6. ¿Cómo sabe ella que va a ser la elegida para bailar?
7. En el párrafo que comienza con "Con las velas infladas…" (página 140), ¿qué imagen usa para describir el acto de bailar?
8. En el párrafo que comienza con "Me llamo Sandra pero en estos lugares…" (página 140), dice que se llama Sandra, pero usa el nombre de Sonia en los salones. ¿Por qué dice que la gente en general no pregunta ni da nombres?

Actividad 29.   ***Explicaciones.*** Fíjate ahora en la relación entre Sonia y el hombre que la saca a bailar. Entre ellos tiene lugar una serie de acciones. Lee las acciones que aparecen en la lista. Después, trabaja con otro(a) estudiante y ponlas en el orden en el que se producen.

_____ Conversan.   _____ Cabecea.   _____ Sonia se pone de pie.
_____ Él se pone de pie.   _____ Se separan.   _____ Habla.
_____ Sonia sonríe.   _____ Se arrima a la mujer. _____ Bailan.
_____ Se acerca.   _____ Le agarra fuerte.

Conversación

Actividad 30.   ***La seducción.*** Uno de los temas centrales de este cuento es el de la seducción. Lee los párrafos que comienzan con "Ahora sé cuándo me toca bailar…" y "Entonces yo, en el aquí y ahora…" Fíjate en los movimientos y acciones de los personajes (repasa la Actividad 29). Trabaja con otro(a) estudiante y contesten las siguientes preguntas.

1. En este cuento, ¿quién seduce a quién?
2. Según varios críticos, Valenzuela es una autora feminista. ¿Están de acuerdo?
3. ¿Creen que Sandra/Sonia está en el bar porque quiere estar o porque se obliga a estar ahí?

Actividad 31.   ***La sociedad.*** En este cuento aparecen elementos de conexión con la realidad socioeconómica argentina, por ejemplo, "la crisis". Trabajando con otro(a) estudiante, hagan lo siguiente.

1. Identifiquen otros ejemplos de conexión y clasifíquenlos en las siguientes categorías.

Vida de Sonia/Sandra	Sociedad en general

2. ¿Qué conclusiones se pueden extraer en cuanto al nivel socioeconómico de las personas que van a ese bar? Compartan su opinión con otra pareja de estudiantes.

Actividad 32.   ***El tango.*** Trabaja con otro(a) estudiante. Entre los dos, expliquen la siguiente frase en relación al cuento: "El tango argentino es un pensamiento triste que se puede bailar". ¿Creen que se puede decir lo mismo de otros bailes y otros géneros de música?

Estudio del lenguaje 2:

Pronombres de complemento directo e indirecto y verbos como *gustar*

Repaso

1. You have learned that Spanish, like English, has a set of pronouns that are used to replace things and people when they function as direct or indirect objects.

Direct object pronouns	
me *me*	nos *us*
te *you*	os *you*
la *her, it*	las *them*
lo *him, it*	los *them*

—¿Bailas bien <u>el tango?</u>   *Do you dance the tango well.*
—Sí, **lo** bailo bastante bien.   *Yes, I dance it quite well.*

—¿Conoces a <u>Luisa Valenzuela</u>?   *Do you know Luisa Valenzuela?*
—No, no **la** conozco.   *No, I don't know her.*

Indirect object pronouns	
me *(to) me* te *(to) you* le *(to) you, him, her, it*	nos *(to) us* os *(to) you* les *(to) you, them*
Le preguntó a la chica dónde vivía. Al día siguiente **me** envió flores.	*He asked the girl where she lived.* *The next day he sent me flowers.*

2. You have also learned that direct and indirect object pronouns are placed in front of conjugated verbs. They can also follow and be attached to infinitives, present participles, and affirmative commands.

"No **me** importa que **me** aprieten fuerte". "Así pueden fichar**te** los hombres que pasan hacia el baño". "… transmitiénd**ome** con los dedos las claves del movimiento…" ¡Enséña**me** a bailar, por favor!	*It does not bother me that they squeeze me hard.* *So the men on their way to the bathroom can check you out.* *… transmitting to me with his fingers the keys to the movement.* *Teach me how to dance, please!*

El concepto de objeto de completemento directo e indirecto

Objeto directo

1. A direct object is the thing or person that is affected by the verb. In the sentences *I read short stories.*/**Leo cuentos.,** the direct objects are *short stories* and **cuentos,** respectively. If we replace the direct objects with a pronoun the sentences become *I read them.*/**Los leo.**

2. Notice that in Spanish direct object pronouns agree in *gender* and *number* with the noun they replace.

Objeto indirecto

1. An indirect object is the person or thing *for whom* or *to whom* an action is carried out, as well as *from whom* something is taken or asked.

   "Entonces yo **le** sonrío".   *Then, I smile at him.*
   "… que sólo habló para disculparse de   *He only spoke to apologize for*
      no volver a dirigir**me** la palabra".   *not talking to me again.*

2. Notice that indirect object pronouns agree only in number with the noun they replace.

| **Nos** pidieron consejo sobre un buen lugar para bailar tango. | *They asked us for advice about a good place to dance tango.* |
| **Les** dimos instrucciones sobre cómo llegar a ese lugar. | *We gave them directions on how to get to that place.* |

3. **Redundant indirect objects.** In Spanish it is very common to use both the indirect object pronoun along with the indirect object, making a sentence appear redundant.

| "Antes podía pagar**le a una dama** el restaurante". | *Before I could invite a lady to a restaurant.* |
| "Ahora sólo puedo preguntar**le a la dama** si posee departamento". | *Now I can only ask the lady if she has an apartment.* |

This structure has no equivalent in English (you don't say *I gave her a present to Ellen*) and to an English speaker this redundant use of the pronoun seems very odd. Often, the use of the indirect object is for clarity or emphasis; therefore, this "double indirect object" is very common.

Direct and indirect pronouns used together

1. When an indirect object pronoun and a direct object pronoun are used together with one verb, they are placed in the following order.

   indirect object pronoun + direct object pronoun + conjugated verb

| —¿**Te** dio instrucciones sobre cómo bailar el tango? | *Did he give you instructions on how to dance tango?* |
| —Sí, **me las** dio. | *Yes, he gave them to me.* |

With infinitives and present participles the pronouns can be placed either in front of the conjugated verb or attached to the infinitive or present participle.

—¿Cuándo vas a enviar**me** los CDs de tango?	*When are you going to send me the tango CDs?*
—Voy a mandár**telos** la semana que viene. *Or:*	*I am going to send them to you next week.*
—**Te los** voy a mandar la semana que viene.	

Direct and indirect object pronouns are always attached to affirmative commands.

Enséña**le** cómo se baila el tango.

2. When a third-person indirect object pronoun (**le** or **les**) and a third-person direct obejct pronoun are used together, the indirect object pronoun becomes **se**.

| —¿**Les** diste consejos a las chicas sobre cómo actuar en el bar el sábado por la noche? | *Did you give the girls advice on how to behave at the bar on Saturday nights?* |
| —Sí, **se** los di. | *Yes, I gave it to them.* |

> Notice that whether attached or not the order of the pronouns is always the same: *indirect object pronoun + direct object pronoun.*

Indirect object pronouns and verbs like *gustar*

1. As you have already learned, there are several verbs in Spanish that follow the sentence construction of the verb **gustar.** These verbs share the following characteristics.

   a. They are used almost exclusively in the third-person singular and plural.

Le **gusta** el tango.	*He likes the tango.*
Me **gustan** los cuentos de Luisa Valenzuela.	*I like Luisa Valenzuela's stories.*

   b. They are used with indirect object pronouns.

"El resto de la semana no **me** importa pero los sábados **me** gusta estar acompañada".	*The rest of the week it doesn't matter to me, but on Saturdays I like to have company.*

2. Sentences using these verbs follow this construction.

Redundant indirect object	Indirect object pronoun	Verb	Grammatical subject
(A mí)	me		
(A ti)	te		
(A usted)	le		
(A él/a ella/a Juan/a mi amiga/etc.)	le	**gusta** (*with infinitives and singular nouns*)	bailar la música argentina
(A nosotros/a nosotras)	nos		
(A vosotros/a vosotras)	os		
(A ustedes)	les	**gustan** (*with plural nouns*)	los cuentos argentinos
(A ellos/a ellas/a Jaime y a Teresa/a mis amigas/etc.)	les		

3. The use of the optional redundant indirect object noun or pronoun is often necessary in the case of the third-person for clarity, since **le** or **les** can have many referents.

A ella **le** gusta bailar los sábados.	*She likes to dance on Saturdays.*
A ellos **les** divierte bailar juntos.	*They enjoy dancing together.*

In other cases, the redundant indirect object pronoun is used for emphasis or contrast.

—A mí no **me** importa estar sola, ¿y a ti?	*I don't mind being by myself, do you?*
—A mí sí, **me** importa mucho.	*I do, it bothers me a lot.*

You should know that the verb **gustar** and others like it can be conjugated in the first and second persons. Look at the following sentences: **Me gustas mucho.**/*I like you a lot.*; **¿Te gusto?**/*Do you like me?* Notice that the subject of the verb is what determines the person in which the verb is conjugated. In the first sentence, the subject is **tú** (as in, *You please me a lot*). In the second sentence, the subject is **yo** (as in, *Do I please you?*).

4. Here are some commonly used verbs that follow the structure of **gustar.**
   Note that **tocar** is generally used in the singular followed by an infinitive or
   in the phrase **tocar el turno.**

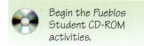

disgustar *to not like*

doler *to hurt*

convenir *to be convenient*

encantar *to love, to be delighted with*

fascinar *to be fascinated by; to like a lot*

faltar *to be missing*

importar *to matter*

interesar *to interest*

molestar *to bother*

parecer *to seem, to appear*

picar *to itch*

preocupar *to worry*

sorprender *to surprise*

sangrar *to bleed*

tocar *to be one's turn*

quedar *to be left*

Aplicación

Actividad 33.   ***Identificación.*** En las siguientes frases tomadas del
cuento "Tango" identifica todos los objetos directos que
puedas. Subráyalos y después sustituye los objetos directos por pronombres de objeto directo.

Modelo: "… se sabe del muchacho de este barrio que abandonó <u>a su novia</u> al
verla salir del baño".
"… *se sabe del muchacho de este barrio que* <u>*la*</u> *abandonó al verla salir del baño*".

1. "Yo ando sola y el resto de la semana no me importa pero los sábados me
   gusta estar acompañada y que me aprieten fuerte. Por eso bailo el tango".
2. "Ahora hasta ando con los clásicos elásticos en la cartera, el equivalente a
   llevar siempre contigo la raqueta si fuera tenista, pero menos molesto. Llevo
   los elásticos en la cartera…"
3. "Empujan la puerta vaivén con toda carga a cuestas, una ráfaga amoniacal nos
   golpea, y vuelven a salir aligerados dispuestos a retomar la danza".
4. "Detecto ese muy leve movimiento de cabeza que me indica que soy la
   elegida, reconozco la invitación…"
5. "El vendrá hacia mí, me tenderá la mano, nos pararemos enfrentados al borde
   de la pista y dejaremos que se tense el hilo …"

Actividad 34.   ***Redundancias.*** En las siguientes frases completa los espacios en
blanco con el pronombre de objeto indirecto necesario.

1. El hombre del bar ____*le*____ invitó a bailar a Sonia.
2. A la chica del cuento parece que no ____*le*____ importa estar sola en el bar.
   A mí, sin embargo, no ____*me*____ gusta estar sola en un sitio público.
3. ____*les*____ recomendé a mis amigos que leyeran los **cuentos** de Luisa
   Valenzuela.
4. A nosotras nunca ____*nos*____ enseñaron a bailar tango, lo aprendimos solas.
5. ____*le*____ preguntó a la chica si tenía departamento.
6. ¿A ti ____*te*____ dijeron dónde estaba el bar?

Actividad 35.   *Los verbos como* gustar. Para comprobar que sabes usar estos verbos, vas a hacer aquí un ejercicio de traducción. Expresa en español las siguientes frases.

1. Sonia loves to dance tango.
2. On weekends she likes to have company.
3. It matters to Sonia to meet people when she goes to the bars.
4. The man who danced with Sonia was worried by the economic crisis in Argentina.
5. It bothered the man that Sonia had green glasses for white wine.
6. It did not surprise me that in the end Sonia and the man went their separate ways.

Actividad 36.   *¿Qué ves?* Haz una descripción lo más detallada posible de la siguiente imagen. Primero, indica quiénes son estas personas. Después explica qué pasó antes de que empezaran a bailar (quién habló con quién, quién dijo qué, etc.). Luego describe qué hacen en el momento de la imagen. Finalmente, narra qué pasó al terminar el baile. Emplea todos los pronombres de complemento directo e indirecto que sean necesarios y no olvides usar la forma redundante.

Actividad 37.   *Un resumen.* Escribe un resumen del argumento del cuento "Tango". Escribe un párrafo de unas veinte oraciones en el que resumas lo que ocurre en el cuento. Presta atención al uso de los pronombres de objeto directo e indirecto.

Proyecto final: Describir la invención de la tradición

Recapitulación: En este capítulo, hemos leído dos obras en que tradición, invención y creación se relacionan. Pablo Neruda retomó la obra *La Araucana* de Alonso de Ercilla y escribió el poema "Lautaro". Según Neruda, Alonso de *Ercilla inventó* Chile. En el cuento "Tango" de Luisa Valenzuela vemos cómo una tradición argentina no queda relegada al folclore sino que forma parte del vivir de cada día. Como proyecto final, tu grupo va a reflexionar sobre el cambio en las tradiciones mediante el análisis y modificación de una tradición.

Paso 1: Repasen las secciones marcadas con [imagen] en el capítulo. Luego, hagan una lista de tres tradiciones que se celebran en su universidad y tres que se celebran en su lugar de residencia o país.

Paso 2: Escojan una de las tradiciones e introduzcan una modificación en la celebración para "reinventarla". Pueden justificar la modificación mediante hechos históricos, movimiento de grupos, fenómenos atmosféricos, relación de la especie humana con el medio, etc.

Paso 3: A menudo, las tradiciones van acompañadas de rituales que incluyen música, poesía o canciones (por ejemplo, los villancicos de Navidad, las canciones de los equipos de fútbol de las universidades). Escriban una estrofa para la tradición modificada.

Paso 4: Imaginen que son antropólogos del año 2300 y que tienen que explicar la evolución de la celebración que escogieron. Escriban un párrafo detallando cómo se celebraba la tradición que escogieron en el Paso 2 y cómo se modificó con el paso del tiempo.

Paso 5: Presenten la "nueva" tradición a la clase. Pueden escenificar la evolución de la celebración mostrando cómo ha cambiado. Canten o reciten los versos del Paso 3.

Paso 6: Completen la siguiente información sobre la presentación que les interesó más.

1. Nombre de la tradición:	
2. Celebración de la tradición:	a. Cómo se celebraba:
	b. Cómo se modificó:
	c. Posible significado de la modificación:
3. Me interesó más porque...(tres razones):	a.
	b.
	c.

Vocabulario del capítulo

Preparación

los araucanos *indigenous group that occupied what today is Chile*
el cacique *chief*
el Cono Sur *Southern Cone*
la derrota *defeat*
engañar *to deceive*
el guerrero *warrior*
el héroe *hero*
la heroína *heroine*
las Malvinas = las Islas Malvinas *Falkland Islands*
el orgullo *pride*
la pampa *plains*

Vocabulario esencial
Lautaro

Sustantivos

la amenaza *threat*
el arma (*f.*) *weapon*
las cenizas *ashes*
las espinas *thorns*
la flecha *arrow*
la guarida *den; hideout*
el hilo *thread; wire*
la lanza *spear*
la lentitud *slowness*
el poema épico *epic poem*
el relámpago *lightning*
la resistencia *resistance*
la sublevación *uprising*
el tesoro *treasure*
la virtud *virtue*

Verbos

acechar *to spy, to lie in wait*
adquirir *to acquire*
arañar *to scratch*

cazar *to hunt*
colonizar *to colonize, to settle*
comprometerse *to become involved, to commit oneself*
derrotar *to defeat*
dirigir *to steer, to direct; to lead, to manage*
ejecutar *to execute*
entretener *to distract*
fundar *to establish, to found*
lograr *to achieve*
olfatear *to smell, to sniff*

Adjetivos

comprometido(a) *committed*
repentino(a) *sudden*

Vocabulario esencial
Tango

Sustantivos

la caja registradora *cash register*
el colectivo *bus*
el cabeceo *nodding*
el departamento *apartment*
el esfuerzo *effort*
el galán *gentleman, refined man*
el mostrador *counter*
el movimiento *movement*
las pantorrillas *calves*
la pareja *pair, couple*
el paso *step*
la pista *dance floor*
la plata *silver (also slang term for money)*
el rechazo *rejection*
el taco (alto) *(high) heel shoe*
la vuelta *turn*

Verbos

acariciar *to caress*
acordarse de *to remember*

apretar *to squeeze*

arriesgar *to risk*

consolarse *to take comfort, be consoled*

fichar *to check out someone, to look*

invitar *to invite*

lucir *to show off*

reír *to laugh*

separar *to separate*

sonreír *to smile*

tejer *to knit*

tocar el turno *to be one's turn*

Otras expresiones

con franqueza *frankly*

estar acompañado(a) *to be accompanied*

estar mal visto(a) *to be frowned upon*

(no) se estila *that is (not) in fashion*

permitirse el lujo *to allow oneself the luxury*

quedar para vestir santos *to become an old maid*

salir airoso(a) *to do well, to be successful*

tender la mano *to offer one's hand*

valer la pena *to be worthy*

El sistema solar

C R O N O L O G Í A

1837 – 1838

Samuel Morse inventa el telégrafo y el alfabeto Morse.

1898

H.G. Wells, otro padre de la ciencia ficción, publica La guerra de los mundos (War of the Worlds).

1903

Los hermanos Wright vuelan en el primer avión.

1957

La antigua Unión Soviética lanza el Sputnik 1.

| 1840 | 1860 | 1880 | 1900 | 1920 | 1940 |

1864

Jules Verne, uno de los padres de la ciencia ficción, publica Viaje al centro de la tierra (Journey to the Center of the Earth). Guglielmo Marconi inventa la radio.

Capítulo 6

Conquistas futuras:
Las colonias del siglo XXI

OBJETIVOS DEL CAPÍTULO

En este capítulo vas a:

→ Explorar cuestiones relacionadas con la conquista del espacio y el ciberespacio.

→ Repasar y ampliar información sobre los usos del infinitivo, del gerundio y del pronombre **se.**

→ Leer y analizar dos textos de autores contemporáneos, uno literario y otro periodístico. El primero es un fragmento de la novela de Eduardo Mendoza *Sin noticias de Gurb* y el segundo, un artículo titulado "El español e Internet", escrito por José Antonio Millán.

→ **Proyecto final:** La diversidad en mi comunidad (ver página 177)

1963
Valentina Tereshkova es la primera mujer en ir al espacio.

1983
Se crea el primer sistema comercial de teléfonos celulares.

1991
Se crea la web y el ciberespacio se transforma en el nuevo mundo por conquistar.

1960	1970	1980	1990	2000

1969
Neil Armstrong y Buzz Aldrin son los primeros en aterrizar en la luna.

2000 – hoy
El espacio y el ciberespacio siguen abiertos a las conquistas y logros de los futuros pioneros y descubridores.

Preparación

Vocabulario

Antes de escuchar la presentación, lee estas palabras necesarias para comprender el texto.

el astro *star*

la astronave = **la nave espacial** *spaceship*

el entorno *environment*

el (la) extraterrestre *alien, extraterrestrial*

la gravedad *gravity*

la Red *the Web, Internet*

semántico(a) *semantic, related to meaning*

Actividad 1.   ***Anticipación.*** Para comprender mejor lo que van a escuchar, trabaja con otro(a) estudiante para contestar las siguientes preguntas.

1. En el futuro cercano, ¿piensan que habrá una colonia de seres humanos en otro planeta?
2. ¿Adónde creen que podremos viajar en el espacio? ¿Creen que sus hijos podrán ir al espacio en viaje de turismo?
3. ¿Qué sabemos en la actualidad sobre la posibilidad de vida en otros planetas?
4. ¿Qué creen que podrán hacer las computadoras dentro de diez años que no hacen ahora?
5. ¿Cuáles serán los mayores avances tecnológicos en los próximos veinticinco años?

Presentación

Ahora escucha la información introductoria de este capítulo sobre el espacio y el ciberespacio.

Comprensión

Actividad 2.   ***¿Verdadero o falso?*** Después de escuchar, indica si las siguientes afirmaciones son verdaderas (V) o falsas (F).

1. Nicolás Copérnico fue un astrónomo clave en la historia que descubrió que los planetas giran alrededor del sol.
2. La NASA tiene un centro en España.
3. La traducción del *World Wide Web* al chino ejemplifica lo fácil que es la traducción de estas nuevas realidades.
4. Muchas palabras que ahora se usan en tecnología vienen del español.
5. En el mundo hispanohablante todos usan el término **Red** para referirse a la web.

EXPLORACIÓN DEL TEMA 1

Vocabulario esencial 1

Sustantivos

el aterrizaje *landing*
la ciencia ficción
la computadora = el ordenador
  (*Spain*)
la contraseña *password*
el correo electrónico *e-mail*
el enlace *link*
el ente *being*
la escala *ladder; scale*
la escotilla *hatchway*
la estrella *star*
la forma acorpórea *bodyless form*
la nave espacial = la astronave
  spaceship
el planeta
la propulsión

el satélite
el transbordador espacial *space shuttle*
el universo
la velocidad *speed*

Verbos

adoptar
aterrizar *to land*
cumplir órdenes *to follow orders*
disponer *to order*
disponer de *to have*
llamar la atención
naturalizar
ocultar *to hide*
tomar contacto con *to establish*
  contact with

Actividad 3.   **Definiciones.** Para cada palabra o expresión de la columna A
identifica la definición adecuada de la columna B.

A	**B**
1. aterrizaje	a. conexión entre puntos que nos permite navegar por la Red
2. ciencia ficción	b. una máquina que viaja por el espacio
3. llamar la atención	c. poner algo fuera de la vista
4. contraseña	d. hacer algo fuera de lo normal
5. enlace	e. la acción de posarse (*to settle*) en la tierra desde el aire
6. nave espacial	f. ser con vida
7. ente	g. género literario que no reproduce elementos de la realidad
8. ocultar	h. combinación necesaria para acceder a tu cuenta de correo electrónico

---

Actividad 4.   **Antónimos.** Busca en el Vocabulario esencial palabras o expresiones que puedan considerarse antónimas de las siguientes.

1. rechazar   _____
2. cuerpo sólido   _____
3. evitar, aislarse _____
4. despegar (*to take off*) _____
5. no seguir órdenes _____
6. documental   _____

Actividad 5.   ***El universo.*** Trabaja con un(a) compañero(a) para hacer un dibujo del espacio en el que incluyan tantas palabras del vocabulario como puedan.

¿Qué sabes?

Actividad 6.   ***¿Vida en otro planeta?*** Aunque nos pueda parecer poco probable que haya vida en otros planetas, muchos países siguen invirtiendo mucho dinero en investigar esa posibilidad. Da tu opinión sobre cada uno de los comentarios siguientes. Luego habla con tu compañero(a) sobre sus respuestas. ¿A quién le interesa más el tema de la vida en otros planetas? Puedes usar las siguientes frases: **A mí me interesa más porque..., A** (*nombre*) **le(s) fascina más porque..., A nosotros (no) nos gusta porque...**

	Sí	No	No sé
1. Es probable que haya vida en otros planetas.	___	___	___
2. Es importante investigar si hay vida en otros planetas.	___	___	___
3. Es un deperdicio (*waste*) de dinero investigar si hay vida en otros planetas.	___	___	___
4. Las obras de ciencia ficción (libros, películas) presentan la idea de que hay vida en otros planetas.	___	___	___
5. Me gustan las obras de ciencia ficción.	___	___	___
6. No me importa si hay vida o no en otros planetas.	___	___	___

Actividad 7.   ***Llegada del hombre a la luna.*** ¿Qué sabes sobre la llegada del hombre a la luna en 1969? Contesta estas dos preguntas y compara tus respuestas con las de un(a) compañero(a).

1.   ¿Qué significó la llegada del hombre a la luna?
2.   ¿Cuáles han sido los efectos prácticos y simbólicos de la llegada del hombre a la luna?

Lectura del texto: *Sin noticias de Gurb*

Anticipación

Actividad 8.   ***Contexto histórico-geográfico.*** Lee el texto de la página 157 y luego contesta las preguntas a continuación.

1.   ¿Qué tipos de novela cultiva Mendoza?
2.   ¿Qué tipo de novela es *Sin noticias de Gurb*?
3.   ¿Qué tipo de protagonistas crea Mendoza?

Eduardo Mendoza es un escritor español muy conocido. Nació en Barcelona en 1943 y en 1975 publicó su primera novela, *La verdad sobre el caso Savolta*. Desde entonces ha publicado una larga lista de libros, muchos de los cuales se desarrollan en su ciudad natal. Esto se ve en *Sin noticias de Gurb* en la que Gurb, el protagonista, es un extraterrestre que aterriza en la ciudad de Barcelona.

El crítico norteamericano David Knutson, profesor de Xavier University y crítico de la obra de Eduardo Mendoza, nos comenta a continuación algunos aspectos importantes en las novelas de este escritor. Lee sus comentarios y después contesta las preguntas que siguen.

"Dentro de la amplia variedad de sus novelas, Eduardo Mendoza las unifica con algunas importantes características en común. En primer lugar, el escritor basa todos sus textos en una forma de literatura popular: novelas de crímenes y de misterios, novelas de detectives, historias de «gangsters», novelas rosas (romances) o bien la ciencia ficción, en el caso de *Sin noticias de Gurb*. Con ésta, también mezcla los antecedentes de las crónicas de exploradores. A partir de una fórmula literaria, Mendoza produce una versión paródica de ella, una versión ridícula que observa todas las reglas (*rules*) de la fórmula, pero de una manera totalmente inesperada. Normalmente, el humor acompaña la parodia, pues las circunstancias extrañas de estas novelas son completamente hilarantes.

"Mendoza conecta esta práctica textual con una preocupación consistente por un protagonista marginado en cada novela. Sus personajes principales empiezan muy lejos de las corrientes principales de la sociedad y luchan para integrarse en ellas. Sin embargo, nunca pueden entrar completamente, y normalmente se quedan frustrados en los márgenes."

Actividad 9. ***Un vistazo al texto.*** Antes de leer el fragmento de la novela de Mendoza, haz lo siguiente.

1. Piensa en el formato de esta lectura.

   - ¿Qué crees que significan los números que aparecen a la izquierda con los que empieza cada párrafo?
   - ¿Qué indican las secciones que empiezan con la palabra **Día?** Describe con tus propias palabras el formato que tiene esta lectura.

2. Reflexiona sobre el título.

   - Analiza el título de la novela, *Sin noticias de Gurb*. ¿Qué significa?
   - Fíjate que estas palabras se repiten varias veces en la selección que vas a leer. Explica el porqué de esta repetición y el efecto que esto tiene en el lector.

Actividad 10.   ***Estudio de palabras.*** Lee los dos primeros párrafos de la lectura. Después contesta las siguientes preguntas y compara tus respuestas con las de un(a) compañero(a).

1. Al leer, fíjate en los verbos siguientes. ¿Quién es el sujeto de cada uno de esos verbos?

   a. se prepara   d. elijo
   b. viajamos   e. abandona
   c. dispongo

2. ¿Quién nos cuenta esta crónica?
3. ¿En qué tiempo se narran los sucesos? ¿Por qué?

Texto

Lee el fragmento de *Sin noticias de Gurb*.

Sin noticias de Gurb

Eduardo Mendoza

Día 9

restricted
sea landing, touchdown
place name; Cubic capacity; landing
place name

0.01 (hora local) Aterrizaje efectuado sin dificultad. Propulsión convencional (ampliada). Velocidad de aterrizaje: 6.30 de la escala convencional (restringida°). Velocidad en el momento del amaraje°: 4 de la escala Bajo-U1 o 9 de la escala Molina-Clavo°. Cubicaje°: AZ-0.3.

Lugar de aterrizaje°: 63Ω (II_) 2847639478363947393749274 9.

Denominación local del lugar de aterrizaje: Sardanyola°.

07.00 Cumpliendo órdenes (mías) Gurb se prepara para tomar contacto con las formas de vida (reales y potenciales) de la zona. Como viajamos bajo forma acorpórea (inteligencia pura-factor analítico 4800), dispongo que adopte cuerpo análogo al de los habitantes de la zona. Objetivo: no llamar la atención de la fauna autóctona° (real y potencial). Consultado el Catálogo Astral Terrestre Indicativo de Formas Asimilables (CATIFA) elijo para Gurb la apariencia del ser humano denominado Marta Sánchez.

indigenous

hatch door
clear

calm

07.15 Gurb abandona la nave por escotilla° 4. Tiempo despejado° con ligeros vientos de componente sur; temperatura, 15 grados centígrados; humedad relativa, 56 por ciento; estado de la mar, llana°.

07.21 Primer contacto con habitante de la zona. Datos recibidos de Gurb: Tamaño del ente individualizado, 170 centímetros; perímetro craneal, 57 centímetros (carece de° él). El ente se comunica mediante un lenguaje de gran simplicidad estructural, pero de muy compleja sonorización, pues debe articularse *mediante el uso de*

lacks

Marta Sánchez es una estrella de la música pop que era muy popular durante los años 90.

órganos internos. Conceptualización escasísima°. Denominación del ente, Lluc Puig i Roig° (probable recepción defectuosa o incompleta). Función biológica del ente; profesor encargado de cátedra en la Universidad Autónoma de Bellaterra. Nivel de mansedumbre°, baja. Dispone de medio de transporte de gran simplicidad estructural, pero de muy complicado manejo denominado Ford Fiesta.

07.23 Gurb es invitado por el ente a subir a su medio de transporte. Pide instrucciones. Le ordeno que acepte el ofrecimiento. Objetivo fundamental; no llamar la atención de la fauna autóctona (real y potencial).

07.30 Sin noticias de Gurb.

08.0 Sin noticias de Gurb.

09.0 Sin noticias de Gurb.

12.30 Sin noticias de Gurb.

20.30 Sin noticias de Gurb.

Ford Fiesta

Día 10

07.0 Decido salir en busca de Gurb.

Antes de salir oculto la nave para evitar reconocimiento e inspección de la misma por parte de la fauna autóctona. Consultado el Catálogo Astral, decido transformar la nave en cuerpo terrestre denominado vivienda unifamiliar adosada°, calef. 3 dorm. 2 bñs. Terraza. Piscina comunit. 2 plzs. Pkng. Máximas facilidades.

07.30 Decido adoptar apariencia de ente humano individualizado. Consultado Catálogo, elijo el conde duque de Olivares.

07.45 En lugar de abandonar la nave por la escotilla (ahora transformada en puerta de cuarterones° de gran simplicidad estructural, pero de muy difícil manejo), opto por naturalizarme allí donde la concentración de entes individualizados es más densa, con objeto de no llamar la atención.

08.0 Me naturalizo en lugar denominado Diagonal-Paseo de Gracia. Soy arrollado° por autobús número 17 Barceloneta-Vall d'Hebron. Debo recuperar la cabeza, que ha salido rodando° de resultas de la colisión. Operación dificultosa por la afluencia° de vehículos.

08.01 Arrollado por un Opel Corsa.

08.02 Arrollado por una furgoneta de reparto°.

08.03 Arrollado por un taxi.

08.04 Recupero la cabeza y la lavo en una fuente pública situada a pocos metros del lugar de la colisión. Aprovecho la oportunidad para analizar la composición del agua de la zona: hidrógeno, oxígeno y caca°.

08.15 Debido a la alta densidad de entes individualizados, tal vez resulte algo difícil localizar a Gurb a simple vista, pero me resisto a establecer contacto sensorial, porque, ignoro las consecuencias que ello podría tener para el equilibrio ecológico de la zona y, en consecuencia, para sus habitantes.

Los seres humanos son cosas de tamaño variable. Los más pequeños de entre ellos lo son tanto, que si otros seres humanos más altos no los llevaran en un cochecito, no tardarían en ser pisados (y tal vez perderían la cabeza) por los

---

very scarce; person's name in Catalan

docility

A **profesor encargado de cátedra** refers to a full professor at a university that is in charge of teaching a particular subject.

Gurb's friend is worried that someone may discover the spaceship and decides to transform it into a condo.

single family duplex (calef. = calefacción; dorm. = dormitorios; bñs. = baños; plzs. = plazas; pkng. = parking)
panel door

Conde duque de Olivares (1623–1643) is a noble figure from the 17th century upon whom King Felipe IV depended to govern Spain.

run over; rolled away; influx
delivery van

crap

The **Diagonal** is a centrally located avenue in Barcelona and a very busy street with heavy traffic.

are more than six feet in length; they lie stretched out; moustache; beard; counteract; swing of arms
rushed, hurried

filled; stinky
to reach; crown of the head

rear end

flow; decrease

La hora del ángelus refers to a moment in the day (noon) when Catholic practicioners pause and pray to the Virgin Mary.

I withdraw

subjected
numbness

shot out of

blinking

wink; fingernails

At the time this book was written, the Spanish currency was still the **peseta;** twenty-five pesetas of the time were about 10 U.S. cents.

swallow

de mayor estatura. Los más altos raramente sobrepasan los 200 centímetros de longitud°. Un dato sorprendente es que cuando yacen estirados° *continúan midiendo exactamente lo mismo.* Algunos llevan bigote°; otros barba° y bigote. Casi todos tienen dos ojos, que pueden estar situados en la parte anterior o posterior de la cara, según se les mire. Al andar se desplazan de atrás a delante, para lo cual deben contrarrestar° el movimiento de las piernas con un *vigoroso* braceo°. Los más apremiados° refuerzan el braceo por mediación de carteras de piel o plástico o de unos maletines denominados Samsonite, hechos de un material procedente de otro planeta. El sistema de desplazamiento de los automóviles (cuatro ruedas pareadas rellenas° de aire fétido°) es más racional, y permite alcanzar° mayores velocidades. No debo volar ni andar sobre la coronilla° si no quiero ser tenido por excéntrico. Nota: mantener siempre en contacto con el suelo un pie – cualquiera de los dos sirve – o el órgano externo denominado culo°.

11.00 Llevo casi tres horas esperando ver pasar a Gurb. Espera inútil. El flujo° de seres humanos en este punto de la ciudad no decrece°. Antes al contrario. Calculo que las probabilidades de que Gurb pase por aquí sin que yo lo vea son del orden de setenta y tres contra una. A este cálculo, sin embargo, hay que añadir dos variables: a) que Gurb no pase por aquí, b) que Gurb pase por aquí, pero habiendo modificado su apariencia externa. En este caso, las probabilidades de no ser visto por mí alcanzarían los nueve trillones contra una.

12.00 La hora del ángelus. Me recojo° unos instantes, confiando en que Gurb no vaya a pasar precisamente ahora por delante de mí.

13.00 La posición erecta a que llevo sometido° el cuerpo desde hace cinco horas empieza a resultarme fatigosa. Al entumecimiento° muscular se une el esfuerzo continuo que debo hacer para inspirar y expirar el aire. Una vez que he olvidado hacerlo por más de cinco minutos, la cara se me ha puesto de color morado, los ojos me han salido disparados° de las órbitas, debiendo ir a recogerlos nuevamente bajo las ruedas de los coches. A este paso, acabaré por llamar la atención. Parece ser que los seres humanos inspiran y expiran el aire de un modo automático, que ellos llaman *respirar.* Este automatismo, que repugna a cualquier ser civilizado y que consigno aquí por razones puramente científicas, lo aplican los humanos no sólo a la respiración, sino a muchas funciones corporales, como la circulación de la sangre, la digestión, el parpadeo° – *que,* a diferencia de las dos funciones antes citadas, puede ser controlado a voluntad, en cuyo caso se llama *guiño°*–, el crecimiento de las uñas°, etcétera. Hasta tal punto dependen los humanos del funcionamiento automático de sus órganos (y organismos), que se harían encima cosas feas si de niños no se les enseñara subordinar la naturaleza al decoro.

Día 11

He llegado al límite de mi resistencia física. Descanso apoyando ambas rodillas en el suelo y doblando la pierna izquierda hacia atrás y la pierna derecha hacia delante. Al verme en esta postura, una señora me da una moneda de pesetas veinticinco, que ingiero° de inmediato para no parecer descortés. Temperatura, 20 grados centígrados; humedad relativa, 64 por ciento; vientos flojos de componente sur; estado de la mar, llana.

Comprensión

Actividad 11. ***Detalles de la lectura.*** A continuación tienes una serie de frases que resumen la acción del texto que acabas de leer. Ordénalas cronológicamente poniendo un número (1–11) delante de cada una.

a. _____ El compañero de Gurb convierte la nave en una vivienda.

b. _____ Gurb entra en un Ford Fiesta y desaparece.

c. _____ Gurb llega a la tierra.

d. _____ Comentario sobre algunas funciones del cuerpo humano.

e. _____ Gurb se convierte en Marta Sánchez.

f. _____ Reflexión sobre el aspecto físico de los seres humanos.

g. _____ Gurb sale de la nave.

h. _____ Gurb se encuentra con un profesor.

i. _____ Su amigo sale a buscarlo.

j. _____ Una señora le da al amigo de Gurb 25 pesetas.

k. _____ Varios vehículos atropellan al amigo de Gurb.

Actividad 12. ***Explicaciones.*** Después de leer el texto, contesta estas preguntas.

1. ¿Cómo llegan los extraterrestres a la tierra?
2. ¿En quién se convierte Gurb antes de salir de la nave? ¿Qué consecuencias puede tener el que se haya convertido en esa persona?
3. ¿Qué datos produce Gurb después de su primer contacto con un habitante de la zona? ¿Qué reacción te causa esa información?
4. ¿Qué hace el segundo extraterrestre? ¿Qué identidad adopta? De nuevo, ¿qué consecuencias puede tener el que se haya convertido en este personaje histórico?
5. ¿En qué convierte su nave para ocultarla?
6. ¿Qué descubre al analizar el agua? ¿Qué significa eso?
7. ¿Por qué se frustra el extraterreste al final del fragmento? Indica al menos dos motivos.
8. ¿Por qué tiene que pensar para respirar? ¿Qué pasa cuando se le olvida respirar?

Conversación

Actividad 13. ***Extraterrestres.*** El párrafo que comienza con "Los seres humanos…" y el que empieza con "13.00 La posición erecta…" presentan la visión que los extraterrestres tienen de los seres humanos. Trabaja con un(a) compañero(a) para hacer lo siguiente.

1. Repasen estos dos párrafos.
2. Deduzcan de esa información cómo deben ser los extraterrestres. Por ejemplo, se dice que "los seres humanos son cosas de tamaño variable", por lo tanto podemos deducir que los extraterrestres no son *cosas* ni son de *tamaño variable*.

3. Juntos escriban una descripción de los extraterrestres teniendo en cuenta los siguientes factores.

   a. aspecto físico
   b. desplazamiento propio y medios de transporte
   c. respiración y otras funciones corporales

Actividad 14.   ***¿Qué nos llama la atención?*** Haz una lista de los aspectos que le llaman la atención a Gurb y a su amigo. Después, haz una lista de lo que crees que le puede llamar la atención a una persona que visite tu pueblo, ciudad o universidad por primera vez. ¿Qué diferencias y semejanzas hay entre las dos listas? Compara tus listas con las de un(a) compañero(a) de clase. ¿Se parece tu segunda lista a la de tu compañero(a)?

Actividad 15.   ***Gurb se queda en la tierra.*** Después de numerosas aventuras por Barcelona, y cuando el personaje principal ya está dispuesto a irse sin haber encontrado a Gurb, al final de la novela éste aparece. La novela concluye del siguiente modo: "A Gurb y a su compañero les envían a otra misión". Deben ir a otro planeta a experimentar cómo es la vida allí. Gurb recibe la noticia de forma negativa, no quiere ir. Su compañero le recuerda que tienen la obligación de cumplir órdenes y obedecer a sus superiores. Sin embargo al final, Gurb se escapa y se queda en la tierra. ¿Qué piensas de esta decisión de Gurb? Escribe un párrafo en el que des tu opinión sobre la conclusión del libro. Después, en grupos de tres o cuatro estudiantes, comparte tu opinión con las de tus compañeros. ¿Piensan todos igual? ¿Tienen opiniones diferentes? ¿Qué opinión es la que domina?

*Remember that the present perfect tense (**he ido**) is used to express the recent past. The present progressive tense (**están hablando**) expresses an ongoing action or event in progress.*

Estudio del lenguaje 1:
Formas nominales del verbo: infinitivo y gerundio

> ## Repaso
>
> - Verbs have both conjugated and non-conjugated forms. The three non-conjugated forms of a verb are the infinitive (**infinitivo: hablar**), the present participle (**gerundio: hablando**), and the past participle (**participio: hablado**). These can be simple (**hablar, hablando, hablado**) or compound (**haber hablado, habiendo hablado, había hablado**).
>
> - Some of the non-conjugated forms of the verb are used to form other tenses. The past participle is used to form the perfect tenses: **he ido, habíamos corrido**, etc. The present participle is used to form the progressive tenses: **están hablando, estaba estudiando.**

Usos del infinitivo

The infinitive in Spanish has many uses. Here is a summary of the main ones.

1. The infinitive can function as a noun and it is, in many cases, the equivalent of the English -ing form: *I like* <u>*reading*</u> = **Me gusta** <u>**leer.**</u>

    "… tal vez resulte algo difícil **localizar** a Gurb".

    … perhaps finding Gurb may be a bit difficult.

    "**Aterrizar** en un lugar extraño es una experiencia de lo más interesante".

    Landing in a strange place is a very interesting experience.

2. The infinitive is the only verbal form used in Spanish after a preposition.

    "En lugar **de abandonar** la nave por la escotilla…"

    Instead of exiting the ship through the hatchway…

    "… opto **por naturalizarme** allí… con objeto de no llamar la atención".

    … I opt for transforming myself into a native there… so that I do not attract anybody's attention.

    "… pero me resisto **a establecer** contacto sensorial".

    … I resist making sensorial contact.

    In Spanish there are many adverbial constructions that express time, manner, cause, etc., that are introduced by a prepositional phrase and are, of course, followed by an infinitive.

    *   tiempo: **al/antes de/después de** + *infinitivo*

        "**Antes de salir** oculto la nave…"

        Before I leave I hide the ship…

        "**Al andar** se desplazan de atrás a delante".

        While walking they move back to front.

    *   fin, propósito: **para** + *infinitivo*

        "… **para** no **parecer** descortés…"

        … in order not to look impolite…

    *   causa: **por** + *infinitivo*

        Por estar en la calle el extraterrestre es arrollado por un taxi.

        Because he is in the street the alien is run over by a taxi.

3. Constructions called **perífrasis** are grammatical and lexical units made up of two verbs, sometimes connected with a preposition or a conjunction. The second of the two verbs is always an infinitive. In these constructions the original meaning of the first verb is weakened or altered slightly. These infinitive constructions may express the following ideas.

    *   obligación: **deber** + *infinitivo* (*should, ought to*), **haber que** + *infinitivo* (*it's necessary to, one must*), **tener que** + *infinitivo* (*to have to*)

        "… **debe articularse** mediante el uso de órganos internos".

        … must be articulated through the use of internal organs.

"A este cálculo, sin embargo, **hay que añadir** dos variables".	*To this calculation one must add two variables.*

- acción futura: **ir a** + *infinitivo* (*to be going to*)

"… confiando en que Gurb no **vaya a pasar** precisamente ahora por delante de mí".	*… hoping that Gurb is not going to pass at precisely this moment right in front of me.*

- repetición y costumbre: **volver a** + *infinitivo* (*to do again*), **soler** + *infinitivo* (*to be in the habit of, to usually do something*)

"Los amigos de Gurb nunca más **volvieron a verlo**".	*Gurb's friends never saw him again.*

- principio de una acción: **empezar a** + *infinitivo* (*to begin to*)

"La posición erecta **empieza a resultarme** fatigosa".	*The erect postion begins to be a bit tiring.*

- fin de una acción: **terminar de** + *infinitivo* (*to finish*), **terminar por** + *infinitivo* (*to wind up*), **acabar de** + *infinitivo* (*to have just finished*), **acabar por** + *infinitivo* (*to end up*), **dejar de** + *infinitivo* (*to stop, to quit*)

"A este paso **acabaré por llamar** la atención".	*At this rate I will end up attracting people's attention.*

Usos del gerundio

The gerund or present participle is used to form all of the progressive tenses: **está buscando a Gurb; estábamos leyendo una novela,** etc. Moreover, this verbal form has other uses in Spanish.

1. It can be used as an adverb to express manner.

"Debo recuperar la cabeza, que ha salido **rodando**…"	*I must recover my head, which has rolled away…*
"Descanso **apoyando** ambas rodillas en el suelo".	*I rest leaning both kees on the ground.*

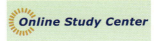

Online Study Center

To check your progress as you complete each vocabulary and grammar topic, do the exercises in the *Pueblos* Online Study Center: **http://college. hmco.com/languages/ spanish/students**

2. The gerund is also used in **perífrasis** like those with an infinitive. The main idea expressed by this type of construction is that of duration or action in progress: **continuar** + *gerundio*, **seguir** + *gerundio* (*to continue doing something*); **llevar** + *time* + *gerundio* (*to have spent time doing something*); **ir** + *gerundio*, **andar** + *gerundio* (*to go around doing something*).

"… cuando yacen estirados **continúan midiendo** exactamente lo mismo".	*… when they lie down they continue measuring exactly the same.*
"**Llevo** casi tres horas **esperando**".	*I have been waiting for almost three hours.*

Aplicación

Actividad 16.   ***Identificación de formas.*** El siguiente texto es un fragmento de una entrevista a Eduardo Mendoza, autor de la novela *Sin noticias de Gurb*. Lee el texto con atención y subraya diez infinitivos y cinco gerundios que encuentres.

PREGUNTA: ¿De dónde arranca (*starts*) su necesidad de crear obras de ficción?

EM: Yo, de pequeño, sólo tengo el recuerdo de mí mismo inventando historias. Pero no en la imaginación, que esto lo hacen muchísimos niños, sino escribiéndolas en un papel. ¿Por qué me dio por ahí en vez de tener un amigo ficticio o llevar un osito de peluche (*stuffed bear*) y contarle a él las historias? Eso nunca lo he sabido. […] Además aprendí a leer y a escribir enseguida: a los dos días de estar en el colegio ya sabía, porque vi que era lo que necesitaba. A otros les da (*choose*) por pintar.

[…] como en mi familia había un culto a la literatura clásica española, leí a Cervantes desde muy niño. Empecé como todos los que se acercan al Quijote, pensando: "¡Qué horror! ¡Qué cosa más aburrida y momificada!". Luego aquello se convirtió en algo maravilloso. "El Quijote" es la mejor novela del mundo.

PREGUNTA: El caso es que su gusto por la lectura, corriendo los años, se convierte en la necesidad de escribir para que los demás lean…

EM: No recuerdo exactamente el momento, porque es muy anterior casi a mis recuerdos. Sí, me veo a mí mismo, muy pequeño, pero muy pequeño, recién aprendidas las primeras letras, haciendo ya un dibujo y poniendo una viñeta (*story or anecdote*), es decir, reproduciendo los cuentos. Y así siempre. Eso no es tan sorprendente. La mayoría de los niños que son aficionados a leer tebeos (*a type of comics*) o cómics, a poco que tengan mano para el dibujo y un poco de imaginación, lo hacen. Lo que pasa es que yo no me paré (*I didn't stop*). Así como dejé de hacer otros juegos, éste no. No lo paré nunca. Fui evolucionando. Y no sé en qué momento empecé a pensar que me gustaría que aquello se publicase, no sé en qué momento se me formó esta manera de vivir, pero sólo concibo la vida escribiendo. Se empieza de la manera más diversa, siempre sin forzar y siguiendo intereses no previos a la escritura, la historia, las circunstancias sociales… y luego hay un desencadenante (*unlinking*) que se produce cuando una historia que lleva tiempo fraguándose (*brewing*) coincide con una anécdota o una frase que me permite estructurarlo todo. Llevaba años estudiando la historia de Barcelona, y un día una anécdota trivial hizo que todo aquello me llevara a escribir *La ciudad de los prodigios*. La anécdota me da la clave (*clue*) de cómo tengo que hacerlo. Un poco fruto del azar (*chance*) por un lado y de la necesidad por otro. He ido variando (*changing*), al principio me parecía que el hecho mismo de contar una historia ya era suficiente y ahora, con los años, tengo una visión menos desacralizada (*demystified*) de la literatura.

Miguel de Cervantes Saavedra (1547–1616) is considered the creator of the modern novel. Mendoza when using "El Quijote" refers to Cervantes' masterpiece, whose complete title is *El ingenioso hidalgo Don Quijote de la Mancha* (1605, 1615).

Actividad 17.   ***Explicación.*** Ahora, trabaja con un(a) compañero(a) para hacer una lista de cinco de los infinitivos y los cinco gerundios que encontraron. Para cada forma, den una explicación de por qué se usa el infinitivo o el gerundio en cada caso.

Actividad 18. **Perífrasis.** En la entrevista Mendoza emplea varias perífrasis. A continuación aparecen varias de ellas. Trabaja con un(a) compañero(a) de clase y para cada ejemplo indiquen el valor que expresa, poniendo una cruz en la columna correspondiente.

	Principio de acción	Duración	Final de acción	Obligación	Acción futura
1. dejé de hacer					
2. Fui evolucionando					
3. empecé a pensar					
4. lleva tiempo fraguándose					
5. He ido variando					

Actividad 19. **¿Gerundio o infinitivo?** Completa el siguiente texto con la forma correcta del verbo.

Gurb antes de _____ (1. salir / saliendo) de la nave, decidió _____ (2. observar / observando) bien lo que ocurría a su alrededor. Mientras estaba _____ (3. mirar / mirando) por la ventana de la nave, pensó que la expedición por la tierra iba a _____ (4. ser / siendo) una aventura difícil. Después de _____ (5. pensarlo / pensándolo) bien, se preparó y salió _____ (6. caminar / caminando) despacio, para no _____ (7. ser / siendo) visto. Llevaba una hora _____ (8. pasear / paseando) por una calle llena de gente cuando se encontró con otro individuo que por su aspecto debía _____ (9. ser / siendo) también extraterrestre. Lo observó con atención y empezó a _____ (10. andar / andando) hacia él. Al _____ (11. llegar / llegando) al sitio en el que había visto al extraterrestre, extrañamente (*strangely*) éste desapareció.

Actividad 20. **La crónica de Gurb.** El texto que hemos leído en esta parte del capítulo es el diario del compañero de Gurb en el que nos narra sus experiencias en Barcelona mientras busca a Gurb. ¿Cuáles crees que están siendo las experiencias de Gurb ese día 10? Dale voz a Gurb y cuéntanos lo que él está experimentando. Usa el estilo del texto de Mendoza y emplea correctamente las formas del infinitivo y del gerundio tal y como las has estudiado en la sección de Estudio del lenguaje.

Actividad 21. **Noticias en la televisión.** Imagina que eres un(a) reportero(a) para la televisión local en Barcelona. Acaban de decirte que una nave espacial ha aterrizado en un lugar no lejos de la ciudad. Vas a investigar la noticia. Haz un reportaje para la televisión informando sobre el hecho y preséntalo en clase. Presta especial atención al uso de las formas de infinitivo y de gerundio.

EXPLORACIÓN DEL TEMA 2

Vocabulario esencial 2

Sustantivos

la agenda electrónica *electronic
  organizer, PDA*
el archivo (de imágenes) *archive*
el canal
la digitalización
el foro *forum*
el (la) navegante = el (la) internauta
  web surfer
el reto *challenge*
el servidor *server*
el sistema
la tarifa plana *flat fee*
la tecla *key (on a keyboard)*
el teléfono móvil *cell phone*
el usuario *user*
la vía *means, path*

Verbos

acceder *to access*
circular *to circulate*
digitalizar
echar en falta *to miss*
fomentar *to encourage*
informar(se)
navegar *to surf*
permitirse *to allow oneself*
pulsar *to click, to press (a button)*
relacionar(se)

Otras expresiones

mientras tanto *in the meantime*
respecto a *in regards to*

Actividad 22. **Definiciones.** En parejas, escriban una definición de las siguientes palabras o expresiones. Después digan sus definiciones para que el resto de la clase adivine de qué palabra o expresión se trata. Para escribir las definiciones, usen las siguientes expresiones:

Es una máquina/persona/animal/aparato/elemento que...

Sirve para/Se usa para...

Está hecho/compuesto de...

Es la acción de...

Es donde...

Es lo que...

1. agenda electrónica
2. archivo (de imágenes)
3. navegante

4. tarifa plana
5. teléfono móvil
6. acceder

Actividad 23. **Palabras relacionadas.** Trabaja con un(a) compañero(a) para completar la siguiente tabla con los derivados de los siguientes verbos.

Verbo	Nombre	Adjetivo/participio
Modelo: acceder	*el acceso*	*accedido(a)*
1. circular	_____	_____
2. digitalizar	_____	_____
3. fomentar	_____	_____
4. informar	_____	_____
5. navegar	_____	_____
6. permitir	_____	_____
7. pulsar	_____	_____
8. relacionar(se)	_____	_____

Actividad 24. **Vocabulario de Internet.** Identifica diez palabras en el Vocabulario esencial que se asocian con Internet. De las diez, escoge seis y trabaja con un(a) compañero(a) para escribir seis frases completas que describan sus propias prácticas en Internet.

¿Qué sabes?

Actividad 25. **Internet y tú.** Trabaja con un(a) compañero(a) y hazle las siguientes preguntas. Al terminar, tu compañero(a) va a hacerte las preguntas a ti.

1. ¿Cómo usas Internet? *Uso Internet para…*
2. ¿Cómo hacías las cosas que has mencionado arriba antes de tener Internet? *Antes de tener Internet…*
3. ¿Qué te gustaría poder hacer a través de Internet en el futuro? *En el futuro me gustaría usar Internet para…*
4. ¿Quién usa más Internet y para qué?

Actividad 26. **Internet y la diversidad lingüística.** ¿Cuál creen que es la lengua más representada en Internet? ¿Creen que es necesario esforzarse para que la presencia de otras lenguas sea más igualitaria? Proporcionen dos argumentos a favor y dos en contra. Presenten sus argumentos al resto de la clase. ¿Cuáles son los argumentos más fuertes a favor o en contra?

Lectura del texto: "El español e Internet"

Anticipación

Actividad 27. **Contexto histórico-geográfico.** Las doce citas a continuación se publicaron en el periódico catalán *La Vanguardia*. Trabaja con un(a) compañero(a). Un(a) estudiante lee las citas pares (*even-numbered*) y el otro (la otra) estudiante lee las citas impares (*odd-numbered*). Un(a) estudiante le explica al otro (a la otra) el significado de sus citas. Selecciona una cita con la que estés más de acuerdo y otra con la que estés más en desacuerdo. Compara tu selección con la de tu compañero(a) y explica tus razones.

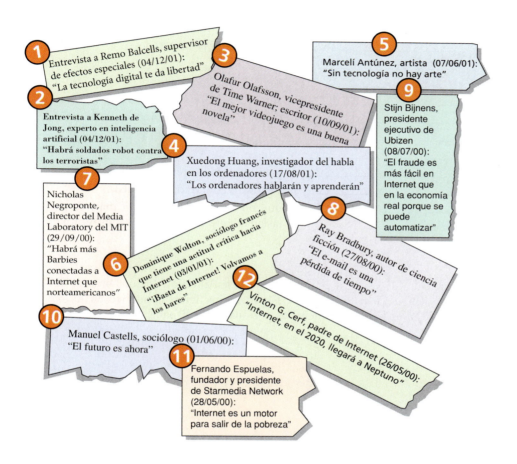

1 Entrevista a Remo Balcells, supervisor de efectos especiales (04/12/01): "La tecnología digital te da libertad"

2 Entrevista a Kenneth de Jong, experto en inteligencia artificial (04/12/01): "Habrá soldados robot contra los terroristas"

3 Olafur Olafsson, vicepresidente de Time Warner; escritor (10/09/01): "El mejor videojuego es una buena novela"

4 Xuedong Huang, investigador del habla en los ordenadores (17/08/01): "Los ordenadores hablarán y aprenderán"

5 Marcelí Antúnez, artista (07/06/01): "Sin tecnología no hay arte"

6 Dominique Wolton, sociólogo francés que tiene una actitud crítica hacia Internet (03/01/01): "¡Basta de Internet! Volvamos a los bares"

7 Nicholas Negroponte, director del Media Laboratory del MIT (29/09/00): "Habrá más Barbies conectadas a Internet que norteamericanos"

8 Ray Bradbury, autor de ciencia ficción (27/08/00): "El e-mail es una pérdida de tiempo"

9 Stijn Bijnens, presidente ejecutivo de Ubizen (08/07/00): "El fraude es más fácil en Internet que en la economía real porque se puede automatizar"

10 Manuel Castells, sociólogo (01/06/00): "El futuro es ahora"

11 Fernando Espuelas, fundador y presidente de Starmedia Network (28/05/00): "Internet es un motor para salir de la pobreza"

12 Vinton G. Cerf, padre de Internet (26/05/00): "Internet, en el 2020, llegará a Neptuno"

Actividad 28. *Un vistazo al texto.* Sin leer el artículo, haz lo siguiente.

1. Analiza el título "El español e Internet". Teniendo en cuenta el tema de este capítulo (el futuro, Internet), ¿de qué crees que puede tratar el artículo? Escribe tres hipótesis.

2. Lee la frase que aparece separada al inicio: *El español, una lengua diversa.* ¿Qué quiere decir esta frase? ¿Qué crees que puede significar dentro del contexto de Internet?

Actividad 29. *Estudio de palabras.* En el texto del artículo, hay once palabras o expresiones que aparecen en cursiva (*italics*). Están en cursiva porque son palabras extranjeras o porque son palabras que el autor quiere enfatizar. Trabaja con un(a) compañero(a) para hacer lo siguiente.

1. Primero, ojeen la lectura y hagan una lista completa de estas palabras o expresiones.
2. Segundo, agrúpenlas en una de estas dos categorías: *Palabras extranjeras* o *Palabras enfatizadas*.
3. Por último, para cada palabra en cursiva elijan lo que crean que es la definición adecuada.

_____ a. expresión que viene del latín que se refiere a un idioma compartido

_____ b. palabra inglesa para redes

_____ c. número

_____ d. sin detallar o especificar

_____ e. sitio virtual donde se charla

_____ f. pueden, en teoría, utilizar la tecnología

_____ g. los que sí pueden utilizar la tecnología

_____ h. competir

_____ i. gran cantidad o poca cantidad

_____ j. del latín: concreto, específico

_____ k. que no significa nada por sí mismo, que aisladamente no es un dato significativo

Texto

Lee el artículo "El español e Internet" de José Antonio Millán, Director del Proyecto Centro Virtual Cervantes, España. El artículo se publicó en *El País* (13 octubre 2001), uno de los principales periódicos de España.

El español e Internet

El español, una lengua diversa

crossroads
appear; quickly

Cuando nos encontramos en el cruce° entre una lengua y una red de comunicación surgen° enseguida° cosas muy curiosas... algo lógico, teniendo en cuenta que estamos ante dos entes francamente extraños. Empecemos por la lengua:

without noticing

todos nos encontramos sabiendo al menos una, la usamos sin darnos cuenta° (pero intente usted aprender una nueva...), y no la echamos en falta hasta que no nos vemos fuera de ella...

Respecto a Internet, las cosas tampoco están muy claras... No es exactamente un medio de comunicación (pues contiene en sí muchos medios: periódicos, revistas, y cosas nuevas como foros°, *chats*...). ¿Sería más bien un canal, como el correo o el teléfono? Parece que no, porque no aparecen noticias en los periódicos que digan: "Los terroristas se comunicaban por carta".

forum

¿Y la unión de la lengua y la Red? Internet utiliza la lengua de manera central. Sí: por ella circulan centenares° de miles de piezas musicales en MP3 e

hundreds

innumerables archivos de imágenes, de todos los tipos. Pero su contenido lingüístico, básicamente en forma de textos, es muy grande. Eso significa, ni más ni menos, que en la Red coexisten sin mezclarse conjuntos° heterogéneos en distintas lenguas. Es lo que ocurre también en el mercado global del libro, el de la prensa o el de la radiotelevisión, pero mientras que en estos casos (y *grosso modo*) cada público está expuesto al subconjunto° que está en su propia lengua, en la World Wide Web todos están accesibles para todos.

    ¿Estaríamos hablando, pues, de una auténtica *competencia* entre materiales multilingües por acceder al público? Claramente, no. Como ocurre en la vida real (de la que la Red es sólo un trasunto°), existen muchísimas personas que sólo manejan° a la perfección su lengua materna, hay muchas menos con un dominio pasivo de la lengua mayoritaria (o sea, el inglés), y sólo un puñado° con buen dominio de varios idiomas. Son las élites técnicas, científicas, económicas... las que acceden a páginas *web* en ciertas lenguas. Pero la mayoría de las personas sólo tienen contacto con materiales en su lengua.

    ¿Significará algo, entonces, en cuanto a la Red, la comunidad de hablantes de español que se extiende entre América y España? Tal vez menos de lo que se piensa. Si algo nos está enseñando la acumulación de experiencias de la Red es que *poder acceder* no es igual a *acceder de hecho*°. Los españoles usan *webs* y servicios españoles para relacionarse, informarse o divertirse, igual que los mexicanos visitan sobre todo sitios de México, etcétera. ¡Ah!, y todos los hispanohablantes que se lo pueden permitir visitan sitios norteamericanos, igual que hacen los franceses o los japoneses. ¿Por qué? Porque en Estados Unidos hay mucha más variedad de sitios, de instituciones o de particulares (empezaron antes, y cuentan con° cosas que fomentan la creación, como la verdadera tarifa plana, ¿recuerdan?); porque son portadores° de las novedades científico-técnicas que se gestan° en su sociedad, y porque usan una *lingua franca* que muchos entienden.

    Por estas razones, el inglés es dominante en la Red, y va a seguir siéndolo, pero, en comparación con él, ¿hay *poco* o *mucho* español en Internet? ¿Y francés o alemán? Lo primero que hay que advertir es que es extremadamente difícil ver qué *cantidad* de materiales en una cierta lengua hay en la Red.

    Pero a continuación tenemos derecho a pensar que el criterio cuantitativo no sirve de gran cosa: ni el número de páginas ni el de servidores ni el de usuarios de la Red que pertenecen a una lengua indica *de por sí*° nada. Hace pocos meses se divulgaba°, por ejemplo, que los navegantes españoles destacan° por el número de sus visitas a sitios pornográficos... Parece una obviedad, pero conviene recalcarlo°: no es cuántos materiales, o visitas, ordenadores u horas de acceso haya en el interior de una lengua, sino para qué sirven, qué función cumplen. Y saberlo requiere un buen conjunto de estudios e investigaciones que apenas° si se han iniciado.

    Reparemos°, por ejemplo, en que para tener un panorama completo también se debería estudiar la influencia de la cultura hispanohablante en sitios de otras lenguas. El número de alusiones a nuestros artistas, científicos o escritores dentro de la Red no-española podría ser una buena medida de su peso°. Curiosamente, los procedimientos para evaluar esta influencia vienen, desde hace años, de una pequeña ONG° dominicana, Funredes. Sí: nuestra rica y

sets

subset

representation
handle
handful

to actually access

rely on
carriers
are developed

by itself
was divulged; stand out
point out

hardly
Let's note

weight (importance)
non-governmental organization

hasn't provided itself

extensa lengua aún no se ha dotado° de los instrumentos que harían posible saber mejor qué pasa con ella en Internet.

cultural heritage

Mientras tanto, sabemos algunas cosas: es fundamental crear sitios de calidad en español. Una de las vías es la digitalización de nuestro patrimonio cultural°. Pero paralelamente hace falta educar a los usuarios potenciales (estudiantes, profesores, amantes de nuestra cultura...). Y los usuarios se educan sobre todo en contacto con la Red, y mediante° esfuerzos de creatividad en la presentación y el uso de esos materiales. Podemos tener digitalizadas nuestra mejor literatura y arte, pero un público mal servido por operadores poco escrupulosos tendrá un acceso deficiente a ella, y unos usuarios poco formados podrán sacarle poco provecho°.

by means of

take little benefit from it

challenge

El mayor reto° del español

¿Cuál es el reto más inmediato que nos encontramos con el español y la Red? El futuro de Internet depende de un conjunto de sistemas automáticos: de traducción —para ir salvando la barrera entre lenguas—, de acceso al sentido de los textos —para perfeccionar las búsquedas y el acceso a la información— y de uso de la lengua natural —para volver a la mejor interfaz posible: la palabra. Estos sistemas serán cada vez más necesarios, a medida que aumente la variedad y la miniaturización de los dispositivos de acceso° (en un teléfono móvil o en una agenda electrónica, ¿qué es más fácil, pulsar un conjunto de teclas, o decir lo que uno quiere encontrar?).

ways of accessing

position

Pero crear estos sistemas que entiendan el español, que lo traduzcan, o que reconozcan las palabras que un hablante pronuncia en voz alta es una tarea compleja y cara. Que el español tenga un puesto° en una World Wide Web futura, abierta, translingüística y eficaz depende de que existan las tecnologías de la lengua que la hagan posible. Y esas tecnologías serán o bien un conjunto abierto, perfeccionable por distintos agentes sociales de España o del mundo hispanohablante, o bien constituirán un servicio que nos venda —y caro— un pequeño grupo de grandes empresas.

strength
toll; corset

Creo que la pujanza° y la riqueza cultural del español pueden encontrarse con un peaje° *de facto* y un corsé° para su desarrollo en Internet. Si no cambian las políticas que España mantiene en investigación y difusión de las tecnologías lingüísticas del español, acabaremos pagando por usar nuestra lengua en las redes...

Comprensión

Actividad 30.   ***Detalles de la lectura.*** Después de leer el texto, contesta las siguientes preguntas.

1. En el primer párrafo, ¿qué dos aspectos relaciona el autor?
2. ¿Por qué dice que Internet no es exactamente un medio de comunicación?
3. Según el tercer párrafo, ¿cuáles son tres ejemplos de lo que se encuentra en la web?
4. ¿Qué lengua domina en Internet? ¿Por qué?
5. Según el autor, ¿qué es necesario crear? ¿Qué se debe digitalizar?

Actividad 31.   *Explicaciones.* Vuelve a leer el texto. Luego, trabajando con un(a) compañero(a) contesten las siguientes preguntas.

1. ¿Cuál es el reto para el español en la Red? Hagan una lista de cinco posibles soluciones para darle al español un lugar más prominente. Después, comparen sus soluciones con el resto de la clase.
2. El texto concluye con la siguiente idea: "Creo que la pujanza y la riqueza cultural del español puede encontrarse con un peaje de facto y con un corsé para su desarrollo en Internet". Expliquen el significado de esta idea.

Conversación

Actividad 32.   *Respuestas.* El autor de este artículo se plantea varias preguntas. En parejas, escojan dos de esas preguntas y anoten sus respuestas. ¿Están de acuerdo con él?

1. Si están de acuerdo, proporcionen un caso de evidencia adicional.
2. Si están en desacuerdo, rebatan las respuestas del autor con sus propios argumentos.

Usen los siguientes modelos para hablar de sus opiniones: **Mi compañero y yo (no) estamos de acuerdo con el autor del artículo porque, primero, ... Segundo, ... Finalmente, ...**

Pregunta 1:	Respuesta del autor:
Mi reacción:	
Pregunta 2:	Respuesta del autor:
Mi reacción:	

Actividad 33.   *Sitios en español.* En el artículo, el autor dice que "es fundamental crear sitios de calidad en español". Trabajen en grupos de tres para hacer lo siguiente.

1. ¿Qué significa para ustedes el término "sitio de calidad"? ¿Qué tipo de sitios que ustedes usan son ejemplos de "sitios de calidad"?
2. Propongan un ejemplo de un sitio de calidad en español.
3. Compartan su sitio con el resto de la clase y decidan entre todos cuál de los sitios presentados es el de mayor calidad y por qué.

Actividad 34.   *Diversidad.* Al principio del artículo aparece el adjetivo **diversa** aplicado a la lengua española: "El español, una lengua diversa". Contesta las siguientes preguntas individualmente. Luego, en grupos pequeños, compartan sus opiniones.

1. ¿Con qué otros conceptos asocias el adjetivo **diverso** y el nombre **diversidad?**
2. Relaciona los conceptos de los distintos tipos de diversidad con el de diversidad lingüística. ¿Se parecen o son diferentes?

<h1 style="text-align:center">Estudio del lenguaje 2: Usos de *se*</h1>

Repaso

As you have learned, **se** is a pronoun that performs a variety of functions.

- **Se** is a third-person singular and plural reflexive pronoun, used with reflexive verbs (see Chapter 4).

A veces **se pone** los auriculares para escuchar música en el ordenador. "Los españoles usan webs para **divertirse**".	Sometimes he puts on headphones to listen to music on the computer. Spaniards use websites to enjoy themselves.

- **Se** is the third-person plural reciprocal pronoun used to express an action that people do with or to each other.

"Los terroristas **se comunicaban** por carta". "Los españoles usan webs para **relacionarse**".	The terrorists communicated with each other through letters. Spaniards use websites to relate to one another.

- **Se** is also the form that the third-person indirect object pronouns **le** and **les** take when they are followed by a third-person direct object pronoun (see Chapter 5).

  Le leyó el mensaje a su madre. → **Se** lo leyó.

Usos de *se*

In addition to the uses presented in the **Repaso** section, the pronoun **se** is also used to express other meanings.

1. **Unplanned actions.** There is a structure in Spanish with which speakers express unplanned actions or events. In this construction the person to whom the action happens is seen as a "victim," with no responsibility in the "accident."

Se me rompió la impresora y no pude entregar el trabajo a tiempo.	*The printer broke (on me) and I could not turn in the paper on time.*
Se le olvidó guardar el documento y **se le perdió** toda la información.	*She forgot to save the document and she lost all the information.*

   The "victim" appears in the sentence not as the subject, but as the indirect object of the unplanned event, indicated by an indirect object pronoun. Notice that depending on whether the subject is singular or plural the verb is conjugated in either the third-person singular or the third-person plural. If the grammatical subject is an infinitive (or a series of infinitives) the singular form is used.

Structure:	Se	indirect object pronoun (*the person/s to whom the action happens*)	third-person verb (*singular or plural*)	subject (*singular or plural*)
Singular subject	**Se**	me / te / le / nos / os / les	olvidó	la clave para entrar en el programa.
				enviarle el mensaje a Juan.
Plural subject	**Se**	me / te / le / nos / os / les	olvidaron	los documentos en casa.

- Also, the person or people to whom the action happens, expressed by the indirect object pronoun, can be clarified or emphasized by adding a + *noun or pronoun*. Remember that this "redundancy" occurs frequently with indirect object pronouns in Spanish, as you learned in Chapter 5.

A Juan se **le** borró el mensaje.	*Juan's message got erased.*
A los internautas se **les** ocurrió una idea magnífica.	*The web surfers had a great idea.*

- Although, theoretically, many verb tenses can be used with this construction, it usually occurs in the preterite or another past tense to report an unplanned event that has already taken place.

¡**Se me acabó** el papel!	*I just ran out of paper!*
Es una lástima que **se te haya acabado** el papel.	*It's too bad you ran out of paper.*

- The following verbs are normally used in this construction.

acabar *to finish, to run out of something*	**estropear** *to break down*	**perder** *to lose*
borrar *to erase*	**ocurrir** *to occur (to have an idea)*	**quedar** *to leave behind*
caer *to fall; to drop*	**olvidar** *to forget*	**quemar** *to burn*
		romper *to break*

2. **Impersonal *se*.** **Se** followed by a verb in the third-person singular can be used to express an action not attributed to a specific subject. This structure is the equivalent of impersonal actions expressed in English by *people, one, you, they*.

"¿Significará algo…? Tal vez menos de lo que **se piensa**".	*Would this mean something…? Possibly less than what people think.*
"… **se debería** estudiar la influencia de la cultura hispanohablante".	*… one should study the influence of Hispanic culture.*

3. **Passive *se*.** Similarly, the pronoun **se** followed by a verb in either the third-person singular or plural form is used in Spanish instead of the passive voice to indicate an action without naming the person (or agent) who is doing it.

Se requieren tanto buenos instrumentos como usuarios educados.	*Both appropriate tools and educated users are required.*
Cada vez **se publica** más información en la Red.	*More and more information is published on the Web.*

It is important to notice that with the passive **se**, when the action expressed by the verb refers to a specific person or persons, the verb is used only in the singular form and a personal **a** is necessary. (See Chapter 2.)

Se exige a los estudiantes que usen el correo electrónico.

Students are required to use e-mail.

Cada semestre **se invita** a un profesor a dar una charla sobre Internet.

Each semester a professor is invited to give a talk about the Internet.

Aplicación

Actividad 35. *¿Qué les pasó?* Indica lo que les pasó a cada una de las personas que aparecen en los dibujos utilizando los verbos sugeridos.

1. **a mí / acabar el papel**
2. **a Marina / caer el café**
3. **a Fernando / olvidar la clave**
4. **a nosotros / ocurrir una idea brillante**
5. **a los estudiantes / estropear la computadora**

Actividad 36. *Pequeños desastres.* Ayer pasaron varias cosas. Completa las frases siguientes con los pronombres necesarios y los verbos en la forma adecuada.

1. A mi hermano pequeño _____ (caer) todos los papeles al suelo.
2. A mi madre y a mí _____ (perder) las llaves.
3. A mis compañeros de clase _____ (estropear) las computadoras.
4. A mí _____ (olvidar) la clave de entrada para mi correo electrónico.
5. A mis profesores _____ (acabar) la paciencia.

Actividad 37.   ***En realidad.*** Ahora, usando los verbos que aparecen a continuación trabaja con un(a) compañero(a) para escribir cuatro frases que reflejen realmente lo que les pasó ayer a ustedes y a algunos de sus amigos.

acabar	ocurrir	quedar
caer	olvidar	quemar
estropear	perder	romper

Actividad 38.   **Se *impersonal*.** ¿Qué cosas hace la gente con una computadora conectada a Internet? Utiliza el **se** impersonal para construir frases completas usando la información que aparece a continuación.

Modelo: navegar por la web
Se navega por la web.

1. enviar correo electrónico
2. consultar información
3. leer periódicos de varios países o ciudades
4. escribir y borrar mensajes
5. tener acceso a sitios interesantes

Ahora, añade cuatro cosas más que hace la gente con una computadora conectada a Internet.

Actividad 39.   **¿Sabes las respuestas?** Trabaja en parejas para contestar las siguientes preguntas, teniendo en cuenta la información que han aprendido en este capítulo.

1. ¿Cuándo se inventó la radio?
2. ¿En qué década del siglo XX se creó la web?
3. ¿Es verdad que en 1983 se formó el primer sistema comercial de teléfonos celulares?
4. ¿Dónde se publicó el artículo de José Antonio Millán que hemos leído en esta parte del capítulo?
5. ¿Dónde se almacena (*store*) la información en una computadora?
6. ¿Qué se debe hacer para promover el uso del español en Internet?

Proyecto final: La diversidad en mi comunidad

Recapitulación: En este capítulo, hemos hablado de las conquistas del futuro, considerado la posibilidad de vida en otros planetas y estudiado la diversidad del ciberespacio. Con este capítulo se cierra la Unidad II, que ha tratado de la conquista y la colonización tanto desde el punto de vista del pasado (el imperio inca) como de la actualidad (los mineros de Bolivia han sido "colonizados" por otras empresas) y del futuro (el ciberespacio y la presencia del inglés y otras lenguas). En esta unidad también hemos visto cómo la cultura hispana actual incluye una gran diversidad de culturas con sus respectivas lenguas, tradiciones, héroes y aspiraciones. Como proyecto final, tu grupo va a explorar el tema de la diversidad en tu comunidad.

Paso 1: Repasen las secciones marcadas con 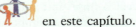 en este capítulo.

Paso 2: Piensen en un aspecto de su comunidad que quieran explorar para investigar su nivel de diversidad. Algunas posibilidades son:

su clase   su casa social
su universidad   los trabajadores de la universidad
su ciudad   la administración de su universidad
su equipo de deportes   los profesores de español

Paso 3: Cuando hayan escogido el aspecto específico, nombren los factores que intervienen en el concepto de diversidad. Anoten al menos cinco factores. Para cada factor, escriban varios ejemplos de diversidad. Organicen su información en un mapa conceptual con cajas y flechas.

Paso 4: Después de identificar los factores, escriban ocho frases que describan la diversidad en ese aspecto. Si es necesario, utilicen frases impersonales.

Paso 5: Teniendo en cuenta lo que han escrito en el paso anterior, ¿cuál creen que es el grado de diversidad en el aspecto que están estudiando? Márquenlo en la siguiente escala. Luego den tres tipos de evidencia a favor de su puntuación.

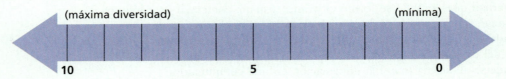

(máxima diversidad)   (mínima)

10   5   0

Paso 6: Finalmente, propongan cinco ideas para aumentar la diversidad en el aspecto que han estudiado. Utilicen frases impersonales si es necesario. Por ejemplo, pueden hacer recomendaciones usando las siguientes expresiones.

Se debe / debería...
Se puede / podría...
Se tiene que / tendría que...

Paso 7: Hagan una presentación oral de su estudio a la clase o preparen un informe escrito. Pueden seguir la siguiente estructura.

- descripción de la comunidad
- factores que afectan la diversidad de la comunidad
- descripción del grado de diversidad de la comunidad
- recomendaciones para mejorar

Vocabulario del capítulo

Preparación

el astro *star*
la astronave = la nave espacial *spaceship*
el entorno *environment*
el (la) extraterrestre *alien, extraterrestrial*
la gravedad *gravity*
la Red *the Web, Internet*
semántico(a) *semantic, related to meaning*

Vocabulario esencial
Sin noticias de Gurb

Sustantivos
el aterrizaje *landing*
la ciencia ficción *science fiction*
la computadora *computer*
la contraseña *password*
el correo electrónico *e-mail*
el enlace *link*
el ente *being*
la escala *ladder; scale*
la escotilla *hatchway*
la estrella *star*
la forma acorpórea *bodyless form*
la nave espacial *spaceship*
el ordenador (*Spain*) *computer*
el planeta *planet*
la propulsión *propulsion*
el satélite *satellite*
el transbordador espacial *space shuttle*
el universo *universe*
la velocidad *speed*

Verbos
adoptar *to adopt*
aterrizar *to land*
cumplir órdenes *to follow orders*
disponer *to order*

disponer de *to have*
llamar la atención *to call attention*
naturalizar *to naturalize, to become a native*
ocultar *to hide*
tomar contacto con *to establish contact with*

Vocabulario esencial
El español e Internet

Sustantivos
la agenda electrónica *electronic organizer, PDA*
el archivo (de imágenes) *archive*
el canal *channel*
la digitalización *digitalization*
el foro *forum*
el (la) internauta *web surfer*
el (la) navegante *web surfer*
el reto *challenge*
el servidor *server*
el sistema *system*
la tarifa plana *flat fee*
la tecla *key (on a keyboard)*
el teléfono móvil *cell phone*
el usuario *user*
la vía *means, path*

Verbos
acceder *to access*
circular *to circulate*
digitalizar *to digitize*
echar en falta *to miss*
fomentar *to encourage*
informar(se) *to inform (oneself)*
navegar *to surf*
permitirse *to allow oneself*
pulsar *to click, to press (a button)*
relacionar(se) *to relate, to have relations with*

Otras expresiones

mientras tanto *in the meantime*
respecto a *in regards to*

Estudio del lenguaje

Perífrasis de infinitivo

acabar de (+ *infinitivo*) *to have just (done something)*

acabar por (+ *infinitivo*) *to end up (doing something)*

deber (+ *infinitivo*) *should, ought to (do something)*

dejar de (+ *infinitivo*) *to stop, to quit (doing something)*

empezar a (+ *infinitivo*) *to begin to (do something)*

haber que (+ *infinitivo*) *it's necessary to, one must (do something)*

ir a (+ *infinitivo*) *to be going to (do something)*

soler (+ *infinitivo*) *to be in the habit of, to usually (do something)*

tener que (+ *infinitivo*) *to have to (do something)*

terminar de (+ *infinitivo*) *to finish (doing something)*

terminar por (+ *infinitivo*) *to wind up (doing something)*

volver a (+ *infinitivo*) *to (do something) again*

Perífrasis de gerundio

andar (+ *gerundio*) *to go around (doing something)*

continuar (+ *gerundio*) *to continue (doing something)*

ir (+ *gerundio*) *to go around (doing something)*

llevar + *time* (+ *gerundio*) *to spend time (doing something)*

seguir (+ *gerundio*) *to continue (doing something)*

Acciones inesperadas con *se*

acabar *to finish, to run out of something*
borrar *to erase*
caer *to fall; to drop*
estropear *to break down*
ocurrir *to occur (to have an idea)*
olvidar *to forget*
perder *to lose*
quedar *to leave behind*
quemar *to burn*
romper *to break*

Unidad 3

Independencia y revolución

Los comisarios, Héctor Poleo

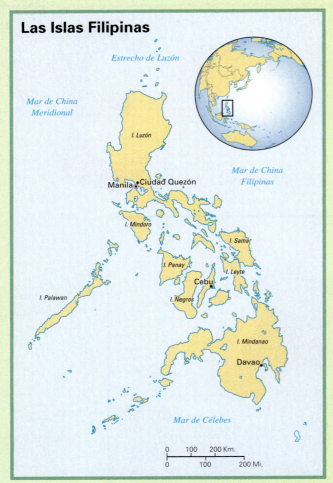

Las Islas Filipinas

Estrecho de Luzón

Mar de China Meridional

I. Luzón

Manila • Ciudad Quezón

Mar de China Filipinas

I. Mindoro

I. Samar

I. Panay

I. Leyte

Cebu

I. Palawan

I. Negros

I. Mindanao

Davao

Mar de Célebes

0   100   200 Km.
0   100   200 Mi.

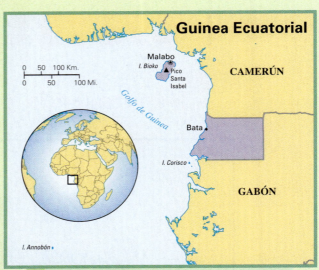

Guinea Ecuatorial

Malabo
I. Bioko
Pico Santa Isabel

CAMERÚN

0   50   100 Km.
0   50   100 Mi.

Golfo de Guinea

Bata

I. Corisco

GABÓN

I. Annobón

Filipinas y Guinea Ecuatorial

C R O N O L O G Í A

1472
Fernando Po, navegante portugués, llega a la isla Bioko (Guinea Ecuatorial) en la costa del continente africano.

Nave de Magallanes

1521
Fernando de Magallanes desembarca en las Filipinas.

1778
Portugal cede Bioko a España.

1898
Guerra entre Estados Unidos y España: Tras la derrota de España, las colonias españolas de Cuba, Puerto Rico y Filipinas quedan bajo el control de EEUU.

1500   **1600**   **1700**   **1800**   **1900**

1565
España reclama Filipinas y comienza el establecimiento de la colonia española allí.

Malabo
Pico Santa Isabel
I. Bioko
Golfo de Guinea
0   25   50 Km.
0   25   50 Mi.

1844
Los españoles se asientan en la provincia del río Muni (parte continental de lo que será Guinea Ecuatorial).

Capítulo 7

Las colonias no americanas: Filipinas y Guinea Ecuatorial

OBJETIVOS DEL CAPÍTULO

En este capítulo vas a:

→ Explorar algunos aspectos de la cultura filipina y de la ecuatoguineana.

→ Repasar y ampliar conocimientos sobre el modo subjuntivo.

→ Leer y analizar tres textos: el poema "Mi último adiós" de José Rizal, escritor filipino del movimiento nacionalista del siglo XIX, y dos poemas de los escritores ecuatoguineanos Anacleto Oló Imbuí y Francisco Zamora Loboch.

→ **Proyecto final:** Mi despedida (ver página 208)

1904
La isla de Bioko y la provincia del río Muni se convierten en territorios del Golfo de Guinea (más tarde Guinea Ecuatorial).

1959
Guinea Ecuatorial es declarada colonia oficial de España.

1968
Guinea Ecuatorial se independiza; Francisco Macías Nguema se establece como presidente y dictador.

2003
Tanto el régimen de Nguema como el gobierno español buscan maneras de mejorar relaciones y empezar a democratizar Guinea Ecuatorial.

1940   **1960**   **1980**   **2000**

1935
Filipinas pasa a ser territorio oficial de los EEUU.

1946
Filipinas se independiza.

Manila, Filipinas

1989
Obiang Nguema es elegido presidente de Guinea Ecuatorial.

Preparación

Vocabulario

Antes de escuchar la presentación, lee estas palabras para comprender el texto.

el descubrimiento *discovery*

ecuatoguineano(a) *Equatoguinean, from Equatorial Guinea*

insular (*adj.*) *island, islander*

patente *palpable*

el trasfondo *background*

Actividad 1. **Anticipación.** ¿Qué sabes sobre Filipinas y Guinea Ecuatorial? Haz las siguientes actividades.

1. En los mapas en la página 182, localiza Guinea Ecuatorial y Filipinas.
2. De las siguientes lenguas, ¿sabes cuáles se hablan en Filipinas y cuáles en Guinea? Si no lo sabes, intenta adivinarlo. Indica con una F o una G al lado de cada lengua el país donde crees que se habla.

   _____ a. tagalo _____ c. fang _____ e. francés

   _____ b. español _____ d. bubi _____ f. inglés

3. De los siguientes acontecimientos históricos, ¿cuáles asocias con Filipinas (F) y cuáles con Guinea (G)?

   _____ a. En 2003, este país produjo más de 120.000 barriles de petróleo.

   _____ b. Ferdinand Marcos fue elegido presidente en 1965.

   _____ c. Estados Unidos ocupó el país durante la segunda guerra mundial.

   _____ d. Un grupo musulmán en el sur de este país quiere la autonomía.

> The expression **literatura de separación** refers to the type of literature that is produced in reaction to the psychological impact caused by being forced to leave one's country.

Presentación

Ahora escucha la información introductoria para este capítulo que trata sobre los antiguos territorios españoles en África y el Pacífico.

Comprensión

Actividad 2. **¿Verdadero o falso?** Indica si las siguientes afirmaciones son verdaderas (V) o falsas (F).

1. Los filipinos y los ecuatoguineanos se independizaron en la misma época.
2. Los españoles no impusieron ni su lengua ni la religión católica en Filipinas.
3. Guinea Ecuatorial perteneció a Portugal antes que a España.
4. Después de la guerra entre España y EEUU, Filipinas pasó a ser territorio de EEUU.

EXPLORACIÓN DEL TEMA 1

Vocabulario esencial 1

Sustantivos
la amargura *bitterness*
la aurora = el alba (*f.*) *dawn*
el ceño *frown*
la fe *faith*
el hogar *hearth, home*
el murmullo *whisper*
la patria *fatherland, homeland*
el (la) patriota
el patriotismo
la paz *peace*
el (la) preso(a) *prisoner*
el sepulcro *burial place*
el sueño *dream*
la ternura *tenderness*
el tormento *torment, torture*
la tortura
la tumba
la yerba *grass*

Verbos
adorar *to adore, worship*
condenar *to sentence*
envolver *to wrap around, to surround*
liberar
perder
rechazar *to reject*

Adjetivos
humilde *humble*
idolatrado(a) *worshipped*
mojado(a) *wet*
seco(a) *dry*
terso(a) *smooth*

Otras expresiones
apenas *only, just*
sin pesar *gladly*
tras *after*

> **El alba** is a feminine noun although it requires a masculine article in the singular form. The same rule applies to other nouns such as **agua, águila, hacha,** etc., that begin with a stressed **a** or **ha.**

Actividad 3. **Sinónimos.** Piensa en un sinónimo para cada una de las siguientes palabras de la lista.

1. tras
2. idolatrado
3. patria
4. tormento
5. preso
6. terso

Actividad 4. **Antónimos.** Piensa en un antónimo para las siguientes palabras. Después escribe seis frases completas con estas palabras del vocabulario.

1. alba
2. humilde
3. terso
4. murmullo
5. sueño
6. seco

Actividad 5. **Definiciones.** Une las palabras de la columna A con las definiciones de la columna B.

A	B
1. la fe	a. el lugar donde vivimos normalmente con nuestras familias
2. el hogar	b. el lugar donde se entierra a la gente cuando se muere
3. la patria	c. el país de donde somos
4. el alba	d. la persona que no tiene riquezas
5. la tumba	e. la parte del día cuando sale el sol
6. adorar	f. la creencia en algo o alguien
	g. poner a alguien o algo por encima de los demás

¿Qué sabes?

Actividad 6.   *El patriotismo.* Trabajen en grupos de tres para hacer lo siguiente.

1. ¿Qué significa ser patriota? Elaboren entre los tres una definición. Comparen su definición de este concepto con la de sus compañeros. ¿En qué se parecen? ¿En qué son diferentes?
2. Completen la siguiente tabla y comparen sus respuestas con las de sus compañeros.

Nombres de patriotas conocidos	Acciones realizadas	Ideas defendidas

Actividad 7.   *José Rizal.* Busca información sobre **José Rizal** y completa la siguiente tabla. En clase, presenta los resultados de tu investigación.

1. Fecha y lugar de nacimiento
2. Relación con la Liga Filipina
3. Relación con el grupo revolucionario Katipunan
4. ¿Cómo murió?

Lectura del texto: "Mi último adiós"

Anticipación

Actividad 8.   *Contexto histórico-geográfico.* En este capítulo vas a leer un poema del autor filipino José Rizal. Antes de hacerlo, familiarízate con su figura por medio de los siguientes datos.

El doctor José Rizal (1861–1896) nació en Filipinas. Fue médico y hombre de letras y tanto su vida como su obra inspiraron el movimiento nacionalista filipino. Por sus actividades reformistas fue condenado a muerte. Escribió el poema "Mi último adiós" desde la cárcel mientras esperaba su ejecución en la Fortaleza de Santiago, Manila. El poema se considera una obra maestra en verso del siglo XIX. Se ha traducido al tagalo y al inglés —las dos lenguas oficiales de Filipinas en la actualidad.

Durante la segunda mitad del siglo XIX, época en la que vivió Rizal, tuvieron lugar una serie de hechos históricos que afectaron la situación de las últimas colonias españolas. Cuba, Puerto Rico y Filipinas obtuvieron la independencia de España en 1898 y pasaron a formar parte del dominio norteamericano.

Lee los datos a continuación y después trabaja con un(a) compañero(a) para completar las frases que aparecen abajo.

1895	José Martí, poeta cubano, inicia la insurrección por la independencia de Cuba.
1896	Guerra en Filipinas contra la dominación española; fusilamiento de José Rizal en Manila.
1897	Autonomía de Cuba rechazada por España.
1898	Hundimiento del *Maine* en La Habana; guerra con los EEUU; desastre naval en Santiago de Cuba; Tratado de París; finaliza la guerra hispanoamericana = pérdida española de Cuba, Puerto Rico y Filipinas.

1. El cubano José Martí quería…
2. El filipino José Rizal fue fusilado por…
3. España rechazó la autonomía de…
4. El Maine se hundió en…
5. España tuvo dos desastres navales en…
6. El Tratado de París resultó en…

Actividad 9. ***Un vistazo al texto.*** Lee la primera estrofa de "Mi último adiós". Luego trabaja con otro(a) estudiante para contestar estas preguntas.

1. ¿De qué cuatro maneras se refiere el autor a las Filipinas sin mencionarlas directamente?
2. ¿Qué imagen de Filipinas presentan estas metáforas?

Actividad 10. ***Estudio de palabras.*** En parejas, hagan lo siguiente.

1. Lean el texto buscando palabras relacionadas con los temas de la tabla.
2. Completen la tabla escribiendo dos o tres palabras del poema para cada tema.
3. Comparen sus listas con las de sus compañeros. ¿Han seleccionado las mismas palabras?

Opresión	Muerte	Amor, ternura	Patriotismo

Texto

Ahora lee el poema.

Mi último adiós

José Rizal

Campos y el monte Arayat, Filipinas

Adiós, Patria adorada, región del sol querida,
Perla del Mar de Oriente, nuestro perdido edén,
withered   A darte voy, alegre, la triste, mustia° vida;
Y fuera más brillante, más fresca, más florida,
También por ti la diera, la diera por tu bien.

delirium   En campos de batalla, luchando con delirio°,
Otros te dan sus vidas, sin dudas, sin pesar.
iris   El sitio nada importa: ciprés, laurel o lirio°,
Scaffold   Cadalso° o campo abierto, combate o cruel martirio.
Lo mismo es si lo piden la Patria y el hogar.
Yo muero, cuando veo que el cielo se colora
gloomy hood   Y el fin anuncia el día, tras lóbrego capuz°;
maroon (color); dye   Si grana° necesitas, para teñir° tu aurora,
Pour out; spill it   ¡Vierte° la sangre mía, derrámala° en buen hora,
Turn it golden   Y dórela° un reflejo de su naciente luz!

Mis sueños, cuando apenas muchacho adolescente,
Mis sueños cuando joven, ya lleno de vigor,
Fueron el verte un día, joya del Mar de Oriente,
Secos los negros ojos, alta la tersa frente,
wrinkles; redness   Sin ceño, sin arrugas°, sin manchas de rubor°.

Dream; longing   Ensueño° de mi vida, mi ardiente vivo anhelo°.
to leave   ¡Salud! te grita el alma que pronto va a partir°;
¡Salud! ¡Ah, que es hermoso caer por darte vuelo,
Morir por darte vida, morir bajo tu cielo,
Y en tu encantada tierra la eternidad dormir!

would see; bloom   Si sobre mi sepulcro vieres° brotar°, un día,
thick   Entre la espesa° yerba, sencilla humilde flor,
Acércala a tus labios y besa el alma mía,

Y sienta yo en mi frente, bajo la tumba fría,
De tu ternura° el soplo°, de tu hálito° el calor.

tenderness; blow; breath

Deja a la luna verme, con luz tranquila y suave;
Deja que el alba envíe su resplandor fugaz°;

fleeting glow

Deja gemir° al viento, con su murmullo grave;

to moan

Y si desciende y posa sobre mi cruz un ave°,

bird

Deja que el ave entone su cántico° de paz.

song, chant

Deja que el sol, ardiendo, las lluvias evapore
Y al cielo tornen° puras, con mi clamor en pos°;

return; with my cries in pursuit

Deja que un ser amigo mi fin temprano llore;
Y en las serenas tardes, cuando por mí alguien ore°,

prays

Ora también, oh Patria, por mi descanso a Dios.

Ora por todos cuantos murieron sin ventura°;

happiness, luck

Por cuantos padecieron° tormentos sin igual;

suffered

Por nuestras pobres madres, que gimen su amargura;
Por huérfanos y viudas°, por presos en tortura,

orphans and widows

Y ora por ti, que veas tu redención final.

Y cuando, en noche oscura, se envuelva el cementerio,
Y solos sólo muertos queden velando° allí,

keeping vigil

No turbes° su reposo, no turbes el misterio:

disturb

Tal vez acordes° oigas de cítara° o salterio°;

chords, tune; zither; psaltery (stringed instrument)

Soy yo, querida Patria, yo que te canto a tí.

Y cuando ya mi tumba, de todos olvidada,
No tenga cruz ni piedra que marquen su lugar,
Deja que la are° el hombre, la esparza° con la azada°,

ploughs; spread; hoe

Y mis cenizas°, antes que vuelvan a la nada,

ashes

En polvo de tu alfombra que vayan a formar.

Entonces nada importa me pongas en olvido;
Tu atmósfera, tu espacio, tus valles cruzaré;
Vibrante y limpia nota seré para tu oído:
Aroma, luz, colores, rumor, canto, gemido,
Constante repitiendo la esencia de mi fe.

Mi patria idolatrada, dolor de mis dolores,
Querida Filipinas, oye el postrer° adiós.

last

Ahí, te dejo todo: mis padres, mis amores.
Voy donde no hay esclavos, verdugos° ni opresores;

executioners

Donde la fe no mata, donde el que reina es Dios.

Adiós, padres y hermanos, trozos° del alma mía,

pieces

Amigos de la infancia, en el perdido hogar;
Dad gracias, que descanso del fatigoso día;
Adiós, dulce extranjera, mi amiga, mi alegría;
Adiós, queridos seres. Morir es descansar.

Comprensión

Actividad 11. *Detalles de la lectura.* Después de leer el texto, contesta estas preguntas.

1. En la primera estrofa, ¿a quién se dirige el autor y por qué?
2. En la cuarta estrofa y a lo largo del poema, ¿de qué sueño habla Rizal?
3. Hacia la mitad del poema Rizal habla del acto de orar (rezar): "Ora por todos cuantos murieron sin ventura..." (novena estrofa). De acuerdo con el poema, ¿por qué y por quién hay que orar?

Actividad 12. *Explicaciones.* Trabaja con otro(a) estudiante para hacer lo siguiente.

1. Relean el poema e identifiquen las múltiples referencias a la muerte que aparecen en él.
2. Teniendo en cuenta esas referencias, ¿qué significado tiene la muerte para Rizal?
3. ¿Qué opinan de la actitud que tiene el autor hacia la muerte?
4. El poema termina con el verso "Adiós, queridos seres. Morir es descansar". ¿Qué significado tiene esta última idea? Utilicen las siguientes expresiones para guiar la discusión.

   - Me parece que el significado de esta idea es que...
   - Mi compañero(a) cree que el autor quiere decir que...
   - A través de este verso, el autor expresa que...
   - (No) estamos de acuerdo en que...
   - Nos parece que...

Conversación

Actividad 13. *Etapas de la muerte.* En este poema el autor describe diferentes momentos o etapas en el proceso hacia la muerte. En parejas, señalen cuáles son esas etapas en el poema. Luego comparen las etapas que han identificado con las de otros(as) compañeros(as) de clase. ¿Coinciden todos en señalar las mismas etapas? Si no coinciden, ¿cuáles son diferentes? ¿Por qué?

Actividad 14. *La patria personificada.* El autor personifica la patria en el poema. ¿Cómo es la patria en cuanto a sus rasgos físicos? Trabaja con otro(a) estudiante para hacer lo siguiente.

1. Hagan una lista de los rasgos físicos que usa el poeta para caracterizar a Filipinas.
2. Piensen en cómo describirían ustedes a su país. Anoten sus ideas.
3. Comparen las dos listas (de 1 y 2). ¿En qué se parecen y en qué son diferentes su país y Filipinas?

Actividad 15.   ***Despedida.*** En el poema que acaban de leer Rizal dirige su último adiós a su patria, Filipinas. Imaginen que ustedes están encarcelados(as) y tienen que despedirse porque no saben si van a sobrevivir. Piensen que el héroe filipino José Rizal escribió "Mi último adiós" en circunstancias similares. En grupos de tres hablen sobre su despedida.

1. ¿De qué y de quién(es) se van a despedir? ¿Por qué? Hagan una lista.
2. ¿Qué les van a decir?
3. Comparen sus respuestas con las de otros grupos en la clase y hagan un resumen de las semejanzas y las diferencias.

Estudio del lenguaje 1:

El modo subjuntivo: Formas del presente y del pasado

Repaso

Every Spanish verb has two sets of forms (known as *moods*): the indicative and the subjunctive.

- The subjunctive has both present and past tenses.

Rizal quiere que Filipinas **logre** la independencia.	*Rizal wants the Philippines to get its independence.*
Rizal quería que Filipinas **lograra** la independencia.	*Rizal wanted the Philippines to have gotten independence.*

- The subjunctive forms are used almost exclusively in subordinate clauses. Two examples of a subordinate clause in the subjunctive from the examples above are **que Filipinas logre la independencia** and **que Filipinas lograra la independencia.**

Formación del presente de subjuntivo

1. **Verbos regulares.** The chart below includes the present subjunctive endings for all regular verbs.

-ar: hablar	-er: correr	-ir: escribir
habl**e**	corr**a**	escrib**a**
habl**es**	corr**as**	escrib**as**
habl**e**	corr**a**	escrib**a**
habl**emos**	corr**amos**	escrib**amos**
habl**éis**	corr**áis**	escrib**áis**
habl**en**	corr**an**	escrib**an**

2. **Verbos irregulares.** In Chapter 2 you studied irregular verbs in the present indicative. The same verbs that are irregular in the present indicative are also irregular in the present subjunctive.

   a. **Stem-changing -ar and -er verbs** follow the same stem-change pattern in the subjunctive as they do in the indicative: **e > ie** or **o > ue.** Stem-changing **-ir** verbs also follow the pattern of the present indicative, but the **nosotros** and **vosotros** forms also have a change: either **e > i** or **o > u.** Note that stem-changing verbs take the same endings as regular verbs.

preferir		morir	
prefiera	prefiramos	muera	muramos
prefieras	prefiráis	mueras	muráis
prefiera	prefieran	muera	mueran

   b. **Verbs with an irregular *yo* form** in the present indicative are irregular in the present subjunctive.

   - Verbs with a **-g** in the **yo** form:

     decir (digo) → diga, digas, *etc.*   **salir** (salgo) → salga, salgas, *etc.*
     hacer (hago) → haga, hagas, *etc.*   **tener** (tengo) → tenga, tengas, *etc.*
     oír (oigo) → oiga, oigas, *etc.*   **traer** (traigo) → traiga, traigas, *etc.*
     poner (pongo) → ponga,   **venir** (vengo) → venga, vengas, *etc.*
        pongas, *etc.*

   - Verbs where the **yo** form ends in **-y:**

     dar (doy) → dé, des, dé, demos, deis, den
     estar (estoy) → esté, estés, esté, estemos, estéis, estén
     ir (voy) → vaya, vayas, vaya, vayamos, vayáis, vayan
     ser (soy) → sea, seas, sea, seamos, seáis, sean

   - Other verbs with irregular **yo** forms:

     caber (quepo) → quepa, quepas, quepa, quepamos, quepáis, quepan
     haber (he) → haya, hayas, haya, hayamos, hayáis, hayan
     saber (sé) → sepa, sepas, sepa, sepamos, sepáis, sepan

   - Verbs that end in a *vowel* + **-cer, -cir,** such as **crecer** and **conducir,** have **yo** forms that end in **-zco: crezco, conduzco.** The same irregularity carries over to the present subjunctive: **conduzca, conduzcas,** *etc.*; **crezca, crezcas,** *etc.*

Remember that all verbs that are made up of these irregular verbs follow the same pattern. Therefore, **retener** (to retain), **detener** (to detain) are conjugated the same way as **tener; devenir** (to become) and **contravenir** (to contradict) are conjugated the same way as **venir; rehacer** (to remake) and **deshacer** (to undo) are conjugated the same way as **hacer.**

c. **Verbs with spelling changes** in the present subjunctive change to preserve the pronunciation of the infinitive stem, as follows.

verbs ending in -car change c > qu before e	verbs ending in -gar change g > gu before e	verbs ending in -zar change z > c before e	verbs ending in -ger or -gir change g > j before a
buscar	**pagar**	**cruzar**	**recoger**
busque	pague	cruce	recoja
busques	pagues	cruces	recojas
busque	pague	cruce	recoja
busquemos	paguemos	crucemos	recojamos
busquéis	paguéis	crucéis	recojáis
busquen	paguen	crucen	recojan

d. **Verbs that have a change in stress** in the present indicative (i.e., those ending in **-iar** or **-uar** that add an accent to the **i** or **u**) maintain the stress shift in the present subjunctive.

> **enviar** (envío) → envíe, envíes, envíe, enviemos, enviéis, envíen
>
> **continuar** (continúo) → continúe, continúes, continúe, continuemos, continuéis, continúen

Formación del imperfecto de subjuntivo

The subjunctive also has a past tense, known as **imperfecto de subjuntivo** or the imperfect subjunctive. To form the imperfect subjunctive of any verb, you need to:

- first think of the third-person plural preterite form of a verb **(pensaron, trajeron)**
- drop the **-ron** ending **(pensa-, traje-)** and add one of the following two sets of endings

  -ra endings: **-ra, -ras, -ra, -áramos, -rais, -ran (pensara, trajera,** *etc.*)

  -se endings: **-se, -ses, -se, -ésemos, -seis, -sen (pensase, trajese,** *etc.*)

All imperfect subjunctive verbs are formed in this manner. If the verb in question is irregular in any way in the third-person plural preterite, the irregularity will show in the imperfect subjunctive. The following chart gives examples of three verbs in the imperfect subjunctive (one regular, one stem-changing, and one irregular).

In Chapter 3, you learned all the preterite forms for regular and irregular verbs. If necessary, go back to pages 72–76 and review the preterite.

In Spain, both the **-ra** and **-se** forms are used, whereas in Latin America the **-ra** forms are more common than the **-se** forms.

In the **nosotros** form of the imperfect subjunctive, there is always a written accent on the syllable right before the **-ramos** and **-semos** endings: **pensáramos, trajésemos.**

Online Study Center

To check your progress as you complete each vocabulary and grammar topic, do the exercises in the *Pueblos* Online Study Center: **http://college .hmco.com/languages/spanish/ students**

adorar → adoraron	morir → murieron	ser/ir → fueron
adorara / adorase	muriera / muriese	fuera / fuese
adoraras / adorases	murieras / murieses	fueras / fueses
adorara / adorase	muriera / muriese	fuera / fuese
adoráramos / adorásemos	muriéramos / muriésemos	fuéramos / fuésemos
adorarais / adoraseis	murierais / murieseis	fuerais / fueseis
adoraran / adorases	murieran / muriesen	fueran / fuesen

Aplicación

Actividad 16.   *Identificación.* Lee de nuevo las estrofas 7–12 del poema en las páginas 188–189 e identifica todas las formas del presente de subjuntivo que encuentres. Después, escríbelas en este cuadro y pon a su lado la forma del infinitivo.

	Presente de subjuntivo	Infinitivo
Estrofa #7		
Estrofa #8		
Estrofa #9		
Estrofa #10		
Estrofa #11		
Estrofa #12		

Actividad 17.   *Completar.* Completa las siguientes frases con la forma apropiada del presente de subjuntivo.

1. Es interesante que Rizal ___diga___ (decir) que "morir es descansar".
2. Me interesa que ___leamos___ (leer/nosotros) la obra en español de un poeta filipino.
3. Aunque la profesora dice que no es necesario que lo ___entendamos___ (entender/nosotros) todo, me molesta que no ___sepamos___ (saber/nosotros) todas las palabras del poema.
4. Me sorprende que el español ahora no ___fuera___ (ser) lengua oficial en Filipinas.
5. Es curioso, sin embargo, que todavía ___haya___ (haber) bastante influencia del español en la cultura filipina.
6. Me sorprende que Filipinas y Guinea Ecuatorial ___compartan___ (compartir) tantos aspectos de su historia y su cultura.

7. Es bueno que _continúe_ (continuar/yo) leyendo información sobre estos países.

8. Espero que la profesora nos _cuente_ (contar) más cosas sobre José Rizal.

9. Para escribir ese trabajo es esencial que _encuentres_ (encontrar/tú) más datos sobre Rizal y su obra.

Actividad 18. **_Presente y pasado._** En el poema de Rizal hay, como has visto, numerosos usos del presente de subjuntivo. Sin embargo, en todo el poema sólo encontramos dos ejemplos del imperfecto de subjuntivo: **fuera** y **viera,** ambos en la primera estrofa. Elige diez verbos de los que encontraste en las estrofas 7–12 y conjúgalos en la forma del pasado de subjuntivo.

1. _____   6. _____
2. _____   7. _____
3. _____   8. _____
4. _____   9. _____
5. _____   10. _____

Actividad 19. **_Imperfecto de subjuntivo._** Completa el siguiente texto poniendo los verbos en el imperfecto de subjuntivo.

Antes de leer el poema de Rizal, el profesor nos aconsejó que _____ (1. hacer/nosotros) los ejercicios de preparación. Nos dijo que no _____ (2. usar/nosotros) el diccionario para cada palabra desconocida. Nos pidió que cada uno _____ (3. imaginarse) la situación del poeta en la cárcel antes de morir. El profesor sugirió que cada estudiante _leyera_ (4. leer) por encima el texto y _escribiera_ (5. escribir) una lista de palabras relacionadas con la muerte. También nos dijo que _pensáramos_ (6. pensar/nosotros) en el significado de la palabra "patriotismo". Después de leer el poema me sorprendió que _comprendiéramos_ (7. comprender/nosotros) tantas ideas. Me gustó que _analizáramos_ (8. analizar/nosotros) diferentes partes del poema y fue útil que el profesor nos _explicara_ (9. explicar) el significado de algunas palabras. Me pareció interesante que mis compañeros _tuvieran_ (10. tener) tanto que decir sobre las ideas de Rizal.

Actividad 20. **_Filipinas y Rizal._** Completa las siguientes frases con verbos en el imperfecto de subjuntivo.

1. No sabíamos que Filipinas…
2. Fue una pena que Rizal…
3. Con el poema "Mi último adiós" Rizal quería que sus compatriotas…
4. El sueño de Rizal fue que Filipinas…

EXPLORACIÓN DEL TEMA 2

Vocabulario esencial 2

Sustantivos

la confianza *confidence*
el desarraigo *uprooting*
la etnia *ethnic group*
el exilio
el grito *shout, scream*
la incomprensión *lack of understanding*
la injusticia *injustice*
la miseria
la nostalgia
la oposición
la rebeldía
la repatriación
la resistencia *resistence*
la soledad *loneliness, solitude*
la tribu *tribe*

Verbos

abandonar *to abandon*
acusar *to accuse, to charge with*
alargar *to make something last longer*

aplastar *to crush*
averiguar *to find out*
coger *to take; to pick*
dejar *to allow, to leave behind*
desembocar *to flow into, to join*
devenir *to result in*
oponer *to oppose*
reclamar *to claim, to demand*
recuperar
resistir

Adjetivos

complaciente *indulgent, complaisant*
condenado(a) *convicted*
invisible
oprimido(a) *oppressed*
sangriento(a) *bloody*

Otras expresiones

días de fiesta *holidays*

Actividad 21. **¿Qué quiere decir...?** De las palabras del Vocabulario esencial, identifica las que respondan mejor a las definiciones o expresiones siguientes.

1. presentar cargos contra alguien
2. obtener algo perdido
3. hacer que algo dure más
4. oponerse a algo, presentar resistencia
5. descubrir información
6. llegar a un sitio

Actividad 22. **Definiciones.** Escribe una breve definición de las siguientes palabras tomadas del Vocabulario esencial. Puedes usar estas expresiones.

Es algo que...
Es el/la... que...

Es la acción de...
Quiere decir que...

Esto describe...

1. desarraigo
2. repatriación

3. exilio
4. resistencia

5. etnia
6. confianza

Actividad 23. **¿Cuál no pertenece?** Indica qué palabra de la serie no está relacionada con las demás y justifica tu respuesta.

1. incomprensión   injusticia   confianza   miseria
2. resistencia   nostalgia   oposición   rebeldía
3. etnia   pueblo   tribu   soledad
4. aplastar   recuperar   reclamar   coger
5. soledad   desarraigo   grito   nostalgia

¿Qué sabes?

Actividad 24. **Guinea Ecuatorial.** En parejas, busquen información en Internet sobre uno de los siguientes aspectos de Guinea Ecuatorial. Luego, en clase, trabajen con otra pareja que haya buscado información sobre el mismo tema. Comparen la información que hayan encontrado y organícenla para presentarla en clase.

1. lenguas habladas   3. historia   5. población
2. geografía y clima   4. actualidad   6. economía

Actividad 25. **Información organizada.** Toma nota de la información presentada en clase en la Actividad 24 y después, trabajando en parejas, organicen un árbol de información sobre Guinea Ecuatorial.

Lectura del texto: El prisionero de la Gran Vía, La voz de los oprimidos

Anticipación

Actividad 26. **Contexto histórico-geográfico.** En esta parte del capítulo vas a leer dos poemas escritos por dos autores ecuatoguineanos. Lee la información que sigue sobre Guinea y la poesía ecuatoguineana y después indica si las afirmaciones que aparecen después del texto (ver página 198) son verdaderas (V) o falsas (F).

Guinea Ecuatorial fue una colonia española hasta que el 12 de octubre de 1968 obtuvo su independencia. Como herencia de la dominación española, el español tiene una gran presencia en Guinea y por ello hay toda una literatura guineana escrita en español.

Meses después de declararse la independencia, Francisco Macías constituyó un partido único y dio así el primer paso hacia el establecimiento de una dictadura en Guinea. Durante once años el régimen dictatorial de Macías persiguió brutalmente a los intelectuales y prohibió la expresión cultural en lengua española. Esto dio lugar a lo que se conoce como "los años del silencio" ya que en Guinea dejó de escribirse y publicarse cualquier texto que se opusiera al gobierno de Macías. Durante los años del silencio, la producción literaria guineana tuvo lugar fuera del país, es decir, la resistencia cultural a la dictadura surgió en el exilio. La poesía fue un medio esencial para la expresión de esta resistencia cultural.

Entre varios escritores se destacan Francisco Zamora Loboch y Anacleto Oló Mibuy. Zamora Loboch es un escritor guineano contemporáneo que vive en Madrid y su obra es un buen ejemplo de "la literatura de separación". *El prisionero de la Gran Vía,* obra a la que pertenece el poema de Loboch que vas a leer, recoge el tema de la incomprensión y del desarraigo de los exiliados. Anacleto Oló Mibuy es antropólogo y escritor. Escribió "La voz de los oprimidos" para conmemorar la independencia de Guinea Ecuatorial y para subrayar que todavía queda mucho para la obtención de la libertad guineana.

La obra de estos autores constituye un buen ejemplo de cómo la poesía se utilizó como medio de expresión de la resistencia cultural desde el exilio. En los poemas de ambos autores, sentimientos relacionados con el exilio, como el desarraigo y la nostalgia, están claramente presentes.

¿Verdadero o falso?

1. Hay literatura ecuatoguineana escrita en español.
2. Macías, tras establecer una dictadura en el país, persiguió a la clase intelectual en Guinea.
3. Francisco Zamora Loboch y Anacleto Oló Mibuy viven y publican en Guinea Ecuatorial.
4. La poesía ha tenido un papel importante en la oposición a la dictadura.

Actividad 27.   *Un vistazo al texto.* En el poema de Zamora Loboch hay una serie de ideas que se expresan en tiempo presente mientras que en el poema de Oló Mibuy dominan las ideas que se expresan en tiempo futuro. Trabaja con otro(a) estudiante para hacer lo siguiente.

1. Identifica tres ideas en presente en el poema de Zamora Loboch y tres ideas en futuro en el poema de Oló Mibuy.

2. ¿Qué sentimientos se expresan en presente y qué sentimientos se expresan en futuro?

Actividad 28. *Estudio de palabras.* La siguiente tabla incluye una serie de palabras y expresiones tomadas de los dos poemas. Trabajando con otro(a) estudiante, léanlas con atención sin mirar el texto de los dos poemas. Marquen en la tabla si las expresiones representan, según su parecer, sentimientos de desarraigo y nostalgia (DN) o de resistencia y rebeldía (RR). Luego, teniendo en cuenta el título de cada obra, indiquen a qué poema piensan que pertenece cada expresión: "El prisionero de la Gran Vía" o "La voz de los oprimidos". ¿Qué tema domina en cada uno de los poemas?

Palabra o expresión	Sentimiento expresado	Poema
1. asesino de la Libertad		
2. garganta enmohecida		
3. mi poesía acusará		
4. muertos injustos		
5. negra injusticia		
6. no me dejan ponerme		
7. no puedo pasearme		
8. no puedo salirme		
9. resurrección		
10. se alzarán		

Texto

El prisionero de la Gran Vía

Francisco Zamora Loboch

Si supieras°	*If you knew*
que no me dejan los días de fiesta	
ponerme el taparrabo° nuevo donde bordaste° mis iniciales	*loincloth; embroidered*
temblándote los dedos de vieja.	
Si supieras	
que tengo la garganta enmohecida°	*rusty*
porque no puedo salirme a las plazas	
y ensayar° mis gritos de guerra.	*rehearse*
Que no puedo pasearme por las grandes vías	

el torso° desnudo, desafiando° al invierno,   *chest; challenging*
y enseñando mis tatuajes°,   *tattoos*
a los niños de esta ciudad.
Si pudieras verme
fiel esclavo° de los tendidos°,   *slave; seats in a bull-*
vociferante hincha° de los estadios,   *fighting ring; vocifer-*
compadre° incondicional de los mesones°   *ous fan; friend; bars*
Madre, si pudieras verme.

La voz de los oprimidos

Anacleto Oló Mibuy

Mis poesías serán leídas un día
debajo de mis árboles,
sin techos° ni barnices° de aire.   *ceilings; varnish*

Será la vieja acurrucada°   *curled up*
con su cestón° de memorias iletradas°   *large basket; illiterate*

Leerán los árboles fingidos°   *fake*
de muertos injustos,
y la tierra se moverá espesando°   *thickening*
la melancolía de un nuevo sol

En las tumbas se alzarán°   *raise*
esqueletos de negros invisibles
sentados en su banco de condenados

Entonces mi poesía acusará
pondrá en cada boca de hueso° la sentencia   *bone*
y el látigo macabro° de la penitencia   *morbid whip*

Se levantarán todos los muertos
y los huérfanos tullidos° de miseria;   *crippled*
algún dedo de papel aplastado
señalará entre los vivos de la historia
el asesino de la Libertad.

Allí se leerá mi poesía fúnebre°   *mournful*
y mis líneas de Libertad cruel,
cantarán las gestas sepultadas°   *buried heroic deeds*
en cada flor y en cada árbol.

Muertos y vivos de corazón arañado°   *scratched*
de cualquier negra injusticia,
mis poesías llamarán a la resurrección
con la voz de los que no la tuvieron,
con la voz de los oprimidos.

Comprensión

Actividad 29. ***Detalles de la lectura.*** Vuelve a leer los dos poemas y contesta las siguientes preguntas.

1. En el poema de Oló Mibuy, ¿a qué o a quién se refiere el autor con las siguientes expresiones?

   a. muertos injustos
   b. nuevo sol
   c. negros invisibles
   d. asesino de la Libertad
   e. gestas sepultadas
   f. resurrección

2. En el poema de Zamora Loboch, ¿qué tres acciones no puede hacer este guineano en Madrid?

Actividad 30. ***Explicaciones.*** Vuelve a leer los dos poemas y después contesta las siguientes preguntas.

1. En el poema de Zamora Loboch explica el significado de los cinco últimos versos. ¿Qué quiere expresar el poeta con estas ideas?
2. En el poema de Oló Mibuy identifica todo lo que dice el autor en relación a su poesía. De acuerdo con esa información, ¿qué papel tiene la poesía según el poema?

Conversación

Actividad 31. ***Desarraigo.*** ¿Te has sentido desarraigado(a) alguna vez —como si estuvieras exiliado(a)? Piensa en una situación en tu vida personal en que te hayas sentido así.

1. Describe la situación. Menciona dónde estabas, cómo te sentías, con quién estabas y por qué crees que te sentiste de esa manera. Incluye el vocabulario del capítulo.
2. Habla con dos compañeros(as) y pregúntales por sus situaciones. Anótalas brevemente.

Compañero(a) 1	Compañero(a) 2

Actividad 32.   ***Comparación.*** Compara tu situación de la Actividad 31 con las de tus compañeros(as). ¿Experimentaron los(las) tres un "exilio" o desarraigo similar o diferente? Compárenlos. Comparte la información con la clase utilizando las siguientes expresiones.

- Los(Las) tres...
- Yo..., mientras que mi compañero(a)...
- Por un lado yo..., en cambio mis compañeros(as)...
- Yo... Sin embargo, mis compañeros(as)...
- Nuestras situaciones se diferencian en que...
- Nuestras situaciones se parecen en que...

Actividad 33.   ***Exilio e inmigración.*** Después de haber analizado los dos poemas anteriores, en grupos de tres contesten las siguientes preguntas.

1. ¿Qué semejanzas hay entre los sentimientos que se expresan en los dos poemas?
2. ¿Puedes ver alguna conexión entre los sentimientos de los poemas y los sentimientos que puedan tener los inmigrantes en Estados Unidos? ¿Por qué sí o no?
3. ¿Crees que los sentimientos sobre el exilio expresados en los dos poemas se pueden generalizar a los inmigrantes en cualquier parte del mundo?

Estudio del lenguaje 2:
El modo subjuntivo: Usos en oraciones subordinadas sustantivas

Repaso

In previous courses, you learned that the subjunctive is used in subordinate clauses after verbs or expressions of will, desire, emotion, and doubt.

Los ecuatoguineanos **deseaban** que España les **concediera** la independencia.	*The Equatoguineans wished that Spain would grant them their independence.*

Oraciones subordinadas: Concepto y tipos

The subjunctive mode in Spanish is almost exclusively used in subordinate clauses. What is a subordinate clause? Look at the following sentences.

Me **interesa** que **estudiemos** la historia de Guinea Ecuatorial.

It is interesting to me that we are studying the history of Equatorial Guinea.

Los guineanos **pidieron** a la ONU   *The Guineans asked the U.N. to help them*
que les **ayudara** en el proceso   *during the independence process.*
de independencia.

In both sentences two conjugated verbs (in boldface) are connected by the conjunction **que**. In these two examples **que estudiemos** and **que les ayudara** are subordinate clauses that are dependent on the main verbs **me interesa** and **pidieron,** respectively.

There are three types of subordinate clauses:

- **Nominal or noun clauses**, which function as a noun

Necesito   una explicación.
verb   *noun*

What do you need? *I need an explanation.*

Necesito   que me expliques esto.
verb   *subordinate noun clause*

What do you need? *I need you to explain this to me.*

In the two examples above, **una explicación** and **que me expliques esto** both answer the question *What?* and grammatically function as a direct object of the verb. Noun clauses are often introduced by the conjunction **que.**

Espero **que** la situación en Guinea   *I hope the situation in Guinea improves.*
mejore.

Es importante **que** los guineanos   *It is important that the Guinean people are*
puedan expresar su opinión.   *able to express their opinions.*

- **Adjective clauses**, which function as an adjective (that is, they describe nouns)

El hombre **que escribió el poema**   *The man who wrote the poem* "La voz
"La voz de los oprimidos" es   *de los oprimidos"* *is an exile.*
un exiliado.

Of all the possible men, **which one** are we talking about? *The one who wrote the poem.*

Adjective clauses are introduced by **que** and other relative pronouns. (These are presented in detail in Chapter 10.)

- **Adverb clauses**, which indicate *when, how, why, etc*; in other words, the circumstances in which an action takes place. Examples of adverbs are **hoy, mañana, así, bien, mal, lentamente, siempre, nunca**, etc.

Cuando Zamora Loboch y   *When Zamora Loboch and Oló*
Oló Mibuy escribieron sus   *Mibuy wrote their poems there was*
poemas no había libertad de   *no freedom of expression in*
expresión en Guinea.   *Equatorial Guinea.*

When wasn't there freedom of expression? *When they wrote their poems.*

Adverb clauses can be of many types (they express time, manner, cause, goal, etc.) and are introduced by a variety of expressions. (They are covered in greater detail in Chapter 8.)

Usos del subjuntivo en oraciones subordinadas sustantivas

The subjunctive is used in a noun clause when the following two circumstances occur:

- The subject of the main clause and the subject of the subordinate clause are two different entities. Look at these examples.

  Espero leer más sobre Guinea.

  Espero **que** leamos más sobre Guinea.

In the first example, who hopes? **Yo.** And, who will read? **Yo.** Both verbs **espero** and **leer** have the same subject; therefore the infinitive is used in the subordinate clause. In the second example, however, who hopes? **Yo.** But, who will read? **Nosotros.** The subjects of the two verbs are different; therefore the subjunctive is used in the subordinate clause.

- The main clause includes a verb or expression that conveys one of the following ideas: wish, influence, emotion, or doubt. These are explained below in detail.

1. Subjuntivo con expresiones de deseo e influencia

The subjunctive is used in noun clauses following expressions of wish and influence. Look at these examples.

Zamora Loboch **desea** que la libertad y la democracia lleguen pronto a Guinea.	*Zamora Loboch wishes that freedom and democracy will arrive soon in Guinea.*
Oló Mibuy **espera** que sus poesías se lean un día en su país.	*Oló Mibuy hopes that one day his poems will be read in his country.*

The following Spanish verbs express wish or influence. (The verbs marked with an asterisk are verbs used with an indirect object pronoun.)

*aconsejar	*to advise*	**negarse (ie) a**	*to object to*
decidir	*to decide*	***pedir (i, i)**	*to ask*
*decir	*to tell (someone to do something)*	***permitir**	*to allow*
		preferir (ie, i)	*to prefer*
*dejar	*to allow*	***prohibir**	*to forbid*
desear	*to desire, to wish*	**querer (ie)**	*to want*
esperar	*to hope*	***recomendar (ie)**	*to recommend*
*exigir	*to demand*	**requerir (ie, i)**	*to require*
insistir en	*to insist on*	***rogar (ue)**	*to beg, to plead*
necesitar	*to need*	***sugerir (ie)**	*to suggest*

Te ruego que me ayudes con esta lectura.	*I beg you to help me with this reading.*
Les exigió que presentaran toda la información.	*He required them to present all the information.*

Nos aconsejan que hagamos las actividades en el manual.	*They advise us to do the activities in the manual.*

In addition to the verbs presented above, there are numerous impersonal expressions in Spanish that convey the same ideas of wish and influence.

Es aconsejable que...	*It is advisable that...*
Es necesario que...	*It is necessary that...*
Es preciso que...	*It is necessary that...*
Es preferible que...	*It is preferable that...*

Because these expressions convey the idea of wish and influence the subjunctive is used in the subordinate clause that follows.

Es necesario que estudien las formas del subjuntivo.	*It is necessary for you to study the subjunctive forms.*
Era preciso que los habitantes de Guinea **expresaran** sus deseos.	*It was necessary for the people of Guinea to express their wishes.*

2. Subjuntivo con expresiones de emoción

When verbs that express emotions are followed by a dependent clause, the subjunctive mood is used in the clause introduced by **que.**

Siento que los guineanos **tengan** tantas dificultades en su país.	*I am sorry that the people of Guinea have so many difficulties in their country.*
Me sorprende que haya literatura ecuatoguineana en español.	*It surprises me that there is literature from Guinea written in Spanish.*

> In all these cases, the clause **que** + *subjuntivo* is only used when there is a change in subject. When the subject is the same in both the main and the subordinate clauses, the infinitive is used: **Sentimos (nosotros) que (ellos) tengan dificultades** vs. **Lamentan (ellos) tener (ellos) dificultades.**

Verbs that express emotion in Spanish are:

alegrarse de	*to be happy*
avergonzarse (üe) de	*to be ashamed of*
lamentar	*to regret*
sentir (ie, i)	*to feel sorry*
temer	*to fear*

As you learned in Chapter 5, a large group of verbs that function like **gustar** express emotion. These verbs are used in the third person along with the corresponding indirect object pronoun (**me, te, le, nos, os, les**) and are followed by the subjunctive in a subordinate clause.

me encanta que	*I like that, I love that*	**me fascina que**	*I really like that*
me enoja que	*it upsets, it bothers me that*	**me gusta que**	*I like that*
		me molesta que	*it bothers me that*
me extraña que	*it seems odd that*	**me sorprende que**	*it surprises me that*

Me enoja que en el siglo XXI todavía **existan** regímenes dictatoriales.	*It upsets me that in the twenty-first century there are still dictatorial regimes.*

Along with these verbs, the subjunctive is also used with a number of impersonal expressions that convey emotion.

Es bueno que	**Es una lástima que** *It's a shame*
Es curioso que	**Es una pena que** *It's a pity, a shame*
Es extraño que *It's strange that*	**Es urgente que**
Es impresionante que	**¡Qué bueno que...!**
Es increíble que	**¡Qué extraño que...!** *How strange (it is) that...*
Es malo que	**¡Qué interesante que...!**
Es mejor que *It's better that*	**¡Qué malo que...!**
Es peor que *It's worse that*	**¡Qué maravilla que...!** *How wonderful that...*
Es raro que	**¡Qué pena que...!** *What a shame that...*
Es ridículo que	**¡Qué raro que...!**
Es terrible que	**¡Qué vergüenza que...!** *What a shame that...*

3. Subjuntivo con expresiones de duda e incertidumbre

The subjunctive is also used in subordinate noun clauses introduced by expressions that indicate uncertainty or doubt.

Dudo que la situación política en Guinea Ecuatorial **mejore** pronto.	*I doubt that the situation in Equatorial Guinea will improve anytime soon.*
¿Es posible que haya elecciones en un futuro próximo?	*Is it possible to have elections in the near future?*
Puede ser que los guineanos en el exilio **se organicen** y **consigan** un cambio.	*It is possible that the Guineans in exile will get organized and effectuate a change.*

The following verbs and expressions convey doubt and uncertainty, and require the use of the subjunctive in the subordinate clause.

dudar que	Es dudoso que...	(No) Es imposible que...
no creer que	Es increíble que...	(No) Es improbable que...
no estar seguro(a) de que	Es imaginable que...	(No) Es posible que...
no pensar que	No es cierto que...	(No) Es probable que...
	No es verdad que...	(No) Puede ser que...

When the main verb expresses certainty or lack of doubt about what is being said in the subordinate clause, then the indicative is used.

Creo que los sentimientos expresados por los poetas guineanos **son** muy fuertes.	*I believe that the feelings expressed by the Guinean poets are very strong.*
Pienso que la situación en Guinea **es** muy complicada.	*I think the situation in Guinea is very complicated.*

Similarly, **es verdad, estar seguro(a)**, and **es cierto** are followed by the indicative.

Notice the **(No)** in the five expressions in the righthand column. This means that whether they are used in affirmative or negative statements, they are always followed by the subjunctive: **Es probable que *viajemos estas vacaciones* / No es probable que *vayamos a Guinea.***

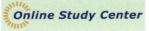

Online Study Center

To check your progress as you complete each vocabulary and grammar topic, do the exercises in the *Pueblos* Online Study Center: **http://college .hmco.com/languages/ spanish/students**

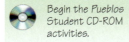

Begin the *Pueblos* Student CD-ROM activities.

Aplicación

Actividad 34. ***Relaciones entre España y Guinea.*** Lee el párrafo que aparece a continuación y haz lo siguiente.

1. Identifica las oraciones subordinadas sustantivas y subráyalas.
2. Identifica el verbo principal para cada frase que hayas subrayado. ¿Qué expresan esos verbos?
3. Identifica el sujeto de cada verbo principal y de cada verbo subordinado.
4. ¿En qué modo están conjugados los verbos de la oraciones subordinadas? ¿Por qué?

Inicialmente, España no quería que Guinea obtuviera la independencia. El gobierno español de Franco insistía en que Guinea fuera parte integrante de la nación española. Sin embargo, más tarde, España cambió su forma de actuar y recomendó que un comité de la ONU visitara Guinea. Entonces España pidió que Guinea elaborara una constitución y la ratificara (*ratify*) en referéndum. Por el contrario, Francisco Macías prefería que Guinea consiguiera primero la independencia y después escribiera su propia constitución. En 1968 España cambió su postura y exigió que los guineanos aceptaran el proyecto Constitucional elaborado por el gobierno español pero Macías se negó a que la metrópoli les impusiera una constitución.

Actividad 35. ***¿Certeza o duda?*** Combina elementos de cada columna para formular frases completas. Recuerda que debes usar el indicativo o el subjuntivo según la idea expresada por el verbo principal.

Modelo: Dudo que haya elecciones libres en Guinea pronto.

Dudo que	Guinea	mejorar su situación
Puede ser que	los guineanos	entender bien qué pasó
Estoy seguro(a) que	los estudiantes	durante el proceso de la
No creo que	mis compañeros y yo	independencia
Es imaginable que	el dictador de Guinea	dejar el poder
No es verdad que		tener trabajos en España
Es cierto que		visitar Guinea algún día
Es imposible que		conocer mejor la historia
		de Guinea
		¿ ?(añade tus propias
		ideas)

Actividad 36. ***Emociones.*** ¿Qué emociones te provoca la información que has aprendido sobre Guinea? Utilizando las expresiones que se presentan en las páginas 205–206 que sirven para expresar emoción, escribe cinco frases completas. Después, compara tu lista con la de tu compañero(a). ¿Hay alguna emoción que los dos tengan en común?

Actividad 37. ***Reacciones.*** Lee la siguiente información que se publicó en la revista *La grieta* en diciembre de 2002.

En Guinea Ecuatorial casi no hay carreteras, ni luz eléctrica, ni agua potable. En los hospitales no hay vendas (*bandages*) ni hilo (*thread*) de sutura, y el 65% de la población carece de (*lacks*) medios para satisfacer sus necesidades básicas, según el Banco Mundial. Sí hay, en cambio, mucho petróleo. Tanto que, desde que varias empresas estadounidenses empezaron a extraerlo en 1995, la ex colonia española se ha convertido en el cuarto productor de crudo de África. Como consecuencia, el PIB (Producto Interno Bruto = *Gross National Product*) creció un 72% hasta los 1.800 millones de euros en 2001 y un 33% en lo que va de este año, pero la distribución de los ingresos no ha cambiado: el 5% de la población controla el 85% de la riqueza. A esta miseria económica hay que añadir otra, la que concierne a la política y a los derechos humanos. Con treinta y cuatro años de independencia y sólo dos presidentes desde entonces, la represión y el férreo (*iron*) control social han sido el pan de cada día. "No sabemos lo que es la democracia ni vivir en libertad. Del colonialismo pasamos a la dictadura", explica Luís Ondó, portavoz (*spokesperson*) de la oposición en el exilio al régimen del presidente Teodoro Obiang.

Ahora trabaja con un(a) compañero(a) para elaborar una reacción a los datos que aparecen en el texto. Utilicen las expresiones que han aprendido en este capítulo para formular sus ideas. Al terminar, compartan sus ideas con el resto de la clase. Tomen nota de lo que dicen sus compañeros, pues van a necesitar esa información para el ejercicio siguiente. Por ejemplo:

Según (nombre de tu compañero), …
De acuerdo con (nombre de tu compañero), …

Actividad 38.   ***Artículo de opinión.*** Escribe un artículo de opinión sobre Guinea. Utiliza la información que has aprendido en este capítulo, así como tus opiniones y las de tus compañeros surgidas del ejercicio anterior. Emplea las expresiones de deseo, emoción, certeza y duda para elaborar tu artículo.

Proyecto final: Mi despedida

Recapitulación: Este capítulo inicia la Unidad 3, que trata de la independencia y revolución en el mundo hispano. En este capítulo hemos examinado la independencia de Filipinas y de Guinea Ecuatorial. También hemos leído un poema de despedida o independencia. Como proyecto final, tu grupo va a escribir un poema de despedida e independencia.

Paso 1: Repasen las secciones marcadas con 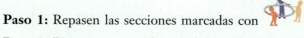 en este capítulo.

Paso 2: Piensen en su vida actual y en algunos aspectos de los que querrían "despedirse" o "independizarse": ¿Qué aspectos de sus vidas les gustaría cambiar? Escriban en la tabla los cambios que les gustaría experimentar en tres de los temas que se mencionan.

> 1. Economía (dinero)
> 2. Emociones
> 3. Movilidad
> 4. Comunicaciones y tecnología
> 5. Ocio y diversión

Paso 3: Presenten al resto de su clase cuáles son los hábitos que les gustaría cambiar. Para presentarlos, escriban dos oraciones para cada uno de los tres temas que escogieron. Usen oraciones que expresen juicios de valor, opinión o emoción.

Ejemplo: Gasto demasiado dinero. Es una pena que no pueda ahorrar (*save*) un poco cada mes.

Paso 4: Escojan uno de los cambios que quieran hacer y escriban un poema de despedida de su situación anterior y de aceptación del cambio. Pueden seguir esta estructura.

Estrofa 1

Introducción. Despídanse del hábito que quieren cambiar.

Utilicen la estrofa 1 del poema de "Mi último adiós" de Rizal como modelo. Escriban al menos cuatro versos (*lines*).

Mi último adiós	Tu poema
Adiós, Patria adorada, región del sol querida, Perla del Mar de Oriente, nuestro perdido edén, A darte voy, alegre, la triste, mustia vida; Y fuera más brillante, más fresca, más florida, También por ti la diera, la diera por tu bien.	*1. Despedida*: Adiós, ... *2. Metáfora de lo que se quiere cambiar:* *3. Lo que vas a hacer por el cambio:* Voy a..., quiero... *4. Describe la nueva situación resultado del cambio (usa adjetivos):*

Estrofa 2

Peticiones. ¿Por qué sienten que tienen que despedirse de su hábito? Escriban al menos cuatro versos explicando por qué quieren realizar el cambio. Intenten usar expresiones con subjuntivo (repasen las expresiones de las páginas 202–206).

Estrofa 3

Adiós. Escriban cuatro versos de despedida. Sigan la estrofa final del poema de Rizal.

Paso 5: Túrnense para leer el poema en voz alta tres veces como preparación para después leerlo en clase ante sus compañeros.

Vocabulario del capítulo

Preparación

el descubrimiento *discovery*
ecuatoguineano(a) *Equatoguinean, from Guinea Ecuatorial*
insular (*adj.*) *island, islander*
patente *palpable*
el trasfondo *background*

Vocabulario esencial
Mi último adiós

Sustantivos
la amargura *bitterness*
la aurora, el alba (*f.*) *dawn*
el ceño *frown*
la fe *faith*
el hogar *hearth, home*
el murmullo *whisper*
la patria *fatherland, homeland*
el (la) patriota *patriot*
el patriotismo *patriotism*
la paz *peace*
el (la) preso(a) *prisoner*
el sepulcro *burial place*
el sueño *dream*
la ternura *tenderness*
el tormento *torment, torture*
la tortura *torture*
la tumba *tomb, grave*
la yerba *grass*

Verbos
adorar *to adore, worship*
condenar *to sentence*
envolver *to wrap around, to surround*
liberar *to liberate*
perder *to lose*
rechazar *to reject*

Adjetivos
humilde *humble*

idolatrado(a) *worshipped*
mojado(a) *wet*
seco(a) *dry*
terso(a) *smooth*

Otras expresiones
apenas *only, just*
sin pesar *gladly*
tras *after*

Vocabulario esencial
El prisionero de la Gran Vía, La voz de los oprimidos

Sustantivos
la confianza *confidence*
el desarraigo *uprooting*
la etnia *ethnic group*
el exilio *exile*
el grito *shout, scream*
la incompresión *lack of understanding*
la injusticia *injustice*
la miseria *misery*
la nostalgia *homesickness*
la oposición *opposition*
la rebeldía *rebelliousness*
la repatriación *repatriation*
la resistencia *resistence*
la soledad *loneliness, solitude*
la tribu *tribe*

Verbos
abandonar *to abandon*
acusar *to accuse, to charge with*
alargar *to make something last longer*
aplastar *to crush*
averiguar *to find out*
coger *to take; to pick*
dejar *to allow*
desembocar *to flow into, to join*
devenir *to result in*

oponer *to oppose*
reclamar *to claim, to demand*
recuperar *to recuperate*
resistir *to resist*

Adjetivos

complaciente *indulgent, complaisant*
condenado(a) *convicted*
invisible *invisible*
oprimido(a) *oppressed*
sangriento(a) *bloody*

Otras expresiones

días de fiesta *holidays*

Verbos y expresiones que requieren el subjuntivo

Verbos que expresan deseo o influencia

aconsejar *to advise*
decidir *to decide*
dejar *to allow*
desear *to desire, to wish*
esperar *to hope*
exigir *to demand*
insistir en *to insist on*
necesitar *to need*
negarse (ie) a *to object to*
pedir (i) *to ask*
permitir *to allow*
preferir (ie) *to prefer*
prohibir *to forbid*
recomendar (ie) *to recommend*
requerir (ie, i) *to require*
rogar (ue) *to beg, to plead*
sugerir (ie, i) *to suggest*

Expresiones de influencia

es aconsejable que… *it is advisable that…*
es necesario / preciso que… *it is necessary that…*
es preferible que… *it is preferable that…*

Verbos que expresan emoción

alegrarse de *to be happy*
avergonzarse (üe) de *to be ashamed of*

encantarle a alguien *to like, to love*
enojarle a alguien *to upset, to bother*
extrañarle a alguien *to seem odd*
gustarle a alguien *to like*
lamentar *to regret*
molestarle a alguien *to bother*
sentir (ie, i) *to feel sorry*
sorprenderle a alguien *to surprise*
temer *to fear*

Expresiones de emoción

es bueno que *it's good that*
es curioso que *it's curious that*
es extraño que *it's strange that*
es impresionante que *it's impressive that*
es increíble que *it's incredible that*
es malo que *it's bad that*
es mejor que *it's better that*
es necesario que *it's necessary that*
es peor que *it's worse that*
es raro que *it's weird that*
es ridículo que *it's ridiculous that*
es terrible que *it's terrible that*
es una lástima que *it's a shame that*
es una pena que *it's a pity, a shame that*
es urgente que *it's urgent that*
¡Qué *adjetivo* que...! *How* adjective *that…!*

Verbos y expresiones de duda

dudar *to doubt*
es dudoso que… *it is doubtful that…*
es imaginable que... *it is imaginable that…*
no creer *to not believe*
no es cierto que… *it's not true that…*
no es verdad que… *it's not true that…*
(no) es imposible que… *it's (not) impossible that…*
(no) es improbable que… *it's (not) unlikely that…*
(no) es posible que… *it's (not) possible that…*
(no) es probable que… *it's (not) likely that…*
no estar seguro(a) de que *not to be sure*
no pensar *not to think*
puede ser que… *it is possible that…*

Países del Caribe

CRONOLOGÍA

1493
Cristóbal Colón desembarca en Puerto Rico.

1512
Empieza la colonización de la isla de Cuba.

1821
Panamá se independiza de España y se une a la Gran Colombia.

José Martí

1868 – 1869
Comienza en Cuba la guerra de los Diez Años.

1895
Comienza la guerra de la Independencia de Cuba. José Martí, poeta y político cubano, desembarca en Cuba. Muere dos meses más tarde.

1500   **1820**   **1840**   **1860**   **1880**

Simón Bolívar

1502
Colón explora la costa norte de lo que será Colombia.

1819
Simón Bolívar proclama la República de la Gran Colombia de la que formaron parte Colombia, Venezuela y Ecuador.

El Canal de Panamá

1889
EEUU y la Gran Colombia firman un documento para construir un canal en Panamá.

Capítulo 8

Independencia latinoamericana: Cuba, Puerto Rico, Colombia, Venezuela y Panamá

OBJETIVOS DEL CAPÍTULO

En este capítulo vas a:

➜ Explorar cuestiones relacionadas con la independencia de Latinoamérica, en particular, de Cuba, Puerto Rico, Panamá, Venezuela y Colombia.

➜ Repasar y ampliar conocimientos sobre el uso del subjuntivo con cláusulas adverbiales.

➜ Leer y analizar dos textos: "La borinqueña", un poema de Lola Rodríguez de Tió sobre el movimiento independentista puertorriqueño de finales del siglo XIX, y "El monstruo bicéfalo", un discurso contemporáneo del escritor colombiano Fernando Vallejo.

➜ **Proyecto final:** "Estatus de Puerto Rico" (ver página 236)

El hundimiento del Maine

1898
Termina la guerra de la Independencia. Intervención estadounidense en Cuba.

1992 – 1996
Carlos Andrés Pérez, presidente de Venzuela (1973–1978), es elegido presidente de nuevo.

1999 – 2004
El indígena Hugo Chávez es elegido presidente de Venezuela por el Partido del Movimiento Bolivariano.

2000
EEUU devuelve el canal a Panamá.

1900   **1990**   **1995**   **2000**   **2005**

1903
Panamá declara su independencia de Colombia.

1902
Cuba se independiza de EEUU.

Manifestación para la independencia de Puerto Rico

1998
Se cumplen 100 años de estado semicolonial (estado libre asociado) para Puerto Rico.

2002
Álvaro Uribe del Partido Liberal gana las elecciones presidenciales en Colombia.

Preparación

Vocabulario

Antes de escuchar, lee estas palabras necesarias para comprender el texto.

alcanzar   *to reach*   **la libertad**   *freedom*
la batalla   *battle*   **el liderazgo**   *leadership*
la colonia   **quemar**   *to burn*
la cosecha   *harvest*   **reprimido(a)**   *repressed*
desembarcar   **la sublevación**   *rebellion*
estallar   *to break out*   **el tratado**   *treaty*
el levantamiento   *uprising*

Actividad 1.   *Anticipación.* Antes de escuchar la presentación, unan los elementos de las siguientes columnas de acuerdo con las asociaciones que sean capaces de hacer.

A	B
1. Cuba	a. control de EEUU hasta el año 2000
2. el padre Varela	b. semicolonia de EEUU desde 1898
3. José Martí	c. el libertador de Colombia, Venezuela y otros países
4. Puerto Rico	d. poeta y político cubano
5. Simón Bolívar	e. colonia española hasta 1898
6. el canal de Panamá	f. cubano defensor de los derechos de los esclavos negros

Presentación

Ahora escucha la introducción de este capítulo que trata sobre los movimientos independentistas del siglo XIX en Cuba y Puerto Rico, por un lado, y en Panamá, Venezuela y Colombia, por otro lado.

Comprensión

Actividad 2.   *¿Verdadero o falso?* Después de escuchar, indica si las siguientes afirmaciones son verdaderas (V) o falsas (F).

1. Cuba y Puerto Rico fueron las últimas colonias españolas a finales del siglo XIX.
2. Dos grandes libertadores de la isla de Cuba fueron Martí y Varela.
3. Simón Bolívar ganó la guerra entre España y Estados Unidos.
4. Colombia firmó el tratado para construir el canal de Panamá en 1889.
5. Panamá siempre ha tenido control del canal.

EXPLORACIÓN DEL TEMA 1

Vocabulario esencial 1

Sustantivos

el cañón *cannon*
la ciudadanía *citizenship*
el grito *scream*
la llamada *call*
el machete
la señal *sign*
el sitio = el lugar
la soberanía *sovereignty*
el son = tipo de música cubana
los taínos = tribu nativa de
  Puerto Rico
el tambor *drum*

Verbos

arder *to burn*
combatir *to fight*

deportar *to deport*
emancipar
librar *to free*
soltar (ue) *to free, to liberate*
subyugar *to subjugate*

Adjetivos

afilado(a) *sharp*
disponible *available*
guerrero(a) *warlike*
impávido(a) *fearless, impassive*
patriótico(a)
subdesarrollado(a) *undeveloped*

Otras expresiones

hay que *it's necessary to, one must*
ya *already*

Actividad 3. **Emparejar.** Empareja las siguientes palabras con su significado. Después, elige tres palabras de la primera columna y escribe una oración con cada una.

1. ciudadanía
2. grito
3. machete
4. soberanía
5. impávido
6. afilado

a. acto de subir la voz
b. así debe estar un machete para cortar bien
c. autoridad que reside en los ciudadanos de un país
d. pertenencia a un país determinado
e. instrumento que sirve para cortar la vegetación
f. que no siente miedo

Actividad 4. **En contexto.** Escribe una oración usando las palabras que aparecen a continuación y añadiendo la información que necesites. ¡Ojo! Puedes cambiar el orden de las palabras. Sigue el modelo.

Modelo: Cuba / luchar / libertad
Cuba luchó por su libertad contra los españoles a finales del siglo XIX.

1. cubano / combatir / sitio
2. tambor / guerrero / machete
3. ciudadanía / requisito / hay que
4. obtener / soberanía / luchar
5. patriótico / persona / país
6. recursos / subdesarrollado / colonialismo
7. taíno / cultura / Caribe

Actividad 5.   *Definiciones.* Escribe una definición para cada una de las palabras a continuación siguiendo esta estructura:

Es una persona / un animal / un instrumento / un objeto / una acción que…

1. patriótico
2. arder
3. machete
4. tambor
5. afilado
6. soberanía
7. subdesarrollado
8. deportar

¿Qué sabes?

Actividad 6.   *La revolución y la independencia.* En grupos de tres, hagan lo siguiente.

1. Escriban una lista de los tres movimientos revolucionarios que consideren como los más influyentes en la historia del mundo.
2. Indiquen por qué son importantes los movimientos revolucionarios que han seleccionado. Comparen sus razones con las de sus compañeros. ¿En qué se parecen? ¿En qué se diferencian?
3. Vayan al sitio web de *Pueblos* y busquen información para completar la siguiente tabla.

	Revolución cubana	Revolución puertorriqueña	Revolución panameña	Revolución colombiana
¿En qué siglo (*century*) tuvo lugar?				
¿Quiénes fueron las figuras más importantes?				
¿Cuál era la meta (*goal*) de los revolucionarios?				
¿Consiguieron sus metas?				

Guarden esta información para usarla otra vez en la Actividad 14.

Actividad 7.   *Figuras revolucionarias.* Busca información sobre José Martí, Simón Bolívar y el padre Varela en Internet. Organiza tus datos según las siguientes categorías: fecha y lugar de nacimiento, países visitados, relación con la independencia y resultados de sus acciones.

Lectura del texto: "La borinqueña"

Anticipación

Actividad 8. ***Contexto histórico-geográfico.*** En este capítulo vas a leer un poema de Lola Rodríguez de Tió. Antes de hacerlo, familiarízate con la autora por medio de estos datos.

Lola Rodríguez de Tió nació en San Germán el 14 de septiembre de 1843. Su talento poético se hizo evidente desde su niñez y fue la primera poeta puertorriqueña en establecer su fama en las Antillas. En 1868, inspirada por el Grito de Lares —la llamada por la independencia de Puerto Rico— Rodríguez escribió versos patrióticos para la música de "La borinqueña", canción compuesta en 1867 por el catalán Félix Astil Artés. La poeta y su esposo fueron expulsados del país por sus intenciones separatistas. En 1876, publicó su primera colección de poemas, *Mis cantares*. Es muy conocida por su poesía patriótica que trata de Puerto Rico y Cuba, países donde residió varios años.

La palabra **borinqueña** deriva de la palabra *borikua*, nombre indígena de la isla de Puerto Rico. En su poema Lola Rodríguez de Tió adaptó esta canción con el fin de darle un tono patriótico y para animar a su gente a rebelarse contra España.

Hoy en día existe un partido independentista en Puerto Rico que busca conseguir la independencia y crear un país con soberanía propia. El Partido Independentista ha sugerido (*has suggested*) la posibilidad de negociar una doble ciudadanía según la cual los puertorriqueños tendrían una ciudadanía puertorriqueña y una segunda ciudadanía americana opcional.

Contesta las siguientes preguntas.

1. ¿Qué inspiró a Lola Rodríguez a escribir los versos de "La borinqueña"?
2. ¿Por qué tuvo que trasladarse a otro país?
3. ¿Dónde vivió después de salir de Puerto Rico?
4. ¿Qué desean los independentistas hoy en Puerto Rico?

Actividad 9. ***Un vistazo al texto.*** Trabaja con un(a) compañero(a) para hacer lo siguiente.

1. Lean la primera estrofa de "La borinqueña". ¿Cuál es el tono de este poema?
2. De acuerdo con la información de la primera estrofa, ¿cuál es el objetivo de la autora?
3. Consideren el papel que tienen las canciones patrióticas en el contexto de una nación. Hagan una lista de canciones de tono patriótico que conozcan. ¿De qué temas tratan esas canciones? Comparen sus respuestas con las de otros dos compañeros.

Actividad 10. ***Estudio de palabras.*** Trabajando con un(a) compañero(a), busquen en el texto palabras relacionadas con cada uno de los tres temas mencionados en la tabla a continuación. Después comparen su lista con la de sus compañeros. ¿Han seleccionado las mismas palabras?

El patriotismo	La libertad	La lucha

Texto

Ahora lee el poema.

La borinqueña

Lola Rodríguez de Tió

¡Despierta, borinqueño
que han dado la señal!
¡Despierta de ese sueño
que es hora de luchar!

A ese llamar patriótico
¿no arde tu corazón?
¡Ven! Nos será simpático
el ruido del cañón.

Mira, ya el cubano
libre será;
le dará el machete
su libertad...
le dará el machete
su libertad.

Ya el tambor guerrero
dice en su son,
jungle   que es la manigua° el sitio,
el sitio de la reunión,
de la reunión...
de la reunión.

El Grito de Lares
se ha de repetir,
y entonces sabremos
vencer o morir.

Bellísima Borinquén,
a Cuba hay que seguir;
tú tienes bravos hijos
que quieren combatir.

Ya por más tiempo impávidos
no podemos estar,
ya no queremos, tímidos
dejarnos subyugar.

Nosotros queremos
ser libres ya,
y nuestro machete
afilado está,
y nuestro machete
afilado está.

Comprensión

Actividad 11. *Detalles de la lectura.* Contesta las siguientes preguntas.

1. ¿A quién va dirigido este poema?
2. ¿Para qué tiene que despertarse el borinqueño?
3. ¿Cuál es el modelo que la autora le ofrece al borinqueño?
4. ¿Cuál es la función del tambor en este contexto?
5. ¿A quién no debe subyugarse el borinqueño?

Actividad 12. *Explicaciones.* Trabaja con un(a) compañero(a) para explicar el significado de las siguientes expresiones del poema.

1. que han dado la señal
2. ese sueño
3. arde tu corazón
4. es la manigua el sitio de la reunión

Conversación

Actividad 13. *Independencia.* Trabaja con un(a) compañero(a) de clase. Entre los dos hagan lo siguiente.

1. Elaboren una lista de los posibles motivos que los borinqueños tenían para luchar por su independencia.
2. Después, hagan otra lista de los posibles motivos que los colonizadores tenían para no darles la independencia.
3. Comparen estas dos listas. ¿Cuál tiene más peso?

Actividad 14. *Comparación.* En parejas, vuelvan a leer la información de la Actividad 6. Comparen los posibles motivos de los borinqueños presentados en la Actividad 13 con los de los otros movimientos independentistas que han investigado.

Actividad 15. *Poetas.* Trabajen en grupos de tres para escribir una versión original del poema cambiando ciertas palabras clave. Después compártanlo con la clase.

Modelo:

¡Despierta, _____	*¡Despierta, amigo*
que ha dado _____!	*que ha dado el "son" del despertador!*
¡Despierta de ese sueño	*¡Despierta de ese sueño*
que es hora de _____!	*que es hora de ir a clase!*

Estudio del lenguaje 1:

La expresión del futuro: el futuro y el subjuntivo en cláusulas adverbiales de tiempo

Repaso

As you know, in Spanish there are several ways to express future events.

- the present tense (usually accompanied by an adverb of time that refers to the future)

> **Mañana tengo** clase a las 8:00.
>
> *Tomorrow I have class at 8:00.*

- verb phrases such as **ir a** + *infinitive*

> **Voy a ir** a Puerto Rico este verano.
>
> *I am going to go to Puerto Rico this summer.*

- the future tense for which the endings **-é, -ás, -á, -emos, -éis, -án** are added to the infinitive or irregular future stem

> **Viajaremos** la segunda semana de agosto.
>
> *We will travel the second week in August.*

Look at the uses of the future in the poem by Lola Rodríguez de Tió.

> "Nos **será** simpático el ruido del cañón
> Y entonces **sabremos** vencer o morir".
>
> *The sound of the cannon will be nice to us And then we will know how to win or how to die.*

Remember that there are several verbs that have irregular future forms.

Infinitive	Future stem	Forms
decir	dir-	diré, dirás, dirá, diremos, diréis, dirán
haber (hay)	habr-	habrá
hacer	har-	haré, harás, hará, haremos, haréis, harán
poder	podr-	podré, podrás, podrá, podremos, podréis, podrán
poner	pondr-	pondré, pondrás, pondrá, pondremos, pondréis, pondrán
querer	querr-	querré, querrás, querrá, querremos, querréis, querrán
saber	sabr-	sabré, sabrás, sabrá, sabremos, sabréis, sabrán
salir	saldr-	saldré, saldrás, saldrá, saldremos, saldréis, saldrán
tener	tendr-	tendré, tendrás, tendrá, tendremos, tendréis, tendrán
venir	vendr-	vendré, vendrás, vendrá, vendremos, vendréis, vendrán

El uso del futuro y del subjuntivo en cláusulas adverbiales de tiempo

Adverbial clauses, as we learned in the previous chapter, are those that modify the action expressed by the verb in the main clause. They function as adverbs, and as such, they indicate *how, when, why*, and other circumstances in which the action of the main clause occurs. Adverbial clauses of **time** are those that express the time in which a particular action takes place, will take place, or already took place. The following conjunctions are used to introduce an adverbial clause of time.

cuando	*when*	**mientras**	*while*
tan pronto como	*as soon as*	**después (de) que**	*after*
en cuanto	*as soon as*	**hasta que**	*until*

When using these conjunctions in Spanish to form adverbial clauses, use the following rules to help you decide which tense (present or past) and which mood (indicative or subjunctive) to use.

1. If the main clause expresses an action that took place in the past, use a past indicative tense in the subordinate clause.

Main clause: past action	**Subordinate clause: past indicative**
Puerto Rico **pasó** a ser parte de los EEUU	cuando se **terminó** la guerra de 1898.
Puerto Rico became part of the U.S.	*when the War of 1898 ended.*

2. If the main clause expresses an action that will (or might or is likely to) take place in the future, use the present subjunctive in the subordinate clause.

Main clause: future action	**Subordinate clause: present subjunctive**
Viajaré a Puerto Rico	en cuanto **tenga** dinero.
I will travel to Puerto Rico	*as soon as I have money.*

In Spanish the present progressive (**estar** + present participle) cannot be used to express future.

Visitaré el viejo San Juan
I will visit Old San Juan

cuando **vaya** a la isla.
When I visit the island.

3. If the main clause expresses an action that takes place routinely, then the present indicative is used in the subordinate clause.

Main clause: habitual action	Subordinate clause: present indicative
Los puertorriqueños no **necesitan** pasaporte	cuando **viajan** a los EEUU.
Puerto Ricans do not need a passport	*when they travel to the U.S.*
Todos los veranos **visito** a mi familia	en cuanto **llego** a San Juan.
Every summer I visit my family	*as soon as I get to San Juan.*

These habitual actions can be expressed in the past by using the imperfect: **Todos los veranos visitaba a mi familia cuando llegaba a San Juan.**

El caso de *antes (de) que*

Antes (de) que is another frequently used conjunction of time that introduces adverbial clauses. Its uniqueness from a grammatical point of view is that it is always used with the subjunctive. Why? To answer this question we need to think of both the meaning of the conjunction and what you just learned. **Antes (de) que** means *before*, and it introduces a subordinate clause with an action that has not happened yet. So, all actions in the **antes (de) que** subordinate clause are future actions, and the subjunctive is needed.

Antes de que haya elecciones en Puerto Rico los partidos políticos **tendrán** que elegir a sus candidatos.

Before there are elections in Puerto Rico, all political parties need to choose their candidates.

Uso del infinitivo

Some of the conjunctions presented above can be, under certain circumstances, followed by the verb in the infinitive, rather than a subjunctive form. This happens with **antes (de) que, después (de) que,** and **hasta que** when the subject of the main clause and the subject of the subordinate clause are the same. In such cases, **que** is dropped and the expressions become **antes de** + *infinitivo*, **después de** + *infinitivo*, and **hasta** + *infinitivo*.

Después de leer "La borinqueña" quiero aprender más de la historia de Puerto Rico. (*The subject of both* **leer** *and* **quiero** *is* **yo**.)

After reading "La borinqueña" I want to learn more about Puerto Rican history.

Antes de analizar el poema, los estudiantes lo leyeron dos veces. (*The subject of both* **analizar** *and* **leyeron** *is* **los estudiantes**.)

Before analyzing the poem, the students read it twice.

Online Study Center

To check your progress as you complete each vocabulary and grammar topic, do the exercises in the *Pueblos Online Study Center:* http://college.hmco.com/languages/spanish/students

Aplicación

Actividad 16. *¿Presente, pasado, futuro?* Lee las siguientes frases e identifica las cláusulas principales. Después determina si las acciones de las cláusulas principales son:

a. pasadas   b. habituales   c. futuras

1. Cuando se hundió el *Maine*, Estados Unidos decidió intervenir en la guerra entre Cuba y España. *pasada*
2. Tan pronto como terminó el plazo firmado por Jimmy Carter, los Estados Unidos devolvieron el canal a Panamá. *pasada*
3. Los puertorriqueños volverán probablemente a decidir sobre su estatus cuando tengan elecciones. *futura*
4. Estados Unidos intervino tan pronto como Panamá consiguió su independencia de Colombia. *pasada*
5. Cuando hay elecciones en Estados Unidos, los candidatos a la presidencia tratan de tener en cuenta la situación de Puerto Rico. *habitual*
6. Los puertorriqueños no pueden votar cuando se celebran elecciones presidenciales. *habitual*
7. Muchos puertorriqueños se sentirán satisfechos en cuanto la isla deje de ser parte de Estados Unidos. *futura*
8. Algunos políticos seguirán luchando hasta que Puerto Rico consiga su independencia. *futura*

Actividad 17. *Tiempo y modo.* Vuelve a leer las oraciones de la Actividad 16. Identifica las cláusulas subordinadas y después indica en qué tiempo y en qué modo está el verbo de la oración subordinada adverbial. Completa el cuadro a continuación.

Tiempo de la oración subordinada	Modo de la oración subordinada
1.	
2.	
3.	
4.	
5.	
6.	
7.	
8.	

Actividad 18. *Verbos principales.* Completa las siguientes oraciones con el verbo de la cláusula principal en el tiempo adecuado. Para poder determinar esto, tienes que prestar atención al verbo de la cláusula subordinada.

1. _viajaré_ (viajar/yo) a Puerto Rico cuando termine mis estudios.
2. _fuimos_ (ir/nosotros) una vez a la playa, mientras estuvimos en Puerto Rico.
3. _recorrerán_ (recorrer/ellos) el Viejo San Juan tan pronto como tengan una oportunidad.
4. Cada verano, en cuanto llegan a la isla, _visitan_ (visitar/ellos) a sus primos.
5. Normalmente, cuando estoy en Puerto Rico, _como_ (comer/yo) en casa de mis padres.

6. Vivo en Nueva York y en cuanto empiezan las vacaciones, *me voy* (irme) a Puerto Rico.

7. Cuando vaya a la isla el próximo verano, *invitaré* (invitar/yo) a mi novia.

8. Por lo general, tan pronto como llegamos a San Juan, mis amigos y yo *alquilamos* (alquilar) un coche.

Actividad 19. *Verbos subordinados.* Completa las siguientes oraciones con el verbo de la oración subordinada en el tiempo y modo adecuados.

1. Pienso visitar otros países del Caribe tan pronto como *tenga* (tener/yo) suficiente dinero para viajar.

2. Mis compañeros de clase alquilaron un apartamento en San Juan cuando *estuvieron* (estar/ellos) allí.

3. Vamos a comprar los billetes de avión antes de que *suban* (subir) los precios.

4. No se dieron cuenta de lo impresionante que es el Viejo San Juan hasta que lo *vieron* (ver/ellos) con sus propios ojos.

5. Normalmente, los turistas, en cuanto *llegan* (llegar/ellos) a la isla, se enamoran de ella.

6. ¿Qué quieres que hagamos cuando *estemos* (estar/nosotros) en Puerto Rico?

7. ¿Me dejas ver el plano antes de que *salgamos* (salir/nosotros) a dar un paseo?

8. Cuando *descubrí* (descubrir/yo) la belleza de San Juan, decidí quedarme a vivir allí.

Actividad 20. *Oraciones.* Elabora frases completas eligiendo verbos de las dos columnas y utilizando la expresión de tiempo más adecuada.

Verbo principal	Expresión de tiempo	Verbo secundario
arder	cuando	atacar
deportar	tan pronto como	soltar
vencer	en cuanto	combatir
librar	hasta que	subyugar
	antes de que	
	después de que	

Actividad 21. *Independencia.* Imagina que eres un(a) puertorriqueño(a) independentista. Escribe un artículo breve que contenga las siguientes frases. En tu artículo utiliza también otras expresiones de tiempo para introducir acciones futuras.

Cuando Puerto Rico sea independiente…

En cuanto Puerto Rico obtenga la independencia…

Tan pronto como Estados Unidos ya no tenga poder sobre Puerto Rico…

Cuando los puertorriqueños sean libres…

Vocabulario esencial 2

Sustantivos

el (la) asesino(a)
el ausentismo *absenteeism*
la bala *bullet*
la culpa *guilt*
el delito
el desastre
la duración
la etiqueta *label*
la guerrilla
los impuestos *taxes*
la impunidad *impunity*
la infamia *disgrace, despicable thing to do*
el narcotráfico
el rencor *resentment*
la traición *betrayal*

Verbos

callar *to remain silent*
cometer *to carry out*
elegir (i, i) *to choose; to elect*
imponer *to impose*
legislar *to legislate*
nombrar *to name*

opinar *to give an opinion*
quebrar (ie) *to break*
regular *to regulate*
responsabilizar *to make responsible*

Adjetivos

alucinante *amazing*
conservador(a)
criollo(a) *of mixed white and indigenous blood*
espléndido(a)
forzado(a) *forced*
infame *despicable*
invisible
liberal
peninsular *Spaniard*

Otras expresiones

hoy por hoy *at the present time*
pese a *despite, in spite of*
por lo menos *at least*
puesto que *since, because*
ser capaz de *to be able to*

Actividad 22. **Definiciones.** Empareja las siguientes palabras del vocabulario con su significado. Después, elige tres palabras de la primera columna y escribe una oración con cada una.

1. infamia
2. culpa
3. desastre
4. etiqueta
5. impuestos
6. delito

a. crimen
b. el dinero que se paga al gobierno
c. categoría o nombre que se da a los objetos o personas
d. falta de dignidad
e. desgracia o pérdida
f. sentimiento negativo cuando se hace algo mal

Actividad 23. **Familias de palabras.** Completa la tabla de la página 226 con palabras derivadas del Vocabulario esencial.

Sustantivo	Adjetivo	Verbo
1. asesino		
2.		culpar
3.	legislado(a)	
4. regulación		
5.		nombrar
6. responsabilidad		
7.	forzado(a)	
8. traición		

Actividad 24.   ***En contexto.*** Utiliza las palabras que se dan a continuación para elaborar una oración.

1. delito / cometer / culpa
2. conservador / impuestos / ser capaz
3. hoy por hoy / opinar / infamia
4. guerrilla / narcotráfico / alucinante
5. rencor / callar / puesto que

¿Qué sabes?

Actividad 25.   ***Ideologías políticas.*** En la siguiente tabla aparecen dos conceptos que son clave para entender la lectura que sigue. ¿Qué significa para ti ser "liberal" y ser "conservador"? Explica los conceptos que se presentan a continuación dando ejemplos concretos.

Una persona liberal es/quiere	Una persona conservadora es/quiere
1.	1.
2.	2.
3.	3.

Actividad 26.   ***Entrevista.*** Utilizando la información de la Actividad 25, entrevista a varias personas de tu clase y pregúntales lo siguiente. Al terminar la actividad, comparte la información con la clase.

1. ¿Qué significa para ti ser "liberal" y ser "conservador"? ¿Puedes darme ejemplos concretos?
2. ¿Puedes distinguir fácilmente estas ideologías? ¿Por qué?
3. ¿Son estos conceptos iguales en el resto del mundo? ¿Sí? ¿No? Explica y justifica tu respuesta.

Lectura del texto: *El monstruo bicéfalo*

Anticipación

Actividad 27. **Contexto histórico-geográfico.** El texto que vas a leer se titula "El monstruo bicéfalo." Se trata de un discurso pronunciado por el escritor colombiano Fernando Vallejo en 1998 en el que denuncia la situación política del momento en Colombia. Vallejo (Medellín, Colombia, 1942–) es escritor y cineasta. Se le considera como uno de los escritores colombianos contemporáneos más importantes. Antes de leer el texto de Vallejo, familiarízate con los siguientes datos sobre Colombia.

La historia de Colombia ha sufrido dos siglos de luchas sangrientas entre varios grupos, generalmente aliados o con el partido liberal o con el conservador. Al principio, tras la independencia, los conservadores se unieron con la Iglesia católica y con los terratenientes, y los liberales con la clase media y los campesinos. Los conservadores representaban una ideología tradicional y los liberales eran más progresistas. Sin embargo, con el tiempo los colombianos vieron que los partidos dejaban de luchar por sus ideologías y, en cambio, luchaban simplemente por el control del país. Por eso, las revoluciones perdieron sentido y los ciudadanos se desilusionaron.

Colombia es una de las democracias más estables de Latinoamérica, con gobiernos elegidos democráticamente por medio del voto popular. Sin embargo, tras esta falsa estabilidad encontramos un país asolado por los conflictos internos y unos niveles de violencia estremecedores, lo cual afecta a todos los sectores de la sociedad colombiana. Aunque, como en cualquier democracia, la libertad de expresión es un derecho en Colombia, opinar en ese país puede causarle a uno la muerte.

Contesta las siguientes preguntas.

1. ¿Qué grupos han luchado históricamente en la escena política colombiana?
2. ¿Cuáles eran inicialmente los ideales de cada grupo?
3. ¿Qué sistema político hay en Colombia?
4. ¿Por qué puede ser peligroso opinar en Colombia?

Actividad 28. **Un vistazo al texto.** Trabaja con un(a) compañero(a) para hacer lo siguiente.

1. Lean la primera frase del texto de Vallejo.

"… Que cada quien hable por sí mismo, en nombre propio, y diga lo que tenga que decir, que el hombre nace solo y se muere solo y para eso estamos en Colombia donde, por lo menos, en medio de este desastre, somos libres de irnos y volver cuando queramos, y de decir y escribir y opinar lo que queramos, así después nos maten."

¿Qué idea quiere comunicar el escritor con estas palabras?

2. Las palabras que se presentan a continuación son palabras clave del texto que van a leer. Lean cada palabra y escriban dos ideas que asocien con cada una de ellas. Después comparen sus ideas con el resto de la clase.

impunidad   ausencia forzada

guerras civiles   asesinados

infames

3. La última frase del texto dice: "¡Qué bueno que nací aquí!" ¿Cuál parece ser el mensaje final del autor?

Actividad 29. **Estudio de palabras.** Trabajando con un(a) compañero(a), lean las palabras de la columna de la izquierda y asocien cada una con una palabra o expresión de la columna de la derecha. Utilicen el diccionario si es necesario.

1. tranquilo b   a. impresionante, fabuloso
2. resentimientos e   b. que no está nervioso
3. mediados de d   c. algo valioso
4. doble filo g   d. en la mitad de
5. puesto h   e. sentimientos negativos hacia algo o alguien
6. tumbar f   f. tirar, destruir
7. mérito c   g. que tiene dos lados que cortan
8. deslumbrante a   h. ocupación, trabajo

Texto

Lee la selección titulada *El monstruo bicéfalo*.

El monstruo bicéfalo

Fernando Vallejo

Comfama is a cultural community center in Medellín that provides many opportunities for people to enjoy cultural events and to have access to a library.

because

El presente es el discurso de inauguración del Primer Congreso de Escritores Colombianos, pronunciado el 30 de septiembre de 1998 en el auditorio de Comfama, en Medellín, ante el vicepresidente de la república, Gustavo Bell.

Señor vicepresidente, señora directora de Comfama, amigos escritores:

Que cada quien hable por sí mismo, en nombre propio, y diga lo que tenga que decir, que° el hombre nace solo y se muere solo y para eso estamos en Colombia donde, por lo menos, en medio de este desastre, somos libres de irnos y volver cuando queramos, y de decir y escribir y opinar lo que queramos, así después° nos maten. ¡Y qué importa°! Una libertad de semejante° magnitud no tiene precio. En uso de esa libertad espléndida que me confiere° Colombia, que a nadie calla, me dirijo a ustedes esta noche aprovechando que todavía estoy vivo. ¡Y que se callen los muertos! Con eso de que° cualquier vida humana aquí no vale más que unos cuantos pesos, los que cuesta un sicario°... ¡Y adivinen quién lo contrató°! Esa es la ventaja de vivir en Colombia, de morir en Colombia, que uno se va tranquilo sin saber de dónde vino la bala, si de la derecha o de la izquierda, y así, ignorante el difuntico del causante de su muerte°, sin resentimientos ni rencores, se queda por los siglos de los siglos en la infinita eternidad de Dios.

[…] Pero una cosa por lo menos para mí sí está muy clara, pese a lo turbias° que parecen que están aquí las aguas: que hoy por hoy el signo de Colombia es la impunidad, que se le viene a sumar° al de la infamia. ¿Cuál infamia? La de siempre, la ignominada, la que todos padecemos° pero que nadie señala como si nadie la viera porque fuera invisible, y la que nadie nombra como si no tuviera nombre. Y sin embargo sí lo tiene y sí se ve. Es cuestión de querer nombrarla y verla. Es de ella de la que voy a hablar aquí, y para empezar les diré que tiene la duración° de nuestra historia, la historia de Colombia.

Ya va para doscientos años que nació esto, un día en que se quebró un florero°. ¿Lo quebraron los criollos? ¿Lo quebraron los peninsulares? Unos y otros lo quebraron puesto que eran unos mismos: tinterillos de corazón en busca de puesto°. Acto seguido° les declaramos la guerra de independencia y se la ganamos. ¿Pero independencia de qué? ¿De quién? ¿Por qué? ¿De España? España era eso: los tinterillos, las estampillas°, el papel sellado°. Pues los tinterillos con sus estampillas y su papel sellado han pesado° desde entonces sobre nosotros y se han parrandeado° nuestro destino. Nosotros lo hemos permitido, nosotros les hemos dejado hacer, la culpa es nuestra.

¡Cuánta tinta° no ha corrido por este país en esos doscientos años en constituciones y plebiscitos, en ordenanzas y decretos y leyes! Casi tanta como sangre. ¿Y para qué? ¿Para estar en donde estamos? Me salto° las guerras civiles para llegar de carrera° al presente. Me salto las muchas del siglo pasado y la de comienzos de éste°, pero no la de mediados de éste porque de esa a mí me tocó° saber de niño, la guerra no declarada en el campo entre conservadores y liberales, la del machete; un machete de doble filo, por un lado conservador y por el otro liberal, pero solo y único, cortador de cabezas.

¿Y cuándo va a llegar la hora en que las palabras «conservador» y «liberal» se entiendan aquí como lo que son, los nombres de la infamia? ¿Habrá que esperar a los historiadores del año tres mil para que la etiqueta de la infamia se la pongan ellos a quienes se la ganaron? ¿O seremos capaces de ponérsela de una vez° nosotros?

[…] Y sin embargo seguimos eligiendo para los puestos públicos a quienes se siguen llamando, o se dejan llamar cuando les conviene, conservadores o liberales. O son o no son. Si no son, díganlo y renieguen° del nombre. Pero si lo son, carguen° con la responsabilidad de lo que es hoy Colombia y con la etiqueta que se merecen° de infames.

Todo lo regularon, todo lo legislaron, todo lo gravaron°. No se movía aquí una hoja de árbol sin que pagara un impuesto o la controlara una ley. Hubo

and then; who cares;
such; provides with

Given that
hired gunman
hired

the deceased not
knowing the reason
for his death

muddy

The author is playing with words here. **Ignominada** is an invented word that refers to the "unnamed shame," mixing **ignonimia** and **nominar.**

gets added to; suffer;
and it has been

This broken vase refers to an episode in 1810 when a group of criollos tried to borrow a vase from a Spaniard to decorate their house. The Spaniard confronted the criollos, who in turn responded with a popular revolt. This is said to have been the beginning of the independence movement in Colombia. The event is known as the **Florero de Llorente** and there is an annual celebration to commemorate it.

vase; mediocre
bureaucrats hoping
for power; Later;
stamps; official
stationery; carried
weight; joked about;
ink; I'll skip over;
quickly; this one
(century); I had to

at once

renounce
carry
deserve
taxed

bachelorhood

scattered; wherever

fit
sewers
a river in Colombia
deep; torrential
gorge
spokesperson

the opposite

pulls one's hair out

without asking for it
support

shanty towns; manna
burning of witches

Tomás de Torquemada (1420–1498), a representative of the Pope, was the first Grand Inquisitor and directed most of the Inquisition trials of his time.

disproportion; lit; spark

slang: empty-headed;
What a bore

aquí un impuesto de ausentismo para los colombianos que vivíamos afuera, y un impuesto de soltería° para los que no teníamos hijos. ¿Ausentismo el de los millones de colombianos que vivíamos en los Estados Unidos, en México, en Venezuela, regados° por el mundo, donde fuera°, porque aquí nos cerraron todas las puertas? ¿Y soltería donde la gente se reproduce como animales y ya no cabemos°? Los animales los matamos, los bosques los tumbamos, los ríos los secamos, y los que aún corren los volvimos cloacas°. Cuando yo me fui, hace años, muchos años, me llevé en la memoria al Cauca°, el río de mi niñez. Se fue conmigo ese río caudaloso°, torrentoso°, sonándome en el corazón sus queridas aguas. Un día, en uno de mis regresos, lo volví a ver: era una quebrada° sucia.

Yo no soy vocero° de nadie ni hablo por nadie, pero en estos instantes siento como si hablara a nombre de esos millones que se fueron de Colombia sin querer, porque yo también me fui, porque yo soy uno de ellos. Yo nunca me he querido ir. Yo no tengo más patria que ésta. ¡Impuesto de ausentismo como si la ausencia forzada fuera una traición!

¡E impuesto de soltería como si casarse para imponer la vida fuera una obligación! ¿No será al revés°, crimen lo que creen mérito? Quitar la vida incluso, lo cual va contra el quinto mandamiento, es un delito menor. Imponer la vida es el crimen máximo, así para ese no haya mandamiento que lo prohíba. Aquí todo el mundo se rasga las vestiduras° por los treinta mil asesinados de Colombia al año con los que nos hemos convertido, y desde hace mucho, en el país más asesino de la tierra. ¿Y quién levanta su voz por los quinientos mil o un millón de niños que sin haberlo pedido° nacen en el país cada año? ¿La Iglesia? ¿La Iglesia que es la que los va a sostener°? La Iglesia no sostiene a nadie, ella está para que la sostengan. ¿Y dónde van a vivir? ¿Y qué van a comer? Vivirán en las comunas° de Medellín que son una delicia, y comerán maná° del cielo que les lloverá la Divina Providencia.

[...] Pero dejemos esto que ya parezco Torquemada y éste es un Congreso de Escritores, y no la quema de brujas° de la Santa Inquisición. Amigos escritores: Colombia para la literatura es un país fantástico, no hay otro igual. En medio de su dolor y su tragedia Colombia es alucinante, deslumbrante, única. Por ello existo, por ella soy escritor. Porque Colombia con sus ambiciones, con sus ilusiones, con sus sueños, con sus locuras, con sus desmesuras° me encendió el alma y me empujó a escribir. Ella prendió° en mí la chispa°, y cuando me fui, la chispa se vino conmigo encendida y me ha acompañado a todas partes, adonde he ido. Por eso yo no necesito inventar pueblos ficticios, y así pongo siempre en todo lo que escribo, siempre, siempre, siempre: «Bogotá», «Colombia», «Medellín». ¡Cómo no la voy a querer si por ella yo soy yo y no un coco° vacío! ¡Qué aburrición° nacer en Suiza! ¡Qué bueno que nací aquí!

On page 229 the author refers to a civil war in Colombia in the middle of the 20th Century when an initial conflict between political parties (liberal and conservative) ended up being a civil war between the political class and the peasants. This civil war caused more than 300,000 deaths among the peasants.

Comprensión

Actividad 30. ***Detalles de la lectura.*** Las frases siguientes resumen las ideas principales de cada uno de los párrafos que has leído. Completa las frases según la información del texto.

1. Colombia es un país en el que existe libertad de expresión, sin embargo…
2. Los dos peores defectos de Colombia son…
3. Los colombianos no llegaron a independizarse completamente de España ya que…
4. La guerra que Vallejo quiere recordar es… porque…
5. Los políticos actuales deben asumir…
6. Vallejo da dos ejemplos de regulaciones injustas en Colombia: …
7. Según Vallejo, tener niños en Colombia es…
8. A pesar de todo, Vallejo concluye diciendo que Colombia es… y que le ha dado…

Actividad 31. ***Explicaciones.*** Vuelve a leer el texto y contesta las siguientes preguntas.

1. El primer párrafo del discurso se caracteriza por su tono irónico. Identifica en este párrafo ejemplos que ilustren la ironía con la que escribe el autor. ¿Qué función tiene la ironía al principio de este texto?
2. ¿Qué pide el autor al final del cuarto párrafo? ¿Cómo se relaciona esto con la expresión que usa al final del tercer párrafo, "la culpa es nuestra"?
3. Explica las razones por las que Vallejo considera injustos el impuesto de ausentismo y el de soltería.
4. ¿Por qué dice el autor al final: "¡Qué aburrición nacer en Suiza! ¡Qué bueno que nací aquí!" ¿Es esto una ironía más o lo dice en serio?

Actividad 32. ***Fama e infamia.*** En su discurso, Vallejo habla de la infamia, lo contrario de la fama. Dos sinónimos de **infamia** son **deshonra** y **descrédito**. Trabaja con un(a) compañero(a) y anota el nombre de un personaje famoso y otro infame y escribe una breve biografía de cada personaje incluyendo lo que demuestra su fama o infamia. Piensen en personajes históricos, literarios, artistas o estudiantes en particular.

La fama: la popularidad	La infamia: la deshonra, el descrédito
Personaje:	Personaje: John Dillinger
Razones de su fama:	Razones de su infamia: robar bancos enemigo publico numero uno

Actividad 33.   *Justificación.* Hablen con los estudiantes de dos grupos de la **Actividad 32** y escojan al personaje más famoso y al más infame (de la actividad anterior). Deben dar razones específicas para su elección. Presenten sus decisiones al resto de la clase.

Actividad 34.   *Política actual.* La fama y la buena reputación no son lo mismo. Uno puede ser famoso y tener una mala reputación. Trabajen en grupos de tres. Repasen lo que anotaron en la Actividad 25 sobre la ideología liberal y la conservadora y contesten las siguientes preguntas.

1. Piensen en la situación sociopolítica actual. ¿Quiénes tienen más fama y mejor reputación, los políticos liberales o los conservadores?
2. ¿Por qué creen que unos u otros tienen más o menos fama y mejor o peor reputación? Escriban al menos cuatro argumentos con ejemplos específicos a favor de su posición. Prepárense para presentar sus argumentos al resto de la clase.

Estudio del lenguaje 2:

Más sobre el subjuntivo en cláusulas adverbiales: Presente y pasado

Repaso

In adverbial clauses of time, the tense and mood of the verb varies depending on when the action expressed by the main verb takes place. In Chapter 7, you learned that the imperfect subjunctive is used in a subordinate noun clause when the main verb is in the past.

Le pidió que **fuera** con él.	*He asked her to go with him.*
Nos aconsejó que **tuviéramos** cuidado.	*He advised us to be careful.*

Uso del subjuntivo en cláusulas adverbiales

1. Earlier in this chapter you learned that the subjunctive is used in adverbial clauses of time when the main action takes place in the future.

    Cuando **esté** en Puerto Rico,   *When I am in Puerto Rico,*
    viajaré por toda la isla.   *I will travel around the island.*

2. Additionally, there are other conjunctions in Spanish used to introduce adverbial clauses that always require the verb in the subordinate clause to be in the subjunctive mood. These conjunctions are:

a fin (de) que	*so that*	**en caso (de) que**	*in case*
a menos que	*unless*	**para que**	*so that*
a no ser que	*unless*	**sin que**	*without*
con tal (de) que	*provided that*		

Look at this sentence from the reading.

"¿Habrá que esperar al año tres mil para que la etiqueta de la infamia se la **pongan** ellos...?"

Will we have to wait until the year 3000 to get them to label themselves as despicable... ?

El caso de *aunque*

With the conjunction **aunque** the indicative or the subjunctive can be used depending on the of kind of information the speaker wishes to express.

1. **Aunque** + *indicative*. If the verb following **aunque** expresses an action of which one has direct experience or an action one is certain occurred or whose existence can be proven, then the verb will be in the indicative.

   Aunque hay problemas, Colombia es un país fascinante.

   Even though (Although) there are problems, Colombia is a fascinating country.

   In this example the speaker knows that there are problems in Colombia. That is, **aunque** + *indicative* expresses a fact.

2. **Aunque** + *subjunctive*. If the verb following **aunque** expresses an action of which we have no direct experience or an action that has not happened yet, then the verb will be in the subjunctive.

   Aunque haya problemas, Colombia es un país fascinante.

   Even if there are (Although there may be) problems, Colombia is a fascinating country.

   In this example, the speaker is saying that there may be problems in Colombia—he/she does not know for sure or has not experienced them. That is, **aunque** + *subjunctive* expresses a possibility, something that is hypothetical.

   You can use, as a guide, the following translations.

   even though + *verb* = **aunque** + *indicativo*
   although + *verb* = **aunque** + *indicativo*
   even if + *verb* = **aunque** + *subjuntivo*
   although + may/might + *verb* = **aunque** + *subjuntivo*

Uso del imperfecto de subjuntivo en cláusulas adverbiales

As we saw in Chapter 7, when the main verb of a sentence containing a noun clause that requires the use of the subjunctive is set in the past, the subordinate verb must be conjugated in imperfect subjunctive. This rule also applies to adverbial clauses. When the main verb is conjugated in the past, the subordinate verb will also be conjugated in the past. Look at the following sentence.

"No se movía una hoja de árbol sin que **pagara** un impuesto o la **controlara** una ley".

Not a single leaf moved without it paying taxes nor without it being controlled by the goverment.

In this sentence the main verb is **movía,** in the imperfect. Therefore the subordinate verbs introduced by the conjunction **sin que** are also in the past.

Consider the following table.

Presente		Pasado	
Verbo principal: *Presente de indicativo*	*Verbo subordinado:* *Presente de subjuntivo*	*Verbo principal:* *Pasado de indicativo*	*Verbo subordinado:* *imperfecto de subjuntivo*
Da un discurso para que la gente lo **entienda.**		**Dio** un discurso para que la gente lo **entendiera.**	
Viene sin que lo **sepa** su familia.		**Vino** sin que lo **supiera** su familia.	
Nada **puede** cambiar a menos que todos **quieran.**		Nada **podía** cambiar a menos que todos **quisieran.**	

Uso del infinitivo después de ciertas conjunciones

As in the case of **antes de, después de,** and **hasta,** if the subject of the main verb and the subordinate verb is the same, **para que** and **sin que** drop the **que** and are followed by a verb in the infinitive. This only occurs when there is no change of subject.

Fernando Vallejo escribió su discurso para compartir sus ideas con otros escritores. (The subject of **escribió** and **compartir** is **Fernando Vallejo.**)

Fernando Vallejo wrote his speech to share his ideas with other writers.

Los otros escritores escucharon el discurso sin interrumpir a Vallejo. (The subject of **escucharon** and **interrumpir** is **los otros escritores.**)

The other writers listened without interrupting him.

Aplicación

Actividad 35. ***Emparejar.*** Forma oraciones completas usando elementos de las dos columnas.

A (oración principal)

1. Colombia no mejorará a menos que…
2. El presidente de Colombia iniciará negociaciones con la guerrilla para que…
3. EEUU interviene en la política colombiana a fin de que…
4. El gobierno colombiano no logrará sus objetivos a no ser que…
5. Muchos colombianos dejan el país con tal de que…

B (oración subordinada)

a. abandonen las armas.
b. todos los implicados participen en posibles negociaciones.
c. terminen con el narcotráfico.
d. su situación mejore.
e. lo apoyen sus ciudadanos.

Actividad 36.   ***¿Presente o pasado?*** Completa las siguientes frases con los verbos en el presente o el imperfecto de subjuntivo.

1. Álvaro Uribe, elegido presidente de Colombia en el año 2002, hará todo lo que pueda para que Colombia _____ (ser) un país democrático en lo político y en lo económico.

2. Uribe está dispuesto a negociar con los violentos y ofrecer condiciones a las guerrillas a fin de que _____ (abandonar) las armas.

3. Es esencial que los políticos puedan hacer política sin que los _____ (asesinar).

4. El gobierno de Colombia está dispuesto a dialogar con todos con tal de que _____ (participar) todos los grupos.

5. Andrés Pastrana, anterior presidente de Colombia, hizo un llamamiento a los colombianos para que entre todos _____ (poner) fin a la guerra civil.

6. Las Naciones Unidas no intervendrán en el proceso de paz de Colombia a menos que se lo _____ (pedir) el presidente de la república.

7. Los colombianos que viven en el extranjero no regresarán a su país a menos que _____ (haber) garantías de paz.

8. En la década pasada muchos colombianos arriesgaron la vida con el fin de que su país _____ (dejar) de estar dominado por las guerrillas y los paramilitares.

Actividad 37.   ***Completar.*** Repasa las lecturas y el vocabulario del capítulo y teniendo en cuenta la información que has aprendido, completa las siguientes frases de manera adecuada y con el verbo subordinado en el tiempo y modo correctos.

1. Fernando Vallejo escribió su discurso para que…
2. Los escritores asistieron al congreso a fin de que…
3. Según Vallejo, Colombia cambiará con tal de que…
4. Muchos colombianos que viven fuera de Colombia no piensan volver a menos que…
5. Quiero visitar Bogotá para que…
6. A menos que…, iré a Colombia el año que viene.

Actividad 38.   ***Una entrevista.*** Trabaja con un(a) compañero(a) para hacer lo siguiente.

1. Preparen ocho o diez preguntas para hacerle una entrevista a Fernando Vallejo.
2. Uno de los dos hará el papel del escritor y contestará las preguntas de la entrevista.
3. Incluyan tanto en las preguntas como en las respuestas ejemplos de usos de oraciones adverbiales con subjuntivo en presente y pasado o con infinitivo.
4. Presenten la entrevista en clase.

Actividad 39.   *¿Infinitivo o subjuntivo?* Utiliza el vocabulario que sigue para escribir seis frases completas con **para que, sin que** + *subjuntivo* o **para, sin** + *infinitivo.*

Modelo: *No pronunciaré el discurso en público sin revisarlo antes.*
Escribió ese discurso sin que le ayudara nadie.

- discurso
- desastre
- culpa
- impuestos
- callar
- elegir

Proyecto final: Estatus de Puerto Rico

Recapitulación: Como sabes, la Unidad 3 trata de los temas de la independencia y revolución en el mundo hispano. En este capítulo hemos examinado la independencia de Cuba, Puerto Rico, Colombia y Panamá. Hemos leído un poema de independencia ("La borinqueña"), similar al que leímos en el capítulo anterior, y parte de un discurso sobre la situación política de Colombia. El estatus de Puerto Rico sigue siendo un tema actual. En 1998 se celebró el último plebiscito en que se pidió a los puertorriqueños que decidieran el estatus de su relación con Estados Unidos. Como proyecto final, tu grupo va a organizar un debate sobre el estatus de Puerto Rico.

Paso 1: Repasen la cronología del principio del capítulo e investiguen la historia reciente de Puerto Rico. Contesten las siguientes preguntas.

1. ¿En qué año pasó Puerto Rico a formar parte de Estados Unidos?
2. ¿A qué país pertenecía Puerto Rico anteriormente?
3. ¿Cuántos puertorriqueños viven en la isla? ¿Y en el continente?

Paso 2: Las opciones que se les han dado a los puertorriqueños en los plebiscitos para decidir su futura relación con Estados Unidos son varias pero aquí nos centramos en tres:

1. Estado libre asociado (estatus similar al actual)
2. Independencia
3. Anexión (convertirse en estado como los otros que componen Estados Unidos)

Investiguen en la biblioteca o en Internet y expliquen qué significa cada opción y qué consecuencias tendría para Puerto Rico y Estados Unidos. Piensen en las consecuencias en relación a lo siguiente: (a) la economía, (b) la ciudadanía, (c) la lengua y (d) la relación con Estados Unidos.

Paso 3: Dividan la clase en tres grupos: uno a favor del estado libre asociado, otro a favor de la independencia y el tercero a favor de la estadidad. Organicen un debate con un moderador. Establezcan reglas para el debate (minutos para cada intervención, papel del moderador, etc.).

Paso 4: Completen la siguiente tabla con dos argumentos para cada categoría según la información que surja en el debate.

1. Argumentos a favor del estado libre asociado:
a.
b.
2. Argumentos a favor de la independencia:
a.
b.
3. Argumentos a favor de la estadidad:
a.
b.

Paso 5: En el último plebiscito sobre el estatus de Puerto Rico en 1998, los puertorriqueños tuvieron que escoger entre cinco opciones: independencia, estadidad, estado libre asociado (*commonwealth*), libre asociación (territorio) o "ninguna de las opciones". La opción ganadora, con el 50,3% de los votos, fue la opción "ninguna de las opciones". ¿Qué creen que significa esto?

Vocabulario del capítulo

Preparación

alcanzar *to reach*
la batalla *battle*
la colonia *colony*
la cosecha *harvest*
desembarcar *to land (in a ship); to go ashore*
estallar *to break out*
el levantamiento *uprising*
la libertad *freedom*
el liderazgo *leadership*
quemar *to burn*
reprimido(a) *repressed*
la sublevación *rebellion*
el tratado *treaty*

Vocabulario esencial
La borinqueña

Sustantivos

el cañón *cannon*
la ciudadanía *citizenship*
el grito *scream*
la llamada *call*
el machete *machete*
la señal *sign*
el sitio *place*
la soberanía *sovereignty*
el son *style of music native to Cuba*
los taínos *tribe indigenous to Puerto Rico*
el tambor *drum*

Verbos

arder *to burn*
combatir *to fight*
deportar *to deport*
emancipar *to emancipate*
librar *to free*
soltar (ue) *to free, to liberate*
subyugar *to subjugate*

Adjetivos

afilado(a) *sharp*
disponible *available*
guerrero(a) *warlike*
impávido(a) *fearless, impassive*
patriótico(a) *patriotic*
subdesarrollado(a) *undeveloped*

Otras expresiones

hay que *it's necessary to, one must*
ya *already*

Vocabulario esencial
El monstruo bicéfalo

Sustantivos

el (la) asesino(a) *assassin*
el ausentismo *absenteeism*
la bala *bullet*
la culpa *guilt*
el delito *crime*
el desastre *disaster*
la duración *duration*
la etiqueta *label*
la guerrilla *guerrilla*
los impuestos *taxes*
la impunidad *impunity*
la infamia *disgrace, despicable thing to do*
el narcotráfico *drug trafficking*
el rencor *resentment*
la traición *betrayal*

Verbos

callar *to remain silent*
cometer *to carry out*
elegir (i, i) *to choose; to elect*
imponer *to impose*
legislar *to legislate*
nombrar *to name*

opinar *to give an opinion*
quebrar (ie) *to break*
regular *to regulate*
responsabilizar *to make responsible*

infame *despicable*
invisible *invisible*
liberal *liberal*
peninsular *Spaniard*

Adjetivos

alucinante *amazing*
conservador(a) *conservative*
criollo(a) *of mixed white and indigenous blood*
espléndido(a) *splendid*
forzado(a) *forced*

Otras expresiones

hoy por hoy *at the present time*
pese a *despite, in spite of*
por lo menos *at least*
puesto que *since, because*
ser capaz de *to be able to*

Mapa de México y del estado de Chiapas

CRONOLOGÍA

1800 – 1821

Conspiración indígena en México contra el dominio español. Rebelión dirigida por el cura Miguel Hidalgo. México se independiza de España.

1834 – 1836

Antonio López de Santa Ana es elegido presidente de México. Texas se independiza de México.

Bandera de Texas, 1855

1857 – 1860

Época reformista bajo Benito Juárez, que promulga las Leyes de la Reforma. Se establece la separación de la Iglesia y el Estado.

1864 – 1867

France

El archiduque Fernando Maximiliano de Austria es nombrado emperador de México.

1800   **1820**   **1840**   **1860**   **1880**

Miguel Hidalgo

1822 – 1823

Guatemala se une a México y después América Central se separa de México.

Bandera de México, 1836

1863

Tropas francesas ocupan la Ciudad de México y Juárez huye a El Paso.

1873 – 1911

Dictadura de José Porfirio Díaz.

Capítulo 9

México revolucionario ayer y hoy

OBJETIVOS DEL CAPÍTULO

En este capítulo vas a:

➔ Explorar cuestiones relacionadas con los movimientos revolucionarios mexicanos.

➔ Repasar y ampliar tus conocimientos sobre los usos de los tiempos compuestos y los mandatos formales e informales, afirmativos y negativos.

➔ Leer y analizar dos textos, uno literario y otro ensayístico. El primero, titulado "Nacha Ceniceros" (1931), es un

extracto del libro *Cartucho* de Nellie Campobello, escritora mexicana de la primera mitad del siglo XX. El otro, "Viento primero. El de arriba", es un ensayo escrito por el subcomandante Marcos, líder revolucionario.

➔ **Proyecto final:** Supongamos… (ver página 269)

Firma del TLC (Tratado de Libre Comercio)

1910 – 1920
Revolución mexicana (guerra civil que dura una década y en la que participan figuras revolucionarias como Emiliano Zapata y Pancho Villa).

1958 – 2000
El Partido Revolucionario Institucional (PRI) controla el gobierno de México.

1992
EEUU, Canadá y México firman el Tratado de Libre Comercio (TLC), que entra en vigor en 1994.

1994
Levantamiento de campesinos zapatistas en Chiapas liderados por el subcomandante Marcos.

| 1910 | 1960 | 1970 | 1980 | 1990 | 2000 |

Pancho Villa

1968
Revueltas estudiantiles en Ciudad de México que terminan con la matanza de estudiantes en Tlatelolco en la Plaza de las Tres Culturas.

2000
Vicente Fox del Partido de Acción Nacional (PAN) es elegido presidente de México.

Preparación

Vocabulario

Antes de escuchar la presentación, lee estas palabras necesarias para comprender el texto.

abolir *to ban*

derrocar *to overthrow*

la independencia

el latifundio *a large estate*

el levantamiento *uprising*

la libertad de expresión *freedom of speech*

la libertad de prensa *freedom of the press*

el mandato *term of office*

las revueltas *rebellions*

Actividad 1. ***Anticipación.*** Teniendo en cuenta la información de la cronología de las páginas 240–241, empareja los nombres de la izquierda con la descripción correspondiente de la derecha.

1. el padre Hidalgo
2. Benito Juárez
3. Porfirio Díaz
4. Pancho Villa

a. Presidente mexicano que elaboró las Leyes de la Reforma
b. Revolucionario que luchó contra Porfirio Díaz
c. Cura mexicano que luchó por la independencia
d. Dictador mexicano hasta 1911

Presentación

Ahora escucha la introducción de este capítulo que trata sobre la independencia de México y su historia como país independiente.

Comprensión

Actividad 2. ***Verdadero o falso.*** Después de escuchar la presentación, indica si las afirmaciones siguientes son verdaderas (V) o falsas (F).

F 1. La independencia de México fue proclamada por el padre Hidalgo en 1810.

√ 2. Con la Revolución mexicana Madero derrocó a Porfirio Díaz.

F 3. México tiene una historia política estable en el siglo XIX.

√ 4. Las Leyes de la Reforma decretadas por Juárez establecieron la separación de la Iglesia y el Estado.

F 5. Napoleón se autoproclamó emperador de México.

F 6. El subcomandante Marcos fue el instigador de la Revolución mexicana de 1910.

EXPLORACIÓN DEL TEMA 1

Vocabulario esencial 1

Sustantivos

el (la) amado(a) *loved one*
el apellido *last name*
el balazo *gunshot*
el campamento *camp, encampment*
los consejos *pieces of advice*
el (la) coronel(a)
la descarga *unloading*
el desnivel *unevenness*
el éxito *success*
el fusilamiento *execution (by firing squad)*
la reforma
la soldadera = mujer que acompaña a
 los soldados en sus campañas
el suceso *incident*
la tienda *tent*
el tiro *shot*

Verbos

apresar = arrestar
caer *to fall down*
colgar (ue) *to hang*
disparar *to shoot*
durar *to last*
engañar *to deceive*

entretener *to entertain*
fusilar *to execute*
jubilar *to retire*
juzgar *to judge*
llorar *to cry*
mantener
oponer
platicar = hablar
reconocer
unificar

Adjetivos

culpable *guilty*
despavorido(a) *terrified*
enterrado(a) *buried*
fronterizo(a) *on the border*
imborrable *unerasable*
villista *supporter of Pancho Villa*

Otras expresiones

contra *against*
junto a *beside*
llegar a ser *to become*
más tarde *later*
tanto… como *as… as*

Actividad 3.   ***Completar.*** Lee las siguientes palabras y utiliza la palabra apropiada para completar las frases.

balazo	duró	imborrable	soldaderas
campamento	fronteriza	opusieron	tiendas
descarga	fusilamiento	platicar	

1. En una localidad _fronteriza_ las culturas se mezclan constantemente.
2. Los soldados viven en _tiendas_ que se pueden armar fácilmente.
3. Al final del día, los soldados se reúnen para _platicar_.
4. Un _fusilamiento_ es una experiencia terrible e _imborrable_.
5. Por lo general no hay muchas _soldaderas_ en el ejército.
6. ¿Cuánto tiempo _duró_ la Revolución mexicana?
7. Las fuerzas villistas _opusieron_ resistencia a Porfirio Díaz.
8. Un _campamento_ es como una ciudad temporal que se suele poner en el campo.
9. Disparar un arma de fuego muchas veces ocurre con un *pum* y una _descarga_ de la pistola.
10. Una bala es un proyectil de las armas de fuego. Un disparo de arma de fuego es un _balazo_.

Actividad 4.   *En contexto.* Escribe oraciones completas usando la información que sigue. Puedes cambiar las palabras de orden.

Modelo: desnivel / tienda / campamento
En el campamento hay un desnivel detrás de la tienda.

1. amado / platicar / soldadera
2. limpiar / arma / disparar / tiro
3. despavorido / dar / noticia / suceso
4. imborrable / descarga / fusilamiento
5. muerte / coronela / llorar / villista

Actividad 5.   *Paráfrasis.* Escribe una explicación del significado de cada una de las siguientes palabras tomadas del Vocabulario esencial. Después léele tus definiciones a un(a) compañero(a) y pídele que adivine de qué palabra de la lista se trata.

1. engañar   5. jubilar   8. durar
2. llorar   6. apresar   9. consejos
3. fusilamiento   7. reforma   10. apellido
4. tienda

¿Qué sabes?

Actividad 6.   *Historia política de México.* Usando la información de la cronología (ver páginas 240–241), trabaja con un(a) compañero(a) para completar la siguiente tabla.

	Siglo XIX	Siglos XX–XXI
Acontecimientos importantes		
Personajes históricos destacados		
Partidos políticos		
Personajes políticos		

Actividad 7.   *Revoluciones.* Este capítulo trata el tema de la revolución. Cuando piensas en esta palabra, ¿qué ideas te vienen a la mente? Trabajando en grupos de tres, completa la rueda de palabras de la página 245. Como guía, utiliza estas preguntas.

- ¿Qué imágenes asocias con el término "revolución"?
- ¿Cómo defines el término revolución?
- ¿Qué revoluciones conoces?
- ¿Qué se buscaba en cada una de ellas?
- ¿Qué significa para ti ser "revolucionario"?

Al terminar, compartan y comparen su información con el resto de la clase.

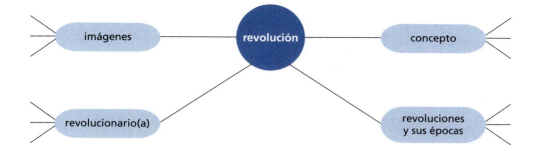

Lectura del texto: "Nacha Ceniceros"

Anticipación

Actividad 8. ***Contexto histórico-geográfico.*** Lee la siguiente información sobre el líder revolucionario Pancho Villa. Luego, contesta las preguntas a continuación.

Doroteo Arango, nombre real de Pancho Villa, nació en Río Grande, Durango en 1878 y fue uno de los líderes de la Revolución mexicana. Colaboró con Madero al principio de la Revolución (1910) y luego con Carranza en contra de Huerta. Tuvo un papel (*role*) principal en la Revolución mexicana como guerrillero y jefe de la División del Norte. Más tarde se opuso a Carranza y mantuvo la rebeldía contra él desde 1914 hasta 1920. Cuando EEUU reconoció a Carranza como líder legítimo de México, Pancho Villa no pudo aceptarlo. Para vengarse (*to take revenge*), cruzó la frontera y fue a Nuevo México donde mató a varios norteamericanos. El general Pershing de EEUU trató de localizarlo sin mucho éxito. Al final Villa acabó aceptando a Carranza como presidente de México. Se jubiló y fue a vivir a Parral, Chihuahua. Fue asesinado cerca de Hidalgo del Parral en 1923.

Por su papel como líder revolucionario y por haber engañado a EEUU durante varios años en la zona fronteriza, Villa tiene fama de haber sido un hombre de gran inteligencia. Hay muchas leyendas sobre él y ha llegado a ser un tipo de héroe mítico tanto para los mexicanos como para los estadounidenses.

Myths usually modify historical facts to tell something that goes beyond the ordinary. Myths often talk about heroes in a universal sense.

1. Pensando en la información que aparece en la cronología y teniendo en cuenta la información de la biografía de Villa, completa la siguiente tabla. ¿Cuáles y cómo han sido las relaciones fronterizas entre México y EEUU en diferentes épocas? Luego compara tu información con la de otros compañeros. ¿Es similar? ¿Es diferente?

Relaciones fronterizas entre México y Estados Unidos		
Fines del siglo XIX	*Siglo XX*	*Siglo XXI*

2. Mira la foto de Pancho Villa que aparece en la página 245. Descríbelo. ¿En qué te hace pensar su aspecto físico?

Actividad 9. *Un vistazo al texto*. Mira el texto que vas a leer y contesta las siguientes preguntas.

1. Observa el título del texto: "Nacha Ceniceros". Nacha Ceniceros es el nombre de una coronela mexicana, protagonista de un episodio que tiene lugar en la época de la Revolución mexicana. ¿En qué te hace pensar el título?
2. Teniendo sólo esta información: título del libro, título del extracto, época histórica, nombre y profesión del personaje principal, ¿de qué crees que podría tratar el texto? Elabora una hipótesis y apúntala.
3. La acción básica del cuento está resumida abajo en cuatro frases. Sin embargo, el orden es incorrecto. Ordena las frases a continuación según la lógica.

   a. Nacha llora.
   b. Fusilan a Nacha.
   c. Nacha está enamorada.
   d. Gallardo, el amado de Nacha, recibe un balazo y muere inmediatamente.

Actividad 10. *Estudio de palabras*. Echa un vistazo rápido a la lectura y escribe una lista de todas las palabras asociadas con la violencia (identifica por lo menos seis). Si encuentras una palabra que sospechas que es una de las seis, pero dudas de su significado, utiliza un diccionario para verificar la definición.

Texto

Lee el texto titulado "Nacha Ceniceros". Este extracto viene del libro *Cartucho: Relatos de la lucha en el norte de México* publicado en 1931 y escrito por Nellie Campobello, escritora mexicana (1909–1986). La palabra **cartucho** se refiere a una carga de un arma de fuego encerrada en un cilindro de cartón o de metal.

Nacha Ceniceros

Nellie Campobello

Junto a Chihuahua, en X estación, un gran campamento villista. Todo está quieto
y Nacha llora. Estaba enamorada de un muchacho coronel de apellido Gallardo,
de Durango. Ella era coronela y usaba pistola y tenía trenzas°. Había estado   *braids*
llorando al recibir consejos de una soldadera vieja. Se puso en su tienda a limpiar
su pistola, estaba muy entretenida cuando se le salió° un tiro.   *went off*

     En otra tienda estaba sentado Gallardo junto a una mesa; platicaba con una
mujer; el balazo que se le salió a Nacha en su tienda, lo recibió Gallardo en la
cabeza y cayó muerto.

     —Han matado a Gallardito, mi General.

     Villa dijo despavorido:

     —Fusílenlo.

     —Fue una mujer, General.

     —Fusílenla.

     —Nacha Ceniceros.

     —Fusílenla.

     Lloró al amado, se puso los brazos sobre la cara, se le quedaron las trenzas
negras colgando° y recibió la descarga.   *hanging*

     Hacía una bella figura, imborrable para todos los que vieron el fusilamiento.

     Hoy existe un hormiguero° en donde dicen que está enterrada.   *anthill*

Comprensión

Actividad 11.   ***Detalles de la lectura: los personajes del texto.*** En este
brevísimo extracto la autora no nos dice mucho de los
personajes centrales: Nacha, Gallardo y Villa. ¿Qué información
tenemos de ellos? Completa la tabla. Después compárala con la
de tu compañero(a).

	Aspecto físico	Personalidad
Nacha		
Gallardo		
Villa		

Actividad 12.   ***Explicaciones.*** Vuelve a leer el texto y contesta estas
preguntas.

1. En el texto hay dos párrafos de descripción y después hay unas líneas de
   diálogo. En la parte dialogada se dice que Villa se siente despavorido. ¿Qué
   revela esta actitud de Villa?
2. En el penúltimo párrafo se dice que ver el fusilamiento fue una experiencia
   imborrable. ¿Qué quiere decir esto? ¿Estás de acuerdo con esta afirmación?

Conversación

Actividad 13.   ***Un hormiguero.*** En el último párrafo se dice que hay un hormiguero donde está enterrada Nacha. Un *hormiguero* es donde viven las hormigas y *enterrada* se refiere al hecho de que está debajo de la tierra. Con tu compañero(a) contesta esta pregunta: ¿Qué puede simbolizar la imagen de Nacha debajo de un hormiguero?

Actividad 14.   ***Las mujeres en la Revolución mexicana.*** En el texto sobre Nacha Ceniceros hemos visto que la presencia de mujeres en las filas (*ranks*) revolucionarias no era nada extraña. En este breve extracto la protagonista es una mujer coronela y en él aparecen otras mujeres. ¿En qué te hace pensar la siguiente fotografía? Trabaja con un(a) compañero(a) para contestar las siguientes preguntas. Después comparen sus respuestas con las de otros estudiantes.

1. ¿Quiénes crees que son estas mujeres?
2. ¿Dónde piensas que están?
3. ¿Contra quién crees que disparan?
4. ¿Qué crees que hacían estas mujeres cuando no estaban luchando?

Actividad 15.   ***La pena capital.*** En el texto que acabas de leer, Villa impone una forma de justicia: el fusilamiento de Nacha. Hoy en día, muchos cuestionan el uso de la pena de muerte como medio de hacer justicia. Haz una encuesta entre tus compañeros de clase para ver qué es lo que piensan al respecto. Al final indiquen las conclusiones de la encuesta teniendo en cuenta estas preguntas: ¿Cuál es la opinión de la clase con respecto a la pregunta #1? ¿Cuál es la opinión de la clase con respecto a la pregunta #2? ¿Estás de acuerdo con la mayoría?

	Sí	**No**
1. ¿Se puede justificar el fusilamiento de Nacha?	_____	_____
2. Si respondiste sí a la pregunta #1, ¿por qué?		
3. ¿Se puede justificar el uso de la pena de muerte?	_____	_____
4. Si respondiste sí a la pregunta #2, ¿en qué circunstancias?		

Estudio del lenguaje 1:

Tiempos compuestos: Formas y usos

Repaso

As you will remember, in the Spanish verb system there are simple tenses as well as compound tenses. This is the case also in the English verb system. Look at the examples below.

Tiempos simples
Presente: **lloro**   Imperfecto: **lloraba**

Tiempos compuestos
Presente perfecto: **he llorado**   Pluscuamperfecto: **había llorado**

To form the compound tenses use the auxiliary verb **haber** plus the past participle of the verb.

Tiempos compuestos en español

El participio pasado

To form the compound tenses in Spanish use the verb **haber** followed by the past participle of the verb.

1. The past participles of most verbs are created by dropping the **-ar, -er,** and **-ir** ending from the infinitive and adding the endings **-ado** to **-ar** verbs, and **-ido** to **-er** and **-ir** verbs.

colgar → **colgado**

entretener → **entretenido**

2. The past participle of **-er** or **-ir** verbs whose stems end in **a, e,** or **o** add a written accent to the **i**; for example:

caer → **caído**   leer → **leído**

creer → **creído**   traer → **traído**

3. A number of verbs, however, have irregular participles. Notice in the table below that verbs derived from those listed in the first column have the same irregularity in the past participle.

Infinitivo	Participio	Derivados
abrir	**abierto**	
cubrir	**cubierto**	descubrir: **descubierto**; recubrir: **recubierto**
decir	**dicho**	predecir: **predicho**
escribir	**escrito**	describir: **descrito**
hacer	**hecho**	rehacer: **rehecho**; deshacer: **deshecho**
morir	**muerto**	
poner	**puesto**	reponer: **repuesto**; oponer: **opuesto**; suponer: **supuesto**; posponer: **pospuesto**
resolver	**resuelto**	
romper	**roto**	
ver	**visto**	
volver	**vuelto**	

4. The past participles for the verbs **ir** and **ser** are **ido** and **sido.**

El presente perfecto y el pluscuamperfecto de indicativo

1. To form the present perfect use the present tense of **haber** followed by the past participle.

Presente perfecto de indicativo	
he engañado	**hemos** engañado
has engañado	**habéis** engañado
ha engañado	**han** engañado

• This tense is used to express a completed past action that still has a connection to the present. In other words, with the present perfect we convey an action that takes place in a unit of time that includes the present: **esta semana, este mes, este año, todavía, ya,** and so on.

¿Qué **has hecho** esta semana?　*What have you done this week?*

He ido a clase, **he hecho** mi　*I have gone to class, I have done my*
tarea y **he visto** una película.　*homework, and I have seen a movie.*

- The present perfect is also used to refer to an inmediate past action, that is, to something that *has just happened*. Look at the example below taken from the extract "Nacha Ceniceros".

—**Han matado** a Gallardito, mi General.

What the soldier is telling the General is that *they have just killed* Gallardito.

The present perfect is, in general, more commonly used in Spain than in Latin America. In Latin America often speakers will use the preterite with units of time such as **hoy** or **esta mañana** and even to refer to actions that have just happened.

2. To form the pluperfect (also known as the past perfect) use the imperfect tense of **haber** followed by the past participle.

Pluscuamperfecto de indicativo	
había llorado	**habíamos** llorado
habías llorado	**habíais** llorado
había llorado	**habían** llorado

This tense is used to refer to a past action that took place before another past action. Look at the time line below.

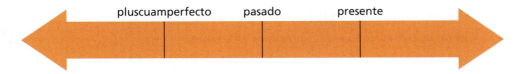

pluscuamperfecto　　pasado　　presente

Nacha **había hablado** con una soldadera vieja antes de producirse el accidente. Cuando se le salió el balazo a Nacha ya **había vuelto** a su tienda.

El presente perfecto y el pluscuamperfecto de subjuntivo

The two tenses that we have just studied have equivalents in the subjunctive.

1. For the present perfect subjunctive, use the present subjunctive of **haber** followed by the past participle.

Presente perfecto de subjuntivo	
haya entretenido	**hayamos** entretenido
hayas entretenido	**hayáis** entretenido
haya entretenido	**hayan** entretenido

2. For the past perfect subjunctive, use the imperfect subjunctive of **haber** plus the past participle.

Pluscuamperfecto de subjuntivo	
hubiera opuesto	**hubiéramos** opuesto
hubieras opuesto	**hubierais** opuesto
hubiera opuesto	**hubieran** opuesto

Usos del presente perfecto y el pluscuamperfecto de subjuntivo

The two perfect subjunctive tenses indicate past time exactly the same way as their indicative counterparts: the present perfect subjunctive refers to a completed past action that still has a connection with the present; the past perfect subjunctive refers to a past action that happened before another past action. So, when and how are the subjunctive forms used? Under exactly the same conditions as the present and imperfect subjunctive forms that we have seen in Chapters 7 and 8.

The present perfect subjunctive

The present perfect subjunctive is used:

- in subordinate noun clauses after expressions of wish, desire, and influence

  Los zapatistas han ido a la capital para negociar con el gobierno mexicano. Espero que les **hayan escuchado.**

  Deseamos que el turista **haya visto** cómo están las cosas en Chiapas.

- in noun clauses following expressions of emotion

  Me alegro de que los campesinos **hayan ido** a hablar con los representantes del gobierno.

  Teme que les **hayan engañado** una vez más.

  ¿Es bueno que **haya habido** una rebelión?

- in noun clauses following verbs or expressions that convey doubt or uncertainty

  Es increíble que **hayan fusilado** a tantas personas.

  Dudo que **hayan llegado** a un acuerdo.

- in adverbial clauses of time when the main clause expresses a future action

  Cuando **hayan platicado** de todos los asuntos pendientes, se irán.

  En cuanto **haya platicado** con todos los soldados, sabrá quién ha sido el culpable.

- in adverbial clauses introduced by the following conjuctions: **para que, a fin (de) que, a menos que, a no ser que, con tal (de) que, en caso de que, sin que**

No podrá usar el dinero de su pensión a menos que **se haya jubilado.**

- in adverbial clauses introduced by **aunque** to express the idea of *even if*

    Seguirán negociando aunque no **hayan llegado** a ninguna conclusión.

    Aunque la mayoría **se haya opuesto** a las medidas presentadas, el plan seguirá adelante.

To understand the difference between the present perfect subjunctive and the simple present subjunctive, consider the following sentences.

a. Es importante que los zapatistas y el gobierno **negocien.**
b. Es importante que los zapatistas y el gobierno **hayan negociado.**

In the first sentence the action expressed by the subordinate verb **negocien** takes place *at the same time* as the action expressed by the main verb. In the second sentence, however, the action expressed by the subordinate verb **hayan negociado** took place *before* the action expressed by the main verb.

El pluscuamperfecto de subjuntivo

The past perfect subjunctive is used in the same circumstances as the present perfect presented above, except that the main verb is in a past tense.

> Deseábamos que el turista **hubiera visto** cómo estaban las cosas en Chiapas.
>
> Dudé que **hubieran llegado** a un acuerdo.

To understand the difference between the pluperfect subjunctive and the past subjunctive, consider the following sentences.

a. Era importante que los dos grupos **se reunieran.**
b. Era importante que los dos grupos **se hubieran reunido.**

In the first sentence the action expressed by the subordinate verb **se reunieran** takes place *at the same time* as the action expressed by the main verb. In the second sentence, however, the action expressed by the subordinate verb **se hubieran reunido** took place *before* the action expressed by the main verb.

Online Study Center

To check your progress as you complete each vocabulary and grammar topic, do the exercises in the *Pueblos* Online Study Center:
http://college.hmco.com/ languages/spanish/students

Aplicación

Actividad 16.   *Completar.* Completa el siguiente párrafo con los participios correspondientes.

Esta semana hemos ___leído___ (1. leer) un texto escrito por Nellie Campobello. En clase, la profesora ha ___resuelto___ (2. resolver) algunas de nuestras dudas. Un compañero ha ___dicho___ (3. decir) esta mañana que el cuento es breve pero muy intenso. La mayoría de la clase ha ___estado___ (4. estar) de acuerdo con él. Uno de los estudiantes ha ___hecho___ (5. hacer) una defensa muy interesante de las mujeres que participan en el ejército. Esta semana también hemos ___escrito___ (6. escribir) un ensayo sobre la Revolución mexicana. Yo he ___rehecho___ (7. rehacer) el mío varias veces. Al final, he ___puesto___ (8. poner) toda la información que me ha ___parecido___ (9. parecer) pertinente. Creo que he ___cubierto___ (10. cubrir) el tema ampliamente.

Actividad 17. ***¿Qué ha ocurrido esta semana?*** Trabaja con un(a) compañero(a) y hagan una lista de las cosas que han ocurrido en México y en EEUU esta semana. Utilicen verbos y sujetos diferentes y escriban al menos seis frases para cada lugar. Comparen su lista con la de un(a) compañero(a).

Esta semana, en México...	Esta semana, en EEUU...
1. 2. 3. 4. 5. 6.	1. 2. 3. 4. 5. 6.

Actividad 18. ***¿Qué había hecho?*** ¿Qué había hecho Nacha antes de que la fusilaran? Con los verbos a continuación indica en oraciones completas las acciones que Nacha había hecho antes de su muerte. Si la información no se encuentra en el cuento, usa la imaginación para inventar los detalles.

Modelo: enamorarse
Nacha se había enamorado.

1. pedir consejo
2. platicar
3. entretener
4. llorar
5. disparar
6. luchar
7. decir
8. resolver
9. romper

Actividad 19. ***Reacciones.*** Vas a utilizar las frases de la Actividad 17 para hacer esta actividad. Usando las siguientes expresiones, reacciona frente a los hechos que han ocurrido esta semana en México y EEUU. Elige las nueve expresiones que te parezcan más convenientes.

siento que...
me sorprende que...
me alegro de que...
lamento que...
me encanta que...

me enoja que...
me molesta que...
es bueno que...
es curioso que...

es extraño que...
es increíble que...
es una lástima que...
es una pena que...

Actividad 20. ***Crónica política de la semana.*** Teniendo en cuenta las frases que has escrito en las Actividades 17 y 19 vas a redactar una crónica de la semana en México o en EEUU. El objetivo de esta actividad es redactar, al menos, dos párrafos elaborados que resuman los acontecimientos más importantes que han ocurrido esta semana en uno de los dos países. Ten en cuenta las siguientes preguntas.

- ¿Qué ha pasado?
- ¿Quiénes han sido los responsables?
- ¿Cómo han reaccionado los distintos sectores de la población?
- ¿Qué ha dicho la prensa al respecto?

EXPLORACIÓN DEL TEMA 2

Vocabulario esencial 2

Sustantivos

la alimentación *food*
la camioneta *truck*
el ganado *cattle*
la garita *sentry box*
la huella *footprint*
la infraestructura
el lodo *mud*
el plátano *plantain, banana (Spain)*
el regimiento *regiment*
el rincón *corner*

Verbos

advertir (ie, i) *to warn; to inform*
cobrar *to charge*
desangrar(se) *to bleed heavily*
enfilar *to head for*
enorgullecerse *to be proud of, to become proud of*

padecer *to suffer*
rezumar *to ooze*
soplar *to blow*
superar *to overcome*
suponer *to imagine, suppose*

Adjetivos

amontonado(a) *piled up*
analfabeto(a) *illiterate*
desdichado(a) *unhappy*
mayoritario(a) *of the majority*

Otras expresiones

acá *here*
adelante pues *go ahead then*
ajá *OK, fine*
allá
que le vaya bien *good luck*

Actividad 21. *Parejas*. Empareja las cinco palabras de la columna de la izquierda con las expresiones de la columna de la derecha. Después escribe una frase completa con cada una de las cinco palabras.

1. garita
2. enfilar
3. lodo
4. desdichado
5. rezumar

a. ir directamente hacia un lugar, dirigirse
b. desafortunado, desgraciado
c. cuarto o caseta de vigilancia
d. salir a través de los poros
e. mezcla de tierra y agua después de una lluvia fuerte

Actividad 22. *Antónimos y sinónimos*. En el cuadro de la página 256, escribe un sinónimo y un antónimo para cada una de las siguientes palabras del Vocabulario esencial. Si no puedes encontrar antónimos, escribe la palabra en su forma negativa, y si no puedes pensar en sinónimos escribe una breve explicación de la palabra.

Vocabulario esencial	Sinónimo	Antónimo
advertir		
cobrar		
suponer		
superar		
analfabeto		
desdichado		

Actividad 23.   ***Combinaciones.*** Escriban al menos tres adjetivos y tres verbos que se puedan usar con los siguientes sustantivos del Vocabulario esencial. Mira los ejemplos.

Sustantivo	Adjetivo(s)	Verbo(s)
Modelo:		
alimentación	sana	alimentar, dar de comer
camioneta		
lodo	sucio	
huella		analizar
plátano		

¿Qué sabes?

Actividad 24.   ***Tratado de Libre Comercio y Chiapas.*** Mira la cronología del capítulo en las páginas 240–241. ¿Qué ocurrió en 1992? ¿Y en 1994? Trabaja con un(a) compañero(a) para explicar la conexión entre estos hechos.

Actividad 25.   ***Geografía.*** Estudia el mapa de Estados Unidos de México de la página 240 y localiza el estado de Chiapas. Observa dónde está con relación a:

- la capital del país (Ciudad de México)
- las zonas mexicanas de playas y hoteles que se conocen internacionalmente (p.e., Cancún, Acapulco)
- los antiguos imperios de los aztecas y los mayas
- Guatemala, el canal de Panamá y el resto de Centroamérica y Sudamérica
- Estados Unidos

Lectura del texto: Viento primero. El de arriba

Anticipación

Actividad 26.   ***Contexto histórico-geográfico.*** Lee la siguiente
información sobre la revolución zapatista en el estado
mexicano de Chiapas. En la página web de *Pueblos* hay
varios enlaces a páginas que contienen información actualizada
sobre Chiapas y la revolución zapatista. Lee esa información y
haz un resumen de los hechos más destacados.

En enero de 1994, cuando entró en vigor el Tratado de Libre Comercio,
estalló una rebelión en el estado de Chiapas. Los partidarios de los
intereses chiapanecos (principalmente los guerrilleros zapatistas) se oponían
así al gobierno federal de México por el acuerdo (*agreement*) que, en su
opinión, iba a empobrecer aún más Chiapas, la región más pobre de
México. En esta rebelión murieron más de cien personas. Desde este
incidente trágico, Chiapas ha captado el interés de la prensa internacional
que informa con regularidad sobre el conflicto en la zona.

El conflicto de Chiapas irrumpió en la vida política mexicana en 1994, y
ha pasado por varios momentos importantes tanto para los indígenas
como para toda la sociedad mexicana. Después de la sublevación el 1 de
enero de 1994, el Ejército Zapatista de Liberación Nacional (EZLN), liderado
por el subcomandante Marcos, ocupó varios municipios del estado de
Chiapas y el gobierno federal mexicano envió tropas. Posteriormente, el
EZLN y el gobierno mexicano tuvieron varios intentos de negociación. En
1996 se firmaron los acuerdos de San Andrés en los que se configuraba
una nueva relación entre el estado mexicano y sus pueblos indígenas
(mayor autonomía y reconocimiento de los derechos de los pueblos
indígenas a nivel constitucional). Sin embargo, el EZLN terminó su
participación en las negociaciones porque consideraba que el gobierno
incumplía lo acordado. La culminación de la presencia zapatista en la vida
mexicana fue el "zapatour", que viajó desde San Cristóbal de las Casas
hasta el Zócalo de la Ciudad de México en 2001. Un miembro del EZLN
habló en el Congreso mexicano y defendió el derecho a la autonomía de
los indígenas mexicanos. En 2004, a diez años de la rebelión en Chiapas,
el movimiento zapatista había perdido fuerza pero seguía reivindicando la
implementación total de los acuerdos de San Andrés y seguía controlando
unos cuantos municipios independientes en Chiapas.

Actividad 27.   ***Un vistazo al texto.*** Trabaja con un(a) compañero(a) para contestar las siguientes preguntas como preparación para la lectura.

1. Observa la foto con atención. Describe con detalle lo que ves. ¿En qué te hace pensar esta persona? ¿Qué representa? ¿Qué mensaje crees tú que quiere transmitir? Cuando leas el texto, ten presente que la persona que aparece en la foto es el autor.

2. Observa el título —"Viento primero"— y completa la siguiente rueda de palabras. Usa esta guía para completar la rueda: ¿Qué quiere decir **viento?** ¿Qué tipos de viento hay? ¿Bajo qué circunstancias? ¿Cuál es el efecto de esos diferentes tipos?

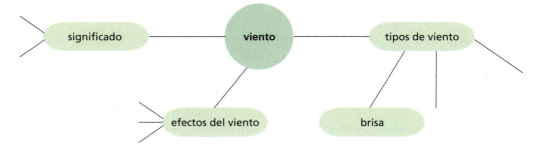

significado — viento — tipos de viento

efectos del viento   brisa

Remember that we have used the term **metáfora** before. When comparing two things mentally, one can use a metaphor by transporting the meaning of one word to the meaning of another word.

3. La palabra **viento** se puede usar a nivel metafórico, es decir, se puede usar con un sentido diferente al original. ¿Puedes pensar en el viento como metáfora? ¿Qué podría significar "Viento primero" como metáfora?

4. Vuelve al texto de la página 259. Observa el subtítulo "El de arriba". Lee la parte introductoria que está en cursiva. (Empieza con "*Que narra...*") Subraya el primer sujeto mencionado. ¿A quién se refiere "el de arriba"? Sigue examinando la parte en cursiva, subraya la frase que parece ser el tema principal de la lectura que viene después. De acuerdo con esta frase, ¿qué información vas a encontrar en el texto?

Actividad 28.   ***Estudio de palabras.*** Aquí tienes seis palabras tomadas de la parte introductoria del texto y seis definiciones. Examina el contexto de las palabras en "Viento primero" e indica qué definición va con qué palabra.

d 1. enternecerse   a. comer, consumir
c 2. dotar   b. pobreza, desgracia
f 3. desdichado   c. donar, traspasar de una persona a otra una cosa
b 4. miseria   d. sentir ternura, compasión
e 5. entidad   e. sociedad, organización
a 6. alimentarse   f. infelices, desgraciados

Texto

Lee la selección titulada "Viento primero. El de arriba". Es parte del primer capítulo de *Chiapas: el Sureste en dos vientos, una tormenta y una profecía*. Se trata de un texto escrito por el subcomandante Marcos, líder de la revolución zapatista en Chiapas. Se publicó en 1994.

Viento primero. El de arriba

Subcomandante Marcos

Capítulo I

Que narra cómo el supremo gobierno se enterneció de la miseria indígena de Chiapas y tuvo a bien dotar a la entidad de hoteles, cárceles°, cuarteles° y un aeropuerto militar. Y que narra también cómo la bestia se alimenta de la sangre de este pueblo y otros infelices y desdichados sucesos.

    jails; military barracks

Suponga que habita usted en el norte, centro y occidente del país. Suponga que hace usted caso de la antigua frase de Sectur de "Conozca México primero". Suponga que decide conocer el sureste de su país y suponga que del sureste elige° usted al estado de Chiapas. Suponga que toma usted por carretera° (llegar por aire a Chiapas no sólo es caro sino improbable y de fantasía: sólo hay dos aeropuertos "civiles" y uno militar). Suponga que enfila usted por la carretera Transístmica. Suponga que no hace usted caso de ese cuartel que un regimiento de artillería del ejército federal tiene a la altura de Matías Romero y sigue usted hasta la Ventosa. Suponga que usted no advierte la garita° que el Servicio de Inmigración de la Secretaría de Gobernación tiene en ese punto (y que hace pensar que uno sale de un país y entra en otro). Suponga que usted gira° a la izquierda y toma decididamente hacia Chiapas. Kilómetros más adelante dejará° usted Oaxaca y encontrará un gran letrero que reza "BIENVENIDO A CHIAPAS". ¿Lo encontró? Bien, suponga que sí. Usted entró por una de las tres carreteras que hay para llegar al estado: por el norte del estado, por la costa del Pacífico y por esta carretera que usted supone haber tomado, se llega a este rincón del sureste desde el resto del país. Y la riqueza sale de estas tierras no sólo por estas tres carreteras. Por miles de caminos se desangra Chiapas: por oleoductos y gasoductos°, por tendidos eléctricos°, por vagones° de ferrocarril, por cuentas bancarias°, por camiones y camionetas, por barcos y aviones, por veredas clandestinas°, caminos de terracería°, brechas° y picadas°; esta tierra sigue pagando su tributo a los imperios: petróleo, energía eléctrica, ganado, dinero, café, plátano, miel, maíz, cacao, tabaco, azúcar, soya, sorgo°, melón, mamey°, mango, tamarindo y aguacate°, y sangre chiapaneca fluye° por los mil y un colmillos del saqueo clavados° en la garganta del sureste mexicano. Materias primas°, miles de millones de toneladas° que fluyen a los puertos mexicanos, a las centrales ferroviarias, aéreas y camioneras, con caminos diversos: Estados Unidos, Canadá, Holanda, Alemania, Italia, Japón; pero con

> This refers to a slogan used by **Sectur**, the Mexican Tourism Office.

    you choose; road

    sentry box

    turn
    will leave

    pipelines and gas lines; power grids; railroad cars; bank accounts; clandestine paths; unpaved roads; broken; full of potholes; sorghum; type of tropical fruit; avocado; flows; blood-sucking fangs clamped on; Raw materials; tons

el mismo destino: el imperio. La cuota que impone el capitalismo al sureste de este país rezuma, como desde su nacimiento, sangre y lodo. [...]

Mexican oil company
- En las tierras chiapanecas hay 86 colmillos de Pemex° clavados en los municipios de Estación Juarez, Reforma, Ostuacán, Pichucalco y Ocosingo. Cada día succionan 92 mil barriles de petróleo y 516.7 mil millones de pies cúbicos de gas. [...]
- También por el café se desangra Chiapas. El 35 por ciento de la producción nacional cafetalera sale de estas tierras que emplean a 87 mil personas. [...]

looting, sacking
smugglers; middlemen;
refrigerators
- El segundo saqueo° en importancia, después del café, es el ganado. Tres millones de vacas esperan a coyotes° y a un pequeño grupo de introductores° para ir a llenar los frigoríficos° de Arriaga, Villahermosa y el Distrito Federal. Las vacas son pagadas hasta en 1.400 pesos el kilo en pie a los ejidatarios° empobrecidos, y revendidos° por coyotes e introductores hasta en 10 veces multiplicado el valor que pagaron.

land owners; resold

- El tributo que cobra el capitalismo a Chiapas no tiene paralelo en la historia. El 55 por ciento de la energía nacional de tipo hidroeléctrico proviene de este estado, y aquí se produce el 20 por ciento de la energía eléctrica total de México. Sin embargo, sólo un tercio de viviendas° chiapanecas tienen luz eléctrica. [...]

homes

elementary school
- ¿Educación? La peor del país. En primaria°, de cada 100 niños 72 no terminan el primer grado. Más de la mitad de las escuelas no ofrecen más que al tercer grado y la mitad sólo tiene un maestro para todos los cursos que imparten°. Hay cifras° muy altas, ocultas° por cierto, de deserción escolar° de niños indígenas debido a la necesidad de incorporar al niño a la explotación. En cualquier comunidad indígena es común ver a niños en horas de escuela cargando leña° o maíz, cocinando o lavando ropa. De 16 mil 58 aulas que había en 1989, sólo mil 96 estaban en zonas indígenas.

offer; figures; hidden;
dropping out of school

carrying firewood

- La salud de los chiapanecos es un claro ejemplo de la huella capitalista: un millón y medio de personas no disponen de servicio médico alguno. [...]
- Salud y alimentación van de la mano en la pobreza. El 54 por ciento de la población chiapaneca está desnutrida y en la región de los altos y la selva este porcentaje de hambre supera el 80 por ciento. El alimento promedio de un campesino es: café, pozol°, tortilla y frijol°.

corn stew; bean

¡¡Bienvenido!!... Ha llegado usted al estado más pobre del país: Chiapas.
Suponga que sigue usted manejando [...] ¿Qué ve? Está en lo cierto, entró usted a otro mundo: el indígena. Otro mundo, pero el mismo que padecen° millones en el resto del país.

suffer

Este mundo indígena está poblado por 300 mil tzeltales, 300 mil tzotziles, 120 mil choles, 90 mil zoques y 70 mil tojolabales. El supremo gobierno reconoce que "sólo" la mitad de este millón de indígenas es analfabeta.

inner mountain road
Siga por la carretera sierra adentro°, llega usted a la región llamada los altos de Chiapas. Aquí, hace 500 años el indígena era mayoritario, amo y señor de tierras y aguas. Ahora sólo es mayoritario en número y pobreza. Siga, lléguese hasta San Cristóbal de Las Casas, hace 100 años era la capital del

estado pero las pugnas interburguesas° le quitaron el dudoso honor de ser capi- — *class wars*
tal del estado más pobre de México. Aquí todo se compra y se vende, menos la
dignidad indígena. Aquí todo es caro, menos la muerte. Pero no se detenga,
siga adelante por la carretera, enorgullézcase° de la infraestructura turística: en — *be proud*
1988 en el estado había 6 mil 270 habitaciones de hotel, 139 restaurantes y 42
agencias de viaje; ese año entraron un millón 58 mil 98 turistas y dejaron 250
mil millones de pesos en manos de hoteleros y restauranteros.

[...] Siga, baje a Huixtán, ascienda a Oxchuc, vea la hermosa cascada donde
nace el río Jataté cuyas aguas atraviesan° la Selva Lacandona, pase por Cuxuljá — *cross*
y no siga la desviación que lleva a Altamirano, lléguese hasta Ocosingo: "la
puerta de la Selva Lacandona"...

Está bien, deténgase un poco. Una vuelta rápida por la ciudad... ¿Principales puntos de interés? Bien: esas dos grandes construcciones a la entrada son
prostíbulos°, aquello es una cárcel, la de más allá la iglesia, esa otra es la — *brothels*
Ganadera, ése de allá es un cuartel del ejército federal, allá los judiciales, la
presidencia municipal y más acá Pemex, lo demás son casitas amontonadas° que — *heaped*
retumban° al paso de los gigantescos camiones de Pemex y las camionetas de — *resound*
los finqueros°. — *farmers*

Bueno, llegamos al cruce°, ahora a Ocosingo... ¿Palenque? ¿Está usted — *crossroads*
seguro? Bueno, vamos... Sí, bonitas tierras. Ajá, finqueros. Correcto: Ganado,
café, madera. Mire, ya llegamos a Palenque. ¿Una visita rápida a la ciudad?
Bueno: ésos son hoteles, allá restaurantes, acá la presidencia municipal, la Judi-
cial, ése es el cuartel del ejército, y allá... ¿Qué? No, ya sé qué me va a decir...
no lo diga, no... ¿Cansado? Bueno, paremos un poco. ¿No quiere ver las
pirámides? ¿No? Bueno. ¿Xi'Nich? Ajá, una marcha indígena. Sí, hasta México.
Ajá, caminando. ¿Cuánto? Mil 106 kilómetros. ¿Resultados? Recibieron sus
peticiones. Sí, sólo eso. ¿Sigue cansado? ¿Más? Bueno, esperemos... ¿Para
Bonampak? Está muy malo el camino. Bueno, vamos. Sí, la ruta panorámica...
ése es el retén° del ejército federal, este otro es de la Armada, aquél de judi- — *storehouse*
ciales, el de más allá el de Gobernación... ¿Siempre así? No, a veces topa° uno — *bump into*
con marchas campesinas de protesta. ¿Cansado? ¿Quiere regresar? Bueno.
¿Otros lugares? ¿Distintos? ¿En qué país? ¿México? Verá usted lo mismo, cam-
biarán los colores, las lenguas, el paisaje, los nombres, pero el hambre, la
explotación, la miseria y la muerte, es la misma. Sólo busque bien. Sí, en
cualquier estado de la república. Ajá, que le vaya bien... y si necesita un guía
turístico no deje de avisarme°, estoy para servirle. ¡Ah! otra cosa. No será — *let me know*
siempre así. ¿Otro México? No, el mismo... yo hablo de otra cosa, como que
empiezan a soplar otros aires, como que otro viento se levanta...

Comprensión

Actividad 29. ***Detalles de la lectura.*** Vuelve a mirar el texto para completar las frases siguientes. Cada una de estas frases resume las ideas centrales de la primera mitad de la lectura.

1. El narrador describe el estado de _____, México, al lector. (párrafo 1)
2. Hay solamente _____ carreteras que llegan a este estado. (párrafo 1)
3. Además de por estas carreteras, la _____ del estado sale por oleoductos, gasoductos, ferrocarriles, barcos y aviones. (párrafo 1)
4. Los productos y las materias primas que salen llegan al _____. (párrafo 1)
5. La mayoría del petróleo, el _____, el ganado y la _____ lo produce Chiapas para enviar a otros países o partes de México. (párrafo 2)
6. La educación de Chiapas es la peor del país porque muchas escuelas no ofrecen más que el _____ grado y hay una falta grande de escuelas en las zonas _____. (párrafo 2, educación)
7. La mala salud de los chiapanecos se debe en parte a la mala _____. (párrafo 2, salud)

Actividad 30. ***Explicaciones.*** Trabajando con un(a) compañero(a), reconstruyan las ideas centrales de la lectura. Miren la lista de causas a continuación y completen la tabla para indicar las consecuencias. Después, comparen sus ideas con las de otros compañeros.

Causas	Consecuencias
Existen 86 millones de colmillos de Pelmex.	
Unas pocas personas compran y comercian con el ganado de Chiapas.	
El 55% de la energía hidroeléctrica de México proviene de Chiapas.	
En 1989, de 16.058 aulas, sólo había 1.096 en zonas indígenas.	
La dieta de los campesinos consiste en café, pozol, tortilla y frijol.	

Conversación

Actividad 31. ***Productos de exportación.*** Lee de nuevo el texto y haz una lista de por lo menos diez productos que exporta Chiapas. Después haz lo siguiente.

1. Compara tu lista con la de tu compañero(a), e indica si tú consumes o no esos productos.

2. Cuando compras productos, ¿te fijas en dónde se fabrican o de dónde vienen?

3. Fíjate en la ropa que llevas así como en otros objetos que tienes (mochila, gafas, etc.). Indica dónde está hecha cada cosa.

4. Junto con tu compañero(a), teniendo en cuenta la información de la pregunta anterior, saquen un par de conclusiones usando estas expresiones:

La mayoría de la ropa que llevamos…
Esto sugiere que…

5. ¿Qué impacto tiene en la economía de un país la exportación y la importación de productos?

Actividad 32. *Otros vientos.* El texto termina de la siguiente manera:

"Ajá, que le vaya bien... y si necesita un guía turístico no deje de avisarme, estoy para servirle... ¡Ah! otra cosa. No será siempre así. ¿Otro México? No, el mismo... *yo hablo de otra cosa, como que empiezan a soplar otros aires, como que otro viento se levanta...*"

Fíjate en la parte en letra cursiva y, teniendo en cuenta la información de la Actividad 27 (preguntas 2 y 3), trabaja con un(a) compañero(a) para explicar el significado de esas palabras. ¿A qué otro viento se refiere Marcos? Mira después los nombres que aparecen a continuación y trata de explicar qué otros vientos llegaron con cada uno de ellos.

- Ernesto "Che" Guevara
- Martín Luther King, Jr.
- Desmond Tutu

Actividad 33. *Revolución a nivel local.* Entrevista a otros estudiantes para averiguar lo siguiente.

1. ¿Qué hechos han revolucionado la vida de tu universidad en los últimos años? ¿En tu comunidad?

2. ¿Quiénes han sido los líderes de esas "revoluciones"?

3. Al concluir la entrevista, trabaja con otros(as) dos compañeros(as) para resumir los resultados obtenidos. ¿Cómo han cambiado las cosas en la universidad y/o en la comunidad a partir de esas revoluciones? Indica al menos tres cambios. Compara tus conclusiones con las del resto de la clase.

Hechos que han revolucionado la vida de la universidad	Hechos que han revolucionado la vida de la comunidad	Líderes importantes

Estudio del lenguaje 2:
El imperativo para expresar mandatos

Repaso

"Viento primero" is a text in which the narrator invites the reader to visit Chiapas. In the text, the narrator gives the reader directions to get there and takes him/her on a visit to the region. What grammatical form do we generally use to give directions to people? Look at the following examples from the text.

"Siga, baje a Huixtán, **ascienda** a Oxchuc, **vea** la hermosa cascada donde nace el río Jataté cuyas aguas atraviesan la Selva Lacandona, **pase** por Cuxuljá y no **siga** la desviación que lleva a Altamirano, **lléguese** hasta Ocosingo..."

All the verbs in boldface are commands, a form of the verb that we use to tell someone what to do. In general, we use commands in Spanish, as well as English, to:

- give orders: *Close the door.* / **Cierre la puerta.**
- give directions: *Turn left.* / **Gire a la derecha.**
- give instructions: *First, cut the potatoes in small pieces.* / **Primero, corte las patatas en trocitos.**
- call the attention of the listener or reader (a technique used often in advertisement): *Click here! Connect to the Internet for free!* / **¡Haz click aquí! ¡Conéctate gratis a Internet!**

Las formas del imperativo

As you know, in Spanish there are two ways to address people: a) informal (**tú/vosotros** in Spain and **tú/ustedes** in Latin America) with friends and family, and b) formal (**usted, ustedes**) with people you do not know. This distinction also applies to the imperative forms.

Mandatos formales (usted y ustedes): Afirmativos y negativos

Look at the following examples of commands taken from the **Lectura.**

"**Suponga** que decide conocer el sureste del país". (suponer)   *Suppose that you decide to become familiar with the the country's southeast.*

"**Siga** por la carretera sierra adentro". (seguir)   *Follow the road into the mountains.*

"Bueno, **deje** usted las cuentas". (dejar)   *Well, leave the numbers alone.*

All the boldface forms are affirmative formal commands. The author uses the **usted** formal command to address a reader that he does not know. Look again at the same command forms below, reorganized according to their conjugation (**-ar, -er,** or **-ir**).

Verbs ending in -ar	Verbs ending in -er and -ir	
dejar → dej**e**	suponer → supong**a**	seguir → sig**a**

1. To form affirmative formal commands:

    a. **-ar** verbs: Take the **yo** form of present indicative, drop the **-o,** and add **-e** for **usted** and **-en** for **ustedes.** Any irregularity in the present indicative **yo** form will carry over to the imperative forms.

Yo: presente de indicativo	Mandato (usted)	Mandato (ustedes)
hablar: hablo	**hable**	**hablen**
mirar: miro	**mire**	**miren**
dejar: dejo	**deje**	**dejen**
enviar: envío	**envíe**	**envíen**
pensar: p<u>i</u>enso	**piense**	**piensen**

    b. **-er** and **-ir** verbs: Take the **yo** form of present indicative, drop the **-o,** and add **-a** for **usted** and **-an** for **ustedes.**

Yo: presente de indicativo	Mandato (usted)	Mandato (ustedes)
leer: leo	**lea**	**lean**
decidir: decido	**decida**	**decidan**
suponer: supongo	**suponga**	**supongan**
seguir: s<u>i</u>go	**siga**	**sigan**
conocer: cono<u>zc</u>o	**conozca**	**conozcan**

Notice that all forms of the imperative for **usted** and **ustedes** coincide with those of the subjunctive (including regular, irregular, with spelling changes, and so on) that you learned in Chapter 7 (see pp. 191–194).

2. To form negative formal commands, simply add the negative word **no** in front of the affirmative command.

No mire hacia ese lado.	*Don't look in that direction.*
No lea ese cartel.	*Don't read that poster.*
No sigan por esa carretera.	*Don't follow that road.*

Mandatos informales (tú y vosotros): Afirmativos y negativos

To give commands to your friends and to people with whom you are on a first-name basis, you will use informal commands.

1. To form the affirmative informal commands for **tú,** follow the same rules for all **-ar, -er,** and **-ir** verbs. Except for some verbs listed below that are irregular in the imperative form, the informal affirmative command coincides with the third-person singular of the present indicative. Remember that since there are many verbs that have an irregular present, you need to review them to be able to form informal affirmative commands.

   hablar   **Habla** más alto, por favor.

   conducir   **Conduce** más despacio, por favor.

   cerrar (e > ie)   **Cierra** la ventana.

   seguir (e > i)   **Sigue** por esa carretera hasta el final y después…

   The following verbs have an irregular affirmative informal command.

decir: **di**	salir: **sal**
hacer: **haz**	ser: **sé**
ir(se): **ve(te)**	tener: **ten**
poner: **pon**	venir: **ven**

> Remember that verbs derived from the ones in the list will be irregular as well; for instance: **suponer → supón, deshacer → deshaz, detener → detén, contener → contén, rehacer → rehaz,** etc. Note that those forms ending in **n** add an accent to maintain the stress pattern.

2. To form the affirmative **vosotros** commands for all verbs, drop the **-r** from the infinitive and add a **-d.**

   bailar   **Bailad** al ritmo de la música.

   detener   **Detened** al culpable.

   conducir   **Conducid** más despacio.

3. To form the negative informal commands for **tú** and **vosotros,** place the negative word **no** in front of the corresponding **tú** or **vosotros** present subjunctive form of the verb.

bailar	**No bailes** con ella.	**No bailéis** con ellas.
detener	**No detengas** a alguien inocente.	**No detengáis** a alguien inocente.
conducir	**No conduzcas** tan de prisa.	**No conduzcáis** tan de prisa.

Mandatos, pronombres y acentuación

Look at the examples below from "Nacha Ceniceros" and "Viento primero".

   "¡Fusílen**lo**! ¡Fusílen**la**!"

   "Siga, llégue**se** hasta San Cristóbal de Las Casas."

   "Pero, no **se** detenga, siga adelante."

   "No **lo** diga, no…"

As the examples taken from the chapter's readings illustrate, all object pronouns (direct, indirect, and reflexive) *follow and are attached to* affirmative commands. In the case of negative commands, pronouns are placed *in front of the verb*.

Regarding multiple pronouns, follow this rule of order: First reflexive, then indirect object pronoun, and finally direct object pronoun.

Acérca**le** la silla. → Acérca**sela**.

Dime cosas bonitas. → **Dímelas**.   *no me las digas*

Notice that the command forms to which a pronoun (or two pronouns) is attached take a written accent. This is because all Spanish words whose stress falls on a syllable before the second-to-last syllable take a written accent. Take, for example, the following Spanish words.

último   centímetro   exámenes   farmacéutico

When you add a pronoun to a verb form you are adding an extra syllable as well. Therefore, when you take a word like **llame** which has the stress on **lla-** (next-to-last syllable, with no written accent), and add the pronoun **lo**, it becomes **llámelo**, which takes a written accent because now the stress falls before the second-to-last syllable.

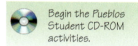

Online Study Center

To check your progress as you complete each vocabulary and grammar topic, do the exercises in the *Pueblos* Online Study Center: **http://college .hmco.com/languages/ spanish/students**

Begin the *Pueblos* Student CD-ROM activities.

Aplicación

Actividad 34.   *Identificar*. Vuelve a mirar el texto "Viento primero" y haz lo siguiente.

1.   Subraya diez ejemplos de imperativos que encuentres.
2.   Da el verbo correspondiente en infinitivo.

Actividad 35.   *Transformar*. Como sabes, el texto está escrito usando la forma de usted porque el autor desconoce a su lector y lo trata de manera formal y distante. Vamos a imaginar por un momento que tú, como editor(a) del texto, le sugieres al autor que cambie el tono y que se dirija al lector usando la forma de tú para establecer una comunicación más íntima con él. Escribe de nuevo las siguientes frases del texto utilizando la forma de tú.

1.   Bueno, <u>deje</u> usted las cuentas y <u>siga</u> adelante, <u>libre</u> con cuidado esas tres hileras de policía que, con boinas pintas, trotan por la orilla de la carretera, <u>pase</u> usted por el cuartel de la Seguridad Pública y <u>siga</u> por entre hoteles, restaurantes y grandes comercios, <u>enfile</u> a la salida para Comitán.
2.   No, <u>mire</u> el letrero a un lado de los cañones, y <u>lea</u>: "Cuartel General de la 31 Zona Militar". Todavía con la hiriente imagen verdeolivo en la retina <u>llegue</u> usted al crucero y <u>decida</u> no ir a Comitán. [...] Está bien, <u>deténgase</u> un poco. Una vuelta rápida por la ciudad...

Actividad 36. **_Demandas de los zapatistas._** Estas son algunas de las cosas que piden los zapatistas. Utiliza los verbos entre paréntesis para crear mandatos afirmativos o negativos para la forma de ustedes.

Modelo: Contra la explotación de la tierra en Chiapas (explotar)
¡No exploten la tierra en Chiapas!

1. Cumplimiento de los Acuerdos de San Andrés (cumplir, respetar)
2. Contra la privatización de la educación y de la salud (privatizar, mejorar)
3. Libertad a los presos políticos de Chiapas, Oaxaca, Guerrero y otros estados (liberar, ayudar)
4. Parar la venta de nuestro patrimonio cultural (detener, permitir)

Actividad 37. **_Demandas de los estudiantes._** Imagina por un momento que los estudiantes de tu universidad no están muy contentos con ciertas cosas que están ocurriendo en el campus.

• Los profesores exigen demasiado trabajo.
• Es imposible conseguir los cursos necesarios para graduarse. Siempre están llenos.
• No hay suficientes lugares para aparcar en el campus.
• ¿ ? (Puedes especificar otras situaciones que estén relacionadas directamente con lo que ocurre en tu universidad en este momento.)

Elije una de las situaciones mencionadas arriba (u otra) y trabaja con un(a) compañero(a) para escribir una carta de protesta dirigida a la administración de la universidad. La carta debe incluir una lista de exigencias expresadas en forma de mandato.

Actividad 38. **_¿Cómo se llega a...?_** Imagina que trabajas con el equipo encargado de crear las páginas web de tu universidad. Una de las secciones iniciales de las páginas incluye información sobre cómo llegar al campus desde la carretera (*highway*) más cercana y además ofrece una visita virtual guiada. Tu trabajo de esta semana consiste en crear el texto que se va a incluir en esta parte de las páginas web. En el texto que escribas utiliza las expresiones que has aprendido en este capítulo a través de la lectura del subcomandante Marcos.

Proyecto final: Supongamos...

Recapitulación: En este capítulo hemos tratado el México revolucionario de principios y finales del siglo XX. También hemos estudiado las figuras de dos líderes revolucionarios clave en la historia de México: Pancho Villa y el subcomandante Marcos. En concreto, por lo que respecta al subcomandante Marcos, hemos leído un texto en el cual Marcos "guía" al lector a la zona de Chiapas. Como proyecto final tu grupo va a presentar una "guía alternativa" de tu comunidad.

Paso 1: Repasen las secciones marcadas con   en el texto.

Paso 2: Repasen la segunda lectura del capítulo (ver página 259). En este texto, paso a paso, el subcomandante Marcos guía al lector por una zona de México. En esta guía, el autor va mostrando detalles importantes de la economía y la sociedad de la zona. Poco a poco, también señala ejemplos de explotación y discriminación. Todos estos detalles se contraponen a otra imagen que puede tener el lector del México "para turistas". ¿Se puede aplicar esta división entre lo que se muestra y lo que no se muestra en su comunidad? Escojan un lugar de su comunidad que quieran estudiar. Puede ser su universidad, su barrio, su ciudad, etc. Completen la tabla siguiente con lo que se ve (lo que ven los turistas y los visitantes de un día) y lo que no se ve (lo que se esconde, lo que ven y conocen los que viven ahí). Piensen en los siguientes aspectos.

- *Aspecto exterior:* ¿Cómo es la arquitectura y el diseño de lo que se ve y lo que no se ve?
- *Economía:* ¿Hay separación entre las personas de distintos niveles socioeconómicos?
- *Socialización:* ¿Los grupos de personas que se ven y no se ven son los mismos?
- *Ropa y accesorios:* ¿Qué papel juega la ropa (lo que se ve) en los grupos?
- *Lugar:* ¿Lo que se hace en la comunidad (se ve) y lo que se hace en casa (no se ve) es lo mismo?

Lo que se ve (lo que es visible)...	Lo que no se ve (lo invisible)...

Paso 3: Fíjense en cómo empieza el texto "El de arriba".

Suponga que habita usted en el norte, centro y occidente del país.
Suponga que hace usted caso de la antigua frase de Sectur de "Conozca México primero".
Suponga que decide conocer el sureste de su país y suponga que del sureste elige usted el estado de Chiapas.

Hagan los cambios necesarios para adaptarlo a su comunidad.

Suponga que habita usted...
Suponga que hace usted caso de la antigua frase...
Suponga que decide conocer...
y suponga que...

Paso 4: Después de una serie de "supongas", el texto continúa así:

Kilómetros más adelante dejará usted Oaxaca y encontrará un letrero que reza "Bienvenido a Chiapas". ¿Lo encontró? Bien, suponga que sí. Usted entró por... Y...

A partir de aquí el subcomandante Marcos explica lo que normalmente no "se ve" cuando se quiere conocer México primero.

Basándose en la información del Paso 2, adapten el párrafo del texto para ajustarlo a su comunidad. Escojan dos de los temas del Paso 2 y desarróllenlos.

Paso 5: Preparen una presentación con un póster para la clase. Pueden usar el siguiente formato.

Suponga que... ¡Bienvenido a _____!

Foto/dibujo: lo visible

Foto/dibujo: lo invisible

■ Tema 1. Lo que se ve y no se ve

Foto/dibujo: lo visible

Foto/dibujo: lo invisible

■ Tema 2. Lo que se ve y no se ve

Vocabulario del capítulo

Preparación

abolir *to ban*
derrocar *to overthrow*
la independencia *independence*
el latifundio *a large estate*
el levantamiento *uprising*
la libertad de expresión *freedom of speech*
la libertad de prensa *freedom of the press*
el mandato *term of office*
las revueltas *rebellions*

Vocabulario esencial
Nacha Ceniceros

Sustantivos

el (la) amado(a) *loved one*
el apellido *last name*
el balazo *gunshot*
el campamento *camp, encampment*
los consejos *pieces of advice*
el (la) coronel(a) *colonel*
la descarga *unloading*
el desnivel *unevenness*
el éxito *success*
el fusilamiento *execution* (*by firing squad*)
la reforma *reform*
la soldadera *a soldier companion*
el suceso *incident*
la tienda *tent*
el tiro *shot*

Verbos

apresar *to arrest*
caer *to fall down*
colgar (ue) *to hang*
disparar *to shoot*
durar *to last*
engañar *to deceive*

entretener *to entertain*
fusilar *to execute*
jubilar *to retire*
juzgar *to judge*
llorar *to cry*
mantener *to support*
oponer *to oppose*
platicar *to talk*
reconocer *to recognize*
unificar *to unify*

Adjetivos

culpable *guilty*
despavorido(a) *terrified*
enterrado(a) *buried*
fronterizo(a) *on the border*
imborrable *unerasable*
villista *supporter of Pancho Villa*

Otras expresiones

contra *against*
junto a *beside*
llegar a ser *to become*
más tarde *later*
tanto… como *as… as*

Vocabulario esencial
Viento primero. El de arriba.

Sustantivos

la alimentación *food*
la camioneta *truck*
el ganado *cattle*
la garita *sentry box*
la huella *footprint*
la infraestructura *infrastructure*
el lodo *mud*
el plátano *plantain, banana* (*Spain*)

el regimiento *regiment*

el rincón *corner*

Verbos

advertir (ie, i) *to warn; to inform*

cobrar *to charge*

desangrar(se) *to bleed heavily*

enfilar *to head for*

enorgullecerse *to be proud of, to become proud of*

padecer *to suffer*

rezumar *to ooze*

soplar *to blow*

superar *to overcome*

suponer *to imagine, suppose*

Adjetivos

amontonado(a) *piled up*

analfabeto(a) *illiterate*

desdichado(a) *unhappy*

mayoritario(a) *of the majority*

Otras expresiones

acá *here*

adelante pues *go ahead then*

ajá *OK, fine*

allá *there*

que le vaya bien *good luck*

Participios irregulares

abierto *open*

cubierto *covered*

descrito *described*

descubierto *discovered*

deshecho *unmade; undone*

devuelto *returned*

dicho *said*

envuelto *involved; wrapped*

escrito *written*

hecho *made; done*

muerto *dead*

opuesto *opposed*

pospuesto *postponed*

predicho *predicted*

previsto *forseen*

puesto *put*

recubierto *recovered*

rehecho *remade; redone*

repuesto *replaced, recovered*

resuelto *resolved*

revuelto *stirred, mixed up*

roto *broken*

supuesto *supposed*

visto *seen*

vuelto *returned*

Unidad 4

Transiciones políticas y económicas

Composición constructivista, Joaquín Torres-García

Mapas de la República Dominicana y España

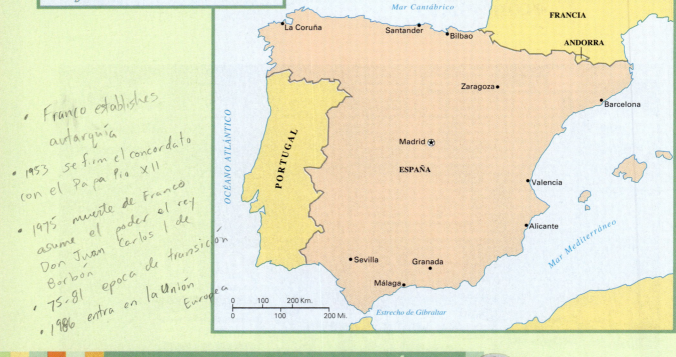

Handwritten notes:

- Franco establishes autarquía
- 1953 se firm el concordato con el Papa Pío XII
- 1975 muerte de Franco asume el poder el rey Don Juan Carlos I de Borbón
- 75-81 época de transición
- 1986 entra en la Unión Europea

CRONOLOGÍA

1861 – 1865
La República Dominicana, tras un período de independencia, vuelve a ser colonia española.

1882
Dictadura de Ulises Heureaux en la República Dominicana.

Rafael Leónidas Trujillo

1930 – 1961
Dictadura de Rafael Leónidas Trujillo en la República Dominicana.

1963 – 1965
Presidencia de Juan Bosch en la República Dominicana. Es derrocado por un golpe de estado. Intervención militar de Estados Unidos.

| 1840 | 1860 | 1880 | 1900 | 1920 | 1940 | 1960 |

1843
Los haitianos son expulsados de la República Dominicana.

1916 – 1924
Las tropas estadounidenses ocupan la República Dominicana.

1939 – 1975
Dictadura del general Francisco Franco en España.

1936 – 1939
Guerra civil española entre la derecha, al mando del general Francisco Franco, y la izquierda.

Exilio español tras la guerra

274

Capítulo 10

Dictaduras del pasado: República Dominicana y España

OBJETIVOS DEL CAPÍTULO

En este capítulo vas a:

→ Explorar cuestiones relacionadas con las dictaduras del pasado en la República Dominicana y España.

→ Repasar y ampliar conocimientos sobre el uso de los pronombres relativos y el uso del indicativo o del subjuntivo con oraciones de relativo.

→ Leer y analizar dos textos literarios sobre dos dictadores: las primeras páginas de la novela *La fiesta del chivo*, escrita por el novelista peruano Mario Vargas Llosa y publicada en el año 2000, y el ensayo titulado "La cara que se veía en todas partes" del novelista español contemporáneo Antonio Muñoz Molina, también publicado en el año 2000.

→ **Proyecto final:** De retorno (ver página 302)

Mujeres dominicanas

La coronación de Juan Carlos I

1975
Muerte de Franco. Lo sucede el rey Juan Carlos I de Borbón.

1975 – 1981
Transición de la dictadura a la democracia en España.

1986
España entra en la Unión Europea.

2004
Retorno de los socialistas al gobierno español.

1965	1970	1975	1980	1985	1990	1995	2000

1966
Joaquín Balaguer gana las elecciones presidenciales en la República Dominicana. Comienza un período de estabilidad política que continúa hasta hoy.

1978
Se aprueba la nueva Constitución española, con una monarquía parlamentaria.

1982
Victoria de la izquierda (Partido Socialista) en las elecciones españolas.

1996
Victoria de la derecha (Partido Popular) en las elecciones.

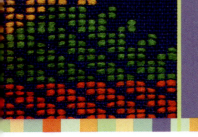

PRESENTACIÓN

Preparación

Vocabulario

Antes de escuchar la presentación, lee estas palabras para comprender el texto.

despiadado(a) *merciless*
el entrenamiento *training*
estar al mando de *to be in charge of*
el golpe de estado *military coup*
el imperialismo
la junta militar *military government*

la monarquía
la ocupación militar
el poder *power*
la revuelta *riot*
el (la) testigo *witness*
el (la) tirano(a) *tyrant*

Jorge Rafael Videla

Actividad 1. **Anticipación.** En grupos de tres, emparejen la siguiente información sobre las grandes dictaduras mundiales.

Dictador

1. Augusto Pinochet
2. Adolfo Hitler
3. Francisco Franco
4. Mao Tse-Tung
5. Rafael Trujillo
6. Jorge Rafael Videla
7. Benito Mussolini
8. Sadam Hussein
9. Slobodan Milosevic
10. José Stalin

País y período

a. Iraq, 1979–2004
b. Argentina, 1976–1983
c. China, 1949–1976
d. Italia, 1922–1943
e. España, 1939–1975
f. Chile, 1973–1990
g. Alemania, 1934–1945
h. República Dominicana, 1930–1961
i. Rusia, 1929–1953
j. Yugoslavia, 1989–1999

Francisco Franco

Presentación

Ahora escucha la introducción de este capítulo que trata sobre las dictaduras del siglo XX en la República Dominicana y en España.

Comprensión

Actividad 2. **¿Verdadero o falso?** Después de escuchar la presentación, indica si las afirmaciones son verdaderas (V) o falsas (F).

1. En el siglo XX hubo dictaduras en Chile, Argentina y Panamá.
2. Haití y la República Dominicana siempre fueron países independientes.
3. Franco tuvo el apoyo de Hitler, Mussolini y Roosevelt.
4. En el siglo XXI todavía quedan muchas dictaduras en el mundo.

EXPLORACIÓN DEL TEMA 1

Vocabulario esencial 1

Sustantivos

la amargura *bitterness*
la censura *censorship*
el control
la democracia
los derechos humanos *human rights*
la dictadura
el fascismo *fascism*
la finca *farm*
la manipulación
el mar *sea*
el militarismo
la nostalgia
el odio *hate, hatred*
la opresión
el (la) pariente *relative*
el régimen *regime*
la república
la ruina
el sentimentalismo

la tortura
el totalitarismo
la transición

Verbos

arrepentirse (ie, i) *to repent*
cambiar *to change*
controlar
crecer *to grow*
declinar
oprimir *to oppress*
recordar (ue) *to remember*
reemplazar *to replace*
suspender *to fail; to suspend*
vigilar *to observe, to watch*

Adjetivos

ajeno(a) *distant*
familiar
sangriento(a) *bloody*

Actividad 3. **Sinónimos y antónimos.** Usa las siguientes palabras para formar parejas de sinónimos (o de palabras relacionadas) y parejas de antónimos.

odio	nostalgia	cambiar
ajeno	declinar	oprimir

1. sentimentalismo (sinónimo)
2. crecer (antónimo)
3. controlar (sinónimo)
4. amargura (sinónimo)
5. reemplazar (sinónimo)
6. familiar (antónimo)

Actividad 4. **Formación de palabras.** En parejas, completen el cuadro con las palabras derivadas del Vocabulario esencial 1. Sigan el modelo y usen un diccionario si es necesario.

Sustantivo	Adjetivo	Verbo
1. nostalgia	nostálgico(a)	sentir nostalgia
2. odio		
3. ruina		
4. amargura		
5.		crecer
6.		arrepentirse

Actividad 5. ***Definiciones.*** En parejas, escriban una definición de las siguientes palabras del Vocabulario esencial siguiendo esta estructura:

Es un/una (sistema político, sistema de gobierno, persona, situación, …) que/en el que/en el cual/en la que/quien… (verbo)

1. democracia
2. imperialismo
3. monarquía

4. revuelta
5. testigo

¿Qué sabes?

Actividad 6. ***Las dictaduras.*** En grupos de tres, hagan las siguientes actividades.

1. ¿Cómo se define **dictadura**? Escriban una posible definición.
2. Las dictaduras suelen (*tend to*) ocurrir bajo ciertas condiciones y normalmente tienen ciertas características en común. Algunas de éstas son el militarismo, el subdesarrollo (*underdevelopment*) y el imperialismo. ¿Podrías definir qué significan estos términos?
3. ¿Cuáles son otras características de las dictaduras? Completen el siguiente gráfico con sus ideas.

4. ¿Quiénes son (o han sido) algunos de los dictadores más influyentes en la historia del mundo? Junto con tus compañeros, elige tres de los siguientes dictadores y busca información relacionada con ellos para completar la tabla.

Dictadores	Épocas	Países	Condiciones
Adolfo Hitler			
José Stalin			
Benito Mussolini			
Fidel Castro			
José Broz Tito			
Slobodan Milosevic			
Idi Amin			
Ho Chi Minh			
Sadam Hussein			
¿otros?			

Actividad 7. **_Trujillo y la República Dominicana._** La mitad de la clase debe investigar la figura de Rafael Leónidas Trujillo, dictador de la República Dominicana, y la otra mitad debe investigar datos generales sobre la República Dominicana (p.e., economía, historia, geografía, etc.). Compartan la información de su grupo con los estudiantes del otro grupo.

Grupo A: Trujillo

Tu grupo debe obtener información sobre lo siguiente.

1. fecha de nacimiento
2. familia
3. educación
4. vida militar
5. vida política e ideología

Grupo B: República Dominicana

Tu grupo debe obtener información sobre las siguientes áreas.

1. geografía
2. población
3. economía
4. política actual
5. cultura

Lectura del texto: _La fiesta del chivo_

Anticipación

Actividad 8. **_Contexto histórico-geográfico._** El texto que vas a leer es un fragmento de la novela de Vargas Llosa _La fiesta del chivo._ Una voz femenina bajo el nombre de Urania narra la historia de esta novela. Su narración se extiende durante tres décadas. El texto empieza con el ascenso al poder del dictador dominicano Trujillo en 1931 y termina con su asesinato en 1961. El personaje de ficción, Urania Cabral, que había salido de la isla, regresa buscando explicaciones así como una oportunidad para entender mejor la realidad de su patria.

Rafael Leónidas Trujillo

Lee la siguiente información para familiarizarte con Mario Vargas Llosa y su novela *La fiesta del chivo*.

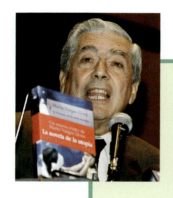

Mario Vargas Llosa (Arequipa, Perú 1936-) ha vivido una gran parte de su vida bajo dictaduras. *La fiesta del chivo* no es su primera novela sobre el tema del dictador, pues ya en *Conversación en la catedral,* publicada en 1969, había explorado esta cuestión. En los años 70 Vargas Llosa tuvo ocasión de pasar varios meses en la República Dominicana. Así fue cómo se familiarizó con la historia de este país y con la figura de Trujillo y decidió escribir una novela sobre él. *La fiesta del chivo* es una novela sobre un individuo que para Vargas Llosa encarna de forma absoluta lo que es una dictadura militar. La novela es mezcla de ficción e historia, pero en ella dominan los elementos de ficción y la creatividad literaria. Aunque la novela trata de una figura histórica, en realidad estamos ante una novela sobre el tema del poder y sobre cómo éste, cuando es absoluto, puede llegar a corromper a los seres humanos hasta convertirlos en monstruos.

Ahora, lee las siguientes oraciones y complétalas con información del texto que acabas de leer.

1. Mario Vargas Llosa ha pasado… y decidió escribir sobre Trujillo porque…
2. La novela *La fiesta del chivo* es una mezcla de realidad y de…, pero…
3. Uno de los temas principales de la novela es…

Actividad 9.   *Un vistazo al texto.* Las tres características de estilo de la lista siguiente están presentes en el texto de Vargas Llosa. Trabaja con otro(a) estudiante y juntos emparejen las oraciones de la derecha con las oraciones de la izquierda. Luego ojeen (*skim*) el texto y busquen tres ejemplos de cada característica.

1. Los signos de exclamación crean…
2. El uso de muchas palabras en inglés establece…
3. Los signos de interrogación crean…

a. … un efecto de tensión, exageración e interés emotivo.
b. … un efecto de cuestionar, investigar a fondo y buscar la verdad.
c. … la cercanía de EEUU con la República Dominicana.

Actividad 10. *Estudio de palabras.* Trabajando en parejas, analicen el título de la novela y relacionen sus comentarios con la obra artística que se reproduce en la portada de la misma. Piensen en las siguientes preguntas.

1. ¿Qué quiere decir la palabra **chivo**? Si no lo saben, búsquenlo en el diccionario. Analicen el título y relaciónenlo con la dictadura. ¿Quién será el chivo? ¿De quién será la fiesta? ¿Qué tipo de fiesta será?

2. Observen el cuadro *Alegoría del mal gobierno*. Es una obra de arte italiana del siglo XIV que se ha reproducido para la portada de la novela. Describan lo que observan y comenten cómo se puede relacionar este cuadro con la dictadura y el chivo.

Alegoría del mal gobierno, *Ambrogio Lorenzetti*

Texto

Lee el siguiente fragmento de la novela. El lector participa en el monólogo interior de Urania, la cual reacciona ante lo que ve al volver de Nueva York a la República Dominicana. El momento histórico es importante porque traslada al lector al final del régimen de Trujillo.

"El pueblo celebra con gran entusiasmo la fiesta del chivo el treinta de mayo."

La fiesta del chivo

Mario Vargas Llosa

Ciudad Trujillo was the name of Santo Domingo, the historic capital city of the Dominican Republic, during the years of the Trujillo dictatorship.

tall; features
tan skin

Urania. No le habían hecho un favor sus padres; su nombre daba la idea de un planeta, de un mineral, de todo, salvo de la mujer espigada° y de rasgos° finos, tez bruñida° y grandes ojos oscuros, algo tristes, que le devolvía el espejo. ¡Urania! Vaya ocurrencia. Felizmente ya nadie la llamaba así, sino Uri, Miss Cabral, Mrs. Cabral o Doctor Cabral. Que ella recordara, desde que salió de Santo Domingo ("Mejor dicho, de Ciudad Trujillo", cuando partió° aun no habían devuelto° su nombre a la ciudad capital), ni en Adrian, ni en Boston, ni en Washington D.C., ni en New York, nadie había vuelto a llamarla Urania, como antes en su casa y en el Colegio Santo Domingo, donde las *sisters* y sus compañeras pronunciaban correctísimamente el disparatado° nombre que le infligieron° al nacer. ¿Se le ocurriría a él, a ella? Tarde para averiguarlo°, muchacha; tu madre estaba en el cielo y tu padre muerto en vida. Nunca lo sabrás. ¡Urania! Tan absurdo como afrentar° a la antigua Santo Domingo de Guzmán llamándola Ciudad Trujillo. ¿Sería también su padre el de la idea?

she left
hadn't returned

crazy
inflicted; to find out

outrage

shows up
gives way to

despite the pill
sleeplessness, insomnia
overtaken by patches of foam; grayish sky

sees; pieces of street;
between the palms and almond trees that surround it; from the side

blinds
swimmers surrounded by tiles and pots of carnations; had demolished; the color of the Pink Panther

Está esperando que asome° el mar por la ventana de su cuarto, en el noveno piso del Hotel Jaragua, y por fin lo ve. La oscuridad cede° en pocos segundos y el resplandor azulado del horizonte, creciendo deprisa, inicia el espectáculo que aguarda desde que despertó, a las cuatro, pese a la pastilla° que había tomado rompiendo sus prevenciones contra los somníferos°. La superficie azul oscura del mar, sobrecogida por manchas de espuma°, va a encontrarse con un cielo plomizo° en la remota línea del horizonte, y, aquí, en la costa, rompe en olas sonoras y espumosas contra el Malecón, del que divisa° pedazos de calzada° entre las palmeras y almendros que lo bordean°. Entonces, el Hotel Jaragua miraba al Malecón de frente. Ahora, de costado°. La memoria le devuelve aquella imagen —¿de ese día?— de la niña tomada de la mano por su padre, entrando en el restaurante del hotel, para almorzar los dos solos. Les dieron una mesa junto a la ventana, y, a través de los visillos°, Uranita divisaba el amplio jardín y la piscina con trampolines y bañistas°. Una orquesta tocaba merengues en el Patio Español, rodeado de azulejos y tiestos con claveles°. ¿Fue aquel día? «No», dice en voz alta. Al Jaragua de entonces lo habían demolido° y reemplazado por este voluminoso edificio color pantera rosa° que la sorprendió tanto al llegar a Santo Domingo tres días atrás.

Malecón is a breakwater, commonly used as a place to walk along the ocean.

¿Has hecho bien en volver? Te arrepentirás°, Urania. Desperdiciar° una semana de vacaciones, tú que nunca tenías tiempo para conocer tantas ciudades, regiones, países que te hubiera gustado ver° —las cordilleras y los lagos nevados de Alaska, por ejemplo— retornando a la islita que juraste° no volver a pisar°. ¿Síntoma de decadencia? ¿Sentimentalismo otoñal? Curiosidad, nada más. Probarte° que puedes caminar por las calles de esta ciudad que ya no es tuya, recorrer este país ajeno°, sin que ello te provoque tristeza, nostalgia, odio, amargura, rabia°. ¿O has venido a enfrentar a la ruina que es tu padre? A averiguar qué impresión te hace verlo, después de tantos años. Un escalofrío° le corre de la cabeza a los pies. ¡Urania, Urania! Mira que si, después de todos estos años, descubres que, debajo de tu cabecita voluntariosa, ordenada, impermeable al desaliento°, detrás de esa fortaleza que te admiran y envidian, tienes un corazoncito tierno, asustadizo, lacerado°, sentimental. Se echa a reír°. Basta de boberías°, muchacha.

will repent; To waste

would have liked to see; swore

set foot on
To prove to yourself
detached
rage

shiver

discouragement; tender, easily hurt; She starts laughing; foolishness

Se pone las zapatillas, el pantalón, la blusa de deportes, sujeta° sus cabellos con una redecilla°. Bebe un vaso de agua fría y está a punto de encender la televisión para ver la CNN pero se arrepiente. Permanece junto a la ventana, mirando el mar, el Malecón, y luego, volviendo la cabeza, el bosque de techos°, torres, cúpulas, campanarios° y copas de árboles° de la ciudad. ¡Cuánto ha crecido! Cuando la dejaste, en 1961, albergaba° trescientas mil almas. Ahora, más de un millón. Se ha llenado de barrios, avenidas, parques y hoteles. La víspera°, se sintió una extraña° dando vueltas en un auto alquilado por los elegantes condominios de Bella Vista y el inmenso parque El Mirador donde había tantos *joggers* como en Central Park. En su niñez, la ciudad terminaba en el Hotel El Embajador; a partir de allí todo eran fincas, sembríos°. El Country Club, donde su padre la llevaba los domingos a la piscina, estaba rodeado de descampados°, en vez de asfalto, casas y postes del alumbrado° como ahora.

puts up
hair net

rooftops; belltowers; treetops; it was home to

day before; felt like a foreigner

fields (of crops)

open fields; street lights

Pero la ciudad colonial no se ha remozado°, ni tampoco Gazcue, su barrio. Y está segurísima de que su casa cambió apenas. Estará igual, con su pequeño jardín, el viejo mango y el flamboyán° de flores rojas recostado° sobre la terraza donde solían almorzar al aire libre los fines de semana; su techo de dos aguas y el balconcito de su dormitorio, al que salía a esperar a sus primas Lucinda y Manolita, y, ese último año, 1961, a espiar a ese muchacho que pasaba en bicicleta, mirándola de reojo°, sin atreverse° a hablarle. ¿Estaría igual por dentro? El reloj austríaco° que daba las horas tenía números góticos y una escena de caza. ¿Estaría igual tu padre? No. Lo has visto declinar en las fotos que cada cierto número de meses o años te mandaban la tía Adelina y otros remotos parientes que continuaron escribiéndote, pese a que nunca contestaste sus cartas.

has not rejuvenated

patch; lying

out of the corner of his eye; without daring; Austrian clock

Se deja caer en un sillón. El sol del amanecer alancea° el centro de la ciudad; la cúpula del Palacio Nacional y el ocre pálido de sus muros destella° suavemente bajo la cavidad azul. Sal de una vez, pronto el calor será insoportable. Cierra los ojos, ganada por una inercia infrecuente en ella, acostumbrada a estar siempre en actividad, a no perder tiempo en lo que, desde que volvió a poner los pies en tierra dominicana, la ocupa noche y día: recordar. «Esta hija mía siempre trabajando, hasta dormida repite la lección.» Eso decía de ti el senador Agustín Cabral, el ministro Cabral, Cerebrito Cabral, jactándose° ante sus amigos de la niña que sacó todos los premios, la alumna que las

pierces
shines

bragging

accomplishments

prays
strong health

if the rancor had
continued crackling;
bleeding; astonishing
her; poisoning her

fit

stroke; revenge

to urinate
to defecate;
compensated

attacking herself and
being attacked by the
screaming; to be
stunned; untouched by
the waves

noise, clamor

subdued

shrunken

quiet
car horns, barking,
grunts; loud, at full
volume

out of tune

sisters ponían de ejemplo. ¿Se jactaría delante del Jefe de las proezas° escolares de Uranita? «Me gustaría tanto que usted la conociera, sacó el Premio de Excelencia todos los años desde que entró al Santo Domingo. Para ella, conocerlo, darle la mano, sería la felicidad. Uranita reza° todas las noches porque Dios le conserve esa salud de hierro°. Y, también, por doña Julia y doña María. Háganos ese honor. Se lo pide, se lo ruega, se lo implora el más fiel de sus perros. Usted no puede negármelo: recíbala. ¡Excelencia! ¡Jefe!»

¿Lo detestas? ¿Lo odias? ¿Todavía? «Ya no», dice en voz alta. No habrías vuelto si el rencor siguiera crepitando°, la herida sangrando°, la decepción anonadándola°, envenenándola°, como en tu juventud, cuando estudiar, trabajar, se convirtieron en obsesionante remedio para no recordar. Entonces sí lo odiabas. Con todos los átomos de tu ser, con todos los pensamientos y sentimientos, que te cabían° en el cuerpo. Le habías deseado desgracias, enfermedades, accidentes. Dios te dio gusto, Urania. El diablo, más bien. ¿No es suficiente que el derrame cerebral° lo haya matado en vida? ¿Una dulce venganza° que estuviera hace diez años en silla de ruedas, sin andar, hablar, dependiendo de una enfermera para comer, acostarse, vestirse, desvestirse, cortarse las uñas, afeitarse, orinar°, defecar°? ¿Te sientes desagraviada°? «No.»

Toma un segundo vaso de agua y sale. Son las siete de la mañana. En la planta baja del Jaragua le asalta el ruido, esa atmósfera ya familiar de voces, motores, radios a todo volumen, merengues, salsas, danzones y boleros, o rock y rap, mezclados, agrediéndose y agrediéndola con su chillería°. Caos animado, necesidad profunda de aturdirse° para no pensar y acaso ni siquiera sentir, del que fue tu pueblo, Urania. También, explosión de vida salvaje, indemne a las oleadas° de modernización. Algo en los dominicanos *se aferra* a esa forma prerracional, mágica: ese apetito por el ruido ("Por el ruido, no por la música").

No recuerda que, cuando ella era niña y Santo Domingo se llamaba Ciudad Trujillo, hubiera un bullicio° semejante en la calle. Tal vez no lo había; tal vez, treinta y cinco años atrás, cuando la ciudad era tres o cuatro veces más pequeña, provinciana, aislada y aletargada° por el miedo y el servilismo, y tenía el alma encogida° de reverencia y pánico al Jefe, al Generalísimo, al Benefactor, al Padre de la Patria Nueva, a Su Excelencia el Doctor Rafael Leónidas Trujillo Molina, era más callada°, menos frenética. Hoy, todos los sonidos de la vida, motores de automóviles, casetes, discos, radios, bocinas, ladridos, gruñidos°, voces humanas, parecen a todo volumen°, manifestándose al máximo de su capacidad de ruido vocal, mecánico, digital o animal (los perros ladran más fuerte y los pájaros pían con más ganas). ¡Y que New York tenga fama de ruidosa! Nunca, en sus diez años de Manhattan, han registrado sus oídos nada que se parezca a esta sinfonía brutal, desafinada°, en la que está inmersa hace tres días. [...]

Comprensión

Actividad 11.   ***Detalles de la lectura.*** Completa las siguientes frases para expresar las ideas centrales de la lectura.

1. A Urania no le gusta su nombre porque...
2. Cuando Urania mira el Malecón por la ventana, recuerda...
3. Urania juró no volver a...

4. Es posible que su retorno al país le provoque…
5. Urania nota el crecimiento de la ciudad cuando mira…
6. A diferencia de la ciudad, Urania piensa que su casa no…
7. La persona a la que Urania ya no odia es…
8. La impresión que Urania tiene del ruido es…

Actividad 12. ***Explicaciones.*** Responde las siguientes preguntas. Después comparte tus respuestas con un(a) compañero(a) de clase.

1. ¿Cómo es Urania?
2. ¿Cómo es la relación entre Urania y su padre?
3. ¿Por qué se mudó Urania a Estados Unidos?
4. ¿Qué emociones tiene Urania al regresar a la República Dominicana?
5. ¿Cómo ha cambiado la ciudad y por qué?
6. ¿Por qué era Santo Domingo una ciudad callada en la época de Trujillo?

Conversación

Actividad 13. ***El monólogo interior de Urania.*** El monólogo interior es un recurso literario que sirve para imitar las conversaciones que a veces tenemos con nosotros mismos —no en voz alta, sino interiormente. Es una buena técnica para explorar la psicología de los personajes. Esta técnica se usa a menudo para dar voz a los que viven bajo dictaduras y no pueden expresarse libremente.

En el fragmento que acabas de leer, Urania se hace multitud de preguntas y las contesta ella misma, unas veces con una respuesta clara, otras no. Trabaja con otro(a) estudiante para hacer lo siguiente.

1. Lean las preguntas que se hace Urania.
2. Encuentren la respuesta.
3. Indiquen el tema de cada pregunta.
4. Entre los dos decidan cuáles son los temas que parecen obsesionar a Urania y por qué.

Pregunta	Respuesta	Tema
a. ¿Se le ocurriría a ella, a él?	"Nunca lo sabrás."	Reflexión sobre su nombre
b. ¿Has hecho bien en volver?		
c. ¿O has venido a enfrentar la ruina que es tu padre?		
d. ¿Se jactaría (su padre) delante del Jefe de las proezas escolares de Uranita?		
e. ¿Lo detestas?, ¿Lo odias?		

Actividad 14. *Los recuerdos del pasado y el presente.* En la lectura Urania se acuerda de ciertos hechos y lugares y compara sus recuerdos del pasado con la realidad actual. Trabaja con un(a) compañero(a) para hacer lo siguiente.

1. Hagan una lista de los hechos que recuerda Urania en este fragmento.
2. Entre los dos determinen la importancia que tienen esos recuerdos de Urania.
3. Hagan una lista de los lugares que recuerda Urania.
4. De los lugares que recuerda Urania, ahora unos son diferentes y otros no. Indica cuáles permanecen igual y cuáles han cambiado. ¿Qué relevancia tiene esto para el personaje?

Actividad 15. *El ruido.* Los ruidos son importantes porque crean el ambiente de un lugar. En la lectura hay un comentario sobre los ruidos en Santo Domingo y Nueva York. Escoge un sitio de tu campus universitario o un lugar al que vayas a diario y apunta tus observaciones con detalle. Haz una lista de los ruidos que haya en ese lugar. Vuelve al mismo lugar un par de veces para comparar los ruidos a horas distintas. Escribe tus observaciones y preséntalas oralmente en clase.

Estudio del lenguaje 1:
Los pronombres relativos

Repaso

As you know, pronouns are words that are used to replace other words. There are several kinds of pronouns in Spanish: subject pronouns (**yo, tú, él, ella,** …), direct and indirect object pronouns (**me, te, lo, la, le,** …), and reflexive pronouns (**me, te, nos, os,** …). Relative pronouns are used to introduce a clause that refers to and modifies a word or phrase in the main sentence.

Trujillo fue el dictador que controló el gobierno de La República Dominicana desde 1930 hasta 1961.

The clause **que controló el gobierno…** refers to and modifies **dictador.** In Spanish there are several relative pronouns: **que, quien, el que, el cual,** and so on. The use of each one is determined by specific circumstances which we will examine below.

Tipos de pronombres relativos

Relative pronouns introduce *relative subordinate clauses* (also known as *adjective clauses*). These clauses fulfill the same function as an adjective: they modify a preceding noun called an *antecedent*. In Spanish, as well as in English, there are two types of relative clauses. In order to better understand the use of the different relative pronouns in Spanish, it is important to understand the difference between the two kinds of relative clauses.

1. **Restrictive relative clauses** restrict, limit, or specify the meaning of the antecedent, the word to which they refer.

> "… pese a la pastilla **que había tomado…**"
>
> … *despite the sleeping pill that she had taken…*

The boldface clause refers to **pastilla,** and restricts the meaning of the word in the sense that it means only the one pill *she had taken*, not any other pill.

> "… retornando a la islita **que juraste no volver a pisar**".
>
> … *returning to the little island that you swore you'd never set foot on again.*

In this example, the boldface clause modifies the meaning of **islita,** making it refer only to the island the protagonist *swore never to return to.*

2. **Non-restrictive relative clauses** provide additional information and do not restrict the meaning of the antecedent. They usually appear between commas (or a comma and a period), and one could delete them without changing the meaning of the main clause. Look at this example.

> La calle que ve Urania está cubierta de basuras, **que unas mujeres barren.**
>
> *The street that Urania sees is covered with trash, which some women are sweeping.*

The boldface clause refers to all the **basuras,** not to a particular kind of trash. The clause provides additional information, not restrictive information.

Los pronombres relativos

1. **Que** can refer to both people and objects. It is usually translated into English as *that, who, whom,* and *which.* **Que** is the most commonly used relative pronoun in Spanish. The examples below, taken from the reading, illustrate the use of **que** to refer to both objects and people.

> "… puedes caminar por las calles de esta ciudad **que ya no es tuya…**"
>
> … *you can walk the streets of this city that is no longer yours…*

> "… a espiar a ese muchacho **que pasaba en bicicleta…**"
>
> … *to spy on the boy that went by on his bike…*

2. **Quien** and **quienes** refer to people and can be used *only* in the following circumstances.

   a. after a preposition

   > Me interesa mucho el autor **de quien** me hablaste el otro día.
   >
   > *I am very interested in the author about whom you talked to me the other day.*

   > Los estudiantes **con quienes** me reuní ayer parecían saber bastante sobre Trujillo.
   >
   > *The students with whom I met yesterday seemed to know quite a bit about Trujillo.*

b. as the subject of a non-restrictive clause

Vargas Llosa, **quien escribió** *La fiesta del chivo*, es peruano pero vive la mayor parte del tiempo en Europa.	*Vargas Llosa, who wrote* La fiesta del chivo, *is Peruvian but lives most of the time in Europe.*

Note that the use of **quien/quienes** is very limited among native speakers. Even in the example above, **que** would be the preferred pronoun: **que escribió** *La fiesta del chivo*. After a preposition, **quien** alternates with *article* + **que** when the relative clause refers to a person. The fact that there is not a single use of **quien** in the fragment taken from *La fiesta del chivo* illustrates this point well.

There are two instances when the use of **quien/quienes** is required:

- After the verb **haber**

  Hay quien quiere volver a su país y **quien** no quiere.

- After the verb **tener**

  No **tiene quien** le acompañe en su viaje.

Remember that **a** + **el** becomes **al** and that **de** + **el** becomes **del**.

3. **El que, la que, los que, las que** are used after prepositions and can refer to people or objects.

   "… contra el Malecón **del que** divisa pedazos de calzada".

   "… y el balconcito de su dormitorio, **al que** salía a esperar a sus primas Lucinda y Manolita".

   "… nada que se parezca a esta sinfonía brutal, desafinada, **en la que** está inmersa hace tres días".

When the antecedent is human **quien/quienes,** as indicated in number 2 above, can also be used after a preposition.

4. **El cual, la cual, los cuales, las cuales** are used in formal speech in the following circumstances.

   a. in non-restrictive clauses to refer to objects or people, as alternatives to **que** and **quien**

Los padres de Urania conocieron a Trujillo, **el cual** les invitaba con cierta frecuencia a sus fiestas privadas.	*Urania's parents knew Trujillo, who invited them to his private parties with some regularity.*

   b. after a preposition to refer to objects, as an alternative to a form of **el que**

Se subió al avión **en el cual** voló a la República Dominicana.	*She boarded the airplane in which she flew to the Dominican Republic.*

   c. after a preposition to refer to people, as an alternative to a form of **el que** or **quien**

Pasó la tarde con unas amigas **a las cuales** no había visto en muchos años.	*She spent the afternoon with some friends whom she had not seen in many years.*

5. **Lo que** and **lo cual** are neuter relative pronouns that are used to refer to a whole sentence or idea. These two pronouns are interchangeable in most cases, but **lo que** is most commonly used.

as which

En el año 1961 Trujillo fue asesinado, **lo que/lo cual** provocó un cambio decisivo en la política del país.

In 1961 Trujillo was assassinated, <u>which</u> completely changed the country's politics.

Durante su primera noche en el hotel Urania no pudo dormir, **lo que/lo cual** no parecía preocuparle demasiado.

During her first night in the hotel Urania couldn't get any sleep, <u>which</u> did not seem to worry her too much.

There is one case, however, in which **lo que** is the only option: in sentences where **lo que** is the subject of a relative clause with no explicit antecedent. Look at the examples below.

Lo que me dijiste no es verdad.

What you told me is not true.

Lo que le pasó aquel día a Urania le cambió la vida.

What happened to Urania that day changed her life.

6. **Cuyo, cuya, cuyos, cuyas** express possession and mean *whose*. They function as an adjective and agree in gender and number with the possessed object. This pronoun is most frequently used in a formal context.

   Urania vuelve a una ciudad **cuyos barrios** han cambiado profundamente desde que se fue. (*The* **barrios** *"belong to"* **la ciudad.**)

> When *whose* is an interrogative pronoun, it is expressed in Spanish as **de quién:** *Whose book is this?* / ¿**De quién es este libro?**

> ☼ **Online Study Center**
>
> To check your progress as you complete each vocabulary and grammar topic, do the exercises in the *Pueblos* Online Study Center: **http://college .hmco.com/languages/ spanish/students**

Aplicación

Actividad 16. ***Pronombres y antecedentes.*** Vuelve a leer los tres primeros párrafos del fragmento de *La fiesta del chivo*. Identifica todas las oraciones de relativo que encuentres. Después, usando el cuadro que sigue, indica cuál es el pronombre relativo y cuál es el antecedente.

Pronombre relativo	Antecedente

Actividad 17. ***Completar.*** Completa las siguientes frases con **que, el que** o **quien.**

1. Me gustó mucho la novela de ~~el que~~ *la que/que* me hablaste el año pasado.
2. Trujillo fue un dictador a *quien* EEUU apoyó durante unos años.
3. El protagonista del libro *que* estamos leyendo es un tipo muy curioso.
4. El mes pasado visité de nuevo el barrio en *que/el que* nací.
5. La chica a *quien* te presenté ayer es de la República Dominicana.
6. Los estudiantes *quienes/que* no estuvieron en clase ayer no comprenden bien el texto.

7. *La fiesta del chivo* es un libro en ___que___ Vargas Llosa denuncia los horrores de la dictadura de Trujillo.

8. Durante su estancia en Santo Domingo, una persona a ___quien___ tal vez visite Urania es su padre.

9. El programa _____ Urania está viendo en la televisión del hotel es de CNN.

10. La ciudad a _____ vuelve Urania es muy diferente de _____ dejó atrás cuando se fue.

Actividad 18.   *Oraciones de relativo.* Combina las dos oraciones en una sola oración empleando el pronombre relativo adecuado.

1. En la República Dominicana existió una fuerte censura. La censura controló la vida de los dominicanos.
2. La dictadura suspendió las libertades de los ciudadanos. Esto afectó en gran medida la expresión artística de ese período.
3. Tras el asesinato de Trujillo hubo elecciones en la República. En esas elecciones Joaquín Balaguer fue elegido presidente.
4. Lamentablemente todavía existen regímenes dictatoriales. Esos regímenes no respetan los derechos humanos.
5. La duración de las transiciones varía de unos países a otros. Las transiciones implican un cambio de sistema político.

Actividad 19.   *Errores.* Las siguientes oraciones **contienen errores** relacionados con el uso de los relativos. Identifica el error y da la forma correcta.

1. Los dictadores son gobernantes quienes no respetan las libertades individuales.
2. ¿Tienes el que te ayude con la tarea?
3. El hotel el cual me recomendaste no me gustó mucho.
4. El estudiante quien presentó ayer su trabajo lo hizo muy bien.
5. El militarismo es que caracteriza los regímenes militares.
6. Hay los que usan la tortura para obtener información de los prisioneros.
7. Los dictadores que hemos hablado en clase han oprimido seriamente a sus conciudadanos.
8. No comprendo bien qué paso durante la era Trujillo, que me frustra un poco.

Actividad 20.   *Recuerdos.* ¿Te has mudado (*Have you moved*) alguna vez de casa? ¿Has cambiado de lugar de residencia? ¿Has vuelto después de un tiempo al lugar en el que viviste? En el fragmento que hemos leído Urania vuelve a Santo Domingo después de muchos años. Escribe dos o tres párrafos en los que narres el regreso a un sitio conocido y describas tus emociones al reencontrarte con ese sitio. Emplea en tu narración oraciones de relativo variadas. En tu narración incluye la siguiente información.

• El lugar en el que vives ahora, desde cuándo vives ahí.
• El momento en el que fuiste a visitar "un sitio conocido".
• ¿Qué sentiste al volver a ver ese lugar?
• ¿Ha cambiado mucho ese lugar? ¿O está igual?

EXPLORACIÓN DEL TEMA 2

Vocabulario esencial 2

Sustantivos

el altavoz *loudspeaker*
el concurso *competition*
el crucifijo *crucifix*
el desfile *parade*
la eliminatoria *qualifying round*
la final *final phase*
el jerarca *hierarch*
el (la) locutor(a) *radio announcer*
el (la) mayor *elder*
la moneda *coin*
el noticiario = el noticiero *news program*
la pancarta *banner*
el referéndum
el régimen *regime*
el salvador *savior*
el sello *stamp*

Verbos

aprobar (ue) *to approve*
mandar *to send; to command*
mantener *to maintain*
recitar
velar *to watch, to keep a vigil*

Adjetivos

aburrido(a)
católico(a)
diminuto(a)
franquista *supporter of Franco*
irreal
menudo(a) = pequeño(a)
omnipotente
omnipresente
remoto(a) = lejano(a)
todopoderoso(a) *all powerful*

Actividad 21. **Sustantivos.** Completa las siguientes frases con los sustantivos adecuados según el contexto dado.

1. En una iglesia católica es normal encontrar un _____.
2. Estos instrumentos sirven para diseminar información: un _____ y una _____.
3. En un _____ marchan una gran multitud de personas.
4. En sentido político _____ es sinónimo de gobierno.
5. Los _____ son personas de más edad que tú.
6. En un _____ participan varias personas con la intención de ganar.
7. La persona a la que alguien le debe su vida es su _____.
8. Una persona en un alto puesto en una organización es un _____.
9. Una modificación de una ley se puede lograr (*is achieved*) mediante un _____.
10. Una persona que habla por la radio es un _____.

Actividad 22. **Adjetivos.** ¿Qué persona o tipo de persona asocias con los siguientes adjetivos?

1. menudo
2. diminuto
3. todopoderoso
4. irreal
5. omnipresente
6. omnipotente

Actividad 23. **Asociaciones.** ¿Con qué asocias los siguientes conceptos: con la política, con la religión o con los dos? Completa la siguiente tabla individualmente poniendo una marca donde creas que sea necesario. Luego, pregúntale a un(a) compañero(a) con cuál de los conceptos asocia él o ella estas nociones. Tu compañero(a) debe justificar su respuesta.

	Régimen dictatorial	Iglesia católica	¿Por qué?
un salvador			
la propaganda			
mandar			
velar			
irreal			
omnipresente			
todopoderoso			
omnipotente			

¿Qué sabes?

Actividad 24. **Los dictadores.** En grupos emparejen los nombres de los dictadores con sus imágenes. ¿Qué tienen en común los dictadores? Hagan una lista de todas las características que vean que tienen en común. Al final, miren la foto de Franco. Entre todos escriban una descripción de este personaje, de su físico y de lo que puedan imaginar de su personalidad según la foto, y después compartan su descripción con la clase.

1. Adolfo Hitler
2. Benito Mussolini
3. Muammar Gadafi

4. Juan Perón
5. Idi Amin

6. Ferdinand Marcos
7. Francisco Franco

a.

b.

c.

d.

e.

f.

g.

Actividad 25. *La política y la religión.* La política y la religión juegan papeles diferentes en la vida de cada individuo. Entrevista a seis u ocho personas de tu clase o de la universidad y pregunta lo siguiente.

1. En tu opinión, ¿existe una fuerte relación entre la religión y la política?
2. Si hay una relación, ¿cuál es?
3. ¿Cuál de los dos tiene más influencia en tu vida diaria, la religión o la política?
4. ¿Por qué es más influyente?

Resume los datos de tu encuesta para presentarlos en clase. Utiliza el siguiente formato.

"De las seis u ocho personas entrevistadas, (*número*) creen que (*resultado de pregunta #1*). Los que creen que hay una relación dicen que (*resultado de pregunta #2*). De los entrevistados, (*número*) opinan que tiene más influencia (*resultado de pregunta #3*). Su explicación es que (*resultado de pregunta #4*)."

Lectura del texto: La cara que se veía en todas partes

Anticipación

Actividad 26. *Contexto histórico-geográfico.* Lee la siguiente biografía de Franco.

Francisco Franco Bahamonde (1892–1975) fue el dictador que gobernó España durante casi cuarenta años después de la guerra civil española (1936–1939).

Nacido en Ferrol (Coruña), se convirtió en el teniente más joven del ejército español, por su participación en la guerra de Marruecos. Se convirtió en general en el año 1926 y, desde 1933 en adelante, fue el Comandante en Jefe del ejército español.

Franco fue uno de los responsables del alzamiento (*uprising*) militar contra el gobierno democrático de la República Española que tuvo lugar en julio de 1936. La motivación principal de este levantamiento (*uprising*) fue la llegada al poder, unos meses antes, del Frente Popular, un gobierno de coalición de izquierda formado principalmente por el partido socialista y el partido comunista.

Acabada la guerra civil el 1 de abril de 1939, España era un país destruido, empobrecido y lleno de rencores (*resentment*). Durante los primeros años de la posguerra Franco llevó a cabo una fuerte represión hacia los perdedores (republicanos y activistas obreros) con penas de cárcel (*prison*), torturas y fusilamientos (*executions*). Esto provocó el exilio de miles de españoles a países como Francia, Rusia, México y Argentina.

Sus cuarenta años de jefatura (*leadership*) se caracterizaron por el autoritarismo, la ausencia de libertades, la imposición de ideas conservadoras, religiosas y tradicionales, así como por la defensa de una

La guerra de Marruecos refers to a war between Morocco and Spain from 1925 to 1927 in which Spain won and was able to retain its territories in North Africa.

El Frente Popular: a coalition of left-wing parties that won the elections in 1936.

economía capitalista. Al estallar (*At the outbreak of*) la segunda guerra mundial Franco no se posicionó abiertamente junto a Hitler ni Mussolini, a pesar de las presiones que recibió de éstos por el hecho de que los dos dictadores europeos le habían apoyado durante la guerra civil.

Al terminar la segunda guerra mundial, España tuvo que sufrir las consecuencias del aislamiento que le impusieron naciones como Gran Bretaña y Estados Unidos. Esta situación terminó, en parte, a causa de las tensiones de la guerra fría, que llevaron a Estados Unidos a colaborar con España para establecer bases militares a finales de los años 50.

En los años 60 España experimentó un desarrollo económico espectacular. Entre las causas de este desarrollo están el crecimiento del turismo, las inversiones extranjeras y el envío de capital por parte de inmigrantes españoles. En 1969 Franco nombró a Juan Carlos I como su sucesor a título de rey, lo cual significó el regreso de la monarquía a España.

Franco murió en Madrid el 20 de noviembre de 1975. Juan Carlos I heredó la jefatura del estado y, en contra de lo planeado por el dictador, la democracia se instauró tras su muerte, en un proceso conocido como la transición.

Ahora contesta las preguntas siguientes.

1.   ¿Qué papel tuvo Franco en el alzamiento contra el gobierno de la República?
2.   ¿Cuáles fueron las características principales del régimen de Franco?
3.   ¿Cómo fueron las relaciones internacionales de España durante el franquismo?
4.   ¿Qué ocurrió en España tras la muerte de Franco?

Actividad 27.   ***Un vistazo al texto.*** Antes de leer todo el texto de "La cara que se veía en todas partes", responde a las siguientes preguntas.

1.   Lee la primera oración del texto. ¿Cómo describe el autor a Franco, como un hombre de carne y hueso o como un símbolo? Razona tu respuesta.
2.   Lee la primera oración de los siguientes cinco párrafos. ¿Qué temas introducen esta frases?

Actividad 28.   ***Estudio de palabras.*** Una de las ideas centrales del artículo que vas a leer es que la religión católica ocupaba un lugar de máxima importancia en el régimen franquista. Lee con atención el cuarto párrafo y haz una lista de todas las palabras y expresiones relacionadas con la religión que encuentres.

Texto

Estatua de Franco

Lee el artículo titulado "La cara que se veía en todas partes" publicado en el periódico *El País* en un suplemento especial llamado "25 años después de Franco". Su autor, Antonio Muñoz Molina (1956–), describe la experiencia de un niño español que se educó bajo el régimen de Franco. El ensayo se publicó por primera vez en el año 2000.

La cara que se veía en todas partes

Antonio Muñoz Molina

Franco estaba casi en todas partes, pero también era una figura en gran medida irreal, remota, a la manera de los monarcas asiáticos. La cara de Franco estaba en todas las monedas, y con diversos colores también en todos los sellos de correos, y la veíamos cada mañana escolar al entrar en el aula°, encima de la pizarra, a la derecha del crucifijo. A la izquierda estaba la foto de José Antonio, más joven que Franco, la nariz y la barbilla° enfáticas y el pelo engominado° como un actor de cine. A Franco lo veíamos también en el noticiario en blanco y negro que daban antes de las películas, aquel NO-DO que nos fastidiaba° tanto, y al que nadie hacía caso°, y que a los niños nos desconcertaba°, porque no acabábamos de distinguir si sus imágenes eran o no de ficción. Franco, en el NO-DO, era un abuelo menudo que llevaba trajes oscuros y sombreros de ala corta°, o grandes botas de pescador de río, o uniformes que empaquetaban° su figura y la hacían aún más diminutiva.

Eran los tiempos anteriores a la televisión, así que nos faltaba la familiaridad visual con las caras de los gobernantes que poco después impusieron los telediarios. Franco, para un niño de cinco o seis años, era sobre todo un nombre, y también una voz, la que de vez en cuando se escuchaba en la radio después del pitido de un cornetín°. En la noche del 31 de diciembre Franco daba un discurso en la radio, y su voz era un hilo° tembloroso que tenía la misma irrealidad y la misma presencia paradójica de las voces de los locutores y de los cantantes, de los actores que interpretaban los folletines° de las tardes. ¿Dónde estaba esa gente a la que escuchábamos tan cerca y a la que no veíamos, que nos hablaba desde el interior misteriosamente iluminado de un aparato cuyo funcionamiento era uno de los grandes enigmas sin explicación que rodeaban° nuestra vida?

Franco estaba en todas partes, y también muy lejos. Mandaba sobre todos nosotros pero tenía un hilo de voz que a veces se perdía entre los ruidos estáticos de la radio. Una vez nos hicieron formar en uno de los grandes patios del colegio, una multitud cuadriculada° de mandiles azules°, y nos dijeron que Franco iba a venir, o que iba a pasar en su coche delante de nosotros. De pronto hubo un clamor, un mar de vítores° y manos agitándose sobre las cabezas pelonas°, pero yo era tan pequeño que no pude ver nada, y en unos segundos todo había terminado.

Franco debía de ser invisible, invisible y todopoderoso, como aquel otro personaje que también daba mucho miedo, Dios. En el colegio, los sábados por la mañana, había una especie de examen espiritual. Nos quedábamos callados° en nuestro pupitre°, callados y con las manos juntas, como en la iglesia, y por un altavoz que había sobre la pizarra, no lejos de la foto de Franco, escuchábamos al Padre Espiritual, también invisible. El Padre Espiritual, desde el micrófono de su despacho°, desgranaba° un sermón que escuchábamos al mismo tiempo todos los alumnos y maestros del colegio, en cada una de las aulas, y que resonaba° también en los largos corredores vacíos. En el momento del examen de conciencia, en el que el Padre Espiritual iba diciendo la lista de los pecados° que podíamos

---

José Antonio Primo de Rivera: the son of Primo de Rivera, a former dictator, was the founder of the **Falange Española,** the Spanish version of the Fascist party.

classroom; chin; slicked back

NO-DO: from the words **Noticiero y Documental,** was an information and propaganda program that was shown during the Franco years in every movie theater right before a movie.

bothered; paid attention; confused; short brim; squeezed in

blowing of a cornet thread

serial programs

surrounded

squared (i.e., in ordered rows); blue aprons; cheers

with no hair

quiet
school desk

office; reeled off resounded

sins

each would reflect on his own (sins); to achieve; recollection; fingers crossed reproachful

power

mess

tried; mass; priest bishop

shiny straps
posters
golden; pennants
were hanging

flour wafer; tasted
palate
we thought we were alone; protected
the softness of the covers

on his lap

in line

El *Cordobés* was a famous bullfighter. **Marisol y Manolo Escobar** were Spanish singers who were popular during the Franco years.

watchword
impenetrable

Ley Orgánica del Estado: a very important law of the Franco regime that was approved in 1967.

haber cometido esa semana, a fin de que cada cual recapacitara sobre los suyos°, había que bajar la cabeza y esconderla entre las manos, cerrando los ojos, supongo que para lograr° un máximo de recogimiento°. Si uno, aburrido, miraba con disimulo entre la celosía de los dedos cruzados°, podía encontrarse con la mirada reprobadora° del maestro, pero también con la de Franco, irreal y omnipresente en su fotografía. Mucho más joven en ella que en las imágenes de los noticiarios, como si tuviera la potestad° de ser joven y viejo al mismo tiempo, igual que Dios era Dios y era a la vez Jesucristo y el Espíritu Santo, Uno y Trino, decía el catecismo. Un lío°.

Éramos niños católicos y niños franquistas. No conocíamos a nadie que no fuera católico y franquista. Si nuestros mayores sentían algo de disgusto hacia el régimen procuraban° mantenerlo en secreto. Durante la misa°, el cura° solicitaba la protección divina primero para el Papa y para el obispo° de la diócesis, y en tercer lugar para "nuestro jefe de Estado, Francisco". El 18 de julio era un día estupendo porque había fiesta y porque la gente recibía una paga extraordinaria. Una vez hubo desfiles de soldados con botas y correajes relucientes° y bandas de música, y se inauguró un parque, y la ciudad se llenó de carteles° con una foto de Franco sonriente, sentado en un sillón rojo y dorado° como un trono. En los carteles, en las banderolas°, en las pancartas que colgaban° de las calles, se repetía el mismo letrero: 25 años de paz.

Era 1964: yo tenía siete años y acababa de hacer la primera comunión. El cuerpo y la sangre de Cristo estaban en la delgada oblea de harina° que sabía° tan raro y que se adhería al paladar°. El pan era carne, y el vino era sangre, y Dios veía todo lo que hacíamos, aunque nos creyéramos solos°, y adivinaba todos nuestros pensamientos, aunque estuviéramos bien cobijados° en la oscuridad del dormitorio, en la dulzura de las mantas°. Dios era nuestro Padre que estaba en los Cielos, pero Franco, de algún modo, también era padre de todos nosotros, o más bien abuelo, y estaba en un sitio no menos inimaginable que el Cielo, el Palacio del Prado, y también era omnipotente y lo sabía y lo veía todo, y velaba por nosotros. En los noticiarios del cine, antes de la película, aparecía a veces jugando con sus nietos, teniéndolos en brazos, a caballito°. Pero también sabíamos que había sido un héroe, el general más joven de Europa, a los 33 años, el salvador de España, el que llevaba dándonos 25 años de paz.

Una vez nos dieron la alegría de anunciarnos que en vez de entrar a clase iríamos al cine, y cruzamos en fila° toda la ciudad, encantados de la vida, para ver una película que se titulaba *Franco, ese hombre*. Era una película rara, porque tenía partes en color y otras en blanco y negro, y porque no era ni de romanos ni del oeste ni de llorar, pero nos gustó bastante a todos, aunque menos que las del Cordobés o las de Marisol o Manolo Escobar.

El tiempo franquista era el tiempo lento y circular de la infancia. Otra vez las calles se llenaron de carteles y de fotos de Franco, pero ahora la consigna° repetida era más corta, y más misteriosa, Franco, sí y también Vota sí. Entonces empezamos a escuchar en la radio y en la escuela la hermética° palabra referéndum. Iba a haber un referéndum para aprobar una ley, para decirle sí a Franco, y el maestro nos explicaba los artículos incomprensibles de aquella ley, la Ley Orgánica del Estado. Orgánica era una palabra tan rara como referéndum, y también sonaba a iglesia y a latín, a incienso. Con razón veíamos a Franco en los noticiarios entrando bajo palio en las catedrales, recibido por obispos, mientras sonaban órganos y humeaba° el incienso.

Una mañana el maestro nos dijo que había un concurso: el alumno que llegara a aprenderse de memoria más artículos de la Ley Orgánica del Estado recibiría un premio. Hubo hasta eliminatorias entre cursos rivales. Los niños franquistas nos aprendíamos de memoria aquella prosa indigesta y jurídica°, artículo por artículo, y a lo más que llegábamos era a entender alguna palabra suelta°, pero tampoco entendíamos el misterio de la Santísima Trinidad, ni el del funcionamiento de la radio, ni el de la transustanciación del pan y el vino de la misa en carne y sangre de Cristo, en el momento hipnótico de la consagración en que el cura alzaba la hostia° y sonaba una campanilla° y uno, en vez de cerrar los ojos y taparse° la cara hundiendo la cabeza en el pecho, se atrevía° a levantarlos, a mirar entre los dedos cruzados.

La final del concurso se celebró en presencia de las autoridades locales: recuerdo una mesa larga en la que había sotanas°, camisas azules y corbatas negras, algún uniforme. Recuerdo el gesto aprobador° y somnoliento con que me miraba alguno de aquellos jerarcas mientras yo recitaba de carretilla° artículos y más artículos de la Ley Orgánica. Entre tantos niños memoriones y franquistas, con mandiles azules y cuellos blancos, repeinados° por nuestras madres para la ceremonia, yo debí de ser el más memorión o el más franquista de todos, porque gané el concurso, y me estrechó la mano° un señor de pelo negro echado hacia atrás°, camisa azul marino y corbata negra. Lo que no recuerdo es en qué consistía el premio. Desde su foto en la pared del salón de actos, a la derecha del crucifijo, Franco me miraba como a un pequeño franquista ejemplar, severo y benevolente al mismo tiempo, como nos miraban las imágenes de los santos en la luz aceitosa° de sus capillas°.

> **Bajo palio:** This refers to the right to walk in public covered by a special canopy, a privilege that the Church gave to certain chiefs of State as well as to certain religious authorities.

smoked; indigestible and legal; odd, random

> **La transustanciación:** refers to the action by which the bread and the wine become the flesh and blood of Christ.

host; small bell; cover up; one dared to

priest robes
a gesture of approval
by heart

extremely well combed

shook my hand
combed back

oily; chapels

Comprensión

Actividad 29. **_Detalles de la lectura._** Las frases siguientes resumen las ideas centrales de algunos de los párrafos del artículo. Pon las frases en el orden (1–6) en el que aparecen en el texto.

a. Como Dios era el Salvador de la raza humana, Franco era el salvador de los españoles.

b. Había lazos muy estrechos entre el régimen y la Iglesia católica.

c. En la escuela, Franco era una figura muy lejana pero con plena autoridad sobre los jóvenes.

d. Era importante memorizar los artículos de la ley.

e. Hay una foto de Franco al lado del crucifijo en el aula.

f. Para los jóvenes, Franco era un nombre y una voz más que una figura visible.

Actividad 30. **_Explicaciones._** Repasa el texto y contesta las siguientes preguntas. Después de escribir las respuestas, compáralas con las de un(a) compañero(a) de clase.

1. ¿Cuántos años tiene el narrador más o menos?
2. ¿Qué nos indica el texto sobre la apariencia de Franco en los noticieros y en la radio?
3. ¿Qué piensas que siente el narrador en el momento del examen espiritual?
4. ¿Por qué dice el narrador que "éramos niños católicos y niños franquistas"?
5. ¿Por qué los mayores tienen que mantener sus opiniones en secreto?
6. ¿Qué función tuvo la película *Franco, ese hombre*?
7. ¿Qué ley tienen que memorizar los jóvenes? ¿Por qué?
8. Según la experiencia del narrador, ¿memorizar leyes deja una impresión memorable? Razona tu respuesta.

Conversación

Actividad 31.   ***Análisis.*** El lenguaje que utiliza el autor del artículo es sutil porque intenta esconder su opinión sobre Franco. Sin embargo, hay algunas claves que nos indican cuáles son sus ideas. Trabaja con otro(a) estudiante para hacer el siguiente análisis.

1. Entre los dos seleccionen tres citas del texto que describan a Franco.
2. Analicen las citas. ¿Qué tipo de información nos da el autor sobre esta figura?
3. A partir de las citas, indiquen qué imagen de Franco intenta representar el autor de este texto.

Actividad 32.   ***Religión y gobierno.*** Este texto enfatiza la relación y el paralelismo entre el gobierno y la religión. Sugiere que funcionaban juntos y que desempeñaron papeles semejantes (*played similar roles*) en la vida de los españoles. Trabaja con tu compañero(a) y hagan lo siguiente para explicar la relación entre la religión y el gobierno durante el franquismo.

1. Imaginen dos ejemplos que ilustren el papel de la religión en la vida diaria de los españoles.
2. Imaginen dos ejemplos que ilustren el papel del gobierno en la vida diaria de los españoles.
3. Imaginen dos ejemplos que ilustren la relación oficial entre la religión y el gobierno bajo el régimen de Franco.
4. Comparen sus ejemplos con los de sus compañeros y seleccionen los dos ejemplos que mejor ilustren este tema.

Estudio del lenguaje 2:
Indicativo y subjuntivo en cláusulas adjetivas o de relativo

Repaso

As you learned in Chapter 7 and in the first half of this chapter, adjective or relative clauses are introduced by a relative pronoun. Their function is to modify the noun to which they refer. This noun is called the antecedent.

Uso del indicativo y subjuntivo en cláusulas de relativo

The verb in a relative clause can be used in the indicative or the subjunctive.

El indicativo en cláusulas de relativo

The verb in a relative clause is used in the indicative when the antecedent is an exisiting or known entity (person, object, or place).

> "La cara **que se veía en todas partes**"

The relative clause **que se veía en todas partes** refers to **cara.** This **cara** is in fact Franco's face, which the author would see wherever he was: in a classroom, on television, etc.

"A Franco lo veíamos también en el noticiario en blanco y negro **que daban antes de las películas**".

We also saw Franco in the black and white news program they showed before the movies.

The relative clause **que daban antes de las películas** modifies the word **noticiario,** the news documentary that was shown before the movies.

As seen in these two examples, when the antecedent is an existing or known entity, the verb of the relative clause is conjugated in the indicative.

El subjuntivo en cláusulas de relativo

1. On the other hand, when the antecedent of a relative clause is an entity that does not exist, is unknown, or is hypothetical, then the verb is used in the subjunctive. Look at the following examples.

   Quiero leer **una novela que trate** de la figura de Franco.

   I want to read a novel about Franco's figure.

   The word **novela** in this clause refers to a novel that may or may not exist, but the speaker does not know either way. Notice that the article used in this case to modify **novela** is **una,** an indefinite article, because it refers to a book not known by the speaker. This is why the verb **trate** is conjugated in the subjunctive.

   Tengo ganas de conocer a **alguien que haya visitado España recientemente.**

   I would like to meet someone who has visited Spain recently.

   In this example, **alguien** refers to a hypothetical person that is unknown to the speaker. Therefore, **haya visitado** (present perfect subjunctive) is used in the relative clause.

   "No conocíamos a nadie **que no fuera católico y franquista**".

   We did not know anyone who wasn't a Catholic and a Francoist.

   Here, **que no fuera católico y franquista** refers to the antecedent **nadie.** The verb is conjugated in the subjunctive because **nadie** is a non-existent entity.

2. The subjunctive is also used when a relative clause refers to an action that will take place in the future.

Te daré **lo que quieras.**	*I will give you whatever you want.*
Voy a comprar **lo que pueda.**	*I am going to buy whatever I can.*
Veremos **lo que nos dejen ver.**	*We will see whatever they let us see.*

> Remember that perfect tenses were presented in Chapter 9.

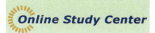
Online Study Center

To check your progress as you complete each vocabulary and grammar topic, do the exercises in the *Pueblos* Online Study Center: **http://college .hmco.com/languages/ spanish/students**

Begin the *Pueblos* Student CD-ROM activities.

Notice that in these cases the relative clauses are introduced by **lo que,** and they refer to the action mentioned in the main sentence. They require the subjunctive because the outcome of the action is yet to be determined.

Aplicación

Actividad 33.   *Identificación.* Lee las siguientes frases e identifica en ellas las oraciones de relativo. Completa después la tabla que sigue.

1. Francisco Franco es el hombre que gobernó España durante treinta y siete años.
2. Franco quería una España en la que no hubiera ningún comunista.
3. Tras la guerra civil de los años treinta no hubo nadie que no sufriera las consecuencias.
4. Franco estableció un sistema de autopropaganda en el que se incluían los NO-DOs, noticieros que exaltaban la figura del caudillo.
5. Aunque la ideología franquista seguía intacta en los años setenta, Franco necesitaba una nueva legitimidad que le permitiera mantener el control total.
6. A la muerte de Franco, en 1975, Juan Carlos I, que fue proclamado rey, se encargó de dirigir la transición.
7. El rey esperaba establecer un sistema democrático que garantizara las libertades y los derechos de los españoles.
8. Hoy en día no hay muchos jóvenes en España que sepan quién fue Franco y qué hizo exactamente.

Pronombre relativo	Antecedente	¿Conocido o no?	Verbo de la oración	¿Indicativo o subjuntivo?
1.				
2.				
3.				
4.				
5.				
6.				
7.				
8.				

Actividad 34.   *Completar.* Completa las siguientes frases con el verbo en la forma adecuada del indicativo o subjuntivo.

1. Estoy buscando un libro que _____ (incluir) una buena biografía de Franco.
2. Necesitamos a alguien que _____ (poder) explicarnos la transición en España.
3. Hay una persona en la universidad que _____ (pasar) el verano en España e _____ (investigar) la época de Franco.

4. ¿Conoces al profesor que _____ (venir) ayer a nuestra clase?

5. ¿Sabes si hay alguien que _____ (ser) un experto en la historia contemporánea de España?

6. La semana pasada leí un artículo sobre el rey Juan Carlos y su papel en la transición española que _____ (parecerme) fascinante.

7. Voy a ir a la biblioteca para ver si tienen algún libro que _____ (explicar) bien la era de Franco.

8. ¿Conoces a alguien que _____ (investigar) las semejanzas entre Trujillo y Franco?

9. No hay nadie en España que no _____ (apoyar) el sistema democrático actual.

10. ¿Hay algún partido político en España que _____ (defender) las ideas de Franco?

Actividad 35. *La muerte de Franco.* Completa los espacios en blanco con el verbo en la forma adecuada del indicativo o del subjuntivo.

Cuando murió Franco, a quien ahora _____ (1. recordar/nosotros) como alguien viejo y enfermo, yo tenía doce años. La mañana en que _____ (2. recibir/nosotros) la noticia de su muerte estábamos en la parada del autobús listos para ir al cole. "Franco ha muerto", nos dijeron. "Así que hoy no hay clase". Y no hubo clase durante una semana entera. Los días que _____ (3. pasar/nosotros) en casa de vacaciones fueron tremendamente aburridos. No había nada en la tele que _____ (4. interesarnos). No había ningún programa en la radio que no _____ (5. hablar) de Franco. En toda una semana no había nadie a nuestro alrededor que _____ (6. querer) jugar con nosotros. ¡Me moría de ganas de volver al cole y de ver a mis amigos! Franco murió en noviembre de 1975 y en los meses que _____ (7. seguir) a su muerte los españoles hablaban sin parar de todo lo que iba a ocurrir. La mayoría de la gente deseaba un cambio político que _____ (8. garantizar) las libertades de todos y que les _____ (9. permitir) a los españoles expresar sus opiniones sin miedo. Así fue. Han pasado más de veinticinco años desde que se estableció un régimen democrático en España.

Actividad 36. *Descripciones del pasado y para el futuro.* Trabaja con otro(a) estudiante y juntos escriban oraciones en las que incluyan la siguiente información. Usen los modelos que se presentan más abajo.

1. Describan qué tipo de persona fue Franco: "Franco era una persona que..."
2. Describan qué tipo de gobierno estableció en España: "Franco estableció un gobierno que..."
3. Describan qué tipo de persona querían los españoles para sustituir a Franco: "A la muerte de Franco los españoles querían una persona que..." "En los años 70 los españoles soñaban con un gobierno que…"

Actividad 37.   **_El sistema de gobierno ideal._** ¿Existe una forma perfecta de gobernar? ¿Existe un gobernante ideal? Trabaja con otro(a) estudiante y escriban una lista de las características que en su opinión deben tener un gobierno perfecto y un gobernante ideal. Después, teniendo en cuenta esa información, escriban una descripción de ese tipo de gobierno y de la persona que en su opinión es el gobernante perfecto. Utilicen oraciones de relativo en indicativo y en subjuntivo teniendo en cuenta si el antecedente existe o no.

Proyecto final: De retorno

Recapitulación: En este capítulo hemos estudiado la dictadura de Trujillo en la República Dominicana y la dictadura de Franco en España. A través de los textos de Mario Vargas Llosa y Antonio Muñoz Molina hemos revivido el retorno de dos personajes a la dictadura. En el caso de Vargas Llosa, Urania regresa a la República Dominicana al final de la dictadura de Trujillo. En el caso de Muñoz Molina, el autor regresa mentalmente a su infancia durante la dictadura de Franco. Como tarea final de esta lección, tu grupo va a entrevistar a una persona sobre su retorno y va a escribir un ensayo sobre la experiencia.

Paso 1: Repasen las secciones marcadas con   en el este capítulo.

Paso 2: Piensen en una persona que haya vivido un tiempo fuera de su país, ciudad o barrio y que después haya regresado. Algunas de las posibilidades pueden ser:

- un(a) estudiante de su universidad que ha pasado un semestre o más en el extranjero. Retorno: vuelta a su país de origen después de pasar un tiempo en un país extranjero.
- un(a) compañero(a) de clase que viene de otro estado. Retorno: vuelta a su estado durante las vacaciones, vuelta a su casa por primera vez durante su primer año en la universidad.
- un(a) inmigrante en su comunidad. Retorno: vuelta a su lugar de origen.

Después de pensar en las distintas posibilidades, escojan un posible candidato para la entrevista y el tipo de retorno de que van a hablar.

Paso 3: Entrevisten a la persona que hayan seleccionado. Preparen preguntas para hablar sobre los siguientes temas.

1. nombre
2. origen
3. llegada a su lugar actual
4. momento del retorno
5. descripción del retorno: circunstancias y motivos del retorno
6. descripción del lugar después del retorno
7. diferencias entre el lugar como era antes y cuando regresó
8. valoración del retorno
9. posibilidad de otro retorno

Paso 4: Realicen la entrevista. Si es posible, graben la entrevista en audio o video.

Paso 5: Tomen apuntes durante la entrevista y anoten los temas que se repiten. Para cada tema anoten una cita (*quotation*) del entrevistado.

Paso 6: Escriban un ensayo sobre el retorno. Pueden usar el siguiente modelo.

Párrafo 1: Introducción. Presenten a la persona a quien entrevistaron y los temas que surgieron en la entrevista que van a desarrollar en los siguientes párrafos.

Párrafo 2: Tema 1. Para cada tema, incluyan alguna cita de lo que dijo el entrevistado.

Párrafo 3: Tema 2.

Párrafo 4: Tema 3

...

Último párrafo: Conclusión. Escriban las conclusiones de su entrevista.

Paso 7: Hagan una presentación oral sobre su entrevista. Creen un póster con los temas y las citas de su entrevistado. Una posibilidad es:

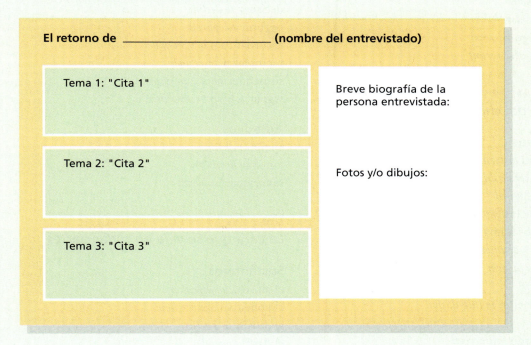

El retorno de _____ (nombre del entrevistado)

Tema 1: "Cita 1"

Tema 2: "Cita 2"

Tema 3: "Cita 3"

Breve biografía de la persona entrevistada:

Fotos y/o dibujos:

Paso 8: Después de las presentaciones, completen individualmente la siguiente información.

1. Escribe cuatro temas que hayan aparecido en más de una presentación.

2. Escribe cuatro temas que sólo hayan aparecido en una presentación.

3. ¿Qué experiencia te ha interesado más? ¿Por qué?

Vocabulario del capítulo

Preparación

despiadado(a) *merciless*
el entrenamiento *training*
estar al mando de *to be in charge of*
el golpe de estado *military coup*
el imperialismo *imperialism*
la junta militar *military government*
la monarquía *monarchy*
la ocupación militar *military occupation*
el poder *power*
la revuelta *riot*
el (la) testigo *witness*
el (la) tirano(a) *tyrant*

Vocabulario esencial
La fiesta del chivo

Sustantivos

la amargura *bitterness*
la censura *censorship*
el control *control*
la democracia *democracy*
los derechos humanos *human rights*
la dictadura *dictatorship*
el fascismo *fascism*
la finca *farm*
la manipulación *manipulation*
el mar *sea*
el militarismo *militarism*
la nostalgia *homesickness*
el odio *hate, hatred*
la opresión *oppression*
el (la) pariente *relative*
el régimen *regime*
la república *republic*
la ruina *ruin*

el sentimentalismo *sentimentalism*
la tortura *torture*
el totalitarismo *totalitarianism*
la transición *transition*

Verbos

arrepentirse (ie, i) *to repent*
cambiar *to change*
controlar *to control*
crecer *to grow*
declinar *to decline*
oprimir *to oppress*
recordar (ue) *to remember*
reemplazar *to replace*
suspender *to fail; to suspend*
vigilar *to observe, to watch*

Adjetivos

ajeno(a) *distant*
familiar *familiar*
sangriento(a) *bloody*

Vocabulario esencial
La cara que se veía en todas partes

Sustantivos

el altavoz *loudspeaker*
el concurso *competition*
el crucifijo *crucifix*
el desfile *parade*
la eliminatoria *qualifying round*
la final *final phase*
el jerarca *hierarch*
el (la) locutor(a) *radio announcer*
el (la) mayor *elder*
la moneda *coin*
el noticiario, el noticiero *news program*

la pancarta *banner*
el referéndum *referendum*
el régimen *regime*
el salvador *savior*
el sello *stamp*

Verbos

aprobar (ue) *to approve*
mandar *to send; to command*
mantener *to maintain*
recitar *to recite*
velar *to watch, to keep a vigil*

Adjetivos

aburrido(a) *boring; bored*
católico(a) *Catholic*
diminuto(a) *tiny, small*
franquista *supporter of Franco*
irreal *unreal*
menudo(a) *small*
omnipotente *omnipotent*
omnipresente *omnipresent*
remoto(a) *remote, faraway*
todopoderoso(a) *all powerful*

Mapas de Uruguay y Paraguay

C R O N O L O G Í A

1516

El conquistador español Juan Díaz de Solís llega al estuario del Río de la Plata (actual Uruguay).

El Río de la Plata

1617

El territorio actual de Paraguay y Argentina se convierte en territorios distintos bajo el virreinato del Perú.

1776

España crea el virreinato del Río de la Plata (Argentina, Paraguay, Uruguay y Bolivia).

1821 – 1825

Los portugueses se anexionan el territorio del actual Uruguay.

1550	1600	1650	1700	1750	1800

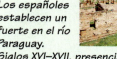

1537

Los españoles establecen un fuerte en el río Paraguay.
Siglos XVI–XVII, presencia de misiones evangelizadoras jesuitas en Paraguay.

1680 – 1777

Rivalidad entre españoles y portugueses en la zona del actual Uruguay.

1767

Expulsión de los jesuitas.

1810

Argentina proclama su independencia. Paraguay se niega a unirse a Argentina y en 1811 proclama su independencia.

Capítulo 11

El Cono Sur:
Paraguay y Uruguay:
Transformación y evolución

OBJETIVOS DEL CAPÍTULO

En este capítulo vas a:

→ Explorar cuestiones relacionadas con las transformaciones del mundo actual.

→ Repasar y ampliar conocimientos sobre las preposiciones **por** y **para** y sobre el uso de los tiempos condicionales.

→ Leer y analizar tres cuentos contemporáneos: "Currículum vitae"

de la escritora paraguaya Lita Pérez Cáceres, y "El niño Cinco Mil Millones" y "El Otro Yo", del escritor uruguayo Mario Benedetti.

→ **Proyecto final:** Mi yo y la percepción de mi yo (ver página 330)

1825 – 1828
Argentina y Brasil se disputan el territorio del actual Uruguay. Al final, Uruguay obtiene la independencia.

1903 – 1958
Gobierno del Partido Colorado (liberal) en Uruguay.

1932 – 1935
Guerra del Chaco entre Paraguay y Bolivia con el triunfo de Paraguay.

Alfredo Stroessner

1954 – 1989
Dictadura de Alfredo Stroessner en Paraguay.

1973
Los militares toman el poder en Uruguay.

2004
El partido de izquierdas de Tabaré Vázquez gana las elecciones presidenciales en Uruguay.

1850 **1900** **1920** **1940** **1960** **1980** **2000**

1865 – 1870
Guerra de la Triple Alianza (Brasil, Argentina y Uruguay) contra Paraguay por cuestiones territoriales. Paraguay queda destrozado.

José Battle Ordóñez, el presidente más influyente del Partido Colorado

1962 – 1973
Guerrillas de los Tupamaros en Uruguay en favor de proclamar un régimen marxista.

1985 – actualidad
Vuelta a gobiernos constitucionales en Uruguay.

Preparación

Vocabulario

Antes de escuchar la presentación, lee estas palabras para comprender el texto.

a favor y en contra   *for and against*

adjudicarse   *to appropriate*

los altibajos   *ups and downs*

el bienestar   *well-being*

criollo(a)   *Creole*

cruento(a)   *bloody*

derrocar   *to overthrow*

destacar   *to stand out, to be highlighted*

exterminado(a)

el temor   *fear*

el yacimiento petrolífero   *oil field*

Actividad 1.   ***Anticipación.*** En grupos de tres, traten de responder las preguntas. Si es necesario, miren los mapas de la página 306.

1. ¿Cuáles son las capitales de Paraguay y de Uruguay?
2. ¿Qué países tienen frontera con Paraguay? ¿Y con Uruguay?
3. ¿Qué es Mercosur y qué países lo forman?

Presentación

Escucha la introducción de este capítulo que trata sobre los cambios políticos en Paraguay y Uruguay desde la colonia española hasta nuestros días.

Comprensión

Actividad 2.   ***¿Verdadero o falso?*** Después de escuchar, indica si las siguientes afirmaciones son verdaderas (V) o falsas (F). Corrige las oraciones que sean falsas.

1. El Río de la Plata divide Paraguay y Uruguay.
2. Los indios guaraníes eran los únicos que habitaban la zona de Paraguay cuando llegaron los colonizadores.
3. En Paraguay hay dos partidos políticos principales, el Colorado y el Blanco.
4. Paraguay y Uruguay lucharon en la guerra del Chaco por intereses petrolíferos.
5. El general Stroessner fue dictador de Paraguay en el siglo XX.
6. Uruguay se ha caracterizado históricamente por su estabilidad política.
7. José Batlle y Ordóñez estableció un sistema de gobierno interesado en el bienestar social en Uruguay.
8. Los países socios de Mercosur son Brasil, Colombia, Paraguay y Uruguay.

EXPLORACIÓN DEL TEMA 1

Vocabulario esencial 1

Sustantivos

el albañil *bricklayer*
el barrio *neighborhood*
el (la) campesino(a) *peasant*
el campo *countryside*
la ciudad *city*
el (la) descendiente
el empleo *job*
la expedición
el (la) gerente *manager*
el (la) gobernador(a)
la lavandera y la planchadora *laundress*
la mediación
el patrón (la patrona) *boss*
las teclas *keys (on a keyboard)*
el (la) vendedor(a) *salesman(woman)*
el (la) viudo(a) *widower (widow)*

Verbos

atender (ie) *to pay attention; to wait on, help (a customer)*

dar de comer *to feed*
disculpar *to excuse, to forgive*
disimular *to hide*
disputar *to dispute*
ganar *to earn (money)*
progresar
vender *to sell*

Adjetivos

amable
autoritario(a) *authoritarian*
cariñoso(a) *affectionate*
contestador(a) *belligerent, cheeky*
fraudulento(a)
ligero(a) *light*
manuscrito(a) *handwritten*
ocupado(a) *busy*

Otras expresiones

trabajar de sol a sol *to work from sunrise to sunset*

Actividad 3. **Asociaciones.** Usa las palabras del Vocabulario esencial para completar el cuadro. Para cada tema escribe todas las palabras que se asocian con él.

El campo	La ciudad	El trabajo

Actividad 4. **Sinónimos.** Escribe un sinónimo para cada una de las siguientes palabras del Vocabulario esencial. Consulta un diccionario si lo necesitas.

1. disculpar
2. progresar
3. autoritario
4. dar de comer
5. empleo
6. patrona

Actividad 5. **Derivados.** Completa la tabla con las palabras derivadas del vocabulario. Si lo necesitas, usa un diccionario.

Sustantivo	Adjetivo	Verbo
1.		disculpar
2. gobernador		
3.		disputar
4.		progresar
5. empleo		
6.		ganar
7. planchadora		
8.	atendido	

¿Qué sabes?

Actividad 6. **Paraguay.** En grupos de tres, vayan al sitio web de *Pueblos* y busquen información general sobre Paraguay para poder informar a la clase sobre los siguientes temas.

- el gobierno
- la ubicación geográfica
- la economía
- las lenguas oficiales y la población
- la cultura

Actividad 7. **Análisis de los datos.** En grupos de tres reflexionen sobre los datos que localizaron sobre Paraguay en la Actividad 6.

1. Piensen en la geografía de Paraguay. ¿Qué consecuencias tiene su ubicación geográfica en la política, la economía y el desarrollo del país?
2. Analicen la situación lingüística en Paraguay. ¿Por qué existe el bilingüismo? ¿En qué lengua(s) se hace la escolarización?

Lectura del texto: "Currículum vitae"

Anticipación

Actividad 8. **Contexto histórico-geográfico.** "Currículum vitae" es el título de la lectura de esta parte del capítulo. Un currículum vitae es un documento que describe nuestras cualificaciones educativas y laborales. Al pedir un trabajo, normalmente enviamos un currículum para presentar nuestras credenciales. Junto con el currículum uno normalmente envía una carta de presentación. En la página 311 hay un ejemplo de cómo hacer un currículum vitae.

Currículum Vitae

DATOS PERSONALES

Nombre y apellidos: Antonio López Marinas
Fecha de nacimiento: 17 de noviembre de 1973
Lugar de nacimiento: Murcia
D.N.I. número: 53.44.28.04-Y
Dirección: c/ Villaroel No. 2, 35247 Murcia
Teléfono móvil: 609 674 09 85
Email: Anlomarinas@hotmail.es

FORMACIÓN ACADÉMICA

1996-1998	Máster en Administración y Dirección de Empresas M.B.A., por CESMA Escuela de Negocios.
1990-1995	Licenciado en Publicidad y Marketing (Universidad de Murcia).

EXPERIENCIA PROFESIONAL

1999-2001	Prácticas en la empresa BassOne realizando funciones básicas en la creación de campañas publicitarias.
1997-1998	Asistente administrativo en la empresa ATESA (facturas y pedidos).

IDIOMAS

Inglés	Nivel alto. Título de la Escuela Oficial de Idiomas de Murcia.
Alemán	Nivel medio. (Segundo curso en la Escuela Oficial de Idiomas de Murcia.)

INFORMÁTICA

Conocimientos de usuario:
* Windows
* Procesadores de texto: Word Perfect, Microsoft Word
* Hojas de cálculo: Excel
* Bases de datos: Access

OTROS DATOS DE INTERÉS

Carné de conducir B-1, Vehículo propio. Disponibilidad para viajar.

REFERENCIAS

Además de los puestos de trabajo relacionados, les puedo ofrecer las que consideren oportunas en caso de que las soliciten.

Ahora escribe tu propio currículum siguiendo el modelo anterior. Incluye todas las categorías (Datos personales, Formación académica, etc.) y da toda la información requerida. Prepara tu currículum en la computadora e imprímelo (*print it out*) para llevar a clase. ¿Es esta forma de escribir un currículum similar a la que se usa en tu universidad? ¿En qué sí y en qué no?

Actividad 9. *Un vistazo al texto.* Este cuento es una carta de presentación en la que una viuda solicita trabajo. Lee las primeras frases de cada uno de los párrafos que forman la carta. Teniendo en cuenta esa información, ¿qué tres temas se tratan en la carta?

Actividad 10. *Estudio de palabras.* En las relaciones entre empleados y supervisores se usan ciertos formulismos y expresiones que establecen las diferencias entre ellos. Fíjate en cómo es la relación entre la viuda (posible empleada) y el gerente (posible jefe) en esta carta.

1. Fíjate en el registro (*register, the use of* **tú** *vs.* **usted**) que usa la viuda con el gerente. ¿Cómo es? Y, ¿cómo lo reconoces? Da tres ejemplos del texto.
2. Sabiendo que el título del cuento es "Currículum vitae", lee la última frase. ¿Qué te dice esta frase sobre la viuda? ¿Qué impacto crees que va a tener esto en el gerente como posible futuro jefe?

Texto

La escritora paraguaya Lita Pérez Cáceres (1940–) ha ganado varios premios literarios por sus relatos. Su libro *María Magdalena María* (1997) es una colección de cuentos en la que aparece "Currículum vitae". Este cuento nos hace reflexionar sobre el papel de la mujer en la sociedad a partir de una carta de una viuda que quiere integrarse en el mundo laboral.

Currículum vitae

Lita Pérez Cáceres

> Vd., Ud. and Vds., Uds. are abbreviations for **usted** and **ustedes**, respectively. **Vd.** originally comes from **Vuestra merced**, which evolved into **usted.**

Sr. Gerente de Ventas
«Tienda La Coqueta»
Ciudad

addressing myself

Señor Gerente de Ventas, antes que nada me disculpa por dirigirme° a Vd., pero en el aviso que salió no figuraba su nombre. Sabe, mis padres me enseñaron que a la gente había que llamarla por su nombre, como por ejemplo, doña Engracia, doña Micaela y así por el estilo. Pero ellos eran campesinos y acá en la ciudad es diferente.

you are advertising

was pleased
apartment
pay attention to

Le escribo por ese empleo que anda ofreciendo°. Cuando leí que tenía que enviar mis datos personales en una carta manuscrita, busqué la palabra en el diccionario y me hallé° mucho al saber que no necesitaba pedirle ayuda a mi hija Alina. Ella sí que sabe escribir a máquina: A veces, la visito en su departamento° y me dice: Mamá, siéntate por ahí que no te puedo atender° porque estoy muy ocupada. Veo que sus dedos se mueven muy pero muy ligeros y hacen un ruido agradable con las teclas.

Pero me estoy saliendo del tema, como diría mi finado° marido. Sabe don Gerente que yo quiero ser vendedora de salón. Ay, me gustó tanto ese título: VENDEDORA DE SALÓN.

Pienso que voy a servir porque siempre anduve vendiendo algo; cuando era jovencita los pañuelitos de ahó-poí° que bordaba° mi mamá... después de casarme hacía pastelitos y los ofrecía a mis vecinos y a los albañiles que trabajaban cerca de mi casa. Es que tenía que ayudar a mi marido para poder dar de comer a nuestros hijos y mandarlos a la escuela. Él siempre me decía que no quería que sean «unos burros° como vos». No vaya a pensar mal, no fue malo, un poco autoritario a lo mejor, pero eso le venía de trabajar en la Policía. Era muy serio, se reía raras veces y la gente del barrio no le quería. Pero se mataba trabajando, casi siempre volvía de madrugada° con los ojos muy rojos y de mal humor. Solamente se ponía cariñoso cuando les hablaba a sus cardenales°. Si Vd. lo hubiera escuchado don Gerente... tenía cuatro en la jaula de hierro°. Les compraba alimentos especiales y lechuga... y frutas; cuando estaba con ellos su carácter variaba, le cambiaba la voz. A mí me gustaba escucharlo y me hacía la distraída y me quedaba cerca... hasta me ilusionaba pensando que me hablaba a mí. Mire, no crea que conmigo era malo, me pegó° algunas veces y me lastimó°, pero le doy la razón porque yo era muy contestadora°.

Volviendo a lo de vendedora de salón, me gusta la idea de no tener que estar a la intemperie°... ¿Se dio cuenta° de que yo también uso palabras difíciles? Las aprendí con mi patrona la señora Lucía de Lamermour, una gringa de muy buen corazón que me da trabajo de lavandera y planchadora. Ella me aconsejó que leyera los diarios, las revistas. Me dijo que yo soy muy inteligente, además de ser guapa y honrada, y que tenía que progresar. Dijo que le causa tristeza verme trabajar de sol a sol a mi edad. Y ahora que hablo de edad aprovecho° para decirle que tengo cincuenta años, como verá no estoy muy vieja y gracias a Dios soy sana°. Desde que Ciriaco tuvo ese accidente y falleció°, yo quedé sola. Mis hijas están casadas y mi hijo se fue a vivir a la Argentina y me escribe muy raras veces. No tengo casa propia, vivo en una pieza° y con lo que gano lavando y planchando alcanza° para pagar el alquiler y para comer.

Por eso, don Gerente, me animo a ofrecerme como candidata a su empleo, aprendí a ser amable con la gente para que tuvieran deseos de comprar lo que ofrecía y también aprendí a callar mis rabias° y a disimularlas con una sonrisa.

¿Qué le parece mi propuesta? Por favor contésteme pronto.
Petrona Viuda de Figún.

Ah, disculpe° si no le mando el Currículum Vitae que pide... No sé lo que es.

See the student annotation in **Actividad 27** of Chapter 5 about the use of **vos** and its verbal forms instead of **tú** in some areas of Latin America.

deceased; handkerchiefs made of fine hand-woven fabric; embroidered; donkeys

dawn
cardinals
iron cage

hit me
hurt me; I answered back a lot

in the open; Did you notice

take the opportunity to

healthy; died

room
it's enough

quiet my rage

sorry

Comprensión

Actividad 11. **Detalles de la lectura.** Las siguientes frases comunican la idea central de cada uno de los párrafos de "Currículum vitae." Ponlas en el orden (1–6) en el que aparecen en el texto para formar un resumen.

a. La señora no sabe escribir a máquina, pero su hija sí.

b. La señora quiere ser vendedora de salón.

c. Ahora la señora está sola porque su marido murió y sus hijos se fueron.

d. La señora y su marido tuvieron que trabajar mucho.

e. La señora puede llevarse bien (*get along*) con la gente.

f. La señora vive en la ciudad aunque sus padres eran campesinos.

Actividad 12. *Explicaciones.* Vuelve a leer el texto y contesta las siguientes preguntas.

1. ¿A qué clase social pertenece la viuda? ¿Cómo lo sabes?
2. ¿Cómo describe su vida en relación a su trabajo?
3. ¿Cómo fue la relación entre ella y su marido?
4. ¿Cómo es la relación entre ella y su patrona Lucía de Lamermour?
5. ¿Qué problemas de comunicación hay entre ella y el Señor Gerente de Ventas? ¿Cómo lo sabes? ¿Por qué ocurre esto?

Conversación

Actividad 13. *El papel social de la mujer.* En grupos de tres, contesten las siguientes preguntas y compartan sus respuestas con el resto de la clase.

1. ¿Cuál es el papel de la mujer en el trabajo en las siguientes posibles circunstancias: antes de casarse, al casarse, al tener hijos en casa y al irse los hijos de casa?
2. ¿Cuáles son las dificultades con las que se enfrenta la mujer al trabajar fuera de casa? ¿Son éstas iguales a las de los hombres o diferentes? ¿Por qué?

Actividad 14. *La educación.* En este cuento, el marido le dice a la viuda que no quiere que sus hijos sean "unos burros como vos". Trabaja con un(a) compañero(a) para comentar lo siguiente.

1. ¿Cuál es el significado de la frase "unos burros como vos"?
2. ¿Qué ejemplos hay en el texto que ilustran ese significado? Citen al menos dos ejemplos.
3. De acuerdo con el cuento, ¿quién es realmente "burro" aquí? Justifiquen su respuesta.

Actividad 15. *Currículum vitae.* Trabaja con otro(a) estudiante para hacer lo siguiente.

1. Revisen el currículum vitae que ha escrito cada uno en la Actividad 8.
2. Revisen el cuento para extrapolar información sobre la señora Petrona Viuda de Figún.
3. Siguiendo el modelo de currículum que han escrito, inventen el currículum vitae de la señora de Figún.
4. Al terminar, cada pareja puede presentar su currículum a la clase y compararlo con los demás.

Estudio del lenguaje 1:

Usos de las preposiciones *por* y *para*

Repaso

1. In general, the preposition **por** expresses cause, and the preposition **para** expresses finality or goal.

2. In addition, **por** is used to express movement "through," and **para** is used to express movement "toward" or destination.

3. The uses of **por** and **para** can sometimes be confusing, because both are often translated using the English preposition *for*.

Los usos de *para*

1. **Para** is used to express:

   a. destination

   • the person to whom an action is directed or for whom it is intended

La carta de Petrona es **para el Gerente de Ventas.**	*Petrona's letter is for the sales manager.*

   • the location toward where something moves (normally after verbs that express movement, such as **ir, salir, viajar,** and so on). In these cases, the prepositon **hacia** (*toward*) can also be used.

La señora salió **para la tienda de ropa.**	*The woman left for the clothing store.*

   b. the purpose of an action (*to, in order to, so that*)

"Es que tenía que ayudar a mi marido **para poder dar de comer** a nuestros hijos y mandarlos a la escuela".	*I had to help my husband in order to be able to feed our children and send them to school.*
"… con lo que gano lavando y planchando alcanza **para pagar el alquiler** y **para comer**".	*… with what I earn as a laundress it is enough to pay the rent and to eat.*

   c. time

   • to express a deadline

Terminaré de leer todas las solicitudes **para las cinco.**	*I will finish reading all the applications by five.*
Los candidatos deben enviar su carta **para el lunes.**	*Candidates should send their letters by Monday.*

- to express the idea of *around a certain time*

Para finales de mes habremos elegido a la persona ideal para trabajar en la tienda.	*Around the end of the month we will have chosen the ideal person to work in the store.*

d. opinion

Para Petrona, el trabajo de vendedora parece ser el ideal.	*In Petrona's opinion the job of a sales person seems to be ideal.*
En la carta Petrona se disculpa porque, **para ella,** es de mala educación no dirigirse a las personas por su nombre.	*In the letter, Petrona apologizes because, in her view, it is not polite not to address other people by their names.*

e. comparison with what is supposed to be the norm (translated as *considering*)

Para su edad, parece que Petrona está fuerte y tiene buena salud.	*Considering her age, it seems that Petrona is strong and in good health.*

2. **Expresiones con *para***

no estar para (+ *sustantivo*)	*not to be in the mood for something*
no ser para tanto	*to be not that bad, not to be for nothing*
para siempre	*forever*
para toda la vida	*for the rest of his/her life (their lives)*

Los usos de *por*

1. **Por** is used to express:

   a. the cause of an action (to convey the meaning of *because of*)

"Le escribo **por ese empleo** que anda ofreciendo".	*I am writing because of that job that you are advertising.*
"**Por eso,** don Gerente, me animo a ofrecerme como candidata a su empleo".	*For that reason, Mr. Manager, I wish to offer myself as a candidate for your position.*

   b. movement through or throughout, or approximate location

A Petrona le gustaría viajar con su hija **por Argentina.**	*Petrona would love to travel through Argentina with her daughter.*
"Mamá, siéntate **por ahí** que no te puedo atender porque estoy muy ocupada".	*Mom, sit over there; I can't pay attention to you right now because I am too busy.*

   c. the means by which an action is made possible

Petrona se enteró de la existencia del trabajo **por un anuncio.**	*Petrona found out about the job through an add.*
Petrona envió su solicitud **por correo.**	*Petrona sent her application by mail.*

d. exchange, substitution (*instead of, on behalf of*), price

Petrona pensó en pedirle a su hija que escribiera la carta **por ella.**	*Petrona considered asking her daughter to write the letter on her behalf.*
Le doy las gracias **por su ayuda.**	*Thanks so much for your help.*

e. movement to obtain something or fetch someone

Fue **por su hija** para que le ayudara.	*She went to get her daughter so that she would help her.*
No hace falta que vayas **por la máquina de escribir,** no la necesito.	*You don't need to go get the typewriter; I don't need it.*

f. the agent of a passive construction, even if the verb **ser** is not stated

El cuento, escrito **por Lita Pérez Cáceres,** narra la historia de una mujer viuda que necesita trabajo.	*The short story written by Lita Pérez Cáceres narrates the story of a widow who needs a job.*

2. **Expresiones con** *por*

por ahora	*for now*	**por fin**	*finally*
por casualidad	*by chance, by coincidence*	**por lo general**	*generally*
		por lo menos	*at least*
por cierto	*by the way*	**por lo visto**	*as can be seen*
por completo	*thouroughly, completely*	**por poco**	*almost*
		por primera vez	*for the first time*
por ejemplo	*for example*	**por supuesto**	*of course*
por favor	*please*		

por una parte / por otra	*on the one hand / on the other*
por un lado / por otro	*on the one hand / on the other*
por un día / una noche / una semana	*for a day / a night / a week*
por la mañana / la tarde / la noche	*during the morning / the afternoon / the evening*

3. **Verbos seguidos de la preposición** *por*

acabar por (+ *infinitivo*)	*to end up (doing something)*
disculparse por algo	*to apologize for something*
interesarse por algo o alguien	*to be interested in something or someone*
preguntar por algo o alguien	*to ask or inquire about something or someone*
preocuparse por algo o alguien	*to worry about something or someone*

Online Study Center

To check your progress as you complete each vocabulary and grammar topic, do the exercises in the *Pueblos* Online Study Center: http://college .hmco.com/languages/ spanish/students

Aplicación

Actividad 16. **¿Qué significa para?** Lee los fragmentos de la página 318 tomados de cuentos escritos por autoras paraguayas. Fíjate en el uso de la preposición **para** en negrilla y en cada ejemplo indica el significado de la preposición. Selecciona entre los significados indicados en la página 318.

a. destino: persona   d. opinión

b. destino: lugar   e. plazo de tiempo (*deadline*)

c. propósito (*purpose*)   f. comparación

1. Un día mencionaste como al descuido: «Mañana vuelvo al Chaco, no puedo abandonar mis cosas». Miré hacia el lago **para esconder las lágrimas;** una chispa (*spark*) divertida iluminó tus ojos. —*Maybell Lebrón, "Querido Miguel"*

2. Han invadido mi propiedad y tengo mucho que hacer **para cuando llegue Digno.** —*Neida Bonnet de Mendoza, "Parto en la arena"*

3. Por un milagro de qué sé o de quién, me convertí de pronto (*suddenly*) **para Estrella** en el tic tac que se paró. —*Teresita Torcida de Arriola, "Y soy. Y no."*

4. Pero a pesar de mi supuesta indiferencia o desapasionamiento, **para mí** no podía todo eso ser tan simple. —*Teresita Torcida de Arriola, "Y soy. Y no."*

5. ¡Qué extraña sensación de poseer mil energías distintas **para luchar,** y no tener fuerzas para nada! —*Teresita Torcida de Arriola, "Y soy. Y no."*

6. Bailando así, desde tanto tiempo atrás, hay algo que se aprende y se desdeña. **Para Mei Li,** la sumisión es un insulto que la hace actuar por reacción. —*René Ferrer, "Los nudos del silencio"*

Actividad 17. ***¿Qué significa por?*** Lee los siguientes fragmentos tomados de cuentos escritos por autoras paraguayas. Fíjate en el uso de la preposición **por** y en cada ejemplo indica el significado de la preposición. Selecciona entre los siguientes significados.

a. causa   d. medio (*means*)

b. movimiento a través (*movement through*)   e. lugar indefinido

c. agente   f. intercambio

1. ¡Si antes de ir a México —contratado **por la empresa de construcción**— hubiera decidido quedarse en la Argentina y en vez de conocer a Esperanza Ramírez hubiera conocido a otra, en su tierra! —*Ester de Izaguirre, "Yo, fabulador, en tiempo presente"*

2. Me lo habías advertido: «No salgas ni dejes pasar a nadie **por el patio de los perros.** Pueden ser despedazados (*torn to pieces*)». —*Maybell Lebrón, "Querido Miguel"*

3. Entraba **por la ventana** el pálido rosa del amanecer (*dawn*)… —*Maybell Lebrón, "Querido Miguel"*

4. Apenas terminada la ceremonia cambié mi vestido de novia **por botas y jeans** para abordar la avioneta reluciente, estacionada en el rústico aeropuerto. —*Maybell Lebrón, "Querido Miguel"*

5. ¿Saben que están en casa ajena y con una mujer ajena? Los voy a denunciar al Comisario **por difamadores y entrometidos.** ¡Eso sí que no! —*Neida Bonnet de Mendoza, "Parto en la arena"*

6. Otra cosa que se presentaba bastante oscura respecto a Juanjo, parecía ser la cuestión esa de los tres hijos varones que tenía **por ahí…** Juan José juraba que las madres eran ricachonas y medio viejas. —*Yula Riquelme, "Algo raro"*

7. Hubo, sin embargo, sorpresa en la familia **por tan repentina decisión.** ¿Por qué a su edad debía cargar con semejante responsabilidad? —*Chiquita Barreto, "La niña muda"*

8. Me lo dijo **por teléfono,** como acostumbra cuando teme respuestas. —*Mabel Pedrozo, "Cita en el casino"*

Actividad 18.   ***¿Por o para?*** Completa las siguientes frases con **para** o **por** e indica el significado de la preposición.

1. La literatura de Maybell Lebrón se caracteriza _____ el intimismo.
2. Maybell Lebrón ha vivido en Asunción toda su vida y por eso el interior del país es exótico _____ ella.
3. Neida Bonnet utiliza situaciones extremas _____ denunciar la injusticia.
4. El dramatismo aparece gradualmente empleado _____ la autora en otros relatos.
5. El relato de Lita Pérez Cáceres es un cuento que sirve _____ reflexionar sobre el papel social de la mujer.
6. En "Nudos del silencio", la autora René Ferrer intenta mostrar el drama doméstico de una mujer abandonada _____ el marido.
7. Chiquita Barreto se inspira en la mujer del interior de Paraguay _____ mostrar el autoritarismo familiar del hombre.
8. El tema del cuento "Cita en el casino" es el amor censurado y tolerado _____ una sociedad que tiene una doble moral.

Actividad 19.   ***Respuestas del Gerente.*** ¿Qué le puede contestar el Gerente a doña Petrona? Trabaja con un(a) compañero(a) para hacer lo siguiente:

1. Consideren posibles respuestas del Gerente a la carta de doña Petrona.
2. Usando cinco de las expresiones siguientes escriban oraciones imaginando lo que le puede decir el Gerente a la viuda en su respuesta. Guarden estas oraciones ya que van a poder usarlas en la Actividad 20.

por casualidad	por lo general
por fin	por lo menos
por una parte … por otra	por lo visto
por un día / una noche / una semana	por primera vez
por la mañana / la tarde / la noche	por supuesto

Actividad 20.   ***Respuesta.*** Escribe la respuesta completa a la carta de doña Petrona. Incorpora en tu carta algunas de las frases que has escrito en la Actividad 19. Utiliza en tu carta las preposiciones **por** y **para** de acuerdo con lo que has estudiado en este capítulo. Los temas que debes incluir en la carta son:

- las cualificaciones de la candidata
- la edad
- la ausencia del currículum vitae

EXPLORACIÓN DEL TEMA 2

Vocabulario esencial 2

Sustantivos

el desconsuelo *grief, sorrow*
el esqueleto *skeleton*
el hambre (*f.*) *hunger*
el llanto *cry*
el luto *mourning*
la mirada *look*
la nostalgia
la sed *thirst*
la tierra *land*

Verbos

emocionarse
homenajear *to pay homage*
llevar *to bring; to carry*

lucir *to show off*
roncar *to snore*

Adjetivos

corriente *normal*
cuarteado(a) *quartered*
exhausto(a)
melancólico(a)
seco(a) *dry*
superpoblado(a) *overpopulated*
vulgar *vulgar, common*

Otras expresiones

al azar *at random*

> **Hambre** is a feminine noun that begins with a stressed **a**; therefore use the article **el**.

Actividad 21. *Definiciones.* Para cada palabra de la primera columna, identifica la definición en la segunda columna.

1. sed
2. nostalgia
3. desconsuelo
4. llanto
5. emocionarse
6. homenajear
7. luto
8. mirada

a. reconocer el valor o el significado de una persona
b. una tristeza muy profunda
c. deseo de estar en otro lugar o en otra situación
d. necesidad de beber
e. algo que ocurre después de la muerte de una persona
f. dirigir los ojos a algo o a alguien
g. una forma de expresar tristeza o dolor
h. experimentar alegría por algo

Actividad 22. *Derivados.* Completa la tabla con las palabras derivadas del vocabulario. Si lo necesitas, usa un diccionario.

Sustantivo	Adjetivo	Verbo
1. llanto		
2.	seco	
3.		superpoblar
4. sed		
5.	desconsolado	
6. emoción		

Actividad 23. *Antónimos.* Encuentra un antónimo para cada uno de los adjetivos que aparecen a continuación.

1. vulgar
2. corriente
3. melancólico
4. exhausto
5. seco
6. superpoblado

¿Qué sabes?

Actividad 24. *Uruguay.* En grupos de tres, vayan al sitio web de *Pueblos* y busquen información general sobre Uruguay para poder informar a la clase sobre los siguientes temas.

- el gobierno
- la ubicación geográfica
- la economía
- la población
- la cultura

Actividad 25. *Uruguay artístico.* Uruguay ha gozado siempre de una vida cultural de alcance internacional. Escritores uruguayos, como Mario Benedetti, y pintores, como Pedro Figari, son reconocidos tanto dentro como fuera de su país.

Observa el cuadro de Pedro Figari. La obra de este pintor (1861–1938) muestra escenas de la vida diaria con gauchos, negros y criollos. En su obra predominan los temas sociales y sus obras se caracterizan por incluir escenas vivas y llenas de interacción humana. Tras observar el cuadro, responde a las siguientes preguntas.

1. ¿Qué representa el cuadro? Explica el uso de movimiento.
2. ¿Cómo son las figuras? Descríbelas con detalle (caras, cuerpos, ropa).
3. ¿Qué te dice este cuadro sobre la vida en Uruguay?

Lectura del texto:
"El niño Cinco Mil Millones" y "El Otro Yo"

Anticipación

Actividad 26. *Contexto histórico-geográfico.* En este capítulo vas a leer dos cuentos de Mario Benedetti. Antes de hacerlo, familiarízate con el autor por medio de este texto.

> **M**ario Benedetti nació en Paso de Toros, Uruguay, en 1920. A los cuatro años se mudó a Montevideo con su familia. Sin haber terminado sus estudios secundarios, tuvo que empezar a trabajar ya que su familia contaba con pocos recursos económicos. Empezó a escribir pronto y durante mucho tiempo compaginó la escritura con el trabajo de oficina. Por eso, uno de los temas constantes en su obra es el mundo mediocre de las oficinas y la burocracia. Publicó su primer libro de cuentos en 1949 y durante años fue director de varias revistas literarias.
>
> La Revolución cubana tuvo un gran impacto en este escritor. En la década de los sesenta visitó Cuba en varias ocasiones y trabajó en la Casa de las Américas, un organismo cultural cubano.
>
> Su novela *La tregua,* publicada en 1960, fue la que le dio fama internacional. Tras el golpe militar de 1973 en Uruguay, comenzó para Benedetti un exilio de doce años. Vivió primero en Argentina y luego en Perú, Cuba y España. Con la restauración de la democracia en Uruguay en 1985, volvió a su país natal.
>
> Benedetti es un autor prolífico y uno de los escritores latinoamericanos más leídos. Ha publicado novelas, cuentos, poesía, teatro, ensayos, crítica literaria, guiones cinematográficos y letras de canciones. En total, ha publicado más de cuarenta libros y sus trabajos se han sido traducido a dieciocho idiomas.

Ahora contesta las siguientes preguntas.

1. ¿Por qué tuvo que ponerse a trabajar tan temprano?
2. ¿Qué acontecimiento histórico tuvo gran influencia en su obra?
3. ¿Cuándo tuvo que exiliarse de Uruguay? ¿Por qué?
4. ¿Dónde vivió sus doce años de exilio?
5. ¿En qué momento pudo volver a Uruguay?

Actividad 27. *Un vistazo a los textos.* En los textos que vas a leer, el narrador utiliza varias maneras de referirse a los personajes. En muchos casos no les da ningún nombre específico. Trabaja con un(a) compañero(a) para hacer lo siguiente.

1. Reflexionen sobre el significado de los títulos de estos cuentos: "El niño Cinco Mil Millones" y "El Otro Yo". Escriban una lista de las palabras y frases que les sugiera cada título.

2. Lean la última frase de cada cuento. Según la manera en que termina cada texto, ¿cuáles parecen ser los temas de los cuentos?

Actividad 28. **Estudio de palabras.** Trabaja con un(a) compañero(a). Lean las cinco expresiones del cuento "El niño Cinco Mil Millones" que aparecen en la columna A y emparejen cada una con su equivalente en la columna B.

A	**B**
1. sin etiqueta	a. desear
2. un hambre atroz	b. una gran necesidad de comer
3. con grietas	c. se hizo más pequeño
4. tener ganas de	d. algo que no tiene nombre o categoría
5. disminuyó	e. que tiene espacios abiertos

Ahora lean las cinco expresiones del cuento "El Otro Yo" que aparecen en la columna C y emparejen cada una con su equivalente en la columna D.

C	**D**
6. cautelosamente	f. se volvió a componer, cambió
7. incómodo	g. con cuidado, con prudencia
8. se rehizo	h. sensación de no poder respirar
9. concienzudamente	i. poniendo mucha atención
10. ahogo	j. molesto, que produce malestar

Texto

Lee los cuentos titulados "El niño Cinco Mil Millones" y "El Otro Yo" de Mario Benedetti. Los cuentos de Benedetti nos muestran momentos dramáticos de la vida moderna. En el primer cuento Benedetti contrasta el nacimiento de un niño con la muerte, y en el segundo, contrasta el interior del yo con el exterior.

El niño Cinco Mil Millones

Mario Benedetti

En un día del año 1987 nació el niño Cinco Mil Millones. Vino sin etiqueta, así que podía ser negro, blanco, amarillo, etc. Muchos países, en ese día eligieron al azar un niño Cinco Mil Millones para homenajearlo y hasta para filmarlo y grabar° su primer llanto.

    Sin embargo, el verdadero niño Cinco Mil Millones no fue homenajeado ni filmado ni acaso° tuvo energías para su primer llanto. Mucho antes de nacer ya tenía hambre. Un hambre atroz. Un hambre vieja. Cuando por fin movió sus dedos, éstos tocaron tierra seca. Cuarteada° y seca. Tierra con grietas° y esqueletos de perros o de camellos o de vacas. También con el esqueleto del niño 4.999.999.999.

record

nor even

cracked; cracks

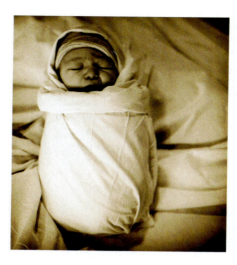

breasts

El verdadero niño Cinco Mil Millones tenía hambre y sed, pero su madre tenía más hambre y más sed y sus pechos° oscuros eran como tierra exhausta. Junto a ella, el abuelo del niño tenía hambre y sed más antiguas aún y ya no encontraba en sí mismo ganas de pensar o creer.

therefore; risk

Una semana después el niño Cinco Mil Millones era un minúsculo esqueleto y en consecuencia° disminuyó en algo el horrible riesgo° de que el planeta llegara a estar superpoblado.

El Otro Yo

Mario Benedetti

knee patches; comic strips

Se trataba de un muchacho corriente: en los pantalones se le formaban rodilleras°, leía historietas°, hacía ruido cuando comía, se metía los dedos a la nariz, roncaba en la siesta, se llamaba Armando Corriente en todo menos en una cosa: tenía Otro Yo.

dusk

because of that

El Otro Yo usaba cierta poesía en la mirada, se enamoraba de las actrices, mentía cautelosamente, se emocionaba en los atardeceres°. Al muchacho le preocupaba mucho su Otro Yo y le hacía sentirse incómodo frente a sus amigos. Por otra parte el Otro Yo era melancólico, y debido a° ello, Armando no podía ser tan vulgar como era su deseo.

Una tarde Armando llegó cansado del trabajo, se quitó los zapatos, movió lentamente los dedos de los pies y encendió la radio. En la radio estaba Mozart, pero el muchacho se durmió. Cuando despertó el Otro Yo lloraba con desconsuelo. En el primer momento, el muchacho no supo qué hacer, pero después se rehízo e insultó concienzudamente al Otro Yo. Este no dijo nada, pero a la mañana siguiente se había suicidado.

Al principio la muerte del Otro Yo fue un rudo golpe° para el pobre Armando, pero enseguida pensó que ahora sí podría ser íntegramente vulgar. Ese pensamiento lo reconfortó°.

Sólo llevaba° cinco días de luto, cuando salió a la calle con el propósito de lucir su nueva y completa vulgaridad. Desde lejos vio que se acercaban sus amigos. Eso le llenó de felicidad e inmediatamente estalló en risotadas°. Sin embargo, cuando pasaron junto a él, ellos no notaron su presencia. Para peor de males°, el muchacho alcanzó a escuchar que comentaban: "Pobre Armando. Y pensar que parecía tan fuerte, tan saludable°".

El muchacho no tuvo más remedio que dejar de reír y, al mismo tiempo, sintió a la altura del esternón° un ahogo que se parecía bastante a la nostalgia. Pero no pudo sentir auténtica melancolía, porque toda la melancolía se la había llevado el Otro Yo.

hard blow

comforted
It had only been

guffaws

To make matters worse

healthy

sternum

Comprensión

Actividad 29. ***Detalles de la lectura.*** Decide si las siguientes frases basadas en "El niño Cinco Mil Millones" son verdaderas (V) o falsas (F). Si son falsas, corrígelas.

1. El niño Cinco Mil Millones es elegido para un homenaje porque es único.
2. En este cuento el niño Cinco Mil Millones recibe un homenaje y se graba su primer llanto.
3. El niño Cinco Mil Millones nace en un sitio pobre y nace con hambre.
4. En el sitio donde nace el niño Cinco Mil Millones, todas las generaciones padecen hambre y sed.
5. El niño Cinco Mil Millones vive felizmente.

Actividad 30. ***Explicaciones.*** Contesta las siguientes preguntas sobre el cuento "El Otro Yo". Si es necesario, vuelve a leer el texto.

1. ¿Cuáles son las diferencias entre Armando Corriente y su Otro Yo?
2. ¿Por qué se suicida el Otro Yo?
3. ¿Qué efectos iniciales contradictorios tiene el suicidio de su Otro Yo en Armando?
4. ¿Cómo reaccionaron los amigos de Armando al verlo tras la muerte de su Otro Yo?
5. ¿Qué efecto tuvo al final la muerte de su Otro Yo en Armando?

Conversación

Actividad 31. ***La muerte.*** Trabajando en grupos de tres, comparen la presencia de la muerte en los dos cuentos. Al terminar, compartan sus respuestas con el resto de la clase.

1. ¿Qué tipos de muertes se reflejan en los cuentos?
2. ¿Qué imágenes usa el autor en conexión con la muerte?
3. ¿Qué representa la muerte en cada uno de los cuentos?

Actividad 32. ***La superpoblación.*** "El niño Cinco Mil Millones" nos hace reflexionar sobre el problema de la superpoblación mundial. Para esta actividad sigue estos pasos.

1. Fuera de clase: Busca información sobre las causas y consecuencias de la superpoblación en el mundo y los países que se asocian con este problema. (Visita el sitio web de *Pueblos*.)
2. En clase: Después de hacer la investigación en Internet, en grupos de tres, contesten las siguientes preguntas: ¿Creen que hay un problema de superpoblación en ciertas zonas del mundo? ¿Por qué? ¿Qué países o zonas se asocian con una población densa? ¿Está EEUU superpoblado? Para sus reflexiones, es importante que recuerden que con respecto al pasado la mortalidad infantil ha disminuido y el promedio de esperanza de vida ha aumentado.

Actividad 33. ***Tu Otro Yo.*** El segundo cuento de Benedetti nos hace pensar en "el otro" que llevamos dentro y en su posible vida y muerte. Completen la tabla con la siguiente información.

1. Escribe las características de Armando Corriente y las de su Otro Yo.
2. Piensa en tu personalidad y escribe tus características y las de tu Otro Yo. Tu Otro Yo puede estar vivo (perdura en el presente) o muerto (ya es parte del pasado; por ejemplo, de tu infancia, tu imaginación, etc.).
3. Contesta las siguientes preguntas.

   a. ¿Tu Otro Yo está vivo o muerto? Explica tu respuesta dando detalles.
   b. Habla con varios compañeros para descubrir si sus Otros Yos están vivos o muertos.

Armando Corriente	**Su Otro Yo**

_____ (tu nombre)	**Tu Otro Yo**

Estudio del lenguaje 2:
Los tiempos condicionales

Los tiempos condicionales

There are two conditional tenses in Spanish: simple conditional and perfect conditional.

1. To form the simple conditional tense, add the following endings to the infinitive (**-ar, -er,** and **-ir** verbs): **-ía, -ías, -ía, -íamos, -íais, -ían.**

llevar		comprender		lucir	
llevaría	llevaríamos	comprendería	comprenderíamos	luciría	luciríamos
llevarías	llevaríais	comprenderías	comprenderíais	lucirías	luciríais
llevaría	llevarían	comprendería	comprenderían	luciría	lucirían

A few verbs are irregular in the conditional; they are the same verbs that use irregular stems (not the infinitive) in the future tense.

Verb	Conditional stem	
decir	dir-	diría, dirías, diría, diríamos, diríais, dirían
haber	habr-	habría, habrías, habría, habríamos, habríais, habrían
hacer	har-	haría, harías, haría, haríamos, haríais, harían
poder	podr-	podría, podrías, podría, podríamos, podríais, podrían
poner	pondr-	pondría, pondrías, pondría, pondríamos, pondríais, pondrían
querer	querr-	querría, querrías, querría, querríamos, querríais, querrían
saber	sabr-	sabría, sabrías, sabría, sabríamos, sabríais, sabrían
salir	saldr-	saldría, saldrías, saldría, saldríamos, saldríais, saldrían
tener	tendr-	tendría, tendrías, tendría, tendríamos, tendríais, tendrían
venir	vendr-	vendría, vendrías, vendría, vendríamos, vendríais, vendrían

2. The perfect conditional tense is formed with the conditional of **haber** + *past participle* of the verb.

Remember that there are several verbs in Spanish that have irregular past participles. See Chapter 9, page 250 to review them.

habría llevado	habríamos llevado
habrías llevado	habríais llevado
habría llevado	habrían llevado

Usos del condicional

In Spanish the conditional tense has several uses.

1. It is used to express a wish. The simple conditional expresses a wish about the present or the future.

Me **gustaría** entrevistar a Mario Benedetti.	*I would like to interview Mario Benedetti.*
Viajaría a Uruguay mañana.	*I would travel to Uruguay tomorrow.*

The conditional perfect is also used to express unfulfilled conditions as viewed from a past perspective. You will learn about this use of the conditional perfect in Chapter 12.

The perfect conditional expresses a wish about the past that can no longer be fulfilled.

Me **habría gustado** leer otros cuentos de este autor.	*I would have liked to read more stories by this author.*

2. With verbs such as **tener que, deber,** and **poder** + *infinitive*, the conditional is used to give advice.

Deberías ir a la biblioteca para leer una biografía completa de Benedetti.	*You should go to the library to read a complete biography of Benedetti.*
Podrías consultar el sitio oficial de web de la República de Uruguay.	*You could consult the official website of the Republic of Uruguay.*
Tendrías que haber revisado tu ensayo antes de dármelo.	*You ought to have revised your essay before giving it to me.*

There are two more uses of the conditional tense: the conditional with if-clauses and the conditional in indirect speech. These uses are presented in Chapter 12.

The conditional tense is also used to give advice in sentences beginning with the phrase **yo que tú.**

Yo que tú iría a la conferencia sobre literatura uruguaya.	*If I were you, I would go to the talk about Uruguayan literature.*

3. The conditional is used to express politeness with verbs such as **poder, gustar, desear,** and **importar.**

¿**Podrías** ayudarme con el trabajo sobre Uruguay?	*Could you help me with the project on Uruguay?*
¿Te **importaría** trabajar conmigo?	*Would you mind working with me?*

4. It can be used to expresses supposition about the past.

¿Cómo **moriría** el niño del cuento?   *I wonder how the child in the story died.*

¿Cómo **se suicidaría** el Otro Yo de   *I wonder how the other Armando*
Armando?   *killed himself.*

Aplicación

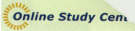

Online Study Cen

To check your progress as you complete each vocabulary and grammar topic, do the exercises in the *Pueblos* Online Study Center:
http://college.hmco.com/ languages/spanish/ students

Begin the *Pueblos* Student CD-ROM activities.

Actividad 34.   ***Deseos.*** Completa el siguiente párrafo con la forma adecuada del condicional.

_____ (1. ser) interesante poder organizar un viaje a Uruguay. En primer lugar, _____ (2. ir/nosotros) a Montevideo y _____ (3. pasar) allí dos semanas. Después, _____ (4. volver/tú) a Estados Unidos y yo _____ (5. seguir) mi viaje a Paraguay. En Asunción, mis amigos _____ (6. venir) a buscarme al aeropuerto. Mis amigos _____ (7. enseñarme) la ciudad y _____ (8. llevarme/ellos) a comer a buenos restaurantes. _____ (9. quedarme/yo) un mes entero en Paraguay y así _____ (10. aprender/yo) un poco de guaraní. Al cabo de un mes _____ (11. tener/yo) que volver. ¡_____ (12. gustarme) mucho hacer un viaje así!

Actividad 35.   ***Tus deseos.*** Imagina que puedes ir de viaje a cualquier lugar. ¿Adónde te gustaría ir? ¿Que lugares visitarías? ¿Viajarías solo(a) o acompañado(a)? Escribe seis oraciones en condicional en las que expreses tus deseos con respecto a un viaje hipotético. Usa el modelo de la Actividad 34.

Actividad 36.   ***Consejos.*** Las siguientes oraciones expresan consejos o recomendaciones. Complétalas con el verbo en condicional.

1. _____ (deber/tú) ir a la biblioteca a consultar la bibliografía necesaria sobre Benedetti.
2. _____ (tener/nostros) que leer más cuentos de autores uruguayos.
3. ¿_____ (poder/ustedes) compartir los libros que encuentren con los demás estudiantes de la clase?
4. Yo que tú, _____ (consultar) las páginas web del gobierno de Uruguay.
5. _____ (deber/ustedes) conversar sobre sus ideas para el ensayo.
6. La bibliotecaria _____ (tener) que poder ayudarles con su trabajo.

Actividad 37.   ***Consejos para acabar con la superpoblación.*** Uno de los temas que has considerado en este capítulo es el de la superpoblación. Trabaja con un(a) compañero(a) para sugerir posibles soluciones a este problema. Expresen sus consejos usando los verbos **deber, poder** y **tener que** en el condicional. Elaboren por lo menos seis soluciones. Al terminar compartan sus sugerencias con la clase.

4. It can be used to expresses supposition about the past.

¿Cómo **moriría** el niño del cuento? *I wonder how the child in the story died.*

¿Cómo **se suicidaría** el Otro Yo de *I wonder how the other Armando*
Armando? *killed himself.*

Aplicación

Actividad 34. **Deseos.** Completa el siguiente párrafo con la forma adecuada del condicional.

_____ (1. ser) interesante poder organizar un viaje a Uruguay. En primer lugar, _____ (2. ir/nosotros) a Montevideo y _____ (3. pasar) allí dos semanas. Después, _____ (4. volver/tú) a Estados Unidos y yo _____ (5. seguir) mi viaje a Paraguay. En Asunción, mis amigos _____ (6. venir) a buscarme al aeropuerto. Mis amigos _____ (7. enseñarme) la ciudad y _____ (8. llevarme/ellos) a comer a buenos restaurantes. _____ (9. quedarme/yo) un mes entero en Paraguay y así _____ (10. aprender/yo) un poco de guaraní. Al cabo de un mes _____ (11. tener/yo) que volver. ¡_____ (12. gustarme) mucho hacer un viaje así!

Actividad 35. **Tus deseos.** Imagina que puedes ir de viaje a cualquier lugar. ¿Adónde te gustaría ir? ¿Que lugares visitarías? ¿Viajarías solo(a) o acompañado(a)? Escribe seis oraciones en condicional en las que expreses tus deseos con respecto a un viaje hipotético. Usa el modelo de la Actividad 34.

Actividad 36. **Consejos.** Las siguientes oraciones expresan consejos o recomendaciones. Complétalas con el verbo en condicional.

1. _____ (deber/tú) ir a la biblioteca a consultar la bibliografía necesaria sobre Benedetti.
2. _____ (tener/nostros) que leer más cuentos de autores uruguayos.
3. ¿_____ (poder/ustedes) compartir los libros que encuentren con los demás estudiantes de la clase?
4. Yo que tú, _____ (consultar) las páginas web del gobierno de Uruguay.
5. _____ (deber/ustedes) conversar sobre sus ideas para el ensayo.
6. La bibliotecaria _____ (tener) que poder ayudarles con su trabajo.

Actividad 37. **Consejos para acabar con la superpoblación.** Uno de los temas que has considerado en este capítulo es el de la superpoblación. Trabaja con un(a) compañero(a) para sugerir posibles soluciones a este problema. Expresen sus consejos usando los verbos **deber, poder** y **tener que** en el condicional. Elaboren por lo menos seis soluciones. Al terminar compartan sus sugerencias con la clase.

Online Study Center

To check your progress as you complete each vocabulary and grammar topic, do the exercises in the *Pueblos* Online Study Center:
http://college.hmco.com/languages/spanish/students

Begin the *Pueblos* Student CD-ROM activities.

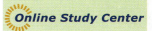

Actividad 38. *Soluciones.* Teniendo en cuenta los consejos de todos tus compañeros sobre cómo acabar con el problema de la superpoblación en el mundo, escribe un ensayo breve resumiendo las posibles soluciones que podemos considerar para acabar con este problema.

Proyecto final: Mi yo y la percepción de mi yo

Recapitulación: En este capítulo hemos estudiado Paraguay y Uruguay y hemos leído cuentos que tratan la situación laboral, la superpoblación y las consecuencias que pueden tener en la sociedad actual. En el cuento "Currículum vitae", Lita Pérez Cáceres muestra la problemática de las personas mayores que se quieren incorporar al trabajo. Los cuentos de Mario Benedetti ilustran el problema de la superpoblación y la publicidad que se da a eventos simbólicos como el nacimiento del niño Cinco Mil Millones. En el cuento "El Otro Yo", Benedetti, muestra la multiplicidad de identidades del sujeto en el mundo actual. Como tarea final, vas a escribir una composición sobre tu Yo y la percepción que tienen los otros de ti.

Paso 1: Repasa las secciones marcadas con en este capítulo.

Paso 2: Frecuentemente, otras personas nos ven de una manera que puede no coincidir con la manera en que nos vemos nosotros mismos. Completa la siguiente tabla con información sobre cómo te ves tú y cómo te ven los otros.

Yo me veo así...	Creo que los otros me ven así...
1. Aspecto físico:	1. Aspecto físico:
2. Personalidad:	2. Personalidad:
3. Ambiciones (futuro profesional o académico):	3. Ambiciones (futuro profesional o académico):

Paso 3: Ilustra lo que has escrito en el Paso 2. Usa un dibujo, una foto o un collage con partes de fotos de revistas.

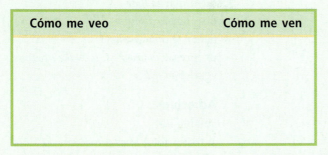

Cómo me veo	Cómo me ven

Paso 4: Comparte la información de los Pasos 2 y 3 con un(a) compañero(a) y averigua si tu compañero(a) te ve como tú crees que te ven los otros. Completa la siguiente tabla con la información en que coincidan (Sí), no coincidan (No) o haya discrepancias (En parte).

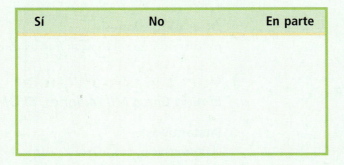

Sí	No	En parte

Paso 5: Escribe un párrafo breve (10-15 frases) sobre la percepción (acertada o no) que tiene de ti tu compañero(a).

Paso 6: Comparte tu párrafo con tu compañero(a). Añade detalles al párrafo.

Paso 7: Con la información de los pasos precedentes escribe una composición en la que compares cómo te ves tú, cómo crees que te ven los otros y cómo realmente te ve tu compañero(a).

Vocabulario del capítulo

Preparación

a favor y en contra *for and against*
adjudicarse *to appropriate*
los altibajos *ups and downs*
el bienestar *well-being*
criollo(a) *Creole*
cruento(a) *bloody*
derrocar *to overthrow*
destacar *to stand out, to be highlighted*
exterminado(a) *exterminated*
el temor *fear*
el yacimiento petrolífero *oil field*

Vocabulario esencial
Currículum vitae

Sustantivos

el albañil *bricklayer*
el barrio *neighborhood*
el (la) campesino(a) *peasant*
el campo *countryside*
la ciudad *city*
el (la) descendiente *descendent*
el empleo *job*
la expedición *expedition*
el (la) gerente *manager*
el (la) gobernador(a) *governor*
la lavandera y la planchadora *laundress*
la mediación *mediation*
el patrón (la patrona) *boss*
las teclas *keys (on a keyboard)*
el (la) venderor(a) *salesman(woman)*
el (la) viudo(a) *widower (widow)*

Verbos

atender (ie) *to pay attention; to wait on, help (a customer)*
dar de comer *to feed*
disculpar *to excuse, to forgive*

disimular *to hide*
disputar *to dispute*
ganar *to earn (money)*
progresar *to progress, to make progress*
vender *to sell*

Adjetivos

amable *nice*
autoritario(a) *authoritarian*
cariñoso(a) *affectionate*
contestador(a) *belligerent; cheeky*
fraudulento(a) *fraudulent*
ligero(a) *light*
manuscrito(a) *handwritten*
ocupado(a) *busy*

Otras expresiones

trabajar de sol a sol to work *from sunrise to sunset*

Vocabulario esencial
El niño Cinco Mil Millones, El Otro Yo

Sustantivos

el desconsuelo *grief, sorrow*
el esqueleto *skeleton*
el hambre (f.) *hunger*
el llanto *cry*
el luto *mourning*
la mirada *look*
la nostalgia *homesickness*
la sed *thirst*
la tierra *land*

Verbos

emocionarse *to be moved*
homenajear *to pay homage*
llevar *to bring; to carry*
lucir *to show off*
roncar *to snore*

Adjetivos

corriente *normal*
cuarteado(a) *quartered*
exhausto(a) *exhausted*
melancólico(a) *melancholic*
seco(a) *dry*
superpoblado(a) *overpopulated*
vulgar *vulgar, common*

Otras expresiones

al azar *at random*

Para y por

Expresiones con *para* y *por*

no estar para (+ *sustantivo*) *not to be in the mood for (something)*
no ser para tanto *to be not that bad, not to be for nothing*
para siempre *forever*
para toda la vida *for the rest of his/her life (their lives)*

por ahora *for now*
por casualidad *by chance, by coincidence*
por cierto *by the way*
por completo *thoroughly, completely*
por ejemplo *for example*

por favor *please*
por fin *finally*
por lo general *generally*
por lo menos *at least*
por lo visto *as can be seen*
por poco *almost*
por primera vez *for the first time*
por supuesto *of course*
por una parte / por otra *on the one hand / on the other*
por un lado / por otro *on the one hand / on the other*
por un día / una noche / una semana *for a day / a night / a week*
por la mañana / la tarde / la noche *during the morning / the afternoon / the evening*

Verbos *con por*

acabar por (+ *infinitivo*) *to end up (doing something)*
disculparse por (algo) *to apologize for (something)*
interesarse por (algo o alguien) *to be interested in (something or someone)*
preguntar por (algo o alguien) *to ask/inquire about (something or someone)*
preocuparse por (algo o alguien) *to worry about (something or someone)*

Mapa de Centroamérica

CRONOLOGÍA

José Figueres

1823
Los territorios centroamericanos se separan de México.

1838
Se crean las repúblicas independientes de El Salvador, Honduras, Costa Rica, Guatemala y Nicaragua.

1931 – 1944
Dictadura militar de Jorge Ubico en Guatemala.

1944 – 1954
Un grupo militar entrenado por la CIA invade Honduras para derrocar al presidente Jacobo Arbenz.

1830   **1900**   **1920**   **1940**   **1960**

1898 – 1920
Dictadura militar de Manuel Estrada en Guatemala.

1901 – 1933
Estados Unidos interviene política, económica y militarmente en Centroamérica.

Tropas estadounidenses

1948
José Figueres instituye la democracia en Costa Rica y disuelve el ejército.

1960 – 1996
Guerrillas contra los gobiernos militares en Nicaragua, El Salvador y Guatemala.

334

Capítulo 12

Procesos de paz: Centroamérica

OBJETIVOS DEL CAPÍTULO

En este capítulo vas a:

→ Explorar cuestiones relacionadas con los procesos de paz en Centroamérica.

→ Repasar y ampliar conocimientos sobre las oraciones condicionales, el estilo indirecto y la secuencia de tiempos.

→ Leer y analizar el texto del discurso pronunciado por Óscar Arias al recibir el Premio Nobel de la Paz en 1987.

→ **Proyecto final:** El presente, pasado y futuro (ver página 360)

1966 – 1996
Guerra civil en Guatemala.

Soldados sandinistas

1969
Guerra entre El Salvador y Honduras.

1979
La guerrilla sandinista derrota al dictador Anastasio Somoza (1937-1979) en Nicaragua. Daniel Ortega instituye un gobierno de ideas marxistas. La contra, guerrilla financiada por EEUU, lucha contra el gobierno de Ortega.

1990
Violeta Barrios de Chamorro gana las elecciones en Nicaragua.

1992
La guatemalteca Rigoberta Menchú recibe el Premio Nobel de la Paz.

| 1965 | 1970 | 1975 | 1980 | 1985 | 1990 | 1995 |

Retrato de Monseñor Romero

1982 – 1991
Asesinato de monseñor Romero. Este asesinato provoca una guerra civil en El Salvador entre el gobierno militar y el FMLN (Frente Militar para la Liberación Nacional) de ideología marxista.

1986 – 1990
Presidencia de Óscar Arias en Costa Rica. Arias crea el plan para la pacificación de Centroamérica y recibe el Premio Nobel de la Paz.

1996 – hoy
Estabilización política en Centroamérica.

PRESENTACIÓN

Preparación

Vocabulario

Antes de escuchar la presentación, lee estas palabras para comprender el texto.

la alfabetización *literacy*   **intervencionista**

despectivo(a) *derogatory*   **la maquiladora** *factory*

el embargo   **predicar** *to preach*

el ferrocarril *railway*   **el puerto** *port*

la huelga *strike*   **la represalia** *revenge*

el huracán *hurricane*   **el terremoto** *earthquake*

Actividad 1.   *Anticipación.* ¿Qué sabes sobre la historia político-económica de Centroamérica en los siglos XIX y XX? Consulta la cronología del capítulo en las páginas 334 a 335. Después, empareja la información de la columna de la izquierda con la de la derecha.

1. la Dinastía Somoza
2. Óscar Arias
3. Monseñor Romero
4. Violeta de Chamorro
5. Manuel Estrada
6. Rigoberta Menchú

a. presidente de Nicaragua en los años 90
b. dictadores en Nicaragua en el siglo XX
c. dictador de Guatemala
d. premio Nobel de la Paz en 1987
e. su asesinato provocó el estallido de la guerra civil en El Salvador
f. premio Nobel de la Paz en 1992

Presentación

Ahora escucha la introducción que trata sobre los conflictos armados y los procesos de paz en Centroamérica en los siglos XIX y XX.

Comprensión

Actividad 2.   *¿Verdadero o falso?* Indica si las siguientes afirmaciones son verdaderas (V) o falsas (F). Corrige las oraciones que sean falsas.

1. En 1838 varios países centroamericanos consiguieron la independencia.
2. En los países de Centroamérica hubo dictaduras en los siglos XIX y XX.
3. Las *Banana Republics* eran empresas de fruta en Centroamérica.
4. Guatemala sufrió una de las exterminaciones más crueles de indígenas.
5. La "guerrilla" es un fenómeno que apareció en Centroamérica en los años 70.
6. La "contra" fue un grupo nicaragüense financiado por EEUU.
7. Honduras es uno de los países más desarrollados de Centroamérica.
8. José Figueres fue presidente de Costa Rica tres veces.

EXPLORACIÓN DEL TEMA 1

Vocabulario esencial 1

Sustantivos

el acuerdo *agreement, treaty*
la alianza *alliance*
el alma (f.) *soul*
el arma (f.) *weapon*
el asunto *matter*
la comunidad internacional
el conflicto
la democracia
el destino
el diálogo
el dogmatismo
el entendimiento *understanding*
el esfuerzo *effort*
la fuerza *force*
el logro *achievement*
el obstáculo
el perdón *pardon*
el progreso
la tolerancia
el tratado *treaty*

Verbos

abolir *to abolish*
acumular *to accumulate*

alcanzar *to reach; to achieve*
compartir *to share*
dejar *to permit; to cease*
derrocar *to overthrow*
desear *to want*
enfrentar *to confront*
escoger *to choose*
esperar *to hope; to wait*
oprimir *to oppress*
promover (ue) *to promote*
resolver (ue) *to resolve*
respetar *to respect*
superar *to overcome*

Adjetivos

duradero(a) *enduring, lasting*
ideológico(a)
junto(a) *together*
libre *free*
militar
totalitario(a) *totalitarian*
visionario(a)

Actividad 3. *Palabra diferente.* En cada una de las siguientes series de palabras hay tres palabras cuyos significados están relacionados y una palabra que es diferente. En cada caso indica cuál de las palabras es diferente.

1. acuerdo	alianza	conflicto	tratado
2. entendimiento	obstáculo	perdón	tolerancia
3. arma	derrocar	fuerza	destino
4. democracia	totalitario	justicia	paz
5. desarrollo	dogmatismo	logro	progreso
6. apoyar	oprimir	promover	respetar

Actividad 4. *Sinónimos.* Escribe un sinónimo para cada una de las siguientes palabras del Vocabulario esencial.

1. dejar
2. escoger
3. resolver
4. abolir
5. desear
6. destino

Actividad 5. *Antónimos.* Piensa en un antónimo para cada una de estas palabras del Vocabulario esencial. Después escribe una oración con cada una de las palabras dadas.

1. acuerdo
2. democracia
3. entendimento

4. tolerancia
5. libre
6. compartir

¿Qué sabes?

Actividad 6. *Costa Rica y El Salvador.* Busca información general sobre Costa Rica y El Salvador para poder conversar sobre los siguientes temas.

- el gobierno
- la ubicación geográfica y el clima
- la economía
- los recursos naturales
- la cultura
- relaciones con otros países centroamericanos

Actividad 7. *La paz.* Busca información sobre los siguientes organismos que promueven la paz y completa la información de la tabla. En clase haz lo siguiente.

1. Compara los datos de tu tabla con los de otro(a) compañero(a).
2. En grupos de tres discutan la siguiente pregunta: ¿Cuáles son las semejanzas y las diferencias entre las tres organizaciones?

Datos importantes	ONU (Organización de las Naciones Unidas)	ACNUR (Alto comisionado de las Naciones Unidas para los Refugiados)	AI (Amnistía Internacional)
Año de su fundación			
Objetivos			
Ejemplo de actuación			

Lectura del texto: "La paz no tiene fronteras", Parte 1
Anticipación

Actividad 8. **_Contexto histórico-geográfico._** A continuación tienes una mini-biografía de un político costarricense ilustre. Lee la información sobre él y contesta las preguntas que siguen al texto.

**Dr. Óscar Arias Sánchez
1987 Premio Nobel de la Paz
Presidente de Costa Rica 1986–1990**

Óscar Arias Sánchez (1940–) fue presidente de Costa Rica entre 1986 y 1990. Se le otorgó el Premio Nobel de la Paz en 1987 por sus esfuerzos para establecer la paz en América Central. Es conocido internacionalmente por su dedicación a la democracia, la desmilitarización y la defensa de los derechos humanos.

   Arias llegó a ser presidente de Costa Rica en un momento políticamente tumultuoso en los otros países de América Central. La llegada del régimen sandinista en Nicaragua, la guerra civil en Guatemala y las tensiones en las fronteras de El Salvador y Nicaragua, todo ello agudizado (*sharpened*) por la intervención de países extranjeros, contribuyeron a crear un clima político muy tenso en el cual parecía que Costa Rica tendría que involucrarse (*get involved*). En esas condiciones, Arias incrementó (*increased*) sus esfuerzos para promover la paz en la región.

   Para asegurar la paz en América Central, el presidente Arias invitó a nueve presidentes de países latinoamericanos a su investidura (*inauguration*) y les pidió una alianza que defendiera la democracia y la paz. En 1987, el presidente escribió el plan de paz para la región por el cual ganó el Premio Nobel ese mismo año. Utilizó el dinero que acompañó al premio para establecer la Fundación Arias para la Paz y el Progreso Humano. Esta fundación trabaja para la igualdad, la desmilitarización, la paz y la seguridad para todos.

En las elecciones del año 2006 Óscar Arias fue elegido presidente de Costa Rica por segunda vez.

Teniendo en cuenta la información que has leído, di si las siguientes frases son verdaderas (V) o falsas (F). Si son falsas, corrígelas para formar una frase verdadera.

1. El presidente Arias escribió un plan de paz para América Central.
2. Cuando Arias llegó a ser presidente fue en un momento pacífico en la región.
3. El presidente Arias escribió el plan de paz solo, sin colaboración de otros países.
4. El presidente Arias sigue luchando por la igualdad, la desmilitarización, la paz y la seguridad para todos.

Actividad 9. *Un vistazo al texto.* ¿Qué es la paz? El discurso de Óscar Arias se titula "La paz no tiene fronteras". En los primeros párrafos del texto, Arias habla sobre lo que es y lo que no es la paz. Los párrafos 3, 4 y 5 del discurso comienzan con las siguientes frases.

"La paz no es un asunto de premios ni de trofeos".

"La paz es un proceso que nunca termina..."

"La paz no es sólo un asunto de palabras nobles y de conferencias Nobel".

¿Qué quiere decir el presidente Arias con estas tres ideas? Ilustra cada una de ellas con ejemplos tuyos. Después compara tus ideas con lo que aparece en el texto.

Actividad 10. *Estudio de palabras.* Lee el texto subrayando palabras o frases relacionadas con la paz y haz un círculo alrededor de las palabras o frases que asocias con la guerra. Escribe una lista para cada categoría. Después compara tus listas con las de tu compañero(a). ¿Hay palabras o frases que se asocian con la paz y la guerra al mismo tiempo?

Texto

Lee la primera mitad del discurso de aceptación de Óscar Arias, Premio Nobel de la Paz, pronunciado el 10 de diciembre de 1987, en Oslo, Noruega.

La paz no tiene fronteras

Dr. Óscar Arias Sánchez

made concrete
to strengthen
grateful

Cuando ustedes decidieron honrarme con este premio, decidieron honrar a un país de paz, decidieron honrar a Costa Rica. Cuando, en este año —1987—, concretaron° el deseo de Alfred E. Nobel, de fortalecer los esfuerzos de paz en el mundo, decidieron fortalecer° los esfuerzos para asegurar la paz en América Central. Estoy agradecido° por el reconocimiento de nuestra búsqueda de la paz. Todos estamos agradecidos en Centroamérica. Nadie sabe mejor que los honorables miembros de este Comité que este premio es una señal para hacerle saber al mundo que ustedes quieren promover la iniciativa de paz centroamericana. Con su decisión, apoyan sus posibilidades de éxito; declaran cuán bien conocen que la búsqueda de la paz no puede terminar nunca, y que es una causa permanente, siempre necesitada del apoyo verdadero de amigos verdaderos, de gente con coraje° para promover el cambio en favor de la paz, a pesar de° todos los obstáculos.

courage; despite

La paz no es un asunto de premios ni de trofeos. No es producto de una victoria ni de un mandato°. No tiene fronteras, no tiene plazos°, no es inmutable° en la definición de sus logros.

government; time limits; unchangeable

La paz es un proceso que nunca termina; es el resultado de innumerables decisiones tomadas por muchas personas en muchos países. Es una actitud, una forma de vida, una manera de solucionar problemas y de resolver conflictos. No se puede forzar en la nación más pequeña ni puede imponerla la nación más grande. No puede ignorar nuestras diferencias ni dejar pasar inadvertidos° nuestros intereses comunes. Requiere que trabajemos y vivamos juntos.

unnoticed

La paz no es sólo asunto de palabras nobles y de conferencias Nobel. Ya tenemos abundantes palabras, gloriosas palabras, inscritas° en las cartas de las Naciones Unidas, de la Corte Mundial, de la Organización de los Estados Americanos y de una red de tratados° internacionales y leyes. Necesitamos hechos que respeten esas palabras que honren los compromisos avalados° por esas leyes. Necesitamos fortalecer nuestras instituciones de paz como las Naciones Unidas, cerciorándonos° de que se utilizan en favor del débil tanto como del fuerte.

inscribed

network of treaties guaranteed

assuring ourselves

No presto atención a los que dudan ni a los detractores que no desean creer que la paz duradera° puede ser sinceramente aceptada por quienes marchan bajo diferentes banderas° ideológicas o por quienes están más acostumbrados a los cañones de guerra que a los acuerdos de paz.

lasting ideological stands

En América Central no buscamos la paz a solas, ni sólo la paz que será seguida algún día por el progreso político, sino° la paz y la democracia juntas, indivisibles, el final del derramamiento° de la represión de los derechos humanos. Nosotros no juzgamos, ni mucho menos condenamos ningún sistema político ni ideológico de cualquiera otra nación, libremente escogido y no exportado. No podemos pretender que Estados soberanos° se conformen con patrones° de gobierno no escogidos por ellos mismos. Pero podemos insistir en que todo gobierno respete los derechos universales del hombre, cuyo valor trasciende las fronteras nacionales y las etiquetas° ideológicas. Creemos que la justicia y la paz sólo pueden prosperar juntas, nunca separadas. Una nación que maltrata a sus propios ciudadanos es más propensa° a maltratar a sus vecinos°.

but

spreading

sovereign

government leaders

labels

prone to; neighbors

Recibir este Premio Nobel el 10 de diciembre es para mi una maravillosa coincidencia. Mi hijo Óscar Felipe, aquí presente, cumple hoy ocho años. Le digo a él, y por su intermedio a todos los niños de mi país, que nunca deberemos recurrir° a la violencia, que nunca deberemos apoyar las soluciones militares para los problemas de Centroamérica. Por la nueva generación debemos comprender, hoy más que nunca, que la paz sólo puede alcanzarse° por medio de sus propios instrumentos: el diálogo y el entendimiento, la tolerancia y el perdón, la libertad y la democracia.

to resort to

be achieved

Sé bien que ustedes comparten lo que les decimos a todos los miembros de la comunidad internacional, y particularmente a las naciones del Este y del Oeste, que tienen mucho más poder y muchos más recursos que los que mi pequeña nación esperaría poseer jamás. A ellos les digo con la mayor urgencia:

fulfillment

*ploughs; swords; hoes
ends*

*His Majesty (the king
of Sweden)*

*desire to succeed; future
will be owed to*

soul

fear

*overcome
face; deep tracks
exile*

bring shame

terrible; debt

miracles

*challenges
I summoned*

repress

dejen que los centroamericanos decidamos el futuro de Centroamérica. Déjennos la interpretación y el cumplimiento° de nuestro Plan de Paz a nosotros; apoyen los esfuerzos de paz y no las fuerzas de guerra en nuestra región; envíen a nuestros pueblos arados° en lugar de espadas°, azadones° en lugar de lanzas. Si, para sus propios fines°, no pueden abstenerse de acumular armas de guerra, entonces, en el nombre de Dios, por lo menos deberían dejarnos en paz.

Le digo aquí a su Alteza Real° y a los honorables miembros del Comité Nobel de la Paz, al maravilloso pueblo de Noruega, que acepto este premio porque sé cuán apasionadamente comparten ustedes nuestra búsqueda de la paz, nuestro anhelo de éxito°. Si en los años venideros° la paz prevalece y se eliminan, entonces, la violencia y la guerra, gran parte de esa paz se deberá° a la fe del pueblo noruego y será suya para siempre.

Sólo la paz puede escribir la nueva historia.

Desear la paz.

La paz consiste, en gran parte, en el hecho de desearla con toda el alma°. El mío es un pueblo sin armas donde nuestros niños nunca vieron un avión de combate, ni un tanque, ni un barco de guerra. Don José Figueres Ferrer es el hombre visionario que en 1948 abolió el ejército de mi Patria y le señaló, así, un curso diferente de nuestra historia.

Soy uno de América Latina.

No recibo este premio como Óscar Arias. Tampoco lo recibo como Presidente de mi país. No tengo la arrogancia de pretender que represento a alguien o a alguno, pero no le temo° a la humildad que me identifica con todos y con sus grandes causas. Lo recibo como uno de los 400.000.000 de latinoamericanos que buscan el retorno a la libertad, en la práctica de la democracia, el camino para superar° tanta miseria y tanta injusticia.

Soy uno de esa América Latina de rostro° marcado de profundas huellas° de dolor, que recuerdan el destierro°, la tortura, la prisión y la muerte de muchos hombres y de sus mujeres. Soy uno de esa América Latina cuya geografía aún exhibe regímenes totalitarios que avergüenzan° a la humanidad entera.

América busca la libertad.

América busca, en estos años, retornar a la libertad. Los problemas que debe superar América son enormes. La herencia de un pasado de injusticias se agravó con la nefasta° acción del tirano para producir el endeudamiento° externo, la insensibilidad social, la destrucción de las economías, la corrupción y muchos otros males en nuestras sociedades. Estos males están a la vista, desnudos para quien quiera verlos.

No puedo aceptar que ser realista signifique tolerar la miseria, la violencia y los odios. No creo que el hombre con hambre, por expresar su dolor, deba ser tratado como subversivo. Nunca podré aceptar que la ley pueda usarse para justificar la tragedia, para que todo siga igual, para que renunciemos a pensar en un mundo diferente. La ley es el camino de la libertad y, como tal, debe ser oportunidad de desarrollo para todos.

La libertad hace milagros°.

La libertad hace milagros. Cuando los hombres son libres todo es posible. Los retos° a que se enfrenta América puede superarlos una América libre, una América democrática. Cuando asumí la Presidencia de Costa Rica convoqué° a una alianza para la libertad y la democracia en las Américas. Dije entonces, y lo repito ahora, que, ni política ni económicamente, debemos ser aliados de gobiernos que oprimen° a sus pueblos. América Latina no ha conocido una sola guerra entre dos democracias. Esta razón, es suficiente para que todo hombre de buena fe, para que toda nación bien intencionada, apoye los esfuerzos para acabar con las tiranías.

Hay prisa en América.

Hay prisa porque América sea libre. Toda América debe ser libre.

Vengo de un mundo que tiene prisa porque el hambre tiene prisa. La violencia que olvidó la esperanza tiene prisa. El dogmatismo que traicionó° al diálogo tiene prisa. Vengo de un mundo donde tenemos prisa por hacer irreversibles los caminos de la libertad y por frustrar todo intento de opresión. Yo vengo de un mundo que tiene prisa porque el guerrillero y el soldado detengan° el fuego: están muriendo jóvenes, están muriendo hermanos, y mañana no sabrán por qué. Yo vengo de un mundo que tiene prisa porque se abran las puertas de las cárceles° y salgan los hombres presos°, en vez de que, como ayer, entren en ellas los hombres libres. *betrayed*

stop, cease

prisons; imprisoned

América tiene prisa por su libertad, prisa por su democracia, y requiere la comprensión del mundo entero para liberarse del dictador, para liberarse de la miseria.

Soy uno de Centroamérica.

Recibo este premio como uno de los 27.000.000 de centroamericanos. Más de cien años de dictadores despiadados° y de injusticias y pobreza generalizada, son el antecedente del despertar democrático de Centroamérica. Vivir la violencia durante otro siglo o alcanzar la paz superando el miedo a la libertad, es el reto de mi pequeña América. Sólo la paz puede escribir una historia nueva. *cruel*

En América Central no vamos a perder la fe°. Vamos a rectificar la historia. ¡Cuán triste es que quieran obligarnos a creer que la paz es un sueño, que la justicia es una utopía, que no es posible el bienestar compartido! ¡Cuán triste es que haya en el mundo quienes no entiendan que en Centroamérica hoy se afirman naciones que buscan, con todo derecho, un destino mejor para sus pueblos! ¡Cuán triste es que algunos no comprendan que la América Central no quiere prolongar su pasado, sino escribir un futuro nuevo, con la esperanza para los jóvenes y con dignidad para los viejos! *lose faith*

Convertir sueños en realidades.

El istmo centroamericano es zona de grandes contrastes, pero también de alentadoras concordancias°. Millones de hombres y mujeres comparten sueños de libertad y de desarrollo. Estos sueños se desvanecen° en algunos países ante violaciones sistemáticas de los derechos humanos; se estrellan° contra luchas fratricidas en campos y ciudades y afrontan realidades de pobreza extrema que paralizan el corazón. Poetas que son orgullo° de la humanidad saben que millones y millones de personas no pueden leerlos en sus propias tierras, porque allí miles y miles de hombres y mujeres son analfabetos°. Hay en esta angosta faja° de tierra pintores y escultores que admiraremos siempre, pero también dictadores que no quisiéramos recordar porque ofendieron los más queridos valores del hombre. *encouraging agreements; disappear*

collide

pride

illiterate
narrow strip

América Central no quiere ni puede seguir soñando. La historia exige° que los sueños se transformen en realidades. Es hoy cuando podemos tomar el destino en nuestras manos. En estos territorios, que albergan° por igual a la más antigua y fuerte democracia de la América Latina —la de Costa Rica—y a las más despiadadas y crueles dictaduras, el despertar democrático exige una fidelidad especial a la libertad. […] *demands*

house

Comprensión

Actividad 11. **Detalles de la lectura.** Empareja los fragmentos de la primera columna con los de la segunda para formar frases que representen ideas centrales del texto que acabas de leer.

1. La paz es...
2. Es necesario buscar la paz junto a...
3. No se puede juzgar ningún sistema político ni ideológico...
4. Los instrumentos de la paz son...
5. En 1948, don José Figueres Ferrer...
6. América debe superar los problemas como...
7. Ser realista no significa tolerar...
8. América Latina no ha conocido...

a. abolió el ejército de Costa Rica.
b. ninguna guerra entre dos democracias.
c. el endeudamiento externo, la insensibilidad social, la destrucción de las economías y la corrupción.
d. la miseria, la violencia, y los odios.
e. un proceso, una actitud, una manera de solucionar problemas y de resolver conflictos.
f. el diálogo y el entendimiento, la tolerancia y el perdón, la libertad y la democracia.
g. la democracia y la justicia.
h. libremente escogido y no exportado.

Actividad 12. **Explicaciones.** Contesta las siguientes preguntas.

1. Según Arias, la paz no es sólo un asunto de palabras nobles y de conferencias Nobel. ¿Qué dice él que necesita América Central además de estas palabras y conferencias? ¿Por qué?
2. Arias dice que la paz y la justicia sólo pueden prosperar juntas. ¿Cómo explica él la relación entre ellas?
3. ¿Qué pide Arias a los otros miembros de la comunidad internacional en relación a la implementación de su Plan de Paz?
4. Según Arias, ¿cuál es la causa de los problemas que América debe superar?
5. ¿Qué razón da Arias para que toda nación bien intencionada apoye los esfuerzos para acabar con las tiranías?
6. ¿Estás de acuerdo con las ideas de Óscar Arias? ¿Por qué sí o por qué no?

Conversación

Actividad 13. **Los derechos humanos.** Para que pueda haber paz es necesario crear un ambiente en el que se respeten los derechos humanos. ¿Cuáles son los derechos humanos básicos? En grupos de tres hagan una lista de los derechos humanos y digan qué es necesario hacer para que se respeten.

Actividad 14. **Condiciones para la paz.** En grupos de tres, hagan una lista de las condiciones necesarias para aumentar las posibilidades de paz mundial. Completen la tabla.

¿Quién?	¿Qué debe hacer?	¿Dónde?

Actividad 15. **Debate.** Los "idealistas" contra los "realistas": ¿Es posible lograr la paz mundial? La clase se va a dividir en dos grupos (los idealistas y los realistas) para hacer lo siguiente.

1. Cada grupo va a argumentar y dar ejemplos específicos que apoyen los dos puntos de vista que se expresan a continuación.

    a. **Punto de vista realista:** "La paz no es posible porque siempre habrá diferencias económicas entre los países y estas diferencias producen guerras. Es parte de la naturaleza humana que haya tensiones entre individuos y grupos y que haya ciclos de conflictos y resoluciones".

    b. **Punto de vista idealista:** "A través del diálogo a nivel mundial se puede lograr la paz y compartir lo que tenemos. Aspirar a vivir en armonía es parte esencial de la naturaleza humana".

2. Cada grupo elegirá un portavoz que tomará notas durante el debate.
3. Cada grupo va a presentar sus ideas de forma organizada.
4. Cada grupo expresará su desacuerdo con el otro de manera cortés.
5. Al final, el portavoz de cada grupo resumirá las ideas y los argumentos más sólidos de su grupo. ¿Qué ideas te han parecido más convincentes?

Estudio del lenguaje 1:
Expresión de la condición

Repaso

1. In general, conditional clauses are those introduced by the conjunction **si**.

2. Depending on the type of condition one wants to express, several tenses can be used to form conditional clauses. These include present indicative, future, imperfect subjunctive, pluperfect subjunctive, and the conditional. You have studied all of these tenses in previous chapters.

Las oraciones condicionales

Known in English as "*if*-clauses," this type of sentence consists of two parts: the condition expressed by **si** + *verb* and the main clause. The part introduced by **si** conveys the condition that needs to be met so that the action of the main clause can take place. Look at the following example.

Si todos los gobiernos de América Central trabajan juntos, podrán conseguir estabilidad en la región.

If all Central American governments work together, they will achieve stability in the region.

Here the *condition* necessary to achieve stability in Central America is that *all governments in the region work together.*

As it is the case in English, the **si** clause can be placed at the beginning or at the end of the sentence.

> Haré una presentación sobre Óscar Arias **si encuentro la información que necesito.**

> **Si encuentro la información que necesito,** haré una presentación sobre Óscar Arias.

Tipos de oraciones condicionales

Depending on the type of condition expressed by the **si** clause, there are several kinds of conditional sentences.

1. **Condiciones abiertas.** In these sentences, the condition presented in the **si** clause is one that *can be fulfilled.* There are several possible verb patterns for this type of sentence; as you will see in the following three examples all the verbs are conjugated in the indicative.

    a. **si** + *present indicative* + *present indicative*

Si los gobiernos **quieren,** la paz **es** posible.	*If governments want, peace is possible.*

    b. **si** + *present indicative* + *future*

Si **hay** colaboración entre los países, todo **irá** mucho mejor.	*If there is cooperation among countries, everything will go better.*

    c. **si** + *present indicative* + *imperative*

Si te **interesa** el tema, **ven** a mi oficina para seguir hablando.	*If you are interested in the subject, come to my office to continue talking.*

2. **Condiciones remotas.** In these sentences, the fulfillment of the condition presented in the **si** clause is hypothetical or very unlikely. The verb pattern for this type is

    si + *imperfect subjunctive* + *conditional*

Si las condiciones económicas **fueran** mejores, los países centroamericanos **tendrían** menos dificultades.	*If economic conditions were better, Central American countries would have fewer difficulties.*

3. **Condiciones incumplidas.** In these sentences, the **si** clause expresses a condition in the past that was not fulfilled. The verb pattern for this type is

    si + *pluperfect subjunctive* + *perfect conditional*

Si Óscar Arias no **hubiera diseñado** un plan de paz, **habría sido** más difícil estabilizar Centroamérica.	*If Óscar Arias had not designed a peace plan, it would have been more difficult to stabilize Central America.*

Otras formas de expresar condición

Conditions can be expressed in Spanish in ways other than through conditional sentences.

1. Expressions that convey condition: **a condición de que, con tal de que** + *subjunctive*. Note that the tense pattern in these sentences can be

   a. a future tense in the main verb and the present subjunctive in the subordinate verb, or

   b. a past tense in the main verb and the imperfect subjunctive in the subordinate verb.

   Viajaré/Voy a viajar a Costa Rica con tal de que me **acompañes.**

   Óscar Arias **planificó** las conversaciones de paz a condición de que todos los países **participaran.**

2. **Como** + *subjunctive*. In informal speech, **como** can be used instead of **si** in the sentence type described under **Condiciones abiertas** above. This usage conveys a notion of warning.

   Como no respeten las reglas, me voy.   *If they don't respect the rules, I am leaving.*

Online Study Center

To check your progress as you complete each vocabulary and grammar topic, do the exercises in the *Pueblos* Online Study Center: **http://college .hmco.com/languages/ spanish/students**

Aplicación

Actividad 16. ***¿Qué tipo de condición?*** En las siguientes citas, tomadas de un discurso pronunciado por Óscar Arias en 1987 en Washington D.C., aparecen diversos tipos de oraciones condicionales. Para cada una, indica si ésta expresa una condición abierta, remota o incumplida.

1. Ni ustedes ni nosotros podemos estar tranquilos, si sabemos que la libertad está amenazada.
2. Si no hay paz, no habrá desarrollo.
3. Nuestra democracia política será invulnerable solo si somos capaces de crear una democracia económica.
4. Somos dos millones y medio de habitantes y, si rompemos la solidaridad que hemos sabido mantener en la pobreza, derribaremos uno de los pilares más sólidos de nuestra convivencia democrática.
5. Si callan las armas, si dejan de matarse hermanos, el diálogo tendrá sentido.
6. La historia de América Central es desgarradora (*heart-breaking*). En estos años más de un millón de personas han sido desplazadas de sus hogares. Más de cien mil han muerto. Si grabáramos sus nombres en un muro, como grabados están aquí, en Washington, los nombres de los caídos en Vietnam, tendríamos que construir un muro tres veces más largo para inscribir a los centroamericanos víctimas de la violencia de estos años.

Actividad 17. ***Condiciones abiertas.*** Trabaja con dos compañeros(as) para hacer lo siguiente.

1. Primero, pregúntales a dos compañeros(as) qué van a hacer durante las vacaciones de verano.
2. Apunta las respuestas de tus compañeros(as).
3. Teniendo en cuenta sus respuestas, escribe tres oraciones condicionales en las que les des un consejo a tus compañeros(as) y tres en las que hagas una predicción. Sigue el modelo.

Modelo: Consejo: *Si viajas en avión, ten paciencia en los aeropuertos.*
Predicción: *Si trabajas en un campamento, te divertirás con los niños.*

Actividad 18. ***Condiciones remotas.*** Teniendo en cuenta la información que has aprendido en los capítulos anteriores, ¿qué harías en las siguientes situaciones? Escribe al menos dos frases para cada situación.

1. Si viviera en Filipinas…
2. Si hiciéramos una entrevista al subcomandante Marcos en Chiapas…
3. Si viajara a la República Dominicana con un grupo de estudiantes…
4. Si mi familia viviera en un país bajo una dictadura…
5. Si viviera en un país donde fuera obligatorio el servicio militar…

Compara tus ideas con las de otro(a) compañero(a). ¿En qué coinciden? ¿En qué son diferentes?

Modelo: *Mi compañero y yo estamos de acuerdo en que si…*
Mi compañero y yo no estamos de acuerdo en que si…

Actividad 19. ***Condiciones incumplidas.*** Si se hubieran cumplido las siguientes condiciones, ¿qué habría pasado? En cada uno de los capítulos del libro has estudiado información sobre diferentes países en diferentes épocas. ¿Qué habría pasado si ciertas situaciones hubieran sido diferentes en la historia de estos países?

1. Si Guinea Ecuatorial no se hubiera independizado de España…
2. Si la revolución de Fidel Castro no hubiera triunfado en Cuba…
3. Si la revolución zapatista de Marcos hubiera triunfado en México…
4. Si Franco no hubiera ganado la guerra civil española…
5. Si Estados Unidos no hubiera intervenido en Centroamérica…

Compara tus ideas con las de otro(a) compañero(a). ¿En qué coinciden? ¿En qué son diferentes?

Modelo: *Mi compañero y yo estamos de acuerdo en que si…*
Mi compañero y yo no estamos de acuerdo en que si…

Actividad 20. ***¿Qué condiciones son necesarias?*** Para cada una de las situaciones siguientes establece una condición necesaria para que se cumpla ese resultado. Presta atención a los verbos ya que hay diferentes tipos de situaciones.

1. Participaré en una misión de paz, si…
2. Entrevista a varios ganadores del Premio Nobel de la Paz, si…
3. Habrá paz en el mundo, si…
4. El mundo sería un lugar más seguro si…
5. No habría pobreza si…
6. Tendríamos mejores relaciones entre los diferentes países si…
7. La situación económica en Centroamérica mejoraría si…
8. Óscar Arias no habría tenido que trabajar tanto para lograr los acuerdos de paz si…
9. Miles de centroamericanos no habrían emigrado a Estados Unidos si…
10. Costa Rica no habría jugado un papel tan importante en Centroamérica si…

EXPLORACIÓN DEL TEMA 2

Vocabulario esencial 2

Sustantivos

el consenso *consensus*
el desafío *challenge*
la dictadura *dictatorship*
el dogma
el éxito *success*
el (la) fanático(a)
el fanatismo
el fracaso *failure*
los ideales *ideals*
la ofensa *offense*
los principios *principles*

Verbos

caber *to fit*
conciliar *to reconcile*
cooperar

disparar *to fire (a gun)*
evitar *to avoid*
fabricar *to make; to create*
impulsar = inspirar, motivar
rogar (ue) *to plead for; to beg for*

Adjetivos

absoluto(a) = indiscutible
contrario(a)
invulnerable
obligatorio(a)
orgulloso(a) *proud*
poderoso(a) *powerful*

Otras expresiones

perder (ie) la razón *to lose one's mind*

Actividad 21. **Definiciones.** Relaciona las palabras de la columna de la izquierda con las definiciones de la columna de la derecha.

1. consenso
2. contrario
3. cooperar
4. fabricar
5. fracaso
6. éxito
7. perder la razón
8. obligatorio

a. un intento no logrado
b. lo que se obtiene cuando trabajamos conjuntamente con otros hacia un objetivo común
c. cuando alguien se vuelve loco y hace cosas raras
d. opuesto
e. un intento logrado; resultado feliz
f. el acto de crear, inventar o hacer algo
g. un acuerdo
h. algo necesario; algo no opcional

Actividad 22. **Sinónimos.** Con un(a) compañero(a), busquen un sinónimo para cada palabra de la lista. Usen un diccionario si lo necesitan.

1. desafío
2. dictadura
3. contrario
4. obligatorio
5. cooperar
6. rogar

Actividad 23. **¿Ser o tener?** Las siguientes palabras del Vocabulario esencial se usan con los verbos **ser o tener.** Escribe una oración con cada una de ellas.

1. ideales
2. fanático
3. principios
4. éxito
5. fracaso

¿Qué sabes?

Actividad 24. **Honduras y Nicaragua.** Busca información general sobre Honduras y Nicaragua para poder informar a la clase sobre cuatro de los siguientes temas.

- el gobierno actual
- la ubicación geográfica y el clima
- la economía y la moneda
- los recursos naturales
- la cultura
- las relaciones con otros países centroamericanos

Actividad 25. **Premios Nobel en el mundo hispano.** A continuación tienes una lista de figuras del mundo hispano que han recibido el Premio Nobel de la Paz o el de Literatura. Para cada caso, indica de qué país es cada persona.

Países posibles: Argentina, Chile, Colombia, Costa Rica, España, Guatemala, México

Premios Nobel de la Paz	**Premios Nobel de Literatura**
1992 Rigoberta Menchú Tum	1990 Octavio Paz
1987 Óscar Arias Sánchez	1989 Camilo José Cela
1982 Alfonso García Robles	1982 Gabriel García Márquez
1980 Adolfo Pérez Esquivel	1977 Vicente Aleixandre
1936 Carlos Saavedra Lamas	1971 Pablo Neruda
	1967 Miguel Ángel Asturias
	1956 Juan Ramón Jiménez
	1945 Gabriela Mistral
	1922 Jacinto Benavente

Lectura del texto: "La paz no tiene fronteras", Parte 2

Anticipación

Actividad 26. *Contexto histórico-geográfico.*

Vas a leer la segunda mitad del discurso de Óscar Arias. Al final de este discurso, el ex presidente de Costa Rica cita al poeta Rubén Darío incorporando unos versos suyos.

Rubén Darío (1867–1916), poeta nicaragüense, es uno de los grandes poetas centroamericanos. Aunque se crió en un ambiente conservador y tradicional él fue un hombre de ideas progresistas. Viajó a Europa donde el ambiente de fin de siglo influyó tanto en su ideología como en su poesía.

A continuación están los versos de Rubén Darío que cita Óscar Arias.

"Ruega generoso, piadoso, orgulloso;
ruega casto, puro, celeste, animoso;
por nos intercede, suplica por nos,
pues casi ya estamos sin savia, sin brote,
sin alma, sin vida, sin luz, sin Quijote,
sin pies y sin alas, sin Sancho y sin Dios".

Ahora trabaja con un(a) compañero(a) para analizar los siguientes aspectos del poema.

1. Subrayen los adjetivos que encuentren. Defínanlos en sus propias palabras. Si no saben lo que quieren decir, búsquenlos en el diccionario.
2. La repetición de la palabra **sin** nos indica que falta algo. ¿Qué es lo que falta?
3. Teniendo en cuenta que el tema del discurso de Arias está relacionado con la humanidad y el comportamiento humano, ¿qué significan los versos de Darío?

Actividad 27. ***Un vistazo al texto.*** Trabaja con otro(a) estudiante y entre los dos analicen el estilo retórico en la segunda parte del discurso de Óscar Arias. ¿Por qué creen que utiliza frases breves entre los párrafos? ¿Cuántas frases empiezan con **soy, porque** y **hay?** ¿Por qué?

Actividad 28. ***Estudio de palabras.*** Lee las frases de la columna de la izquierda y elige la palabra de la columna de la derecha que traduce lo subrayado.

1. El ejército utiliza <u>fusiles</u> para atacar al enemigo.
2. Puesto que hay pocos costarricenses desempleados, Costa Rica tiene una buena <u>tasa de desocupación.</u>
3. La <u>pereza</u> hace que sea difícil trabajar.
4. Los pájaros dependen de sus <u>alas</u> para volar.
5. Una persona que tiene un virus puede <u>contagiar</u> a otras personas fácilmente.
6. Las <u>potencias</u> mundiales son los países más poderosos del mundo.
7. Las personas que <u>deambulan</u> por el mundo sin hogar se llaman errantes.
8. Las dictaduras son una <u>amenaza</u> para la paz.

a. *walk around*
b. *unemployment rate*
c. *powers*
d. *infect*
e. *threat*
f. *wings*
g. *laziness*
h. *rifles*

Texto

Lee la segunda parte del texto "La paz no tiene fronteras", discurso pronunciado por Óscar Arias.

La paz no tiene fronteras

Dr. Óscar Arias Sánchez

walk, tread; shame

La historia sólo puede tener la dirección de la libertad. La historia sólo puede tener por alma la justicia. Cuando se marcha en sentido contrario a la historia, se transita° la ruta de la vergüenza°, de la pobreza, de la opresión. No hay revolución si no hay libertad. Toda opresión camina en dirección contraria al alma del hombre.

yearning
is located; crossroads;
heart-breaking;
emerges; conflict

Libertad: anhelo° compartido.

América Central se halla° ante una encrucijada° terrible: frente a angustiosos° problemas de miseria generalizada, surge° el conflicto entre las grandes potencias del Este y del Oeste: los problemas de pobreza se juntan con la pugna° ideológica.

fear

Sólo la liberación de la miseria y del temor° es respuesta para Centroamérica, respuesta para su pobreza, respuesta para sus retos políticos.

contribute to; hundred-
year-old

Quienes propician° la solución de males centenarios° en nombre de ciertos dogmas, sólo contribuirán a hacer que los problemas de ayer sean más grandes en el futuro.

Hay un anhelo compartido en el alma de los hombres, que pide desde hace siglos la libertad en América Central. Nadie debe traicionar la alianza de las almas. Hacerlo significa condenar a nuestra pequeña América a otros cien años

senseless

de horrorosa opresión, a otros cien años de muerte sin sentido°, a otros cien años de lucha por la libertad.

Soy uno de Costa Rica.

Recibo este premio como uno de los 2.700.000 costarricenses. Al sur y al norte, Costa Rica ha limitado casi siempre con el dictador y la dictadura.

Somos un pueblo sin armas y luchamos por seguir siendo un pueblo sin hambre.

Somos para América símbolo de paz y queremos ser símbolo de desarrollo.

requirement

Nos proponemos demostrar que la paz es requisito° y fruto del desarrollo.

Tierra de maestros.

Mi tierra es tierra de maestros. Por eso es tierra de paz. Nosotros discutimos nuestros éxitos y nuestros fracasos en completa libertad.

barracks

Porque mi tierra es de maestros, cerramos los cuarteles°, y nuestros niños marchan con libros bajo el brazo y no con fusiles sobre el hombro. Creemos en el diálogo, en la transacción, en la búsqueda del consenso. Repudiamos° la vio-

We reject

lencia.

defeat
crush him

Porque mi tierra es de maestros, creemos en convencer y no en vencer° al adversario. Preferimos levantar al caído y no aplastarlo°, porque creemos que nadie posee la verdad absoluta.

lose one's identity

Porque mi tierra es de maestros, buscamos que los hombres cooperen solidariamente y no compitan hasta anularse°.

free

Desde hace 118 años en mi tierra la educación es obligatoria y gratuita°. La atención médica protege hoy a todos los habitantes, y la vivienda popular es fundamental para mi Gobierno.

Una nueva economía.

Así como estamos orgullosos de muchos de nuestros logros, no escondemos nuestras angustias y nuestros problemas.

En horas difíciles debemos ser capaces° de establecer una nueva economía *be able to*
para volver a crecer. Hemos dicho que no queremos una economía insensible a
las necesidades de los hogares°, a las demandas de los más humildes. Hemos *homes*
dicho que en nombre del crecimiento económico no vamos a renunciar a la
aspiración de crear una sociedad más igualitaria.

Hoy somos el país de más baja tasa de desocupación° en el Hemisferio *unemployment*
Occidental. Queremos ser el primer país de América Latina libre del tugurio°. *slums*
Estamos convencidos de que un país libre de tugurios será un país libre de
odios°, donde trabajar por el progreso en libertad podrá ser, también, privilegio *hatred*
de países.

Más fuerza que mil ejércitos.

En estos años amargos° para América Central muchos en mi Patria *bitter*
temieron que, empujada° por mentes enfermas y ciegas° de fanatismo, la violen- *pushed; blind*
cia centroamericana pudiera contagiar a nuestra Costa Rica. Algunos costarricenses fueron embargados° por el temor de que tuviésemos que crear un *overcome*
ejército, para mantener la violencia fuera de nuestras fronteras. ¡Qué debilidad
más sin sentido! La fortaleza° de Costa Rica, la fuerza que la hace invencible *strength*
ante la violencia, que la hace más poderosa que mil ejércitos, es la fuerza de la
libertad, de sus principios, de los grandes ideales de nuestra civilización.
Cuando las ideas se viven con honestidad, cuando no se teme a la libertad, se
es invulnerable ante los embates° totalitarios. *(outside) pressures*

En Costa Rica sabemos que sólo la libertad permite construir proyectos
políticos donde caben todos los habitantes de un país. Sólo la libertad permite
que la tolerancia concilie° a los hombres. Los dolorosos° caminos por los que, *brings together; painful*
errantes° en el mundo, transitan cubanos, nicaragüenses, paraguayos, chilenos y *wandering*
tantos otros que deambulan sin poder retornar a sus propias tierras, son el más
cruel testimonio del imperio del dogmatismo.

Un plan de paz.

Ante la cercanía de la violencia de Centroamérica, Costa Rica me exigió° *required*
llevar al campo de batalla de la región la paz de mi pueblo, la fe en el diálogo,
la necesidad de la tolerancia. Como servidor de ese pueblo, propuse un plan de
paz para Centroamérica. Ese plan se fundamentó también en el grito° libertario *cry*
de Simón Bolívar, expresado en el trabajo tesonero° y valiente del Grupo de *persistent*
Contadora y del Grupo de Apoyo.

Soy uno de los cinco presidentes.

Recibo este premio como uno de los cinco Presidentes que han compro-
metido ante el mundo la voluntad de sus pueblos para cambiar una historia de
opresión por un futuro de libertad; para cambiar una historia de hambre por un
destino de progreso; para cambiar el llanto de las madres y la muerte violenta
de los jóvenes por una esperanza°, por un camino de paz que deseamos *hope*
transitar juntos.

La esperanza es la fuerza más grande que impulsa a los pueblos. La esperanza que transforma, que fabrica° nuevas realidades, es la que abre el camino *makes, creates*
hacia la libertad del hombre. Cuando se alienta° una esperanza, es necesario *is encouraged*
unir el coraje° a la sabiduría°. Sólo así es posible evitar° la violencia, sólo así es *courage; wisdom; to*
posible tener la serenidad requerida para responder con paz a las ofensas. *avoid*

Hay ocasiones en que, no importa cuán noble sea la cruzada emprendida°, *undertaken*
algunos anhelan y propician su fracaso. Unos pocos parecen aceptar la guerra

events

longing

signed
lasting
are shot

discouragements
threat

made sleepy

pious
chaste; brave

sap; bud

flee

como el curso normal de los acontecimientos°, como la solución a los problemas. ¡Cuán irónico es que los esfuerzos de paz dejen al descubierto que, para muchos, los odios son más fuertes que el amor; que las ansias° de alcanzar el poder por medio de las victorias militares hagan perder la razón a tantos hombres, olvidar la vergüenza, traicionar la historia!

Que callen todas las armas.

En Centroamérica, cinco Presidentes hemos firmado° un acuerdo para buscar una paz firme y duradera°. Buscamos que callen las armas y hablen los hombres.

Las armas no se disparan° solas. Son los que perdieron la esperanza los que disparan las armas. Son los que están dominados por los dogmatismos los que disparan las armas. Hemos de luchar sin desmayos° por la paz y aceptar sin temor estos retos del mundo sin esperanza y de la amenaza° del fanático.

Le digo al poeta.

El plan de paz que firmamos los cinco Presidentes afronta todos los desafíos. El camino de la paz es difícil, muy difícil. En Centroamérica necesitamos la ayuda de todos para alcanzar la paz.

La historia no la han escrito hombres que predijeron el fracaso, que renunciaron a soñar, que abandonaron sus principios, que permitieron que la pereza adormeciera° la inteligencia. Si en ciertas horas hubo hombres que en su soledad estuvieron buscando victorias, siempre estuvo vigilante al lado de ellos el alma de los pueblos, la fe y el destino de muchas generaciones.

Quizá fue en horas difíciles para América Central, como las que hoy vivimos, quizá previendo la encrucijada actual, cuando Rubén Darío, el poeta más grande de nuestra América escribió estos versos, convencido de que la historia cambiaría su curso:

"Ruega generoso, piadoso°, orgulloso;
ruega casto°, puro, celeste, animoso°;
por nos intercede, suplica por nos,
pues casi ya estamos sin savia°, sin brote°,
sin alma, sin vida, sin luz, sin Quijote,
sin pies y sin alas, sin Sancho y sin Dios".

Aseguro al poeta inmortal que no vamos a renunciar a soñar, que no vamos a temer a la sabiduría, que no vamos a huir° de la libertad. Yo le digo al poeta de siempre que en Centroamérica no vamos a olvidar al Quijote, no vamos a renunciar a la vida, no vamos a dar las espaldas al alma y no vamos a perder jamás la fe en Dios.

Soy uno de esos cinco hombres que firmamos un acuerdo, un compromiso que consiste, en gran parte, en el hecho de desear la paz con toda el alma.

Comprensión

Actividad 29. **_Detalles de la lectura._** Contesta las siguientes preguntas sobre la lectura.

1. Según Arias, ¿cuál es la solución para Centroamérica, su pobreza y sus retos políticos?
2. ¿Cómo es la relación entre la paz y el desarrollo? ¿Por qué?
3. ¿De qué problemas estará libre un país que tiene una baja tasa de desocupación?
4. ¿Qué hay que construir, según Arias, para que los exiliados de países como Cuba, Nicaragua, Paraguay y Chile puedan vivir en mejores condiciones? ¿Por qué?
5. ¿Cuáles son los tres elementos necesarios para evitar la violencia y tener la serenidad requerida para responder a las ofensas contra la paz?
6. ¿Cómo son los hombres que disparan armas y actúan con violencia?

Actividad 30. **_Explicaciones._** Óscar Arias presenta a su país, Costa Rica, como modelo de tierra de paz. Contesta las siguientes preguntas relacionadas con Costa Rica.

1. ¿Cuáles son algunos de los aspectos que hacen de Costa Rica una tierra de paz? Nombra al menos cinco.
2. ¿Cómo cuida Costa Rica a sus ciudadanos?
3. ¿A qué necesidades de la población tiene que atender la economía de Costa Rica?
4. ¿Cuál es la fuerza que hace que Costa Rica sea más poderosa que mil ejércitos?

Conversación

Actividad 31. **_Trabajo por la paz._** ¿Cuáles son algunas de las formas en las que los estudiantes trabajan por la paz? Hay múltiples formas de trabajar por la paz en la vida diaria. Trabaja con otro(a) estudiante para hacer lo siguiente.

1. Hagan una lista de ejemplos de trabajos por la paz.
2. Busquen información sobre oportunidades de becas para estudiantes para trabajar por la paz; por ejemplo, el Becario Rotary Pro Paz (_Rotary World Peace Scholar_).
3. Después compartan su información con la clase.

Actividad 32. **_Alfred Nobel._** Ve al sitio web de _Pueblos_ y sigue los enlaces para buscar información sobre el fundador del Premio Nobel. Después trabaja con otro(a) estudiante para contestar estas preguntas.

1. ¿Cómo ganó Alfred Nobel su fortuna? ¿Qué inventó?
2. ¿Encuentras alguna ironía entre su invención y el premio de la paz?
3. ¿Cuál es el papel de las armas en la existencia y mantenimiento de la paz?

Estudio del lenguaje 2:
Estilo indirecto y secuencia de tiempos

Repaso

As you know, what people say to one another can be reported either orally or in writing, directly or indirectly.

- In the first case (direct speech) the words of one person are quoted directly, exactly as they were said.

  Óscar Arias: "Soy uno de esos cinco hombres que firmamos un acuerdo…"

- In the second case (indirect speech) the words said by one person are transmitted through the use of a verb of communication.

  Óscar Arias dijo que era uno de esos cinco hombres que firmaron un acuerdo.

El estilo indirecto

Indirect or reported speech allows you to transmit what people say without quoting them directly. When using indirect speech in Spanish use the following structure.

> *verbo de comunicación* + **que** + *mensaje expresado*

Normally, because indirect speech is used to report what was said in the past, the verb of communication is conjugated in the past. However, sometimes, the verb of communication can be in the present.

Direct speech:	Óscar Arias: "Soy uno de Costa Rica".
Indirect speech, past tense:	Óscar Arias **dijo** que **era** uno de Costa Rica.
Indirect speech, present tense:	Óscar Arias **dice** que **es** uno de Costa Rica.

Verbs of communication in Spanish include:

aceptar	*to accept*	**apuntar**	*to point out*	**explicar**	*to explain*
aclarar	*to explain, make clear*	**comentar**	*to comment*	**indicar**	*to indicate*
		contestar	*to reply*	**matizar**	*to clarify, add*
admitir	*to admit*	**decir**	*to say*	**pedir**	*to ask, request*
afirmar	*to state*	**exclamar**	*to exclaim*	**preguntar**	*to ask*
añadir	*to add*	**exigir**	*to demand*		

Transformaciones necesarias

When transforming direct speech into indirect speech, you need to pay attention to verb tenses as well as person and time references, as all of these elements undergo specific changes.

Tiempos verbales

1. When the verb of communication is in the present, no changes are necessary.

Óscar Arias: "América Central se halla ante una encrucijada terrible".	Óscar Arias **indica que** América Central **se halla** ante una encrucijada terrible.

2. When the verb of communication is in the past (normally in the preterite), the following changes are necessary.

Presente de indicativo → Imperfecto de indicativo
"La paz no **es** un asunto de premios ni de trofeos".

Óscar Arias dijo que la paz no **era** un asunto de premios ni de trofeos.

Presente de subjuntivo → Imperfecto de subjuntivo
"No puedo aceptar que ser realista **signifique** tolerar la miseria".

Óscar Arias indicó que no podía aceptar que ser realista **significara** tolerar la miseria.

Presente perfecto de indicativo → Pluscuamperfecto de indicativo
"En Centroamérica, cinco presidentes **hemos firmado** un acuerdo…"

Óscar Arias añadió que en Centroamérica cinco presidentes **habían firmado** un acuerdo…

Presente perfecto de subjuntivo → Pluscuamperfecto de subjuntivo
Es importante que los cinco **hayamos firmado** el acuerdo.

Dijo que **era** importante que los cinco **hubieran firmado** el acuerdo.

Pretérito → Pluscuamperfecto de indicativo
"Costa Rica me **exigió** llevar al campo de batalla de la región la paz de mi pueblo".

Óscar Arias afirmó que Costa Rica le **había exigido** llevar al campo de batalla de la región la paz de su pueblo.

Imperativo → Imperfecto de subjuntivo
Trabajen para conseguir la paz.

Dijo que **trabajaran** para conseguir la paz.

3. When direct speech that refers to the future is quoted indirectly using a past-tense verb of communication, the future reference is changed to the conditional.

Futuro → Condicional
"Nunca **podré** aceptar que la ley pueda usarse para justificar la tragedia".

Óscar Arias aclaró que nunca **podría** aceptar que la ley pudiera usarse para justificar la tragedia.

Cambio de personas y pronombres

When transforming direct speech into indirect speech, the following changes in person and pronouns take place.

1. **Persona verbal:** Normally first- and second-person references change to the third person.

"**Leí** el discurso de Óscar Arias".   Dijo que **había leído** el discurso de Óscar Arias.

"Juan, es importante que **estudies** la historia de Centroamérica".

Dijo que era importante que **Juan estudiara** la historia de Centroamérica.

Note that a second-person form can sometimes become first person, depending on who reports the indirect speech.

"Cuando **ustedes decidieron** honrarme con este premio, decidieron honrar a un país de paz".

A member of the Nobel Committee could report: Óscar Arias dijo que cuando **nosotros habíamos decidido** honrarle con ese premio…

2. **Pronombres:** As with **persona verbal,** first- and second-person pronouns generally become third-person pronouns.

"Recibir este premio es para **mí** una maravillosa coincidencia".

Dijo que recibir ese premio era para **él** una maravillosa coincidencia.

"Tampoco lo recibo como presidente de **mi** país".

Insistió que tampoco lo recibía como presidente de **su** país.

"Costa Rica **me** exigió llevar al campo de batalla de la región la paz de **mi** pueblo".

Afirmó que Costa Rica **le** exigió llevar al campo de batalla de la región la paz de **su** pueblo.

Referencias espacio-temporales

Time and space references also undergo certain changes in indirect speech. The most common changes are:

hoy → **ese día**   ahora → **entonces**

mañana → **el día siguiente**   aquí → **ahí, allí**

ayer → **el día anterior**   acá → **allá**

Demonstrative pronouns also change.

este, esta, estos → **ese, esa, esos**

esto → **eso**

"Ayer la profesora encontró el texto del discurso de Arias en este libro".

Mirta me dijo que **el día anterior** la profesora había encontrado el texto del discurso de Arias en **ese** libro.

Preguntas indirectas

When reporting indirectly a question that was asked in direct speech, follow these two rules.

1. If the original question is a yes/no question, use **si** (*whether*) after the verb of communication.

"¿Quieren paz?"   Nos preguntó **si** queríamos paz.

"¿Están dispuestos a trabajar para conseguirla?"

Nos preguntó **si** estábamos dispuestos a trabajar para conseguirla.

2. If the original question is an information question, use the interrogative pronoun after the verb of communication.

"¿Cuántas personas había en la ceremonia de entrega del Nobel?"

Me preguntó **cuántas** personas había en la ceremonia…

"¿Cuándo le dieron el Nobel a Rigoberta Menchú?"

Preguntó **cuándo** le dieron el Nobel a Rigoberta Menchú.

"¿Dónde vive Rigoberta?"

Me preguntó **dónde** vive Rigoberta.

With indirect interrogatives it is important to pay attention to word order. In Spanish, in sentences where indirect interrogatives are used, the subject is always placed after the verb.

Aplicación

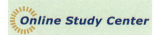

Online Study Center

To check your progress as you complete each vocabulary and grammar topic, do the exercises in the *Pueblos* Online Study Center: **http://college.hmco.com/languages/spanish/students**

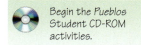

Begin the *Pueblos* Student CD-ROM activities.

Actividad 33. **Cambios en los verbos.** Transforma las siguientes frases del estilo directo al indirecto.

1. Profesora: "Lean el discurso de Rigoberta Menchú y hagan un resumen de las ideas centrales".
   La profesora les dijo a los estudiantes que…
2. Estudiantes: "¿Tenemos que entregar el resumen?"
   Los estudiantes preguntaron si…
3. Una conversación al salir de clase:
   Juan: "Ayer fui al cine".
   Yo: ¿Qué película viste?
   Juan: "Fui a ver un documental sobre Centroamérica".
   Juan me contó que… Yo le pregunté qué… Y él me contestó que…
4. Profesor: "Es necesario que me traigan la tarea mañana".
   El profesor les aclaró a los estudiantes que…
5. Estudiantes: ¿Quiere que escribamos todas las respuestas?
   Los estudiantes preguntaron si…

Actividad 34. **Fragmentos del discurso de Rigoberta Menchú.** A continuación tienes algunos fragmentos tomados del discurso que Rigoberta Menchú pronunció en la ceremonia de aceptación del Premio Nobel de la Paz. Vuelve a expresarlos en estilo indirecto.

1. "Me llena de emoción y orgullo la distinción que me hacen al otorgarme el Premio Nobel de la Paz".
   Rigoberta comenzó diciendo que…
2. "Permítanme expresarles todo lo que para mí significa este premio".
   Más adelante pidió que…
3. "… fue precisamente en mi país donde encontré de parte de algunos las mayores objeciones".
   Y luego añadió que…
4. "Temporalmente el Premio Nobel de la Paz 1992 tendrá que permanecer en la Ciudad de México".
   Después indicó que…
5. "Reconforta esta creciente atención, aunque llegue 500 años más tarde, hacia el sufrimiento, la discriminación, la opresión y explotación que nuestros pueblos han sufrido".
   Más tarde continuó diciendo que…

6. "Esta urgencia y esta vital necesidad, son las que me conducen en este momento, en esta tribuna, a plantear a la opinión nacional y a la comunidad internacional interesarse más activamente en Guatemala".

Más adelante dijo que…

7. "… el hecho de que me haya referido preferencialmente a América, y en especial a mi país, no significa que no ocupen un lugar importante en mi mente y corazón la preocupación que viven otros pueblos del mundo".

Finalmente explicó que…

Actividad 35. ***Encuesta para tus compañeros.*** Tienes mucha curiosidad por saber qué piensan tus compañeros sobre ciertos temas de actualidad. En parejas, hagan lo siguiente.

1. Elijan un tema relacionado con el capítulo. Sugerencias: la paz mundial; la política exterior de los EEUU; Centroamérica.
2. Preparen de seis a ocho preguntas sobre el tema.
3. Circulen por la clase y háganles las preguntas a varios de sus compañeros. Uno de los dos pregunta y el otro apunta las respuestas.
4. Finalmente, entre los dos, en estilo directo escriban las respuestas de sus compañeros, citando sus palabras con exactitud.

Actividad 36. ***Reportaje.*** Usando la información de la Actividad 35, escribe un reportaje, en estilo indirecto, para informar a la clase del resultado de tu encuesta. Utiliza diferentes verbos de comunicación y presta atención a los cambios en los verbos, pronombres y referencias espacio-temporales.

Actividad 37. ***Resumen de las noticias.*** Lee la primera página de dos periódicos en español. Apunta las noticias más destacadas y después escribe un informe breve resumiendo y comparando las noticias del día. Puedes usar esta estructura para tu informe:

El periódico… informó ayer que…
Por el contrario el periódico… anunció que…
El periodista… afirmó que…

Proyecto final: El presente, pasado y futuro

Recapitulación: Este capítulo —el último de tu libro de español—se ha centrado en el proceso de paz. Como proyecto final del libro, tu grupo va a repasar los temas histórico-culturales que se han tratado en el libro y va a establecer relaciones entre el presente, el pasado y el futuro de varios países latinoamericanos.

Paso 1: Repasen las secciones marcadas con en este capítulo.

Paso 2: Completen los siguientes cuadros con información de los capítulos que hayan estudiado en su curso. Pueden incluir información histórico-cultural y referencias a las lecturas del capítulo. Completen el diagrama con al menos ocho datos.

Paso 3: Escojan uno de los temas anteriores (Transiciones, Dictaduras, Independencia o Conquista y colonización) y analicen dos países en cuanto a ese tema. Escriban al menos ocho frases condicionales remotas.

Modelo: España
Si Franco no hubiera ganado la guerra civil española, no habría habido una dictadura de cuarenta años.

Paso 4: Para los mismos dos países que han analizado en el Paso 3, escriban al menos seis frases condicionales abiertas sobre el posible futuro de estos países.

Modelo: Bolivia
Si las demandas de los indígenas en Bolivia son aceptadas por el estado, habrá menos violencia.

Paso 5: Teniendo en cuenta las frases que han escrito en los Pasos 3 y 4, comparen los dos países e identifiquen las diferencias y similitudes entre los dos. Completen la siguiente tabla.

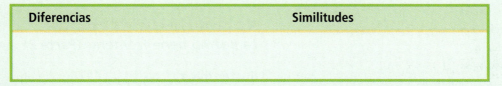

Diferencias	Similitudes

Paso 6: Escriban un ensayo sobre los dos países. Para el ensayo pueden seguir la siguiente estructura. Cada sección puede incluir más de un párrafo.

Sección 1: Introducción. Presenten los dos países que van a comparar. Incluyan alguna de sus frases condicionales como ejemplo de lo que pasó y de lo que podría haber pasado. Presenten algún aspecto en concreto que sea parecido o distinto en los dos países.

Sección 2: Desarrollo. Desarrollen las diferencias o similitudes de los dos países y los procesos políticos.

Sección 3: Conclusión. Escriban una conclusión mencionando lo que depara el futuro de los países que han comparado.

Vocabulario del capítulo

Preparación

la alfabetización *literacy*
despectivo(a) *derogatory*
el embargo *embargo*
el ferrocarril *railway*
la huelga *strike*
el huracán *hurricane*
intervencionista *interventionist*
la maquiladora *factory*
predicar *to preach*
el puerto *port*
la represalia *revenge*
el terremoto *earthquake*

Vocabulario esencial
La paz no tiene fronteras (Parte 1)

Sustantivos

el acuerdo *agreement, treaty*
la alianza *alliance*
el alma (*f.*) *soul*
el arma (*f.*) *weapon*
el asunto *matter*
la comunidad internacional *international community*
el conflicto *conflict*
la democracia *democracy*
el destino *destiny*
el diálogo *dialogue*
el dogmatismo *dogmatism*
el entendimiento *understanding*
el esfuerzo *effort*
la fuerza *force*
el logro *achievement*
el obstáculo *obstacle*
el perdón *pardon*
el progreso *progress*
la tolerancia *tolerance*
el tratado *treaty*

Verbos

abolir *to abolish*
acumular *to accumulate*
alcanzar *to reach; to achieve*
compartir *to share*
dejar *to permit; to cease*
derrocar *to overthrow*
desear *to want*
enfrentar *to confront*
escoger *to choose*
esperar *to hope; to wait*
oprimir *to oppress*
promover (ue) *to promote*
resolver (ue) *to resolve*
respetar *to respect*
superar *to overcome*

Adjetivos

duradero(a) *enduring, lasting*
ideológico(a) *ideologic*
junto(a) *together*
libre *free*
militar *military*
totalitario(a) *totalitarian*
visionario(a) *visionary*

Vocabulario esencial
La paz no tiene fronteras (Parte 2)

Sustantivos

el consenso *consensus*
el desafío *challenge*
la dictadura *dictatorship*
el dogma *dogma*
el éxito *success*
el (la) fanático(a) *fanatic*
el fanatismo *fanaticism*
el fracaso *failure*
los ideales *ideals*

la ofensa *offense*
los principios *principles*

Verbos

caber *to fit*
conciliar *to reconcile*
cooperar *to cooperate*
disparar *to fire (a gun)*
evitar *to avoid*
fabricar *to make; to create*
impulsar *to promote*
rogar (ue) *to plead for; to beg for*

Adjetivos

absoluto(a) *absolute*
contrario(a) *contrary*
invulnerable *invulnerable*
obligatorio(a) *obligatory*
orgulloso(a) *proud*
poderoso(a) *powerful*

Otras expresiones

perder (ie) la razón *to lose one's mind*

Verbos de comunicación

aceptar *to accept*
aclarar *to explain, make clear*
admitir *to admit*
afirmar *to state*
añadir *to add*
apuntar *to point out*
comentar *to comment*
contestar *to reply*
decir *to say*
exclamar *to exclaim*
exigir *to demand*
explicar *to explain*
indicar *to indicate*
matizar *to clarify, to add*
pedir *to ask, request*
preguntar *to ask (a question)*

Regular verbs

Simple tenses

Infinitive	Past participle/ Present participle		Indicative					Subjunctive	
		Present	Imperfect	Preterite	Future	Conditional	Present	Imperfect*
-ar **cantar** *to sing*	cantado cantando	canto cantas canta cantamos cantáis cantan	cantaba cantabas cantaba cantábamos cantábais cantaban	canté cantaste cantó cantamos cantasteis cantaron	cantaré cantarás cantará cantaremos cantaréis cantarán	cantaría cantarías cantaría cantaríamos cantaríais cantarían	cante cantes cante cantemos cantéis canten	cantara cantaras cantara cantáramos cantarais cantaran
-er **correr** *to run*	corrido corriendo	corro corres corre corremos corréis corren	corría corrías corría corríamos corríais corrían	corrí corriste corrió corrimos corristeis corrieron	correré correrás correrá correremos correréis correrán	correría correrías correría correríamos correríais correrían	corra corras corra corramos corráis corran	corriera corrieras corriera corriéramos corrierais corrieran
-ir **subir** *to go up, to climb up*	subido subiendo	subo subes sube subimos subís suben	subía subías subía subíamos subíais subían	subí subiste subió subimos subisteis subieron	subiré subirás subirá subiremos subiréis subirán	subiría subirías subiría subiríamos subiríais subirían	suba subas suba subamos subáis suban	subiera subieras subiera subiéramos subierais subieran

*In addition to this form, another less frequently used form, whose endings use **-se** rather than **-ra**, can be employed for all regular and irregular verbs: **cantase, cantases, cantase, cantásemos, cantaseis, cantasen; corriese, corrieses, corriese, corriésemos, corrieseis, corriesen; subiese, subieses, subiese, subiésemos, subieseis, subiesen.**

Commands

	cantar		correr		subir	
Person	Affirmative	Negative	Affirmative	Negative	Affirmative	Negative
tú	canta	no cantes	corre	no corras	sube	no subas
usted	cante	no cante	corra	no corra	suba	no suba
nosotros	cantemos	no cantemos	corramos	no corramos	subamos	no subamos
vosotros	cantad	no cantéis	corred	no corráis	subid	no subáis
ustedes	canten	no canten	corran	no corran	suban	no suban

Stem-changing verbs: -ar and -er groups

Type of change in the verb stem	Subject	Indicative Present	Subjunctive Present	Commands Affirmative	Commands Negative	Other -ar and -er Stem-Changing verbs
-ar verbs e > ie pensar *to think*	yo tú él/ella, Ud. nosotros/as vosotros/as ellos/as, Uds.	**pienso** **piensas** **piensa** pensamos pensáis **piensan**	**piense** **pienses** **piense** pensemos penséis **piensen**	— **piensa** **piense** pensemos pensad **piensen**	— no **pienses** no **piense** no pensemos no penséis no **piensen**	**atravesar** *to go through, to cross;* **cerrar** *to close;* **despertarse** *to wake up;* **empezar** *to start;* **negar** *to deny;* **sentarse** *to sit down* **Nevar** *to snow* is only conjugated in the third-person singular.
-ar verbs o > ue contar *to count;* *to tell*	yo tú él/ella, Ud. nosotros/as vosotros/as ellos/as, Uds.	**cuento** **cuentas** **cuenta** contamos contáis **cuentan**	**cuente** **cuentes** **cuente** contemos contéis **cuenten**	— **cuenta** **cuente** contemos contad **cuenten**	— no **cuentes** no **cuente** no contemos no contéis no **cuenten**	**acordarse** *to remember;* **acostar(se)** *to go to bed;* **almorzar** *to have lunch;* **colgar** *to hang;* **costar** *to cost;* **demostrar** *to demonstrate, to show;* **encontrar** *to find;* **mostrar** *to show;* **probar** *to prove, to taste;* **recordar** *to remember*
-er verbs e > ie entender *to understand*	yo tú él/ella, Ud. nosotros/as vosotros/as ellos/as, Uds.	**entiendo** **entiendes** **entiende** entendemos entendéis **entienden**	**entienda** **entiendas** **entienda** entendamos entendáis **entiendan**	— **entiende** **entienda** entendamos entended **entiendan**	— no **entiendas** no **entienda** no entendamos no entendáis no **entiendan**	**encender** *to light, to turn on;* **extender** *to stretch;* **perder** *to lose*
-er verbs o > ue volver *to return*	yo tú él/ella, Ud. nosotros/as vosotros/as ellos/as, Uds.	**vuelvo** **vuelves** **vuelve** volvemos volvéis **vuelven**	**vuelva** **vuelvas** **vuelva** volvamos volváis **vuelvan**	— **vuelve** **vuelva** volvamos volved **vuelvan**	— no **vuelvas** no **vuelva** no volvamos no volváis no **vuelvan**	**mover** *to move;* **torcer** *to twist* **Llover** *to rain* is only conjugated in the third-person singular.

Stem-changing verbs: -ir verbs

		Indicative		Subjunctive		Commands	
Type of change in the verb stem	Subject	Present	Preterite	Present	Imperfect	Affirmative	Negative
-ir verbs **e > ie or i** **Infinitive:** **sentir** *to feel* **Present participle:** sintiendo	yo	siento	sentí	sienta	sintiera	—	—
	tú	sientes	sentiste	sientas	sintieras	siente	no sientas
	él/ella, Ud.	siente	sintió	sienta	sintiera	sienta	no sienta
	nosotros/as	sentimos	sentimos	sintamos	sintiéramos	sintamos	no sintamos
	vosotros/as	sentís	sentisteis	sintáis	sintierais	sentid	no sintáis
	ellos/as, Uds.	sienten	sintieron	sientan	sintieran	sientan	no sientan
-ir verbs **o > ue or u** **Infinitive:** **dormir** *to sleep* **Present participle:** durmiendo	yo	duermo	dormí	duerma	durmiera	—	—
	tú	duermes	dormiste	duermas	durmieras	duerme	no duermas
	él/ella, Ud.	duerme	durmió	duerma	durmiera	duerma	no duerma
	nosotros/as	dormimos	dormimos	durmamos	durmiéramos	durmamos	no durmamos
	vosotros/as	dormís	dormisteis	durmáis	durmierais	dormid	no durmáis
	ellos/as, Uds.	duermen	durmieron	duerman	durmieran	duerman	no duerman

Other similar verbs: **advertir** *to warn;* **arrepentirse** *to repent;* **consentir** *to consent, to pamper;* **convertir(se)** *to turn into;* **herir** *to hurt, to wound;* **mentir** *to lie;* **morir** *to die;* **preferir** *to prefer;* **referir** *to refer;* **sugerir** *to suggest.*

		Indicative		Subjunctive		Commands	
Type of change in the verb stem	Subject	Present	Preterite	Present	Imperfect	Affirmative	Negative
-ir verbs **e > i** **Infinitive:** **pedir** *to ask for, to request* **Present participle:** pidiendo	yo	pido	pedí	pida	pidiera	—	—
	tú	pides	pediste	pidas	pidieras	pide	no pidas
	él/ella, Ud.	pide	pidió	pida	pidiera	pida	no pida
	nosotros/as	pedimos	pedimos	pidamos	pidiéramos	pidamos	no pidamos
	vosotros/as	pedís	pedisteis	pidáis	pidierais	pedid	no pidáis
	ellos/as, Uds.	piden	pidieron	pidan	pidieran	pidan	no pidan

Other similar verbs: **competir** *to compete;* **despedir(se)** *to say good-bye;* **elegir** *to choose;* **impedir** *to prevent;* **perseguir** *to chase;* **repetir** *to repeat;* **seguir** *to follow;* **servir** *to serve;* **vestir(se)** *to dress, to get dressed.*

Verbs with spelling changes

	Verb type	Ending	Change	Other verbs with the same spelling change
1	buscar *to look for*	-car	• Preterite: yo busqué • Present subjunctive: busque, busques, busque, busquemos, busquéis, busquen	comunicar, explicar *to explain*, indicar *to indicate*, sacar, pescar
2	conocer *to know*	*vowel* + -cer or -cir	• Present indicative: conozco, conoces, conoce, *and so on* • Present subjunctive: conozca, conozcas, conozca, conozcamos, conozcáis, conozcan	nacer *to be born*, obedecer, ofrecer, parecer, pertenecer *to belong*, reconocer, conducir, traducir
3	vencer *to win*	*consonant* + -cer or -cir	• Present indicative: venzo, vences, vence, *and so on* • Present subjunctive: venza, venzas, venza, venzamos, venzáis, venzan	convencer, torcer *to twist*
4	leer *to read*	-eer	• Preterite: *(third persons)* leyó, leyeron • Imperfect subjunctive: leyera, leyeras, leyera, leyéramos, leyerais, leyeran • Present participle: leyendo	creer, poseer *to own*
5	llegar *to arrive*	-gar	• Preterite: yo llegué • Present subjunctive: llegue, llegues, llegue, lleguemos, lleguéis, lleguen	colgar *to hang*; navegar; negar *to negate*, *to deny*; pagar; rogar *to beg*; jugar
6	coger *to take*	-ger or -gir	• Present indicative: cojo, coges, coge, *and so on* • Present subjunctive: coja, cojas, coja, cojamos, cojáis, cojan	escoger; proteger; recoger *to collect*, *to gather*; corregir *to correct*; dirigir *to direct*; elegir *to elect*, *to choose*; exigir *to demand*
7	seguir *to follow*	-guir	• Present indicative: sigo, sigues, sigue, and so on • Present subjunctive: siga, sigas, siga, sigamos, sigáis, sigan	conseguir, distinguir, perseguir
8	huir *to flee*	-uir	• Present indicative: huyo, huyes, huye, huimos, huís, huyen • Preterite: huí, huiste, huyó, huimos, huisteis, huyeron • Present subjunctive: huya, huyas, huya, huyamos, huyáis, huyan • Imperfect subjunctive: huyera, huyeras, huyera, huyéramos, huyerais, huyeran • Present participle: huyendo • Commands: huye tú, huya Ud., huyamos nosotros, huíd vosotros, huyan Uds.; no huyas tú, no huya Ud., no huyamos nosotros, no huyáis vosotros, no huyan Uds.	concluir, contribuir, construir, destruir, disminuir, distribuir, excluir, influir, instruir, restituir, substituir
9	abrazar *to hug*	-zar	• Preterite: yo abracé • Present subjunctive: abrace, abraces, abrace, abracemos, abracéis, abracen	alcanzar *to achieve*, almorzar, comenzar, empezar *to enjoy*, gozar *to enjoy*, rezar *to pray*

Compound tenses

Indicative

Present perfect		Past perfect		Preterite perfect		Future perfect		Conditional perfect	
he		había		hube		habré		habría	
has	cantado	habías	cantado	hubiste	cantado	habrás	cantado	habrías	cantado
ha	corrido	había	corrido	hubo	corrido	habrá	corrido	habría	corrido
hemos	subido	habíamos	subido	hubimos	subido	habremos	subido	habríamos	subido
habéis		habíais		hubisteis		habréis		habríais	
han		habían		hubieron		habrán		habrían	

Subjunctive

Present perfect		Past perfect	
haya		hubiera	
hayas	cantado	hubieras	cantado
haya	corrido	hubiera	corrido
hayamos	subido	hubiéramos	subido
hayáis		hubierais	
hayan		hubieran	

All verbs, both regular and irregular, follow the same formation pattern with **haber** in all compound tenses. The only thing that changes is the form of the past participle of each verb. (See the chart below for common verbs with irregular past participles.) Remember that in Spanish, no word can come between **haber** and the past participle.

Common irregular past participles

Infinitive	Past participle		Infinitive	Past participle	
abrir	**abierto**	*opened*	morir	**muerto**	*died*
caer	caído	*fallen*	oír	oído	*heard*
creer	creído	*believed*	poner	**puesto**	*put, placed*
cubrir	**cubierto**	*covered*	resolver	**resuelto**	*resolved*
decir	**dicho**	*said, told*	romper	**roto**	*broken, torn*
descubrir	**descubierto**	*discovered*	(son)reír	(son)reído	*(smiled) laughed*
escribir	**escrito**	*written*	traer	traído	*brought*
hacer	**hecho**	*made, done*	ver	**visto**	*seen*
leer	leído	*read*	volver	**vuelto**	*returned*

Reflexive verbs

Regular and irregular reflexive verbs: Position of the reflexive pronouns in the simple tenses

Infinitive	Present participle	Reflexive pronouns	Indicative					Subjunctive	
			Present	Imperfect	Preterite	Future	Conditional	Present	Imperfect
lavarse	lavándome	**me**	lavo	lavaba	lavé	lavaré	lavaría	lave	lavara
to wash	lavándote	**te**	lavas	lavabas	lavaste	lavarás	lavarías	laves	lavaras
oneself	lavándose	**se**	lava	lavaba	lavó	lavará	lavaría	lave	lavara
	lavándonos	**nos**	lavamos	lavábamos	lavamos	lavaremos	lavaríamos	lavemos	laváramos
	lavándoos	**os**	laváis	lavabais	lavasteis	lavaréis	lavaríais	lavéis	lavarais
	lavándose	**se**	lavan	lavaban	lavaron	lavarán	lavarían	laven	lavaran

Regular and irregular reflexive verbs: Position of the reflexive pronouns with commands

Person	Affirmative	Negative	Affirmative	Negative	Affirmative	Negative
tú	lávate	no te laves	ponte	no te pongas	vístete	no te vistas
usted	lávese	no se lave	póngase	no se ponga	vístase	no se vista
nosotros	lavémonos	no nos lavemos	pongámonos	no nos pongamos	vistámonos	no nos vistamos
vosotros	lavaos	no os lavéis	poneos	no os pongáis	vestíos	no os vistáis
ustedes	lávense	no se laven	pónganse	no se pongan	vístanse	no se vistan

Regular and irregular reflexive verbs: Position of the reflexive pronouns in compound tenses*

	Indicative					Subjunctive	
Reflexive Pronouns	Present perfect	Past perfect	Preterite perfect	Future perfect	Conditional perfect	Present perfect	Past perfect
me	he	había	hube	habré	habría	haya	hubiera
te	has	habías	hubiste	habrás	habrías	hayas	hubieras
se	ha	había	hubo	habrá	habría	haya	hubiera
nos	hemos	habíamos	hubimos	habremos	habríamos	hayamos	hubiéramos
os	habéis	habíais	hubisteis	habréis	habríais	hayáis	hubierais
se	han	habían	hubieron	habrán	habrían	hayan	hubieran
	lavado puesto vestido	lavado puesto vestido	lavado puesto vestido	lavado puesto vestido	lavado puesto vestido	lavado puesto vestido	lavado puesto vestido

*The sequence of these three elements—the reflexive pronoun, the auxiliary verb **haber**, and the present participle—is invariable and no other words can come in between.

Regular and irregular reflexive verbs: Position of the reflexive pronouns *conjugated verb + infinitive***

	Indicative					Subjunctive	
Reflexive pronouns	Present	Imperfect	Preterite	Future	Conditional	Present	Imperfect
me	voy a	iba a	fui a	iré a	iría a	vaya a	fuera a
te	vas a	ibas a	fuiste a	irás a	irías a	vayas a	fueras a
se	va a	iba a	fue a	irá a	iría a	vaya a	fuera a
nos	vamos a	íbamos a	fuimos a	iremos a	iríamos a	vayamos a	fuéramos a
os	vais a	ibais a	fuisteis a	iréis a	iríais a	vayáis a	fuerais a
se	van a	iban a	fueron a	irán a	irían a	vayan a	fueran a
	lavar poner vestir	lavar poner vestir	lavar poner vestir	lavar poner vestir	lavar poner vestir	lavar poner vestir	lavar poner vestir

The reflexive pronoun can also be placed after the infinitive: **voy a lavarme, **voy a ponerme**, **voy a vestirme**, and so on. Use the same structure for the present and the past progressive: <u>me</u> estoy lavando / estoy lavándo<u>me</u>; <u>me</u> estaba lavando / estaba lavándo<u>me</u>.

Irregular verbs

ANDAR, CABER, CAER

Infinitive	Past participle/ Present participle	Indicative					Subjunctive	
		Present	Imperfect	Preterite	Future	Conditional	Present	Imperfect
andar *to walk; to go*	andado andando	ando andas anda andamos andáis andan	andaba andabas andaba andábamos andabais andaban	anduve anduviste anduvo anduvimos anduvisteis anduvieron	andaré andarás andará andaremos andaréis andarán	andaría andarías andaría andaríamos andaríais andarían	ande andes ande andemos andéis anden	anduviera anduvieras anduviera anduviéramos anduvierais anduvieran
caber *to fit; to have enough space*	cabido cabiendo	quepo cabes cabe cabemos cabéis caben	cabía cabías cabía cabíamos cabíais cabían	cupe cupiste cupo cupimos cupisteis cupieron	cabré cabrás cabrá cabremos cabréis cabrán	cabría cabrías cabría cabríamos cabríais cabrían	quepa quepas quepa quepamos quepáis quepan	cupiera cupieras cupiera cupiéramos cupierais cupieran
caer *to fall*	caído cayendo	caigo caes cae caemos caéis caen	caía caías caía caíamos caíais caían	caí caíste cayó caímos caísteis cayeron	caeré caerás caerá caeremos caeréis caerán	caería caerías caería caeríamos caeríais caerían	caiga caigas caiga caigamos caigáis caigan	cayera cayeras cayera cayéramos cayerais cayeran

Commands

andar

Person	Affirmative	Negative
tú	anda	no andes
usted	ande	no ande
nosotros	andemos	no andemos
vosotros	andad	no andéis
ustedes	anden	no anden

caber

Affirmative	Negative
cabe	no quepas
quepa	no quepa
quepamos	no quepamos
cabed	no quepáis
quepan	no quepan

caer

Affirmative	Negative
cae	no caigas
caiga	no caiga
caigamos	no caigamos
caed	no caigáis
caigan	no caigan

DAR, DECIR, ESTAR

		Indicative					Subjunctive	
Infinitive	Past participle/ Present participle	Present	Imperfect	Preterite	Future	Conditional	Present	Imperfect
dar *to give*	dado dando	**doy** das da damos dais dan	daba dabas daba dábamos dabais daban	**di** **diste** **dio** **dimos** **disteis** **dieron**	daré darás dará daremos daréis darán	daría darías daría daríamos daríais darían	**dé** **des** **dé** **demos** **deis** **den**	diera dieras diera diéramos dierais dieran
decir *to say, to tell*	dicho diciendo	**digo** **dices** **dice** decimos decís **dicen**	decía decías decía decíamos decíais decían	**dije** **dijiste** **dijo** **dijimos** **dijisteis** **dijeron**	**diré** **dirás** **dirá** **diremos** **diréis** **dirán**	**diría** **dirías** **diría** **diríamos** **diríais** **dirían**	**diga** **digas** **diga** **digamos** **digáis** **digan**	**dijera** **dijeras** **dijera** **dijéramos** **dijerais** **dijeran**
estar *to be*	estado estando	**estoy** **estás** **está** estamos estáis **están**	estaba estabas estaba estábamos estabais estaban	**estuve** **estuviste** **estuvo** **estuvimos** **estuvisteis** **estuvieron**	estaré estarás estará estaremos estaréis estarán	estaría estarías estaría estaríamos estaríais estarían	**esté** **estés** **esté** **estemos** **estéis** **estén**	**estuviera** **estuvieras** **estuviera** **estuviéramos** **estuvierais** **estuvieran**

Commands

Person	dar		decir		estar	
	Affirmative	Negative	Affirmative	Negative	Affirmative	Negative
tú	da	no **des**	**di**	no **digas**	**está**	no **estés**
usted	**dé**	no **dé**	**diga**	no **diga**	**esté**	no **esté**
nosotros	**demos**	no **demos**	**digamos**	no **digamos**	**estemos**	no **estemos**
vosotros	dad	no **deis**	decid	no **digáis**	estad	no **estéis**
ustedes	**den**	no **den**	**digan**	no **digan**	**estén**	no **estén**

HABER*, HACER, IR

		Indicative						Subjunctive	
Infinitive	**Past participle/ Present participle**	**Present**	**Imperfect**	**Preterite**	**Future**	**Conditional**	**Present**	**Imperfect**	

Infinitive	**Past participle/ Present participle**	**Present**	**Imperfect**	**Preterite**	**Future**	**Conditional**	**Present**	**Imperfect**
haber* *to have*	habido habiendo	he has ha hemos habéis han	había habías había habíamos habíais habían	hube hubiste hubo hubimos hubisteis hubieron	habré habrás habrá habremos habréis habrán	habría habrías habría habríamos habríais habrían	haya hayas haya hayamos hayáis hayan	hubiera hubieras hubiera hubiéramos hubierais hubieran
hacer *to do; to make*	hecho haciendo	hago haces hace hacemos hacéis hacen	hacía hacías hacía hacíamos hacíais hacían	hice hiciste hizo hicimos hicisteis hicieron	haré harás hará haremos haréis harán	haría harías haría haríamos haríais harían	haga hagas haga hagamos hagáis hagan	hiciera hicieras hiciera hiciéramos hicierais hicieran
ir *to go*	ido yendo	voy vas va vamos vais van	iba ibas iba íbamos ibais iban	fui fuiste fue fuimos fuisteis fueron	iré irás irá iremos iréis irán	iría irías iría iríamos iríais irían	vaya vayas vaya vayamos vayáis vayan	fuera fueras fuera fuéramos fuerais fueran

*Haber also has an impersonal form: hay. This form is used to express *there is*, *There are*. The imperative of haber is never used.

Commands

hacer

Person	Affirmative	Negative
tú	haz	no hagas
usted	haga	no haga
nosotros	hagamos	no hagamos
vosotros	haced	no hagáis
ustedes	hagan	no hagan

ir

Person	Affirmative	Negative
tú	ve	no vayas
usted	vaya	no vaya
nosotros	vamos	no vayamos
vosotros	id	no vayáis
ustedes	vayan	no vayan

JUGAR, OÍR, OLER

Infinitive	Past participle/Present participle	Indicative					Subjunctive	
		Present	Imperfect	Preterite	Future	Conditional	Present	Imperfect
jugar *to play*	jugado jugando	juego juegas juega jugamos jugáis juegan	jugaba jugabas jugaba jugábamos jugabais jugaban	jugué jugaste jugó jugamos jugasteis jugaron	jugaré jugarás jugará jugaremos jugaréis jugarán	jugaría jugarías jugaría jugaríamos jugaríais jugarían	juegue juegues juegue juguemos juguéis jueguen	jugara jugaras jugara jugáramos jugarais jugaran
oír *to hear, to listen*	oído oyendo	oigo oyes oye oímos oís oyen	oía oías oía oíamos oíais oían	oí oíste oyó oímos oísteis oyeron	oiré oirás oirá oiremos oiréis oirán	oiría oirías oiría oiríamos oiríais oirían	oiga oigas oiga oigamos oigáis oigan	oyera oyeras oyera oyéramos oyerais oyeran
oler *to smell*	olido oliendo	huelo hueles huele olemos oléis huelen	olía olías olía olíamos olíais olían	olí oliste olió olimos olisteis olieron	oleré olerás olerá oleremos oleréis olerán	olería olerías olería oleríamos oleríais olerían	huela huelas huela olamos oláis huelan	oliera olieras oliera oliéramos olierais olieran

Commands

Person	jugar		oír		oler	
	Affirmative	Negative	Affirmative	Negative	Affirmative	Negative
tú	juega	no juegues	oye	no oigas	huele	no huelas
usted	juegue	no juegue	oiga	no oiga	huela	no huela
nosotros	juguemos	no juguemos	oigamos	no oigamos	olamos	no olamos
vosotros	jugad	no juguéis	oíd	no oigáis	oled	no oláis
ustedes	jueguen	no jueguen	oigan	no oigan	huelan	no huelan

PODER, PONER, QUERER

Infinitive	Past participle/ Present participle	Indicative						Subjunctive	
		Present	Imperfect	Preterite	Future	Conditional	Present	Imperfect
poder *to be able to, can*	podido pudiendo	**puedo** **puedes** **puede** podemos podéis **pueden**	podía podías podía podíamos podíais podían	**pude** **pudiste** **pudo** **pudimos** **pudisteis** **pudieron**	**podré** **podrás** **podrá** **podremos** **podréis** **podrán**	**podría** **podrías** **podría** **podríamos** **podríais** **podrían**	**pueda** **puedas** **pueda** podamos podáis **puedan**	**pudiera** **pudieras** **pudiera** **pudiéramos** **pudierais** **pudieran**
poner* *to put*	**puesto** poniendo	**pongo** pones pone ponemos ponéis ponen	ponía ponías ponía poníamos poníais ponían	**puse** **pusiste** **puso** **pusimos** **pusisteis** **pusieron**	**pondré** **pondrás** **pondrá** **pondremos** **pondréis** **pondrán**	**pondría** **pondrías** **pondría** **pondríamos** **pondríais** **pondrían**	**ponga** **pongas** **ponga** **pongamos** **pongáis** **pongan**	**pusiera** **pusieras** **pusiera** **pusiéramos** **pusierais** **pusieran**
querer *to want, to wish; to love*	querido queriendo	**quiero** **quieres** **quiere** queremos queréis **quieren**	quería querías quería queríamos queríais querían	**quise** **quisiste** **quiso** **quisimos** **quisisteis** **quisieron**	**querré** **querrás** **querrá** **querremos** **querréis** **querrán**	**querría** **querrías** **querría** **querríamos** **querríais** **querrían**	**quiera** **quieras** **quiera** queramos queráis **quieran**	**quisiera** **quisieras** **quisiera** **quisiéramos** **quisierais** **quisieran**

*Verbs similar to poner: imponer, suponer.

Commands**

Person	poner		querer	
	Affirmative	Negative	Affirmative	Negative
tú	pon	no pongas	quiere	no quieras
usted	ponga	no ponga	quiera	no quiera
nosotros	pongamos	no pongamos	queramos	no queramos
vosotros	poned	no pongáis	quered	no queráis
ustedes	pongan	no pongan	quieran	no quieran

Note: The imperative of **poder is used very infrequently and is not included here.

SABER, SALIR, SER

Infinitive	Past participle/ Present participle	Indicative					Subjunctive	
		Present	Imperfect	Preterite	Future	Conditional	Present	Imperfect
saber *to know*	sabido sabiendo	sé sabes sabe sabemos sabéis saben	sabía sabías sabía sabíamos sabíais sabían	supe supiste supo supimos supisteis supieron	sabré sabrás sabrá sabremos sabréis sabrán	sabría sabrías sabría sabríamos sabríais sabrían	sepa sepas sepa sepamos sepáis sepan	supiera supieras supiera supiéramos supierais supieran
salir *to go out, to leave*	salido saliendo	salgo sales sale salimos salís salen	salía salías salía salíamos salíais salían	salí saliste salió salimos salisteis salieron	saldré saldrás saldrá saldremos saldréis saldrán	saldría saldrías saldría saldríamos saldríais saldrían	salga salgas salga salgamos salgáis salgan	saliera salieras saliera saliéramos salierais salieran
ser *to be*	sido siendo	soy eres es somos sois son	era eras era éramos erais eran	fui fuiste fue fuimos fuisteis fueron	seré serás será seremos seréis serán	sería serías sería seríamos seríais serían	sea seas sea seamos seáis sean	fuera fueras fuera fuéramos fuerais fueran

Commands

saber

Person	Affirmative	Negative
tú	sabe	no sepas
usted	sepa	no sepa
nosotros	sepamos	no sepamos
vosotros	sabed	no sepáis
ustedes	sepan	no sepan

salir

Affirmative	Negative
sal	no salgas
salga	no salga
salgamos	no salgamos
salid	no salgáis
salgan	no salgan

ser

Affirmative	Negative
sé	no seas
sea	no sea
seamos	no seamos
sed	no seáis
sean	no sean

SONREÍR, TENER, TRAER

Infinitive	Past participle/Present participle	Indicative					Subjunctive	
		Present	**Imperfect**	**Preterite**	**Future**	**Conditional**	**Present**	**Imperfect**
sonreír* *to smile*	sonreído sonriendo	sonrío sonríes sonríe sonreímos sonreís sonríen	sonreía sonreías sonreía sonreíamos sonreíais sonreían	sonreí sonreíste sonrió sonreímos sonreísteis sonrieron	sonreiré sonreirás sonreirá sonreiremos sonreiréis sonreirán	sonreiría sonreirías sonreiría sonreiríamos sonreiríais sonreirían	sonría sonrías sonría sonriamos sonriáis sonrían	sonriera sonrieras sonriera sonriéramos sonrierais sonrieran
tener** *to have*	tenido teniendo	tengo tienes tiene tenemos tenéis tienen	tenía tenías tenía teníamos teníais tenían	tuve tuviste tuvo tuvimos tuvisteis tuvieron	tendré tendrás tendrá tendremos tendréis tendrán	tendría tendrías tendría tendríamos tendríais tendrían	tenga tengas tenga tengamos tengáis tengan	tuviera tuvieras tuviera tuviéramos tuvierais tuvieran
traer *to bring*	traído trayendo	traigo traes trae traemos traéis traen	traía traías traía traíamos traíais traían	traje trajiste trajo trajimos trajisteis trajeron	traeré traerás traerá traeremos traeréis traerán	traería traerías traería traeríamos traeríais traerían	traiga traigas traiga traigamos traigáis traigan	trajera trajeras trajera trajéramos trajerais trajeran

*Verb similar to **sonreír**: **reír**, *to laugh.*
Many verbs ending in –tener** are conjugated like **tener**: **contener, detener, entretener(se), mantener, obtener, retener.**

Commands

Person	sonreír		tener		traer	
	Affirmative	**Negative**	**Affirmative**	**Negative**	**Affirmative**	**Negative**
tú	sonríe	no sonrías	ten	no tengas	trae	no traigas
usted	sonría	no sonría	tenga	no tenga	traiga	no traiga
nosotros	sonriamos	no sonriamos	tengamos	no tengamos	traigamos	no traigamos
vosotros	sonreíd	no sonriáis	tened	no tengáis	traed	no traigáis
ustedes	sonrían	no sonrían	tengan	no tengan	traigan	no traigan

VALER, VENIR, VER

Infinitive	Past participle/ Present participle	Indicative						Subjunctive	
		Present	Imperfect	Preterite	Future	Conditional	Present	Imperfect
valer *to be worth*	valido valiendo	**valgo** vales vale valemos valéis valen	valía valías valía valíamos valíais valían	valí valiste valió valimos valisteis valieron	**valdré** **valdrás** **valdrá** **valdremos** **valdréis** **valdrán**	**valdría** **valdrías** **valdría** **valdríamos** **valdríais** **valdrían**	**valga** **valgas** **valga** **valgamos** **valgáis** **valgan**	**valiera** **valieras** **valiera** **valiéramos** **valierais** **valieran**
venir* *to come*	venido viniendo	**vengo** **vienes** **viene** venimos venís **vienen**	venía venías venía veníamos veníais venían	**vine** **viniste** **vino** **vinimos** **vinisteis** **vinieron**	**vendré** **vendrás** **vendrá** **vendremos** **vendréis** **vendrán**	**vendría** **vendrías** **vendría** **vendríamos** **vendríais** **vendrían**	**venga** **vengas** **venga** **vengamos** **vengáis** **vengan**	**viniera** **vinieras** **viniera** **viniéramos** **vinierais** **vinieran**
ver *to see*	**visto** viendo	**veo** **ves** **ve** **vemos** **veis** **ven**	**veía** **veías** **veía** **veíamos** **veíais** **veían**	**vi** viste **vio** vimos visteis vieron	veré verás verá veremos veréis verán	vería verías vería veríamos veríais verían	**vea** **veas** **vea** **veamos** **veáis** **vean**	viera vieras viera viéramos vierais vieran

*Verb similar to venir: prevenir.

Commands

valer

Person	Affirmative	Negative
tú	vale	no **valgas**
usted	**valga**	no **valga**
nosotros	**valgamos**	no **valgamos**
vosotros	valed	no **valgáis**
ustedes	**valgan**	no **valgan**

venir

Person	Affirmative	Negative
tú	**ven**	no **vengas**
usted	**venga**	no **venga**
nosotros	**vengamos**	no **vengamos**
vosotros	venid	no **vengáis**
ustedes	**vengan**	no **vengan**

ver

Person	Affirmative	Negative
tú	ve	no **veas**
usted	**vea**	no **vea**
nosotros	**veamos**	no **veamos**
vosotros	ved	no **veáis**
ustedes	**vean**	no **vean**

The glossary includes the active vocabulary presented in the chapters as well as many receptive words. Exceptions are verb conjugations, regular past participles, adverbs ending in **-mente**, superlatives, diminutives, and proper names of individuals and most countries. Active words are followed by a number that indicates the chapter in which the word appears as an active item.

The gender of nouns is indicated except for masculine nouns ending in **-o** and feminine nouns ending in **-a**. Stem changes and spelling changes are shown for verbs, e.g., **dormir (ue, u)**; **buscar (qu)**.

The following abbreviations are used.

adj.	adjective	*m.*	masculine
adv.	adverb	*pl.*	plural
f.	feminine	*p.p.*	past participle
inf.	infinitive	*pron.*	pronoun
irreg.	irregular verb	*s.*	singular

A

a to, at, in, for, upon, by, 2; ~ **caballito** on his lap, 10; ~ **favor y en contra** for and against, 11; ~ **menudo** often; ~ **pesar de** in spite of, despite, 12; ~ **través** through, 4; ~ **veces** sometimes
abanderar to join, 2
abandonar to abandon, 7
abarca wooden shoe, 4
abastecer (zc) to supply, 2
abastecimiento provisioning
abierto(a) (*p.p.*) open, 9
abolir to ban, 9; to abolish, 12
absoluto(a) absolute, 12
aburrición (*f.*) boredom, 8
aburrido(a) boring; bored, 1
acá here, 9
acabar to finish; to run out of something, 6; ~ **de** to have just finished, 6; ~ **por** to end up by, 6
acaecer to happen (*used only in inf. and 3rd person*), 4
acariciar to caress, 5
acatamiento respect, 4
acceder to accede, 6
acechar to spy; to lie in wait, 5
aceitoso(a) oily, 10
aceptación (*f.*) acceptance, 3
aceptar to accept, 12
acercar (qu) to get closer, 4
aclarar to explain, make clear, 12
acoger (j) to welcome, 2
acompañado: estar acompañado(a) to be accompanied, 5
acompañamiento company, 3

aconsejable advisable, 7
aconsejar to advise, 7
acontecimiento event, 12
acordarse (ue) to remember, 5
acorde (*m.*) chord (music), 7
acueducto aqueduct, 1
acuerdo agreement; treaty, 12
acumular to accumulate, 12
acuñación (*f.*) minting, coining
acurrucado(a) curled-up, cozy, 7
acusar to accuse, charge, 7
adelante: ~ pues go ahead then, 9; **sacar ~** to get ahead, 2
adivinar to guess
adjudicarse (qu) to appropriate, 11
admitir to admit, 12
adoptar to adopt, 6
adorar to worship, 1; to adore, 4
adormecer (zc) to make sleepy, 12
adquirir (ie) to acquire, 2
advertir (ie, i) to warn; to inform, 9
afilado(a) sharp, 8
afirmar to state, 12
afluencia crowd; influx, 6
afortunado(a) fortunate, 1
afrentar to outrage, 10
agasajar to entertain splendidly
agenda electrónica electronic organizer, 6
agobiado(a) overwhelmed, 2
agradecer (zc) to thank, 2
agradecido(a) grateful, 3
agresividad (*f.*) aggressiveness, 3
agreste rugged, 5
agricultor(a) farmer, 2
agricultura agriculture, 4

agua (*f. but:* **el agua**) water; ~ **corriente** running water
aguacate (*m.*) avocado, 9
agudizar (c) to sharpen
águila (*f. but:* **el águila**) eagle, 5
ahogar (gu) to choke, 5
ahondar to deepen
ahora: por ~ for now, 11
ahorrar to save
ajá OK, fine, 9
ajeno(a) of another place, 4; distant, detached, 10
ajustado(a) tight, 5
ajuste (*m.*) adjustment, price fix, 4
ala corta short brim (*of a hat*), 10
alancear to spear, 10
Al-Andalus *Muslim region of Spain during Moorish occupation*, 2
alargar (gu) to make last longer, 7
alba (*f. but:* **el alba**) dawn, 7
albañil (*m.*) bricklayer, 11
albergar (gu) to house, 12
alcantarillado sewers
alcanzar (c) to reach, 6; to achieve, 12
aldea town, 2
alegar (gu) to allege, claim, 5
alegrarse de to be happy about, 4
alentador(a) encouraging, 12
alentar (ie) to encourage, 12
aletargado(a) sleepy, 10
alfabetización (*f.*) literacy, 12
alfombra rug, carpet
algarabía hullabaloo, 2
algodón (*m.*) cotton
alianza alliance, 12
aligerar to lighten, 5

alimentación (*f.*) food, 9
allá over there, 9
alma (*f. but:* **el alma**) soul, 5
almacenar to store
almorzar (ue) (c) to eat lunch, 2
altavoz (*m.*) loudspeaker, 10
altibajos (*m. pl.*) ups and downs (*of fortune*), 11
alucinante amazing, 8
alumbrado(a) lighted
alzamiento uprising
alzar (c) to raise, 7
amable nice, 11
amado(a) loved one, 9
amamantar to suckle, breastfeed, 5
amanecer (zc) to dawn
amante (*m., f.*) lover
amaraje (*m.*) sea landing, 6
amargo(a) bitter, 12
amargura bitterness, 7
amenaza threat, 5
aminorar to reduce, 1
amontonado(a) piled up, heaped, 9
ampliar to enlarge, amplify
amuleto amulet, 1
analfabeto(a) illiterate, 9
andalusí Andalusian, 2
andar (*irreg.*) to go; to walk, 6; ~ **en cueros** to walk around naked, 4
andino(a) Andean, 4
anfitrión (*m.*) host
ángelus (*m.*) Angelus (*prayer in honor of the Virgin Mary*), 6
angosto(a) narrow, 12
angustioso(a) heartbreaking, 12
anhelo longing, 7; yearning, 12; ~ **de éxito** desire to succeed, 12
animar to animate, enliven
animoso(a) brave, 12
anonadar to destroy, crush, 10
ansia longing, 12
ante before, 2
antepasado(a) ancestor, 1
anterior a prior to
antes (de) que before
antiguallas (*f. pl.*) ancient history, 4
antónimo opposite
anularse to lose one's identity, 12
añadir to add, 12
años: hace ~ years ago, 4
aparecer (zc) to appear, 2
aparentar to pretend, 4
aparición (*f.*) appearance, apparition
apartamento apartment, 5
apedrear to stone, 4
apellido last name, 9
apenas hardly, 6; only, just, 7
apiadarse de to take pity on, 4
aplastar to crush, 7
aplauso applause, 3
apoderarse de to take over (*a country or government*), 4

aporrear to beat on, 2
aposentar to lodge, put up, 3
apoyar to support
apoyo support
apremiado(a) rushed, hurried, 6
apresar to arrest; to imprison, 9
apretar (ie) to push, urge, 1; to squeeze, 5
aprobar (ue) to approve, 10
aprovechar to take advantage of, 1; to take the opportunity to, 11
apuntalar to support, 2
apuntar to point, 12
árabe (*m., f.*) Arab, 2
arañar to scratch, 5
arar to plough, 12
araucano(a) Araucan (*indigenous group that occupied what today is Chile*), 5
archivo archive, records, 6
arder to burn, 8
arista edge, 1
arma (*f. but:* **el arma**) weapon, 5
arrancar (qu) to tear off, 1; to start
arrastrar to drag, 5
arrebatar to take away, 5
arrepentirse (ie, i) to regret, 4; to repent, 10
arriesgar (gu) to risk, 5
arrimar to get closer, 5
arrodillarse to kneel down, 1
arrojo bravery, 5
arrollar to run over, 6
arroyo creek, 1
arroz (*m.*) rice
arruga wrinkle, 7
artesano(a) craftsperson, 2
ascua glowing ember, 2
asegurar to secure, 1
asesino(a) assassin, 8
asfaltado(a) paved, 4
asiento settlement, 4
asilo sanctuary, refuge
asomarse to appear, 2
asombrarse de to be amazed by
asombro amazement
astro star, 6
astronave (*f.*) spaceship, 6
asunto matter, 12
asustadizo(a) easily scared, 10
asustarse de/por to be scared by, frightened of, 4
atardecer (*m.*) dusk, 11
atender (ie) to pay attention, 11
aterrizaje (*m.*) landing, 6
aterrizar (c) to land, 6
ático attic, 1
atravesar (ie) to cross over, 9
atreverse a to dare to, 4
aturdirse to be stunned, 10
aula classroom, 10
aurora dawn, 7
ausencia absence

ausentismo absenteeism, 8
autobús (*m.*) bus, 5
autóctono(a) native, 2; indigenous, 6
autoritario(a) authoritarian, 11
avalado(a) guaranteed, 12
avanzado(a) advanced, developed, 4
ave (*f. but:* **el ave**) bird, 5
avergonzar (üe) (c) to shame, 12; **avergonzarse de** to be ashamed to, 7
averiguar (güe) to find out, 7
avisar to let know, inform, 9
ayudar to help, 1
azada hoe, 7
azadón (*m.*) hoe, 12
azar: al ~ at random, 11
azteca (*m., f.*) Aztec, 1
azufre (*m.*) sulphur, 5
azul blue, 10
azulejo tile, 10

B

bailar to dance, 5
baile (*m.*) dance, 5
bajar to lower; to go down, 4; **bajarse** to get off, 4
bajo under, 2
bala bullet, 8
balazo shot, 9
bandera flag, standard, 12
banderola pennon, 10
bandoneón (*m.*) concertina (*musical instrument typical of tango bars*), 5
bañista (*m., f.*) swimmer, 10
barba beard, 3
barbilla chin, 10
barniz (*m.*) varnish, 7
barranco gorge, 1
barriga belly, 1
barrio neighborhood, 11
basta (*interjection*) that's enough, 1
batalla battle, 8
bautismo baptism, 3
bejuco liana, reed
bélico(a) warlike
bestia beast, 4
bien: que le vaya ~ good luck, 9
bienestar (*m.*) welfare, 2; well-being, 11
bienpensante (*m., f.*) well-wisher, 2
bigote (*m.*) mustache, 6
blanquinegro(a) white and black, 4
bobería silly thing, foolishness, 10
bocina: tocar (qu) la ~ to honk the horn, 10
boicotear to boycott, 2
boquiabierto(a) open-mouthed (*i.e., astonished*), 4
bordar to embroider, 11
bordear to go round; to border on, 10
borrar to erase, 6

braceo swinging of the arms, 6
brecha breach, gap, 4
breñal (*m.*) chink or crack in the earth, 4
broma: en ~ jokingly
brotar to sprout, bud, 7
brote (*m.*) sprout, 2; bud, 12
brujas: quema de ~ burning of witches, 8
bruñido(a): tez (*f.*) **bruñida** tan complexion, 10
bueno(a) good; in good health, 1
bullicio noise, 10
burlón(a) mocking, 5
burro donkey, 11
buscar (qu) to look for

C

cabalgar (gu) to ride horseback, 3
cabaña cattle herd, 2
cabeceo nodding of the head, 5
caber (*irreg.*) to fit, 2
caca excrement, 6
cacharro pot, saucepan, 1
cacique (*m.*) Indian chief, 5
cadalso scaffold, 7
caer (*irreg.*) to fall, 2; to drop, 6
caída fall, 3
caja registradora cash register, 5
calado importance, significance, 2
calentamiento warm-up
calentarse (ie) to get warm, 4
callado(a) silent, quiet, 5
callar to remain silent, 8
calzada street, 10
cambiar to change, 10
camino de terracería unpaved road, 9
camioneta light truck, 9
campamento camp, 9
campanario bell tower, 10
campanilla little bell, 10
campesino(a) farmer, 4; peasant, 11
campo countryside, 11
canal (*m.*) channel, 6
cangrejo crab
cansarse de to get tired of
cántico song, 7
cantil (*m.*) large snake, 1
cañón (*m.*) canyon, 8
capaz: ser ~ de to be able to, 8
capilla chapel, 10
capuz (*m.*) hood, cowl, 7
cárcel (*f.*) jail, 9; prison, 12
cardenal (*m.*) cardinal, 11
carecer (zc) to lack, 4
carga a cuesta with a full bladder, ready to pee, 5
cargar (gu) to carry, 8
cariñoso(a) affectionate, 11
carne: en carnes naked, 4
caro(a) dear, admired, highly esteemed, 3

carretera road, highway, 9
cartel (*m.*) poster, 10
cartucho cartridge
casarse con to get married to, 4
cascada waterfall, 5
casco helmet, 4 [[ends in **o**; no designation nec.]]
casto(a) chaste, 12
casualidad: por ~ by chance, by coincidence, 11
cátedra professorship, 6
católico(a) Catholic, 10
cauce (*m.*) riverbed, 2
caudaloso(a) deep, plentiful (*water*), 8
caudillo chief, leader
cazador (*m.*) hunter, 5
cazar (c) to hunt, 5
ceder to give way to, 10
celta (*m., f.*) Celt, 2
ceniza ash, 5 [[ends in **a**; no designation nec.]]
ceño frown, 7
censura censorship, 10
centenar (*m.*) one hundred (*of something*), 6
centenario(a) centenary, 12
cerca near; nearby; **de ~** from close by, 4
cercanía nearness
cercano(a) near, close
cerciorar to assure, 12
cerrar (ie) to close, 2
cerro hill, 1
césped (*m.*) lawn
cestón (*m.*) hamper, 7
chabolas (*f. pl.*) slums, 2
charla talk, 4
chillería screaming, 10
chispa spark, 8
choque (*m.*) clash, 3
ciego(a) blind, 12
cielo sky, 10
ciencia ficción science fiction, 6
cierto(a) true, 7; **por cierto** by the way, 1
ciervo stag
cifra figure, 9
circular to circulate, 6
cítara zither, 7
ciudad (*f.*) city, 11
ciudadanía citizenship, 8
civilización (*f.*) civilization, 4
clandestino(a) clandestine, 9
claro: lo ~ that which is in the open, 1
clase (*f.*) **social** social class, 1
clavar to nail, 9
clave (*f.*) clue
clavel (*m.*) carnation, 10
cloaca sewer, 8
coágulo clot, 1
cobijar to cover; to shelter, 10
cobrar to charge, 9; **~ vida** to come alive
coca coca, 4
coco coconut, 8

coger (j) to take; to pick, 7
cola: en la ~ in line, 5
coladera drain, 1
colar (ue) to sneak in, 1; **colarse (ue)** to penetrate, 5
colectivo (*m.*) bus, 5
colgar (ue) (gu) to hang, 9
colmillo canine tooth, 9
colonia colony, 8
colonizar (c) to colonize, 5
combatir to fight, 8
combinar to combine, 2
comentar to comment, 12
comercio business, 1
cometer to carry out, 8
comer: dar de ~ to feed, 11
¿cómo? how?
compaginar to arrange in order
compartir to share, 12
compás (*m.*) rhythm, 5
complaciente indulgent, complaisant, 7
completo: por ~ thoroughly, completely, 11
cómplice (*m., f.*) accomplice
componente (*m.*) component, 6
comprometerse to become involved, 5
comprometido(a) committed, 5
compromiso pledge, promise
computadora computer, 6
comuna commune, 8
comunidad (*f.*) **internacional** internacional community, 12
con with, 2; **~ cuidado** carefully; **~ eso de que** given that, 8; **~ franqueza** frankly, 5; **~ prisa** in a hurry
concebible conceivable, 1
conciliar to reconcile, bring together, 12
concordancia agreement, 12
concretar to make concrete, 12
concurso competition, 10
condenable condemnable, 2
condenado(a) convicted, 7
condenar to disapprove, 4; to sentence, 7
condolerse (ue) to feel pain or sympathy for another, 3
conducir (zc) to drive, 2
conferir (ie, i) to provide, 8
confianza confidence, 7; **tener ~ en** to trust, 3
conflicto conflict, 12
confrontación (*f.*) confrontation, 4
congelado(a) frozen, 5
conjunto set, 6
conllevar to put up with, 2
Cono Sur Southern Cone, 5
conocer (zc) to know, 2
conocido(a) known, 3
conquista conquest, 1
conquistador(a) conqueror, 1
conquistar to conquer, 3
consecuencia: en ~ therefore, 11

conseguir (i, i) (g) to obtain, 2; to succeed in (*doing something*), 3
consejero(a) adviser
consejo advice, 9
consenso consensus, 12
conservador(a) conservative, 8
consigna watchword, 10
consolarse (ue) to console oneself, 5
construir (y) to build, 1
contagiar to infect with
contar (ue) to count; to tell a story, 2; ~ **con** to rely on, 6
contento(a) happy, 1
contestador(a) belligerent, cheeky, 11
contestar to reply, 12
continuar to continue, 6
contra against, 2
contraer (*irreg.*) to contract, 2
contraponer (*irreg.*) to contrast, 2
contrario(a) contrary, 12
contrarrestar to counteract, 6
contraseña password, 6
contratar to hire, 8
control (*m.*) control, 10
controlar to control, 10
convertirse (ie, i) en to become
convivencia cohabitation, 2
convocar (qu) to summon, 12
cooperar to cooperate, 12
copa treetop, 10
coraje (*m.*) courage, 12
cordillera montañosa mountain range, 4
cornetín (*m.*) cornet, 10
coronel(a) colonel, 9
coronilla crown of the head, 6
correaje (*m.*) belt, strap, 10
correo courier, messenger, 3; ~ **electrónico** e-mail, 6
corriente usual, normal, 11
corromper to corrupt
corrompible corruptible
corsé (*m.*) corset, 6
corte (*m.*) court, 4
corteza bark (*of a tree*), 4
cosecha harvest, 8
cosechar to harvest, 4
costado side, 1; **de** ~ from the side, 10
costar (ue) to cost, 2
costumbre (*f.*) custom, habit, 2
cotidiano(a) daily, 2
coyote (*m.*) smuggler, 9
crear to create, 1
crecer (zc) to grow, 2
creencia belief, 1
creer to believe, 7; **no** ~ **que** to not believe that, 7
crepitar to crackle, 10
criollo(a) born in the New World of European ancestors, 8; Creole, 11
cruce (*m.*) crossroad, 2
crucifijo cross, 3; crucifix, 10

cruento(a) bloody, 11
crustáceo crustacean
cruz (*f.*) cross, 1
cuadrado(a) square, 1
cuadras: treintipico de ~ thirty-some blocks, 5
cuadriculado(a) plaid, 10
¿cuál(es)? which?
cualquier(a) any
cuarteado(a) cracked; quartered, 11
cuartel (*m.*) military barracks, 9; headquarters, 12
cuarzo quartz, 5
cubicaje (*m.*) cubic capacity, 6
cubierto(a) (*p.p.*) covered, 3
cubrir to cover, 3
cuenta: ~ **bancaria** bank account, 9; ~ **de vidrio** glass bead, 3
cuento de hadas fairy tale, 5
cuerda rope, 1
cueros: en ~ in hides, 4
cuidado: con ~ carefully
cuita worry, 2
culebra snake, 1
culo buttocks, bottom, 6
culpa guilt, 8
culpable guilty, 9
cultivar to grow, 4
cultivo crop, 4
cumbre (*f.*) pinnacle, 1
cumplimiento fulfillment, 12
cumplir órdenes to follow orders, 6
cura (*m.*) priest, 10
curarse to heal, get cured, 4
curioso(a) curious, 1
currículum vitae (*m.*) résumé
cursiva italics

D

dar (*irreg.*) to give, 1; ~ **cabida** to make room, 1; ~ **cuenta** to know, 4; ~ **de comer** to feed, 11; ~ **ganas de hacer pis** to make you feel like peeing, 5; ~ **suerte** to give/bring good luck, 1
darse cuenta to notice; to realize, 3
de of, from, to, about, 2; ~ **carrera** quickly, 8; ~ **hecho** actually, 6; ~ **vez en cuando** sometimes
deber (+ *inf*). should, ought to (*do something*), 6
debido a because of, 11
decadencia decadence, 2
decapitar to decapitate, 4
decidir to decide, 7
decir (*irreg.*) to say, 2; to tell, 4
declinar to decline, 10
declive (*m.*) decline, 2
decrecer (zc) to decrease, 6
dedos cruzados fingers crossed, 10

defecar (qu) to defecate, 10
defender (ie) to defend, 2
defensa defense, 2
dejar to allow; to leave, 3; to permit to cease, 12; ~ **a alguien en la calle** to fire someone, 4; ~ **de** (+ *inf.*) to stop, quit (*doing something*), 6
delante before, in front
delirio delirium, 7
delito crime, 8
demás other, rest of the
democracia democracy, 10
demográfico(a) demographic, 2
demoler (ue) to destroy, 10
demonio devil, 3
departamento apartment, 5
deportar to deport, 8
derecho: ~ **mercantil** commercial law, 1; **derecho(a)** (*adj.*) right, 1; **derechos** rights, 1; **derechos humanos** human rights, 10
derramamiento spreading, 12
derramar to spill, 7
derrame (*m.*) **cerebral** stroke, 10
derrocar (qu) to overthrow, 9
derrota defeat, 5
derrotar to defeat, 5
derrumbar to demolish, 4; **derrumbarse** to fall down, 4
derrumbe (*m.*) collapse, 5
desafinado(a) out of tune, 10
desafío challenge, 12
desagraviado(a) compensated, 10
desajuste (*m.*) break down, fall out, 4
desaliento discouragement, 10
desangrar(se) to bleed profusely, 9
desarraigo uprooting, 7
desarrollar to develop, 1
desarrollo development, 2
desastrado(a) untidy, 4
desastre (*m.*) disaster, 8
descampado open field, 10
descarga unloading, 9
descendiente (*m., f.*) descendant, 1; offspring, 4
desconcertar (ie) to surprise, disconcert, 10
desconocido(a) unknown, 1
desconsuelo grief, sorrow, 11
descrito(a) (*p.p.*) described, 9
descubierto(a) (*p.p.*) discovered, 9
descubrimiento discovery, 7
descubrir to discover, 3
desde from, since, 2
desdichado(a) unhappy, 9
desear to desire, 7; to want, 12
desembarcar (qu) to disembark, go ashore, 4
desembocar (qu) to flow into, to join, 7
desempeñar un papel to perform a part
desempleo unemployment, 2
desentendido(a) ignorant, 5

deserción (*f.*) **escolar** dropping out of school, 9
desfile (*m.*) parade, 10
desgranar to reel off, 10
deshecho(a) (*p.p.*) unmade, undone, 9
deslumbrante brilliant, dazzling
desmayarse to faint, 12
desmesura disproportion, 8
desnivel (*m.*) unevenness, 9
desocupación (*f.*) unemployment, 12
despacho office, 10
despavorido(a) terrified, 9
despechado(a) spiteful, 5
despectivo(a) derogatory, 12
despedazado(a) cut to pieces
despedirse (i, i) to say good-bye, 3
despejado(a) clear, 6
desperdiciar to waste, 10
despertar(se) (ie) to wake up, 2
despiadado(a) merciless, 10; cruel, 12
despierto(a) (*p.p.*) alert, awake, 1
desplazar to move, migrate, 2
despreciado(a) rejected, 2
despreciar to look down on, 2
desprecio disdain, 3
destacar (qu) to stand out, 6; to highlight, 11
destellar to shine, 10
destierro exile, 12
destino destiny, 12
destrozado(a) destroyed, 4
desvanecer(se) (zc) to disappear, 12
detalle (*m.*) detail
detener (*irreg.*) to stop, 12
detrás behind
devenir (*irreg.*) to result in, 7
devolver (ue) to return, 2
devuelto(a) (*p.p.*) returned, 9
día (*m.*) **de fiesta** holiday, 7
diálogo dialogue, 12
diario(a) daily
dicho(a) (*p.p.*) said, 9
dictadura dictatorship, 10
difamador(a) defamatory
difícil dificult, 1
digitalización (*f.*) digitalization, 6
digitalizar (c) to digitalize, 6
diminuto(a) tiny, 10
dios (*m.*) god, 1
dirigir (j) to steer; to direct, lead, manage, 5; **dirigirse** to address, 11
discriminación (*f.*) discrimination, 2
discriminar to discriminate, 2
disculpar to excuse; to forgive, 11: **disculparse** to apologize, 5; **disculparse por algo** to apologize for something, 11
disfrutar con to have fun with
disgustar to sadden
disimular to hide, 11
disparar to shoot, 9
disparatado(a) crazy, 10

displicencia air of indifference, 5
disponer (*irreg.*) to arrange, 6; ~ **de** to have available, 6
disponible available, 8
dispositivo de acceso way of accessing, 6
disputar to dispute, 11
distraer (*irreg.*) to turn away from, 2
divertido(a) amusing, amused, 1
divertir (ie, i) to entertain, 3; **divertirse (ie, i)** to have fun, have a good time, 3
dividir to divide
divinidad (*f.*) divinity, 4
divisar to see, 10
divorciarse de to get divorced from, 4
doctrinar to teach, inform, 4
dogma (*m.*) dogma, 12
dogmatismo dogmatism, 12
doler (ue) to hurt, 2
doloroso(a) painful, 12
donde fuera wherever, 8
dorado(a) golden, 10
dorar to gild, 7
dormir (ue, u) to sleep, 2; **dormirse (ue, u)** to fall asleep, 4
dotarse de to provide with, 6
dudar to doubt, 7
dudoso(a) doubtful, 7
dulzura de las mantas softness of the covers, 10
duración (*f.*) duration, 8
duradero(a) lasting, enduring, 12
durar to last, 9

E

echar to establish, take root, 1; ~ **en falta** to miss, 6; ~ **hacia atrás** to pull toward the back, 10; **echarse a reír** to start laughing, 10
ecuatoguineano(a) Equatoguinean, 7
ejecución (*f.*) execution
ejecutar to execute, 4
ejemplo: por ~ for example, 11
ejercicio: hacer ~ to exercise, 2
ejidatario(a) landowner, 9
elástico rubber band, 5
eléctrico: tendido ~ electric wiring, 9
elegir (i, i) (j) to choose; to elect, 8
eliminatoria qualifying round, 10
emancipar to emancipate, 8
embargado(a) overcome, 12
embargo embargo, 12
embarrado(a) covered with mud, 1
embate (*m.*) attack, 12
emboscada ambush
emigrante (*m., f.*) emigrant, 2
emocionarse to be moved, 11
empaquetar to squeeze in, 10
empeine (*m.*) instep (*of a foot*), 5
empezar (ie) (c) to begin, 2

empleada de hogar housemaid, 2
empleo employment, 2; job, 11
emplumado(a) feathered, 4
empobrecer (zc) to improvish, 2
emprender to undertake, 12
empujada push, shove, 12
empujar to push, 5
en in, into, at, on, 2; ~ **broma** jokingly; ~ **consecuencia** therefore, 11; ~ **cueros** in hides, 4; ~ **fila** on line, 10; ~ **nombre de** in the name of, 3; ~ **serio** seriously; ~ **silencio** silently
enamorarse de to fall in love with, 4
enarbolar to hoist, raise, 3
encantador(a) de serpientes snake charmer
encantar to enchant, delight, 7
encender (ie) to turn on, 2
encogido(a) shrunk, 10
encomienda *land grants given to Spanish colonists by royal decree,* 4
encontrarse (ue) con to meet with, 3
encrucijada crossroad, 12
encuentro encounter, 2
endeudamiento debt, 12
enfadar to annoy, 4
enfadarse to get angry, 4
enfermarse to get sick, 4
enfilar to head for, 9
enfrentamiento clash, confrontation, 3
enfrentar to confront, 12
enfriarse to get cold, 4
engañar to deceive, trick, 3; **engañarse** to deceive oneself, 2
engendrar to engender, produce, 3
engominado(a) pasted down, with hair gel on, 10
enlace (*m.*) link, 6
enojarse to get angry, 4
enorgullecerse (zc) to be proud, pride oneself, 9
enredarse to get tangled up, 5
enriquecer (zc) to enrich, 2
enseguida quickly, 6
ensueño dream, 7
ente (*m.*) entity, being, 6
entender (ie) to understand, 2
entendimiento understanding, 12
enterarse (ie) de to find out about
enterrado(a) buried, 9
entorno environment, 2
entrañable dearly loved
entre between, among, 2
entrega delivery, 5
entregado(a) fully devoted, 5
entregar (gu) to deliver; to give; to surrender, 3
entrenamiento training, 10
entretener (*irreg.*) to distract, 5; to entertain, 9
entristecerse (zc) to become sad, 4

entrometido(a) meddlesome
entumecimiento numbness, 6
entusiasmo enthusiasm, 3
envenenar to poison, 10
envío sending; shipment
envolverse (ue) to be involved, 7
envuelto(a) (*p.p.*) involved; wrapped, 9
épica epic poem, 5
épico(a) (*adj.*) epic, 3
epopeya epic poem, 5
erisipela skin infection, 1
errante wandering, 12
escala ladder; scale, 6
escalofrío shiver, 10
escasísimo(a) very scarce, 6
esclavo(a) slave, 3
escoger (j) to choose, 12
escorar to heel, list (*a boat*), 5; **~ a estribor** to heel to starboard, 5
escotilla hatchway, 6
escrito(a) (*p.p.*) written, 9
escudo seal
esfuerzo effort, 5
espada sword, 12
esparcido(a) scattered, 5
esparza spread, 7
esperanza hope, 12
esperar to hope, 7; to wait, 12; **~ algo de alguien** to expect something from someone, 3
espesar to thicken, 7
espeso(a) thick, 7
espigado(a) tall, 10
espina thorn, 5
espinazo spine, backbone, 2
espléndido(a) splendid, 8
espulgar (gu) to remove fleas, 1
esqueleto skeleton, 11
esquina corner, 1
establecer (zc) to establish, 2; **establecerse (zc)** to become established, 2
estado libre asociado commonwealth
estallar to explode, 5; to break out, 8
estampilla stamp, 8
estar (*irreg.*) to be, 1; **~ al mando de** to be in charge of, 10; **~ de acuerdo** to agree, 1; **~ de buen humor** to be in a good mood, 1; **~ de moda** to be in style, be fashionable, 1; **~ de pie** to stand, 1; **~ mal visto(a)** to be frowned upon, 5; **no ~ para** (+ *noun*) not to be in the mood for (something), 11; **~ seguro(a)** to be sure, 1
esternón (*m.*) sternum, 11
estilar to be in fashion, 5
estirado(a) stretched, 5
estirarse to stretch oneself, 4
estorbo impediment
estrato social social strata, 4
estrechar to strengthen; **estrecharse la mano** to shake hands, 10
estrecho(a) close (*relationship*)

estrella star, 6
estrellar to collide, 12
estremecedor(a) terrifying
estrofa stanza
estropear to break down, 6
etiqueta label, 8
etnia ethnic group, 7
europeo(a) European, 3
evangelizar (c) to evangelize, 4
evitar to avoid, 2
exclamar to exclaim, 12
exhausto(a) exhausted, 11
exigente demanding, 2
exigir (j) to demand, 7; to require, 12
exilio exile, 7
éxito success, 9
expedición (*f.*) expedition, 11
explicar (qu) to explain, 12
expresión: libertad (*f.*) **de ~** freedom of speech, 9
exterminado(a) exterminated, 11
extrañar to surprise; to find strange, 7
extraño(a) foreign, strange, 2; foreigner, 10
extraterrestre (*m.*) alien, extraterrestrial, 6

F

fabricar (qu) to make; to create, 12
fácil easy, 1
faja strip, 12
fallar to fail, 2
fallecer (zc) to die, 11
familiar familiar, 2
fanático(a) fanatic, 12
fanatismo fanaticism, 12
fantasma (*m.*) ghost
fascinante fascinating, 1
fascismo fascism, 10
fastidiar to bother, 10
favor: por ~ please, 11
faz (*f.*) face; front
fe (*f.*) faith, 7
femenino(a) feminine, 3
férreo(a) iron, made of iron
ferrocarril (*m.*) railway, 12
fétido(a) stinking, 6
ficha card
fichar to check out someone, to look over, 5
fiel a loyal to
fiera wild animal, 4
fila rank
filigrana filigree, 5
fin (*m.*) end, 12; **por ~** finally, 11
finado(a) deceased; dead person, 11
final (*m.*) end, finish, 10
finca farm, ranch, 4
fingido(a) faked, 7
finquero farmer, 9
firmar to sign, 12

firulete (*m.*) cheap adornment, 5
flaquear to become weak
flecha arrow, 5
florero vase, 8
fluir (y) to flow, 9
flujo flux, 6
foco lamp, 1
folletín (*m.*) newspaper serial, 10
fomentar to encourage, 6
fondo background
foráneo(a) foreign, 2
forma acorpórea bodiless form, 6
foro forum, 6
fortalecer (zc) to strengthen, 12
fortaleza strength, 12
forzar (ue) (c) to force, 8
fracaso failure, 12
fraile (*m.*) friar, monk
franqueza: con ~ frankly, 5
franquista (*m., f.*) supporter of Franco, 10
fraudulento(a) fraudulent, 11
frigorífico refrigerator, 9
frijol (*m.*) black bean, 9
frontera frontier, border, 4
fronterizo(a) (*adj.*) frontier, border, 9
fuerza force, 12
fuga escape
fugaz fleeting, 7
fundar to found, 5
fúnebre mournful, 7
furgoneta de reparto delivery van, 6
fusilamiento execution, 9
fusilar to execute, 9

G

galán (*m.*) elegant fellow, 5
ganado cattle, 4
ganar to earn money, 11
gancho hook, 5
garita sentry box, 9
gasoducto gas line, 9
gemir (i, i) to moan, 7
general: por lo ~ generally, 11
gerente (*m., f.*) manager, 11
gesta heroic deed, 7
gestar to gestate, 6
gesto aprobador gesture of approval, 10
girar to write (*a check*), 1; to turn, 9
globalización (*f.*) globalization, 4
gobernador (*m.*) governor, 11
gobernar (ie) to govern, to control, 3
gobierno: patrón/patrona de ~ government leader, 12
golpe (*m.*) hit, 4; blow, 11; **~ de estado** military coup, 10
golpear to hit, 2
gota drop, 5
gozar (c) to enjoy, 3
gozo joy, delight, 3

grabar to record, 11
grana pink, red, 7
granado pomegranate
grandeza greatness, magnitude, 3
gratuito(a) free, 12
gravar to tax, 8
gravedad (*f.*) gravity, 6
gremio guild, society, 2
grieta crack, 11
grito shout, scream, 7
grueso thickness, 4
gruñido grunt, 10
guanaco kind of llama, 5
guarida den, hideout, 5
guarnición (*f.*) military garrison, 3
guerra war, 3
guerrero(a) (*m., f.*) warrior, 5; (*adj.*) warlike, 8
guerrilla (*m., f.*) guerrilla, 8
guiño wink, 6
guión (*m.*) script
gustar to like, please, 7

H

haber (*irreg.*) **que** (+ *inf.*) to be necessary to (do something), 6
habitar to inhabit, 4
hacer (*irreg.*) to do; to make, 2; **hace años** years ago, 4; ~ **caso** to pay attention, 10; ~ **ejercicio** to exercise, 2; ~ **las maletas** to pack, 2; ~ **preguntas (una pregunta)** to ask questions (a question), 2; ~ **un viaje** to go on a trip, 2
hacia toward, 2
hálito breath, 7
hallar to find, 4; **hallarse** to find oneself, 4
hambre (*f. but:* **el hambre**) hunger, 11
hasta until, up to, 2
hay que it's necessary to, 8
hazaña exploit, 4
hecho(a) (*p.p.*) made, done, 9; **hecho histórico** historical event, 1
herencia inheritance, legacy, 1
herir (**ie, i**) to hurt, 3
hermético(a) impenetrable, 10
héroe (*m.*) hero, 5
heroína heroine, 5
hilo thread, wire, 5
hincar (**qu**) to pound, 4; **hincarse** (**qu**) **de rodillas** to kneel down, 3
hipocresía hypocrisy, 3
hipócrita hypocritical, 3
historieta comic strip, 11
hogar (*m.*) home, 2
hoja leaf, 4
holgarse (**ue**) (**gu**) to enjoy oneself, relax, 3

homenajear to pay homage, 11
homogeneizar (**c**) to homogenize, 2
homólogo(a) equivalent, 2
hormiguero anthill
hoy: por ~ today, at the present time, 8
hoyo hole, pit
hueco gap
huelga strike, 4
huella footprint, 9; **huellas profundas** deep traces, 12
huérfano(a) orphan, 7
hueso bone, 7
huir (**y**) to escape, flee, 3
humear to smoke, steam, 10
humilde humble, 3
humillar to humiliate, 2
humo smoke, 5
hundirse to sink, 4
huracán (*m.*) hurricane, 12

I

íbero(a) Iberian, 2
ideal ideal, 12
identidad (*f.*) identity, 3
ideológico(a) ideological, 12
idolatrar to worship, 7
ignorado(a) unknown, 3
igualar to level, 1
igualdad (*f.*) equality
iletrado(a) illiterate, 7
imaginable imaginable, 7
imborrable indelible, 9
impartir to offer, 9
impávido(a) fearless, intrepid, 8
imperial imperial, 3
imperialismo imperialism, 10
imperio empire, 1
imponer (*irreg.*) to impose, 8; to make an impression
importante important, 1
importar to matter, 8; **¿qué importa?** who cares? 8
imposible impossible, 7
impresionante impressive, 7
improbable unlikely, 7
impuesto tax, 8
impulsar to promote, 12
impunidad (*f.*) impunity, 8
inadvertido(a) unnoticed, 12
incaico(a) Incan, 4
incauto(a) unwary, 1
incomprensión (*f.*) lack of understanding, 7
increíble incredible, 7
incrementar to increase
incumplir to fail to fulfill
indemne untouched, 10
independencia independence, 9
indicar (**qu**) to indicate, 12

indígena (*m., f.*) indigenous, 3
indio(a) indigenous person, 1
infame despicable, 8
infamia disgrace, despicable thing to do, 8
infligir (**j**) to inflict, 10
influyente influential
informar to inform, 6
infraestructura infrastructure, 9
ingerir (**ie, i**) to swallow, 6
injusticia injustice, 7
inmigrante (*m., f.*) immigrant, 2
inmutable unchangeable, 12
inscrito(a) (*p.p.*) inscribed, 12
insistir to insist, 7
instaurar to establish, 2
insular (*adj.*) insular; (*m., f.*) islander, 7
intemperie: a la ~ in the open, 11
interburgués(a) interbourgeois, 9
intercambiar to exchange, 2
interesante interesting, 1
interesarse por (algo o alguien) to be interested in (something or someone), 11
internauta (*m., f.*) web surfer, 6
interpretar to interpret, 3
intérprete (*m., f.*) interpreter, 3
intervencionista (*m., f.*) interventionist, 12
introducir (**zc**) to introduce, 2
introductor(a) introductory, 9
invadir to invade, 4
invasión (*f.*) invasion, 4
invernadero(a) greenhouse (*e.g., effect, gases*), 2
invisible invisible, 7
invitar to invite, 5
involucrarse to get involved
invulnerable invulnerable, 12
ir (*irreg.*) to go; **ir** (+ *gerund*) to go around (*doing something*), 6; **ir a** to be going to, 6
irreal unreal, 10

J

jactarse to brag, 10
jaque mate (*m.*): **dar ~** to checkmate, 1
jaula de hierro iron cage, 11
jefatura leadership
jerarca (*m.*) hierarch, dignitary, 10
joven (*m., f.*) youth
jubilarse to retire, 9
judío(a) Jew, 2
juez (*m.*) judge
jugar (**ue**) (**gu**) to play, 2
junta militar military goverment, 10
juntado(a) assembled, gathered, 3
junto together, 12; ~ **a** beside, 9
jurar to swear, 10
jurídico(a) legal, 10
juzgar (**gu**) to judge, 9

L

labrador(a) farmer, 2
labrar to cultivate, 4
lacerado(a) damaged, 10
ladrido bark, barking, 10
lama slime, ooze, 1
lamentar to regret, 7
lanza spear, 5
lástima pity, 4
lastimarse to be hurt, 11
latifundio large, landed estate, 9
látigo whip, 7
lavandero(a) launderer, 11
lavar to wash; **lavarse** to wash oneself, 4
lazo knot; lasso
legislar to legislate, 1
lejano a far from
lema (*m.*) motto
lentitud (*f.*) slowness, 5
leña firewood, 9
levantamiento uprising, 8
levantar to lift; to raise; **levantarse** to get up, 4
levantino(a) Levantine, from the East, 2
ley (*f.*) law, 2
liberal liberal, 8
liberar to liberate, 7
libertad (*f.*) freedom, 8; ~ **de expresión** freedom of speech, 9; ~ **de prensa** freedom of the press, 9
librar to free, 8
libre free, 12
lícito(a) legal, 4
liderazgo leadership, 8
ligero(a) light, 11
linaje (*m.*) lineage, ancestry, 4
lío mess, 10
lirio iris, 7
listo(a) intelligent, clever; ready, 1
litera bed
llamada call, 8
llamar la atención to call attention, 6
llano plain, 1; (*adj.*) **llano(a)** flat, 6
llanto cry, 11
llegar (gu) a ser to become, 9
llevar to take; to carry, 11
llorar to cry, 9
lóbrego(a) gloomy, 7
locutor(a) radio announcer, 10
lodo mud, 9
lograr to achieve, 5
logro achievement, 12
longitud (*f.*) length, 6
luchar to fight, 7
lucir (zc) to show off, 5
luna moon, 1
luto mourning, 11

M

macabro(a) funereal, 7
machete (*m.*) machete, 8
madriguera den, burrow, 5
madrugada dawn, 11
majestad (*f.*) majesty, power; elegance
maldecir (*irreg.*) to curse, 3
maldición (*f.*) curse, 3
maletas: hacer las ~ to pack one's suitcases, 2
malo(a) bad; in bad health, sick, 1
maltratado(a) badly treated, 2
Malvinas: Islas ~ Falkland Islands, 5
mamar to learn as a small child, 5
mamey (*m.*) tropical tree with edible fruit, 9
maná (*m.*) manna, 8
mandar to command, to lead, 3; to send, 10
mandato order, 4; term of office, 9; government, 12
mandil (*m.*) apron, 10
manejar to handle, 6
manigua jungle, 8
manipulación (*f.*) manipulation, 10
mano (*f.*) **de obra** labor, 2
mansedumbre (*f.*) docility, 6
mantas: la dulzura de las ~ softness of the covers, 10
mantener (*irreg.*) to mantain, 3; to support, 9
manuscrito(a) (*p.p.*) handwritten; manuscript, 11
maquiladora factory, 12
mar (*m. or f.*) sea, 10
maravilla wonder, 7
marginación (*f.*) marginalization, discrimination, 1
mas but, 4
más more; ~ **allá** (*m.*) the afterlife, 1; ~ **tarde** later, 9
masculino(a) masculine, 3
matanza massacre
materia prima raw material, 9
matizar to add clarification, 12
maya (*m., f.*) Maya, Mayan, 1
mayor older, 10
mayoritario(a) of the majority, 9
mediación (*f.*) mediation, 11
mediante by means of, 6
mejilla cheek, 1
mejor better, 7
melancólico(a) melancholic, 11
menos: por lo ~ at least, 8
menudo(a) small, 10
mercader (*m.*) merchant, 2
mercado market, 2
merced (*f.*) gift; favor, 3
merecer (zc) to deserve, 8
Mesoamérica Mexico and Central America, 1

mestizaje (*m.*) crossbreeding, 3
mestizo(a) *mixed indigenous and Caucasian heritage; of mixed race*, 1
meterse en to get into, to meddle
mezcla mix, 1; mixture, 2
mezclar to mix, 2
mezquino(a) mean, stingy, 5
mezquita mosque, 2
mientras tanto in the meantime, 6
mieses (*f. pl.*) grain fields, 4
milagro miracle, 1
militar military, 12; **ocupación** (*f.*) ~ military occupation, 10
militarismo militarism, 10
mina mine, 4
minar to wear away, 2
mineral (*m.*) mineral, 4
minero(a) miner, 4
mirada look, 11
mirar de reojo to look out of the corner of one's eye, 10
misa mass (*religious service*), 10
miseria misery, 7
mojado(a) wet, 7
molestar to bother, 7
monarca (*m.*) monarch, 3
monarquía monarchy, 10
moneda coin, 10
montado(a) en riding on, 3
morada home, 1
morir (ue, u) to die, 3
moro(a) Moor, 2
mostrador (*m.*) counter, 5
mostrar (ue) to show, 2
movimiento movement, 5
muchas veces many times
muchedumbre (*f.*) crowd
mudarse to move away, 2
mueca grimace, 1
muerte (*f.*) death, 8
muerto(a) (*p.p.*) dead, 9
murmullo whisper, 7
muscular to strengthen, 2
mustio(a) withered, 7
musulmán(a) Muslim, 2

N

nacer (zc) to be born, 3
narcotráfico narcotraffic, drug trafficking, 8
naturalizar (c) to naturalize, 6
nave espacial (*f.*) spaceship, 6
navegante (*m., f.*) web surfer, 6
navegar (gu) to sail, 3; to surf, 6
necesario(a) necessary, 1
necesitar to need, 7
nefasto(a) terrible, 12
negar (ie) (gu) a to object to, 7
ninguneado(a) ignored, 2

niñez (*f.*) childhood
nivel (*m.*) **de vida** life style, 2; level of life, 4
nombrar to name, 8
nombre: en ~ de in the name of, 3
nómina list, 2
noria waterwheel
nostalgia homesickness, 7
noticiario news, 10

O

obispo bishop, 10
oblea de harina flour wafer, 10
obligatorio(a) obligatory, 12
obstáculo obstacle, 12
ocio leisure, spare time
ocultar to hide, 6
oculto(a) hidden, 9
ocupación (*f.*) **militar** military occupation, 10
ocupado(a) busy, 11
ocurrir to occur; to come to mind, 6
odiar to hate, 10
odio hatred, 12
ofensa offense, 12
ofrecer (zc) to offer, 2
ofrenda offer, 1
ojear to skim. look over quickly
ola wave, 5
oleada wave, 10
oleoducto oil pipeline, 9
olfatear to smell, sniff, 5
olfato nose, intuition
olmeca (*m., f.*) Olmec, 1
olvidar to forget, 6
omnipotente omnipotent, 10
omnipresente omnipresent, 10
opinar to give an opinion, 8
oponer (*irreg.*) to oppose, 3
oposición (*f.*) opposition, 7
opresión (*f.*) oppression, 10
oprimido(a) oppressed, 7
oprimir to oppress, 10; to repress, 12
opuesto(a) opposed, 9
orar to pray, 1
orden (*f.*) order, 4
ordenador (*m.*) (*Spain*) computer, 6
orgullo pride, 2
orgulloso(a) proud, 3
orilla shore
orinar to urinate, 10
ortográfico(a) (*adj.*) spelling

P

pactar to agree
padecer (zc) to suffer from, 1
pago payment, 3
paja straw, 1

paladar (*m.*) palate, 10
palanquín (*m.*) covered litter, 2
palio canopy, 10
paloma pigeon, 2
palpar to touch, 1
pampa pampas, plain, 5
pancarta poster, 4; banner, 10
pantera rosa pink panther, 10
pantorrilla calf (*of leg*), 5
pañuelito de ahó-poí *handkerchief made of fine, hand-woven lace*, 11
papel (*m.*) role; **~ sellado** stationery bearing an official stamp, 8
para for, to, on, by, 2; **~ peor de males** to make it worse, 11; **~ siempre** forever, 11; **~ toda la vida** for the rest of his (her, their) life, 11
parar to stop, 5
parecer (zc) to seem, 2; (*m.*) opinion, belief; **parecerse** to look like, 2
pareja pair, couple, 5
pariente (*m., f.*) relative, 10
parpadeo blinking, 6
parrandear to joke about, 8
partir to leave, 7
pasar tiempo to spend time, 2
paso (*m.*) step, 5
patente palpable, 7
patria fatherland, homeland, 7
patrimonio cultural cultural heritage, 6
patriota (*m., f.*) patriot, 7
patriótico(a) patriotic, 8
patriotismo patriotism, 7
patrón(a) boss, 11
pavor (*m.*) dread, terror, 4
paz (*f.*) peace, 7
peaje (*m.*) toll, 6
pecado sin, 10
pecho breast, 11
pedazo piece, 10
pedimento request, 3
pedir (i, i) to ask for something, request, 2; **~ cuentas** to ask for an accounting
pegar (gu) to hit, 11
peinar to comb (*hair*), 4; **peinarse** to comb one's hair, 4
pelón(a) bald, hairless, 10
pena: ¡qué ~! what a pity/shame!, 7
peninsular (*m., f.*) Spaniard, 8
pensador (*m.*) thinker, 2
pensar (ie) to think, 2
penumbra: en la ~ in the shadows, 5
peña craggy hill, 4
peñasco large crag, rock, 5
peor worse, 7
pepita seed, 2
percatarse to notice, 1
perder (ie) to lose; to waste, 2; **~ la razón** to lose one's mind, 12
perdón (*m.*) pardon, 12
perdurar to last, 5

período period, space of time
permanecer (zc) to remain, 2
permitir(se) to allow (oneself), 6; **~ el lujo** to allow oneself the luxury, 5
perseguir (i, i) (g) to pursue, 2
persona person, 1
pertenecer (zc) to belong
pesar to carry weight, 8
pese a despite, in spite of, 8
peseta *Spanish currency before the euro*, 6
peso weight, 6
peyorativo(a) pejorative, demeaning, 2
piadoso(a) pious, 12
picado(a) perforated, 9
pie (*m.*) foot, 5
piel (*f.*) skin, fur, 5
pieza room (*in a house*), 11
pirámide (*f.*) pyramid, 1
piropo callejero street flirtation, 5
pisar to step on, 10
pista dance floor, 5
pitido whistle, 10
pizarra chalkboard
planchador(a) ironer, presser, 11
planeta (*m.*) planet, 6
plata silver, money, 5
plátano plantain; banana (*Spain*), 9
plática conversation, 3; talk, 4
platicar (qu) to talk, 9
plazo time limit, 12
plebiscito plebiscite
pleno: en pleno (*+ noun*) in the middle of (*noun*), 3
plomizo(a) leaden, gray, 10
población (*f.*) population, 2; town, 3
pobre poor, 2
poder (*irreg.*) to be able to, 2; (*m.*) power, 1
poderoso(a) powerful, 2
poema épico (*m.*) epic poem, 5
polémica polemic, problem, 3
politeísta polytheistic, worshipping many gods, 4
pollera skirt, 5
poner (*irreg.*) to put, 2; **~** (*+ appliance*) to turn on, 2; **~ la mesa** to set the table, 2; **ponerse** (*+ adj.*) to become, 4; **~** (*+ clothes*) to put on, 4
por for, by, in, through, around, along, 2; **~ ahora** for now, 11; **~ casualidad** by chance, by coincidence, 11; **~ cierto** by the way, 1; **~ completo** thoroughly, completely, 11; **~ ejemplo** for example, 11; **~ favor** please, 11; **~ fin** finally, 11; **~ la mañana/tarde/noche** during the morning/afternoon/evening, 11; **~ lo general** generally, 11; **~ lo menos** at least, 8; **~ lo visto** as can be seen, 11; **~ poco** almost, 11; **~ primera vez** for the first time, 11; **¿~ qué?** why?; **~ sí** by itself, 6; **~ supuesto** of course, 11; **~ un lado... por otro** on the one side . . . on

the other, 11; **~ una parte… por otra** on the one hand . . . on the other, 11
porque (*m.*) reason
portada title page, cover
portador(a) carrier, 6
portavoz (*m.*) spokesperson
pos: en ~ de after, in pursuit of, 7
posarse to settle (*dust, sediment*)
posible possible, 1
pospuesto(a) (*p.p.*) postponed, 9
poste (*m.*) **del alumbrado** electric post, 10
posterior a subsequent to
postrero(a) last, 7
potestad (*f.*) power, 10
pozol (*m.*) *stew of corn, meat, and chili*, 9
preciarse to think one is, boast of being, 4
preciso(a) necessary, 7
precolombino(a) pre-Columbian, 1
predicar (qu) to preach, 12
predicho(a) (*p.p.*) predicted, 9
preferible preferable, 7
preferir (ie, i) to prefer, 2
preguntar to ask, 4; **~ por (algo o alguien)** to ask or inquire about (something or someone), 11; **preguntarse** to ask oneself, 4
preguntas: hacer preguntas (una pregunta) to ask questions (a question), 2
prejuicio prejudice, 2
prender to light, 8
prensa: libertad (*f.*) **de prensa** freedom of the press, 9
preocuparse por (algo o alguien) to worry about (something or someone), 11
preso(a) prisioner, 7; (*adj.*) imprisoned, 12
previsto(a) (*p.p.*) foreseen, 9
primaria elementary school, 9
principio principle, 12
prisa: con ~ in a hurry
probable likely, 7
probar (ue) to taste, 4; **probarse (ue)** to try on (*clothes*), 4; to prove oneself, 10
procurar to try, 10
producir (zc) to produce, 2
proeza heroic deed, 10
profecía prophecy, 3
profetizar (c) to prophesy, 3
progresar to make progress, 11
progreso progress, 12
prohibir to forbid, 7
promedio median, average, 4
promover (ue) to promote, 12
pronosticar (qu) to predict, 3
propenso(a) a prone to, 12
propiciar to contribute to, 12
propio(a) one's own
proponer (*irreg.*) to propose, 3
proporcionar to supply, 2
propulsión (*f.*) propulsion, 6
prostíbulo brothel, 9
proteger (j) to protect, 2

proveer to supply, 2
próximo(a) a next to
pueblo town; people, 2
puede ser que… it is possible that . . . , 7
puente (*m.*) bridge, 2
puerta de cuarterones paneled door, 6
puerto port, 12
pues because, 4
puesta a punto establishment, 2
puesto job, position, 6; **puesto(a)** (*p.p.*) put, 9; **puesto que** since, because, 8
pugna battle, 9; conflict, 12
pujanza strength, 6
pulsar to click, 6
pulverizarse (c) to become dust, 4
punto muerto center, neutral, 5
puñado handful, 6
pupitre (*m.*) school desk, 10

Q

que le vaya bien good luck, 9
quebrada gorge, 8
quebrar(se) (ie) to break, 4
quedar(se) to stay, 4; to remain; to leave behind, 6; **~ para vestir santos** to become an old maid, 5
quejarse to complain, 4
quejido complaint, moan, 1
quema de brujas burning of witches, 8
quemar to burn, 6
querer (*irreg.*) to want, 2

R

rabia anger, 10; rage, 11
racismo racism, 2
racista (*m., f.*) racist, 2
ráfaga burst, 5
raíz (*f.*) root, 2
ramo branch, 2
raro(a) peculiar, weird, 7
rasgarse (gu) to tear, 8
rasgo trait, 2
ratificar (qu) to ratify
rayo ray
razón: perder la ~ to lose one's mind, 12
rebalsarse to form pools, 1
rebeldía rebelliousness, 7
reblandecerse (zc) to become soft, 1
recaer (*irreg.*) to relapse, 2
recalcar (qu) to emphasize, 6
recapacitar to think it over, 10
recelar to suspect, fear, 1
recesión (*f.*) recession, 4
rechazado(a) rejected, 1
rechazar (c) to reject, 7
rechazo rejection, 2
recibimiento welcome, greeting, 3
recitar to recite, 10

reclamar to claim; to demand, 7
recobrar to recover, 2
recogerse (j) to withdraw, retire, 6
recogimiento withdrawal into oneself, 10
recomendar (ie) to recommend, 7
reconfortar to comfort, 11
reconocer (zc) to recognize, 2
reconocimiento recognition
recordar (ue) to remember, 10
recostar (ue) to recline, 10
recubierto(a) (*p.p.*) recovered, 9
recuperar to recuperate, 7
recurrir to resort (to), 12
red (*f.*) network, 2; web, Internet, 6; **~ de tratados** network of treaties, 12
redactar to edit
redecilla hair net, 10
redondo(a) round, 1
reducir (zc) to reduce, 2
reemplazar (c) to replace, 10
reemprender to set out again, begin again, 4
referéndum (*m.*) referendum, 10
reforma reform, 1
refulgir (j) to shine, 4
regadío irrigated land, 2
regalar to give (*a gift*), 3
regalo gift
regar (ie) (gu) to scatter, 8; to water
régimen (*m.*) regime, 10
regimiento regiment, 9
regir (i, i) to control; to rule, 4
regla rule
regreso return, 3
regular to regulate, 8
rehacer (*irreg.*) to remake, 2
rehecho(a) (*p.p.*) remade, redone, 9
reinado reign (tenure), 4
reírse (*irreg.*) to laugh, 3; **~ de** to make fun of
relacionar to relate, 6; **relacionarse** to become related, 6
relámpago thunder, 5
relleno(a) filled, 6
reluciente shiny, 10
rematar to complete, finish off, 3
remoto(a) remote, distant, 10
remozar (c) to make young, rejuvenate, 10
rencor (*m.*) resentment, 8; rancor, 10
rendición (*f.*) surrender
rendir (i, i) to render, 4; **~ culto** to venerate, worship, 4
renegar de (ie) (gu) to renounce, 8
reojo: mirar de ~ to look out of the corner of one's eye, 10
reparar to notice, 6
repartir to distribute
repatriación (*f.*) repatriation, 7
repeinado(a) sleek, well groomed, 10
repentino(a) sudden, 5
repercutir to have an impact, 2

repetir (i, i) to repeat, 2
reponerse (*irreg.*) to recover, 2; to repair, 3
represalia revenge, 12
reprimir to repress, 2
reprobador(a) reproving, disapproving, reproachful, 10
república republic, 10
repudiar to repudiate, 12
repuesto(a) (*p.p.*) replaced, recovered, 9
requerir (ie, i) to require, 7
requisito requirement, 12
rescoldo hot ashes, 2
reseco(a) very dry, 4
resistencia resistance, 5
resistir to resist, 7
resolver (ue) to solve, 2; to resolve, 12
resonar (ue) to resound, 10
respecto a with regard to, 6
respetar to respect, 12
resplandor (*m.*) glitter, 7
responsabilizarse (c) to make oneself responsible, 8
resquicio chink, crack, 4
restringido(a) restricted, 6
resuelto(a) (*p.p.*) resolved, 9
resumen (*m.*) summary
retén (*m.*) store, stock, 9
retener (*irreg.*) to retain, 2
reto challenge, 6
retorno return; homecoming
retumbar to resound, 9
revendido(a) resold, 9
revés: al ~ in the opposite way, 8
revolear to turn around, 5
revolver (ue) to stir, 2
revuelto(a) (*p.p.*) stirred, mixed up, 9; **revuelta** (*noun*) rebellion, 9; riot, 10
rezar (c) pray, 10
rezumar to ooze, 5
ridículo(a) ridiculous, 7
riesgo risk, 11
rincón (*m.*) corner, 9
risotada guffaw, 11
robar to steal, 3
robo theft, 3
roce (*m.*) rubbing, 4
rodar (ue) to roll, 6
rodeado(a) surrounded, 10
rodear to surround, 10
rodillas: de ~ on one's knees, 3; **hincarse (qu) de ~** to kneel down, 3
rodillera knee patch, 11
rogar (ue) (gu) to beg, to plead, 7
romano(a) Roman, 2
romper to break, 6
roncar (qu) to snore, 11
rondar la cabeza to have in mind
rostro face, 4
roto(a) (*p.p.*) broken, 9
rubor (*m.*) blush, 7
rudo(a) hard, rough, 11

rueda wheel
ruina ruin, 10
ruta route, way, 12

S

saber (*irreg.*) to know, 2; **~ de carretilla** to know by heart, 10
sabiduría wisdom, 12
sabor (*m.*) taste, 10
sacar (qu) to take out; **~ adelante** to get ahead, 2; **~ poco provecho** to get little benefit from, 6
sacudir to shake, 1
salir (*irreg.*) to go out; to leave, 2; **~ airoso(a)** to do well, to be successful, 5; **~ disparado(a)** to rush out, 6
saltar to skip, 8
salterio psaltery, 7
salud (*f.*) **de hierro** strong health, 10
saludable healthy, 11
saludar to say hello
salvador(a) savior, 10
salvajina wild beasts, 4
sangrar to bleed, 10
sangre (*f.*) blood, 1
sangriento(a) bloody, 7
sano(a) healthy, 11
saqueo looting, 9
satélite (*m.*) satelite, 6
savia sap (*of a plant*), 12
secar (qu) to dry (*something*), 4; **secarse (qu)** to dry oneself, 4
seco(a) dry, 7
sed (*f.*) thirst, 11
seguido (*adv.*) continuously, 5; (*adj.*) continued, successive, 8
seguir (i, i) (g) to follow; to continue; to keep going, 2
seguro(a) sure, 7
sello stamp, 10
semáforo traffic light, 2
semántica semantics, meaning, 6
sembrar (ie) to plant, sow, 4
sembrío planted field, 10
semejante such, 8; **~ a** similar to
sentarse (ie) to sit down, 1
sentido: sin ~ senseless, 12
sentimentalismo sentimentalism, 10
sentir (ie, i) to feel, 3; to feel sorry, 7
seña sign, 3
separar to separate, 5
sepulcro burial place, 7
sepultado(a) buried, 7
ser (*irreg.*) to be, 4; **~ (natural) de** to be from, 4; **~ capaz de** to be able to, 8; **~ despedazados** to be cut to pieces; **no ~ para tanto** to be not that bad, not to be for nothing, 11; **ser** (*m.*) being, life, 1; **~ sobrenatural** supernatural being, 1

serio: en ~ seriously
serranía mountainous country, 3
servidor(a) server, 6
servir (i, i) to serve, 2
sicario hired gunman, 8
siempre always
sierra mountains, 3; **~ adentro** into the mountain, 9
signo sign, mark; **~ de exclamación** exclamation point; **~ de interrogación** question mark
siguiente following, next
silencio: en ~ silently
sin without, 2; **~ darse cuenta** without noticing, 6; **~ embargo** however, 5; **~ pesar** gladly, 7; **~ sentido** senseless, 12
sindicato union, 4
sinfonola music box, 1
sino but, 12
sistema (*m.*) system, 6
sitio place, 8
soberanía sovereignty, 8
soberano(a) sovereign, 12
soberbio(a) arrogant, 3
sobre on; about; over, 2; **~ los suyos** about one's own, 10
sobrecoger (j) to catch unaware, 10
sobrevivir to survive, 4
soledad (*f.*) loneliness, 7
soler (ue) to tend to
soltar (ue) to free, to liberate, 8
soltería bachelorhood, 5
someter to subdue, 6
somnífero sleeping pill, 10
son (*m.*) Cuban rhythm, 8
sonreír (*irreg.*) to smile, 3
soñar (ue) to dream, 2
soplar to blow, 9
soplo blowing, 7
sorgo sorghum, 9
sorprender to surprise, 7
sorprendido(a) surprised, 3
sostener (*irreg.*) to support, maintain, 4
sotana soutane, cassock, 10
sótano basement, 1
subconjunto subset, 6
subdesarrollado(a) undeveloped, 8
súbitamente suddenly, 4
sublevación (*f.*) uprising, 5; rebellion, 8
subrayar to underline
subyugar (gu) to subjugate, 8
suceder to happen, 1
suceso incident, 9
suelo land, 2; ground, 4
suelto(a) loose, 10
sueño dream, 7
suerte (*f.*): **tener ~** to be lucky, 1
sufrir to suffer, 1
sugerir (ie, i) to suggest, 2
suicidarse to commit suicide, 4
sujetar to hold, 10

sumar to add, 8
superar to overcome, 9
superficie (*f.*) surface
superpoblado(a) overpopulated, 11
suponer (*irreg.*) to imagine, 9
supuesto(a) (*p.p.*) supposed, 9
surgir (j) to appear, 6; to emerge, 12
suspender to fail; to suspend, 10
sutil subtle

T

taciturno(a) silent, 5
taco (alto) (high) heel, 5
taíno *indigenous tribe from Puerto Rican,* 8
talle (*m.*) waist, 2
tamaño size, 1
tambor (*m.*) drum, 8
tanto... como as . . . as, 9
taparse to cover oneself up, 10
tarifa plana flat fee, 6
techo ceiling, 7
tecla key (*of a keyboard*), 6
teclear to strum, 5
tecnología technology, 4
tejer to knit; to weave 5
temer to fear, 7
temor (*m.*) fear, 3
tender (ie) la mano to offer one's
  hand, 5
tendero(a) shopkeeper
tendido eléctrico electric wiring, 9
tener (*irreg.*) to have, 1; ~ **confianza en**
  to trust, 3; ~ **que** (+ *inf.*) to have to (*do
  something*), 6; ~ **suerte** to be lucky, 1
teniente (*m., f.*) lieutenant
tensar to make taut, 5
teñir (i, i) to dye, 5
tergiversar to twist, distort, 1
terminar to finish, 6
ternura tenderness, 7
terremoto earthquake, 12
terrible terrible, 7
terruño native land, 2
terso(a) smooth, 7
tesonero(a) persistent, 12
tesoro treasure, 5
testigo (*m., f.*) witness, 10
tez (*f.*) **bruñida** tan complexion, 10
tienda store, 1; tent, 9
tierno(a) tender, 10
tierra land, 11
tiesto pot, 10
timar to cheat, 1
tinta ink, 8
tinterillo petty bureaucrat; shyster, 8
tirano(a) tyrant, 10
tiro shot, 9
tocar (qu) to touch; ~ **la bocina** to
  honk the horn, 10; **tocarle el turno** to

be one's turn, 5; **tocarse a uno** to be
  incumbent upon, 8
todopoderoso(a) all powerful, 10
tolerancia tolerance, 12
tomar contacto con to establish
  contact with, 6
tonelada ton, 9
topar to bump into, 9
tormento torment, torture, 7
tornar to return, 7
torrentoso(a) torrential, 8
tortura torture, 7
totalitario(a) totalitarian, 12
totalitarismo totalitarianism, 10
trabajar de sol a sol to work from
  sunrise to sundown, 11
trabajo doméstico housework, 2
tradición (*f.*) tradition, 2
traducir (zc) to translate, 2
traer (*irreg.*) to bring, 2
traición (*f.*) betrayal, 8
traicionar to betray, 12
trajinar to move about, 5
trámite (*m.*) transaction, 5
tranco: al ~ hurriedly, 5
transbordador (*m.*) **espacial** space
  shuttle, 6
transformarse en to be transformed into
transición (*f.*) transition, 10
transitar to travel, journey, 12
transubstanciación (*f.*) *act by which
  bread and wine become flesh and blood of
  Christ,* 10
trapo rag, 1
tras after, 2
trasfondo background, 7
trasladar to translate, 1; **trasladarse** to
  move (*change residence*), 2
trasunto copy, imitation, 6
tratado treaty, 8
treintipico de cuadras thirty-some
  blocks, 5
trenza braid, 9
tribu (*f.*) tribe, 7
trocarse (qu) to become changed, 4
trozo piece, 7
tugurio hovel, shack, 12
tullido(a) crippled, 7
tumba tomb, grave, 7
turbar to disturb, 7
turbio(a) muddy, 8

U

ubicación (*f.*) location
ubicado(a) located, 5
unción (*f.*) devotion, 5
unificar (qu) to unify, 9
unir to unite
universo universe, 6

uña fingernail, 6
urgente urgent, 7
usuario(a) user, 6

V

vagón (*m.*) **de ferrocarril** railroad car, 9
vaivén (*m.*) swinging, 5
valer (*irreg.*) to value, 4; ~ **la pena** to be
  worthy, 5
valor (*m.*) value, 4
vara *measurement equal to 0.84 meter,* 4
variar to change
vasallaje (*m.*) vassalage, subjection
vaya: que le ~ bien good luck, 9
vecino(a) neighbor, 12
velar to keep a vigil, 7; to watch, 10
velocidad (*f.*) speed, 6
venado deer, 4
vencer (z) to defeat, 3
venda bandage
vendedor(a) seller, 1; salesperson, 11
vender to sell, 11
veneración (*f.*) veneration, worship, 4
venerado(a) worshipped, venerated, 3
venerar to worship, 1
venganza revenge, 10
vengarse (gu) to take revenge
venidero(a) future, 12
venir (*irreg.*) to come, 2
ventisquero snowdrift, 5
verdad (*f.*) truth; true, 1
verdadero(a) true, real
verde green, unripe, 1
verdugo executioner, 7
vereda path, 9
vergel (*m.*) garden, 2
vergüenza shame, 12
verter (ie) to pour out, to empty, 7
vestidura clothing, 8
vestimenta outfit, clothing, 4
vestir (i, i) to dress (*someone*), 2;
  vestirse (i, i) to get dressed, 3
vez: de una ~ at once, 8; **muchas veces**
  many times; **por primera ~** for the
  first time, 11
vía means; path, 6
viaje (*m.*): **hacer un ~** to go on a trip, 2
vigilar to observe; to watch, 10
villista (*m., f.*) supporter of Pancho Villa, 9
viñeta story, anecdote
violencia violence, 3
virreinato viceroyalty, jurisdiction, 4
virtud (*f.*) virtue, 5
viruela smallpox, 3
visigodo(a) Visigoth, 2
visillo sheer window curtain, 10
visionario(a) visionary, 12
víspera day before, 10
vistazo glance

visto(a) (*p.p.*) seen, 9; **por lo visto** as can be seen, 11

¡vítor! bravo! hurrah!, 10

viudo(a) widower (widow), 7

vivienda home, 9; ~ **unifamiliar adosada** single family duplex, 6

vivo(a) alert, smart; alive, 1

vocación (*f.*) inclination, 2

vocero spokesman, 8

volver (ue) to return, 2; ~ **a** (+ *inf.*) to (*do something*) again, 6; **volverse (ue)** to become, 1; **volverse loco(a)** to go crazy

vuelta (*f.*) turn, 5

vulgar vulgar, common, 11

Y

ya already, 8

yacer (zc) to lie, 6

yacimento petrolífero oil field, 11

yerba grass, 7

yeso plaster, 1

Z

zarpar to cast off; to set off, 5

zoco market, 2

A

abandon abandonar, 7

abolish abolir, 12

about de, sobre, 2; ~ **one's own** sobre los suyos, 10

absenteeism ausentismo, 8

absolute absoluto(a), 12

accede acceder, 6

accept aceptar, 12

acceptance aceptación (*f.*), 3

accompanied: to be ~ estar (*irreg.*) acompañado(a), 5

accumulate acumular, 12

accuse acusar, 7

achieve lograr, 5; alcanzar (c), 12

achievement logro, 12

acquire adquirir (ie), 2

actually de hecho, 6

add sumar, 8; añadir, 12; ~ **clarification** matizar, 12

address (*verb*) dirigirse, 11

adjustment ajuste (*m.*), 4

admired caro(a), 3

admit admitir, 12

adopt adoptar, 6

adore adorar, 4

adornment: cheap ~ firulete (*m.*), 5

advanced avanzado(a), 4

advice consejo, 9

advisable aconsejable, 7

advise aconsejar, 7

affectionate cariñoso(a), 11

after tras, 2; pos, en pos de, 7

afterlife más allá (*m.*), 1

against contra, 2; **for and ~** a favor y en contra, 11

aggressiveness agresividad (*f.*), 3

agree estar de acuerdo, 1

agreement concordancia, acuerdo, 12

agriculture agricultura, 4

air of indifference displicencia, 5

alert vivo(a), despierto(a) (*p.p.*), 1

alien extraterrestre (*m., f.*), 6

alive vivo(a), 1

allege alegar (gu), 5

alliance alianza, 12

allow dejar, 3; permitir(se), 6; ~ **oneself the luxury** permitirse el lujo, 5

almost por poco, 11

along por, 2

already ya, 8

amazing alucinante, 8

among entre, 2

amulet amuleto, 1

amused, amusing divertido(a), 1

ancestor antepasado(a), 1

ancestry linaje (*m.*), 4

Andalusian andalusí (*m., f.*), 2

Andean andino(a), 4

Angelus (*prayer in honor of the Virgin Mary*) ángelus (*m.*), 6

anger rabia, 10

angry: get ~ enfadarse, enojarse, 4

annoy enfadar, 4

apartment apartamento, departamento, 5

apologize disculparse, 5

appear aparecer (zc), asomarse, 2; surgir (j), 6

applause aplauso, 3

appropriate adjudicarse (qu), 11

approve aprobar (ue), 10

apron mandil (*m.*), 10

aqueduct acueducto, 1

Arab árabe (*m., f.*), 2

Araucan (*indigenous group that occupied what today is Chile*) araucano(a), 5

archive archivo, 6

around por, 2

arrange disponer (*irreg.*), 6

arrest apresar, 9

arrogant soberbio(a), 3

arrow flecha, 5

as: ~ . . . ~ tanto... como, 9; ~ **can be seen** por lo visto, 11

ash ceniza (*f.*), 5

ashore: go ~ desembarcar (qu), 4

ask pedir (i, i), 2; preguntar, 4; ~ **about something or someone** preguntar por algo o alguien, 11; ~ **questions (a question)** hacer preguntas (una pregunta), 4

asleep: fall ~ dormirse (ue, u), 4

assassin asesino(a), 8

assembled juntado(a), 3

assure cerciorar, 12

at a, en, 2; ~ **least** por lo menos, 8; ~ **once** de una vez, 8; ~ **random** al azar, 11

attack embate (*m.*), 12

attic ático, 1

authoritarian autoritario(a), 11

available disponible, 8

average promedio, 4

avocado aguacate (*m.*), 9

avoid evitar, 2

awake despierto(a) (*p.p.*), 1

Aztec azteca (*m., f.*), 1

B

bachelorhood soltería, 5

backbone espinazo, 2

background trasfondo, 7

bad malo(a), 1

badly treated maltratado(a), 2

bald pelono(a), 10

ban abolir, 9

banana (*Spain*) plátano, 9

bank account cuenta bancaria, 9

banner pancarta, 10

baptism bautismo, 3

bark (*of a tree*) corteza, 4; (*sound a dog makes*) ladrido, 10

basement sótano, 1

battle batalla, 8; pugna, 9

be estar (*irreg.*), 1; ser (*irreg.*), 4; ~ **able to** poder (*irreg.*), 2; ser capaz de, 8; ~ **ashamed to** avergonzarse de (ue) (c), 7; ~ **born** nacer (zc), 3; ~ **from** ser (*irreg.*) (natural) de, 4; ~ **frowned upon** estar (*irreg.*) mal visto, 5; ~ **going to** ir (*irreg.*) a, 6; ~ **happy about** alegrarse de, 4; ~ **in a good mood** estar (*irreg.*) de buen humor, 1; ~ **in charge of** estar (*irreg.*) al mando de, 10; ~ **in style** estar (*irreg.*) de moda, 1; ~ **lucky** tener (*irreg.*) suerte, 1; ~ **necessary to** (+ *inf.*) haber (*irreg.*) que (+ *inf.*), 6; ~ **not that bad, not to ~ for nothing** no ser (*irreg.*) para tanto, 11; ~ **one's turn** tocarse (qu) el turno, 5; ~ **sure** estar (*irreg.*) seguro(a), 1

bean: black ~ frijol (*m.*), 9

beard barba, 3

beast bestia, 4

beat on aporrear, 2

because pues, 4; puesto que, 8; ~ **of** debido a, 11

become volverse (ue), 1; llegar (gu) a ser, 9; ~ (+ *adj.*) ponerse (+ *adj.*), 4; ~ **an old maid** quedar para vestir santos, 5; ~ **changed** trocarse (qu), 4; ~ **dust** pulverizarse (c), 4

before antes, 2

beg rogar (ue), 7

begin empezar (ie) (c), 2; ~ **again** reemprender, 4

being ser (*m.*), 1; ente (*m.*), 6

belief creencia, 1

believe creer, 7; **not ~ that** no creer que, 7

bell: ~ tower campanario, 10; **little ~** campanilla, 10

belligerent contestador(a), 11

belly barriga, 1
belt correaje (*m*.), 10
beside junto a, 9
betray traicionar, 12
betrayal traición (*f*.), 8
better mejor, 7
between entre, 2
bird ave (*f. but:* el ave), 5
bishop obispo, 10
bitter amargo(a), 2
bitterness amargura, 7
bladder: with a full ~ carga a cuesta, 5
bleed profusely desangrar(se), 9; sangrar, 10
blind ciego(a), 12
blinking parpadeo, 6
blood sangre (*f*.), 1
bloody sangriento(a), 7; cruento(a), 11
blow golpe (*m*.), 11; soplar, 9
blowing soplo, 7
blue azul, 10
blush rubor (*m*.), 7
boast of being preciarse, 4
bodiless form forma acorpórea, 6
bone hueso, 7
border frontera, 4; fronterizo(a) (*adj*.), 9; **~ on** bordear, 10
bored, boring aburrido(a), 1
boredom aburrición (*f*.), 8
boss patrón/patrona, 11
bother molestar, 7; fastidiar, 10
bottom (*buttocks*) culo, 6
boycott boicotear, 2
brag jactarse, 10
braid trenza, 9
branch ramo, 2
brave animoso(a), 12
bravery arrojo, 5
breach brecha, 4
break quebrar(se) (ie), 4; romper, 6; **~ down** desajuste (*m*.), 4; estropear, 6; **~ out** estallar, 8
breast pecho, 11
breastfeed amamantar, 5
breath hálito, respiración, 7
bricklayer albañil (*m*.), 11
bridge puente (*m*.), 2
brim: short ~ (*of a hat*) ala corta, 10
bring traer (*irreg*.), 2; **~ together** conciliar, 12
broken roto(a) (*p.p.*), 9
brothel prostíbulo, 9
bud brote (*m*.), 12; brotar, 7
build construir (y), 1
bullet bala, 8
bump into topar, 9
burial place sepulcro, 7
buried sepultado(a), 7; enterrado(a), 9
burn quemar, 6; arder, 8
burning of witches quema de brujas, 8
burrow madriguera, 5

burst ráfaga, 5
bus autobús (*m*.), colectivo, 5
business comercio, 1
busy ocupado(a), 11
but mas, 4; sino, 12
by a, por, para, 2; **~ the way** por cierto, 1

C

calf (*part of the leg*) pantorrilla, 5
call llamada, 8; **~ attention** llamar la atención, 6
camp campamento, 9
canine tooth colmillo, 9
canopy palio, 10
canyon cañón (*m*.), 8
cardinal cardenal (*m*.), 11
caress acariciar, 5
carnation clavel (*m*.), 10
carrier portador(a), 6
carry cargar (gu), 8; llevar, 11; **~ out** cometer, 8; **~ weight** pesar, 8
cash register caja registradora, 5
cassock sotana, 10
cast off zarpar, 5
catch unaware sobrecoger (j), 10
Catholic católico(a), 10
cattle ganado, 4; **~ herd** cabaña, 2
cease dejar, 12
ceiling techo, 7
Celt celta (*m*., *f*.), 2
censorship censura, 10
centenary centenario(a), 12
center punto muerto, 5
challenge reto, 6; desafío, 12
chance: by ~ por casualidad, 11
change cambiar, 10; **become changed** trocarse (qu), 4
channel canal (*m*.), 6
chapel capilla, 10
charge acusar, 7; cobrar, 9
chaste casto(a), 12
cheat timar, 1
check out someone fichar, 5
checkmate dar jaque mate, 1
cheek mejilla, 5
cheeky contestador(a), 11
cheer, hurrah vítor (*m*.), 10
chin barbilla, 10
chink resquicio, 4
choke ahogar, 5
choose elegir (i, i) (j), 8; escoger (j), 12
chord (*music*) acorde (*m*.), 7
circulate circular, 6
citizenship ciudadanía, 8
city ciudad (*f*.), 11
civilization civilización (*f*.), 4
claim alegar (gu), 5; reclamar, 7
clandestine clandestino(a), 9

clash choque (*m*.), 3
classroom aula, 10
clear despejado(a), 6
clever listo(a), 1
click pulsar, 6
close cerrar (ie), 2
clot coágulo, 1
clothing vestimenta, 4; vestidura, 8
coca coca, 4
coconut coco, 8
cohabitation convivencia, 2
coin moneda, 10
coincidence: by ~ por casualidad, 11
cold: get ~ enfriarse, 4
collapse derrumbe (*m*.), 5
collide estrellar, 12
colonel coronel(a), 9
colonize colonizar (c), 5
colony colonia, 8
comb one's hair peinarse, 4
combine combinar, 2
come venir (*irreg*.), 2; **~ to mind** ocurrir, 6
comfort reconfortar, 11
comic strip historieta, 11
command mandar, 3
comment comentar, 12
commercial law derecho mercantil, 1
commit suicide suicidarse, 4
committed comprometido(a), 5
common vulgar, 11
commune comuna, 8
company acompañamiento, 3
compensated desagraviado(a), 10
competition concurso, 10
complain quejarse, 4
complaint quejido, 1
complaisant complaciente, 7
complete rematar, 3
completely por completo, 11
complexion: tan ~ tez (*f*.) bruñida, 10
component componente (*m*.), 6
computer computadora, 6; ordenador (*m*.) (*Spain*), 6
conceivable concebible, 1
concertina bandoneón (*m*.), 5
concrete: make ~ concretar, 12
condemnable condenable, 2
confidence confianza, 7
conflict conflicto, pugna, 12
confront enfrentar, 12
confrontation enfrentamiento, 3; confrontación (*f*.), 4
conquer conquistar, 3
conqueror conquistador (*m*.), 1
conquest conquista, 1
consensus consenso, 12
conservative conservador(a), 8
console oneself consolarse (ue), 5
continue seguir (i, i) (g), 2; continuar, 6
continued seguido(a), 8

continuously seguido, 5
contract contraer (*irreg.*), 2
contrary contrario(a), 12
contrast contraponer (*irreg.*), 2
contribute to propiciar, 12
control control (*m.*), 10; gobernar (ie), 3; regir (i, i) (j), 4; controlar, 10
conversation plática, 3
convicted condenado(a), 7
cooperate cooperar, 12
copy trasunto, 6
corner esquina, 1; rincón (*m.*), 9
cornet cornetín (*m.*), 10
corset corsé (*m.*), 6
cost costar (ue), 2
count contar (ue), 2
counter mostrador (*m.*), 5
counteract contrarrestar, 6
countryside campo, 11
couple pareja, 5
courage coraje (*m.*), 12
courier correo, 3
court corte (*m.*), 4
cover cubrir, 3; cobijar, 10; ~ **oneself up** taparse, 10
covered cubierto(a), 3
cowl capuz (*m.*), 7
cozy acurrucado(a), 7
crack resquicio, 4; grieta, 11; ~ **in the earth** breñal (*m.*), 4
cracked cuarteado(a), 11
crackle crepitar, 10
craftsperson artesano(a), 2
crag peñasco, 5
craggy hill peña, 4
crazy disparatado(a), 10
create crear, 1; fabricar (qu), 12
creek arroyo, 1
Creole criollo(a), 11
crime delito, 8
crippled tullido(a), 7
crop cultivo, 4
cross cruz (*f.*), 1; crucifijo, 3; ~ **over** atravesar (ie), 9
crossbreeding mestizaje (*m.*), 3
crossroad cruce (*m.*), 2; encrucijada, 12
crowd afluencia, 6
crown (*top of the head*) coronilla, 6
crucifix crucifijo, 10
cruel despiadado(a), 12
crush aplastar, 7; anonadar, 10
cry llanto, 11; llorar, 9
Cuban rhythm son (*m.*), 8
cubic capacity cubicaje (*m.*), 6
cultivate labrar, 4
cultural heritage patrimonio cultural, 6
cured: get ~ curarse, 4
curious curioso(a), 1
curled-up acurrucado(a), 7
curse maldición (*f.*), 3; maldecir (*irreg.*), 3
custom costumbre (*f.*), 2

D

daily cotidiano(a), 2
damaged lacerado(a), 10
dance baile (*m.*), 5; bailar, 5; ~ **floor** pista, 5
dare to atreverse a, 4
dawn alba (*f. but:* el alba), aurora, 7; madrugada, 11
day before víspera, 10
dead muerto(a) (*p.p.*), 9
dear caro(a), 3
death muerte (*f.*), 8
debt endeudamiento, 12
decadence decadencia, 2
decapitate decapitar, 4
deceased finado(a), 11
deceive engañar, 3; ~ **oneself** engañarse, 2
decide decidir, 7
decline declive (*m.*), 2; declinar, 10
decrease decrecer (zc), 6
deep traces huellas profundas, 12
deer venado, 4
defeat derrota, 5; vencer (z), 3; derrotar, 5
defecate defecar (qu), 10
defend defender (ie), 2
defense defensa, 2
delight gozo, 3; encantar, 7
delirium delirio, 7
deliver entregar (gu), 3
delivery entrega, 5; ~ **van** furgoneta de reparto, 6
demand exigir (j), reclamar, 7
demanding exigente, 2
democracy democracia, 10
demographical demográfico(a), 2
demolish derrumbar, 4
den madriguera, guarida, 5
deport deportar, 9
depreciatory peyorativo(a), 2
derogatory despectivo(a), 12
descendant descendiente (*m., f.*), 1
described descrito(a) (*p.p.*), 9
deserve merecer (zc), 8
desire desear, 7; ~ **to succeed** anhelo de éxito, 12
despicable infame, 8; ~ **thing to do** infamia, 8
despite pese a, 8; a pesar de, 12
destiny destino, 12
destroy demoler (ue), anonadar, 10
destroyed destrozado(a), 4
detached ajeno(a), 10
develop desarrollar, 1
developed avanzado(a), 4
development desarrollo, 2
devil demonio, 3
devoted: fully ~ entregado(a), 5
devotion unción (*f.*), 5

dialogue diálogo, 12
dictatorship dictadura, 10
die morir (ue, u), 3; fallecer (zc), 11
difficult difícil, 1
digitalization digitalización (*f.*), 6
digitalize digitalizar (c), 6
dignitary jerarca (*m.*), 10
direct dirigir (j), 5
disappear desvanecer(se) (zc), 12
disapprove condenar, 4
disaster desastre (*m.*), 8
disconcert desconcertar (ie), 10
discouragement desaliento, 10
discover descubrir, 3
discovered descubierto(a) (*p.p.*), 9
discovery descubrimiento, 7
discriminate discriminar, 2
discrimination marginación (*f.*), 1; discriminación (*f.*), 2
disdain desprecio, 3
disembark desembarcar (qu), 4
disgrace infamia, 8
disproportion desmesura, 8
dispute disputar, 11
distant ajeno(a), remoto(a), 10
distort tergiversar, 1
distract entretener (*irreg.*), 5
disturb turbar, 7
divinity divinidad (*f.*), 4
divorced: get ~ from divorciarse de, 4
do hacer (*irreg.*), 2; ~ **again** volver a (+ *inf.*), 6; ~ **well** salir airoso(a), 5
docility mansedumbre (*f.*), 6
dogma dogma (*m.*), 12
dogmatism dogmatismo, 12
done hecho(a) (*p.p.*), 9
donkey burro, 11
doubt dudar, 7
doubtful dudoso(a), 7
drag arrastrar, 5
drain coladera, 1
dread pavor (*m.*), 4
dream sueño, ensueño, 7; soñar (ue), 2
dress (*someone*) vestir (i, i), 2; **get dressed** vestirse (i, i), 3
drive conducir (zc), 2
drop gota, 5; caer (*irreg.*), 6
dropping out of school deserción (*f.*) escolar, 9
drum tambor (*m.*), 8
dry (*something*) secar (qu), 4; ~ **oneself** secarse, 4; (*adj.*) seco(a), 7; **very ~** reseco(a), 4
duplex: single family ~ vivienda unifamiliar adosada, 6
duration duración (*f.*), 8
during the morning/afternoon/evening por la mañana/tarde/noche, 11
dusk atardecer (*m.*), 11
dye teñir (i, i), 5

E

eagle águila (*f. but:* el águila), 5
earn (money) ganar, 11
earthquake terremoto, 12
easy fácil, 1
eat lunch almorzar (ue), 2
edge arista, 1
effort esfuerzo, 5
elect elegir (i, i) (j), 8
electric: ~ post poste (*m.*) del alumbrado, 10; **~ wiring** tendido eléctrico, 9
electronic organizer agenda electrónica, 6
elegant fellow galán (*m.*), 5
elementary school primaria, 9
e-mail correo electrónico, 6
emancipate emancipar, 8
embargo embargo, 12
ember: glowing ~ ascua, 2
embroider bordar, 11
emerge surgir (j), 12
emigrant emigrante (*m., f.*), 2
emphasize recalcar (qu), 6
empire imperio, 1
employment empleo, 2
empty (*verb*) verter (ie), 7
enchant encantar, 7
encounter encuentro, 2
encourage fomentar, 6; alentar (ie), 12
encouraging alentador(a), 12
end final (*m.*), 10; fin (*m.*), 12; **~ up by (doing something)** acabar por (+ *inf.*), 6
enduring duradero(a), 12
engender engendrar, 3
enjoy gozar (c), 3; **~ oneself** holgarse (ue) (gu), 3
enough: that's ~ basta (*interjection*), 1
enrich enriquecer (zc), 2
entertain divertir (ie, i), 3; entretener (*irreg.*), 9
enthusiasm entusiasmo, 3
entity ente (*m.*), 6
environment entorno, 2
epic poem épica, epopeya, poema (*m.*) épico, 5
epic (*adj.*) épico(a), 7; **~ poem** épica, epopeya, poema (*m.*) épico, 5
Equatoguinean ecuatoguineano(a), 7
equivalent homólogo(a), 2
erase borrar, 6
escape huir (y), 3
establish echar, 1; instaurar, establecer (zc), 2; **~ contact with** tomar contacto con, 6; **become established** establecerse (zc), 2
establishment puesta a punto, 2
estate latifundio, 9
esteemed caro(a), 3
ethnic group etnia, 7
European europeo(a), 3
evangelize evangelizar (c), 4

event acontecimiento, 12
exchange intercambiar, 2
exclaim exclamar, 12
excrement caca, 6
excuse disculpar, 11
execute ejecutar, 4; fusilar, 9
execution fusilamiento, 9
executioner verdugo, 7
exercise hacer (*irreg.*) ejercicio, 2
exhausted exhausto(a), 11
exile exilio, 7; destierro, 12
expect something from someone esperar algo de alguien, 3
expedition expedición (*f.*), 11
explain aclarar, explicar (qu), 12
explode estallar, 5
exploit hazaña, 4
exterminated exterminado(a), 11
extraterrestrial extraterrestre, 6

F

face rostro, 4
factory maquiladora, 12
fail fallar, 2; suspender, 10
failure fracaso, 12
faint desmayarse, 12
fairy tale cuento de hadas, 5
faith fe (*f.*), 7
faked fingido(a), 7
Falkland Islands Islas Malvinas, 5
fall caída, 3; caer (*irreg.*), 2; **~ down** derrumbarse, 4
fallout desajuste (*m.*), 4
familiar familiar, 2
fanatic fanático(a), 12
fanaticism fanatismo, 12
farm finca, 4
farmer agricultor(a), labrador(a), 2; campesino(a), 4; finquero(a), 9
fascinating fascinante, 1
fascism fascismo, 10
fashion: be in ~ estilar, 5
fashionable: be ~ estar (*irreg.*) de moda, 1
fatherland patria, 7
favor merced (*f.*), 3
fear temor (*m.*), 3; recelar, 3; temer, 7
fearless impávido(a), 8
feathered emplumado(a), 3
feed dar de comer, 11
feel sentir (ie, i), 3; **~ pain or sympathy for another** condolerse (ue), 3; **~ sorry** sentirse (ie, i), 7
feminine femenino(a), 3
field: open ~ descampado, 10
fight luchar, 1; combatir, 8
figure cifra, 9
filigree filigrana, 5
filled relleno(a), 6
finally por fin, 11

find hallar, 4; **~ oneself** hallarse, 4; **~ out** averiguar, 7
fine ajá (*interjection*), 9
fingers crossed dedos cruzados, 10
finish final (*m.*), 10; terminar, acabar, 6; **~ off** rematar, 3
fire someone dejar a alguien en la calle, 4
firewood leña, 9
fit caber (*irreg.*), 2
flat llano(a), 6; **~ fee** tarifa plana, 6
flee huir (y), 3
fleeting fugaz, 7
flirtation: street ~ piropo callejero, 5
flour wafer oblea de harina, 10
flow fluir (y), 9; **~ into** desembocar (qu), 7
flux flujo, 6
follow seguir (i, i) (g), 2; **~ orders** cumplir órdenes, 6
food alimentación (*f.*), 9
foolishness bobería, 10
foot pie (*m.*), 5
footprint huella, 9
for a, por, para, 2; **~ and against** a favor y en contra, 11; **~ example** por ejemplo, 11; **~ now** por ahora, 11; **~ the rest of his (her, their) life** para toda la vida, 11
forbid prohibir, 7
force fuerza, 12; forzar (ue) (c), 8
foreign foráneo(a), extraño(a), 2
foreigner extraño(a), 10
foreseen previsto(a) (*p.p.*), 9
forever para siempre, 11
forget olvidar, 6
forgive disculpar, 11
form: bodiless ~ forma acorpórea, 6; **~ pools** rebalsarse, 1
fortunate afortunado(a), 1
forum foro, 6
found fundar, 5
frankly con franqueza, 5
fraudulent fraudulento(a), 11
free (*without charge*) gratuito(a); libre, 12; librar, soltar (ue), 8
freedom libertad (*f.*), 8; **~ of the press** libertad de prensa, 9; **~ of speech** libertad de expresión, 9
frightened: be ~ of asustarse de/por, 4
from de, desde, 2; **~ close by** de cerca, 4; **~ the side** de costado, 10
frontier frontera, 4; fronterizo(a) (*adj.*), 9
frown ceño, 7
frozen congelado(a), 5
fulfillment cumplimiento, 12
funereal macabro, 7
fur piel (*f.*), 5
future venidero(a) (*adj.*), 12

G

gap brecha, 4
garden vergel (*m*.), 2
gas line gasoducto, 9
gathered juntado(a), 3
gel: with hair ~ on engominado(a), 10
generally por lo general, 11
gestate gestar, 6
gesture of approval gesto aprobador, 10
get: ~ ahead sacar (qu) adelante, 2; ~ **closer** acercar (qu), 4; arrimar, 5; ~ **little benefit from** sacar poco provecho, 6; ~ **off** bajarse, 4; ~ **sick** enfermarse, 4; ~ **tangled up** enredarse, 5; ~ **up** levantarse, 4
gift merced (*f*.), 3
gild dorar, 7
give dar (*irreg*.), 1; entregar (gu), regalar, 3; ~ **an opinion** opinar, 8; ~ **good luck** dar suerte, 1; ~ **way to** ceder, 10
given that con eso de que, 8
gladly sin pesar, 7
glass bead cuenta de vidrio, 3
glitter resplandor (*m*.), 7
globalization globalización (*f*.), 4
gloomy lóbrego(a), 7
go andar (*irreg*.), 6; ~ **ahead then** adelante pues, 9; ~ **around (doing something)** ir + *gerund*, 6; ~ **down** bajar, 4; ~ **out** salir (*irreg*.), 2; ~ **round** bordear, 10
God Dios (*m*.), 1
golden dorado(a), 10
good bueno(a), 1; ~ **luck!** ¡que le vaya bien! 9
gorge barranco, 1; quebrada, 8
govern gobernar (ie), 3
government mandato, 12
governor gobernador (*m*.), 11
grain fields mieses (*f. pl*.), 4
grass yerba, 7
grateful agradecido(a), 3
grave tumba, 7
gravity gravedad (*f*.), 6
gray plomizo(a), 10
greatness grandeza, 3
green verde, 1
greenhouse invernadero, 2
greeting recibimiento, 3
grief desconsuelo, 11
grimace mueca, 1
ground suelo, 4
grow crecer (zc), 2; cultivar, 4
grunt gruñido, 10
guaranteed avalado(a), 12
guerrilla guerrilla (*m., f*.), 8
guffaw risotada, 11
guild gremio, 2
guilt culpa, 8
guilty culpable, 9
gunman: hired ~ sicario, 8

H

habit costumbre (*f*.), 2
hair net redecilla, 10
hairless pelono(a), 10
hamper cestón (*m*.), 7
handful puñado, 6
handkerchief (made of fine, hand-woven lace) pañuelito (de ahó-poí), 11
handle manejar, 6
handwritten manuscrito(a) (*p.p*.); escrito(a) a mano (*p.p*.), 11
hang colgar (ue) (gu), 9
happen suceder, 1; acaecer (zc) (*used only in inf. and 3rd person*), 4
happy contento(a), 1
hard rudo(a), 11
hardly apenas, 6
harvest cosecha, 8; cosechar, 4
hatchway escotilla, 6
hate odiar, 10
hatred odio, 12
have tener (*irreg*.), 1; disponer de, 6; ~ **a good time/fun** divertirse (ie, i), 3; ~ **an impact** repercutir, 2; ~ **just finished (doing something)** acabar de (+ *inf*.), 6; **have to (do something)** tener que (+ *inf*.), 6
head for enfilar, 9
headquarters cuartel (*m*.), 12
heal curarse, 4
health: strong ~ salud (*f*.) de hierro, 10
healthy saludable, sano(a), 11
heaped amontonado(a), 9
heartbreaking angustioso(a), 12
heel escorar, 5; ~ **to starboard** escorar a estribor, 5
heel taco, 5; **high ~** taco alto, 5
helmet casco, 4
help ayudar, 1
here acá, 9
hero héroe (*m*.), 5
heroic deed gesta, 7; proeza, 10
heroine heroína, 5
hidden oculto(a), 9
hide ocultar, 6; disimular, 11
hideout guarida, 5
hides: in ~ en cueros, 4
hierarch jerarca (*m*.), 10
highlight destacar (qu), 11
hill cerro, 1
hire contratar, 8
historical event hecho histórico, 1
history: ancient ~ antiguallas (*f. pl*.), 4
hit golpe (*m*.), 4; golpear, 2; pegar, 11
hoe azada, 7; azadón (*m*.), 12
hoist enarbolar, 3
hold sujetar, 10
holiday día (*m*.) de fiesta, 7
home morada, 1; hogar (*m*.), 2; vivienda, 9
homeland patria, 7

homesickness nostalgia, 7
homogenize homogeneizar (c), 2
honk tocar (qu) la bocina, 10
hood capuz (*m*.), 7
hook gancho, 5
hope esperar, 7; esperanza, 12
hot ashes rescoldo, 2
house (*verb*) albergar (gu), 12
housemaid empleada de hogar, 2
housework trabajo doméstico, 2
hovel tugurio, 12
however sin embargo, 5
hullabaloo algarabía, 2
human rights derechos humanos, 10
humble humilde, 3
humiliate humillar, 2
hunger hambre (*f. but:* el hambre), 11
hunt cazar (c), 5
hunter cazador (*m*.), 5
hurricane huracán (*m*.), 12
hurried apremiado(a), 6
hurriedly al tranco, 5
hurt doler (ue), herir (ie), 2; **be ~** lastimarse, 11
hypocrisy hipocresía, 3
hypocritical hipócrita, 3

I

Iberian íbero(a), 2
ideal ideal, 12
identity identidad (*f*.), 3
ideological ideológico(a), 12
ignorant desentendido(a), 5
ignored ninguneado(a), 2
illiterate iletrado(a), 7; analfabeto(a), 9
imaginable imaginable, 7
imagine suponer (*irreg*.), 9
imitation trasunto, 6
immigrant inmigrante (*m., f*.), 2
impenetrable hermético(a), 10
imperial imperial, 3
imperialism imperialismo, 10
importance calado, 2
important importante, 1
impose imponer (*irreg*.), 8
impossible imposible, 7
impoverish empobrecer (zc), 2
impressive impresionante, 7
imprisoned preso(a), 12
impunity impunidad (*f*.), 8
in a, en, por, 2; ~ **spite of** pese a, 8
Incan incaico(a), 4
incident suceso, 9
inclination vocación (*f*.), 2
incredible increíble, 7
incumbent: be ~ upon tocarse a uno, 8
indelible imborrable, 9
independence independencia, 9
Indian chief cacique (*m*.), 5

indicate indicar (qu), 12
indigenous indígena, 3; autóctono(a), 6;
~ **person** indio(a), 1
indulgent complaciente, 7
inflict infligir (j), 10
influx afluencia, 6
inform doctrinar, 4; informar, 6; avisar,
advertir (ie, i), 9
infrastructure infraestructura, 9
inhabit habitar, 4
inheritance herencia, 1
injustice injusticia, 7
ink tinta, 8
inscribed inscrito(a) (*p.p.*), 12
insist insistir, 7
instep (of a foot) empeine (*m.*), 5
insular insular, 7
intelligent listo(a), 1
interbourgeois interburgués(a), 9
**interested: be ~ in (something or
someone)** interesarse por (algo o
alguien), 11
interesting interesante, 1
international community comunidad (*f.*)
internacional, 12
Internet red (*f.*), 6
interpret interpretar, 3
interpreter intérprete (*m., f.*), 3
interventionist intervencionista (*m., f.*), 12
into en, 2
intrepid impávido(a), 8
introduce introducir (zc), 2
introductory introductor(a), 9
invade invadir, 4
invasion invasión (*f.*), 4
invisible invisible, 7
invite invitar, 5
involved envuelto(a) (*p.p.*), 9; **be ~**
envolverse (ue), 7; **become ~**
comprometerse, 5
invulnerable invulnerable, 12
iris lirio, 7
iron cage jaula de hierro, 11
ironer planchador(a), 11
irrigated land regadío, 2
islander insular (*m., f.*), 7
itself: by ~ por sí, 6

J

jail cárcel (*f.*), 9
Jew judío(a), 2
job empleo, 11
join abanderar, 2; desembocar (qu), 7
joke about parrandear, 8
joy gozo, 3
judge juzgar (gu), 9
jungle manigua, selva, 8
jurisdiction virreinato, 4
just apenas, 7

K

keep a vigil velar, 7
keep going seguir (i, i) (g), 2
key (of a keyboard) tecla, 6
knee patch rodillera, 11
kneel down arrodillarse, 1; hincarse (qu)
de rodillas, 3
knees: on one's knees de rodillas, 3
knit tejer, 5
know conocer (zc), saber (*irreg.*), 2; dar
cuenta, 4; ~ **by heart** saber de
carretilla, 10
known conocido(a), 3

L

label etiqueta, 8
labor mano (*f.*) de obra, 2
lack carecer (zc), 4; ~ **of understanding**
incomprensión (*f.*), 7
ladder escala, 6
lamp foco, 1
land suelo, 2; tierra, 11; (*verb*) aterrizar
(c), 6; ~ **grant** (*given to Spanish colonists by
royal decree*) encomienda, 4
landing aterrizaje (*m.*), 6
landowner ejidatario(a), 9
lap: on his ~ a caballito, 10
last postrero(a), 7; perdurar, 5; durar, 9;
~ **name** apellido, 9
lasting duradero(a), 12
later más tarde, 9
laugh reírse (*irreg.*), 3
launderer lavandero(a), 11
law ley (*f.*), 2
lead mandar, 3; dirigir (j), 5
leaden plomizo(a), 10
leadership liderazgo, 8
leaf hoja, 4
learn as a small child mamar, 5
leave salir (*irreg.*), 2; dejar, 3; partir, 7;
~ **behind** quedar(se), 6
legacy herencia, 1
legal lícito(a), 4; jurídico(a), 10
legislate legislar, 1
length longitud (*f.*), 6
let know avisar, 9
Levantine (*from the East*) levantino(a), 2
level igualar, 1; ~ **of life** nivel (*m.*) de
vida, 4
liberal liberal, 8
liberate liberar, 7; soltar (ue), 8
lie yacer (zc), 6; ~ **in wait** acechar, 5
life ser (*m.*), 1; ~ **style** nivel (*m.*) de vida, 2
lift levantar, 4
light (*in weight*) ligero(a), 11; prender, 8
lighten aligerar, 5
likely probable, 7
line: in ~ en la cola, 5

lineage linaje (*m.*), 4
link enlace (*m.*), 6
list nómina, 2; escorar, 5
literacy alfabetización (*f.*), 12
litter: covered ~ palanquín (*m.*), 2
llama guanaco, 5
located ubicado(a), 5
lodge aposentar, 3
loneliness soledad (*f.*), 7
longing anhelo, 7; ansia, 12
look mirada, 11; fichar, 5; ~ **down on**
despreciar, 2; ~ **like** parecerse (zc), 2; ~
out of the corner's of one's eye mirar
de reojo, 10
loose suelto(a), 10
looting saqueo, 9
lose perder (ie), 2; ~ **one's identity** anularse, 12; ~ **one's mind** perder (ie) la
razón, 12
loudspeaker altavoz (*m.*), 10
love: fall in ~ with enamorarse de, 4
loved one amado(a), 9
lower bajar, 4

M

machete machete (*m.*), 8
made hecho(a) (*p.p.*), 9
magnitude grandeza, 3
maintain sostener (*irreg.*), 4
majority: of the ~ mayoritario(a), 9
make hacer (*irreg.*), 2; fabricar (qu), 12;
~ **clear** aclarar, 12; ~ **it worse** para peor
de males, 11; ~ **last longer** alargar (gu), 7;
~ **oneself responsible** responsabilizarse
(c), 8; ~ **progress** progresar, 11; ~ **room**
dar cabida, 1; ~ **sleepy** adormecer (zc),
12; ~ **taut** tensar, 5; ~ **you feel like
peeing** dar ganas de hacer pis, 5; ~
young remozar (c), 10
manage dirigir (j), 5
manager gerente (*m., f.*), 11
manipulation manipulación (*f.*), 10
manna maná (*m.*), 8
maintain mantener (*irreg.*), 3
marginalization marginación (*f.*), 1
market mercado, zoco, 2
married: get ~ to casarse con, 4
masculine masculino(a), 3
mass misa, 10
matter asunto, 12; importar, 8
Maya, Mayan maya (*m., f.*), 1
mean mezquino(a), 5
meaning semántica, 6
means vía, 6; **by ~ of** mediante, 6
meantime: in the ~ mientras tanto, 6
median promedio, 4
mediation mediación (*f.*), 11
meet with encontrarse (ue) con, 3
melancholic melancólico(a), 11

merchant mercader (*m.*), 2
merciless despiadado(a), 10
Mesoamerica (*Mexico and Central America*) Mesoamérica, 1
mess lío, 10
messenger correo, 3
middle: in the ~ of (+ *noun*) en pleno (+ *noun*), 3
migrate desplazar, 2
militarism militarismo, 10
military militar, 12; **~ barracks** cuartel (*m.*), 9; **~ coup** golpe (*m.*) de estado, 10; **~ garrison** guarnición (*f.*), 3; **~ goverment** junta militar, 10; **~ occupation** ocupación (*f.*) militar, 10
mine mina, 4
miner minero(a), 4
mineral mineral (*m.*), 4
miracle milagro, 1
misery miseria, 7
miss echar en falta, 6
mix mezcla, 1; mezclar, 2
mixed: ~ race (*indigenous and Caucasian heritage*) mestizo(a), 1; criollo(a), 8; **~ up** revuelto(a) (*p.p.*), 9
mixture mezcla, 2
moan quejido, 1; gemir (i, i), 7
mocking burlón/burlona, 5
monarch monarca (*m.*), 3
monarchy monarquía, 10
money plata, 5
mood: not to be in the ~ (for something) no estar para (+ *noun*), 11
moon luna, 1
Moor moro(a), 2
mosque mezquita, 2
mountain range cordillera montañosa, 4
mountainous country serranía, 3
mountains sierra, 3; **into the ~** sierra adentro, 9
mournful fúnebre, 7
mourning luto, 11
move trasladarse, desplazar, 2; **~ about** trajinar, 5; **~ away** mudarse, 2
moved: be ~ emocionarse, 11
movement movimiento, 5
mud lodo, 9; **~ with mud** embarrado(a), 1
muddy turbio(a), 8
music box sinfonola, 1
Muslim musulmán/musulmana, 2; **~ region of Spain** (*during Moorish occupation*) Al-Andalus, 2
mustache bigote (*m.*), 6

N

nail (*fingernail*) uña, 6; (*verb*) clavar, 9
naked en carnes, 4
name nombrar, 8; **in the ~ of** en nombre de, 3

narcotraffic narcotráfico, 8
narrow angosto(a), 12
native autóctono(a), 2; **~ land** terruño, 2
naturalize naturalizar (c), 6
nearby comarcano(a), 4
necessary necesario(a), 1; preciso(a), 7; **it's ~ to** hay que, 8
need necesitar, 7
neighbor vecino(a), 12
neighborhood barrio, 11
network red (*f.*), 2; **~ of treaties** red de tratados, 12
neutral punto muerto, 5
news noticiario, 10
newspaper serial folletín (*m.*), 10
nice amable, 11
nodding (of the head) cabeceo, 5
noise bullicio, 10
normal corriente, 11
notice percatarse, 1; darse cuenta, 3; reparar, 6
numbness entumecimiento, 6

O

object to negar (ie) (gu) a, 7
obligatory obligatorio(a), 12
observe vigilar, 10
obstacle obstáculo, 12
obtain conseguir (i, i) (g), 2
occur ocurrir, 6
of de, 2; **~ another place** ajeno(a), 4; **~ course** por supuesto, 11
offense ofensa, 12
offer ofrenda, 1; ofrecer (zc), 2; impartir, 9; **~ one's hand** tender (ie) la mano, 5
office despacho, 10
official stationery papel (*m.*) sellado, 8
offspring descendiente (*m., f.*), 4
oil: ~ field yacimiento petrolífero, 11; **~ pipeline** oleoducto, 9
oily aceitoso(a), 10
older mayor, 10
Olmec olmeca (*m., f.*), 1
omnipotent omnipotente, 10
omnipresent omnipresente, 10
on en, sobre, para, 2; **~ line** en fila, 10; **~ the one hand . . . the other** por una parte... por otra, 11; **~ the one side . . . the other** por un lado... por otro, 11
one hundred (*of something*) centenar (*m.*), 6
only apenas, 7
ooze lama, 1; rezumar, 5
open abierto(a) (*p.p.*), 9; **in the ~** a la intemperie, 11; **that which is in the ~** lo claro, 1
openmouthed boquiabierto(a), 4
oppose oponer (*irreg.*), 3
opposed opuesto(a), 9
opposite: in the ~ way al revés, 8

opposition oposición (*f.*), 7
oppress oprimir, 10
oppressed oprimido(a), 7
oppression opresión (*f.*), 10
order (*a command*) orden (*f.*), mandato, 4
orphan huérfano(a), 7
ought to deber (+ *inf.*), 6
outfit vestimenta, 4
outrage afrentar, 10
over sobre, 2
overcome embargado(a), 12; superar, 9
overpopulated superpoblado(a), 11
overthrow derrocar (qu), 9
overwhelmed agobiado(a), 2

P

pack hacer (*irreg.*) las maletas, 2
painful doloroso(a), 12
pair pareja (*f.*), 5
palate paladar (*m.*), 10
palpable patente, 7
pampas pampa, 5
paneled door puerta de cuarterones, 6
panther: pink panther pantera rosa, 10
parade desfile (*m.*), 10
pardon perdón (*m.*), 12
password contraseña, 6
path vía, 6; vereda, 9
patriot patriota (*m., f.*), 7
patriotic patriótico(a), 8
patriotism patriotismo, 7
paved asfaltado(a), 4
pay: ~ attention hacer caso, 10; atender (ie), 11; **~ homage** homenajear, 11
payment pago, 3
peace paz (*f.*), 7
peasant campesino(a), 11
peculiar raro(a), 12
pee: ready to ~ carga a cuesta, 5
penetrate colarse (ue), 5
pennon banderola, 10
people pueblo, 2
perforated picado(a), 9
permit dejar, 12
persistent tesonero(a), 12
person persona, 1
petty bureaucrat tinterillo, 8
pick coger (j), 7
piece trozo, 7; pedazo, 10
pigeon paloma, 2
piled up amontonado(a), 9
pink grana, 7; **~ panther** pantera rosa, 10
pinnacle cumbre (*f.*), 1
pious piadoso(a), 12
pity lástima, 4; **what a pity!** ¡qué pena!, 7
place sitio, 8
plaid cuadriculado(a), 10
plain llano, 1; pampa, 5
planet planeta (*m.*), 6
plant sembrar (ie), 4

plantain plátano, 9
planted field sembrío, 10
plaster yeso, 1
play jugar (ue) (gu), 2
plead rogar (ue) (gu), 7
please (*verb*) gustarse, 7; por favor, 11
plough arar, 12
point apuntar, 12
poison envenenar, 10
polemic polémica, 3
polytheistic politeísta (*m., f.*), 4
poor pobre, 2
population población (*f.*), 2
port puerto, 12
position puesto, 6
possible posible, 1; **it is ~ that . . .** puede ser que... , 7
poster pancarta, 4; cartel (*m.*), 10
postponed pospuesto(a) (*p.p.*), 9
pot cacharro, 1; tiesto, 10
pound hincar (qu), 4
pour verter (ie), 7
power poder (*m.*), 1; potestad (*f.*), 10
powerful poderoso(a), 2; **all ~** todopoderoso(a), 10
pray orar, 1; rezar (c), 10
preach predicar (qu), 12
pre-Columbian precolombino(a), 1
predict pronosticar (qu), 3
predicted predicho(a) (*p.p.*), 9
prefer preferir (ie, i), 2
preferable preferible, 7
prejudice prejuicio, 2
present: at the ~ time hoy por hoy, 8
presser planchador(a), 11
pretend aparentar, 4
price fix ajuste (*m.*), 4
pride orgullo, 2; **~ oneself** enorgullecerse (zc), 9
priest cura (*m.*), 10
principle principio, 12
prison cárcel (*f.*), 12
prisoner preso(a), 7
problem polémica, 3
produce engendrar, 3
produce producir (zc), 2
professorship cátedra, 6
progress progreso, 12
promote promover (ue), impulsar, 12
prone to propenso(a) a, 12
prophecy profecía, 3
prophesy profetizar (c), 3
propose proponer (*irreg.*), 3
propulsion propulsión (*f.*), 6
protect proteger (j), 2
proud orgulloso(a), 3; **be ~** enorgullecerse (zc), 9
prove oneself probarse (ue), 10
provide conferir (ie, i), 8; **~ with** dotarse de, 6
psaltery salterio, 7

pull toward the back echar hacia atrás, 10
pursue perseguir (i, i) (g), 2
pursuit: in ~ of pos, en pos de, 7
push empujada, 12; apretar (ie), 1; empujar, 5
put puesto(a) (*p.p.*), 9; poner (*irreg.*), 2; **~ on (clothes)** ponerse, 4; **~ up** aposentar, 3; **~ up with** conllevar, 2
pyramid pirámide (*f.*), 1

Q

qualifying round eliminatoria, 10
quartered cuarteado(a), 11
quartz cuarzo, 4
quickly enseguida, 6; de carrera, 8
quiet callado(a), 5

R

racism racismo, 2
racist racista (*m., f.*), 2
radio announcer locutor(a), 10
rag trapo, 1
rage rabia, 11
railroad car vagón (*m.*) de ferrocarril, 9
railway ferrocarril (*m.*), 12
raise enarbolar, 3; levantar, 4; alzar (c), 7
ranch finca, 4
rancor rencor (*m.*), 10
raw material materia prima, 9
reach alcanzar (c), 6
ready listo(a), 1
realize darse cuenta, 3
rebellion sublevación (*f.*), 8; revuelta, 9
rebelliousness rebeldía, 7
recesion recesión (*f.*), 4
recite recitar, 10
recline recostar (ue), 10
recognize reconocer (zc), 2
recommend recomendar (ie), 7
reconcile conciliar, 12
record grabar, 11
records archivo, 6
recover reponerse (*irreg.*), recobrar, 2
recovered repuesto(a) (*p.p.*), recubierto(a) (*p.p.*), 9
recuperate recuperar, 7
red grana, 7
redone rehecho(a) (*p.p.*), 9
reduce aminorar, 1; reducir (zc), 2
reel off desgranar, 10
referendum referéndum (*m.*), 10
reform reforma, 1
refrigerator frigorífico, 9
regard: with ~ to respecto a, 6
regime régimen (*m.*), 10
regiment regimiento, 9
regret arrepentirse (ie, i), 4; lamentar, 7

regulate regular, 8
reign reinado, 4
reject rechazar (c), 7
rejected rechazado(a), 1; despreciado(a), 2
rejection rechazo, 2
rejuvenate remozar (c), 10
relapse recaer (*irreg.*), 2
relate relacionar, 6; **become related** relacionarse, 6
relative pariente (*m., f.*), 10
relax holgarse (ue) (gu), 3
rely on contar (ue) con, 6
remade rehecho(a) (*p.p.*), 9
remain permanecer (zc), 2; quedar(se), 6; **~ silent** callar, 8
remake rehacer (*irreg.*), 2
remember acordarse (ue), 5; recordar (ue), 10
remote remoto(a), 10
remove fleas espulgar (gu), 1
render rendir (i, i), 4
renounce renegar (ie) (gu) de, 8
repair reponerse (*irreg.*), 3
repatriation repatriación (*f.*), 7
repeat repetir (i, i), 2
repent arrepentirse (ie, i), 10
replace reemplazar (c), 10
replaced repuesto(a) (*p.p.*), 9
reply contestar, 12
repress reprimir, 2; oprimir, 12
reproving reprobador(a), 10
republic república, 10
repudiate repudiar, 12
request pedimento, 3; pedir (i, i), 2
require requerir (ie, i), 7; exigir (j), 12
requirement requisito, 12
resentment rencor (*m.*), 8
resist resistir, 7
resistance resistencia, 5
resold revendido(a), 9
resolve resolver (ue), 12
resolved resuelto(a) (*p.p.*), 9
resort (to) recurrir, 12
resound retumbar, 9; resonar (ue), 10
respect acatamiento, 4; respetar, 12
restricted restringido(a), 6
result in devenir (*irreg.*), 7
retain retener (*irreg.*), 2
retire recogerse (j), 6; jubilarse, 9
return regreso, 3; volver (ue), 2; devolver (ue), 2; tornar, 7
returned devuelto(a) (*p.p.*), 9
revenge venganza, 10; represalia, 12
rhythm compás (*m.*), 5
ride horseback cabalgar (gu), 3
ridiculous ridículo(a), 7
riding on montado(a) en, 3
right (*adj.*) derecho(a), 1
rights derechos (*m. pl.*), 1
riot revuelta, 10
risk riesgo, 11; arriesgar (gu), 5

riverbed cauce (*m.*), 2
road carretera, 9; **unpaved ~** camino de terracería, 9
rock peñasco, 5
roll rodar (ue), 6
Roman romano(a), 2
room (*in a house*) pieza, 11
root raíz (*f.*), 2
rope cuerda, 1
rough rudo(a), 11
round redondo(a), 1
route ruta, 12
rubber band elástico, 6
rubbing roce (*m.*), 4
rugged agreste, 5
ruin ruina, 10
rule regir (i, i) (j), 4
run: ~ out of something acabar, 6; **~ over** arrollar, 6
rush out salir disparado(a), 6
rushed apremiado(a), 6

S

sad: become ~ entristecerse (zc), 4
said dicho(a) (*p.p.*), 9
sail navegar (gu), 3
salesperson vendedor(a), 11
same: the ~ to you lo propio, 3
sap (*of a plant*) savia, 12
satelite satélite (*m.*), 6
saucepan cacharro, 1
savior salvador(a), 10
say decir (*irreg.*), 2; **~ good-bye** despedirse (i, i), 3
scaffold cadalso, 7
scale escala, 6
scarce: very ~ escasísimo(a), 6
scared: easily ~ asustadizo(a), 10; **be ~ by** asustarse de/por, 4
scatter regar (ie) (gu), 8
scattered esparcido(a) (*p.p.*), 5
school desk pupitre (*m.*), 10
science fiction ciencia ficción, 6
scratch arañar, 5
scream grito, 7
screaming chillería, 10
sea mar (*m., f.*), 10; **~ landing** amaraje (*m.*), 6
secure asegurar, 1
see divisar, 10
seed pepita, 2
seem parecer (zc), 2
seen visto(a) (*p.p.*), 9
sell vender, 11
seller vendedor(a), 1
semantics semántica, 6
send mandar, 10
senseless sin sentido, 12
sentence condenar, 7

sentimentalism sentimentalismo, 10
sentry box garita, 9
separate separar, 5
serve servir (i, i), 2
server servidor(a), 6
set conjunto, 6; **~ off** zarpar, 5; **~ out again** reemprender, 4; **~ the table** poner la mesa, 2
settlement asiento, 4
sewer cloaca, 8
shack tugurio, 12
shadows: in the ~ en la penumbra, 5
shake sacudir, 1; **~ hands** estrecharse la mano, 10
shame vergüenza, 12; avergonzar (üe) (c), 12
share compartir, 12
sharp afilado(a), 8
sheer window curtain visillo, 10
shelter cobijar, 10
shine refulgir (j), 4; destellar, 10
shiny reluciente, 10
shiver escalofrío, 10
shoot disparar, 9
shot balazo, tiro, 9
should deber (+ *inf.*), 6
shout grito, 7
shove empujada, 12
show mostrar (ue), 2; **~ off** lucir (zc), 5
shrunk encogido(a), 10
shyster tinterillo, 8
sick malo(a), 1
side costado, 1
sign seña, 3; firmar, 12
significance calado, 2
silent taciturno(a), callado(a), 5; **remain ~** callar, 8
silly thing bobería, 10
silver plata, 5
sin pecado, 10
since desde, 2; puesto que, 8
sink hundirse, 4
sit down sentarse (ie), 1
size tamaño, 1
skeleton esqueleto, 11
skin piel (f.), 5; **~ infection** erisipela, 1
skip saltar, 8
skirt pollera, 5
sky cielo, 10
slave esclavo(a), 3
sleek repeinado(a), 10
sleep dormir (ue, u), 2
sleeping pill somnífero, 10
sleepy aletargado(a), adormecido, 10
slime lama, 1
slowness lentitud (*f.*), 5
slums chabolas (*f. pl.*), 2
small menudo(a), 10
smallpox viruela, 3
smart vivo(a), 1
smell olfatear, 5

smile sonreír (*irreg.*), 3
smoke humo, 5; humear, 10
smooth terso(a), 7
smuggler coyote (*m.*), 9
snake culebra, 1; **large ~** cantil (*m.*), 1
sneak in colar (ue), 1
sniff olfatear, 5
snore roncar (qu), 11
snowdrift ventisquero, 5
social: ~ class clase (*f.*) social, 1; **~ strata** estrato social, 4
society gremio, 2
soft: become ~ reblandecerse (zc), 1
softness of the covers dulzura de las mantas, 10
solve resolver (ue), 2
song cántico, 7
sorghum sorgo, 9
sorrow desconsuelo, 11
soul alma (*f. but:* el alma), 5
soutane sotana, 10
Southern Cone Cono Sur, 5
sovereign soberano(a), 12
sovereignty soberanía, 8
sow sembrar (ie), 4
space shuttle transbordador (*m.*) espacial, 6
spaceship astronave (*f.*), nave espacial (*f.*), 6
Spaniard peninsular (*m., f.*), 8
spark chispa, 8
spear lanza, 5; alancear, 10
speed velocidad (*f.*), 6
spend time pasar tiempo, 2
spill derramar, 7
spine espinazo, 2
spiteful despechado(a) (*p.p.*), 5
splendid espléndido(a), 8
spokesman vocero, 8
spread esparza, 7
spreading derramamiento, 12
sprout brote (*m.*), 2; brotar, 7
spy acechar, 5
square cuadrado(a), 1
squeeze apretar (ie), 5; **~ in** empaquetar, 10
stamp estampilla, 8; sello, 10
stand estar de pie, 1; **~ out** destacar (qu), 6
standard bandera, 12
star astro, estrella, 6
start laughing echarse a reír, 10
state afirmar, 12
stay quedar(se), 4
steal robar, 3
steam humear, 10
steer dirigir (j), 5
step paso (*m.*), 5; **~ on** pisar, 10
sternum esternón (*m.*), 11
stew of corn, meat, and chili pozol (*m.*), 9
stingy mezquino(a), 5
stinking fétido(a), 6

stir revolver (ue), 2
stirred revuelto(a) (*p.p.*), 9
stock retén (*m.*), 9
stone (*verb*) apedrear, 4
stop parar, 5; dejar de + *inf.*, 6; detener (*irreg.*), 12
store tienda, 1; retén (*m.*), 9
strange extraño(a), 2; **find ~** extrañar, 7
strap correaje (*m.*), 10
straw paja, 1
street calzada, 10
strength pujanza, 6; fortaleza, 12
strengthen muscular, 2; fortalecer (zc), 12
stretch oneself estirarse, 4
stretched estirado(a), 5
strike huelga, 4
strip faja, 12
stroke derrame cerebral (*m.*), 10
strum teclear, 5
stunned: be ~ aturdirse, 10
subdue someter, 6
subjugate subyugar (gu), 8
subset subconjunto, 6
succeed in (doing something) conseguir (i, i) (g) (+ *inf.*), 3
success éxito, 9
successful: be ~ salir airoso(a), 5
successive seguido(a), 8
such semejante, 8
suckle amamantar, 5
sudden repentino(a), 5
suddenly súbitamente, 4
suffer sufrir, 1; **~ from** padecer (zc), 1
suggest sugerir (ie, i), 2
sulphur azufre (*m.*), 5
summon convocar (qu), 12
supernatural being ser (*m.*) sobrenatural, 1
supply abastecer (zc), proporcionar, proveer, 2
support apuntalar, 2; sostener (*irreg.*), 4; mantener (*irreg.*), 9
supporter; ~ of Franco franquista (*m., f.*), 10; **~ of Pancho Villa** villista (*m., f.*), 9
supposed supuesto(a) (*p.p.*), 9
sure seguro(a), 7
surf navegar (gu), 6
surprise extrañar, sorprender, 7; desconcertar (ie), 10
surprised sorprendido(a), 3
surrender entregar (gu), 3
surround rodear, 10
surrounded rodeado(a), 10
survive sobrevivir, 4
suspect recelar, 3
suspend suspender, 10
swallow ingerir (ie, i), 6
swear jurar, 10
swimmer bañista (*m., f.*), 10
swinging vaivén (*m.*), 5; **~ of the arms** braceo, 6

sword espada, 12
system sistema (*m.*), 6

T

take coger (j), 7; llevar, 11; **~ advantage of** aprovechar, 1; **~ away** arrebatar, 5; **~ over** (*a country or government*) apoderarse de, 4; **~ pity on** apiadarse de, 4; **~ root** echar raíces, 1; **~ the opportunity to** aprovechar, 11
talk plática, charla, 4; platicar, 9
tall espigado(a), 10
taste sabor (*m.*), 10; probar (ue), 4
tax impuesto, 8; gravar, 8
teach doctrinar, 4
tear rasgarse (gu), 8; **~ off** arrancar (qu), 1
technology tecnología, 4
tell decir (*irreg.*), 4; **~ a story** contar (ue), 2; **~ oneself** decirse, 4
tender tierno(a), 10
tenderness ternura, 7
tent tienda, 9
term of office mandato, 9
terrible terrible, 7; nefasto(a), 12
terrified despavorido(a), 9
terror pavor (*m.*), 4
thank agradecer (zc), 2
theft robo, 3
there: over ~ allá, 9
therefore en consecuencia, 11
thick espeso(a), 7
thicken espesar, 7
thickness grueso, 4
think pensar (ie), 2; **~ it over** recapacitar, 10
thinker pensador (*m.*), 2
thirst sed (*f.*), 11
thirty-some blocks treintipico de cuadras, 5
thorn espina, 5
thoroughly por completo, 11
thread hilo, 5
threat amenaza, 5
through por, 2; a través, 4
thunder relámpago (m.), 5
tight ajustado(a), 5
tile azulejo, 10
time: for the first ~ por primera vez, 11; **~ limit** plazo, 12
tiny diminutivo(a), 10
to a, de, para, 2
today hoy por hoy, 8
together junto, 12
tolerance tolerancia, 12
toll peaje (*m.*), 6
tomb tumba, 7
ton tonelada, 9
torment tormento, 7
torrential torrentoso(a), 8

torture tormento, tortura, 7
totalitarian totalitario(a), 12
totalitarianism totalitarismo, 10
touch palpar, 1
toward hacia, 2
town aldea, pueblo, 2; población (*f.*), 3
tradition tradición (*f.*), 2
traffic light semáforo, 2
training entrenamiento, 10
trait rasgo, 2
transaction trámite (*m.*), 5
transition transición (*f.*), 10
translate trasladar, 1; traducir (zc), 2
travel transitarse, 12
treasure tesoro, 5
treaty tratado, 8; acuerdo, 12
treetop copa, 10
tribe tribu (*f.*), 7
trick engañar, 3
trip: go on a ~ hacer (*irreg.*) un viaje, 2
truck: light ~ camioneta, 9
true cierto(a), verdad, 7
trust tener (*irreg.*) confianza en, 3
try procurar, 10; **~ on** (*clothes*) probarse (ue), 4
tune: out of ~ desafinado(a), 10
turn vuelta (*f.*), 5; girar, 9; **~ around** revolear, 2; **~ away from** distraer (*irreg.*), 2; **~ on** encender (ie), poner (+ *appliance*), 2
twist tergiversar, 1
tyrant tirano(a), 10

U

unchangeable inmutable, 12
under bajo, 2
understand entender (ie), 2
understanding entendimiento, 12
undertake emprender, 12
undeveloped subdesarrollado(a), 8
undone deshecho(a) (*p.p.*), 9
unemployment desempleo, 2; desocupación (*f.*), 12
unevenness desnivel (*m.*), 9
unhappy desdichado(a), 9
unify unificar (qu), 9
union sindicato, 4
universe universo, 6
unknown desconocido(a), 1; ignorado(a), 3
unlikely improbable, 7
unloading descarga, 9
unmade deshecho(a) (*p.p.*), 9
unnoticed inadvertido(a), 12
unreal irreal, 10
unripe verde, 1
untidy desastrado(a), 4
until hasta, 2
untouched indemne, 10
unwary incauto(a), 1

up to hasta, 2
upon a, 2
uprising sublevación (*f.*), 5; levantamiento, 8
uprooting desarraigo, 7
ups and downs (*of fortune*) altibajos (*m. pl.*), 11
urge apretar (ie), 1
urgent urgente, 7
urinate orinar, 10
user usuario(a), 6
usual corriente, 11

V

value valor (*m.*), 4; valer (*irreg.*), 4
varnish barniz (*m.*), 7
vase florero, 8
venerate rendir (i, i) culto, 4
veneration veneración (*f.*), 4
viceroyalty virreinato, 4
violence violencia, 3
virtue virtud (*f.*), 5
Visigoth visigodo(a), 2
visionary visionario(a), 12
vulgar vulgar, 11

W

waist talle (*m.*), 2
wait esperar, 12
wake up despertar(se) (ie), 2
walk andar (*irreg.*), 6; **~ around naked** andar en cueros, 4
wandering errante, 12
want querer (*irreg.*), 2; desear, 12

war guerra, 3
warlike guerrero(a), 8
warm: get ~ calentarse (ie), 4
warn advertir (ie, i), 9
warrior guerrero(a), 5
wash (oneself) lavar(se), 4
waste perder (ie), 2; desperdiciar, 10
watch vigilar, velar, 10
watchword consigna, 10
waterfall cascada, 5
wave ola, 5; oleada, 10
way ruta, 12; **~ of accessing** dispositivo de acceso, 6
weapon arma (*f. but:* el arma), 5
wear away minar, 2
web red (*f.*), 6; **~ surfer** internauta (*m., f.*), navegante (*m., f.*), 6
weight peso, 6
weird raro, 7
welcome recibimiento, 3; acoger (j), 2
welfare bienestar (*m.*), 2
well groomed repeinado(a), 10
well-being bienestar (*m.*), 11
well-wisher bienpensante (*m., f.*), 2
wet mojado(a), 7
wherever donde fuera, 8
whip látigo, 7
whisper murmullo, 7
whistle pitido, 10
white and black blanquinegro(a), 4
who cares qué importa, 8
widow viuda, 7
widower viudo, 7
wild animal fiera, 4; **~ beasts** salvajina, 4
wink guiño, 6
wire hilo, 5
wisdom sabiduría, 12

with con, 2
withdraw recogerse (j), 6
withdrawal into oneself recogimiento, 10
withered mustio(a), 7
without sin, 2; **~ noticing** sin darse cuenta, 6
witness testigo (*m., f.*), 10
wonder maravilla, 7
wooden shoe abarca, 4
work from sunrise to sundown trabajar de sol a sol, 11
worry cuita, 2; **~ about (something or someone)** preocuparse por (algo o alguien), 11
worse peor, 7
worship veneración (*f.*), 4; venerar, adorar, 1; rendir (i, i) culto, 4; idolatrar, 7
worshipped venerado(a), 3
worships many gods politeísta (*m., f.*), 4
worthy: be ~ valer (*irreg.*) la pena, 5
wrapped envuelto(a) (*p.p.*), 9
wrinkle arruga, 7
write a check girar, 1
written escrito(a) (*p.p.*), 9

Y

yearning anhelo, 12
years ago hace años, 4

Z

zither cítara, 7

América del Sur